JAGUN

Der Schattenbringer

Jürgen Lill

INHALT

PROLOG

Hradotéj war eine kleine Ansiedlung im waldreichen östlichen Zipfel des Königreiches Wolan. Es lag nahe des Dreiecks zur Grenze von Ezrat im Südosten und Gryn-Fjell, das sich unendlich nach Osten und Nordosten erstreckte.

Mit Ezrat stand Wolan in ständiger Fehde. Niemand wusste, worum die Streitigkeiten eigentlich gingen. Aber ständig gab es Grenzverletzungen von beiden Seiten, was aber niemanden wunderte, da der genaue Grenzverlauf auf keiner Karte verzeichnet war. Meistens verliefen die Übergriffe relativ harmlos. Doch immer wieder wurden die kleinen, grenznahen Städtchen und Weiler überfallen und geplündert. Frauen wurden oft vergewaltigt und über die Grenze verschleppt. Und manchmal wurden sie beim nächsten Überfall aus dem anderen Land wieder zurück verschleppt – wohlgemerkt: Verschleppt! Sie wurden nicht befreit, sondern; wenn sie hübsch waren, als Beute wieder eingefangen und mitgenommen. Man sagt, dass einige Mädchen und Frauen auf diese Weise mehr als ein dutzend Mal ihre Staatsbürgerschaft und ihren Ehemann gewechselt haben sollen. Doch ob sie mit diesem Leben glücklich waren, darüber lassen sich die Chroniken nicht genauer aus.

Jedenfalls war die permanente Gefahr von Überfällen Grund genug, dass Hradotéj, das an einer der wichtigsten Handelsrouten nach Ezrat lag, sich durch ganze fünf Palisadenwälle schützte. Von Sonnenuntergang bis Sonnenaufgang blieben die Tore in diesen Palisaden, zwischen denen ein unüberwindliches Labyrinth aus giftigen Dornenhecken schon tagsüber ein Durchkommen unmöglich machte, geschlossen. Niemand, und wenn es der König selbst gewesen wäre, hätte Hradotéj nach Einbruch der Dunkelheit noch betreten können. Aber was auf der einen Seite einen Schutz für Hradotéj und seine Bewohner darstellte, bedeutete auf der anderen Seite, dass während der Nacht auch niemand – und zwar unter keinen Umständen, außer er hätte Flügel besessen oder über magische Fähigkeiten verfügt - das Grenzstädtchen hätte verlassen können. Selbst aus den Wehr- und Wachtürmen gab es während der Nachtstunden, in denen die mittleren Wälle sich auf magische Weise verschoben, keinen Ausgang, außer in den Tod.

Und genau das bereitete den Stadtältesten seit Jahren Kopfzerbrechen. Denn sie selbst konnten nicht fliegen und verfügten nur über geringe magische Fähigkeiten, die sie kaum dazu befähigten, mehr als mittelmäßige und oft genug fehlerhafte Flüche zu verhängen.

In Gryn-Fjell, jenem sagenumwobenen, unzugänglichen und deshalb hoheitsfreien, moosüberwucherten Felsengebirge oder Felsenlabyrinth, dessen Ausläufer weniger als eine Wegstunde von Hradotéj entfernt begannen, wussten die Legenden aber zu berichten, dass es geflügelte Wesen geben sollte, die sich oft zu nächtlicher Stunde Menschen - überwiegend Jungfrauen, wenn man den Erzählungen glauben darf - aus den angrenzenden Gebieten als Opfer suchten. Berichte von menschenfressenden Greifen, von Basilisken, Harpyien, Vampiren und Hexen, die überwiegend in der Gestalt junger schöner Frauen erscheinen, und sogar von Wyvern, den relativ kleinen, zweibeinigen Drachen waren in dieser Gegend nicht selten und versetzten die Grenzbewohner bei Dunkelheit in Angst und Schrecken. Auch in Hradotéj wusste man um die Gefahren der Nacht, die sich nicht durch Palisaden bannen ließen. Deswegen waren die mit Ballisten bestückten Wehrtürme Tag und Nacht besetzt, um die Stadt jederzeit auch gegen Angriffe aus der Luft verteidigen zu können. Da aber einige der gefährlichen Kreaturen in menschlicher Gestalt auftraten und daher am Tage ungehindert in die Palisadenstadt gelangen konnten, beäugte man alle Fremden mit großem Misstrauen. Aber auch die Einheimischen selbst waren nicht davor gefeit, plötzlich der Hexerei, oder eines ähnlich widernatürlichen Vergehens angezeigt zu werden. Und wieder waren es die jungen, schönen Frauen, die allen anderen voran der Gefahr solcher Verdächtigungen ausgesetzt waren. Verdächtigungen waren dabei gleichbedeutend mit Verurteilungen, denn unter der Folter gestand jede Frau; oder sie starb.

Es war also kein Wunder, dass junge, hübsche Mädchen in Hradotéj und den angrenzenden Gebieten Mangelware waren. Entweder sie wurden von den plündernden Banden aus Ezrat geraubt, von Monstern verführt, entführt, entehrt, ausgesaugt oder aufgefressen oder sie wurden selbst für Monster gehalten und zu Tode gefoltert. Fürsorgliche Eltern, erzählt man sich, brachten die Töchter, bei denen sich zeigte, dass sie einmal schön werden würden, frühzeitig aus diesem für sie gefährlichen Grenzgebiet weg. Doch ganz ehrlich: Mir ist kein einziger Fall von solchen fürsorglichen Eltern bekannt.

Auch die Eltern Siwas, eines Bauernmädchens aus dem ungeschützt im Wald zwischen Hradotéj und Gryn-Fjell liegenden Weiler Lorko-Bran hatten diese Fürsorge versäumt. Verständlich, wenn man bedenkt, dass die Kinder auf den Höfen bereits mit vier Jahren ihren Beitrag zum Erhalt und Überleben der Familien leisten mussten. Arbeitskräfte waren wertvoll. Die schickte man nicht einfach weg, weil sie schön waren oder werden konnten. Und wohin hätte man sie auch schicken sollen, wenn das Geld kaum zum Leben reichte?

Eben!

PROLOG – TEIL 2

Vor drei Tagen war Siwa anonym bei den Wachen Hradotéjs angezeigt worden.

Anonym in einer so kleinen Stadt, wie Hradotéj, wo fast jeder jeden kannte und kaum einer lesen, geschweige denn schreiben konnte? Wenn mich einer gefragt hätte, hätte ich gesagt: Die Sache stinkt.

Aber es hatte mich niemand gefragt. Und ich hütete mich wohlweislich davor, meinen Mund noch einmal aufzureißen und wieder einen ganzen Tag am Pranger zu stehen oder, was durchaus auch der Fall hätte sein können, bezichtigt zu werden, der Komplize der Hexe zu sein. Nein danke!

Jetzt war der Tag der Gerichtsverhandlung gekommen; ein Schauspiel, zu dem die Schaulustigen aus der ganzen Gegend in die Palisadenstadt gereist kamen. Überall herrschte reges Treiben. Die kleinen Schänken in den Gassen und Seitenstraßen und auch das erste Haus am Platz, das ‚Gasthaus zu den zwölf Jungfrauen‘, waren gut besucht. Allerdings kann ich aus eigener Erfahrung sagen, weil es sich an dieser Stelle gerade anbietet, dass dieses zweifelhafte Etablissement seinen Namen zu Unrecht trug. Weder waren zwölf Damen im parfümgeschwängerten Obergeschoss des Hauses zu finden; bestenfalls waren es drei, oder vier, wenn die Nachfrage grad mal groß war; noch kann ich mir vorstellen, dass auch nur eine einzige von ihnen jemals eine Jungfrau gewesen ist.

Am Ratsplatz unterhielten allerlei Gaukler die Bürger und Besucher Hradotéjs. Ortsansässige und fahrende Händler boten ihre Waren feil und hauten ihre Kundschaft gekonnt übers Ohr und – jetzt komme ich ins Spiel: Auch kleine Taschendiebe versuchten in Ausübung ihrer leider verpönten und vom Gesetz verfolgten Kunst, die einfach niemand zu würdigen weiß, auf anständige Weise ihren Lebensunterhalt zu verdienen. Ich glaube, das erklärt auch, warum ich mich in Bezug auf Gerichtsverhandlungen, die mich eigentlich nichts angingen, eher bedeckt hielt. Es war die Menschenansammlung, die mich nach Hradotéj geführt hatte, nicht die Sensationslust und auch nicht die Frage nach einer Gerechtigkeit, die bei solchen Gelegenheiten ohnehin nicht zu finden war. Bei öffentlichen Folterungen, bei denen die Beklagte in aller Regel nackt war, und besonders, wenn sie ein so hübsches Ding war wie Siwa, war es ein Leichtes, mir von den mit offenen Mäulern gaffenden, geifernden und lechzenden (teilweise sogar onanierenden) Zusehern meine Miete für ein bis fünf Monate, samt Verpflegung und gelegentlich einer willigen Dame, zu verdienen. Die größte, um nicht zu sagen, einzige Gefahr stellten bei solchen Veranstaltungen die patrouillierenden Wachen dar, die ganz genau wussten, dass die ehrenwerten Vertreter meiner Zunft sich schon aus reiner Berufsehre solche Menschenansammlungen nicht entgehen lassen durften. Doch wenn man es geschickt anstellte und sich anpasste, also so wie alle anderen gaffte, geiferte, lechzte und, wenn es ganz hart kam, onanierte, dann konnte man sogar den Wachen, die kaum weniger gafften, geiferten und lechzten, als das übrige Volk (Onanieren war ihnen in der Öffentlichkeit unter Strafe untersagt), die Schwerter aus den Scheiden entwenden, ohne dass sie sich dessen gewahr wurden. In einer kleinen Stadt wie Hradotéj, in der man die Waffen der Wachen nicht losschlagen konnte und aus der man nach Einbruch der Dunkelheit auch nicht mehr entkommen konnte, wäre ein solches Wagnis allerdings sträflicher Leichtsinn gewesen. Mit Diebesgut erwischt zu werden war für die Gesundheit in diesen Zeiten sehr unzuträglich. Also beschränkte ich mich auf die übervollen Börsen und den zur Schau getragenen Schmuck, den man an solchen Tagen an vielen Hälsen, Brüsten, Armen und Fingern funkeln sah. Leicht zu bekommen, leicht zu verbergen und leicht wieder zu Geld zu machen: So liebte ich das!

Schon als ich auf den Ratsplatz trat und meinen Blick über die lebhafte und ausgelassene Menschenmenge schweifen ließ, wusste ich, dass ich an diesem Abend schmausen würde, dass das Bier in Strömen fließen würde und dass ich danach am Busen einer der Jungfrauen aus dem Gasthaus der selbigen zwölf die wohlverdiente Entspannung nach einem harten Tagwerk genießen würde. Hier war genug Geld für ein ganzes Jahr zu holen, wenn ich es richtig anstellte. Und wenn nicht ich, wer überhaupt würde es richtig anstellen?

Voller Vorfreude und Tatendrang stürzte ich mich ins Gedränge. Das heißt: Ich stürzte mich nicht hinein; ich schlenderte ganz gelassen, sah vergnügt den Gauklern zu und beobachtete dabei viel mehr noch die anderen Menschen, die vergnügt den Gauklern zusahen. Ich sah ihre Börsen und schätzte ihren Inhalt und Wert je nach Größe und Volumen. Ich ließ meinen geübten Blick über die Gestalten schweifen und prägte mir bereits jetzt schon ein, wo und bei wem was zu holen war. Bis zur Verhandlung oder Folterung musste ich mich noch gedulden. Bis dahin gaben die Leute noch Geld aus. Und es hätte durchaus kritisch werden können, wenn jetzt bereits der Ruf laut geworden wäre, *Hilfe, ich bin bestohlen worden*, weil einer seine Börse vermisste.

Wenn das Spektakel erst losging, war das nicht mehr zu befürchten. Dann endete jede andere Geschäftigkeit und alle Augen waren nur noch auf die arme, kleine Siwa gerichtet, die der perversen Lust an der Grausamkeit als Opfer dargebracht werden sollte.

Bei dem Gedanken daran überkam mich ein leichtes Unbehagen. Vor einigen Jahren, als ich schon einmal in diese Gegend gekommen war, war ich in Lorko-Bran, am Hof von Siwas Eltern vorbeigekommen. Man hatte das Brot mit mir geteilt und mich im Stall schlafen lassen. Siwa war damals noch ein Mädchen gewesen, das begierig darauf gewesen war, Geschichten aus der Ferne zu hören. Ich hatte sie ihr erzählt. Und ich glaube, einige davon waren sogar wahr gewesen.

Am nächsten Tag war ich nach Hradotéj gekommen. Auch damals hatte es eine Verhandlung gegeben, die ich nutzen wollte, um meine leere Börse wieder zu füllen. Ein Bauer war beschuldigt worden, sich mit einem weiblichen Vampir vereinigt zu haben. Die Beweisführung war damals so sehr an den Haaren herbei gezogen gewesen, dass ich nicht widerstehen konnte, Partei für den armen Mann zu ergreifen und ihn öffentlich zu verteidigen. Das Ergebnis davon war gewesen, dass der Beschuldigte nackt auf einen hölzernen Pfahl gesetzt worden war und unter elenden Qualen verbluten musste. Mir wollte man zuerst anhängen, dass ich zusammen mit ihm die Vampirin besprungen hätte. Aber da ich vorher noch nie in Hradotéj gewesen war, hatte mich auch noch niemand vorher je gesehen. Und da mich noch niemand gesehen hatte, hatte auch niemand bezeugen können, dass ich es mit der Vampirin getrieben hatte. Ich musste für mein ‚äußerst verdächtiges Auftreten', wie man es bezeichnet hatte, nur einen Tag nackt am Pranger stehen und konnte so dem Gepfählten beim Ausbluten zusehen. Und nicht nur das: Als nackter Verurteilter am Pranger ist man Allgemeingut. Man ist nicht nur den Blicken, sondern auch jeglicher Willkür der Bewohner Hradotéjs ausgesetzt. Von den Ältesten bis zu Kindern, die gerade erst laufen konnten, machte sich jeder seinen Spaß mit mir. Ich wurde mit Schmutz und faulen Früchten beworfen, gezwickt, gekitzelt, getreten und bespuckt und jemand band mir einen Sack mit einem Grauen Schnapper, einem dieser mausgroßen Ungeziefer, die fast nur aus Kiefer bestehen und deren Biss eine lähmende Wirkung hat, um meinen Penis. Das Biest biss sich an mir fest, so dass mein Glied anschwoll und über eine Woche lang so hart wie ein Stück Holz war und dabei wie Feuer brannte.

Am nächsten Tag wurde ich vom Pranger wieder losgemacht und nackt aus der Stadt gejagt; nackt bis auf den Sack mit dem Schnapper. Erst in sicherer Entfernung, weit genug außerhalb der Palisaden, konnte ich den Sack öffnen. Aber der Graue Schnapper hatte sich so fest in meiner Eichel verbissen, dass ich seine Kiefer nicht auseinander bekam. Wieder fand ich damals Obdach und Hilfe in Lorko-Bran. Siwa befreite mich mit Werkzeug ihres Vaters vom Schnapper, sie gab mir Kleidung und Nahrung und verbarg mich ganze zwei Tage lang in der Scheune, damit ich wieder zu Kräften kommen konnte. Länger wagte sie es nicht, mich zu beherbergen, aus Angst, ihre Eltern würden mich entdecken und an die Stadtwachen verraten. Siwa hatte sich damals sehr liebevoll und fürsorglich um mich gekümmert. Mit einer lindernden Tinktur hatte sie immer wieder meinen

Penis betupft, das Horn des Westens, wie sie ihn in ihrer kindlichen Naivität verschmitzt genannt hatte, weil ich aus dem Westen in diese Gegend gekommen war. Wie sehr hätte ich mir damals gewünscht, die zarten, behutsamen Berührungen ihrer Finger spüren zu können. Aber das Horn schien wirklich nur ein brennendes und ansonsten gefühlloses Stück Holz zu sein.

Im Nachhinein betrachtet glaubte ich oft, dass Siwa gehofft hatte, ich würde sie mit mir nehmen, weg von diesem harten und gefahrvollen Leben an der Grenze, weg von den Entbehrungen und der mangelnden Fürsorge ihrer Eltern, die doch wissen mussten, wie groß die Gefahr für so ein hübsches und zartfühlendes Mädchen war. Aber damals hatte ich das nicht erkannt. Vielleicht wollte ich es auch nicht erkennen. Ich hätte nicht die Verantwortung für einen anderen Menschen übernehmen wollen. Ich hätte Siwa auch nicht erklären wollen, dass ich in Wahrheit kein großer Abenteurer, sondern nur ein kleiner Dieb war. Und das hätte ich gemusst, wenn ich sie mit mir genommen hätte, oder sie hätte es selbst gemerkt. Und dann hätte sie bereut, sich mir angeschlossen zu haben. Ich musste mir also keine Vorwürfe machen.

Das war jetzt drei Jahre her; lange genug, dass die Einwohner Hradotéjs mich nicht mehr erkennen würden. Vor drei Jahren hatten sie mich gedemütigt, misshandelt und davongejagt. Und sie hatten mich um die Einnahmen gebracht, die ich dringend gebraucht hatte. Heute würde mir das nicht passieren. Heute würde ich mich für die Schmach von damals revanchieren. Ich hatte erst von einer der abgetakelten Jungfrauen, in deren Armen ich nach meiner Ankunft Erholung von der Reise gesucht hatte, erfahren, dass Siwa die Angeklagte des bevorstehenden Verhörs sein würde. Aber darum konnte ich mich nicht kümmern; diesmal nicht!

Hatte Siwa mir vor drei Jahren, während sie mich gepflegt hatte, nicht schließlich selbst vorgeworfen, wie dumm es gewesen war, Partei für einen Angeklagten ergriffen zu haben?

Angeklagte sind tot. Man kann ihnen nicht mehr helfen! Das waren ihre eigenen Worte gewesen.

1. DIE BEFREIUNG SIWAS – ERSTER VERSUCH

Ich musste etwas gegen die stärker werdende Übelkeit unternehmen und begab mich dazu in eine der Schänken, abseits des Ratsplatzes.

Warum ausgerechnet Siwa? ging es mir immer wieder durch den Kopf, während ich ein Bier nach dem anderen runterkippte. Aber das Bier half nichts gegen meine Übelkeit. Ganz im Gegenteil: Als der durchdringende Ton der Hörner und der einsetzende Lärm der Massen den Beginn der Folterung ankündigten, war ich fast betrunken. Es fiel mir schwer, meine Lider zu heben, um den Weg zum Ausgang aus der Schänke zu finden. Als der Wirt mich aufhielt und nach der Zeche verlangte, drehte sich bereits alles um mich. Aber ich wäre nicht Andieu de la Moraine gewesen, Abkömmling eines uralten, wenn auch verarmten Adelsgeschlechts, wenn ich auf solche widrigen Umstände nicht zu reagieren gewusst hätte. Ich bezahlte den Wirt und begab mich zur Pferdetränke, um meinen sich drehenden Kopf, im zwar schmutzigen, aber dennoch kühlenden Nass zu erfrischen. Und das Wasser tat seine Wirkung. Als ich mich auf die grölende Menschenmenge auf dem Ratsplatz zubewegte, wurde ich wieder vollkommen nüchtern. Das war ich mir und meinem Stand schließlich schuldig. Doch als ich Siwa dann auf dem Podest erblickte, wo der Gehilfe des Folterknechts ihr bereits die spärlichen Fetzen vom mageren Leib riss, kam die alte Übelkeit wieder hoch.

Du kannst ihr nicht helfen und es wäre dumm, ihr helfen zu wollen. Das waren ihre eigenen Worte! So ging es mir durch den Kopf, während ich mich bemühte, nicht in ihre Richtung zu blicken, um meiner Zunft durch eine unangebrachte Gefühlsduselei und ein dadurch verschuldetes Versagen keine Schande zu bereiten. Und dennoch gelang es mir nicht, Siwa nicht anzusehen. Aus dem hübschen, kleinen Mädchen von vor drei Jahren war ein noch hübscheres junges Mädchen geworden, das als Frau zu bezeichnen, noch verfrüht gewesen wäre. Sie stand erst an der Schwelle zum erwachsen werden, war noch nicht zu ihrer vollen Schönheit und Weiblichkeit erblüht. Und dennoch wollten die Ältesten sie aufgrund einer ‚angeblich' anonymen Beschuldigung, öffentlich foltern und hinrichten lassen.

Ihr Kopf war gesenkt und ihre blonden Locken hingen ihr wirr über das Gesicht und fast bis zu ihrem kleinen, schmalen Hintern. Ich erinnerte mich an das strahlende, bernsteinfarbene Goldbraun ihrer mich anlächelnden Augen vor drei Jahren. Jetzt konnte ich ihre Augen nicht sehen.

Wenn ich ihr nur helfen könnte. Ich kann ihr nicht helfen!

Ich zwang mich dazu, mich wieder abzuwenden und meine Konzentration dem eigentlichen Zweck meines Besuchs in Hradotéj zu widmen.

Als ich die dritte oder vierte Börse von ihrem bisherigen Besitzer trennte und ihren Inhalt im Innenfutter meines Wamses verstauen wollte, stellte ich zu meiner Verwunderung fest, dass meine bisherigen Einnahmen nicht dort waren, wo sie meiner Meinung nach hätten sein sollen; ebenfalls in meinem Wams. Verwirrt blickte ich mich um und suchte den gepflasterten Boden des Ratsplatzes nach dem verlorenen Geld ab, ohne dass ich aber die geringste Spur davon entdecken konnte. Nervös aber unauffällig musterte ich die Gesichter der mich umringenden Menschen, entdeckte aber nicht den geringsten Anhalt dafür, dass irgendeiner von ihnen seine Aufmerksamkeit auf mich gerichtet hätte. Dass das Geld und der Schmuck, all das, was ich mir bisher im Schweiße meines Angesichts redlich verdient hatte, sich nicht in meinem Besitz befand, machte mich zwar nervös, doch ohne eine angemessene Entschädigung für meine Reise nach Hradotéj wollte ich auch nicht einfach wieder verschwinden. Vielleicht war es der vorherige Genuss des Bieres gewesen, der mich bei der Feststellung des Verlusts meiner Einnahmen nicht sofort die Flucht ergreifen ließ, sondern mich dazu veranlasste, diesen Verlust möglichst schnell wieder ausgleichen zu wollen. Doch als ich in vollendeter Ausübung meiner Kunst nach dem nächsten Beutel griff, um diesen vom Gürtel seines Besitzers zu trennen, schlossen sich plötzlich die Finger eines Mannes, den ich vorher nicht wahrgenommen hatte, mit eisernem Griff um mein Handgelenk. Er stand hinter mir und flüsterte mir mit einer tiefen, sonoren Stimme, die mir einen Schauer über den Rücken jagte, ins Ohr: „Dreht Euch nicht um und verhaltet Euch ganz ruhig, dann passiert Euch nichts."

„W … was wollt Ihr?" fragte ich ängstlich zurück. Und ich hatte guten Grund, Angst zu haben, denn ich vermutete, der Verursacher dieses Griffs, der meinen Arm lähmte, wäre einer der patrouillierenden Wachsoldaten, der mich auf frischer Tat ertappt hatte. Doch dem war nicht so, denn die Stimme antwortete mir weiterhin flüsternd: „Ich will, dass Ihr aufhört, die Gefahr heraufzubeschwören, dass die Tore dieser Stadt auf unbestimmte Zeit geschlossen werden."

Diese Antwort legte den Schluss nahe, dass der Mann ebenfalls meiner Zunft angehörte und Angst hatte, ich könnte ihm durch eine Ungeschicklichkeit eine schnelle Flucht aus Hradotéj vereiteln. Deshalb fragte ich, neugierig geworden, sofort weiter: „Gehört Ihr etwa zu den schwarzen Handschuhen oder zu den …"

„Ich bin kein Dieb und gehöre keiner Gilde an", unterbrach die Stimme meine unvollendete Frage. „Ich möchte nur, dass die Tore Hradotéjs offen bleiben, solange ich mich innerhalb seiner Palisaden aufhalte."

Während der Mann mein Handgelenk umklammert hielt, hatte ich das Gefühl dass die Sonne sich langsam verdunkelte und dass es kälter wurde. Aber das mochte Einbildung oder Zufall gewesen sein. Doch in dem Moment, in dem er meinen Arm ebenso schnell wieder freigab, wie er ihn gepackt hatte, klarte es wieder auf und die Kälte wich den wärmenden Strahlen der Sonne, als wäre nichts gewesen.

Eine leichte Unruhe, die durch die Reihen der Schaulustigen ging, bestätigte mir, dass ich mir den drohend aufziehenden Schatten und die einsetzende Kälte, die abrupt wieder verschwanden, nicht eingebildet hatte. Sofort drehte ich mich nach dem Mann um, der mich eben davon abgehalten hatte, meinem Tagwerk nachzugehen. Doch ich sah nur in die ausdruckslosen und verstörten Gesichter, abergläubischer Narren, die sich vor ein wenig Kälte fürchteten.

Im selben Moment betrat der Folterknecht Hradotéjs, ein riesiger, anscheinend nur aus Muskeln bestehender Koloss, das Podest, das zur Bühne dieses grausamen Schauspiels werden sollte. Sein Gehilfe hatte Siwa inzwischen auf ein bewegliches Gerüst geschnallt und stand wie eine Statue im Hintergrund. Siwa stand aufrecht an dem Gerüst, mit weit gespreizten Armen und Beinen. Sie hatte die Augen geschlossen und wirkte ganz ruhig. Doch ich sah, dass Tränen, die im Schein der Sonne und des neben ihr stehenden, glühenden Kohlebeckens, wie Diamanten funkelten, über ihre Wangen liefen und auf ihre in den letzten Jahren groß und fest gewordenen Brüste tropften, wo sie in millionen winzige Kristalle zu zerbersten schienen.

Ein ehrfürchtiges Raunen ging durch die Reihen der Schaulustigen, als der Folterknecht auf dem Podest ankam. Halb bewundernd, halb furchtsam hörte ich immer wieder das geflüsterte: „Der Vollstrecker!"

Er trug keine Kapuze, wie man es normalerweise von Folterknechten erwarten würde. Neben einem Paar bis zu den Waden reichenden Stiefeln aus dunklem, fast schwarzem Leder trug er nur ein winziges, gerade mal die Genitalien bedeckendes Kleidungsstück aus dem gleichen Material. Sein Schädel war kahl rasiert und sein ganzer Körper glänzte vom Öl, mit dem er sich eingerieben hatte und das seine beeindruckende Muskulatur noch unterstrich. Er wirkte so groß, so barbarisch, so furchteinflößend, dass ich Angst bekam, er würde die neben ihm winzig wirkende Siwa wie einen Strohhalm zerbrechen. Vor drei Jahren war dieses Ungeheuer noch nicht in der Stadt gewesen. Ich hatte ihn noch nie gesehen. Aber ich hatte schon in mehreren Städten, in denen ich gewesen war, von ihm sprechen hören. Er war eine Bestie; kalt, grausam und erbarmungslos. Die Angst um das Mädchen schnürte mir plötzlich den Hals zu. Ich schaffte es nicht einmal mehr, mich auf meine Arbeit oder den Mann zu konzentrieren, der mich eben noch von dieser abgehalten hatte. Ich sah nur noch Siwa, das kleine

Mädchen, das mich vor drei Jahren versteckt und gepflegt hatte.

Als der Riese sich Siwa zuwendete, wurde es so still, dass man einen Grashalm zu Boden fallen hätte hören können. Aller Augen waren gebannt auf das bevorstehende Schauspiel gerichtet. Ich konnte Siwas Angst in meinem eigenen Herzen spüren. Ihre Brüste zitterten unter der Vorahnung des ihr bevorstehenden Grauens. Der Vollstrecker packte sie am Kinn und hob ihren gesenkten Kopf.

„Seht sie euch an, diese kleine Hexe, wie sie vor Furcht erbebt", rief er mit Donnerstimme in die Menge, nachdem er ihr Gesicht einen Moment lang gemustert hatte. „Vor der Folter bereuen sie alle ihre Sünden!"

„Ich habe doch nichts getan!" antwortete Siwa ganz leise und mit einer Stimme, die so dünn war, dass man darin die bereits vergossenen Tränen hören konnte.

„Hört ihr, wie sie leugnet?" rief der Vollstrecker wieder in die Menge. Aber da meldete sich plötzlich eine Stimme von neben mir und rief nach oben: „Woher weißt Du denn, dass sie lügt?"

Sofort wichen die Leute vor dem wagemutigen Rufer zurück, um nicht sein unvermeidliches Schicksal teilen zu müssen. Auch ich wollte mich sofort aus der Nähe des Narren entfernen, in dessen Stimme ich diejenige des Mannes erkannt hatte, der mich vor wenigen Augenblicken noch daran gehindert hatte, meinen Beruf auszuüben. Aber er wendete sich mir schnell zu und sagte so leise, dass nur ich es hören konnte: „Schleicht Euch von hinten an das Podest heran. Wenn ich die Aufmerksamkeit von dem Mädchen ablenken kann, befreit es und flieht mit ihm aus der Stadt."

Jetzt endlich sah ich den Mann auch, der sich so eigenartig und furchtlos benahm. Er war nur wenig größer als ich. Lange, braune Haare fielen ihm bis über die Schultern. Braungebrannt von der Sonne war auch seine Haut. Und braun, wie die Farbe des Laubs im Herbst war seine Kleidung, die nur aus einer ledernen Hose und Stiefeln bestand, die ihm bis unter die Knie reichten und oben von ledernen Bändern zusammengehalten wurden. Sein Oberkörper war nackt, was zu dieser Jahreszeit in diesen Gegenden nichts Ungewöhnliches war. Er war schlank und hatte eine sehnige Muskulatur. Alles was er bei sich trug, war eine kleine, ebenfalls lederne Tasche an seinem Gürtel und ein Lederband um seinen Hals, an dem ein runder und ebenfalls bräunlicher Anhänger hing. Obwohl er wie ein Kämpfer auf mich wirkte, trug er keinerlei Waffe bei sich, was das Auffälligste an ihm war, denn niemand wagte dieser Tage, unbewaffnet durchs Land zu streifen. Selbst ich trug ein Schwert. Das einzige an ihm, das nicht braun war, waren seine graublauen Augen, die mich zwar nur einen Moment, aber so ernst und bestimmend ansahen, dass ich mich seinen Worten nicht zu widersetzen wagte, obwohl die Forderung, die er an mich stellte, der reine Wahnsinn war.

Der Mann wandte seine Aufmerksamkeit sofort wieder dem

Vollstrecker zu und ignorierte mich, der ich mich schnellstmöglich vor ihm zurückzog so, als gäbe es nichts, was er mit mir zu schaffen hätte.

„Wer wagt es, mein Urteil in Frage zu stellen?" donnerte der Riese vom Podest herunter.

„Aurea de Pontar", antwortete der Mann furchtlos, „Rechtsgelehrter aus der Hauptstadt und auf der Suche nach dem Magier dieser Stadt!"

„Ein Rechtsgelehrter?" fragte der Vollstrecker halb verwundert, halb spöttisch. „Und Ihr sucht den Magier dieser Stadt?"

„Da Du nun bewiesen hast, dass Du hören kannst; führe mich zu ihm, Bursche!"

Aurea de Pontar hatte so kühn und furchtlos gesprochen, dass ein Raunen der Bewunderung durch die Reihen ging, während dem Riesen auf dem Podest für einen Augenblick der Mund vor Staunen offen stehen blieb. Doch dann brach er in ein dröhnendes Gelächter aus und erwiderte: „Was will ein Rechtsgelehrter von einem Magier?"

„Ich glaube, Du überschätzt Deinen Stand, Bursche", donnerte jetzt auch Aurea de Pontar zurück. Wieder brauchte sein Widersacher in diesem Wortgefecht einen Moment, um sich von der Überraschung zu erholen und zu sammeln. Doch dann machte er zornig ein paar Schritte auf den Rechtsgelehrten zu und stieg die Hälfte der Stufen vom Podest hinunter.

Ich hatte meine Position hinter dem Podest fast erreicht und machte mich bereit, sofort hinauf zu springen, um die Riemen, mit denen Siwa an das Gerüst geschnallt war, zu durchtrennen, sobald die allgemeine Aufmerksamkeit dem Riesen zu dem Rechtsgelehrten folgte. Doch auf halber Höhe blieb er wieder stehen und donnerte Aurea an: „Und ich glaube, Du weißt nicht, mit wem Du es hier zu tun hast, Bursche!"

Oh, oh, das klingt jetzt gar nicht gut.

Aurea de Pontar schlenderte unbeeindruckt und lächelnd auf den gefürchteten Vollstrecker zu, während sich vor ihm eine Gasse in der Menschenmenge öffnete.

„Ich weiß ganz genau, mit wem ich es zu tun habe", sagte er in honigsüßem Ton; „mit einem Schlächter dessen Ruf nur auf seiner Grausamkeit beruht."

„Du stellst meine Rechtsprechung in Frage?"

„Nein, ich stelle sie nicht in Frage. Ich leugne sie!"

Dem Vollstrecker versagte wieder sie Sprache, während das Raunen der Menge dafür umso lauter wurde. Er begann zu zittern und offensichtlich erwartete nicht nur ich, dass er jeden Moment auf den fremden Rechtsgelehrten losgehen würde, denn die Umstehenden wichen furchtsam weiter zurück und die ersten Fensterläden wurden laut klappernd geschlossen. Doch das Zittern des Riesen ging vorbei und er fragte seinen Herausforderer mit ruhiger Stimme: „Nun, vielleicht möchte der Rechtsgelehrte mir ja bei der Wahrheitsfindung helfen."

Ganz kurz nur zögerte jetzt Aurea de Pontar, aber doch lange genug, dass sein Zögern bemerkt wurde. Der Vollstrecker schien wieder zu wachsen. Und er kehrte siegessicher auf das Podest zurück.

„Was wirft man dem Mädchen denn vor?" fragte Aurea teilnahmslos.

„Sie ist eine Hexe!" erwiderte der Vollstrecker.

„Ist das bewiesen?"

„Ich bin grad dabei!" antwortete der Vollstrecker, zog im selben Augenblick eine dünne, biegsame Rute blitzschnell an Siwas Brust vorbei und traf genau ihre kleine, vor Furcht erregte, rechte Brustwarze. Diese platzte auf und Siwas Blut spritzte über das Podest, zischte im glühenden Kohlenbecken und ein Tropfen benetzte sogar meine Wange, da ich direkt unterhalb von ihr stand.

„Mit Folter?!" rief Aurea de Pontar aufgebracht und versuchte damit Siwas Schmerzensschrei zu übertönen.

„Die Folter ist ein allgemein anerkanntes und vom König selbst gutgeheißenes Mittel zur Findung der Wahrheit. Das sollte ein Rechtsgelehrter doch wissen."

„Ja, natürlich", erwiderte Aurea zögernd. „Doch wessen genau hat sie sich schuldig gemacht? Magie ist nicht verboten in Wolan. Auch Hradotéj hat einen Magier …"

„Hatte!" unterbrach der Folterknecht den Rechtsgelehrten. „Und das Recht, Magie zu erlernen und anzuwenden, muss man erwerben, wie Du doch sicher weißt."

Dabei drehte er das Gerüst, an dem Siwa hing, so dass ihr Kopf nach unten hing und ihre gespreizten Beine nach oben zeigten.

Diesmal zögerte Aurea etwas länger. Und es gelang ihm nicht, einen Anflug von Nervosität zu verbergen. Doch dann fragte er: „Hradotéj hat keinen Magier?"

Der Vollstrecker legte die Gerte zwischen Siwas Schenkel, so als wollte er sein Ziel genau anvisieren, während er antwortete: „Das sagte ich!"

Geschickter, als man es ihm bei seinem massigen Körperbau zugetraut hätte, versuchte er mit der Spitze der Rute Siwas winzige Schamlippen zu öffnen. Doch die kleinen Hautfältchen waren zu klein, als dass sie sich mit dem dünnen Holz hätten freilegen lassen. Er warf die Rute von sich, packte mit beiden Händen brutal zu und riss mit roher Gewalt Siwas Schamlippen auseinander. Wieder floss Blut. Mir trat kalter Schweiß auf die Stirn. Ich fühlte mich so ohnmächtig, denn ich wusste, dass ich nichts ausrichten konnte, wenn es Aurea de Pontar nicht gelang, den Vollstrecker von Siwa wegzulocken. Und es sah nicht so aus, als ob es gelingen würde.

Aurea zögerte wieder. Er schien angestrengt zu überlegen. Und der Vollstrecker nutzte die Gelegenheit, seinen momentanen Vorteil weiter zu festigen, indem er erklärte: „Es kommt mir sehr verdächtig vor, dass ein Rechtsgelehrter sich nach einem Magier erkundigt. Vielleicht sollte ich nach dem Verhör des Mädchens einen Boten in die Hauptstadt schicken, um bestätigen zu lassen, ob Du wirklich das bist, was Du vorgibst zu sein."

„Ich gestehe alles, was Ihr wollt", begann jetzt Siwa flehend. Sie wusste, dass sie sterben musste, ganz egal wie lange sie der Folter auch trotzen würde. Da war es doch besser, schnell zu sterben. Der Riese lachte grausam auf. Doch noch einmal wendete sich Aurea de Pontar zu Wort: „Ist es nicht üblich, dass ein Angeklagter ein Gottesurteil verlangen kann?"

„Willst Du für die Hexe kämpfen?" fragte der Vollstrecker verwundert, während er wieder einen Schritt auf Aurea zu machte. Der Gefragte schüttelte den Kopf und erwiderte so kalt wie der Nordwind: „Das würdest Du nicht erleben wollen!"

„Würde ich nicht?" fragte der Vollstrecker spöttisch und wendete sich dann an das Volk: „Nun, da dem Rechtsgelehrten offensichtlich der Mut fehlt, frage ich: Wer will sein Leben für das der Hexe einsetzen? Wer kämpft gegen mich, um mich von ihrer Unschuld zu überzeugen?"

Niemand antwortete.

Der Vollstrecker blickte überheblich lächelnd über die Menschenmenge. Als sein Blick mich streifte, wich ich ihm so, wie alle anderen aus und senkte beschämt die Augen.

Er brach in ein abschätziges, fast mitleidiges Gelächter aus. Er sonnte sich in der Furcht, die jeder vor ihm hatte. Und noch während er seinen Triumph auskostete, streifte er sich lange, lederne Handschuhe über, deren Stulpen bis zu seinen Ellenbogen reichten, zog einen Sack aus einem neben dem Gestell mit den Folterwerkzeugen stehenden Weidenkorb, löste die Schnur, mit der er zugebunden war und packte mit einem schnellen, gezielten Griff hinein. Als er die behandschuhte Hand wieder herauszog ging ein Aufschrei der Erregung durch die Menge. Er hielt einen Wars in seiner Faust, eine dieser aalartigen, schwarzglänzenden Kreaturen, aus deren Ausscheidungen der Haut stimulierende Aphrodisiaka gewonnen werden. Im direkten Kontakt mit der Haut, war ein Wars aber ein todbringendes Geschöpf. Die Konzentration der Flüssigkeit, die er absonderte, bewirkte in unverdünntem Zustand eine derart intensive und lang anhaltende Stimulation und Reizung, die die Kräfte normalsterblicher Menschen, selbst wenn es solche Hünen wie der Vollstrecker gewesen wären, bei weitem überstieg. Zur Unterhaltung des Pöbels sollte Siwa an einem sich je nach ihrer Konstitution zwischen wenigen Minuten und mehreren Tagen auszuhaltenden Orgasmus sterben.

Siwa schrie auf, als sie den Wars, der sich um den Handschuh des Vollstreckers schlängelte, sah; die Menge schrie auf, aber sie tat es in ungezügelter Vorfreude und nur ein Mann erhob seine Stimme und versuchte, das Geschrei zu übertönen.

„Ich kämpfe!"

Es war Aurea de Pontar, der gerufen hatte. Sofort verstummten die

Schaulustigen wieder, die gehofft hatten, dass das Schauspiel jetzt endlich beginnen würde. Auch der Vollstrecker sah den viel kleineren, schmaleren und jüngeren Mann überrascht an. Es war ihm anzusehen, dass er jetzt keine Unterbrechung mehr dulden wollte. Seine Augen blitzen gefährlich, als er erwiderte: „Dann solltest Du auf ein Wunder hoffen!"

Im nächsten Moment packte er den sich windenden Wars auch mit der zweiten Hand und zwängte seinen Kopf in Siwas noch jungfräuliche Scheide. Die Menge schrie vor Begeisterung auf und Siwas Kehle entrang sich ein undefinierbarer Laut, der irgendwo zwischen Schmerz und unterdrückter Lust lag. Während der Schwanz des Wars, dessen Kopf tief in Siwas Scheide steckte, wild zuckte, warf der Vollstrecker die Handschuhe von sich, ging schnurstracks zu seinem Gehilfen, ließ sich dessen Schwert reichen und warf es seinem Herausforderer zu. Doch der wich dem Schwert aus und schob es mit dem Fuß zur Seite.

„Keine Waffen!" sagte Aurea ernst, doch ungeduldig. Der Vollstrecker lachte nur darüber und erwiderte: „Das kannst Du halten, wie Du willst. Wir kämpfen bis zum Tod!"

Damit zog er sein eigenes Schwert und stapfte die Stufen des Podestes hinunter auf Aurea zu. Als die beiden sich gegenüberstanden, blickte Aurea kurz in meine Richtung und nickte mir kaum merklich zu. Ich verstand ihn und zog meinen Dolch aus der Scheide. Da griff der Riese an. Ich sah noch, wie Aurea de Pontar dem ersten Schwerthieb mit katzenhafter Geschmeidigkeit auswich, während sich der Himmel wieder zu verfinstern schien und die Wärme aus Hradotéj entwich. Ohne zu zögern sprang ich auf das Podest, zog mir hinter dem Rücken des Gehilfen des Folterknechts schnell einen der Handschuhe an und zog den Wars aus Siwa heraus, obwohl ich wusste, dass das eigentlich keinen Unterschied mehr machte. Schnell durchschnitt ich die Riemen, mit denen Siwa an das Gerüst gefesselt war. Als sie frei war, brach sie, sich konvulsiv windend und zuckend, sofort zusammen und es gelang mir nur mit Mühe, sie aufzufangen und vom Podest hinab zu lassen. Vorsichtig zog ich sie in die Schatten der Häuser. Unbemerkt an der Menschenmenge vorbei zu kommen, um aus der Stadt zu fliehen, war in Siwas Zustand unmöglich. Sie presste sich die Hände in den Schoß und hätte ihre aufgezwungene Ekstase hinausgebrüllt, wenn ich ihr nicht den Mund zugehalten hätte. Schnell zog ich sie so in die nächste dunkle Gasse, ohne mich noch einmal nach dem Mann umzublicken, der so selbstlos um das Leben eines ihm fremden Mädchens kämpfte. Aber kaum waren wir in den Schatten des Gässchens eingetaucht, da erscholl auch schon der Ruf vom Ratsplatz: „Die Hexe ist geflohen!"

Wir mussten weiter. Aber Siwa hatte ihren Körper nicht mehr unter Kontrolle. Zwischen den Fingern meiner Hand, mit der ich ihr den Mund zuhielt, rann schäumender Geifer hindurch, während meine Kräfte kaum ausreichten, ihren zuckenden und sich aufbäumenden Körper festzuhalten.

Es blieb mir nichts anderes übrig, als sie zu knebeln und zu binden. Doch hatte ich dafür keine Zeit mehr. Hinter uns kamen bereits die Wachen in das Gässchen gestürzt. Unter Aufbietung ihrer ganzen Willenskraft zog Siwa meine Hand von ihrem Mund und flehte mich verzweifelt und fast wie ein Hund hechelnd an: „Flieh!"

Im nächsten Moment bäumte sie sich auf und schrie ihre unerträgliche Lust schon in den Himmel. Ich konnte ihr nicht helfen. Die Wachen waren fast da. Aber noch hatten sie uns nicht erreicht und mich vermutlich auch noch nicht genau sehen können, da ich im Schatten stand.

„Ich komme zurück!" versprach ich und rannte die Gasse in die andere Richtung davon. Ganz Hradotéj schien verlassen zu sein. Deshalb kam ich auf den Gedanken, dass der sicherste Ort jetzt in der Menge am Ratsplatz sein müsste. Außer Atem erreichte ich diesen auf Umwegen wieder. Und das Bild, das sich mir bot, war alles andere als Hoffnung erweckend. Siwa war wieder an das Gerüst geschnallt und wand sich zur Erheiterung der aufgebrachten Menschenmassen ekstatisch und laut schreiend in ihren Fesseln. Unter anderen Umständen hätte ich den Anblick ihres jungen, nackten, schweißglänzenden Körpers im Zustand der Ekstase durchaus genossen. Und selbst jetzt raubte mir so viel Schönheit den Atem und ließ mein Blut schneller durch meine Adern und Lenden pulsieren.

Aber Siwa war nicht die einzige Gefangene. Aurea de Pontar stand, so wie ich vor drei Jahren, dem Hohn und der Gehässigkeiten des nach Vergnügung lechzenden Volkes ausgeliefert, nackt am Pranger. Er hatte ebenso versagt wie ich. Nur wurde er weit weniger beachtet, als ich damals, was darauf zurückzuführen war, dass Siwa in ihrem Orgasmus einen weitaus faszinierenderen Anblick bot, als damals der gepfählte Bauer. Alles drängte sich um das Podest, jeder wollte sie begrapschen. Doch als der erste ihr brutal zwischen die Beine griff und dabei feststellte, dass die dort konzentrierte Ausscheidung des Wars auch in seinen Körper drang, worauf er zuerst zusammenbrach und dann vom Gehilfen des Vollstreckers brutal vom Podest geworfen wurde, wichen die anderen ehrfürchtig vor Siwa zurück. Wie sollte ich ihr jetzt noch helfen? Selbst wenn ich sie noch einmal losmachen und mit ihr aus Hradotéj hätte fliehen können, wäre es mir doch unmöglich gewesen, sie vom Gift des Wars zu heilen.

2. DIE BEFREIUNG SIWAS – ZWEITER VERSUCH

So sehr die Menge auch das Schauspiel genoss, das ihnen durch Siwas Orgasmus, der ihr letztendlich den Tod bringen sollte, geboten wurde, so unzufrieden waren deren lauteste Eiferer und Wortführer damit, dass sie selbst nicht wagen durften, Hand an das ihnen wehrlos ausgelieferte Mädchen zu legen. Immer wieder wurden Rufe laut, aus denen sich schließlich eine Forderung herauskristallisierte, die immer lauter und entschiedener aus den Kehlen des Pöbels erscholl: „Der Rechtgelehrte soll sie ficken!"

Sofort wurde Aurea von vielen Händen gepackt, während der Vollstrecker bereitwillig den Pranger öffnete, um dem Pöbel seinen Spaß zu gönnen.

„Halt, wartet!" bat Aurea eindringlich.

Ich fragte mich, warum er keinen Widerstand leistete. Gegen den Vollstrecker hatte er offensichtlich nichts ausrichten können. Aber mit den fetten, ungelenken Stadtbewohnern hätte er doch mit Leichtigkeit fertig werden müssen. Er war ein Kämpfer! Da war ich mir ganz sicher.

„Worauf sollen wir denn warten, Du Rechtsgelehrter?" fuhr der Vollstrecker ihn drohend an.

„Ich darf keine Frau berühren." antwortete Aurea nach kurzem Zögern und senkte beschämt den Blick. Der Vollstrecker sah ihn hämisch an und erwiderte lachend: „Keine Angst; ich werde Deiner Frau nichts verraten."

„Es ist ein Fluch, Du Narr", donnerte Aurea da zurück. „Niemand in diesem Qytet, in dieser Stadt wird überleben, wenn Du mich nicht freigibst."

Der Vollstrecker musterte Aurea de Pontar mit durchdringendem Blick mehrere Sekunden lang, während einige der Umstehenden ängstlich vor dem Gefangenen zurückwichen. Es schien, als wollte der Folterknecht dem ihm Ausgelieferten bis auf den Grund seiner Seele blicken. Aber schließlich hellte sich sein Gesicht wieder auf und er erwiderte: „Darauf lasse ich es ankommen."

Ganz langsam hob Aurea den Kopf und sagte: „Ginge es nur um Dein Leben, würde ich das auch."

Wie in Trance ließ er seinen Blick über den Platz schweifen. Er entdeckte auch mich und ich konnte dabei ein leichtes Aufblitzen seiner Augen bemerken. Aber sein Blick blieb nicht auf mir haften, sondern wanderte weiter, bis er schließlich auf Siwa ruhte. Und ohne seinen Blick von ihr abzuwenden, fuhr er ganz leise fort: „Aber auch wenn sie schwer zu entdecken sind; es gibt hier Unschuldige, die den Tod nicht verdienen, den ich ihnen bringen würde."

Kaum hatten diese Worte seine Lippen verlassen, da riss er sich los und bahnte sich mit der Geschmeidigkeit einer großen Katze, die ich vorher schon an ihm bemerkt hatte, seinen Weg durch die Menschenmassen, die ihn umringten. Viele griffen nach ihm, um ihn zu ergreifen, viele schlugen auf ihn ein, die Wachen stürzten mit gezogenen Schwertern und Lanzen auf ihn zu, aber er wich den Angriffen so geschickt aus, dass nicht einer von ihnen es schaffte, ihn zu ergreifen oder zu verletzen, während er mit tänzerischer Sicherheit und der Schnellkraft eines Panthers immer weiter in Richtung des Haupttores floh, ohne dabei auch nur einen einzigen Angriff zu erwidern.

Der Vollstrecker war nur kurz über diesen Fluchtversuch erstaunt. Ich bemerkte die Bewunderung in seinem Blick, als er den Bewegungen Aureas folgte, dem ein größer werdender Schatten und eine neu einsetzende Kälte zu folgen schien.

„Schließt die Tore!" befahl der alle anderen überragende Vollstrecker mit seiner Donnerstimme, die die Palisaden zum Beben brachten. Ein riesiges Durcheinander setzte ein. Von den Wachtürmen erscholl der langgezogene, tiefe Ton der Hörner. Alles war auf den Beinen, um Aurea de Pontar, den Rechtsgelehrten aus der Hauptstadt wieder einzufangen. Unschlüssig stand ich noch auf dem Platz und bemerkte erst jetzt, dass Siwa ganz allein auf dem Podest zurück geblieben war, wo sie sich noch immer atemlos hechelnd ekstatisch in ihren Fesseln wand und aufbäumte. Wie lange konnte sie diesen Zustand noch ertragen?

Nur der Vollstrecker war noch auf dem Platz. Aber auch seine Aufmerksamkeit galt dem flüchtigen Rechtsgelehrten, dem der Weg aus der Palisadenstadt abgeschnitten wurde, indem sich die Tore vor ihm schlossen. Während Aurea wie ein Hase Haken schlug und nackt, wie er war, in die vom Ratsplatz abzweigenden Gassen zu entkommen versuchte, lief ich schnell zu dem Podest. Zuerst dachte ich nur daran, Siwa zu trösten und zu beruhigen. Aber dann erkannte ich, dass die Gelegenheit jetzt bei weitem besser war, als bei meinem ersten Versuch, sie aus den Händen des Vollstreckers zu befreien. Ohne darüber nachzudenken, packte ich Aureas Habseligkeiten zusammen, die achtlos unter das Podest geworfen worden waren. Dann riss ich mir einen Ärmel aus meinem fast neuen Hemd, formte daraus einen Knebel und rannte die Treppen zum Podest hoch.

„Verzeih mir bitte", bat ich flüsternd, „aber das muss jetzt sein."

Im nächsten Moment legte ich ihr bereits den Knebel an, da sie mir ohnehin nicht hätte antworten können. Dann schnitt ich schnell die Riemen durch, mit denen sie wieder auf das Gerüst geschnallt worden war, warf sie mir über die Schulter und flüchtete so schnell, wie ich mit dieser leichten, aber unaufhörlich zuckenden und sich windenden Last laufen konnte, in eine der menschenleeren Gassen, ohne zu wissen, wohin ich mich mit der kleinen nackten Siwa, die kurz davor stand, an ihrem Orgasmus zu sterben, hätte wenden können.

Ich war noch nie ein Held gewesen. Warum musste ich ausgerechnet jetzt damit anfangen, wodurch mir nicht nur wieder mein Einkommen entging, sondern ich mich auch noch selbst, und diesmal sogar wissentlich, in große Gefahr begab? Dieses Mal würde ich nicht mit dem Pranger davonkommen. Dieses Mal hatte ich eine verurteilte Gefangene befreit, auch wenn ich nicht mehr in der Lage war, ihr Urteil zu verhindern.

Ich Idiot! Ich hätte hier so viel verdienen können, dass ich für ein ganzes Jahr ausgesorgt gehabt hätte. Und was mache ich? Scheiße, Scheiße, Scheiße!

Von irgendwoher hörte ich wieder Stimmengewirr. Der Staub der Straße oder was auch immer hatte mir Tränen in die Augen getrieben. Ich blieb stehen, um mich neu zu orientieren und herauszufinden, aus welcher Richtung sich die Stimmen näherten. Aber alles drehte sich um mich. Ich war so verwirrt und so erschöpft; mehr von der Anspannung, als von der körperlichen Anstrengung. Unschlüssig drehte ich mich im Kreis. Ich wusste nicht mehr, aus welcher Richtung ich gekommen war. Alles in dieser hölzernen Stadt schien gleich auszusehen.

Das war's also, dachte ich mir, sank mutlos auf die Knie und ließ die unaufhörlich zuckende und bebende Siwa von meiner Schulter in meine Arme sinken, wo ich sie ganz fest hielt, um ihr wenigstens für einen kurzen Augenblick das Gefühl zu geben, dass sie nicht allein war. Ihre mit Tränen gefüllten, goldenen Augen, in denen sich der immer bedrohlicher wirkende Himmel spiegelte, waren weit aufgerissen und starrten mich flehend an. Da ich ohnehin nicht mehr daran glaubte, noch etwas an ihrem und auch meinem Schicksal ändern zu können, wagte ich es, ihren Knebel zu lösen. Siwa versuchte vergeblich, ihre Atmung zu beruhigen und brachte nur ganz abgehackt zwischen ihren konvulsivisch hervorgestoßenen Atemzügen hervor: „Ich kenne Dich!"

Dann klammerte sie sich an mir fest und presste ihr Gesicht an meine Brust, um nicht zu schreien. Ihre Finger gruben sich schmerzhaft in meine Oberarme und vermittelten mir dadurch eine Ahnung der Qualen, die sie zu erleiden hatte. Aber nach wenigen Augenblicken war es mehr, als nur eine Ahnung. Mein linker Arm, von dem ich mir den Ärmel als Knebel für Siwa vom Hemd gerissen hatte, begann plötzlich zu brennen und zu pulsieren. Obwohl ich uns schon aufgegeben hatte, bekam ich Panik. Die Bilder, wie der Vollstrecker den Wars in Siwas Scheide gesteckt hatte, zuckten in meiner Erinnerung auf. Und dann sah ich wieder, wie Siwa sich mit beiden Händen zwischen ihre Beine gegriffen hatte. Jetzt hatte ich dieses Sekret auch an mir und ich fühlte, wie es meinen Arm durchströmte. Es war schön und unerträglich zugleich. Mein Bizeps schwoll an und trotzdem raubte mir das Sekret die Kraft aus dem Arm.

Plötzlich nahm ich eine Bewegung in der Gasse vor mir wahr. Ich wäre nicht einmal in der Lage gewesen, mich aus Siwas Griff zu befreien, geschweige denn, mit ihr noch weiter zu fliehen. Also ergab ich mich demütig in mein Schicksal. Aber als ich meinen Blick zu dem Mann hob, der vor uns aufgetaucht war, erkannte ich, dass auch er kurz verharrte. Und als nächstes registrierte ich, dass er nackt war. Auch Aurea musste Siwa und mich erkannt haben, denn nach seinem nur einen winzigen Augenblick andauernden Zögern, flog er förmlich auf uns zu. Ich habe wahrlich noch niemals einen anderen Mann gesehen, der sich so schnell wie dieser bewegen konnte.

„Schnell", sagte er leise, als er bei uns war, „wir dürfen keine Zeit verlieren."

Und damit wollte er auch schon weiter laufen. Doch ich rief ihm atemlos hinterher: „Ich kann nicht weiter."

Aurea de Pontar blieb abrupt stehen und drehte sich wieder zu uns um.

„Ihr müsst Siwa tragen, wenn Ihr sie retten wollt!" gestand ich ihm. Doch Aurea hob abwehrend seine Hände und taumelte einen Schritt rückwärts.

„Das kann ich nicht!" stammelte er nervös.

Die Stimmen seiner Verfolger wurden wieder lauter und ich sagte resigniert: „Dann werden Siwa und ich hier sterben."

Aurea zögerte noch eine lange Sekunde, fluchte dann „Verdammt!" und sprang in seiner katzenhaften Art zu uns zurück. Er riss Siwa gewaltsam von mir los, warf sie sich über die Schulter und zog auch mich wieder auf die Beine, während ein Tosen den Himmel erfüllte und die Luft um uns herum zu gefrieren schien. Diese unerklärlichen Naturgewalten erschreckten mich im Moment so sehr, dass ich vergaß, Aurea vor der Berührung mit Siwas Händen zu warnen. Als ich registrierte, wie sie auf seiner Schulter lag und mir bewusst wurde, dass er vollkommen nackt war, hatte ich das Gefühl, ihn durch mein Schweigen ebenfalls bereits mit ins Verderben gezogen zu haben.

„Hier entlang", sagte er und rannte mit Siwa so schnell die Gasse entlang, dass es mir nicht möglich war, mit ihm Schritt zu halten. Doch bevor er so viel Vorsprung hatte, dass meine Worte ihn nicht mehr erreichen konnten, rief ich ihm verzweifelt hinterher: „Wartet Aurea, ich kann nicht so schnell."

Aurea blieb stehen und blickte sich nervös nach allen Seiten um. Ich konnte sehen, dass er ebenso wenig wie ich selbst wusste, wohin wir eigentlich flohen. Die Stadttore waren zu. Wir waren gefangen. Es war genau das eingetreten, was dieser Mann ausschließen wollte, indem er mich daran gehindert hatte, meinen Beruf auszuüben.

Dunkle Schatten schienen um uns herum zu schwirren. Ich versuchte, sie mit meinen Händen zu verscheuchen, so wie man eine Rauchwolke vor seinen Augen wegwischt. Doch Aurea packte mein Handgelenk so fest, dass es schmerzte und sagte beschwörend: „Reizt sie nicht!"

Dann zog er mich wortlos hinter sich her, ohne mein Handgelenk loszulassen und murmelte mehr zu sich selbst: „Wir haben nicht mehr viel Zeit."

An einer Kreuzung blieb er wieder stehen, um alle möglichen Richtungen, die wir einschlagen konnten, mit fieberhaftem Blick abzusuchen. Die Stimmen kamen wieder näher. Und sie schienen aus verschiedenen Richtungen zu kommen.

„Hier entlang!" schrie Aurea mit einem Anflug von Panik, wie es mir schien. Ich wurde aus diesem Mann einfach nicht schlau. Er zog mich zu einem Haus, das eine überdachte Veranda hatte, kletterte mit Siwa auf der Schulter hinauf und forderte mich auf: „Kommt schon!"

Doch mir war es mit meinem aufgepumpten und pulsierenden Arm nicht möglich, mich an dem Dach nach oben zu ziehen. Aurea legte Siwa auf dem niedrigen Dach ab, reichte mir die Hand und zog mich ohne sichtbare Kraftanstrengung nach oben.

Vom Dach der Veranda aus, konnte man mit ein wenig Geschick einen Balkon erreichen. Aurea kletterte mit Siwa nach oben und zog mich dann wieder hinterher. Und vom Balkon aus gelangten wir auf die gleiche Weise gerade noch rechtzeitig, bevor der Mob wie eine blutgierige Welle durch diese Gasse rollte, auf das flache Dach des Gebäudes. Aurea legte Siwa unsanft ab und entfernte sich so weit von ihr, wie es auf dem Dach möglich war, ohne von den Gassen auf beiden Seiten des Hauses aus gesehen zu werden. Nur langsam erwärmte die Luft sich wieder und die Schatten wichen weiter zurück, lösten sich jedoch nicht ganz auf. Aurea warf sich auf die dicken, nur leicht nach einer Seite hin abschüssigen Baumstämme, die fugenlos aneinandergefügt waren, und krümmte sich vor Schmerzen. Mich hatte Siwa nur am Arm berührt und es war kaum erträglich. Aurea war nackt. Siwa hatte mit ihrem vom Wars getränkten Schoß auf seiner Schulter gelegen und ihre Hände hatten Halt gesucht, wo immer sie ihn finden konnten. Aurea hob seine Augen und bemerkte wohl meinen mitfühlenden Blick, denn er fragte mich, indem er in Siwas Richtung nickte: „Was glaubt Ihr wohl, was sie ertragen muss?"

Ich wollte es mir gar nicht vorstellen. Mir reichte mein Arm. Unfähig, etwas zu machen, blickte ich von Aurea zu Siwa und wieder zurück. Aurea de Pontar war der einzige von uns Dreien, dem ich zugetraut hätte, einen Ausweg aus unserer Lage zu finden. Doch in seinem Zustand war er dazu mit Sicherheit auch nicht mehr in der Lage. Ich sah, wie er die Zähne zusammenbiss. Er kauerte sich auf seine Knie, sah mich plötzlich vorwurfsvoll an und sagte in gereiztem Ton: „Ich wäre Euch dankbar, kleiner Taschendieb, wenn Ihr in eine andere Richtung sehen würdet."

Ich verstand diese plötzliche Gereiztheit mir gegenüber nicht. Aber meine erste Sorge galt bei Aureas Worten Siwa, um nicht zu sagen, mir selbst. Ich wollte nicht, dass Siwa erfuhr, womit ich mein Geld verdiente. Nervös blickte ich zu ihr. Aber Siwa hatte ganz andere Probleme und ich schämte mich sofort für meinen Egoismus. Als ich in Aureas Zügen eine Erklärung für seine abweisenden Worte suchte, sah ich auch, warum ich ihn nicht ansehen sollte. Obwohl er es zu verbergen versuchte, sah ich doch, dass er ejakulierte. Sein Samen spritzte so heftig aus ihm heraus, dass ich annahm, er hätte schon seit sehr langer Zeit mit keiner Frau mehr geschlafen. Aurea atmete fast so heftig wie Siwa. Erschöpft kippte er in seiner knienden Haltung nach vorne und schlug mit seiner Stirn auf die Holzbohlen, während die ihn umtanzenden Schatten zornig grollten. Erst nach mehreren Minuten, während denen er gegen seinen Zustand vergeblich anzukämpfen schien, erhob er sich wieder auf seine Knie und wendete sich mit verbissenem Gesicht an mich, der ich zwischen ihm und Siwa kauerte und mir meinen Arm mit meinem Wams umwickelte.

„Ihr müsst eine Apotheke aufsuchen!" sagte er keuchend. „Besorgt Warwarak, getrocknete Grypelblätter und -knollen und Graugreifschleim."

„Wird das helfen?" fragte ich besorgt. Aureas zweifelnder Ausdruck konnte mich nicht wirklich überzeugen, als er antwortete: „Etwas Besseres fällt mir nicht ein. Und wir haben keine Zeit, um jemanden zu finden, der mehr davon versteht."

Ich nickte, da ich auch keinen besseren Vorschlag hatte und trat an den Rand des Daches. Aber als ich in die Tiefe blickte, wurde mir wieder bewusst, dass ich mit meinem schmerzenden Arm nicht in der Lage war, hinunter und wieder herauf zu klettern. Als ich mich in meiner Hilflosigkeit wieder umdrehte, begegnete ich Siwas flehendem Blick. Ich wollte ihr so gerne helfen, wollte ihr so gerne Linderung für ihre Qualen bringen, doch die Aufgabe überstieg meine Kräfte. Ich fühlte mich elend und nutzlos.

„Verdammt!" fluchte Aurea, der die Misere anscheinend verstand, bevor ich sie artikulieren konnte. Er deutete zitternd auf seine Hose und Stiefel, die ich auf dem Dach hatte fallen lassen und ich reichte ihm das Bündel. Mühsam erhob er sich. Es war mir unangenehm, zu sehen, wie sein hoch aufgerichtetes Glied pulsierte und noch immer Samenflüssigkeit aus seiner prallen Eichel hervorquoll. Verlegen wendete ich mich von ihm ab und Siwa zu, während er sich schneller, als ich es ihm in seinem Zustand zugetraut hätte, anzog. Als er fertig war, bat er mich: „Gebt mir bitte Euer Hemd und die Gugel, sonst komme ich nicht weit."

Ich zog die Kleidungsstücke ohne Widerrede aus und reichte sie ihm. Er warf sie sich über und sprang behände vom Dach auf den Balkon, und weiter, bis er auf der Straße landete, wo er sich erst einmal zusammenkrümmte. Dann lief er die Gasse entlang und entschwand meinem Blick. Ich kauerte mich wieder zu Siwa und nahm sie trotz der

Gefahr durch die Berührung ihrer Hände in meine Arme.

„Er bringt Medizin", sagte ich, um ihr und auch mir selbst Mut zu machen. Aber Siwa war bereits so schwach, dass ich fürchtete, Aurea würde zu spät zurückkommen, selbst wenn es ihm gelingen würde, Medizin zu besorgen, die ihr helfen konnte.

3. KURZE RAST

Die Sonne ging bereits unter. Ich blickte verzweifelt über die Dächer der Stadt und stellte dabei zu meinem Entsetzen fest, dass wir hier für die Wachen in den Wehrtürmen deutlich zu sehen sein mussten. Immer wieder patrouillierten die Wachen in den Gassen unter uns vorbei. Und jedes Mal befürchtete ich, dass sie zu uns auf das Dach hochsteigen würden. Aber noch hatten sie unseren Standpunkt nicht ausgemacht. Wenn sie nach oben blickten, dann taten sie es angstvoll, in die sich über der Stadt zusammenbrauenden düsteren Wolken, die sich wie ein Strudel drehten und damit die kreisrunde Form Hradotéjs nachzeichneten. Hier war zweifellos Magie im Spiel. Und das gefiel mir gar nicht.

Als die Sonne mit einem letzten goldenen Aufblitzen hinter den Wipfeln der Baumriesen verschwand, die Hradotéj umgaben, stand der Rechtsgelehrte plötzlich wieder auf dem Dach. Er hatte eine Schüssel aus Ton in den Händen in der sich eine weiße, zähflüssige Masse befand.

„Das wird helfen", versprach er und reichte mir die Schüssel und eine schwarze, übel riechende Knolle.

„Was soll ich damit machen?" fragte ich unsicher und vergaß dabei die Wachtürme wieder vollkommen.

„Beißt die Knolle auf und schiebt sie ihr in den Mund. Dann reibt Ihr sie mit der Salbe ein, überall dort wo der Wars oder ihre eigenen Hände sie berührt haben. Nehmt zuerst eine ganze Hand voll und drückt es in ihre Scheide. Es wird das Gift aus ihrer Haut saugen. Dann kümmert euch um Euren Arm. Aber lasst mir auch noch genug übrig."

Damit ließ er sich auf das Dach des Hauses fallen und zog sich mit nur mühsam unterdrückter Erregung wieder nackt aus, während ich seinen Anweisungen folgte. Die Knolle löste einen Brechreiz bei mir aus. Aber ich musste sie zum Glück nicht lange im Mund behalten, sondern konnte diese Bürde sofort an Siwa weitergeben. Es war mir unangenehm, sie so gefühllos und ohne zu fragen überall zu berühren. Aber ich sah die Notwendigkeit ein, es tun zu müssen und drückte eine große Portion des bitter riechenden Breis zwischen ihren geröteten, heißen, geschwollenen und pulsierenden Schamlippen hindurch in ihre vom Gift des Wars erregte Scheide. Siwas Atem ging nur noch ganz leise. Aber ihr Körper wurde noch immer von dem anhaltenden Orgasmus geschüttelt. Ganz behutsam aber trotzdem eilig rieb ich auch den Rest ihres Körpers ein, bevor ich meinen Arm versorgte und den spärlichen Rest der Paste Aurea reichte, der geduldig darauf gewartet hatte, obwohl sein Zustand kaum besser als der von Siwa zu sein schien. Aus seinem erigierten und anscheinend noch weiter angeschwollenen Penis schossen noch immer kleine Fontänen milchiger Flüssigkeit.

Unter anderen Umständen ein beneidenswerter Zustand, dachte ich mir. Aber unter den gegebenen Bedingungen hätte ich nicht mit ihm tauschen wollen.

Ich merkte schon, während ich Siwa und mich behandelte, dass ich immer schläfriger wurde. Und noch während ich Aurea dabei zusah, wie er seinen Körper behandelte, verlor ich das Bewusstsein.

4. DAS ENDE DER RAST

Ich wachte auf, als ich unsanft gerüttelt wurde. Noch bevor ich es schaffte, meine Augen zu öffnen, deren Lider so schwer wie der Hintern der fetten Wirtin vom Gasthaus zu den zwölf Jungfrauen auf meinem Gesicht lasteten, drang das langgezogene, tiefe Tröten der Signalhörner in meine Ohren. Doch ich erkannte das Geräusch nicht sofort als das, was es war und säuselte glücklich „Musik!", während ich mich wieder auf die Seite drehen und weiterschlafen wollte. Doch eine schallende Ohrfeige riss mir nicht nur fast den Kopf vom Rumpf, sondern mich auch endgültig aus meinen Träumen, in die ich so gerne wieder zurückgekehrt wäre. Im nächsten Augenblick wurde ich bei den Schultern gepackt und wie eine kleine Strohpuppe hochgehoben und auf die Füße gestellt.

5. NÄCHTLICHE BESUCHER

„Wacht auf, verdammt noch mal, sonst werdet Ihr für immer schlafen", schrie Aurea mich so laut an, dass ich zusammenzuckte. Endlich schaffte ich es, meine Augen zu öffnen. Und da sah ich auch, weshalb der Rechtsgelehrte mich so unsanft aus dem wohlverdienten Schlaf gerissen hatte: Große, schwarze Schwingen kreisten über der Stadt. Und ein unerträgliches, Schmerz bereitendes Kreischen stand im Wettstreit mit dem dumpfen Ton der Hörner auf den Wachtürmen, von denen aus die langen, armdicken Bolzen der Ballisten auf die geflügelten, nächtlichen Angreifer abgeschossen wurden. Aber Ballisten sind viel zu schwerfällig, als dass man mit ihnen einen sicheren Schuss auf sich so schnell bewegende Ziele, wie die, die über uns kreisten, hätte abgeben können. Da war die Gefahr für die Stadtbewohner weitaus größer, von diesen Geschossen verletzt zu werden. Dennoch fürchtete ich diese Geschosse weniger, als das, was mit rauschenden Schwingen auf uns herabstürzte.

„Was, im Namen der Götter, ist das?" fragte ich, inzwischen zwar wach aber dafür fast gelähmt vor Furcht. Ich konnte im flackernden Licht der Feuer, die auf den Türmen und einigen Dächern entfacht worden waren, nur diese großen, schwarzen Flügel ausmachen, ohne aber die Wesen, die von diesen Flügeln durch den Nachthimmel getragen wurden, erkennen zu können.

„Vampire!"

Aurea de Pontar sagte nur dieses eine Wort. Aber das genügte, um mir das Blut in den Adern gefrieren zu lassen, denn eine dieser Kreaturen stieß eben auf uns herab. Unfähig, mich zu bewegen, starrte ich auf die sich aus dem Himmel nähernde, schwarzgraue Gestalt mit dem Körper einer jungen Frau und diesen riesigen, mit den Armen verwachsenen, lederartigen Schwingen. Mein viel zu kurzes Leben begann gerade, vor meinem geistigen Auge abzulaufen, da gab Aurea mir einen so heftigen Stoß, dass ich vom Dach des Hauses stürzte. Ich flog am Balkon vorbei, über den wir nach oben gelangt waren und sah dort ein altes Ehepaar in ihren Schlafgewändern stehen und verängstigt in den Himmel blicken. Die Frau schrie kreischend auf, als ich an ihnen vorbei flog. Und im nächsten Moment schrie ich selbst auf, als ich durch das Dach der Veranda krachte.

Wäre ich nur nie nach Hradotéj gekommen.

Benommen lag ich zwischen den Trümmern des Verandadachs und brauchte einige Momente, um mich davon zu überzeugen, dass ich mich bei meinem Sturz nicht ernsthaft verletzt hatte. Mühsam und mir den schmerzenden und blutenden Kopf haltend, befreite ich mich aus dem Bretterhaufen. Der Lärm vom Dach des Hauses zog meinen Blick sofort wieder nach oben, sobald ich mich wieder halbwegs orientieren konnte.

An der Dachkante sah ich Aurea de Pontar mit dem Vampir um die bewusstlose Siwa kämpfen!

„Siwa!" schrie ich sofort in Panik um das Mädchen, das zu retten sich immer schwieriger gestaltete. Von meinem Sturz vom Dach schmerzte zwar mein ganzer Körper, aber zu meiner Überraschung hatte die Wirkung des Warssekrets an meinem Arm spürbar nachgelassen. Sofort wollte ich Siwa und Aurea wieder zu Hilfe eilen. Aber nachdem das Dach der Veranda unter meiner Last eingestürzt war, konnte ich schon die erste Etappe nicht zurücklegen. Das alte Ehepaar vom Balkon war ebenfalls verschwunden und Fenster und Türen des Hauses waren fest verschlossen. Verzweifelt verfolgte ich Aureas aussichtslosen Kampf. Er hielt Siwa an den Beinen fest und versuchte sie dem weiblichen Vampir, der sie in seinen Klauen hatte und in den drohenden Nachthimmel zu entführen versuchte, wieder zu entreißen. Schließlich umklammerte Aurea Siwas Hüfte mit seinen Armen und sprang ebenfalls vom Dach des Hauses. Die Vampirin schlug wie wild mit ihren Flügeln. Aber das Gewicht von Siwa und Aurea konnte sie nicht tragen. Und so sanken die drei langsam in die enge Gasse nieder.

„Nimm Dir einen Holzpflock und ramm ihn ihr ins Herz!" rief Aurea mir schon aus halber Höhe zu. Panisch blickte ich mich um und entdeckte die zerbrochenen Reste des Verandadachs. Ich zog einen langen, zerbrochenen Pfosten mit spitz zulaufendem Ende aus den Trümmern und versuchte, mich vorsichtig dem um Siwa kämpfenden Knäuel zu nähern, wagte dabei aber nicht, mich in die Reichweite der wild schlagenden Flügel der Vampirin zu begeben.

„Tu es!" schrie Aurea, der seine ganzen Kräfte aufbieten musste, um sich Siwa nicht entreißen zu lassen. Vorsichtig tastete ich mich wieder näher. Da fauchte mich die Vampirin mit dem vollendeten Körper einer Frau so zornig an, dass ich zurücktaumelte und über meine eigenen Füße stolperte. Im selben Moment entglitt Siwa Aureas Armen und die Vampirin stieg mit ihrer Beute langsam wieder auf.

„Du musst es tun!" sagte Aurea eindringlich flehend zu mir. Warum zum Teufel tat er es nicht? Warum kämpfte er nicht? Er war doch so viel geschickter und stärker als ich. Aber er kämpfte immer nur passiv. Das hatte er bei seiner Flucht vom Ratsplatz schon getan. Warum griff er nie an? Anscheinend sah er mir meine Gedanken an, denn er wiederholte noch einmal: „Du musst es tun"

Und er betonte dabei ganz besonders das Du.

Warum ausgerechnet ich? fragte ich mich verzweifelt, sagte aber noch verzweifelter: „Sie ist doch schon zu weit weg. Ich würde Siwa treffen."

31

Ohne zu zögern kletterte Aurea, der das Dach der Veranda nicht brauchte, geschickt wie ein großer Affe, wieder auf das Dach des Gebäudes und hechtete von dort über den Abgrund auf die geflügelte Bestie und ihr Opfer zu, die noch kaum höher waren, als er. Wieder bekam er Siwas nackten und wie tot wirkenden, kleinen Körper zu fassen und umschlang ihre Hüfte. Die tosenden Schatten jagten um die wieder sinkende Vampirin herum, als wollten sie selbst ihr Siwa entreißen. Noch einmal durfte ich nicht versagen. Ich atmete tief durch, griff nach dem hölzernen Pfosten und stellte mich dort in Position, wo die drei herunterkommen mussten. Die Vampirin wand sich, ohne aber ihre Beute aufgeben zu wollen. Es gelang ihr sogar kurz, noch einmal ein wenig an Höhe zu gewinnen. Aber dann schlug sie gegen eine der Hausfassaden und taumelte mit ihrer zu schweren Last wieder nach unten. Wieder versuchte ich, die richtige Position zu finden. Aber das widerwärtige Biest schlug mit einem ihrer Flügel nach mir. Aurea kämpfte unter Aufbietung seiner letzten Kraftreserven, um sich Siwa nicht wieder entreißen zu lassen.

Es lag an mir. Wie auch immer dieser verzweifelte Kampf ausgehen mochte: Es lag alles an mir! Mit einem lauten Schrei holte ich aus und schlug mit dem Pfosten auf den Flügel der Vampirin. Sie kreischte so laut und schrill, dass es mir in den Ohren schmerzte und ich mir diese am liebsten zugehalten hätte. Aber meine Fäuste schlossen sich noch fester um das Holz. Die Vampirin stürzte zu Boden und wollte sofort ihre langen, blitzenden Fangzähne in Siwas Hals schlagen. Aber Aurea warf sich schützend über das wehr- und bewusstlose Mädchen. Die Vampirin fauchte ihn zischend an und wollte jetzt ihn beißen, da er keine Anstalten zur Gegenwehr machte. Da stieß ich zu. Der Holzpfahl bohrte sich tief in ihr schwarzes Herz. Sie ließ ihre Beute los, flatterte panisch und kreischend bis fast in die Höhe des Hausdaches und stürzte dann wieder in den Schmutz der Gasse zurück. Ihre Finger tasteten nach dem Holz in ihrer Brust. Ich wusste nicht, was ich jetzt tun sollte und blickte hilfesuchend Aurea an, der sich mühsam und aus mehreren Wunden blutend von Siwa erhob.

„Du musst es zu Ende bringen!" sagte er schwer atmend aber eindringlich.

Langsam tastete ich mich an die auf dem Rücken liegende und verzweifelt mit den Flügeln schlagende Vampirin heran. Hätte ihre Haut nicht ebenso wie ihre Flügel, wie schwarzes Leder gewirkt, wäre sie eine wunderschöne Frau gewesen. Als ich jetzt auf sie zuging, konnte ich die Furcht in ihren Augen sehen und Mitleid für diese arme, verdammte Kreatur regte sich in mir. Ich glaubte, es nicht übers Herz bringen zu können, diese wehrlose Kreatur so zu töten und drehte mich ratsuchend zu Aurea um. Der schrie aber nur: „Pass auf!"

Blitzschnell wendete ich mich wieder um und sah den drohenden Schatten ausgebreiteter Schwingen auf mich zustürzen. Es war reiner

Reflex, dass ich das in ihrer Brust steckende Holz ergriff und ihr mit einem verzweifelten Schrei durch den Körper trieb. Sie stürzte mit einem letzten Röcheln zurück in den Staub und ich taumelte benommen ebenfalls zurück. Ich war ein Dieb. Aber ich hatte noch niemals zuvor getötet.

Ich spürte Aureas Hand auf meiner Schulter und seine Stimme sagte ganz sanft: „Wir müssen weg von der Straße!"

„Aber werden sie uns jetzt denn nicht als Helden feiern?" fragte ich naiv. „Wir haben doch einen Vampir getötet!"

Aurea dachte einen kurzen Augenblick nach, aber wie ich im Nachhinein vermute, nur darüber, wie er mir seine Antwort schonend verständlich machen konnte. Dann sagte er: „Dich vielleicht, wenn sie Dich nicht mit unserer Flucht in Verbindung bringen. Aber die entflohene Hexe und den Schattenbringer, wie sie mich inzwischen wohl auch schon hier bezeichnen, werden sie eher für den Angriff der Vampire verantwortlich machen."

Im nächsten Moment kletterte er schon wieder an der Fassade des Hauses nach oben. Und erst dabei wurde mir bewusst, dass er noch immer nackt war und gegen seinen anhaltenden Orgasmus ankämpfte. Das Gefühl in meinem Arm war erträglicher geworden. Aber er war noch immer angeschwollen und pulsierte stark. Ich hätte mir gewünscht, nur einen winzigen Tropfen von dem Warssekret in stark verdünnter Konzentration einmal so zu benutzen, wie Aurea es jetzt unfreiwillig und in viel zu hoher Konzentration tat.

Ich wendete mich wieder der schlafenden Siwa zu. Ihre Arme waren von Klauen des Vampirs aufgerissen. Und auch über ihre Brüste verliefen zwei frische, blutende Linien.

Arme, kleine Siwa!

Nur wenige Augenblicke später stand Aurea wieder neben mir. Er war wieder bekleidet und reichte mir mein Hemd und meine Gugel.

„Wird sie überleben?" fragte ich ihn, während ich die Kleidung an mich nahm.

„Ich hoffe es", antwortete Aurea bedrückt und fragte mich gleich weiter: „Geht es Deinem Arm gut genug, dass Du sie wieder tragen kannst?"

Ich betastete skeptisch meinen noch immer pulsierenden Arm. Aber bevor ich mit meiner Prüfung fertig war, erklärte Aurea bereits: „Ich sollte sie nicht mehr berühren. Die Schatten zürnen bereits und es liegt nicht in meiner Macht, sie zu besänftigen."

Ich verstand zwar nicht, wovon er sprach, ermahnte mich aber, dass ich selbst Siwa retten wollte. Und ich hatte auch begriffen, dass wir hier nicht verweilen durften. Schnell warf ich mir meine Kleidung über und hob Siwa vom schmutzigen Boden auf. Es musste einfach gehen; irgendwie.

6. FLUCHT NACH UNTEN

„Kennst Du Dich in Hradotéj aus, Aurea de Pontar?" fragte ich den vor mir Laufenden. Seit unserem gemeinsamen Kampf gegen die Vampirfrau hatten wir uns geduzt, ohne dass wir irgendetwas voneinander wussten. Es hatte sich im Eifer des Gefechts einfach so ergeben und fühlte sich richtig an. Wir kämpften für die selbe Sache, für die selben Ideale, um das Leben des selben Mädchens. Ich wusste nur nicht, warum das so war und verstand auch sonst sehr wenig von dem, was in Hradotéj vor sich ging und mir den Tag versaute.

„Mein Name ist nicht Aurea de Pontar", antwortete der Mann vor mir, der nicht Aurea de Pontar hieß, obwohl er sich noch vor wenigen Stunden dem Vollstrecker gegenüber so genannt hatte. „Und nein: Ich habe keine Ahnung, wohin wir gehen."

Ich runzelte die Stirn, da ich nun noch weniger verstand, als ich angenommen hatte. Verträumt blickte ich zu Siwa in meinen Armen. Sie schlief ganz ruhig, doch selbst im Schlaf zuckte noch immer unaufhörlich ihr Becken. Und in jedem Schritt den ich machte, schwangen ihre wunderschönen, großen, festen Brüste mit. Dieser Anblick wäre vollendet gewesen, wenn von Siwas traumhaften Brüsten und von ihren Schultern und Armen nicht dünne Rinnsale aus Blut aus den ihr zugefügten Wunden geflossen wären.

Die übrigen Vampire, die wir noch gesehen hatten, waren anscheinend wieder davon geflattert. Wir sahen und hörten nichts mehr von ihnen. Und auch die Hörner waren wieder verstummt. Wir sahen nur immer wieder Truppen der Stadtwachen, vor denen wir uns verborgen halten mussten, durch die Stadt patrouillieren. Das war nicht immer leicht. Einmal wären die Soldaten fast über uns gestolpert.

Doch wohin gingen wir überhaupt, wenn der Mann, der nicht Aurea hieß, selbst nicht wusste, wohin wir gingen? Wir waren wie Diebe auf der Flucht und hielten uns stets im Schatten. Zugegeben: Dieses Verhalten war mir nicht fremd. Aber dennoch hätte es doch Sinn gemacht, ein Ziel unserer Flucht zu kennen, fand ich. Langsam konnte der Anblick von Siwas nackter Schönheit in meinen Armen auch nicht mehr überspielen, dass mein Arm durch die Anstrengung doch wieder stärker zu pulsieren begann und mir meine beim unfreiwilligen Sturz vom Dach zugezogenen Prellungen mich mehr angeschlagen und geschwächt hatten, als ich ursprünglich gedacht hatte. Kurz gesagt: Ich konnte nicht mehr weiter.

Aber eben in dem Moment, in dem ich in die Knie gehen und Siwa erschöpft auf den Boden legen wollte, da sagte mein eigenartiger Führer: „Wir sind da?"

„Wo?" fragte ich, da wir noch immer nur in einer dunklen Gasse standen, aus der es keinen anderen Ausgang gab, als in die nächste dunkle Gasse. Ohne zu antworten bückte sich der Mann und griff mit beiden Händen in die Öffnungen eines in den Boden eingelassenen Kanaldeckels.

Aber natürlich, dachte ich mir, die Kanalisation: *Da unten sucht uns sicher niemand.*

Die Idee war so gut, dass sie von mir hätte sein können. Der halbnackte Mann mit der auffälligen Beule in der feuchten Hose hob den großen und sichtbar schweren Stein, mit einem lauten, knirschenden Geräusch aus der Fassung. Ein kalter, modriger Lufthauch kam aus der dunklen Tiefe und ließ mir die Idee, uns dort untern zu verbergen, plötzlich nicht mehr ganz so gut erscheinen.

„Du zuerst!" forderte der Mann mich auf.

Vorsichtig beugte ich mich über das schwarze und wie es mir schien, bodenlose Loch im Boden und fragte zaghaft: „Warum ich?"

Nicht dass ich Angst gehabt hätte: Es war nur, dass ich mich auf der Erde doch sicherer fühlte, als unter ihr.

Der Mann antwortete: „Wenn Du unten bist, lasse ich Dir das Mädchen hinunter."

Doch ich argumentierte: „Ich kann Dir doch auch Siwa hinunter reichen."

„Das könntest Du!", bestätigte der Mann meinen Vorschlag. „Aber kannst Du auch den Deckel wieder schließen?"

Ich versuchte, den schweren, steinernen Deckel anzuheben, gab den sinnlosen Versuch aber schnell wieder auf und beugte mich noch einmal über das Loch. Meine Augen versuchten angestrengt, irgendetwas in dieser absoluten Finsternis erkennen zu können. Doch es war vergeblich.

„Wir haben kein Licht", brachte ich als letzten Versuch eines Einwandes vor. Und wenigstens diesmal gab der Mann mir recht, indem er sagte: „Das stimmt."

Da waren wir uns ja einig. Und ich machte mich an den Abstieg in die unheimliche und übel riechende Finsternis. Es ging tiefer hinunter, als ich befürchtet hatte. Aber schließlich stand ich bis zu den Knien im stinkenden Wasser. Der Mann verschwand kurz von der Öffnung des Loches, über dem der drohende Nachthimmel mir so verlockend erschien, dass ich am liebsten sofort wieder nach oben geklettert wäre. Im nächsten Moment wurde Siwa in das Loch geschoben und langsam nach unten gelassen. Ich spürte, wie es dabei wieder kälter wurde und freute mich nur, dass die drohenden Schatten in der Dunkelheit unsichtbar blieben.

„Hier könnt ihr mir gar nichts!" sagte ich herausfordernd. Im selben

Moment stieß im Wasser etwas an mein Bein. Ich schrie erschrocken auf und stürzte mit Siwa, die ich gerade in Empfang nahm, in die eklige Brühe. Jetzt saß ich im wahrsten Sinne des Wortes in der Scheiße.

Da hörte ich von oben die Stimme des Mannes fragen: „Ist alles in Ordnung da unten?"

„Ja", erwiderte ich sarkastisch und mit gerümpfter Nase, „wenn man gerne in Scheiße badet und dieses zarte Odeur verwesender Eingeweide liebt."

„Warte kurz", erwiderte die Stimme von oben, „ich komme gleich wieder."

Da schloss sich oben der Deckel mit einem unangenehmen Knirschen. Kleine Steinchen rieselten auf mich herab und ich saß mutterseelenallein in absoluter Finsternis. Zumindest fühlte es sich so an, als wenn ich mutterseelenallein gewesen wäre, denn sehen konnte ich Siwa nicht, die irgendwo neben mir in der Dunkelheit abgetrieben wurde. Als ich mir dessen bewusst wurde, kroch ich sofort tastend durch die eklige Brühe und war froh, nicht sehen zu müssen, was da alles herum schwamm. Nur fand ich Siwa ebenfalls nicht. Verzweifelt stand ich auf und rief Siwas Namen, der tausendfach von den Wänden der Kanalisation zurückgeworfen wurde. Aber Siwa antwortete nicht, wie auch, wenn sie schlief. Wahrscheinlich war sie schon ertrunken.

Ich hab sie umgebracht, warf ich mir selbst vor, da ich nicht auf sie aufgepasst hatte, als sie mir nach unten gereicht worden war. Von Panik erfasst rannte ich blind durch die pechschwarze Finsternis, lauschte den übertrieben lauten Wassertropfen, die ins Wasser tropften und vernahm auch sonst allerlei Geräusche, die mir das Blut in den Adern zu Eis gefrieren ließen; leises Stöhnen und Flüstern und unheimliches Rasseln und Schnattern. Was für Kreaturen mochten da in der Dunkelheit nur auf mich lauern? Meine Fantasie erschuf allerlei Monster und schürte meine Panik neu an. Ich wollte zurück laufen zu dem Schacht nach oben. Aber in welcher Richtung war zurück? Blindlings lief ich los, stieß mir den Kopf und verlor das Bewusstsein.

Entsetzliche Monster jagten mich durch grauenhafte Träume und ließen mich nicht einmal in meiner Bewusstlosigkeit Ruhe finden.

Ich wachte auf mit einer schmerzenden Backe, öffnete die Augen und starrte in ein über mich gebeugtes, leuchtendes Gesicht mit funkelnden Augen. Voller Entsetzen schrie ich auf, doch sofort legte sich eine Hand auf meinen Mund und die Stimme des falschen Aurea de Pontar, dessen Gesicht ich im flackernden Licht einer Fackel nicht sofort erkannt hatte, ermahnte mich: „Nicht so laut, Dieb!"

„Hast Du mich geschlagen?" fragte ich den Mann, da mir meine Backe wirklich brannte.

„Aufgeweckt!" korrigierte er mich und fragte dann seinerseits: „Wo ist das Mädchen?"

Siwa? Bei den Göttern, wo ist Siwa?

Voller neu erwachter Sorge um Siwa sprang ich auf die Füße und stieß mir in meiner Kopflosigkeit wieder den Kopf; vermutlich am selben Stein, gegen den ich schon in der Dunkelheit gerannt war. Trotz des Fackelscheins wurde es wieder dunkel und ich spürte, wie ich in meine monsterverseuchten Träume zurücktaumeln wollte. Doch der falsche Rechtsgelehrte fing mich auf und schüttelte mich so lange, bis mir schwindelig wurde.

„Ist ja schon gut", fauchte ich gereizt. „Ich bin wach!"

„Wo ist das Mädchen?" fragte er noch einmal und ich gestand beschämt: „Ich hab sie verloren."

Ich fürchtete schon den verdienten Tadel für mein Versagen. Doch der geheimnisvolle Mann verkniff sich jede Äußerung dazu und sagte stattdessen: „Dann sollten wir zusehen, dass wir sie wieder finden."

Damit schritt er voran, der leichten, kaum sichtbaren Strömung der Kloake folgend. Die Fackel hielt er hoch über dem Kopf, um sich selbst nicht mit ihrem Licht zu blenden. Von Sorge um Siwa erfüllt, stapfte ich ihm unruhig und ungeduldig hinterher. Wir blickten in jede Ecke und untersuchten jede Nische. Aber von Siwa war keine Spur zu entdecken.

„Vielleicht ist sie aufgewacht und in eine ganz andere Richtung gelaufen?" schlug ich als Möglichkeit ihres Verschwindens vor. Doch der Mann mit der Fackel schüttelte ernst den Kopf und antwortete: „Sie schläft noch mindestens drei Tage!"

„Warum sollte sie so lang schlafen?" forschte ich neugierig nach.

Der Mann blieb stehen, drehte sich zu mir um und erklärte: „Die Gilaméppoknolle lässt sie schlafen. Im Schlaf kann sie ihren Zustand länger überleben."

Das erklärte auch meine eigene Schläfrigkeit, die mich auf dem Dach des Hauses so schnell hatte einschlafen lassen, denn ich hatte die Knolle aufgebissen, bevor ich sie Siwa in den Mund gesteckt hatte. Also erwiderte ich verstehend: „Aha."

Immer weiter und immer tiefer drangen wir in die Eingeweide der Kanalisation vor, die weitaus älter zu sein schien, als Hradotéj selbst. Plötzlich standen wir in einem riesigen, kuppelförmigen Gewölbe, das so hoch war, dass das Licht der Fackel seine Decke nicht erreichte.

„Was ist das?" fragte ich ehrfürchtig flüsternd. Mein Begleiter leuchtete mit der Fackel in einen angrenzenden Raum und antwortete ebenso leise: „Das ist gar nicht gut!"

Ich mochte die Antwort nicht, so wie ich den Ort nicht mochte, an dem wir uns befanden. Zögernd folgte ich dem Blick in die Grotte, in der es noch mehr stank, als in der übrigen Kanalisation. Abgenagte, menschliche Knochen füllten einen Raum, der so groß zu sein schien, wie das Gewölbe, in dem wir standen.

„Hast Du Dir den Kanaldeckel genauer angesehen?" fragte mein Begleiter noch immer flüsternd.

„Groß, schwer, viereckig", antwortete ich schulterzuckend. Ich hatte keine Ahnung, was diese Frage mit den Knochen vor uns zu tun haben sollte.

„Hast Du den Drudenfuß darauf nicht bemerkt? Ich glaube, es ist ein Bann. Irgendetwas von hier unten soll nicht nach oben kommen."

Ein Schauer durchlief bei diesen Worten meinen Körper. Ich wollte wieder zurück, wollte nach oben, wollte nach Hause. Verarmter Landadel war doch gar nicht so schlecht. Was machte ich bloß hier unten in dieser verfluchten Gruft, in der irgendetwas hauste, das durch einen Zauber daran gehindert werden musste, sich seine Mahlzeiten aus den Reihen der Menschen zu pflücken.

Unwillkürlich stellte ich Vergleiche zwischen mir und meinem Begleiter an und fragte mich, wer von uns beiden wohl schmackhafter für so ein menschenfressendes Monster sein würde. Aber vielleicht war es ja schon satt? Vielleicht hatte es ja bereits Siwa gefressen. Dann hätte es mit ihr auch die Gilaméppoknolle verschlungen und würde vielleicht schlafen. Eine bessere Gelegenheit, um aus diesem Vorhof der Hölle zu entkommen, würde sich uns bestimmt nicht bieten.

Wir sollten umkehren, dachte ich mir und wollte es auch schon fast aussprechen. Aber dann dachte ich mir: *Und wenn sie doch noch lebt?*

Doch die Furcht siegte. Wer war Siwa denn schon? Ich kannte sie doch eigentlich gar nicht. Ich hatte sie nur einmal kurz vor drei Jahren gesehen und schuldete ihr nichts; fast nichts; eigentlich fast gar nichts; nichts, was der Rede wert gewesen wäre.

Angeklagte sind tot. Man kann ihnen nicht mehr helfen! Ihre Worte!

Ich hatte schon mehr getan, als sie für möglich gehalten hatte. Ich hatte sie befreit, ich hatte einen Vampir getötet. Sollte ich in ihrer Schuld gestanden haben, dann hätte ich diese schon tausendfach beglichen. Irgendwann musste es auch mal genug sein. Wer war ich denn? Ich konnte doch nicht ständig und für jeden den Helden und Lebensretter spielen.

„Wir müssen weiter!" sagte mein Begleiter und riss mich damit aus meinen Gedanken. Und da er die Fackel trug, folgte ich ihm ohne Widerrede.

Der Abwasserkanal, dem wir folgten, führte bis in die Mitte des Gewölbes, in dem wir uns befanden und endete dort in einem kreisrunden Loch in der Mitte, in das aus allen Richtungen Kanäle mündeten. Das Loch hatte mehrere Meter Durchmesser. Wir konnten keinen Grund ausmachen, als wir in die Tiefe spähten.

7. NOCH WEITER RUNTER

Lange standen wir wortlos an dieser Kante. Die Resignation fraß sich durch meine Eingeweide. Auch mein Begleiter klang entmutigt, als er sagte: „Ich hätte gehofft, dass die Kanalisation uns aus der Stadt hinausführen würde. Aber alles endet hier."

„Und Siwa?" fragte ich traurig, denn in diesem Moment war meine Trauer um das kleine Mädchen, das mich einst gerettet und gepflegt hatte, stärker, als alles andere.

Mein Begleiter blickte sich kurz suchend um, sagte dann „Warte hier" und holte aus dem angrenzenden Gewölbe einen der menschlichen Knochen. Er hielt ihn über das Loch und ließ ihn in die Tiefe fallen. Doch wir hörten keinen Aufprall, denn hinter uns und um uns herum war plötzlich ein schlurfendes und plätscherndes Rascheln und Krabbeln zu vernehmen, das unsere Aufmerksamkeit auf sich zog. Irgendetwas kam aus den Tunneln auf und zu. Und den Geräuschen nach zu urteilen, waren es viele. Plötzlich tauchten sie im schwachen Schein unserer flackernden Fackel auf; hässliche, wurmartige Wesen mit riesigen Mäulern und rotleuchtenden Augen. Mein Begleiter packte mich an der Schulter und zog mich mit sich, als er in das bodenlose Loch sprang.

Ich wollte doch nach oben!

Die Fackel verlosch schon während unseres Sprungs oder Sturzes in den Gully dieser Kloake.

Oh, wie ich diesen falschen Aurea de Pontar dafür hasste, dass er mich in diese Situation gebracht hatte. Ich weiß nicht, wie lange oder wie tief wir fielen. Doch wir landeten zumindest weich. Es war ein riesiger Scheißhaufen, in den wir eintauchten, um genau zu sein. Das Wasser schien nach irgendwohin abzulaufen, doch der Kot sammelte sich am Grund dieses Schachtes.

Pfui Teufel!

„Na wenigstens ist das Licht aus", begann ich zu zetern, als ich meinen Kopf wieder aus den Darmausscheidungen Hradotéjs herausstreckte und nach der Luft japste, die mir die Luft zum Atmen nahm.

Oh, wie schön war es doch, als ich nur in der Scheiße gesessen habe. Jetzt stecke ich bis zum Hals darin!

„So tief hab ich noch nie in ..." lamentierte ich weiter. Doch der Mann mit der erloschenen Fackel ermahnte mich barsch: „Still!"

„Ich lass mir doch von Dir nicht ..." begann ich meiner Verärgerung von neuem Luft zu machen. Da legte sich eine Hand voll Kot auf meinen Mund und erstickte damit jedes weitere Wort. Lange lauschte ich in die Stille, während ich meine Lippen zusammenpresste und die Luft anhielt. Ich hörte aber nur von oben ein zorniges Grunzen, Schnauben und Furzen, das sich langsam wieder zu entfernen schien. Dann sagte die Stimme des Mannes, der mit mir in der Scheiße steckte, beruhigt: „Sie kommen nicht hier herunter."

Er nahm seine Hand wieder von meinem Mund und ich spuckte und prustete erst einmal alles heraus, was er mir bei seinem Versuch, mich zum Schweigen zu bringen, hineingestopft hatte. Bevor ich damit fertig war und wieder anfangen konnte, meinen Unmut gegen meinen Begleiter zum Ausdruck zu bringen, sagte dieser aber: „Das Mädchen ist hier. Kümmere Dich um sie."

Ich hörte, wie er flutschend und schlurfend seine Position änderte und bewegte mich genauso geräuschvoll dorthin, wo ich ihn eben noch sprechen gehört hatte. Fieberhaft um mich tastend, berührte ich bald den nackten Körper einer Frau. Und bei genauerer Untersuchung war mir auch sehr schnell klar, dass es sich dabei um eine junge Frau, eine sehr junge und sehr gut gebaute Frau, um fast noch ein Mädchen handelte, dass es sich also nur um Siwa handeln konnte. Behutsam zog ich sie in meine Arme. Und dann wurde es still.

Lange schwiegen wir. Die absolute Dunkelheit war so beklemmend, dass ich glaubte, keine Luft mehr zu bekommen. Ich war mir nicht einmal sicher, ob mein Begleiter wirklich noch neben mir war. Meine eigene Atmung ging so laut wie ein Blasebalg. Aber ich hörte weder einen Laut von ihm, noch von Siwa, die in meinem Schoß lag. Ich begann zu zittern und spürte dadurch nicht mehr, ob Siwa auch noch zitterte. Fieberhaft betastete ich sie, konnte aber kein Lebenszeichen an ihr entdecken.

Ich war ganz allein auf der Welt und keuchte in meiner Panik: „Sie ist tot!"

Erst da hörte ich ein Geräusch neben mir. Der Mann war also doch noch da. Und er kam durch den Morast der Kloake auf mich zu gekrochen. Ich konnte nicht sehen, was er machte. Aber nach einiger Zeit, sagte er plötzlich sowohl nachdenklich, als auch überrascht: „Das ist ja interessant!"

„Was denn?" fragte ich ungeduldig, da ich hoffte, er könnte mir etwas Tröstliches über Siwas Zustand sagen.

„Meine Dämonen scheinen hier keine Macht zu haben."

„Hä?"

„Der Drudenfuß, das Pentagramm; sie können nicht durch die Portale."

Ich hatte nicht die leiseste Ahnung, wovon er sprach, wollte mich aber nicht noch einmal wiederholen und verkniff mir deswegen vorerst ein weiteres *Hä?*

„Spürst Du die Kälte?" fragte er mich da ganz aufgeregt. Ich zuckte mit den Schultern, was er in der Dunkelheit aber sowieso nicht sehen konnte und antwortete: „Naja, der Haufen, in dem ich stecke, scheint zu gären. Wenn alles so angenehm wäre, wie die Temperatur …"

„Genau das meine ich!" unterbrach er mich fieberhaft. „Es ist nicht kalt!"

„Aha!?" erwiderte ich verstehend. „Und was heißt das?"

Als Antwort tastete er nach meiner Hand und legte sie auf seine zweite Hand, die auf Siwas Busen lag.

„Spürst Du das?" fragte er mich. Und ich spürte tatsächlich etwas, und zwar so etwas wie Eifersucht.

„Und was wird das jetzt?" fragte ich daher leicht angepisst. Ich wollte wissen, ob Siwa noch lebte und sie nicht händchenhaltend mit ihm begrapschen. Das konnte ich auch ohne ihn.

„Sie lebt!" sagte er plötzlich wieder ganz ernst und zog seine Hand zurück.

Erleichtert atmete ich auf, soweit das in diesen Ausdünstungen möglich war, ohne daran zu ersticken. Dass Siwa noch lebte, war zumindest ein kleiner Hoffnungsschimmer, auch wenn ich ihn in dieser absoluten Finsternis nur schwer erkennen konnte. Da erklärte mein Gefährte mir: „Auf mir lastet ein Fluch: Ich darf nicht kämpfen, ich darf an keinem Ort länger als zwei Tage verweilen und … ich darf mich mit keiner Frau vereinen."

Ich hörte und spürte den drückenden Schmerz und den Kummer in seiner Stimme, als er mir das gestand. Und ich begann zu begreifen: Die drohenden Schatten, die in der Stadt über uns gekreist waren, die einsetzende Kälte, wenn er kampflos gekämpft oder Siwa berührt hatte; das waren seine Dämonen, sein Fluch. Ich hätte gerne mehr darüber erfahren. Doch im Moment war nur wichtig, dass Siwa lebte.

„Wie geht es jetzt weiter?" fragte ich daher, nachdem sich der Ärger über meinen Begleiter in Anteilnahme verwandelt hatte und ich mich wieder auf den wahren Zweck unseres gemeinsamen Abenteuers besann.

„Du denkst, es geht noch weiter?" fragte er mich da aus der Dunkelheit heraus mit einem spöttischen Unterton der sofort wieder an meiner Anteilnahme für den armen, fluchbeladenen Mann kratzte.

Es wird schon einen Grund dafür gegeben haben, dass ihn jemand verflucht hat, dachte ich mir. Doch der Mann fuhr fort: „Ich hatte befürchtet, dass Du bereits aufgegeben hast."

„Aufgeben? Ich? Andieu de la Moraine? Niemals!" warf ich mich in die Brust.

„Wer ist Andieu de la Moraine?" fragte da dieser Banause.

„Das bin ich!" empörte ich mich über so viel Ignoranz.

„Und? Wie heißt Du, wenn Du nicht Aurea de Pontar bist?" fragte ich nach einem langen, vergeblichen Warten darauf, dass er sich nun ebenfalls vorstellen würde.

„Mir hat man schon viele Namen gegeben", antwortete der Mann mit einem tiefen Seufzer. „Aber meine Mutter nannte mich Jagun!"

„Jagun, der Wanderer? Jagun, der Schattenbringer? Jagun, dem die Elfen den Namen ‚pidyn caled codi' oder so ähnlich gegeben haben?" fragte ich neugierig. Ich hatte von diesem geheimnisvollen Mann gehört, der sich niemals lange an einem Ort aufhielt, der immer allein war, von dem man sagte, dass er sowohl auf der Suche, als auch auf der Flucht war; auf der Suche nach Erlösung, wie man munkelte und auf der Flucht vor den Dämonen, die ihm überall hin folgten. Das passte zu dem Fluch, von dem er mir erzählt hatte.

„Genau der" antwortete er mit einem leisen Lachen, das an seiner Bitterkeit erstickte. „Doch ich möchte Dich bitten, den ellyllischen Namen nicht auszusprechen."

„Warum?" fragte ich neugierig. „Was bedeutet er?"

Pidyn caled codi ließ die Frage unbeantwortet und sagte stattdessen energisch: „Wir haben uns lang genug ausgeruht."

Ich hörte, wie er in seiner am Gürtel hängenden Tasche herumkramte. Und gleich darauf schlug er Funken auf die erloschene Fackel. Doch die Fackel war feucht geworden und brannte nicht an. Wieder blieb es eine Weile dunkel. Dann versuchte er es erneut. Und diesmal loderte die Flamme hell auf und offenbarte uns das ganze Ausmaß der Scheiße, in der wir steckten. Der einzige Ausweg aus dem Loch, in das wir gesprungen waren, war nach oben, zurück in das Gewölbe mit den hässlichen Würmern.

Hohe, glatte Wände, an denen die Exkremente ganz Hradotéjs unaufhörlich nach unten rannen und die sich oben in der Dunkelheit verloren, nahmen meiner Hoffnung sofort wieder jede Nahrung.

Das war's, dachte ich mir. *Ich sterbe in der Kloake, ein Würstchen unter vielen.*

Mein Vater hatte mir das prophezeit. Aber er hatte das bestimmt nicht wortwörtlich gemeint. Mir drehte sich der Magen um und ich musste mich ganz plötzlich übergeben. Ich schaffte es gerade noch, mich zur Seite zu drehen, um nicht Siwa oder Jagun vollzukotzen.

In meinem ganzen Leben hatte ich noch nie so viel Ekel empfunden, wie in diesem Loch. Was war es doch für eine bescheuerte Idee gewesen, uns in der Kanalisation verstecken zu wollen.

„Reiß Dich zusammen, Andieu", ermahnte mich Jagun, „sonst kommen wir hier nicht mehr raus."

„Ich sehe keinen Weg, wie wir hier jemals wieder rauskommen sollten", erwiderte ich mit einem Anflug von Hysterie.

8. WIEDER NACH OBEN?

Jagun untersuchte tastend die Wände. Dann kam er wieder zu mir und Siwa zurück. Eine Weile lang sah er unschlüssig Siwa an, dann legte er zaghaft seine Hand auf ihre Brust und blickte dabei angstvoll in dem Schacht nach oben. Nichts geschah. Also begann er Siwas Brust, sanft zu massieren.

„Sie sind wirklich nicht da", stellte er erleichtert fest, und ließ Siwas Brust wieder los. Dann forderte er mich auf: „Gib mir Deinen Dolch, Andieu!"

Ich wusste zwar nicht, was er vorhatte, vertraute aber darauf, dass er es wusste und zog den Dolch aus der Scheide. Als ich ihm den Griff entgegenstreckte, tastete er nur ganz vorsichtig danach, Ein paar Mal zog er seine Hand schnell wieder zurück, bevor er den Dolch berührte. Doch schließlich legte er ganz vorsichtig zwei Fingerkuppen darauf. Wieder blickte er furchtsam nach oben. Und wieder blieb es ruhig.

Ganz langsam und bedächtig schlossen sich seine Finger um den Dolchgriff. Dann ließ ich los und er hielt den Dolch in seiner Hand. Er verschmolz geradezu mit der Waffe und ich dachte mir bei diesem Anblick nur: *Ich wusste von Anfang an, dass Du ein Kämpfer bist!*

„Hier, halte das!" sagte Jagun und reichte mir die Fackel. Und während ich leuchtete, begann er mit dem Dolch, die Fugen in der steilen, glitschigen Wand auszukratzen, bis seine Finger Halt daran fanden. Unendlich langsam stieg er so nach oben, bis er aus dem Lichtschein der Fackel hinauskletterte. Ich konnte hören, wie er in der Finsternis, in die er eingetaucht war, immer weiter kletterte. Und je weiter er nach oben stieg, umso größer wurde meine Angst und mein Verdacht, dass er Siwa und mich in diesem stinkenden Loch zurücklassen wollte.

Da hörte ich von oben seinen leisen, unterdrückten Ruf: „Ich bin oben, Andieu!"

„Und was jetzt?" fragte ich ebenso leise rufend zurück, um die großen, hässlichen Würmer nicht anzulocken.

„Ich komme wieder runter."

„Ich dachte, Du holst Hilfe!"

Jagun antwortete nicht mehr, sondern kletterte wirklich wieder in das Loch zurück.

„Hattest Du Angst, dass ich euch im Stich lasse?" fragte er mit einem angedeuteten Lächeln, als er wieder bei uns war.

„Ja, nein, ich meine ...", stotterte ich los. Doch er unterbrach mich mit der Frage: „Schaffst Du es allein, Dich mit dem Dolch nach oben zu arbeiten?"

Vorsichtig legte ich Siwa neben mich und begab mich zu Jagun. Wir tauschten wieder Fackel gegen Dolch und ich versuchte mein Glück an den von ihm vorgearbeiteten Löchern in der glitschigen, braun-grünen Wand.

Es war schwieriger, diese Wand zu besteigen, als eine der Jungfrauen im Harem des Königs. Aber indem ich die Klinge des Dolches in die Ritzen stieß, bot mir der Dolchgriff einen besseren und sichereren Halt, als ich angenommen hatte. Und so kämpfte auch ich mich Stück für Stück nach oben. Doch ich war noch nicht weit gekommen, da zerbrach die Klinge und ich stürzte, nur noch mit dem Griff in der Hand zurück in die braune Pampe.

Jagun half mir wieder beim Aufstehen. Er nahm mir den Dolch aus der Hand und betrachtete sich bestürzt die abgebrochene Klinge, verkniff sich aber den verdienten Vorwurf für meine Ungeschicklichkeit, was ich ihm hoch anrechnete. Ich machte mir selbst schon genug Vorwürfe deswegen.

„Dann klettern wir eben zusammen!" sagte er leise, aber bestimmend.

„Wie denn?" fragte ich verzweifelt, da ich mir nicht zutraute, den Aufstieg ohne den Dolch zu schaffen. Da reichte mir Jagun wieder die Fackel und kletterte nur mit Händen und Füßen ein kleines Stück nach oben. Und er war dabei noch weit geschickter, als ich es mit dem Dolch gewesen war. Er prüfte kurz seinen Halt, drehte sich um und streckte mir die Hand entgegen.

„Komm schon; vertraue mir!" versuchte er mich zu ermutigen. Unschlüssig stand ich mit der Fackel in der Hand da und fragte ängstlich: „Und was ist mit Siwa?"

„Ich hole sie, wenn Du oben bist."

Verzweifelt blickte ich an dieser endlos hohen, glatten Wand nach oben und schüttelte mutlos den Kopf.

„Das schaffe ich nicht", gestand ich resigniert ein. „Es ist hoffnungslos."

Doch Jagun erwiderte eine Spur energischer: „Reiß Dich zusammen, Andieu de la Moraine. Hoffnungslos ist es erst, wenn wir tot sind."

Damit hatte er Recht. Ich dachte mir nur, dass es nicht mehr lange dauern würde, bis dieser Zustand eintreten würde. Trotzdem ergriff ich seine Hand, stellte dabei aber fest, dass ich mit der Fackel in der anderen Hand keine Hand mehr zum Klettern übrig hatte. So ging es also nicht.

„Wir müssen die Fackel mitnehmen", sage Jagun ernst. „Wenn ich das Mädchen hole, brauche ich meine ganze Kraft für sie."

Er dachte kurz nach, dann sagte er: „Gib sie mir."

Ich reichte ihm die Fackel und er nahm sie zwischen die Zähne. So begann er den Aufstieg von neuem und zog mich Stück für Stück hinter sich her. Nach jeder Stufe, die er sich nach oben zog, drehte er sich um, reichte mir die Hand, zog mich hinter sich her und hielt mich so lange, bis auch ich wieder Halt gefunden hatte. Meine eigenen Muskeln zitterten bereits vor Anstrengung, doch Jaguns Kräfte schienen niemals zu erlahmen. Erst als er sich und gleich darauf mich über die Kante gezogen hatte, zeigte sich, dass er doch nur ein Mensch war. Er ließ sich auf die Steine zwischen den ins Loch mündenden Kanälen fallen und hielt sich mit zusammengebissenen Zähnen und blutigen Fingern seine Arme. Doch er gönnte sich nur einen winzigen Augenblick. Dann stand er schon wieder auf, gab mir die Fackel und sagte: „Ich brauche Dein Hemd, Andieu!"

Ohne zu fragen wofür, zog ich das schmutzige, auf meiner Haut klebende Kleidungsstück aus und reichte es ihm. Dabei fragte ich mich, was aus meinem Wams geworden war. Ich erinnerte mich noch daran, dass ich es mir um meinen Arm gewickelt hatte. Aber jetzt war es weg.

Jagun nickte und wendete sich wieder der gähnenden Finsternis zu. Doch dann drehte er sich noch einmal zu mir um und forderte mich auf: „Zieh Dein Schwert und mach Dich darauf gefasst, Dein Leben verteidigen zu müssen."

Im nächsten Moment sprang er in die dunkle Tiefe und ich hoffte nur, dass er wusste, wohin er sprang, denn dort unten lag schließlich noch Siwa.

9. DIE BEWOHNER DER KANALISATION

Noch war es ruhig in dem Gewölbe. Von den hässlichen Würmern war nichts zu sehen. Doch ich zog trotzdem mein Schwert und machte mich auf einen möglichen Angriff gefasst. Aus der Tiefe des Lochs hörte ich nur Jaguns tiefe, gleichmäßige und sich nur unendlich langsam nähernde Atemzüge. Aber ich konnte ihn noch nicht im Lichtschein der Fackel auftauchen sehen, als aus den Kanälen wieder dieses schlurfende und plätschernde Rascheln und Krabbeln zu vernehmen war, das langsam aus allen Richtungen auf mich zukam.

„Ich könnte hier oben langsam Verstärkung gebrauchen", rief ich ängstlich in das Loch hinter mir, obwohl ich noch keinen Wurm sehen konnte und auch wusste, dass Jaguns Aufstieg mit der bewusstlosen Siwa, falls dieser überhaupt möglich sein sollte, sich durch meine Furcht nicht beschleunigen ließ.

Meine Finger schlossen sich fester um den Griff meines Schwertes, doch mein Arm zitterte.

Ich bin kein Held. Ich bin ein Künstler!

Schweiß trat mir auf die Stirn. Und da tauchten sie plötzlich auf. Aus allen Richtungen schlängelten sich diese riesigen, blassrosa Würmer auf mich zu, zischten und röchelten und richteten sich drohend auf.

Die Fackel den Ungetümen entgegengestreckt und das Schwert zum Schlag bereit wartete ich auf den Angriff und damit auf das Ende. Nach meinem Tod wieder in den Kreislauf der Natur zurückzukehren und Würmern zum Fraß zu dienen war das Schicksal, das mir, so wie allen anderen Kreaturen, die auf dieser Erde wandelten, vorherbestimmt war. Daran hatte ich nie gezweifelt. Das hatte ich nie geleugnet. Doch bei lebendigem Leib von riesigen Monsterwürmern gefressen zu werden, wollte so gar nicht in das Bild passen, das ich mir von meinem friedlichen Ableben in ferner Zukunft gemacht hatte.

Mit der Fackel versuchte ich, die hässlichen Würmer auf Abstand zu halten. Doch anscheinend wurden sie von dem flackernden Licht oder der Wärme angezogen, denn der erste schnellte plötzlich nach vorne und schnappte nach der Fackel. Er bekam sie am Stiel zu fassen und versuchte, sie mir zu entreißen. Aber aus Furcht, unser einziges Licht zu verlieren, hielt ich die Fackel verzweifelt fest und schrie das energisch darum kämpfende und mich dabei hin und her schleudernde Drecksviech an: „Spinnst Du?"

Das beeindruckte ihn aber weniger, als die anderen Würmer, die jetzt ebenfalls nach der Fackel zu schnappen begannen, um sie an sich zu reißen. Wenn ich nicht riskieren wollte, dass mir bei diesem Spiel meine Hand abgebissen wurde, musste ich die Fackel jetzt loslassen. Und das tat ich denn auch. Zumindest hatte ich noch mein Schwert. Ich wagte nur nicht, es zu benutzen, da ja immerhin die Möglichkeit bestand, dass ich die Würmer mit einem Angriff gereizt hätte. Also beobachtete ich mit angehaltenem Atem und stehengebliebenem Herzen, wie der Wurm, der die Fackel an sich gerissen hatte, diese gegen seine abstoßenden Artgenossen verteidigte. Er richtete sich drohend mehrere Meter hoch auf, bis das Licht der Fackel die Decke der Kuppel erreichte. Aber genau in dem Moment, in dem das Gewölbe der Kuppel im Lichtschein auftauchte, schnellte etwas Großes, Dunkles, dessen Konturen ich nur schemenhaft erkennen konnte, aus einem Loch in der Mitte des Gewölbes auf den hoch aufgerichteten Wurm herunter und schnappte nach ihm. Die Fackel fiel nach unten und die anderen Würmer wuselten kreischend und schneller, als ich es ihnen zugetraut hätte, in die Kanäle zurück, aus denen sie gekommen waren. Unfähig, mich zu bewegen, sah ich zu, wie die Fackel hinter mir in das Loch fiel, aus dem ich erst wieder heraus gekrochen war. Doch die Fackel war meinem Blickfeld noch nicht entschwunden, als eine Hand aus der Dunkelheit auf sie zuschoss und sie packte, während der fackelstehlende Wurm mit schmatzenden Geräuschen nach oben in die Dunkelheit gezogen wurde.

Die Fackel wurde über die Kante des Lochs zu mir herauf geworfen und landete zum Glück auf den trockenen Steinen und nicht in einem der Kanäle, die sie gelöscht und wieder nach unten transportiert hätten. Im nächsten Moment griff eine Hand über die glitschige Kante und Jaguns keuchende Stimme bat mich: „Hilf mir, Andieu!"

Mit angstvollem Blick in die Dunkelheit über mir, packte ich Jaguns Hand und zog ihn nach oben. Er hatte sich die schlafende Siwa mit Hilfe meines Hemdes auf den Rücken gebunden und so tatsächlich den Aufstieg noch einmal geschafft. Ich hätte ihm gerne eine Erholungspause gegönnt, flüsterte aber sofort mit ängstlich unterdrückter Stimme: „Da oben ist was Großes. Es hat grad einen Wurm gefressen. Und ich weiß nicht, ob es schon satt ist."

Und wie zur Bestätigung meiner Worte und Befürchtungen, fiel der wieder ausgespuckte, blutige und von einem ekligen Schleim überzogene Kopf des Wurms neben uns, kullerte in einen Kanal und verschwand im nächsten Augenblick in dem Loch.

Jagun und ich sahen uns eine Sekunde lang an, dann sprangen wir gleichzeitig auf und rannten los. Jagun hatte noch immer Siwa auf dem Rücken und er hatte sich im Aufstehen die Fackel geschnappt. Diesmal war ich schneller als er und steuerte auf den erstbesten Kanal zu, um dieses furchteinflößende Gewölbe so schnell wie möglich hinter mir zu lassen. Doch nach erst wenigen Schritten fragte Jagun mich: „Wo ist Dein Schwert?"

Ich musste mich einen Moment lang besinnen, um mich daran zu erinnern, wo ich es gelassen hatte, dann blickte ich zu dem Loch in der Mitte des Gewölbes zurück, wo ich es abgelegt hatte, um Jagun heraufzuhelfen. Jagun folgte meinem Blick, während in der Dunkelheit über uns unheimlich scharrende und schnarrende Geräusche zu hören waren. Das Schwert war unsere einzige Waffe, die einzige Möglichkeit, uns gegen was auch immer verteidigen zu können. Trotzdem waren meine Beine wie gelähmt bei dem Gedanken, noch einmal umzukehren.

„Nimm die Fackel!" rief Jagun mir entschlossen zu und warf mir diese dabei auch schon zu. Dann hechtete er schnell zurück und griff nach dem Schwert. Doch noch bevor er es in der Hand hatte, stieß diese grauenerregende, echsenartige Kreatur aus der Kuppel des Gewölbes auf ihn herab.

„Vorsicht!" schrie ich ihm, von Panik erfasst, zu. Jaguns Finger schlossen sich um den Schwertgriff und im selben Moment warf er sich auf die Seite, was mit Siwa auf dem Rücken nicht ganz einfach war. Er streckte dem auf ihn zuschießenden Reptil mit ausgestrecktem Arm das Schwert entgegen und bremste so dessen Angriff aus. Zischend und rasselnd wich die riesige Echse zurück, richtete sich auf und stellte drohend ihren aus langen, spitzen Stacheln bestehenden Halskragen auf. Ihr Schwanz peitschte und ich musste weiter zurückweichen, um davon nicht getroffen zu werden. Doch Jagun erhob sich blitzschnell vom Boden und machte ebenfalls einen drohenden Schritt auf das Reptil zu. Dabei schlug er mit dem Schwert nach ihm und stieß einen Schrei aus, der wie der eines zornigen Panthers klang. Von seiner Erschöpfung war jetzt nichts mehr zu merken.

Die Stacheln der Echse rasselten gefährlich. Blitzschnell huschte das Biest einmal um das Loch in dem Gewölbe und griff Jagun von der anderen Seite an. Doch der hieb mit dem Schwert sofort wieder auf seinen Widersacher ein. Da bemerkte ich, wie sich der Schwanz der Echse lautlos aus der Dunkelheit auf Jagun zu bewegte. Aber noch bevor ich ihn warnen konnte, schlug Jagun hinter sich und trennte einige der sich auch am Schwanz des Reptils befindlichen Stacheln ab. Gleichzeitig schnappte aber auch der mit langen, spitzen Zähnen ausgestattete Kiefer der Bestie zu. Jagun gelang es gerade noch, die schleimtriefende Nase seines Angreifers mit der freien Hand zu packen und ihn sich so auf Armeslänge vom Leib zu halten.

Nichts und niemand kann Siwa und Jagun jetzt noch retten, dachte ich mir verzweifelt und blickte mich verlegen um, um mich zu orientieren und den richtigen Tunnel zum Ausgang zu finden. Aber dann fiel mir wieder ein, dass ich nicht einmal in der Lage war, den Stein allein anzuheben. Starb

Jagun, dann starb auch ich.

Ein metallisch klingendes Geräusch richtete meine Aufmerksamkeit wieder auf den ungleichen Kampf. Während Jagun noch immer das Maul der Bestie mit einer Hand auf Abstand hielt, schlug er mit dem Schwert auf dessen Kopf. Das verursachte dieses metallische Geräusch. Doch dann schwang die um das Loch in dem Gewölbe gewickelte Echse ihren stachelbesetzten Schwanz wie eine Keule. Um sich und Siwa nicht von den Stacheln durchbohren zu lassen, musste Jagun dem peitschenden Schwanz ausweichen. Ich hätte damit gerechnet, dass er versuchen würde, in meine Richtung zu fliehen, oder auch, dass er wieder in die Tiefe springt, in der Hoffnung, dass die gefräßige Echse ihm nicht dorthin folgen würde. Aber Jagun sprang trotz der Behinderung, die Siwa für ihn darstellte, mit einem gewaltigen Satz über den Kopf der Bestie auf ihren Rücken und landete auf den Stacheln des Halskragens, die die Echse dadurch nicht mehr aufrichten konnte. Jagun dienten sie aber als Haltegriffe, während er sich mit seinen Schenkeln eisern an den Hals der Echse klammerte. Zornig bäumte das Reptil sich auf, verschwand kurz in der Dunkelheit der Kuppel über mir und sprang gleich darauf wieder neben das Loch. Aber wie es sich auch aufbäumte und schüttelte; es konnte Jagun nicht abschütteln. Doch dann wälzte es sich plötzlich über den Boden und zwang Jagun auf diese Weise, abzuspringen. Jagun sprang aber nicht zurück, sondern warf sich sofort auf die in diesem Moment ungeschützte, oben liegende Bauchseite des Reptils und schlitzte den Bauch in seiner ganzen Länge auf, worauf der Rest des noch unverdauten, riesigen Wurms nebst den Eingeweiden der Echse herausquollen.

„Jetzt aber nichts wie weg!" rief ich Jagun ungeduldig zu. Doch der trieb dem sich im Todeskampf wälzenden Reptil das Schwert ins Herz und erlöste es so von seinen Qualen. Bevor dieses Ungeheuer, das ihn hatte fressen wollen, sein Leben aushauchte, legte Jagun ihm seine Hand zwischen die grün leuchtenden Augen. Die Echse wurde ganz ruhig, während ihre Augen und die Augen Jaguns sich trafen. Dann erlosch das Feuer in ihrem Blick.

Als Jagun meinen verständnislos fragenden Blick bemerkte, sagte er nur leise und mit einem, wie ich fand, völlig unpassenden Mitgefühl: „Sie hatte nur Hunger!"

Dann fiel er vor Erschöpfung auf die Knie und kippte bewusstlos vornüber. Und aus den Tunneln ringsum ertönten wieder die mir inzwischen so vertrauten Geräusche, sich nähernder Riesenwürmer.

Hört das denn nie auf?

Jetzt wäre eine gute Gelegenheit gewesen, mich für die beiden Ohrfeigen zu revanchieren, die ich von Jagun kassiert hatte. Doch Siwa, die mit Streifen aus meinem Hemd auf seinen Rücken gebunden war und den ganzen Spaß verschlief, den wir hier unten hatten, lag auf ihm und war bei seinem Sturz so weit nach oben gerutscht, dass die wunderschöne, pralle Rundung ihrer Brust sich sanft an seine Wange schmiegte.

Warum haben immer nur die anderen Spaß? fragte ich mich verzweifelt. Ich hätte auch lieber Siwas Brust in meinem Gesicht gespürt, als mich ganz allein den anrückenden Monsterwürmern gegenüber zu sehen. Und da schälten sich diese hässlichen Viecher auch schon wieder aus der Dunkelheit und krochen wie gefräßige Riesenraupen auf mich, Siwa und Jagun zu. Ohne meinen Blick von den sich nähernden Würmern abzuwenden, tastete ich nach unten und schüttelte das zu meinen Füßen liegende Knäuel aus Siwa und Jagun. Es gelang mir aber nicht, sie aufzuwecken. Und so blieb mir nichts anderes übrig, als langsam zurückzuweichen. Erst als ich an den Kadaver der großen Echse stieß, wurde mir bewusst, dass Jagun noch immer das Schwert in seiner Faust hielt. Ich hatte nur die Fackel, die die Würmer wie Motten anlockte.

Verdammt!

Als die vordersten Würmer Jagun und Siwa erreichten, schloss ich vor Entsetzen die Augen, blinzelte aber fast im selben Augenblick mit einem Auge, weil die Ungewissheit schlimmer war, als das Entsetzen. Zu meiner Überraschung ließen die Würmer Siwa und Jagun völlig unbeachtet. Sie krochen und schlängelten sich über die beiden leblos am Boden liegenden Körper und kamen mir drohend immer näher. Und auch aus den anderen Richtungen kamen die Würmer aus der Dunkelheit um das Loch im Boden herum und kreisten mich immer mehr ein.

Warum ausgerechnet ich? Siwa ist bestimmt viel schmackhafter als ich. Wenn ich zwischen ihr und mir wählen müsste, würde ich mich auf jeden Fall für Siwa entscheiden. Seht ihr blöden Würmer denn nicht dieses junge, zarte Fleisch? Und selbst Jagun ... Naja gut, vielleicht sind seine Muskeln ein bisschen zäh. Aber da ist kein Gramm Fett ... Ach ihr wollt es lieber nicht ganz so trocken. Denkt ihr vielleicht, ich bin fett? An mir ist doch gar nichts dran.

„Hiiiiiilfeeee"

„Schmeiß die Fackel weg!"

Es war Jaguns Stimme, die das Schnattern und Schmatzen und das röchelnde Gurgeln der Würmer mit seinem Ruf zu übertönen versuchte. Doch ich begriff nicht sofort, was er sagte und fragte tonlos vor Furcht zurück: „Was?"

„Weg mit der Fackel!" schrie Jagun noch einmal.

Ich wollte ihm ja gehorchen. Aber die Würmer waren mir bereits so nah, dass sie mir die Luft zum Atmen nahmen. Ich schaffte es nicht, meine Faust zu öffnen, um die Fackel wegzuwerfen. Und da schoss auch schon das weit geöffnete Maul des ersten Wurms auf mich zu. Ich sah, wie grünlich schleimiger Speichel zwischen den langen, spitzen Zähnen hervorquoll. Doch genau in dem Moment, in dem ich mich entschlossen hatte, mein Bewusstsein zu verlieren, um nicht zu spüren, wie ich bei lebendigem Leib aufgefressen wurde, trennte sich der Kopf des Wurms von seinem Körper und knallte mit noch zuschnappenden Zähnen auf meinen Kopf. Ich taumelte benommen und stolperte über den Kadaver der großen, toten Echse. Und da sah ich, wie mein Schwert sich wie eine Sense durch die mich bedrängenden, hoch aufgerichteten Würmer fraß. Doch es war nur eine kleine Lücke, die Jagun in den dichten und jetzt sehr zornigen Ring aus Würmern schlug, um sich zu mir durchzukämpfen. Siwa hatte er nicht mehr auf dem Rücken. Aber ich hatte keine Zeit, um mir Gedanken darüber zu machen, was aus ihr geworden war. Während Jagun mit dem Schwert die Angriffe der Riesenwürmer abwehrte, entriss er mir die Fackel und warf sie in die sich aufblähenden Eingeweide der von ihm getöteten Echse. Es gab eine riesige Stichflamme, die uns und die uns umringenden Würmer zurückwarf, und dann standen die Eingeweide und die ihnen entrinnenden Säfte plötzlich in Flammen und wir standen mitten drin. Die riesigen Würmer sprangen ins Feuer und sogen es in ihre weit geöffneten Mäuler ein, während Jagun mich aus dem Feuer und zwischen den sich wie wild gebärdenden und ums Feuer kämpfenden Würmern herauszog. Siwa lag schlafend am Rand des Gewölbes, ohne dass die noch aus den Tunneln nachdrängenden Würmer sie beachteten.

10. JETZT ABER NICHTS WIE RAUS

„Nimm das Mädchen", forderte Jagun mich auf. Ich gewöhnte mich ja langsam daran, dass ich immer alles machen musste und hatte auch keine Zeit zum Murren. Als ich mich noch einmal zu den ums Feuer kämpfenden Würmern umdrehte, sah ich, dass die, die das Feuer bereits in sich eingesogen hatten, von innen zu glühen begannen und ihre Gestalt änderten.

„Jetzt aber nichts wie raus!" sagte sogar der unerschütterliche Jagun bei diesem Anblick und zog mich hinter sich her in den Tunnel, der jetzt ziemlich weit vom Feuer im Gewölbe aus beleuchtet wurde. Doch nach der ersten Kurve war es bereits wieder stockdunkel. Ich trug Siwa über der Schulter und Jagun führte mich am Arm mit schlafwandlerischer Sicherheit durch den engen, gewundenen Kanal. Von hinter uns hörte ich ein zorniges Brüllen, das langsam näher zu kommen schien. Als ich mich einmal nervös umdrehte, sah ich einen rötlichen Schimmer auftauchen.

„Nicht umdrehen!" warnte Jagun und zog mich noch eine Spur schneller vorwärts. Doch ich stolperte, fiel vornüber und verlor Siwa wieder in der Brühe des Kanals. Hinter uns kam das brüllende Leuchten näher, dessen Ursprung wir durch die Windungen des Tunnels noch nicht sehen konnten.

„Wo ist das Mädchen?" fragte Jagun, als er mich wieder auf die Beine stellte. Ich blickte mich suchend um, konnte in der Dunkelheit aber nichts erkennen, außer dem sich unaufhaltsam nähernden Leuchten.

„Warte hier!" forderte Jagun mich auf und lief in die Richtung zurück, aus der wir gerade gekommen waren. Im rötlichen Schein hinter uns, sah ich ihn den Kanal entlang rennen, der Siwa wieder zurück in das Gewölbe trieb. Kurz vor der ersten Biegung zog seine Silhouette die Silhouette von Siwas nacktem Körper aus dem Wasser. Er hob sie auf seine Arme und rannte wieder auf mich zu. Da tauchte hinter ihm ein riesiges, glühendes Etwas auf, das fast den ganzen Kanal ausfüllte. Ich taumelte bei dem Anblick ein paar Schritte zurück und rief Jagun zu: „Schneller, schneller!"

Obwohl Jagun schneller lief, als jeder andere Mann, den ich jemals gesehen hatte, holte das Wesen langsam auf. Das glühende, flammenumzüngelte Gesicht mit glühenden Augen und glühendem Maul kam Jagun gefährlich nahe. Jagun schien förmlich übers Wasser zu laufen. Doch das Glutmonster hinter ihm glitt schwerelos wie ein Geist durch den Kanal. Als Jagun von mir noch mehrere Schritte entfernt war, machte er plötzlich einen gewaltigen Sprung nach vorne und warf Siwa dabei in meine Arme, während er selbst in das schmutzige Wasser des Kanals eintauchte und unterging. Voller Entsetzen sah ich das glühende Monster jetzt auf mich zurasen. Ich konnte ihm nicht entkommen. Selbst ohne Siwa auf meinen Armen wäre ich keine zwei Schritte mehr weiter gekommen. Die Gluthitze dieses Geschöpfes brannte auf meiner Haut, als es so dicht vor mir hielt, dass ich die Luft in seinem weit aufgerissenen Maul vibrieren sah. Doch als dieses Maul mir so nahe kam, dass die Luft in meinen Lungen brannte, tauchte Jagun plötzlich unter dem Wesen aus dem Wasser auf und stieß ihm das Schwert in sein glühendes Herz. Ein Strom aus Lava, wie es schien, ergoss sich zischend und dampfend in den Kanal.

„Lauf!" schrie Jagun und tauchte im nächsten Moment wieder unter. Das musste er mir nicht zweimal sagen. Ich wendete mich um und rannte mit Siwa auf meinen Armen den hell erleuchteten Kanal entlang. Als ich mich in sicherer Entfernung noch einmal umdrehte, sah ich Jaguns Silhouette vor dem sich windenden Ungeheuer, dessen rotglühende Farbe immer heller wurde. Fasziniert starrte ich auf dieses Schauspiel. Doch als Jagun mich einholte, warf er mich mitsamt Siwa in die Kloake und tauchte uns unter. Im nächsten Moment gab es einen dumpfen Knall, eine Druckwelle ging durchs Wasser und über uns rollte eine gewaltige Feuerwalze durch den Kanal.

Hustend und prustend und fast taub durch die Druckwelle erhoben wir uns wieder. Der Leichnam des Monsters glomm nur noch schwach und schrumpfte wieder deutlich zusammen.

Ich will endlich hier raus.

11. ENDLICH WIEDER TAGESLICHT

„Wir sind fast da!" sagte Jagun. Und auch seiner Stimme war deutlich die Erleichterung anzuhören. Er führte mich weiter in die Finsternis, suchte kurz und fand die Stufen, die zum Kanaldeckel führten. Als er ihn leicht anhob blendete uns das Tageslicht. Doch ein donnerndes Tosen erfüllte plötzlich die Luft, der Himmel verdunkelte sich im selben Moment und Jagun wurde zurück in den Kanal geschleudert.

„Was ist los?" fragte ich besorgt.

Jagun überlegte eine Weile, dann antwortete er: „Das Schwert! Du musst Dein Schwert wieder nehmen."

Er reichte es mir und ich steckte es zurück in die Scheide. Dann kletterte Jagun wieder nach oben und drückte den schweren Stein auf. Ich folgte ihm und war froh, endlich wieder Tageslicht zu sehen. Als ich nach draußen kletterte, liefen zwei Frauen laut schreiend vor mir davon. Und auch männliche Passanten zogen sich mit gerümpften Nasen eilig vor mir zurück.

Jagun kam mit Siwa hinterher. Doch seine Dämonen empfingen ihn zornig an der Oberfläche. Sofort nahm ich ihm Siwa ab und entfernte mich mit ihr ein paar Schritte von ihm, was die unheimlichen Schatten wieder ein wenig beruhigte. Schnell schloss Jagun den Kanaldeckel, um den sich von unten erneut nähernden, glühenden Ungeheuern den Zutritt in die Stadt zu verwehren. Dann flohen wir wieder in das Gewirr düsterer Gassen, bevor die Wachen erschienen, die sicher schon von unserem Auftauchen informiert worden waren.

Wir mussten uns dringend reinigen. Aber in Hradotéj schien es keine Brunnen oder öffentlichen Waschplätze zu geben. Die Pferdetränke am Rande des Ratsplatzes wurde von den Wachen der Stadt belagert, so dass wir uns ihr nicht nähern konnten. Ich erinnerte mich daran, dass ich neben dem Gasthaus zu den zwölf Jungfrauen ein Badehaus gesehen hatte und führte Jagun dorthin. Der Bedienstete am Eingang weigerte sich zwar zuerst, uns einzulassen. Aber er erkannte Jagun und Siwa anscheinend nicht und war einem großzügigen Trinkgeld nicht abgeneigt. Jagun und ich zogen uns in der ersten Kammer aus und überreichten dem Mann unsere Kleidung, um sie reinigen zu lassen. Mit großen Kellen schöpften wir warmes Wasser aus einem Becken und spülten uns und Siwa den Schmutz und Gestank der Kloake vom Leib. Erst nach dieser Reinigung durften wir uns in eines der dampfenden Becken setzen, um im warmen Wasser zu entspannen und uns von den Strapazen und Ängsten unseres Ausflugs in die Unterwelt Hradotéjs zu erholen. Ich hielt Siwa dabei in meinen Armen. Der Kontrast zu dem Schmutz und dem Gestank in der Kanalisation, war so groß, dass ich mir erst jetzt wieder bewusst wurde, wie schön Siwa war. Und ihr nackter Körper in meinen Armen fühlte sich so unbeschreiblich gut an, dass mein nackter Körper nur allzu deutlich auf sie reagierte, was ich unter Wasser den Blicken Jaguns zu verbergen versuchte. Oh wie gerne wäre ich in diesem Moment mit Siwa allein in dem warmen, nach Rosenöl duftenden Becken gewesen.

12. JAGUNS GESCHICHTE

Jagun saß uns gegenüber und kämpfte noch immer gegen seine anhaltende Erektion an, die ihn aber zumindest nicht mehr zu beeinträchtigen schien. Ich spürte selbst in meinem Arm, wie das warme Wasser die Wirkung des Warssekrets wieder anregte. Aber jetzt war es nicht mehr so unangenehm und unerträglich, sondern fühlte sich erstaunlich gut an.

„Kannst Du …", begann Jagun mit größerer Verlegenheit, als er bisher gezeigt hatte, „Kannst Du das Mädchen bitte ein bisschen tiefer ins Wasser schieben?"

Die drohend über Hradotéj kreisenden Schatten und Wolken und die deutlich abgekühlte Luft ließen mich den Zorn seiner Dämonen erahnen. Behutsam ließ ich Siwa tiefer ins Wasser gleiten, bis die beiden, von ihren Brüsten gebildeten Inseln untergingen. Jagun nickte mir dankbar zu.

Bis der Bedienstete mit Jaguns und meiner gereinigten Kleidung zurückkam, würde sicher noch eine Weile vergehen. Also nutzte ich diesen Moment der Ruhe, um Jagun zu fragen: „Darf ich Dich fragen, was es mit Deinem Fluch auf sich hat?"

Jagun saß lange mit gesenkten Lidern da. Ich dachte schon, er hätte die Frage gar nicht gehört. Aber dann hob er seinen Blick und begann zu erzählen. Da Jagun aber ein lausiger Erzähler ist, maulfaul und ohne Sinn für Dramatik, gebe ich den Bericht mit meinen eigenen Worten wieder:

Angefangen hatte alles bereits lange vor Jaguns Geburt; neun Monate vor Jaguns Geburt, um genau zu sein. Jaguns Mutter war die Tochter des Apothekers von Rødby, der roten Ockerstadt im Norden Wolans. Ihr Name war Jaga-agta.

Der Norden Wolans wurde seit jeher von den wilden Horden der freien Stämme im Norden heimgesucht, ähnlich den Plänkeleien im Grenzgebiet von Wolan und Ezrat. Nur dass die Wolaner sich hüteten, die Grenze nach Norden jemals zu übertreten, denn niemand, der dies getan hatte, war jemals aus diesem namenlosen Land der Barbaren zurückgekehrt.

Als Jaga-agta dreizehn Jahre alt war, wurde Rødby von nur einer Handvoll in Felle gekleideter Barbaren über eine Woche lang belagert. Niemand wagte, Widerstand zu leisten und die angeforderte Hilfstruppe aus der Hauptstadt kam niemals in Rødby an; die Soldaten verirrten sich angeblich irgendwo in den zerklüfteten Schluchten des Nordens von Wolan und kehrten schließlich unverrichteter Dinge wieder in die Hauptstadt zurück.

Die Barbaren plünderten, vergewaltigten und metzelten alles nieder, was sich nicht schnell genug in Sicherheit bringen konnte. Einhundertsiebenundzwanzig Menschen wurden in wenigen Tagen von nur fünf Barbaren abgeschlachtet und zwischen zwanzig und fünfzig Frauen, Mädchen und Knaben wurden gedemütigt, misshandelt und missbraucht. Jaga-agtas Vater, der Apotheker, versteckte zuerst seine Tochter, um sie vor der Grausamkeit der Belagerer zu schützen. Doch als einer von diesen trunken vom Blutrausch in die Apotheke stürzte, bot der Apotheker dem Barbaren seine Tochter als Preis für sein eigenes Leben an. Jaga-agta war ein kleines, zierliches Mädchen und der Barbar, der sie schändete, war ein riesiges, hungriges Monster. Während er in der Apotheke über sie herfiel, musste Jaga-agtas Vater tatenlos diesem barbarischen Akt zusehen. Aus Angst um sein eigenes, erbärmliches Leben rührte der Apotheker keinen Finger, um seiner Tochter beizustehen. Doch Jaga-agtas Leidensweg war nach dieser Tat noch längst nicht vorbei. Der Barbar, schleifte sie an den Haaren hinter sich her auf den Marktplatz, wo er sie ans Richtkreuz band. Und vor den Augen ganz Rødbys fielen auch die restlichen Barbaren über das unschuldige, kleine Mädchen her. Zwei ganze Tage musste Jaga-agta diese Tortur über sich ergehen lassen, bevor die unersättlichen Barbaren mit einem Wagen voller Beute endlich wieder aus der Ockerstadt abzogen. Sie war die einzige gewesen, die öffentlich vergewaltigt worden war. Sie hatte man gesehen. Die meisten anderen verschwiegen ihre Schande, auch wenn es bei vielen Zeugen dafür gab. Von nun an mieden die Menschen Jaga-agta, das unreine Mädchen. Und als sich nach wenigen Wochen zeigte, dass ihr Bauch dick zu werden begann, wurde sie mit offener Feindseligkeit behandelt.

„Wir wollen hier keine Barbarenhuren und ihre Bastarde", schrien sie ihr auf offener Straße ins Gesicht prügelten mit Knüppeln auf sie ein. Selbst der Apotheker wendete sich von seiner Tochter ab. Er wies ihr die Tür und verbannte sie auf ewig aus seinem Haus. Er behauptete zwar, dass er die Schande nicht ertrug, die Jaga-agta über ihn gebracht hatte, aber in Wahrheit ging das Geschäft schlecht, seit die Bürger Rødbys in Jaga-agta einen Spiegel sahen, der ihnen ihre eigene Feigheit und Tatenlosigkeit vorhielt. Und den Apotheker traf dieses Spiegelbild am härtesten. Indem er Jaga-agta verstieß, glaubte er, seine eigene Schande auslöschen zu können. Menschen waren schon immer gut darin, sich selbst etwas vorzumachen und andere für die eigenen Sünden büßen zu lassen!

Jaga-agta zog in die Wälder nahe der nördlichen Grenze. In dem Astloch eines mehrere hundert Meter hohen Asgaleumbaumes brachte sie einen kräftigen Sohn zur Welt. Sie nannte ihn Jagun!

Jagun wuchs wie ein Vogel in dieser geräumigen Behausung hoch über dem Erdboden auf. Von seiner noch so jungen Mutter lernte er alles über Heilpflanzen und Kräuter. Bald erzählte man sich im Grenzgebiet von der

Heilerin, die besser als die Quacksalber in den Städten die Leiden und Beschwerden der Menschen zu kurieren verstand. Von weit her kamen die Kranken und Aussätzigen zu Jaga-agta in den Wald. Es ging sogar die Geschichte durch aller Munde, dass der Leibarzt des Königs sich einmal höchstpersönlich bei ihr Rat geholt hatte. Aber große Anerkennung bringt auch großen Neid mit sich. Die berühmtesten Heiler des Landes verfassten eine gemeinsame Anklageschrift, die Jaga-agta der Hexerei bezichtigte. Doch der damalige König war ein sehr aufgeschlossener König. Er antwortete den Heilern, dass Jaga-agta als einzige ihm Linderung für seine Leiden hatte bringen können. Und wenn sie dies mit Hilfe von Magie geschafft haben sollte, dann wüsste er nicht, was an dieser Magie verurteilungswürdig sein sollte.

Jagun war damals zu einem kräftigen und stattlichen Jüngling herangewachsen. Er jagte und sammelte für seine Mutter die Kräuter, die sie für ihre Rezepte benötigte. Auf der Suche nach seiner Identität streifte er dabei oft auch bis in die wilden, nördlichen Länder. Immer weiter wurden seine Wanderungen und immer länger blieb er von zuhause weg. Deswegen bemerkte er die sich zusammenbrauende Gefahr für Jaga-agta nicht.

Die Heiler versuchten zuerst, die ungeliebte Rivalin zu vergiften. Doch man kann niemanden vergiften, der die Zusammensetzung und Wirkung von Giften und Heiltränken besser kennt, als man selbst. Als man Jaga-agta zum ersten Mal ein geschmacks- und geruchsneutrales Gift reichte, schaffte sie es in letzter Sekunde, das richtige Gegengift einzunehmen. Danach nahm sie nichts mehr zu sich, was nicht sie selbst oder Jagun gepflückt und zubereitet hatten. Einen offenen Angriff wagten die Heiler jedoch nicht.

Die Tochter einer der Heiler, der sich selbst der Magie verschrieben hatte, liebte einen großen Hexenmeister, der sie seit einiger Zeit in die Geheimnisse der dunklen Künste einweihte. Dieser Tochter, Urtá-gá, gelang es, den Hexenmeister von der Notwendigkeit zu überzeugen, Jaga-agta beseitigen zu müssen. Und so belegte dieser Jaguns Mutter mit einem Fluch, der ihr Herz verdorren ließ. Ihr Blut floss immer langsamer durch ihren Körper und sie alterte in wenigen Tagen ein ganzes Menschenleben. Doch der Hexenmeister zeigte sich in seiner Eitelkeit Jaga-agta kurz vor ihrem Tode. Sie sollte wissen, wer so viel stärker war als sie mit all ihrem Wissen um die heilenden Kräfte der Natur. Als der Hexenmeister sie dann verließ, um sie einsam und verdammt sterben zu lassen, blieb Jaga-agta gerade noch genug Zeit, um ihrem Sohn eine Nachricht zu schreiben, in der sie ihm mitteilte, wer sie ermordet hatte.

Jagun erkannte seine Mutter kaum, als er ihre verdorrte Leiche vorfand. Und als er ihre Zeilen las, schwor er bittere Rache. Er begrub seine Mutter am Fuße des Asgaleumbaumes, der seine Kindheit gesehen hatte und machte sich auf, den Hexenmeister zu suchen. Der Hexenmeister wusste nichts von einem Sohn und so war er arglos, als Jagun an seine Tür klopfte und ihn zu sprechen wünschte. Als Jagun ihm dann sein Anliegen vortrug, war der Hexenmeister nicht in der Lage, sich so unvorbereitet mit Magie gegen einen physischen Angriff zur Wehr zu setzen. Keine Magie konnte so schnell heraufbeschworen werden, wie Jaguns Schwert zustieß. Und mit dem Schwert konnte der Hexenmeister Jagun erst recht nichts entgegensetzen. Aber als das Leben aus dem Hexenmeister herausfloss, strömte auch seine ganze Magie aus ihm heraus und in Urtá-gá, die der Rache Jaguns ebenso überrascht wie der Hexenmeister selbst beigewohnt hatte. Die Mächte, die Urtá-gá dabei in sich aufsog wie ein Schwamm, schienen ihre Kräfte fast zu übersteigen. Als sie dann auf sie übergegangen waren, fühlte sie nur noch Trauer, Wut und Hass, denn sie hatte den Hexenmeister wirklich geliebt. Dass Jagun ihr diese Liebe getötet hatte, dafür rächte sie sich mit einem schrecklichen Fluch:

Jagun hatte ihr den Geliebten genommen, deshalb sollte auch er niemals lieben dürfen, er war ein Kämpfer, deshalb sollte er nie wieder kämpfen dürfen und er sehnte sich nach dem Zuhause, das der Hexenmeister ihm genommen hatte, deshalb sollte er nie wieder zur Ruhe kommen, sollte an keinem Ort mehr verweilen dürfen! Auf diesen Fluch beschwor Urtá-gá alle Dämonen, die ihr zur Verfügung standen. Wann immer Jagun ab diesem Zeitpunkt sich mit einer Frau vereinigen würde, wann immer er sich zu einem Kampf hinreißen lassen oder nur in dieser Absicht nach einer Waffe greifen würde und wann immer er länger als zwei Tage an einem Ort verweilen würde, würden seine ihm anbefohlenen Dämonen erscheinen und alles Leben in seinem Kreis vernichten. Nur Jagun selbst würden die Dämonen nichts antun. Doch müsste er sein ganzes Leben lang mit der Bürde dieser Schuld weiterleben.

„Wenn ich bis morgen Mittag nicht aus Hradotéj heraus bin, wird nichts und niemand innerhalb dieser Palisaden mehr am Leben sein", schloss Jagun seinen Bericht.

Jetzt verstand ich einiges: Um Siwa zu retten, hatte Jagun sich auf einen Kampf mit dem Vollstrecker eingelassen. Doch er hatte nicht gekämpft; er war nur ausgewichen, so wie er es auch bei seiner Flucht vor der Zwangsvereinigung mit Siwa getan hatte. Er hatte sich anfangs sogar geweigert, Siwa auch nur zu berühren und hatte sich nur dazu bringen lassen, weil mich meine Kräfte verlassen hatten und ich Siwa nicht mehr hatte tragen können. Beim Angriff der Vampirin hatte er auch nur versucht, Siwa festzuhalten, damit die geflügelte Jägerin nicht mit ihrer Beute entkommen konnte. Doch mit allem, was er tat, rief Jagun seine Dämonen auf den Plan. Sie warteten nur darauf, dass er einen Fehler beging, dass er sich hinreißen ließ, nach einer Waffe zu greifen, und wenn es auch nur wäre, um sich zu verteidigen. Und sie witterten bei jeder Berührung und bei jedem Blick, die Jagun Siwa schenkte, eine körperliche Vereinigung oder auch nur ein Gefühl von Begierde. Die Wirkung des Warssekrets hatte die Dämonen fast die Grenzen des Fluchs durchbrechen lassen. Sie fühlten sich durch die Ekstase, die Jagun durch Siwas Berührung eher durchlitt, als genoss in ihrer Aufgabe betrogen. Doch die Zeit verrann. Einen ganzen Tag hatte Jagun bereits in Hradotéj verbracht, wenn man seinen Abstecher in die Kanalisation mitrechnete, in die die Dämonen ihm nicht hatten folgen können. Würde er noch einen weiteren Tag hier verweilen, dann könnten sie endlich in Aktion treten. Und in einer Stadt wie Hradotéj würden sie reiche Ernte halten.

Das alles begriff ich. Doch es gab noch etwas, das ich nicht verstand. Und deshalb fragte ich Jagun nach einigen Minuten versunkenen Schweigens: „Warum hast Du Siwa eigentlich gerettet?"

„Das hab ich nicht", antwortete Jagun. „Du hast das Mädchen losgeschnitten und bist mit ihr geflohen."

„Aber nur, weil Du mich dazu aufgefordert hast", entgegnete ich. „Warum hast Du ausgerechnet mich angesprochen?"

Jagun dachte eine Weile nach, dann sagte er: „Du warst der Einzige, in dessen Augen ich ehrliche Anteilnahme für das Mädchen finden konnte. Niemandem sonst bedeutete es etwas. Außerdem warst Du so abgelenkt und nervös durch die bevorstehende Folterung, dass Dich die Wachen mit Sicherheit erwischt hätten, wenn ich Dich nicht von weiteren Diebstählen abgehalten hätte."

Ach, ich bin also ein ungeschickter Dieb?! Das hat mir ja noch niemand gesagt.

„Aber warum wolltest Du, dass ich Siwa losschneide?"

„Ich dachte, Du wolltest sie retten!"

„Ja aber was hast Du damit zu tun? Was bedeuten Dir Siwa oder ich. Du kennst uns nicht und weißt sogar, dass mein Gewerbe nicht im Einklang mit den Gesetzen Wolans steht."

„Das ist richtig", gestand Jagun ein und erklärte mir endlich: „Ich habe etwas gegen Folter, vor allem, wenn sie Unschuldige trifft. Und ich halte das Mädchen für unschuldig, weil es kein Verhör, sondern nur eine öffentliche Marter zur Volksbelustigung geben sollte. Der Vollstrecker hat sich nicht einmal den Anschein zu geben versucht, ein Geständnis aus dem Mädchen herauspressen zu wollen. Ich hatte ihm gesagt, dass ich auf der Suche nach dem Magier Wolans bin. Das entsprach der Wahrheit, auch wenn ich nicht der Rechtsgelehrte bin, für den ich mich ausgegeben habe. Wenn es uns gelingt, das Mädchen zu retten – noch ist es nicht geschafft – dann gibt es zwei Möglichkeiten: Entweder konnte ich dann mithelfen, eine Unschuldige zu retten oder, falls sie wirklich eine Hexe sein sollte, woran ich aber nicht glaube, dann ist ihre Magie vielleicht in der Lage, meinen Fluch aufzuheben."

So ergab plötzlich alles einen Sinn. Nur eines beschäftigte mich noch immer: „Warum sagst Du nie ihren Namen, sondern nennst sie immer nur

Mädchen? Sie heißt Siwa!"

Jagun schloss seine Augen und atmete tief durch. Dann antwortete er, ohne die Augen wieder zu öffnen: „Mir entgeht nicht, wie das Mädchen aussieht, wie es … Ich darf nicht anfangen, irgendetwas für dieses oder irgendein anderes Mädchen zu empfinden, solange dieser Fluch auf mir lastet. Lass mich jetzt bitte ruhen, bis der Badeknecht uns unsere Kleidung wieder bringt."

13. GEFANGEN

Jagun legte seinen Kopf zurück auf die blauen Fliesen des Beckenrandes und schien im selben Moment schon zu schlafen. Es war kein Wunder, dass er müde und erschöpft war, da er wohl die ganze Nacht nicht geschlafen und fast übermenschliches geleistet hatte, um uns zu retten. Ich hatte zwar einige Stunden auf dem Dach des Hauses geschlafen, auf dem wir uns versteckt gehalten hatten, aber auch mir drückte die Müdigkeit die Augen zu, noch während ich zärtlich über Siwas nackten Körper in meinen Armen streichelte.

Aufgeweckt wurde ich diesmal weder durch eine Ohrfeige von Jagun, noch durch die Rückkehr des Bediensteten mit unserer gereinigten Kleidung. Es waren die Schritte der Wachen Hradotéjs, die mich aus meinen Träumen rissen. Sie trampelten in das Badehaus und umringten uns mit drohend auf uns gerichteten Lanzen.

Diesmal saßen wir in der Falle. Aus dieser Situation gab es kein Entkommen. Widerstandslos ließen wir uns fesseln.

„Was ist mit der Hexe? Warum schläft sie?" fragte der Anführer der Wachen.

„Sie stirbt!" antwortete Jagun kalt. „Das Warsgift hat ihr schon fast alles Leben entzogen. Die Geister strecken bereits ihre kalten Klauen nach ihr aus."

Die Erwähnung von Geistern ließ einige der abergläubischen Wachen furchtsam zurückweichen. Doch ihr Anführer beherrschte seine Furcht und fragte: „Warum badet ihr sie?"

„Um die Geister zu besänftigen", antwortete Jagun sofort.

Im Gesicht des Anführers der Wachen zuckte es nervös. Doch er erwiderte barsch: „Unsinn!"

Dann wendete er sich an seine Männer und befahl einem von ihnen: „Du da; Du trägst sie auf die Wache!"

„Das würde ich an eurer Stelle nicht tun!" warf Jagun sofort ein, entwand sich dem Griff des Soldaten, der ihn hielt, bückte sich zu Siwa und berührte sie. Augenblicklich erschienen die Schatten seiner Dämonen und umkreisten uns drohend, während die Temperatur rapide absank.

„Seht ihr?" fragte Jagun, während er selbst erschrocken zurückwich, „Ihre Geister erlauben es nicht!"

Er gab einfach seine Dämonen für ihre Geister aus und die Wachsoldaten glaubten es ihm und drängten sich so schnell wie möglich durch die Tür nach draußen. Jagun nutzte diese kurze Verwirrung und sprang trotz seiner gefesselten Hände wie ein Panther durchs Fenster. Nur ich war noch in der Hand der Wachen und wurde nackt und gefesselt durch die Straßen Hradotéjs getrieben.

So hatte ich mir das nun wirklich nicht vorgestellt.

Warum muss es immer mich erwischen? Warum bin immer ich der Gearschte?

Nackt und gefesselt, wie ich war, fühlte ich mich ziemlich unbehaglich, als ich diesem riesigen Fleisch- und Muskelberg, dem Vollstrecker, vorgeführt wurde. Er musterte mich lange aus zusammengekniffenen Augen, bevor er streng sagte: „Du warst bei der Hexe?"

War das jetzt eine Frage?

Ich wusste nicht, ob der Koloss eine Antwort von mir erwartete, wagte aber auch nicht, ungefragt etwas zu sagen. Der Vollstrecker sah mich fragend an und wendete sich dann an die mich eskortierenden Wachen.

„Ist der Mann taub oder stumm?"

Diese Frage brachte mich auf den Gedanken, dass es vielleicht gar nicht verkehrt wäre, mich taub und stumm zu stellen. Bevor ich die daraus entstehenden Möglichkeiten aber abwägen konnte, haute mir einer der Wachsoldaten mit seinem Schild auf den Hinterkopf. Es schepperte blechern und mir entschlüpfte ein überraschtes „Aua!"

Das mit stumm sein, hat sich also erledigt. Bleibt mir nur noch die Taubheit, schoss es mir durch den Kopf. Da schrie mir der grobe Wachsoldat aber schon ins Ohr: „Der Herr hat Dich was gefragt!"

Ich zuckte unwillkürlich zusammen. Hätte er mich nicht vorher warnen können, dass er gleich schreit?

Na gut, bin ich halt auch nicht taub!

„Der ist nicht taubstumm, der ist staubdumm!" erwiderte der Soldat mit nur mühsam unterdrücktem Lachen über diesen uralten Witz, auf die Frage des Vollstreckers. Der sah ihn aber streng an und der Soldat verstummte sofort.

„Ich b …", begann ich, um die zu Gelegenheit nutzen, mich vorzustellen und in ein möglichst günstiges Licht zu rücken. Der Vollstrecker begann aber gleichzeitig zu sprechen und würgte meine Vorstellung damit ab.

„Wo ist die Hexe?" fragte er den Wachsoldaten. Ich spürte dessen Nervosität in meinem Nacken und konnte den Angstschweiß, der ihm aus allen Poren rann, deutlich riechen.

Wer ist jetzt staubdumm, Du Arschloch?

„Wenn ich …", begann ich schnell, um die Gelegenheit zu nutzen, den Spieß umzudrehen, die Unfähigkeit und Furcht der Soldaten auszuschmücken und mich selbst als unschuldiges Opfer zu präsentieren. Doch weiter, als bis zu diesem „Wenn ich …" kam ich nicht, denn der Vollstrecker schnauzte mich an: „Dich hab ich nicht gefragt, Bursche. Du kommst noch früh genug dran!"

Wenn er glaubte, mich mit diesem Gebrüll einschüchtern zu können, dann täuschte er sich aber gewaltig. Ich war nicht einfach nur eingeschüchtert, ich hatte eine Scheißangst. Dieses Monster war berühmt für seine Grausamkeit. Wenn es mir nicht gelang, ihn von meiner Unschuld zu überzeugen, dann konnte es durchaus passieren, dass er mir mit bloßen Händen meine Arme ausriss, so wie ich einem gegrillten Huhn einen Flügel abdrehen würde. Der Vollstrecker war berüchtigt dafür, dass er männlichen Gefangenen gerne Körperteile ab- oder ausriss; Arme, Beine, Ohren und sogar ihre Schwänze und Hoden. Ganz offensichtlich hatte er da keine Berührungsängste, was ich von mir, besonders in einer solchen Situation, nicht hätte sagen können. Einmal hatte er einem Gefangenen sogar den Kopf abgerissen. Die Geschichten, die man sich hinter vorgehaltener Hand vom Vollstrecker erzählte, waren also durchaus dazu geeignet, sich von ihm eingeschüchtert zu fühlen.

Ich malte mir die schlimmsten Szenarien für meine nur noch kurze und schmerzhafte Zukunft aus.

Wäre ich doch nur in der Kloake geblieben.

„Wir haben sie im Badehaus gelassen. Sie ist ja schon fast tot", stotterte der Soldat nervös. Der Vollstrecker konnte sich nur mühsam beherrschen. Er schnaubte wie ein gereizter Stier und ich blickte unwillkürlich zu Boden, um zu sehen, ob er auch mit den Hufen scharren würde. Das tat er aber nicht. Er kam mir nur gefährlich nahe und sprach, so als wenn ich gar nicht anwesend gewesen wäre, über meinen gesenkten Kopf hinweg zu dem Soldaten.

„Egal, ob sie tot ist oder lebendig oder ein Geist: Hol sie! Und wage nicht noch einmal, ohne sie und diesen wendigen Rechtsgelehrten hier aufzutauchen."

„Zu Befehl", erwiderte der Soldat kleinlaut und drehte sich klappernd um, um den Befehl auszuführen.

Jetzt holen sie Siwa also doch noch, dachte ich mir bedrückt. *Es war also alles umsonst.*

Auf der anderen Seite war es aber irgendwie tröstlich, nicht allein in der Patsche zu stecken. Geteiltes Leid ist halbes Leid!

„Und jetzt zu Dir", wendete der Vollstrecker sich drohend an mich. Ich schluckte nervös und er fragte streng: „Name?"

„de la Moraine, Andieu de la Moraine! Ich bin von Adel und muss …"

„Ein de la Moraine!" unterbrach der Vollstrecker mich überrascht, trat einen Schritt zurück und musterte mich abschätzig von oben bis unten. Dann fuhr er fort: „Mit einem de la Moraine hätte ich hier in Hradotéj am allerwenigsten gerechnet. Eine gute Gelegenheit, um eine alte Schuld zu begleichen."

Ich horchte auf. Der Mann wollte eine Schuld begleichen. Er schien also

Ehre zu besitzen. Ich hatte keine Ahnung, was er meiner Familie schuldete. Aber ich war gerne bereit, jeden Betrag dankbar anzunehmen.

Na, das läuft doch besser, als erwartet!

Sofort nahm ich wieder Haltung an, wie es einem Mitglied meines stolzen Adelsgeschlechts zukam. So viel Eindruck hatte ich mit meinem Namen schon lange nicht mehr gemacht. Mit stolzgeschwellter Brust stand ich da und betrachtete den Folterknecht von oben herab, was nicht ganz einfach war, da er mich um mehr als einen Kopf überragte. Und da stellte er sich mir seinerseits vor.

„Ich bin ein Borka!"

Mhm, ein Borka also. Irgendetwas klingelte da bei mir. Ich wusste nur nicht sofort, wo ich den Namen hinpacken sollte. Der Borka sah mir durchdringend in die Augen. Er half mir mit keiner Silbe auf die Sprünge, sondern wartete geduldig, bis ich den Namen selbst wieder in meinen Erinnerungen fand. Und da war er auch: Borka! Die Borkas und die de la Moraines waren seit jeher miteinander verfeindet. Die Familien hatten immer um den selben, blöden Felsen gestritten, auf dem die alten, maroden Mauern stehen, in denen ich geboren wurde. Mein Großvater hatte angeblich ein Borkamädchen dorthin entführt und geschwängert. Und aus Scham soll sie sich von der Klippe ins Meer gestürzt haben.

Das ist jetzt gar nicht gut.

Ich versuchte die neu aufkeimende Nervosität beim Eintritt meiner Erinnerung zu verbergen, stellte mich dumm und zuckte mit den Schultern.

„Ich bin kein de la Moraine von der Küste", log ich, während mir der Schweiß auf die Stirn trat. „Ich bin aus, aus, aus … Ich bin aus dem Landesinneren. … Und auch gar nicht aus diesem Land, sondern aus …"

Das lief irgendwie gar nicht gut. Normalerweise war ich sehr spontan und redegewandt. Aber unter diesem Druck fiel es mir schwer, mir irgendeine plausible Geschichte auszudenken. Trotzdem wand ich mich noch weiter wie ein Aal in der Pfanne.

„Ihr meint wahrscheinlich die de la Moraines vom Moraine-Felsen. Fürchterliches Pack, wenn Ihr mich fragt. Ich hab von ihnen gehört. Aber sie sind nicht mit mir verwandt. Tja schade, aber ich kann die Begleichung Eurer Schulden leider nicht annehmen, so leid es mir tut. Ach, so spät schon, ich muss langsam. War schön, mit Euch zu plaudern. Man sieht sich. Besucht mich doch mal auf meinem Landsitz."

Während ich gesprochen hatte, war ich rückwärts schon bis an die Tür zurückgewichen. Jetzt drehte ich mich schnell um und wollte eben hinausspazieren, da hörte ich Borka hinter mir rufen: „Wache!"

Sofort wurde mir der Weg nach draußen von zwei überkreuzten Lanzen versperrt. Und Borka befahl den Wachen, die diese Lanzen hielten: „Stellt den Mann an den Pranger und bewacht ihn bis zu meiner Abreise. In zwei Stunden möchte ich den Wagenkäfig angeschirrt auf dem Richtplatz stehen haben. Ich hab ein Geschenk für meine Familie, das ich ihr bringen muss!"

Gar nicht gut.

„Es tut mir leid, aber Ihr könnt Hradotéj im Moment nicht verlassen", erwiderte einer der Wachsoldaten. „Die Tore sind zu, seit Ihr sie gestern habt schließen lassen. Sie haben sich heute Morgen nicht geöffnet."

Borka sprang erregt zum Fenster und blickte hinaus.

„Es liegt an diesen Wolken, die über der Stadt kreisen; hab ich Recht?" fragte er den Soldaten. Und dieser antwortete: „Das ist zumindest die einzige Erklärung, die die Stadtältesten dafür gefunden haben. Sie sind bereits seit heute Morgen im Oleum und versuchen, die Geister zu besänftigen. Hoffentlich beschwören sie damit nicht wieder so etwas Dämliches herauf, wie beim letzten Mal."

„Und was war das?" fragte Borka neugierig.

„Der Hufschmied wuchs zu einem riesigen, schwabbeligen Monster an, das alles, was es berührte in eine gallertartige Masse verwandelte. Ihr hättet mal die Pferde sehen sollen. Denen sind die Beine einfach zerlaufen. Das Schlimme war aber, dass der Schmied gar nicht gemerkt hat, was los war. Er hat immer weiter gemacht. Wir mussten damals über zehn Pferde notschlachten und zwei Häuser abreißen, als der Spuk wieder vorbei war."

Borka lächelte kurz über diesen todernst vorgetragenen Bericht. Aber dann blickte er wieder skeptisch aus dem Fenster.

Wenn die Tore nicht aufgehen, sind wir alle verloren, dachte ich mir. Aber wie viel Sinn hätte es gehabt, dem Vollstrecker das zu sagen? Es hätte mich nur in Erklärungsnot gebracht.

„Stellt ihn an den Pranger und lasst ihn dort stehen, bis ich mit ihm abreisen kann!" befal Borka den Soldaten, ohne sich uns zuzuwenden.

Ein paar Minuten später stand ich wieder, so wie bereits drei Jahre zuvor am Pranger von Hradotéj. Die Leute ließen mich diesmal mehr in Ruhe als beim ersten Mal, was wohl an den drohenden Wolken lag, die den Himmel über der Stadt verfinsterten. Sie hatten Angst und kümmerten sich deshalb kaum um mich. Nur so eine vorwitzige, kleine Göre mit Hasenzähnen und Sommersprossen, dachte sich anscheinend, dass es doch lustig sein müsste, mir einen Sack mit einem grauen Schnapper um meinen Penis zu binden.

Dreckiges, kleines Miststück!

„Auaaa!"

Kaum hatte der Schnapper zugeschnappt, da löste die Rotzgöre den Sack wieder und beobachtete mit großen Augen die eintretende Veränderung.

Während ich so am Pranger stand, die trostlose Aussicht über den Ratsplatz genoss und mein bestes Stück sich durch den Biss des grauen Schnappers vor den Augen dieses Dreckskindes wieder in ein brennendes und ansonsten gefühlloses Stück Holz verwandelte, war ich doch froh, dass es nur ein Schnapper und kein Wars gewesen war, mit dem es sich einen

Spaß mit mir machte, denn ein Schnapperbiss ist im allgemeinen nicht tödlich. Seine Wirkung klingt nach etwa sieben bis zehn Tagen wieder ab, vorausgesetzt, der Schnapper wird innerhalb von zwei Tagen wieder entfernt. Hat so ein Biest erst einmal zugebissen, fällt es für mehrere Tage in eine Starre, die sich von alleine erst wieder löst, wenn die Stelle, in die es sich verbissen hat, vollkommen abgestorben ist. Unter normalen Umständen ist es keine große Sache, sich von so einem Ungeziefer wieder zu befreien. Aber meine Situation war kein normaler Umstand. Ich stand nackt am Pranger und hatte diesmal nicht zu erwarten, dass ich am nächsten Tag wieder in Freiheit entlassen werden würde. Borka, der Vollstrecker, Erzfeind meiner Familie, wollte mich seiner Familie als Geschenk überreichen. Und was das bedeutete, das konnte ich mir lebhaft vorstellen. Dagegen war ein Schnapperbiss ein reines Vergnügen. Dass mein Vater mich schon vor Jahren verstoßen hatte, wäre ein sinnloses Argument gegenüber solchen verblendeten und von Hass zerfressenen Kreaturen wie Borka gewesen. Ich war ein de la Moraine und damit sein Feind.

Was aber weder Borka, noch dieses bösartige kleine Mädchen wussten, war dass sie alle dem Tod geweiht waren, wenn sich die Tore Hradotéjs nicht bis zum nächsten Mittag öffnen würden und Jagun freier Abzug aus der Stadt gewährt würde. Soweit ich es verstanden hatte, öffneten sich die magischen Tore aber nicht, weil Jaguns Schatten bereits drohend ihre Klauen nach der Stadt und ihren Bewohnern ausstreckten.

Welchen Sinn haben magische Tore, wenn niemand mehr da ist, der die Magie versteht, beherrscht und beeinflussen kann? fragte ich mich. Doch für mich selbst spielte das alles kaum noch eine Rolle. Was machte es denn schon für einen Unterschied, ob ich hier von ein paar wütenden Geistern oder Dämonen getötet oder ein paar Wochen später unter der ganz privaten Folter Borkas im Kreise seiner degenerierten Verwandtschaft mein viel zu kurzes Leben aushauchen würde? Tot wäre ich auf jeden Fall. Ich wollte aber nicht tot sein. Ich wollte leben, ich wollte noch Kinder haben! Das heißt, nein: Wenn ich mir dieses kleine Drecksgör ansah, das sich an meinem Unglück und den Schmerzen weidete, die es mir mit dem Schnapper bereitete, dann fiel es mir ganz leicht, den Kinderwunsch wieder von der Liste meiner Wünsche streichen.

„Warte bloß, bis ich hier wieder los bin!" drohte ich dem widerlichen Kind.

„Was ist denn dann?" fragte es neugierig.

„Dann, dann, … das wirst Du dann schon sehen, Du kleine Missgeburt!"

Recht großen Eindruck machte meine Drohung nicht, denn das schmutzige und nur in Lumpen gehüllte Mädchen klopfte mit einem Holzstock auf meinen bereits hölzern wirkenden Penis, in den der graue

Schnapper sich verbissen hatte. Es klang wie Holz auf Holz. Das Klopfen selbst spürte ich schon nicht mehr, nur das unangenehme Brennen wurde stärker. Und das Kind fragte mit mehr Neugier als Boshaftigkeit: „Tut das weh?"

Ich war zu stolz, um vor diesem räudigen Straßenkind meine Schmerzen einzugestehen und sogar, um ihm überhaupt zu antworten. Deshalb erwiderte ich auf die Frage nur: „Sobald ich wieder frei bin, werde ich Dir zeigen, was Schmerzen sind, Du kleine Ratte!"

„Warum sagst Du immer so gemeine Sachen zu mir?"

„Warum hast Du mir den Schnapper verpasst?"

„Aus Neugier!"

„Ich bin ja schon sooo neugierig darauf, wie Du aussiehst, wenn ich mit Dir fertig bin! Ich fürchte, dann wird nicht mehr viel von Dir übrig sein, dann würde Dich nicht mal mehr Deine Mutter wieder erkennen, wenn Du eine hättest, Du dreckiger, kleiner Wechselbalg."

Wut und Schmerz und das Bedürfnis, endlich in Ruhe gelassen zu werden, hatten mich in Rage versetzt. Das Kind sollte soviel Angst vor mir bekommen, dass es sich nie wieder vor meinen Augen blicken lassen würde. Anscheinend bemerkte es endlich meine Verärgerung, denn es sagte: „Du bist böse mit mir!"

„Wie kommst Du bloß auf die Idee?" zischte ich zurück.

„Ist ja schon gut", sagte da das Kind, „Ich mach den Schnapper wieder ab."

Und da zog es auch schon einen langen Eisennagel aus den Fetzen seines Gewandes und näherte sich damit meiner hölzernen Körpermitte. Schweiß trat mir auf die Stirn. Niemand würde mir helfen, wenn dieses gemeingefährliche Kind mich jetzt mit seinem Nagel erstach oder mir etwas abbrach. Doch es hebelte mit dem Nagel tatsächlich nur den Kiefer des grauen Schnappers auf und verstaute das Ungeziefer wieder in dem kleinen Sack. Dann sagte es: „Ich gehe dann jetzt."

Na endlich!

Endlich war ich allein und wurde in der unangenehmen Situation meiner Nacktheit und Gefangenschaft in der unbequemen Haltung meiner Position im Pranger mit meinem vom Schnapperbiss harten und brennenden Penis allein gelassen. Selbst von den Wachsoldaten, die irgendwo hinter mir auf ihren Posten standen, sah und hörte ich nichts.

Die Stunden vergingen quälend langsam. Die Schatten wanderten, es begann zu dämmern, wurde Abend und Nacht, und ich stand noch immer am Pranger.

Wäre ich nur nie nach Hradotéj gekommen!

Dann brach der neue Tag an. Die Sonne ging auf, aber die Tore blieben geschlossen. Die wie ein Strudel über der Stadt kreisenden Wolken wirkten noch dunkler, als am Tag zuvor und ich zitterte schon seit der Nacht vor

Kälte. Langsam verging der Vormittag. Ich spürte das nahende Ende. Und ich glaube, die Bewohner Hradotéjs spürten es ebenfalls, obwohl sie nichts von Jaguns Fluch wussten. Abgesehen vom immer wütenderen Tosen der Schatten blieb es in der Stadt gespenstig ruhig. Kaum jemand ließ sich auf der Straße blicken. Die Türen und Fensterläden der Häuser blieben geschlossen. Ich war ganz allein. Jetzt wäre ich sogar dankbar für die Gesellschaft des schmutzigen Mädchens gewesen. Aber es kam nicht. Ich würde hier ganz alleine sterben.

Was mochte wohl aus Siwa geworden sein? Die Wachen hatten sie aus dem Badehaus geholt und zu Borka gebracht. Ob er sie gleich getötet hatte? Oder wollte er warten, bis sie wieder wach werden würde, um sie noch einmal zu foltern? Diesen Spaß würden Jaguns Dämonen ihm ebenso rauben, wie das Vergnügen, mich seiner Familie zum Fraß vorzuwerfen.

Und Jagun? Er hatte es nicht geschafft. Wie auch? Es gab keine Möglichkeit, Hradotéj zu verlassen. Seine Dämonen hatten ihm eine Falle gestellt. Sie hatten ihn innerhalb dieser Palisaden gefangen. Und nun musste er mit zusehen, wie sie eine ganze Stadt auslöschten, weil er einen Hexenmeister getötet hatte, um seine Mutter zu rächen.

Auch die Stadtältesten hatten versagt. Was auch immer sie im Oleum trieben oder getrieben hatten; es hatte nichts bewirkt.

Kurz vor Mittag stand mir der Schweiß auf der Stirn, obwohl mich die Kälte noch immer zittern ließ. Ich wollte beten, doch ich wusste nicht, zu welchen Göttern. Sie spielten doch ohnehin alle nur mit uns kleinen, sterblichen Wesen.

Scheiß auf die Götter!

Die Sonne erreichte ihren höchsten Punkt und die Schatten begannen, Gestalten anzunehmen.

Das Ende war da.

14. JADWÉJ

Während ich in die Gefangenschaft gegangen war, um dann am Pranger auf das Ende Hradotéjs oder meinen Abtransport zur Hinrichtung auf dem Familiensitz der Borkas zu warten, war Jagun nicht untätig gewesen. Als er aus dem Fenster des Badehauses vor den Stadtwachen geflohen war, hatte er sich nicht, wie ich angenommen hatte, sofort in Sicherheit gebracht, sondern mit mehr Kaltblütigkeit, als ich sie besessen hätte, vor dem Fenster den fluchtartigen Abzug der abergläubischen Wachen abgewartet. Sich von den Fesseln, die ihm, ebenso wie mir angelegt worden waren, zu befreien, war ein Leichtes für ihn gewesen. Sofort nachdem die Wachen mich fortgeschafft hatten, war er wieder in das Badehaus zurückgekehrt, hatte seine eigene und Siwas Blöße mit Tüchern verhüllt und dann Siwa mitgenommen, um sie in Sicherheit zu bringen. Als die verängstigten Wachsoldaten, die nicht wussten, ob sie den Zorn von Siwas Geistern oder den von Borka mehr zu fürchten hätten, zurückkehrten, um Siwa zu holen, konnten sie keine Spur mehr von ihr entdecken. Ich möchte nicht in ihrer Haut gesteckt haben, als sie mit dieser Nachricht dem Vollstrecker wieder unter die Augen treten mussten.

Jagun suchte für Siwa, die noch immer tief und fest schlief ein sicheres Versteck. Das warme Wasser des Bades hatte ihn wieder belebt. Aber er spürte auch, dass es die Salbe, die er zur Behandlung des Warssekrets hergestellt hatte, verdünnt oder abgewaschen hatte, während das Sekret selbst sich nicht abwaschen ließ. So, wie ich es an meinem Arm spürte, so merkte Jagun an all den Stellen seines Körpers, die mit Siwas Händen oder ihrem Schoß in Berührung gekommen waren, dass das anregende Kribbeln wieder zunahm. Er selbst hatte sich gut unter Kontrolle und verbarg seine anhaltende Erregung unter dem Laken, das er sich um die Hüfte gebunden hatte. Doch Siwa, die für mehrere Minuten dem direkten Kontakt mit dem Wars ausgesetzt gewesen war, so dass das Sekret tief in die empfindliche Haut ihrer noch jungfräulichen Scheide eingedrungen war, wurde trotz des Schlafes, in den die Gilaméppoknolle sie versetzt hatte, wieder unruhiger. Ihr Körper wand sich und zuckte ekstatisch in Jaguns Armen, als er sie vom Badehaus wegtrug.

Jagun hatte Siwas Körper ebenfalls in Tücher gehüllt. Er war sorgsam darauf bedacht gewesen, ihre Brüste und ihren Schoß zu bedecken, um sie vor seinem eigenen Blick verborgen zu halten. Doch so sehr er seine eigene Erregung beherrschen und aus seinem Bewusstsein ausblenden konnte, so wenig war es ihm möglich, das sich in seinen Armen windende Mädchen, seine Jugend, Schönheit und die Geschmeidigkeit seines Körpers zu ignorieren. Siwa schien selbst im Schlaf aus purer Lust zu bestehen. Und die Erregung, die ihr Körper kaum in der Lage war, ertragen zu können, war selbst für Jaguns Selbstbeherrschung zuviel. Ihr junger Körper, der sich in seiner unerträglichen Lust an Jagun schmiegte, klammerte und rieb, während er sie in Sicherheit zu bringen versuchte, löste Empfindungen bei ihm aus, die nicht einmal er beherrschen konnte. Seine Dämonen grollten und wollten ihm Siwa bereits entreißen, als er ein leer stehendes und halb verfallenes Haus entdeckte. Mit Aufbietung all seiner Willenskraft gelang es ihm, das Haus gegen den Widerstand der Dämonen zu betreten. Hastig legte er Siwa in eine dunkle Ecke, in der sie zumindest im Moment sicher war und wendete sich von ihr ab. Die Dämonen, die sich schon fast materialisiert hatten, kreischten wütend, doch Jagun dachte sich nur: *Dieses Mädchen bekommt ihr nicht!*

Er sprach nicht mit seinen Dämonen. Er sprach niemals mit ihnen, egal, wie oft er ihre Anwesenheit auch ertragen oder den Tod und das Verderben, das sie so gerne bringen wollten, fürchten musste. Dieses eine Mal hatte er ihnen Siwa noch entrissen. Doch er hatte bereits erfahren, dass die Stadttore sich nicht geöffnet hatten. Wenn sie sich bis zum nächsten Mittag nicht öffneten, so dass er Hradotéj verlassen konnte, dann wäre Siwas Ende nur unbedeutend verschoben worden.

Jagun besaß nichts mehr außer dem Laken aus dem Badehaus. Er konnte also nicht einmal in der Apotheke neue Zutaten für eine lindernde Salbe kaufen. Ohne sie anzusehen, lauschte er eine Weile dem ekstatischen Stöhnen Siwas.

Es ist zu intensiv, dachte er sich bedrückt. *Selbst wenn es mir gelingen sollte, rechtzeitig die Stadt zu verlassen, um sie vor den Dämonen zu retten, wird das Mädchen es nicht überleben.*

Jagun machte sich selbst Vorwürfe dafür, dass er vor dem Besuch des Bades nicht daran gedacht hatte, dass das Wasser nicht nur Schmutz und Gestank, sondern auch seine Salbe abwaschen würde. Überall dort, wo das Warssekret nur auf indirektem Weg auf die Haut gelangt war, wie bei mir, bei ihm oder dort, wo Siwa sich mit ihren Händen selbst berührt hatte, dort war es, zumindest durch die Linderung, die seine Salbe schon gebracht hatte, solange sie auf der Haut gewirkt hatte, nicht mehr lebensbedrohlich. Aber Siwas Schoß war getränkt mit dem puren, unverdünnten Sekret.

Selbst wenn ich noch Salbe hätte, könnte ich das Mädchen nicht behandeln, ohne meine Dämonen wieder auf den Plan zu rufen, grübelte Jagun. Er hatte Angst, denn die Zeit lief ihm davon und wurde langsam knapp. Um Hradotéj zu retten, musste er die Stadt verlassen. Das war aber nicht möglich. Und wenn es möglich gewesen wäre, dann hätte er Siwa und auch mich im Stich lassen müssen. Es entsprach aber nicht Jaguns Wesen, jemanden im Stich zu lassen, für den er sich verantwortlich fühlte. Da er in dem verlassenen Haus nichts für Siwa tun konnte, überzeugte er sich noch schnell davon, dass sie von der Straße aus nicht gesehen und nach Möglichkeit auch nicht gehört werden konnte. Dann lief er wieder auf die Gasse. Das Laken um seine Hüfte genügte völlig als Kleidung in Hradotéj. Solange er nicht von den Menschen erkannt wurde, konnte er sich also relativ frei bewegen. Doch die Gefahr in einer so kleinen Stadt als Fremder aufzufallen war nicht zu unterschätzen. Als erstes wollte Jagun die Apotheke aufsuchen. Doch in der Straße herumlungernde Wachsoldaten machten ihm das unmöglich. Dann versuchte er herauszufinden, was mit mir geschehen war. Er fand mich am Pranger auf dem Ratsplatz. Doch da auch hier Soldaten waren, versuchte er nicht, Kontakt zu mir aufzunehmen. Durch die drohenden Wolken über der Stadt, die die Bevölkerung einschüchterten, waren ohnehin fast nur noch Soldaten auf den Straßen unterwegs. Doch Jagun bemerkte auch das Kind, das mir gegenüber kauerte. Und als dieses Kind mich dann verließ, fing Jagun es in einer der dunklen Gassen, in die es sich verdrückte, ab.

„Hast Du mit dem Mann am Pranger gesprochen?" fragte er das schmutzige Straßenkind. Und dieses antwortete: „Ich glaube, ich hab ihn verärgert."

„Was hast Du denn gemacht?" fragte Jagun weiter.

„Ich hab meinen Schnapper seinen …, Du weißt schon, beißen lassen", gestand das Mädchen wahrheitsgemäß. „Das machen wir hier immer, wenn Männer am Pranger stehen. Aber die anderen Mädchen sind heute nicht gekommen. Sie haben Angst vor den Wolken. Warst Du nicht der Mann, der gestern am Pranger war?"

„Kannst Du ein Geheimnis für Dich behalten?"

Die Augen des Mädchens leuchteten, als Jagun diese Frage stellte. Geheimnisse waren etwas Aufregendes. Die anderen Mädchen würden es beneiden, wenn es ihnen davon erzählte. Es legte seine Hand aufs Herz und antwortete würdevoll: „Aber natürlich!"

Jagun nickte und sagte: „Gut."

Und dann gestand er dem Mädchen: „Ja, Du hast Recht. Ich bin der Mann. Aber würdest Du mir glauben, wenn ich Dir sage, dass ich unschuldig bin?"

Das Mädchen trat einen Schritt zurück und ließ seinen prüfenden Blick mit der Miene eines Richters über Jagun wandern, bevor es antwortete: „Ja, ich glaube Dir!"

„Und glaubst Du mir dann auch, wenn ich Dir sage, dass das Mädchen, das man gestern als Hexe beschuldigt hat und der Mann, der jetzt am Pranger steht, unschuldig sind?"

Die Miene des schmutzigen Straßenkindes nahm einen skeptischen Ausdruck an. Jagun verlangte sehr viel von ihm, wenn er erwartete, an die

Unschuld von uns allen Dreien zu glauben.

„Du magst die Frau, stimmt's?" fragte das Mädchen nach einer neuen Musterung Jaguns. Und als der sie fragend anblickte, deutete das Kind grinsend auf die Beule in Jaguns Laken.

Jagun war es unangenehm, auf diesen Umstand angesprochen zu werden, doch er ging das Wagnis ein, dem Kind zu vertrauen und fragte es: „Wie heißt Du?"

„Jadwéj"

„Hör zu Jadwéj", begann Jagun, „das", und dabei deutete er ebenfalls auf die Beule in dem Laken um seine Hüfte, „ist eine Reaktion auf den Kontakt mit dem Wars. Hast Du gesehen, was der Vollstrecker gestern mit dem Wars gemacht hat?"

„Ja, natürlich!"

„Das Mädchen wird sterben, wenn ich ihm keine Medizin besorge. Willst Du mir helfen, es zu retten?"

„Oh, ja!" Das Mädchen strahlte bei der Aussicht auf dieses große Abenteuer.

„Kannst Du mir etwas aus der Apotheke besorgen?" fragte Jagun mit neu aufkeimender Hoffnung. Aber da erlosch das Strahlen sofort wieder in Jadwéjs Augen und sie antwortete traurig: „Ich darf die Geschäfte nicht betreten, weil ich …"

Die Augen des Mädchens füllten sich mit Tränen, als es in seiner Antwort stockte.

„Hast Du etwas gestohlen?" fragte Jagun mitfühlend. Doch mit der Frage verletzte er den Stolz Jadwéjs.

„Nein!" antwortete sie zornig und gestand dann ganz kleinlaut: „Es ist, weil ich keine Eltern habe und auf der Straße lebe."

Jagun hätte das weinende Mädchen gern in seine Arme genommen. Doch er wusste, dass seine Dämonen eine solche Geste des Trostes, selbst zu so einem kleinen, schmutzigen Straßenkind, als Zuneigung gewertet hätten. Das Erscheinen dieser zornigen und ungeduldig wartenden Dämonen hätte Jadwéj mehr geängstigt, als der Trost, den er ihr hätte spenden können, aufgewogen hätte. Also sagte er nur ganz sanft: „Ist schon gut, Jadwéj. Deswegen musst Du Dich nicht schämen. Ich hab auch keine Eltern und kein Zuhause mehr."

Jadwéj schenkte Jagun ein dankbares Lächeln und wischte sich die Tränen aus den Augen und den Rotz von der Nase. Dann hatte sie plötzlich eine Idee und sagte: „Wenn mein Schnapper Deine Freundin beißen würde, dann würde sie nichts mehr von dem Wars spüren!"

Jagun horchte auf. An diese Möglichkeit hatte er noch nicht gedacht. Er war sich auch nicht sicher, ob es wirklich funktionieren würde und wünschte sich, Jaga-agta fragen zu können.

Sie wüsste, was zu tun ist, dachte er sich und wurde traurig, als das Bild seiner Mutter in seinen Erinnerungen auftauchte. Aber dann konzentrierte er sich wieder auf Siwa.

Das Warssekret wirkte mehrere Tage lang in der Haut. Wie lange es in unverdünntem Zustand seine Wirkung entfaltete, das konnte niemand genau sagen, weil noch niemand diesen Zustand länger als zwei oder drei Tage überlebt hatte. Siwa schlief durch die Wirkung der Gilaméppoknolle. Und Jaguns Salbe hatte ihr schon ein wenig Linderung gebracht. Was würde geschehen, wenn ein grauer Schnapper jetzt sein Gift in die betroffene Stelle beißen würde? Jagun wusste es nicht. Es konnte sein, dass die beiden Gifte sich gegenseitig neutralisieren oder miteinander reagieren würden, es konnte sein, dass die Betäubung durch den Schnapperbiss die Wirkung des Warssekrets ausschalten würde. Aber würde das Warssekret abgebaut werden, während die Körperstelle sich in Holz zu verwandeln schien? Oder würde die Wirkung des Warssekrets nach Abklingen der Verhölzerung wieder einsetzen?

„Komm mit!" forderte Jagun Jadwéj auf und führte das kleine Straßenmädchen in das leer stehende Haus, in dem Siwa sich schweißnass von einer Seite auf die andere wälzte, sich zusammenkrümmte und aufbäumte. Jagun war klar, dass Siwa diesen Zustand nicht mehr lange überstehen konnte.

Ich habe keine andere Wahl, dachte er sich, wendete sich an Jadwéj und sagte: „Du musst mir helfen, Jadwéj!"

Jadwéj nickte unsicher, weil sie nicht wusste, wie sie helfen konnte oder sollte. Doch Jagun erklärte ihr: „Wenn ich das Mädchen festhalte, dann musst Du Deinen Schnapper zwischen seine Beine halten und ihn es dort beißen lassen. Schaffst Du das?"

Wieder nickte Jadwéj unsicher, antwortete aber tapfer: „Ich glaube schon."

„Nur eines noch", sagte Jagun nervös. „Egal was Du siehst, oder hörst, während ich das Mädchen festhalte; Du darfst keine Angst haben. Versprichst Du mir das?"

Noch einmal nickte Jadwéj. Wer von den beiden in dem Moment nervöser war, wusste nicht einmal Jagun.

„Also gut", sagte er, atmete tief durch und setzte sich auf Siwa. Es bedurfte auch seines ganzen Gewichtes, um ihren Körper festzuhalten. Augenblicklich erschienen die dunklen Schatten seiner kreischenden Dämonen. Jadwéj wich ängstlich zurück, doch Jagun ermutigte sie: „Beachte sie nicht, Jadwéj. Sie können Dir nichts tun."

Zögernd kam Jadwéj wieder näher, kauerte sich zwischen Siwas Schenkel und schob das Laken nach oben. Doch als sie dann den kleinen Sack mit dem grauen Schnapper öffnete, sagte sie plötzlich: „Es geht nicht. Der Schnapper ist starr, seit er Deinen Freund am Pranger gebissen hat."

„Was?" keuchte Jagun verzweifelt und stieg wieder von Siwa herunter.

Doch als er den Schnapper des kleinen Straßenmädchens betrachtete, sah er, dass es Recht hatte. Der kleine, graue Schnapper war steif und leblos wie ein Stein.

„Bleib bei ihr und pass auf sie auf", bat Jagun das Mädchen und lief ziellos auf die Straße.

Irgendetwas muss ich tun, dachte er sich und lief wieder zur Apotheke. Doch er wusste nicht, wie er an den Soldaten vorbeikommen sollte. Er durfte nicht riskieren, von ihnen aufgehalten zu werden. Als er seinen Blick über das Gebäude schweifen ließ, kam ihm eine Idee. Er lief um die Ecke in die nächste Gasse und kletterte dort an der Fassade bis zum Obergeschoss des Gebäudes, wo er durch ein Fenster einstieg. Er wusste, dass alles verloren war, wenn man ihn erwischte. Für Erklärungen hatte er keine Zeit mehr. Alles hing jetzt von seiner Schnelligkeit ab. Leise schlich er nach unten in den Verkaufsraum der Apotheke. Es wäre ihm ein leichtes gewesen, den Apotheker und seine Frau lautlos zu betäuben, ohne dass die Soldaten auf der Straße das Geringste davon mitbekommen hätten. Doch darauf warteten seine Dämonen ja nur. Als er am Tag zuvor die Zutaten für die Salbe gekauft hatte, hatte er gesehen, wo der Apotheker was aufbewahrte. Mit einem schnellen Sprung stand Jagun mitten in der Apotheke.

„Bitte nicht schreien!" bat er hastig, während er schon die Tür von innen verriegelte. Doch die Frau des Apothekers hatte ihn möglicherweise nicht verstanden, denn sie kreischte sofort los, als wenn sie aufgespießt worden wäre. Der Apotheker selbst sah Jagun nur überrascht und völlig perplex zu, als dieser sich ohne zu zögern die Zutaten zusammenraffte, die er zur Herstellung der Heilsalbe für Siwa brauchte, während die Soldaten bereits gegen die verschlossene Tür anrannten. Als die Tür dem Ansturm nachgab, flog Jagun bereits wieder die Stufen nach oben. Und als die Soldaten im Obergeschoss ankamen, konnten sie keine Spur mehr von ihm entdecken.

Kurz darauf war Jagun wieder bei Siwa und Jadwéj und bereitete die Salbe zu.

„Hast Du das gestohlen?" fragte Jadwéj, die ihm dabei zusah. Jagun blickte ihr kurz in die Augen und gestand: „Ja. Manchmal muss man ein Verbrechen begehen, wenn man ein größeres verhindern will. Das, was dieser Vollstrecker dem Mädchen angetan hat, ist ein weit größeres Verbrechen, als der Diebstahl von ein paar Kräutern. Wenn ich dem Mädchen nicht helfen kann, stirbt es. Dann hat der Vollstrecker sie ermordet. Verstehst Du das?"

Jadwéj dachte kurz über Jaguns Erklärung nach und nickte dann zustimmend.

„Dann hat der Vollstrecker also nicht immer Recht, wenn er Menschen bestraft?" fragte sie nachdenklich. Und Jagun antwortete ihr bitter: „Ganz sicher nicht!"

Als die Salbe fertig war, ermahnte er Jadwéj wieder, keine Furcht vor
den Dämonen zu haben. Dann setzte er sich erneut auf die inzwischen
wieder merklich geschwächte Siwa und bat das kleine Straßenmädchen:
„Drücke ihr davon so viel zwischen die Beine, wie Du kannst."

Trotz der tosenden und zürnenden Schatten gehorchte das Mädchen.
Und langsam wurde Siwa wieder ruhig.

„Ich wünschte, ich könnte Dir etwas geben, kleine Jadwéj", sagte Jagun
aufatmend, als er Siwa für den Moment zumindest wieder gerettet wusste.
Jadwéj sah ihn mit großen Augen fragend an und er erklärte ihr: „Ich muss
so schnell wie möglich aus der Stadt raus."

„Das geht nicht, solange die Tore zu sind!" erwiderte das Mädchen aber
darauf.

Jagun blickte bedrückt aus dem Fenster. Es wurde bereits dunkel.

„Ich muss einen Weg finden", sagte er ganz leise. Da kam das Mädchen
an seine Seite und meinte: „Morgen sind die dunklen Wolken bestimmt weg
und dann gehen die Tore auch wieder auf."

Jagun lächelte Jadwéj traurig an. Er konnte ihr nicht erklären, dass die
dunklen Wolken nicht verschwinden würden, solange er in der Stadt war.
Wie sollte so ein kleines Mädchen, das vielleicht gerade mal fünf oder sechs
Jahre alt war, begreifen, dass es am nächsten Tag sterben müsste, dass die
ganze Stadt sterben würde, wenn er keinen Ausweg, keinen Weg aus der
Stadt hinaus finden würde.

Ich darf keine Zeit mehr verlieren, dachte er sich betrübt. Wenn er durch
seinen eigenen Tod das Leben all der Menschen in Hradotéj hätte retten
können, hätte er sein Leben gerne hingegeben. Doch wo immer seine
Leiche liegen würde, würden seine Dämonen ein neues Zuhause finden.
Hradotéj wäre auf ewig verflucht, wenn er in dieser Stadt sterben würde. Er
konnte durch seinen Tod niemanden retten. Er musste weg!

„Willst Du mir noch einen Gefallen tun, Jadwéj?" fragte er das kleine,
schmutzige Straßenkind. Jadwéj nickte und Jagun bat sie, auf Siwa zu
achten, solange sie noch schlief. Dann streichelte er ihr kurz über die Haare
und verschwand so plötzlich aus dem alten Haus, dass seine Dämonen gar
keine Zeit hatten, ihm zu zürnen.

15. DIE BEFREIUNG SIWAS – DRITTER VERSUCH

Im Schutz der Nacht lief Jagun bis an den inneren Palisadenring und folgte dieser Begrenzung einmal um die ganze Stadt. Hradotéj hatte drei Zugänge; durch das Haupttor im Süden und durch zwei kleinere Tore im Norden und Westen. Alle Tore waren geschlossen. Nachts waren sie immer geschlossen, doch sie hatten sich auch an diesem Tag nicht geöffnet. Und die einzige Erklärung, die es dafür gab, waren diese unheimlichen, über der Stadt kreisenden Wolken. Die Tore öffneten und schlossen sich durch Magie. Und es war Magie, die sie jetzt geschlossen hielt. Jagun wusste, dass die Wolken sich nicht auflösen würden, solange er in der Stadt war. Die Chancen, dass die Tore sich beim nächsten Sonnenaufgang öffnen würden, standen also sehr schlecht.

Rechts und links des Haupttores und je auf einer Seite der kleineren Tore standen die Wach- und Wehrtürme. Da die Wachsoldaten stets auf ihren Posten waren, war es nicht ungefährlich für Jagun, einen dieser Türme zu besteigen. Aber die Türme waren die einzigen Orte, von denen aus er sich einen Überblick über die fünf Palisadenringe machen konnte, die er überwinden musste, um die Stadt zu verlassen. Dank der unheimlichen Wolken über der Stadt war es dunkel in Hradotéj. Nur am Horizont ließen sich Sterne sehen, die die Welt außerhalb in ein mattes Licht hüllten. Die Dunkelheit war in dieser Nacht Jaguns Freund. Er hüllte sich in sie und erstieg lautlos und geschmeidig wie eine Katze den Turm im Norden. Schließlich kauerte er auf dem Dach des Turmes, kaum zwei Meter über den Köpfen der sich nur leise unterhaltenden Soldaten. Als er über die Palisadenringe blickte, begriff er, warum diese Stadt nicht betreten oder verlassen werden konnten, solange die Tore geschlossen waren. Der innere und der äußere Palisadenring standen fest auf der Erde, doch die drei inneren Ringe drehten sich in unterschiedlichen Richtungen und Geschwindigkeiten. Und zwischen diesen Palisadenringen waren etwa zehn Meter breite Streifen, voll mit einem eigenartigen Dornengestrüpp, das ebenfalls in ständiger Bewegung war und das alles in sekundenschnelle zermahlen würde, was dort hineinfallen würde. Jetzt war Jagun auch klar, warum Hradotéj keinen Friedhof hatte. In diesen Dornengestrüppen wurden nicht nur der Abfall der Stadt, sondern auch seine Leichen entsorgt. Jagun graute es. Es war keine gute Magie, die Hradotéj schützte. Jagun konnte die Bosheit und die Unersättlichkeit spüren, die von diesen lebendigen Gestrüppen ausgingen.

Fünf Ringe, vierzig Meter, grübelte Jagun. Es war unmöglich, diese Distanz zu überwinden. Und doch musste er es irgendwie schaffen, wenn er nicht alles Leben innerhalb dieser Palisaden auf dem Gewissen haben wollte.

Jagun ballte die Fäuste. Er hasste diese Ohnmacht, mit der er gestraft worden war. Er wollte leben, er wollte lieben und er wollte sich seinen Feinden im offenen Kampf stellen. Aber er war immer auf der Flucht; vor dem Leben, vor der Liebe und vor den Feinden, die keine Ahnung hatten, was ihnen blühte, wenn Jagun auch nur nach einer Waffe greifen würde. Jaguns Liste seiner offenen Rechnungen war lang. So viele Beleidigungen hatte er stillschweigend hinuntergeschluckt, Beleidigungen, die nicht nur ihn, sondern auch seine Mutter getroffen hatten. So viele Schläge hatte er unerwidert eingesteckt. Wenn er doch endlich seinen Fluch abstreifen könnte. Sein ganzes Dasein war voller Bitterkeit und nur mühsam unterdrücktem Zorn. Er glaubte, ohnehin nicht mehr lieben zu können. All das, wonach er sich sehnte, schien nur eine Illusion zu sein, selbst wenn er seinen Fluch brechen könnte. Wozu machte er sich überhaupt so viele Gedanken über die Hradotéjer? Warum sollte er sie nicht einfach sterben lassen? Dass Siwa eine Hexe war, die seinen Fluch aufheben konnte, glaubte er ohnehin nicht.

Ich könnte einfach hier sitzen bleiben und der Stadt morgen beim Sterben zusehen, dachte er sich verbittert. Aber er wusste, dass er das nicht konnte. Irgendein tief verwurzeltes Ehrgefühl, das er nicht abtöten konnte, hinderte ihn daran, Unschuldige einfach sterben zu lassen. Und Unschuldige gab es auch in Hradotéj, selbst wenn es nur Siwa und Jadwéj sein sollten. Mich bezog er in diese Überlegung nicht mit ein. Und damit hatte er wohl nicht ganz Unrecht, da ich als Dieb meine Unschuld schon vor langer Zeit verloren hatte, wie ich zugeben muss. Doch dass er diese kleine Rotzgöre Jadwéj für ein unschuldiges Kind hielt, obwohl er genau wusste, was sie mir angetan hatte, beweist doch auch nur, dass er ein schlechter Menschenkenner war.

Jagun konnte einige Wortfetzen der Soldaten unter dem Dach, auf dem er kauerte, aufschnappen; Wortfetzen, die ihm sagten, dass auch die Soldaten sich fürchteten. Es war nicht normal, dass die Palisaden die Einwohner Hradotéjs gefangen hielten; diese Wolken und die ungewöhnliche Kälte waren nicht normal. Und dann hörte er einen der Soldaten ängstlich flüsternd vom Schattenbringer erzählen.

„Wo dieser Mann auftaucht", erzählte der Soldat, „dorthin folgen ihm die Schatten und die Kälte."

Für diesen Soldaten war klar, dass er, Jagun, der Mann, der den Vollstrecker herausgefordert hatte, der Schattenbringer sein musste.

„Wenn ich meinen Posten verlassen könnte, ohne dafür als Deserteur hingerichtet zu werden", flüsterte der tapfere Soldat furchtsam, „dann würde ich die ganze Stadt nach diesem Mann durchkämmen und ihn ein für alle mal ausschalten. Glaubt mir: Wenn der tot ist, dann ist auch dieser Spuk hier vorbei!"

Das war nicht gut. Das war gar nicht gut. Das war sogar noch weitaus schlechter, als Jagun befürchtet hatte, denn wenn ein Soldat so dachte, dann dachten sicher viele so. Und das bedeutete, dass Siwa in dem leerstehenden Haus nicht sicher war. Würden die Soldaten sie finden, könnten sie auch auf den Gedanken kommen, dass die Hexe an den Umständen schuld war. Und dann würden sie sie vielleicht ohne zu zögern töten.

Jagun konnte den Soldaten noch nicht einmal ihren Aberglauben verdenken, denn Magie war hier auf vielerlei Art im Spiel. Doch war es schwer in diesen Zeiten, diejenigen, die Magie anwendeten von denen zu unterscheiden, die ein Opfer der Magie waren, die so wie er, mit einem Fluch belegt worden waren, oder die als Sündenböcke, aus Rache oder aus sonstigen niederen Gründen fälschlicherweise der Hexerei bezichtigt wurden.

Ich muss zurück und ein besseres Versteck für Siwa finden, dachte sich Jagun und kletterte unsichtbarer und lautloser als seine Schatten wieder vom Dach des Wachturms herunter. Wenige Minuten später erreichte er bereits das leerstehende Haus, in dem er Jadwéj mit Siwa zurückgelassen hatte. Langsam fand er sich in dem Labyrinth der Gassen Hradotéjs immer besser zurecht. Trotzdem kam er zu spät. Er sah nur noch, wie ein Trupp Soldaten, angeführt vom Vollstrecker höchstpersönlich, die noch immer schlafende Siwa auf einem Karren davon schaffte. Bestürzt blieb er stehen. Was sollte er jetzt tun? Siwa war in Gefangenschaft, ich war in Gefangenschaft und Jagun waren die Hände gebunden, denn was immer er auch hätte unternehmen können, um einen von uns oder beide zu retten; es hätte bedeutet, dass er sich in die Gefahr gebracht hätte, selbst gefangen oder getötet zu werden. Und was das für die Menschen innerhalb der Palisaden Hradotéjs bedeutet hätte, ist ja inzwischen bekannt. Wenn es doch nur auch die Soldaten gewusst hätten.

„Pst", machte es da aus den Schatten der dunklen Gasse, in der Jagun noch immer unschlüssig den Soldaten hinterher blickte, die Siwa fortbrachten. Ohne seinen Blick von den Soldaten abzuwenden, sagte er entschuldigend: „Es ist meine Schuld, Jadwéj. Ich hätte wissen müssen, dass sie noch nach uns suchen."

„Woher weißt Du, dass ich es bin?" fragte Jadwéj, während sie aus ihrem Versteck sprang und zu Jagun lief. Jagun zwang sich zu einem Lächeln, als er dem Mädchen antwortete: „Ich kenne doch die Stimmen meiner Freunde."

Es machte Jadwéj glücklich, dass Jagun sie als Freundin betrachtete, denn sie hatte ansonsten keine echten Freunde. Selbst die Kinder, die manchmal mit ihr spielten, oder die mit ihr Gefangene am Pranger ärgerten, mieden sie, wenn deren Eltern dabei waren. Andere Kinder in ihrem Alter mussten schon arbeiten; in den Geschäften oder Lagern ihrer Eltern, auf den Feldern außerhalb der Palisaden oder als Holz-, Wurzel-, Pilz-, Beeren- oder Kräutersammler in den uralten und unendlichen Wäldern, die Hradotéj umgaben. Jadwéjs einzige Arbeit war die Suche nach genug Nahrung zum Überleben.

Aber Jadwéj war auch traurig, weil sie glaubte, Jagun enttäuscht zu haben, indem sie nicht gut genug auf Siwa Acht gegeben hatte. Jagun hatte ihr seine Freundin anvertraut. Und sie hatte nichts tun können, als die Soldaten plötzlich in die Ruine des alten Hauses gestürzt waren.

„Ich hab sie nicht kommen hören", sagte sie ganz kleinlaut. „Plötzlich sind sie hereingestürzt und haben Deine Freundin gepackt."

„Das Mädchen ist nicht meine Freundin!" erklärte Jagun dem sich schuldig fühlenden Straßenkind.

Jadwéj starrte Jagun mit großen Augen verständnislos an. Dass er die Frau gerettet hatte, obwohl sie nicht seine Freundin war, überstieg ihr Begriffsvermögen. Außerdem waren in ihren Augen die beiden so schön, dass sie alleine schon deswegen zusammengehören mussten.

Hätte diese Göre mir auch ins Gesicht geschaut und sich nicht nur auf die Wirkung des Bisses ihres Schnappers konzentriert, dann hätte sie ja vielleicht bemerkt, dass es noch andere und hübschere Männer, als Jagun gab; dann wäre ihr vielleicht klar geworden, dass andere Männer als Jagun weitaus besser zu Siwa passten.

„Ich glaube nur nicht, dass es eine Hexe ist", erklärte Jagun.

Trotzdem war sich Jadwéj sicher, dass er Siwa lieben musste, denn in der Welt, die sie kannte, tat niemand etwas einfach so für einen anderen, vor allem nicht, wenn er sich selbst damit einer Gefahr aussetzte. Die beiden liebten sich ganz sicher, auch wenn Jagun das nicht vor ihr eingestehen wollte.

„Weißt Du, wohin sie sie bringen?" fragte Jagun und riss Jadwéj damit aus ihren Überlegungen.

„Bestimmt auf die Wache der Soldaten."

Jaguns Blick fiel auf ein an einem Seil über die Straße gespanntes Banner, das die Qualitäten der Jungfrauen aus dem Gasthaus der selbigen zwölf anpries. Kurz dachte er nach, dann sagte er: „Ich hab eine Idee!"

Borka war nicht nur der Folterknecht Hradotéjs, sondern wie sich inzwischen gezeigt hatte, auch der oberste Befehlshaber der Soldaten. Das war eigenartig, da Folterknechte im Rang eigentlich weit unter den gewöhnlichen Soldaten standen. Es war die Lust an der Grausamkeit, die ihn dazu veranlasste, Folterungen niemand anderem als sich selbst anzuvertrauen. Und so war es auch jetzt. Er ließ Siwa direkt in seine Stube auf der Wache schaffen und auf einen großen, hölzernen Tisch legen.

„Weckt sie auf!" befahl er den beiden Soldaten, die Siwa hereingetragen hatten.

„Das haben wir schon versucht", antwortete einer der beiden. „Aber weder Schläge, noch kaltes Wasser konnten sie bisher aufwecken."

Mit einer unzufriedenen Handbewegung entließ Borka die beiden. Dann entriss er Siwa das Laken, mit dem Jagun sie bedeckt hatte und betrachtete sie eine Weile lang nachdenklich. Es war ihm anzusehen, dass er in diesem Moment bereute, den Wars in Siwas Scheide gesteckt zu haben, denn sein lüsterner Blick und die entstehende Schwellung in seiner Hose sprachen eine nur allzu deutliche Sprache. Grob packten seine großen Hände zu und seine Finger gruben sich brutal wie Folterwerkzeuge in Siwas Brüste. Doch genau in diesem Moment klopfte es an seine Tür. Einer der Wachsoldaten stürzte in die Stube und meldete euphorisch: „Draußen steht ein Kind, das weiß, wo der Schattenbringer sich versteckt hält."

Borka warf Siwa, deren Körper er mit seinem Griff leicht angehoben hatte, zurück auf den Tisch", während er selbstzufrieden erwiderte: „Na also!"

Dann folgte er dem Soldaten aus der Tür. Diese war noch nicht wieder geschlossen, da schwang sich Jagun lautlos wie ein Schatten durch das Fenster in den Raum. Er warf sich Siwa über die Schulter und verschwand ebenso schnell und lautlos wieder auf dem Weg, den er gekommen war. Nur das einsetzende, wütende Tosen von Jaguns Dämonen, während er sich Siwa schnappte, verriet Borka und den Wachen vor der Tür die Entführung ihrer Gefangenen. Doch als sie nur Sekundenbruchteile später in den Raum stürzten, war von Siwa und ihrem Befreier schon nichts mehr zu sehen. Selbst Borka war dieses unheimliche Verschwinden Siwas nicht ganz geheuer. Obwohl er sofort aus dem Fenster blickte, konnte er keinen Anhaltspunkt für eine Flucht oder Befreiung seiner Gefangenen entdecken. Die abergläubischen Soldaten stolperten fluchtartig aus dem Raum. Aber Borka rief ihnen hinterher: „Bringt mir das Kind!"

„Es ist weggelaufen, als Ihr wieder in Euere Kammer gestürmt seid. Und als wir es verfolgten, hat es sich vor unseren Augen in Luft aufgelöst", antwortete ihm ein verstörter, aber diensteifriger Soldat und erhielt als Dank dafür einen Faustschlag des Vollstreckers, der ihm den Schädel zertrümmerte.

„Bin ich denn nur von Idioten umgeben?" brüllte Borka in seiner Raserei. Doch keiner der Soldaten wagte, ihm darauf zu antworten.

Hätte er gewusst, dass sich der Schattenbringer, die Hexe und das geheimnisvolle Kind von der Straße dabei nur durch ein paar Holzbalken von ihm getrennt, über ihm auf dem Dach der Wache befanden, dann hätte er seinen Zorn wohl eher auf die drei, als auf seine Männer gerichtet.

Jagun hatte das Seil, an dem das Banner des Gasthauses zu den zwölf Jungfrauen über der Gasse geflattert war, an sich genommen. Zusammen mit Jadwéj war er den Soldaten gefolgt. Jadwéj hatte die Soldaten abgelenkt. Und sobald Siwa unbeaufsichtigt gewesen war, hatte er sich durch das geöffnete Fenster in den Raum geschwungen und war sofort mit ihr an dem

Seil nach oben auf das Dach geklettert. Er hatte sie abgelegt und das Seil sofort auf der anderen Seite des Daches auf die Straße hinuntergelassen. Als Jadwéj dann vor den Soldaten davongelaufen war, war sie um die Hausecke gebogen, hatte das Seil ergriffen und war von Jagun nach oben gezogen worden. Kein Wunder also, dass die Soldaten, die sie verfolgt und nur Sekundenbruchteile nach ihr um die Hausecke gebogen waren, glaubten, dass sich das Kind in Luft aufgelöst haben musste.

Jadwéj kicherte leise, als sie bei Jagun und Siwa hinter den niedrigen Palisaden, die das Dach begrenzten, wieder in Sicherheit war. Für sie war das Ganze ein unglaubliches Abenteuer. Aber Jagun sah sie nur in Gedanken versunken grübelnd an. Erstens war es besser für ihn, das schmutzige Straßenmädchen anzusehen, als die jetzt wieder nackte Siwa, auf deren Brüsten sich die Abdrücke von Borkas Fingern dunkel zu verfärben begannen. Seine Dämonen grollten mehr bei den Empfindungen, die er bei Siwas Anblick hatte, als bei dem Anblick des schmutzigen Kindes. Und zweitens wusste Jagun, dass er Jadwéj in etwas verwickelt hatte, das ihre Sicherheit in Hradotéj ernsthaft gefährdete. Sollte es ihm gelingen, die Stadt doch noch vor Mittag zu verlassen, dann war er auf jeden Fall für das Leben des Mädchens verantwortlich. Doch wie nur sollte er die Stadt verlassen? Der Morgen graute bereits. Jagun war ratlos und klammerte sich in seiner Verzweiflung an die eine, einzige Hoffnung: *Hoffentlich öffnen sich die Tore bei Sonnenaufgang!*

Doch daran glaubte er selbst nicht.

Die Zeit bis zum Sonnenaufgang verging quälend langsam. Die Sterne am Horizont verblassten und der helle Streifen am Horizont wurde immer breiter. Und dann blitzte der erste Strahl der Sonne über die Baumwipfel im Osten. Jagun blickte voller verzweifelter Hoffnung auf das Haupttor, das sich ganz in der Nähe der Wache befand. Er sah, wie sich die Wachtürme, die sich in jedem der fünf Palisadenringe befanden, langsam in eine Reihe schoben und dadurch die Gasse bildeten, durch die man Hradotéj betreten konnte, wenn die Tore offen waren. Doch die inneren Palisaden und ihre Türme hielten nicht an, die Tore öffneten sich nicht. Der Zugang zu Hradotéj blieb weiterhin versperrt. Und damit war es den Menschen innerhalb der Palisaden auch weiterhin nicht möglich, die Stadt zu verlassen. Ein enttäuschtes Stöhnen ging durch die Stadt, als sich die Tore zum zweiten Mal nicht öffneten. Die Händler, die mit Ihren Wagen voller Waren hinter dem Tor gewartet hatten, kehrten unverrichteter Dinge wieder nach hause zurück. Und die vor den Toren kampierenden Reisenden und Händler, machten sich bereit, ihre Reise fortzusetzen.

Es gab keinen Weg in die Stadt oder aus ihr heraus.

16. ABZUG AUS HRADOTÉJ

Der Vormittag verging und dann kam der Mittag und mit ihm die Dämonen, die sich, wie schon beschrieben, bereits zu materialisieren begannen. Das Tosen, das die ganze Stadt erfüllte war beinahe unerträglich. In diesem Moment wusste wohl jeder in Hradotéj, dass das Ende gekommen war. Voller Entsetzen schloss ich meine Augen.

Doch dann war auf einen Schlag alles ruhig. Überrascht öffnete ich wieder die Augen. Es war nichts mehr von den Schatten und Dämonen zu sehen oder zu hören. Auch die Wolken hatten sich vollständig aufgelöst und die Kälte war den wärmenden Strahlen der Sonne gewichen. Nichts deutete mehr auf darauf hin, dass Jaguns Fluch sich noch vor einer Sekunde hier zu erfüllen schien. Obwohl ich den Ratsplatz im blendenden Licht der Sonne sah und die Wärme ihrer Strahlen auf der Haut spürte, wagte ich noch nicht daran zu glauben, dass es wirklich vorbei war. Doch als der Jubel der Menge losbrach, als die Menschen sich vor Freude und Dankbarkeit hysterisch vor den Göttern auf die Knie warfen und als der Ruf „Die Tore sind offen" schließlich bis zu mir durchdrang, musste ich es glauben. Wir waren gerettet, wir würden weiterleben. Alles war gut!

Da schnitt mir ein knallender Peitschenhieb tief in den Rücken und die kalte, gefühllose Stimme Borkas befahl seinen Soldaten: „Schirrt den Wagenkäfig an und sperrt den Gefangenen hinein. Ich reise ab."

Die Peitsche hatte nicht nur meine Euphorie getötet, sondern mir auch die Tränen in die Augen getrieben. Die Soldaten befreiten mich aus dem Pranger und warfen mich brutal in den Käfig.

Die Stadt um mich herum geriet durch das überstandene Unheil in einen Glückstaumel, doch ich war wieder der Dumme. Alle waren gerettet, nur ich nicht. Ich krümmte mich vor Schmerzen in meinem Käfig.

Blöde Hradotéjer!

Solange Borka noch seine Reisevorbereitungen traf, stand der Gefangenenwagen ohne große Bewachung auf dem Ratsplatz. Plötzlich stand die freche, kleine Rotzgöre, die mich mit ihrem Schnapper gequält hatte, neben dem Wagen und fragte mich: „Wohin bringt man Dich?"

„Hau bloß ab, Du kleines Ungeziefer", schrie ich die kleine Bestie an. Und als die Wachen auf uns aufmerksam wurden, lief das dreckige Gör schnell davon und tauchte zwischen den glücklich auf dem Platz herumtanzenden Menschen unter.

Was mochte nur aus Jagun geworden sein? War es möglich, dass er einen Weg aus der Stadt gefunden hatte? Nein, das war unmöglich. Aber warum hatte der Spuk dann so plötzlich geendet? Ich hatte keine Antwort auf die Frage und befürchtete, dass der Fluch womöglich doch mit Jaguns Tod geendet hatte. Die Soldaten mussten auch ihn erwischt und getötet haben.

Alle sind tot, dachte ich betrübt. *Siwa, Jagun. Und ich bin der Nächste. Warum nur hab ich mich von diesem Idioten zu diesem Irrsinn anstiften lassen? Ich wusste doch, dass die Befreiung von einer Gefangenen nicht möglich ist.*

Es dauerte nicht lange, da waren Borka und seine Eskorte fertig zum Aufbruch. Mit einem Ruck fuhr der Käfigwagen an. Zwei Soldaten ritten vorneweg, dahinter ritt Borka, dann kam der Wagen, der von zwei Pferden gezogen wurde. Ein Soldat saß auf dem Kutschbock und ich dahinter im Käfig. Und zwei weitere Soldaten bildeten den Abschluss. Der Soldat vor mir atmete hörbar auf, als der Wagen durch die Allee der Türme in den fünf Palisadenringen aus Hradotéj herauspolterte. Auch ich sog die frische, saubere Waldluft tief in meine Lungen ein, als wir die Palisadenstadt hinter uns ließen.

Bis an die Küste im Westen, dorthin, wo Borkas bucklige Verwandtschaft noch immer in Fehde mit den edlen de la Moraines lag, von denen ich abstammte, war es ein weiter Weg. Die Reise würde unter optimalen Bedingungen mindestens drei Wochen dauern. Und in drei Wochen konnte viel passieren. Zum Beispiel konnte ich versuchen, an den Schlüssel des Käfigs heranzukommen, der dem Soldaten auf dem Kutschbock vor mir am Gürtel hing. Die Versuchung war groß, bereits jetzt diesen Versuch zu wagen. Doch ich wusste, dass die beiden Soldaten, die hinter dem Wagen ritten, ein wachsames Auge auf mich hatten. Das würden sie aber nicht immer haben. Früher oder später würde ihre Wachsamkeit nachlassen. Und dann würde ich handeln.

Andieu de la Moraine kann man vielleicht gefangen nehmen, und das auch nur, wenn man ihn nackt und wehrlos im Badehaus überfällt. Aber niemand kann ihn in Gefangenschaft behalten!

Soweit die Theorie.

In der Praxis sah es dann leider etwas anders aus. Das lag aber nicht an mir.

Drei Tage lang rumpelte der Käfig, in dem ich nackt eingesperrt war, ohne irgendwelche Zwischenfälle nach Westen. Die anfangs gute Straße wurde immer schlechter, bis sie nicht mehr vorhanden war. Das Fortkommen durch den uralten Wald wurde immer mühsamer. Ich konnte in dem niedrigen Käfig nicht einmal aufstehen. Hatte ich es am Anfang noch als angenehm empfunden, aus meiner unangenehmen Haltung im Pranger Hradotéjs in diesen Käfig entlassen zu werden, tat mir bereits am zweiten Tag der Reise alles weh. Doch nicht einmal während der Nächte, oder wenn wir Rast einlegten, durfte ich mein rollendes Gefängnis verlassen. Nicht einen einzigen Moment lang konnte ich meine Glieder ausstrecken. Und wo ich gerade bei Gliedern bin: Mein zu einem Holzstock mutierter Penis brannte höllisch. Keine Siwa war diesmal zur Stelle, die mir eine lindernde Salbe aufgetragen hätte. Und als ob das nicht schon alles schlimm genug gewesen wäre, wurde ich als einziger dieser Karawane immer wieder von irgendwelchen Eichhörnchen oder Waldgeistern oder sonstigen unsichtbar bleibenden Kreaturen mit kleinen Steinchen, Stöckchen und Zapfen beworfen. Mehr als einmal schrie ich in den Wald: „Jetzt hört endlich auf, ihr blöden Viecher!"

Das brachte mir dann nur noch zusätzlich hämisches Gelächter der Soldaten ein, die ansonsten in ihrer Aufmerksamkeit niemals nachzulassen schienen.

Am dritten Tag begegneten wir einer Sklavenkarawane. Sie tauchte auf, während wir in der Mittagshitze rasteten. Weit über hundert in Eisen gelegte Männer, Frauen und Kinder verschiedener Rassen gingen einem ungewissen Schicksal entgegen. Nicht nur Menschen verschiedener Hautfarben sah ich unter den Gefangenen, sondern auch einen Zwerg, eine Gruppe von vier oder fünf Elfen und drei Wesen, wie ich sie noch überhaupt nie gesehen hatte. Sie hatten die Körperformen von Menschen, gingen aufrecht, hatten aber ein echsenartiges Gesicht, grünschuppige Haut und einen ebensolchen langen Echsenschwanz. Getrennt waren die Gefangenen nur nach Geschlecht und Alter; Frauen, Männer und Kinder, wobei es bei den Kindern keine Trennung nach Geschlecht gab.

Borka sprach eine ganze Weile mit dem Anführer der Sklavenkarawane. Verstehen konnte ich nichts, da sie zu weit von mir entfernt waren. Aber das wilde, aufgebrachte Gestikulieren mit den immer wieder in meine Richtung geworfenen Blicken sprach eine nur allzu deutliche Sprache.

Allein in diesem Käfig fühlte ich mich noch relativ sicher. Meine Hoffnung auf ein Entkommen war hier noch nicht erloschen. Hätte Borka mich an diese Sklavenjäger oder –händler verkauft, dann wären alle meine Hoffnungen im selben Moment erloschen. Doch Borka hatte seine eigenen Pläne mit mir und blieb unnachgiebig. Schließlich wendete er sich äußerlich ruhig, doch unter der Oberfläche sichtlich erregt, an seine Soldaten und befahl ihnen: „Aufsitzen! Wir reiten weiter!"

Die Soldaten und Borka saßen auf und ritten weiter. Und mit ihnen rumpelte auch mein Käfig in die Richtung, aus der die Sklavenkarawane gekommen war. Weder Borka, noch seine Soldaten wandten sich noch einmal um. Nur ich blickte mit einiger Besorgnis zu den zurückbleibenden Sklavenjägern zurück. Der Ausdruck von Grausamkeit auf dem Gesicht ihres Anführers hatte Borka fast so sanft wie ein Lämmchen wirken lassen. Und das verhieß in meinen Augen nichts Gutes. Zahlenmäßig waren uns die Sklavenjäger ebenfalls weit überlegen. Es war also durchaus gerechtfertigt, ein wenig begründete Besorgnis an den Tag zu legen, was ich tat, indem ich zurück blickte, um zu sehen, was die Sklavenjäger nach Fortsetzung unserer Reise tun würden. Und was ich sah, war nicht gut. Auf ein Zeichen ihres Anführers griffen sie nach ihren Waffen und preschten uns hinterher.

Ich konnte gerade noch schreien: „Sie greifen an", da war auch schon alles vorbei. Die Soldaten und selbst Borka waren nach wenigen Sekunden überwältigt.

17. VOM REGEN IN DIE TRAUFE

„Du hättest uns nur Deinen Gefangenen überlassen müssen", sagte der Anführer der Sklavenjäger ohne jede Gefühlsregung zu Borka, der von zwei Männern gehalten wurde. Der schrie den anderen an: „Er gehört mir!"

Dann riss er sich los und ging wutentbrannt auf den Sklavenjäger los. Dieser war fast so groß wie Borka, doch bei weitem nicht so massig und muskulös. Was er machte, konnte ich kaum sehen. Er schien Borkas Angriff ohne jede Gegenwehr zu erwarten. Doch bevor Borka ihn berühren konnte, machte er eine blitzschnelle Bewegung. Ich war mir nicht einmal sicher, ob er Borka berührt hatte, doch Borka blieb mitten in seinem Angriff wie gelähmt stehen. Er schien nicht mehr zu atmen und starrte seinen Gegner aus herausquellenden Augen verständnislos an, während sein Gesicht sich blau zu verfärben begann.

„Versuche das noch einmal und ich töte Dich!" drohte der Sklavenjäger unbeeindruckt, drückte mit seinem Daumen in Borkas Hals, und dessen Starre löste sich. Schwer atmend stürzte Borka benommen zu Boden und der Sklavenjäger befahl seinen Untergebenen: „Reiht sie unter die Sklaven ein!"

Borka und seine Soldaten wurden nackt ausgezogen. Ihre Waffen und Rüstungen wurden in einem großen, geschlossenen Wagen verstaut. Ich wurde aus dem Käfig geholt und dann zusammen mit den Soldaten die mich zu meiner Hinrichtung hatten bringen wollen zu den Sklaven gepackt. Der Schmied legte uns Halseisen an, an denen Ketten befestigt waren die zu Eisen an unseren Handgelenken führten. Dabei waren die Ketten aber nicht lang genug, dass wir in der Lage gewesen wären, unsere Arme auszustrecken. Ich war zwar froh, endlich wieder aufrecht stehen zu können, bezweifelte aber trotzdem, dass sich dadurch eine Verbesserung meiner Lage eingestellt hatte.

Die Eisen um Hälse und Handgelenke waren aber noch nicht alles. Auch um Peniswurzel und Hoden schmiedete der Fachmann für Schmiedekunst uns so eng anliegende Eisenringe, dass wir sie selbst dann nicht hätten abnehmen können, wenn die Ketten zwischen Hals und Handgelenken es uns erlaubt hätten, uns am Sack zu kratzen. Ich war der einzige, der dieser Intimbehandlung vorerst entging, denn als ich vor dem Schmied stand und dieser beginnen wollte, zogen sich zuerst seine Augenbrauen zusammen, dann packte er mit der Grobschlächtigkeit eines Schmiedes zu und rief nach kurzer Prüfung: „Der hier hat einen

Schnapperbiss. Wenn ich ihm einen Ring anlege, bricht ihm sein Teil ab."

Das wollte ich auf keinen Fall. Und der fürsorgliche Schmied zum Glück auch nicht. Auf einen kleinen Wink des Anführers der Sklavenjäger packten mich zwei seiner Männer an den Ketten, die ich bereits zwischen Hals und Handgelenken trug und schleiften mich in einen der von den Sklaven gezogenen Wagen, die die Karawane mitführte.

Na also, geht doch, dachte ich mir. *Die anderen dürfen ziehen und ich darf weiter in einem Wagen fahren, und diesmal ist es nicht mal in einem Käfig!*

„Behandelt mich bloß vorsichtig, Ihr Idioten" fuhr ich die beiden Sklavenjäger an, die an meinen Ketten zerrten. „Ich bin wertvoll!"

Diesem Abschaum musste man von Anfang an zeigen, wo ihr Platz war. Vielleicht sprachen sie aber nicht meine Sprache, waren taub oder blöd. Jedenfalls zerrten sie nach meinen Worten nur noch fester an meinen Ketten.

„Wartet bloß, bis ich die Ketten wieder los bin", drohte ich den beiden finsteren Gestalten. „Ich merke mir Eure Gesichter!"

Das war vielleicht etwas hoch gegriffen, denn bis auf den Anführer waren die Gesichter sämtlicher Sklavenjäger verschleiert. Und selbst ihre dunklen, metallisch wirkenden Augen sahen für mich alle gleich aus. Doch das musste ich ihnen ja nicht auf die verschleierten Nasen binden. Sie sollten sich ruhig ein wenig vor meiner Rache fürchten. Ich muss allerdings eingestehen, dass sie den Eindruck, den meine Worte auf sie gemacht haben mussten, gut zu verbergen verstanden.

Die beiden Sklavenjäger schubsten mich grob durch die Tür in den Wagen und blieben ehrfürchtig vor der Tür stehen. Ich selbst stand vor einem bis zum Boden reichenden dunkelgrünen Vorhang.

„Komm herein, Andieu", forderte mich eine ebenso sanfte, wie unheimliche Frauenstimme auf. Unsicher wühlte ich mich durch mehrere Schichten des Vorhangs, der mir das Gefühl vermittelte, mich in einem riesigen Labyrinth und nicht in einem kleinen, hölzernen Wagen zu befinden. Ich verlor in diesem Vorhang vollkommen meine ansonsten hervorragende Orientierung. Na ja, vielleicht hatte sie in den verwinkelten Gassen Hradotéjs auch nicht ganz so gut funktioniert wie sonst. Aber normalerweise finde ich mich immer und überall zurecht. Schließlich trat ich aus dem Vorhang heraus und stand in einem Raum, dessen Ausmaße ich unmöglich abschätzen konnte. Vor mir saß eine Frau hinter einem runden Tisch, über dem an einer Kette ein Leuchter mit mehreren Kerzen hing. Ich konnte aber weder den Ursprung dieser Kette an der Decke, noch die Wände des Raumes sehen. Alles lag in absoluter Finsternis, außer dem Tisch und der Frau. Die Frau war, ähnlich wie die Sklavenjäger, verschleiert und von Kopf bis Fuß in Tücher gehüllt. Diese Tücher schienen in ständiger Bewegung zu sein, obwohl sich kein Lufthauch regte. Sie waren so dünn und durchscheinend und schmiegten sich in ihren Bewegungen wie fließendes Wasser an den Körper dieser Frau, dass ich diesen so deutlich darunter wahrnehmen konnte, als wenn sie ebenso nackt, wie ich selbst gewesen wäre. Die faszinierende Schönheit dieses Anblicks verschlug mir fast den Atem. Noch niemals zuvor hatte ich eine so schöne Frau gesehen. Obwohl ihr Gesicht verschleiert war, glaubte ich, auch dieses durch den hauchdünnen Stoff sehen zu können. Ihre Augen strahlten von innen in einem goldgrünen Schimmer.

Lange und eindringlich musterten mich diese Augen. Sie schienen mich aufzusaugen, wie ein Schwamm Wasser aufsaugt. Widerstandslos ließ ich es geschehen. Ich fühlte mich dabei so glücklich und leicht, wie noch niemals zuvor in meinem Leben. Doch plötzlich lachte die Frau hell auf und brach damit den Bann, in dem sie mich gefangen gehalten hatte. Das Lachen schien von sehr weit weg zu kommen, trotzdem schmerzte sein heller Klang mich in meinen Ohren. Was aber schlimmer war als dieser Schmerz, war, dass ich mich in dem Moment, in dem der Bann brach, nur noch wie eine leere Hülle fühlte. Ich schwankte und wäre gestürzt, wenn ich mich nicht an der Tischkante abgestützt hätte.

„Du bist schwach, Andieu!" sagte die Stimme sanft und fast mitleidig durch den Schleier. Doch so zart und weich die Stimme auch klang, so unheimlich wirkte sie auch auf mich. Ein Schauer überzog meinen Körper und ich klammerte mich etwas fester an die Tischkante.

„Lass mich Deinen Schnapperbiss ansehen", bat die unheimliche Frau mich einschmeichelnd. Obwohl, oder vielleicht, weil die Frau mir Angst einjagte, gehorchte ich, ohne Widerspruch. Ich richtete mich wieder auf und sie griff über den Tisch nach meinem harten, verhölzerten Teil, schloss die Augen und schien dabei in Trance zu fallen oder einzuschlafen. Ich spürte, wie das Brennen zunahm und atmete pfeifend durch die Zähne ein. Doch das Brennen wanderte meinen Penis entlang und ging über seine hölzerne Spitze in die Hand der Frau über. Ich spürte, wie die Verhölzerung sich löste und mein Glied in der Hand erschlaffte, die es hielt. Das Brennen klang zwar nur langsam ab, aber dafür spürte ich jetzt auch den Griff dieser kleinen Hand mit den schlanken, zartgliedrigen Fingern.

Die Frau zog ihre jetzt hölzern wirkende Hand zurück.

Schade, dachte ich mir, *gerade jetzt, wo es anfängt, interessant zu werden.*

Sie schüttelte ihre Hand kurz aus und es schien, als ob irgendein unförmiger, heller Klotz von der Größe einer Kinderfaust, dabei herausfallen und in die Ecke geschleudert würde. Doch weder konnte ich eine Ecke in dem Raum sehen, noch hörte ich den Aufprall des Klotzes auf dem Boden oder der Wand.

Die Frau öffnete ihre Augen und bewegte kurz die Finger ihrer Hand. Es war nichts mehr davon zu merken, dass die Verhölzerung durch meinen Schnapperbiss eben noch in dieser Hand gesteckt hatte.

Es war lange her, dass eine Frau mich berührt hatte. Die Jungfrau im

Gasthaus zu den zwölf Jungfrauen in Hradotéj war ja doch sehr passiv und lustlos gewesen. Als ich jetzt sah, wie die schlanken Finger der Frau, die mich geheilt hatte, sich bewegten, zur Faust schlossen und wieder öffneten, konnte ich nicht verhindern, dass mein zu neuem Leben erwachter Held vor Sehnsucht zuckte und wieder anschwoll. Ich schluckte nervös, aber bevor mein Gehirn die Frage formuliert hatte, *Würdet Ihr mir vielleicht noch einen weiteren Gefallen tun?*, antwortete die Frau bereits: „Nein!"

Wieder schluckte ich nervös; nervös und enttäuscht. Doch auch meine Enttäuschung konnte ich nicht zum Ausdruck bringen, denn die Frau sagte ganz sanft und fast entschuldigend: „Geh jetzt, Andieu. Du musst Dir Deine Kräfte für die Kette sparen."

Die Kette? Was für eine Kette?

Zögernd wandte ich mich wieder dem Vorhang hinter mir zu. Doch als ich ihn schon auseinander schob, um durch sein Labyrinth hindurch wieder nach draußen zu gelangen, wandte ich mich noch einmal um, um einen letzten Blick auf die Schönheit dieser Frau zu erhaschen. Doch die Frau hatte sich verändert. Sie saß nicht mehr hinter dem Tisch, sondern sie stand und schien riesig zu sein. Die ihren Körper vorher umschmeichelnden und liebkosenden Tücher flatterten jetzt wie sturmgepeitscht. Der Schleier vor ihrem Gesicht hatte sich gelöst und zeigte ein Gesicht, das ich nicht einmal hätte beschreiben können. Ich weiß aber, dass ihre goldgrünen Augen, die wie die Augen eines hungrigen Raubtieres auf mich gerichtet waren, zu brennen schienen. Ich sah die Frau so nur einen winzigen Moment lang, denn ich erschreckte mich so sehr, dass ich vor Entsetzen zurücktaumelte, durch den Vorhang hindurch stolperte, ohne mich darin zu verirren, und durch die Tür des Wagens hinunter auf den Waldboden stürzte.

„Scheiße, was war das denn?" fragte ich die Sklavenjäger, die auf mich gewartet hatten und mich wieder auf die Beine stellten. Doch sie antworteten nicht, sondern zerrten mich in ihrer unerschütterlichen Ausdruckslosigkeit zurück zum Schmied.

„Schon besser!" meinte der nach einem kurzen Blick, packte mich und schmiedete mir den eisernen Ring um meinen nur dafür geheilten Penis.

Dann wurde ich bei den männlichen Sklaven eingereiht und das auch noch genau vor Borka.

„Könnte ich vielleicht einen anderen Platz haben?" fragte ich die Männer, die mich dorthin bugsierten. Ein Peitschenhieb auf meinen gerade erst verheilten Rücken war die Antwort darauf.

„Auaaaa!"

Borka lachte mich hämisch für den Peitschenhieb aus, erntete dafür aber selbst einen, worüber ich mich nur stillschweigend freute.

„Aufstehen!" befahl der Mann mit der Peitsche. Alle Sklaven erhoben sich sofort und ohne den leisesten Ton des Unwillens.

Während ich mich kurz umblickte, sah ich dass die Pferde von Borka und seinen Soldaten geschlachtet worden waren. Ihr Fleisch wurde eben in den zweiten Wagen der Sklavenkarawane gebracht.

Borka, seine Männer und ich wurden an die Spitze der männlichen Sklaven gestellt. Eine Kette, die die Sklaven miteinander verband, wurde in die Ringe um unsere Genitalien eingeklinkt. Sie verlief vom vordersten Sklaven bis zum Wagen der unheimlichen Frau.

So sollen wir den Wagen ziehen? Warum haben die Idioten nicht die Pferde angeschirrt?

Hinter dem Kutscher des Wagenkäfigs war ich der zweite in der Reihe. Warum nur hatte ich ihm nicht den Schlüssel geklaut, bevor wir auf diese Sklavenjäger gestoßen waren? Ich hatte auf eine gute Gelegenheit warten wollen. Und jetzt gab es gar keine Gelegenheit mehr. Die Ketten zwischen Halseisen und Handgelenken waren zu kurz, um die zwischen den Beinen durchgezogene Kette ergreifen und entlasten zu können. Und die Ringe, die der Schmied uns da unten angeschmiedet hatte, waren nicht starr. Wir mussten alle mit demselben Zug vorwärts marschieren. Wenn einer versuchte, sich zu schonen und einfach nur ohne Kraftanstrengung in der Reihe mitspazieren wollte, dann zog sich der Ring zusammen. Das merkte ich bereits beim ersten Schritt. Hinter mir marschierte Borka und er zischte mir hasserfüllt von hinten ins Ohr: „So habe ich Dich wenigstens im Auge, de la Moraine! Wenn Du erst wieder in meiner Hand bist, wirst Du Dich hierher zurück wünschen."

Ein Peitschenhieb schnitt seine Worte ab. Ich lächelte still in mich hinein und dachte mit einiger Schadenfreude: *Zwei zu eins für Dich, Borka! Mach nur so weiter.*

Bei den Frauen und Kindern, die zusammen den zweiten Wagen ziehen mussten, waren die Ketten zwischen ihren Halseisen angebracht. Da wir Männer aber vorne liefen, sah ich von den Frauen und Kindern bestenfalls etwas, wenn wir Rast machten.

Die erste Etappe war höllisch. Ich sehnte mich nach meinem Käfig oder dem Pranger in Hradotéj zurück und hätte sogar den Zustand meines Penis nach dem Schnapperbiss wieder begrüßt, nur um nicht weiter mit meinen Genitalien einen großen, schweren, hölzernen Wagen über die Unebenheiten des von Wurzeln durchzogenen Waldes ziehen zu müssen. Immer wenn ich glaubte, am Ende meiner Kräfte zu sein und den unerträglichen Zug entlasten wollte, zog sich der Ring schmerzhaft zusammen. Und wie ich sehr schnell merkte, öffnete er sich nicht wieder, wenn ich dann wieder weiter zog. Bei jeder Rast konnte man den Ring vom Schmied auf die ursprüngliche Einstellung zurücksetzen lassen. Doch für jede Raste, die der Ring sich während einer Etappe zugezogen hatte, gab es eine Tasse Wasserentzug.

Die Karawane zog in grober Richtung auf Hradotéj zu. Doch wir hielten uns weiter südlich. Ich nahm also an, dass wir auf dem Weg nach Ezrat waren.

Als wir am Abend das Nachtlager aufschlugen, erhielt ich nur sehr wenig Wasser. Und die Schmerzen zwischen meinen Beinen waren fast unerträglich. Von Sklaven, die schon länger in dieser Karawane mitliefen erfuhr ich, dass diese Behandlung die Schwänze stärken soll.

„So ein Blödsinn", sagte ich. Doch die erfahreneren Sklaven widersprachen mir und rieten mir: „Denk an Deine Frau, wenn es morgen los geht. Stell Dir vor, Du vereinigst Dich mit ihr. Wenn Du erregt bist, dann fühlt sich der Ring nicht mehr so schmerzhaft an. Und er kann sogar Deine Erregung noch steigern."

„Ich hab keine Frau!" erwiderte ich leise, so wie die ganze Unterhaltung nur flüsternd geführt wurde.

„Umso besser", meinte der andere. „Die eigene Frau ist selten sehr aufregend. Stell Dir die Frau vor, mit der Du schon immer das Lager teilen wolltest, stell Dir die schönste Frau vor, die Du jemals gesehen hast."

Kurz dachte ich an die geheimnisvolle Frau in dem Wagen mit ihrer überirdischen Schönheit. Aber dann erinnerte ich mich an ihre Verwandlung, als ich mich beim Verlassen des Wagens noch einmal zu ihr umgewendet hatte. Ein Schauer durchlief meinen Körper. Dann dachte ich an Siwa und wurde sehr traurig. Doch meine Traurigkeit verwandelte sich in Wut, als mein Blick auf Borka fiel.

Du verdammter Mörder! dachte ich mir. Ich wagte aber nicht, es ihm ins Gesicht zu schleudern, denn zum einen erlaubte die Kette, die uns verband, es mir nicht, mich vor ihm in Sicherheit zu bringen, und zum anderen wollte ich mir auch keine neuen Peitschenhiebe durch den Aufruhr, den ich mit dieser Äußerung provoziert hätte, einhandeln.

Niedergeschlagen senkte ich meinen Blick. In der Stimmung, in der ich war, würde es mir am nächsten Morgen sicher nicht möglich sein, mir schöne Gedanken zu machen, die mir die Kette und den Ring versüßen würden.

18. RETTER IN DER NOT

Pünktlich bei Sonnenaufgang weckte mich der Klang der Peitsche.

Eigenartig, dachte ich mir. *Wie schnell man sich doch an Umstände gewöhnt, wenn man sie nicht ändern kann.*

Wie alle anderen Sklaven war ich im Bruchteil einer Sekunde wach. Ich nahm das karge Frühstück in Empfang und stand nur Minuten später zum Aufbruch bereit in der langen Schlange, die vor dem Wagen an der Kette hing.

„Jetzt, wo wir so viele sind", hatte einer des Sklaven am Abend gesagt, „ist es ein Spaziergang. Wir mussten den Wagen schon zu fünft ziehen."

„Zu fünft!?" hatte Borka abfällig gefragt, da er ihn für einen Aufschneider gehalten hatte. Doch der Sklave hatte geantwortet: „Ja, zu fünft! Wir waren nicht im Wald. Es war eine ebene Straße. Und als der Wagen erst rollte, kamen wir langsam voran. Doch dann ist einer von uns gestolpert. Der Ring hat ihm da unten alles abgezwickt. Für einen kurzen Moment war er frei. Er hat gelacht und ist davon gelaufen. Aber er ist nicht weit gekommen. Er ist verblutet, bevor er von der Straße runter war. Danach haben wir gelagert, bis die Jäger mit fünf neuen zurückgekommen sind."

Also nur nicht stolpern, dachte ich mir. Wir waren jetzt um die sechzig Männer. Wenn fünf Männer es schafften, diesen Wagen zu ziehen, dann konnte für so viele gar keine Gefahr bestehen, es sei denn, man stolperte. An Flucht dachte ich nicht, denn sie erschien mir in dieser Situation unmöglich. Aber an diesem Tag nahm ich mir vor, meine ganze Wasserration zu bekommen.

Der Marsch durch den Wald verlief eintönig und mein Ring hatte sich schon wieder um eine Raste zusammengezogen, obwohl es noch lange nicht Mittag war. Ich konnte mich nur noch mit Mühe auf den Beinen halten und zog nur noch aus reinem Überlebenswillen weiter.

„Du machst es nicht mehr lang", zischelte Borka hinter mir wie eine Schlange. Ich versuchte einfach, ihn zu ignorieren.

Da bohrte sich plötzlich ein lautloser, gefiederter Pfeil in den Hals des Peitschenschwingenden Sklavenantreibers. Der Zug kam ins Stocken. Die Sklavenjäger gingen sofort in Deckung und schwärmten aus. Doch niemand konnte die unsichtbaren Angreifer, die aus dem Schutz des Waldes heraus einen nach dem anderen von den Sklavenjägern erschossen, entdecken. Niemand wusste, wie viele Angreifer es überhaupt waren, da sie sich nicht zeigten. Einen Moment lang dachte ich an Jagun. Doch Jagun musste tot sein. Und selbst wenn er nicht tot gewesen wäre, hätte er keinen Angriff wagen können, ohne seine Dämonen wieder zu erwecken. Es wurde weder kalt, noch erschienen dunkle Schatten. Jagun war tot!

Doch irgendjemand schaltete einen Sklavenjäger nach dem anderen aus. Egal wo oder wie gut sie sich versteckten; jeder Pfeil aus dem Wald fand mit tödlicher Sicherheit sein Ziel.

Die Sklaven verhielten sich eigenartig. Zuerst blieben sie völlig teilnahmslos. Erst als sich zeigte, dass ihre Peiniger empfindliche Verluste erlitten, ohne den Feind auch nur entdecken zu können, schlich sich langsam ein Funke von Hoffnung in die Herzen der Unglücklichen. Doch noch immer wagten sie nicht, diese Hoffnung offen zu zeigen, geschweige denn, selbst in den Verlauf der Handlung einzugreifen.

„Lasst uns kämpfen!" schrie plötzlich einer der Sklaven. Und ich war selbst überrascht, dass dieser eine ich gewesen war. Ich war erst seit einem Tag in dieser Situation. Und obwohl ich bereits alle Hoffnung verloren zu haben glaubte, spürte ich jetzt doch das immer größer werdende Ungleichgewicht zwischen Sklavenjägern und Sklaven. Wir Sklaven waren weit in der Überzahl. Und die Sklavenjäger hatten alle Hände voll damit zu tun, die Angreifer ausfindig zu machen, die sie einfach nicht sehen konnten.

Zu meiner Überraschung war es Borka, der sich meinem Ruf als erster anschloss.

„Lasst uns kämpfen", schrie auch er. Ich vermute, es lag an seiner kraftvollen Erscheinung, dass auf seinen Ruf hin, die übrigen Sklaven weitaus euphorischer reagierten, als auf meinen verzweifelten Versuch, sie zum Widerstand zu bewegen. Doch als die aneinandergeketteten Sklaven sich endlich gemeinsam erhoben, um die Angreifer ihrer Unterdrücker in ihrem Kampf zu unterstützen, tauchte plötzlich der unverschleierte Anführer der Sklavenjäger aus einem der beiden Wagen auf. Mit einem einzigen Schwerthieb tötete er vier Sklaven, deren an der Kette hängende Leichen die übrigen von uns so stark behinderten, dass die meisten sofort wieder der Mut verließ.

Da wurde ein Pfeil auf diesen unerschütterlichen und wie es schien, unbesiegbaren Mann abgeschossen, denn er lenkte den Pfeil mit bloßer Hand ab, so dass dieser sich in die Holzwand des Wagens bohrte. Zwei weitere Pfeile folgen schnell hintereinander. Dem ersten wich der Mann so selbstverständlich aus, wie man einem entgegenkommenden Fuhrwerk auf dem Pferdemarkt in Bomberg ausweichen würde. Und den nächsten fing er wie eine Fliege in der Luft.

„Komm heraus, Assassine!" rief er mit ausgebreiteten Armen in den Wald. „Zeig Dich! Oder bist Du zu feige, Dich wie ein Mann zustellen?"

Ein paar Sekunden lang geschah nichts. Diese Sekunden schienen Ewigkeiten zu dauern. Und sie ließen die Hoffnung in den stärksten von uns Sklaven wieder erlöschen.

Wenn es mehrere Angreifer wären, fragte auch ich mich, warum wagen sie dann keinen offenen Kampf? Warum stellen sie sich dem Anführer der Sklavenjäger und seiner Hand voll verbliebener Männer nicht?

Die Antwort war einfach. Es war nur ein Schütze, auch wenn der so gut war, dass er mehr als drei Viertel der Sklavenjäger ausgelöscht hatte, ohne dass ihn irgendwer zu sehen bekommen hatte. Aber an den Anführer der Sklavenjäger kam er nicht heran. Dieser konnte jeden Pfeil abwehren, obwohl er den Schützen ebenso wenig entdecken konnte, wie ich. In einem offenen Kampf hätte der Schütze wohl keine Chance gegen diesen Mann besessen.

Wie um den unsichtbaren Angreifer herauszufordern, tötete der Anführer der Sklavenjäger mit seinem gebogenen Schwert noch weitere zwei Männer und dann noch drei Frauen.

Drei fast gleichzeitig auf ihn abgeschossene Pfeile beantworteten diese Bluttat. Doch obwohl jeder dieser Pfeile sein Herz durchbohrt hätte, traf ihn keiner. Der Anführer der Sklavenjäger fing alle drei Pfeile aus der Luft, blickte in die Richtung, aus der sie abgeschossen worden waren und sagte mit so viel Kälte in der Stimme, dass es mich fror: „Jetzt habe ich Dich!"

Doch genau in dem Moment, in dem er loslaufen wollte, rief ihn aus der entgegengesetzten Richtung eine Stimme an: „Hier bin ich!"

Ich zuckte zusammen, denn es war Jaguns Stimme.

Auch der Anführer der Sklavenjäger zuckte zusammen und wendete sich nach einem schnellen Blick in die Bäume vor sich zu Jagun hinter sich um.

„Du bist nicht der Schütze!" rief er dem unbewaffneten Mann, der sich aus einem Tuch einen behelfsmäßigen Lendenschurz gebastelt hatte, zu.

„Und Du bist nicht Eigentümer dieser Menschen!" erwiderte Jagun, der nicht weit von mir entfernt stand. Doch sein Gegenüber widersprach, indem er sagte: „Doch, das bin ich!"

„Schnappt Euch die Waffen der Gefallenen und befreit Euch!" raunte Jagun mir leise zu. Dann ging er unerschrocken auf den Sklavenjäger zu.

„Der Narr wird sterben!" sagte Borka neben mir kalt. Doch ich achtete nicht auf ihn und stürzte mich bereits auf die Leiche des nicht weit von uns liegenden Peitschenschwingers, um mit seinem Schwert die Kette zu sprengen. Borka sah, was ich vorhatte und schubste mich brutal zur Seite. Doch als er sich das Schwert nahm, versuchte er nicht, damit unsere Freiheit zu erwirken, sondern wendete sich wieder mir zu. Seine Augen wurden klein und kalt und er sagte: „Ich beende es hier und jetzt, de la Moraine. Meine Familie wird auch mit Deinem Kopf zufrieden sein."

Da bohrte sich von hinten ein Pfeil durch seinen Hals. Ich hatte nicht einmal Zeit gehabt, vor Schreck zu erstarren. Während Jagun sich wieder einem Kampf stellte, den er nicht gewinnen konnte, weil er nicht kämpfte, sondern nur auswich, um die Konzentration des Angreifers auf sich zu lenken, schnappte ich mir wieder das Schwert und schlug damit auf die Kette ein, die mich an Borka und den Rest der Sklaven band. Andere Sklaven taten es mir gleich und nahmen sich die Waffen der übrigen gefallenen Sklavenjäger.

Zuerst glaubten die überlebenden Sklavenjäger noch, den Aufstand wieder eindämmen zu können, doch sie merkten sehr schnell, dass ein schlafendes Raubtier geweckt worden war. Sie wurden niedergemetzelt. Und nur ein paar wenigen gelang die Flucht in die Wälder. Schließlich kämpfte nur noch Jagun gegen den Anführer der Sklavenjäger. Doch Jagun bewegte sich wie ein Blatt im Wind. Er griff nicht an und wich dem Schwert des Sklavenjägers so geschickt aus, wie dieser den Pfeilen des unsichtbaren Schützen ausgewichen war.

„Kämpfe gegen mich!" forderte der Sklavenjäger Jagun mit nur noch schwer aufrecht erhaltener Selbstbeherrschung auf. Und er warf sogar sein Schwert weg, um faire Bedingungen zu schaffen. Doch Jagun wich mit erhobenen Händen zurück, deutete auf die befreiten Sklaven im Rücken seines Gegners und erwiderte: „Deine Gegner stehen hinter Dir!"

Der letzte lebende Sklavenjäger drehte sich zu uns um. Ein kaltes Lächeln ging über sein Gesicht, während er sich bückte und sein Schwert wieder aufhob.

„Euer Retter lässt euch im Stich!" sagte er. Und dabei sah ich in seinen Augen all seine menschenverachtende Grausamkeit. Er stürmte auf uns befreite Sklaven zu und mähte sich eine blutige Schneise durch unsere Reihen, ohne dass einer von uns ihn auch nur mit dem Schwert hätte ritzen können. Von hinter ihm suchten sich zwei Pfeile ihren Weg zu seinem Herzen. Doch Jagun fing die Pfeile im Flug und blickte vorwurfsvoll und zornig in die Richtung, aus der die Pfeile abgeschossen worden waren.

Der Anführer der Sklavenjäger flüchtete wie seine entkommenen Männer in den Wald, als er unsere Reihen durchbrochen hatte. Ein weiterer Pfeil folgte ihm. Doch er wich ihm aus, ohne sich nach ihm umzuwenden.

Jagun rief zornig in die Richtung, aus der die Pfeile abgeschossen worden waren: „Kämpfe ehrlich, oder kämpfe gar nicht!"

Da endlich zeigte sich der bis dahin unsichtbare Schütze. Und nicht nur ich, sondern auch die anderen befreiten Sklaven und Jagun staunten nicht schlecht, als wir darin ein Mädchen erkannten, das vielleicht nur knapp so alt wie Siwa war. Seine Haut war von einem faszinierenden Bronzeton, der mit den Farben des Waldes verschmolz. Es trug als einziges Kleidungsstück nur einen winzigen, ledernen Lendenschurz. Die kleinen, festen Brüste waren unbedeckt. Nur um seine winzige, linke Brustwarze hatte es als Schmuck eine dünne Schnur gebunden, deren Enden herunterbaumelten. Auf der kürzeren Seite waren drei kleine Perlen aufgefädelt; blau, weiß und rot. Und auf der längeren Seite hing eine kleine Falkenfeder. Das Mädchen, das auch etwas kleiner als Siwa war, hatte lange, schwarzglänzende Haare, die ihm wie ein seidiger Schleier bis über den Hintern fielen. Die Augen waren dunkel und geheimnisvoll. Solche Augen hatte ich noch nie zuvor gesehen. Das Gesicht war fein geschnitten, eine edle Stirn, leicht hervortretende Wangenknochen, eine kleine, leicht gebogene Nase und darunter vollendete, wenn auch nicht so volle Lippen, wie die von Siwa. Das kleine Kinn wirkte ebenso zart, wie energisch. Darunter ein schlanker Hals und ein schlanker Körper der sowohl zierlich, als auch athletisch wirkte. Die katzenhaften Bewegungen des Mädchens erinnerten mich an Jagun. Aber ansonsten hatten die beiden keinerlei Ähnlichkeit, außer dass sie im Moment beide nur mit einem Lendenschurz bekleidet waren.

Ich glaube, es gab keinen Mann unter den befreiten Sklaven, dem beim Anblick dieses Mädchens mit dem Bogen in der Hand und einem leeren Köcher auf dem Rücken, nicht der Mund offen stehen blieb. Selbst Jagun starrte dem Mädchen mit offener Bewunderung entgegen. Doch als der Himmel sich zu verfinstern begann und die Temperatur langsam absank, senkte er schnell seinen Blick.

Niemand wagte in diesem Moment zu sprechen. Niemand wagte zu glauben, dass wir wirklich frei waren. Nur ein kleiner Junge, der unter den versklavten Kindern gewesen war, stürzte auf das Mädchen zu und rief vor Freude weinend: „N'jara! Ich wusste, dass Du mich befreist."

Er stürzte in die Arme des Mädchens, das sich hinkniete, um den Jungen in die Arme schließen zu können. Beide weinten und das Mädchen küsste immer wieder das Gesicht des kleinen Jungens. Es war ein bewegender Anblick.

Ergriffen wandte ich mich ab und suchte Jaguns Blick. Auch Jagun sah zu mir und nickte mir still zu. Eben wollte ich zu ihm laufen, um ihm für meine Rettung zu danken, da zerriss ein Schrei die Stille, ein Schrei voller Leid und Schmerz.

Das Mädchen, das von dem geretteten Jungen N'jara genannt worden war, stieß diesen Schrei aus. Als ich zu ihr blickte, sah ich, dass dem leblosen Jungen in ihren Armen ein Pfeil oder Armbrustbolzen im Rücken steckte. Jagun war mit einem Satz bei dem Mädchen und bat sie: „Lass mich den Jungen sehen!"

Doch das Mädchen stieß ihn zurück und schrie ihn weinend an: „Geh weg!"

Gleichzeitig sah ich, dass die Echsenmänner einen der Sklavenjäger, der noch am Leben gewesen war, überwältigten. Sie schleiften ihn zu dem Mädchen und warfen ihn vor ihr zu Boden.

„Dieser hier hat auf den Jungen geschossen!" sagte einer von ihnen mit einer eigenartig krächzenden Stimme. Das Mädchen reagierte nicht, sondern wiegte nur weinend den toten Jungen in ihren Armen. Jagun machte den Echsenmännern ein Zeichen, den Sklavenjäger von dem

Mädchen wegzubringen und ihr Ruhe zu gönnen.

Die Echsenmänner legten ihre rechten Fäuste auf ihre Herzen, falls ihre Herzen an der gleichen Stelle sind, wie bei Menschen, und neigten ehrerbietig ihre Köpfe vor Jagun, bevor sie seinem Wink gehorchten. Anscheinend erkannten sie sowohl in ihm, als auch in dem Mädchen ihre Retter an.

Jagun sprang in den Wagen, der von den Frauen und Kindern gezogen worden war und schleppte kurz darauf den Amboss des Schmieds heraus. Er stellte ihn ab, holte sich Hammer und Meißel und forderte mich auf: „Komm her, Andieu."

Sofort lief ich zu ihm und begrüßte ihn endlich mit den Worten: „Es tut gut, Dich zu sehen, Jagun!"

Jagun nickte als Antwort nur und forderte mich dann auf: „Leg Dein Handgelenk da drauf."

Ich tat es und Jagun befreite mich von dem ersten mir angeschmiedeten Ring. Es tat weh, war aber trotzdem sehr befreiend. Einen Ring nach dem anderen öffnete Jagun auf diese Weise. Und nur beim untersten zögerte er kurz. Es schien ihm genauso unangenehm zu sein, wie mir. Doch er befreite mich auch von diesem Ring, sagte dabei aber verwundert: „Ich dachte Dich hat Jadwéjs Schnapper gebissen?"

„Jadwéj?" fragte ich. „Wer ist Jadwéj?"

„Lange Geschichte", antwortete Jagun. Und da er keine Anstalten machte, mir die Geschichte zu erzählen, hielt ich es auch nicht für dringlich, ihm von der Frau im Wagen zu erzählen, die meinen Schnapperbiss geheilt hatte.

Als ich endlich befreit war, sagte Jagun: „In dem Wagen gibt es Kleidung."

Sofort stieg ich in den Wagen und war froh, dass die unheimliche Frau im anderen war. Es gab genug Auswahl darin, um mich wieder standesgemäß einzukleiden, zu bewaffnen und sogar mit soviel Gold zu versehen, wie ich in meiner neuen Garderobe nur unterbringen konnte.

Na also, warum nicht gleich so?

Als ich den Wagen wieder verließ, sah ich, dass Jagun noch immer am Amboss stand. Die befreiten Sklaven hatten Reihen gebildet und standen geduldig an. Zuerst kamen die Kinder dran, dann die Frauen und zuletzt die Männer. Niemand murrte, weil er sich benachteiligt fühlte. Ich war stolz darauf, dass Jagun mich als ersten befreit hatte und überlegte, ob Jagun und ich Freunde waren.

Ich wollte Jagun bei seiner Arbeit nicht stören, aber eine Frage brannte auf meiner Seele und die konnte nicht warten, bis alle geretteten Sklaven von ihren Eisen befreit waren. Deshalb setzte ich mich neben ihn und fragte: „Lebt Siwa auch noch?"

Jagun sah mich kurz an, nickte und antwortete: „Wir holen das Mädchen aus Hradotéj, wenn hier alles erledigt ist."

Mir fiel ein Stein vom Herzen. Siwa lebte!

19. HEXENJAGD

Erleichtert atmete ich auf und ließ meinen Blick als freier Mann über das Schlachtfeld schweifen. Dabei bemerkte ich auch wieder N'jara, die noch immer den toten Jungen in ihren Armen wiegte. Ihre Tränen waren versiegt und sie warf einen Blick auf Jagun, der zwar ihre Trauer und ihren Schmerz noch nicht zu verbergen vermochte, aber zumindest nicht mehr die Feindseligkeit ausdrückte, mit der sie ihn vorher zurückgestoßen hatte, sondern so etwas wie Verständnislosigkeit und Neugier.

Wir alle waren frei, befreit durch die Bogenschützin N'jara und Jagun, der sich lange genug einem Kampf gestellt hatte, bis wir Sklaven uns von unseren Ketten hatten befreien können.

In vielen Augen konnte ich Verständnislosigkeit entdecken. Die befreiten Menschen fragten sich, warum Jagun nicht gekämpft hatte, sondern nur zurückgewichen war. Und warum hatte er dann zugelassen, dass der Anführer der Sklavenjäger noch so viele Menschen getötet hatte, bevor er geflohen war. Sie alle wussten nichts von Jaguns Schicksal, das er mehr herausforderte, als sie ahnen konnten, indem er sich immer wieder Kämpfen stellte, die er nicht austragen durfte.

Wir alle, die wir überlebt hatten, waren frei. Aber der Junge für den N'jara in den Kampf gezogen war, war nicht unter den Überlebenden. Ich konnte nachempfinden, wie sie sich fühlte.

Solange Jagun damit beschäftigt war, die befreiten Sklaven von ihren Eisen zu befreien, konnte ich nichts tun. Daher fasste ich mir ein Herz und begab mich zu dem Mädchen N'jara.

„Darf ich mich setzen?" fragte ich unsicher, als ich bei ihr stand. Sie nickte nur bestätigend und ich setzte mich schweigend neben sie, um sie in ihrer Trauer nicht zu stören.

„Hat er für Dich gekämpft?" fragte sie nach einigen langen Minuten des Schweigens. Und als sie fragte, nickte sie in Jaguns Richtung. N'jara hatte eine warme, weiche Stimme, aber einen harten Akzent, der verriet, dass ihr unsere Sprache nicht sehr geläufig war.

„Ich weiß es nicht", antwortete ich, da ich mir nicht sicher war, ob es Jagun wirklich um mein Leben gegangen war. „Vielleicht bringt er sich nur gerne in Gefahr."

N'jara schien die Antwort zwar nicht zu befriedigen, doch sie ließ es dabei bewenden und erzählte mir nach ein paar weiteren schweigend verbrachten Minuten, während denen wir zusahen, wie Jagun einen geretteten Sklaven nach dem anderen von den Eisen befreite: „Ich habe für ihn gekämpft!"

Dabei schloss sie ihre Augen und neue Tränen rannen über ihre Wangen und tropften auf den toten Jungen, den sie bei diesen Worten fester an sich drückte.

„Ist er Dein Bruder?" fragte ich leise.

N'jara schüttelte den Kopf, öffnete wieder die Augen und sah mich durch einen Schleier aus Tränen an.

„Itomai ist der Sohn meiner Schwester. Ich habe versprochen, ihn zurückzubringen."

„Wie haben sie ihn gefangen?" fragte ich nach einer Weile. N'jara seufzte tief bevor sie antwortete: „Die Hexe hat ihn aus unserem Dorf gelockt."

„Die Hexe?" fragte ich aufhorchend und erklärte: „Hier im Wagen ist eine unheimliche Frau …"

„Sie ist hier?" unterbrach N'jara mich aufgebracht. „Die Hexe, die den Mann meiner Schwester und meinen Bruder dazu gebracht hat, sich gegenseitig zu töten und die Itomai entführt hat, ist hier?"

Ich wusste nicht, ob die Frau im Wagen dieselbe war, von der N'jara sprach und zuckte deshalb mit den Schultern, als ich versonnen antwortete: „Sie ist wunderschön und hat mich geheilt."

Behutsam legte N'jara den toten Jungen neben sich, erwiderte dabei aber sehr energisch auf meine Worte: „Sie lässt die Männer sehen, was sie sehen wollen!"

N'jara blickte sich kurz nach den von ihr getöteten Sklavenjägern um, lief zu ihnen und zog ihre Pfeile aus den Leichen heraus. Dann lief sie auf den Wagen der Frau zu, die sich weder während des Kampfes, noch danach gezeigt hatte. Ich hatte kein gutes Gefühl dabei, denn ich war es gewesen, der N'jara von der Frau im Wagen erzählt hatte. Und jetzt hatte die junge Bogenschützin anscheinend vor, diese zu töten. Aber wenn es die falsche Frau war? Oder wenn sie wirklich eine Hexe war?

Entweder, dachte ich mir, *N'jara tötet eine Unschuldige oder sie hat gar keine Chance mit ihren Pfeilen etwas gegen die Magie der Hexe auszurichten.*

Aber vielleicht wirkte N'jaras Entschlossenheit ja dramatischer, als es in Wirklichkeit war. Trotzdem rief ich ihr unschlüssig hinterher: „Was hast Du vor?"

N'jara antwortete nicht und das verhieß nichts Gutes. Ich konnte sie nicht einfach so ins Verderben laufen lassen – in ihres oder das der Frau im Wagen. Irgendetwas musste ich tun, um sie aufzuhalten oder ihr beizustehen. Nur was?

„Jagun!" rief ich nervös. Jagun sah mich fragend an. Und während N'jara bereits den Wagen betrat, beantwortete ich seine stumme Frage: „Ich glaube, N'jara will die Frau im Wagen töten?"

Irgendwie wollte ich einfach nicht glauben, dass ein so schönes Wesen, wie diese Frau, eine Hexe sein sollte. Deshalb konnte ich sie auch nicht so bezeichnen.

„Welche Frau?" fragte Jagun überrascht, während er Hammer und Meißel einem der schon von seinen Eisen befreiten Sklaven in die Hand drückte und sofort auf den Wagen zu rannte, auf den ich gedeutet hatte.

„Die meinen Schnapperbiss geheilt hat", antwortete ich und folgte ihm.

„Warum hast Du davon nichts erzählt?" fragte Jagun. Und diesmal lag ein unüberhörbarer Vorwurf in der Frage. Jetzt, wo ich darauf antworten sollte, fand ich selbst, dass diese Information nicht ohne Bedeutung war. Wer oder was auch immer diese Frau war; sie war mit den Sklavenjägern unterwegs gewesen, gehörte also zu ihnen. Natürlich hätte ich sofort erwähnen müssen, dass sie in dem Wagen steckte. Da ich nicht sofort antwortete, fragte Jagun auch nicht mehr nach. Er rief nur N'jara, die das Innere des Wagens bereits betreten hatte, zu: „Warte Mädchen, ich brauche die Frau lebend!"

N'jara antwortete nicht und Jagun flog so schnell wie einer ihrer Pfeile hinter ihr her durch die Tür des Wagens. Und ich folgte Jagun. Er tauchte zwischen die Falten des dunklen, grünen Vorhangs ein. Und als ich ihm auch dorthin folgte, war es wie bei meinem ersten Besuch dieses Wagens. Ich verlor mich zwischen diesen Stoffbahnen in völliger Orientierungslosigkeit. Und diesmal stolperte ich nicht so schnell wieder heraus in den dahinter liegenden Raum. Ich irrte ziellos umher und hatte das Gefühl, in einem unendlichen Labyrinth gefangen zu sein.

„Hilfe!" flüsterte ich, da ich nicht wagte, laut zu rufen. Da packte mich eine Hand am Handgelenk und zog mich aus den Falten des Vorhangs heraus in den dunklen Raum, in dem ich der wunderschönen Frau gegenübergestanden hatte. Es war Jagun, der mich aus dem Vorhang befreit hatte. Sein Blick schien die Frage auszudrücken: *Was treibst Du denn da?*

Doch er schwieg und legte seinen Zeigefinger auf die Lippen, um mir zu bedeuten, ebenfalls leise zu sein.

Der Raum wirkte noch immer so grenzenlos, wie bei meinem ersten Besuch. Vor uns hing der Leuchter an der Kette. Und jetzt bemerkte ich, dass er höher hing, als es in dem Wagen, wenn man ihn von außen betrachtete, möglich war. Die Kerzen warfen ein flackerndes Licht, das sich in der Unendlichkeit verlor. Es war nichts da, worauf das Licht fiel, nicht einmal der runde Tisch, an dem die Frau gesessen hatte. Nur in weiter Ferne vor uns sahen wir N'jara in der Dunkelheit verschwinden.

„Magie!" flüsterte ich ehrfürchtig.

Jagun sprang plötzlich, wie von einer Feder geschnellt nach oben und schnappte sich eine Kerze aus dem Leuchter. Dann folgte er N'jara so schnell es möglich war, ohne dass die Kerzenflamme dabei erlosch. Ich wollte es ihm nachmachen und sprang nach oben, um mir ebenfalls eine

Kerze zu schnappen. Aber ich kam nicht an sie heran. Der Leuchter hing einfach zu hoch.

„Das war doch ein Trick", sagte ich vorwurfsvoll zu Jagun, da ich es nicht für möglich hielt, dass er wirklich so viel höher springen konnte, als ich. Doch Jagun beachtete mich nicht und ich musste mich beeilen, damit ich ihn noch einholen konnte, bevor die Finsternis ihn mitsamt seiner Kerze verschluckte.

Das gefällt mir nicht. Das gefällt mir ganz und gar nicht!

„Wohin gehen wir?" fragte ich flüsternd. Doch Jagun stellte mit beißendem Sarkasmus die Gegenfrage: „Wohin sollen wir in einem kleinen, hölzernen Wagen schon gehen?"

Darauf wusste ich nichts zu antworten. Also gingen wir immer weiter. N'jara hatten wir längst aus den Augen verloren. Doch da tauchten ihre Umrisse wieder im Schein unserer Kerze auf. Sie stand wie angewurzelt da und spähte in die Dunkelheit vor sich.

Jagun gab mir die Kerze und ging lautlos zu dem fast nackten Mädchen voraus. Ich folgte ihm vorsichtig tastend.

„Sie ist da vorne!" sagte N'jara leise zu uns, ohne ihren Blick von dem Punkt in der Finsternis abzuwenden, auf den sie ihn gerichtet hatte.

Jagun legte seinen Finger auf den Kerzendocht und löschte damit unser einziges, schwaches Licht.

„Ich brauche sie lebend!" sagte er leise zu N'jara.

Hätte er ihr das nicht auch bei Licht sagen können?

Jetzt, wo die Kerze aus war, nahm ich in einiger Entfernung vor uns ein gespenstisches Leuchten wahr. Und bei genauerer Betrachtung konnte ich im Ursprung des Lichtes die wunderschöne Frau erkennen. Die Tücher, in die sie gehüllt war, flatterten auch jetzt wieder wie vom Sturm gepeitscht. Doch das tat der Schönheit der Frau keinen Abbruch.

„Komm zu mir, Andieu!" rief sie mir zu und streckte mir sehnsüchtig ihre Arme entgegen. Ich wollte ihrem Ruf schon gehorchen, da hielt mich Jagun an der Schulter zurück und fragte mich: „Was siehst Du, Andieu?"

„Die wunderschöne Frau!" antwortete ich wie im Traum und fragte zurück: „Kannst Du sie nicht auch sehen? Sie hat mich gerufen. Hörst Du es nicht?"

Ich wollte weiter auf die Frau zuschweben, denn ich fühlte mich bei ihrem Anblick so schwerelos, als wenn ich schweben würde. Aber Jagun ließ mich nicht los. Und als ich ihn verständnislos anblickte sah ich, dass er sich mit den Fingern über die Augen wischte.

Er will sie für sich haben! schoss es mir durch den Kopf. *Immer will er alle Frauen für sich haben! Aber diese hier will mich, mich, mich! Sie gehört nur mir!*

Und wie um meine Gedanken zu bestätigen, rief die Frau mir zu: „Lass nicht zu, dass er sich zwischen uns stellt! Er ist nur eifersüchtig auf uns. Du musst ihn töten!"

In dem Moment, in dem sie das sagte, erschien es mir vollkommen logisch. Und ich weiß nicht, was ich getan hätte, wenn ich N'jaras Stimme nicht plötzlich in meinem Kopf gehört hätte. Sie sagte zu mir: *Du darfst nicht auf sie hören, Andieu. Sie ist eine Hexe! Lass sie nicht in Deinen Kopf.*

N'jara hatte mich nicht einmal angesehen. Und sie hatte ihren Mund nicht geöffnet. Für den Bruchteil einer Sekunde dachte ich, dass sie vielleicht in Wahrheit die Hexe wäre, aber dann wendete ich mich wieder der Frau zu, die mich eben noch in ihren Bann gezogen gehabt hatte und sah sie, wie sie wirklich war: Eine hässliche, alte Hexe mit den Augen eines hungrigen Raubtieres. Erschrocken taumelte ich ein paar Schritte rückwärts. Und die Hexe lachte laut und schrill.

N'jara legte blitzschnell einen Pfeil auf die Sehne ihres Bogens, spannte und schoss. Doch Jagun packte den Pfeil genau in dem Moment in dem er von der Sehne schnellte und wiederholte vorwurfsvoll: „Ich brauche sie lebend!"

„Und ich brauche sie tot!" erwiderte N'jara zornig und legte den nächsten Pfeil auf die Hexe an. Jagun wollte sie auch jetzt wieder daran hindern, zu schießen. Da wendete sie sich ihm schnell zu und zielte auf sein Herz.

„Du nimmst mir meine Rache nicht, Wanderer!" fauchte sie ihn wie ein Panther an. Sie stand ihm so dicht, dass Jagun ihrem Pfeil unmöglich hätte ausweichen können.

„Nein!" schrie ich in Panik, denn ich fürchtete, sie würde ihn wirklich erschießen.

Da lachte die Hexe wieder schrill auf und sagte: „Die kleine Dame, die keine Dame ist, der Krieger, der kein Krieger ist und der Narr!"

Ungeduldig wartete ich auf die Vervollständigung ..., *der kein Narr ist!*

Aber die unterschlug die alte, hässliche Hexe.

„Was glaubt ihr hier zu finden?" fragte sie uns. „Rache?"

„Das sagte ich bereits", antwortete N'jara kalt. Doch sie wusste jetzt anscheinend nicht, auf wen sie zielen sollte. Solange sie Jagun ich Schach hielt, war sie der Hexe ausgeliefert. Wenn sie aber auf die Hexe schießen wollte, dann würde Jagun sie wieder daran zu hindern versuchen.

„Erlösung?" fragte die Hexe neugierig weiter. Und Jagun antwortete sofort: „Ja!"

Die Hexe lachte wieder gehässig auf. Dann sah sie mich an und fragte: „Und was willst Du, Andieu? Eine Frau, so wie die, die Du hier zu sehen glaubtest?"

Ich antwortete nicht, da es ja die Hexe gewesen war, die mir vorgegaukelt hatte, diese Frau zu sein. Und sie jetzt auf ihre abgrundtiefe Hässlichkeit anzusprechen, hätte sie möglicherweise erzürnt.

„Nein", beantwortete sie selbst ihre Frage. „Du wünscht Dir nur, niemals hierher gekommen zu sein. Dreh Dich um und geh, dann kommst

Du wieder zu dem Vorhang zurück, durch den Du nach draußen kommst."

Zögernd wandte ich mich um, um ihrer Aufforderung zu folgen. Doch dann drehte ich mich schnell wieder zu ihr und erwiderte mit einem Anflug von verletztem Stolz: „Nein, ich bleibe bei meinen Freunden!"

Da kreischte die Hexe plötzlich wie eine Furie und flog wie ein böser Geist auf uns zu. Ihre langen, dürren Finger mit den spitzen Nägeln wirkten wie Krallen, die uns unsere Herzen aus der Brust reißen wollten. Bevor ich irgendwie reagieren konnte und bevor Jagun sie davon abhalten konnte, riss N'jara ihren Bogen herum und schoss der drohend auf uns zufliegenden Hexe den Pfeil ins Herz. Die bäumte sich auf, kreischte so laut, dass wir alle drei uns die Ohren zuhalten mussten, lachte gehässig auf und stürzte tot zu Boden.

20. HINTER DER TÜR

„Was hast Du getan?" fragte Jagun verzweifelt. N'jara blickte ihn herausfordernd an und antwortete: „Ich hab sie von vorne erschossen. Was willst Du mehr?"

„Erlösung!" flüsterte Jagun, während er sich abwandte. Die Antwort war gar nicht mehr für N'jara gedacht. Doch sie hatte sie gehört und blickte mich jetzt fragend an.

Lange Geschichte, dachte ich mir, da ich nicht wusste, wie ich ihr hier und jetzt hätte erklären sollen, unter welchem Fluch Jagun stand.

„Sie ist weg!" sagte Jagun da plötzlich. An der Stelle, an der die Hexe getroffen zu Boden gestürzt war, war nichts mehr. Trotzdem war da noch dieser Schimmer, der von ihr ausgegangen war und der uns in der Dunkelheit etwas erkennen ließ.

„Wir sollten besser gehen", schlug ich vor, da das Verschwinden der Hexe ziemlich unheimlich war.

„Suchen wir den Ausgang", stimmte Jagun mir enttäuscht zu. Doch N'jara widersprach.

„Ich töte zuerst die Hexe!"

„Noch einmal?" fragte ich verwundert.

„Wenn ihre Leiche nicht hier ist, dann lebt sie noch", erklärte N'jara und legte einen neuen Pfeil auf die Sehne.

„Oder sie war gar nicht hier!" erwiderte Jagun. Doch N'jara widersprach ihm wieder: „Ich hab sie gesehen und ich hab ihr einen Pfeil ins Herz geschossen!"

„Wen hast Du gesehen?" fragte Jagun energisch. „Eine alte Hexe! Und davor? Den Jungen, der da draußen in deinen Armen gestorben ist?"

N'jaras Augen füllten sich mit Tränen. Ohne auf Jaguns Frage zu antworten, fragte sie zurück: „Und wen hast Du gesehen?"

„Meine Mutter", antwortete Jagun wieder ganz leise.

„Warum bist Du ihrem Ruf nicht gefolgt?" fragte N'jara weiter. Und Jagun antwortete in Gedanken versunken darauf: „Das werde ich, wenn es wirklich meine Mutter ist, die mich ruft; aber nicht, wenn es nur das Spiegelbild meiner Erinnerungen und Träume ist."

N'jara schwieg nach dieser Erklärung. Und schließlich begann Jagun von neuem: „Wenn Du der Hexe ins Herz geschossen hast, dann ist sie tot, was auch immer mit ihrer Leiche geschehen ist. Aber wenn die alte, hässliche Hexe, die wir gesehen haben, ebenfalls nur ein Trugbild gewesen ist, dann kann sie überall sein.“

Während N'jara und ich noch über Jaguns Worte nachdachten, fragte Jagun schon N'jara: „Weißt Du, an welchem Ort wir uns hier befinden?“

N'jara blickte sich um. Ihre Augen versuchten angestrengt, die Dunkelheit zu durchdringen. Schließlich antwortete sie: „Wir sind nicht in dem Wagen!“

Na soviel wusste ich auch schon!

N'jara warf mir einen kurzen Blick mit zusammengezogenen Augenbrauen zu, als wollte sie mir damit sagen, dass sie meine Gedanken gehört hätte. Es war unbeschreiblich, wie schön sie war. Und im Gegensatz zu dem unwirklichen Bild, das die Hexe mir vorgegaukelt hatte, war N'jaras Schönheit so echt, so natürlich und rein, so greifbar. Ich hatte plötzlich den Wunsch sie zu berühren, nur ihr Gesicht mit meinen Fingerspitzen zu ertasten. Doch dann wanderten meine Finger in Gedanken tiefer, über N'jaras schlanken Hals zu den kleinen, festen Brüsten.

„Andieu!“ sagte sie da plötzlich vorwurfsvoll.

„Was denn?“ fragte ich unschuldig. Und ich erwartete dabei nicht die Antwort, die N'jara mir gab: „Spar Dir Deine Gedanken für die Frau auf, die Du in der Hexe gesehen hast.“

Ja aber die Frau gibt es doch gar nicht, dachte ich mir perplex. Hatte N'jara gerade meine Gedanken gelesen?

Jagun blickte ungeduldig und fragend zwischen N'jara und mir hin und her. Auch N'jara warf mir noch einen kurzen, fragenden Blick zu, wendete sich dann aber wieder an Jagun und fuhr an ihn gewandt fort: „Wenn wir nicht in dem Wagen sind, dann sind wir an einem Ort der Magie!“

Das leuchtete ein. Jagun nickte. Und ich nickte auch.

N'jara überlegte, während sie Jagun mit großen Augen ansah, so als ob sie von ihm erwartete, dass er ihre Gedankengänge zu Ende führen würde. Aber Jagun schwieg und wartete seinerseits.

„Also ich hab keine Ahnung von Magie und Hexerei“, durchbrach ich schließlich das unangenehme Schweigen und offenbarte auch gleich eine unangenehme Befürchtung, die sich in mein Herz zu schleichen begann: „Hoffentlich ist der Ausgang nicht weg, wenn die Hexe tot oder verärgert ist.“

N'jara und Jagun sahen mich beide nachdenklich an. Und schließlich sagte N'jara: „Einverstanden, gehen wir.“

Na endlich!

Ich zündete die Kerze wieder an und wir versuchten in dieser Finsternis, in der es nichts gab, woran wir uns orientieren konnten, den Weg zurück zu dem Vorhang zu finden. Selbst Jagun, der in der Kanalisation von Hradotéj den Weg zum Ausgang in absoluter Dunkelheit gefunden hatte, war sich hier nicht sicher, ob wir in die richtige Richtung gingen. Der Schimmer hinter uns war erloschen, als ich die Kerze angezündet hatte. Und von dem

Leuchter vor dem Vorhang war auch nichts zu sehen. Plötzlich blieb Jagun, der voran ging, stehen und sagte leise: „Hier ist eine Tür."

„Na dann nichts wie raus!" frohlockte ich, da wir dieser unheimlichen Finsternis endlich wieder entkommen konnten. Doch Jagun drehte sich zu N'jara und mir um und sagte geheimnisvoll: „Es ist nicht die Tür, durch die wir hier herein gekommen sind."

„Das ist doch egal", meinte ich. „Tür ist Tür! Hauptsache wir kommen endlich wieder raus."

„Was meinst Du, Mädchen?" fragte Jagun N'jara.

N'jara zuckte unschlüssig mit den Schultern, antwortete: „Ich weiß nicht".

Und dann erklärte sie Jagun: „Und ich heiße nicht Mädchen. Mein Name ist N'jara."

„Andieu", stellte ich mich meinerseits vor, obwohl N'jara meinen Namen schon kannte. „Andieu de la Moraine!"

„Was ist mit der Tür?" fragte Jagun. „Sollen wir sie öffnen? Oder suchen wir weiter nach dem Vorhang?"

„Hast Du auch einen Namen?" stellte N'jara die Gegenfrage.

Jagun sah sie aus zusammengekniffenen Augen an und antwortete: „Wie Du schon gesagt hast, Mädchen: Wanderer!"

„Er heißt Jagun!" sagte ich leise zu N'jara, die von seiner schroffen Antwort ebenso überrascht, wie verletzt zu sein schien. Doch Jagun sagte vorwurfsvoll zu mir: „Halt die Klappe, Andieu."

„Was hab ich denn gesagt?"

„Ist schon in Ordnung", schlichtete da N'jara. „Es ist meine Schuld. Ich hab' ihn bedroht."

„Tür auf oder zu?" fragte Jagun ungeduldig.

„Auf", antwortete ich.

„Und ich würde es wieder tun!" sagte N'jara herausfordernd zu Jagun.

„Tür?" fragte Jagun sie noch einmal.

„Was meinst Du denn, Wanderer?" fragte N'jara zurück.

Jagun überlegte kurz und antwortete ihr dann: „Ich halte es für keine gute Idee, diese Tür zu öffnen, Mädchen."

„Gut", sagte N'jara trotzig. „Dann stimme ich Andieu zu. Wir öffnen die Tür."

Jagun warf einen eigenartigen Blick auf N'jara und mich, nickte und erwiderte: „Also gut, dann öffnen wir die Tür."

Er drehte sich wieder um und ergriff in der Dunkelheit einen Türknauf. Es war Jagun anzusehen, dass der Knauf sich nicht leicht drehen ließ. Er musste mit beiden Händen zugreifen. Seine Muskeln traten deutlich hervor und dann drehte sich der Knauf endlich mit einem unheimlichen Quietschen und Knirschen. Jagun zog langsam eine große und offensichtlich schwere Tür auf und ein rötliches Licht fiel durch den entstehenden Spalt in das Nichts, in dem wir uns befanden.

Als die Tür offen stand, blickten wir hinaus in den Wald. Es herrschte ein eigenartiges, rötliches Licht und die Bäume schienen irgendwie verändert zu sein, so als ob sie nicht wirklich wären. Die dünneren Äste wirkten durchscheinend, wie Geister.

„Was ist mit den Bäumen los?" fragte ich neugierig, während ich schon durch die Tür nach draußen stolperte.

Jagun und N'jara folgten mir zögernd. Während ich schon weiter auf die nächsten Bäume zulief, um mir ihre durchscheinenden Äste genauer zu betrachten, hörte ich plötzlich N'jaras Stimme sagen: „Wir haben ein Problem!"

Ich wandte mich um und sah, dass Jagun ebenfalls zu N'jara blickte, die als letzte durch die Tür getreten war. Auch N'jara selbst hatte sich umgedreht und blickte in den Wald hinter sich.

Oha, wo ist jetzt die Tür?

Wir standen mitten im Wald. Nirgendwo war etwas von der Tür zu sehen, durch die wir eben getreten waren. Tastend ging N'jara zurück. Aber da war nichts, keine Tür, kein Durchgang, nichts.

„Na Hauptsache, wir sind aus der Dunkelheit raus", sagte ich aufmunternd, war dabei aber weit weniger optimistisch, als ich zu klingen versuchte. Irgendetwas stimmte mit dem Wald nicht.

Da hörten wir von nicht allzu weit entfernt Geräusche und Stimmengewirr.

„Lasst uns nachsehen, was dort ist", schlug Jagun vor und ging voran. N'jara und ich folgten ihm. N'jara legte sich wieder einen Pfeil auf die Sehne ihres Bogens und selbst ich zog vorsichtshalber mein Schwert. Irgendetwas stimmte hier nicht. Als wir auf eine kleine Anhöhe stiegen, sahen wir in der Senke dahinter die befreiten Sklaven. Einer von ihnen befreite am Amboss noch die letzten Männer von ihren Eisen. Sofort wollte ich erleichtert auf die Menschen zulaufen, doch Jagun und N'jara packten mich je an einem Arm und hielten mich so zurück.

„Was ist los?" fragte ich verwundert. „Das sind die befreiten Sklaven!"

Hatten die beiden sie nicht erkannt? Doch Jagun nickte nur in die Richtung der Menschen und so blickte ich auch noch einmal aufmerksamer hin. Die Menschen waren alle so durchscheinend, wie die Äste der Bäume. Ganz langsam und vorsichtig gingen wir auf sie zu.

„Sie sind Geister!" sagte ich verängstigt. Doch N'jara, durch die eben einer der befreiten Männer durchlief, schüttelte den Kopf und erwiderte: „Nein, wir sind die Geister!"

Ein Schauer durchlief mich und ich fragte flüsternd, obwohl die Menschen oder Geister, also die anderen, uns weder sehen noch hören konnten: „Wann sind wir denn gestorben?"

„Gar nicht!" antwortete Jagun entschieden.

Wie sollte das möglich sein? Wie sollten wir Geister sein, wenn wir nicht gestorben waren? Was war der Sinn des Lebens? Woher kamen wir und wohin gingen wir? Wo war Siwa? Und was war überhaupt aus dem kleinen Kaninchen geworden, mit dem ich als Kind gespielt hatte? Diese und viele andere Fragen schossen mir durch den Kopf. Und ich formulierte sie alle mit der einen Frage: „Hä?"

N'jara senkte beschämt den Kopf und antwortete darauf: „Wir sind durch die falsche Tür gegangen. Wir sind nicht tot, wir sind in einer anderen Dimension."

Dann sah sie zornig Jagun an und fragte ihn: „Du hattest Recht, Wanderer. Bist Du jetzt zufrieden?"

„Sehe ich zufrieden aus, Mädchen?" fragte Jagun mit gerunzelter Stirn zurück.

„Lasst uns doch einfach in den Wagen steigen und durch diese Tür wieder herauskommen!" schlug ich vor und war stolz darauf, dass ich diese blendende Idee hatte, während Jagun und N'jara ein Duell aus bösen Blicken austragen zu wollen schienen. Jagun verlor, denn er senkte zuerst seinen Blick. Kaum hatte ich aber meinen Vorschlag gemacht und wollte loslaufen, da packten mich beide wieder bei den Armen und Jagun sagte hastig: „Warte Andieu! Wir wissen nicht, was passiert, wenn wir in unserem Zustand durch diese Tür gehen."

„Der Wanderer hat Recht", stimmte N'jara Jagun zu. Es war ihr anzusehen, wie schwer es ihr fiel, das einzugestehen. Doch sie erklärte weiter: „Wir müssen die Tür wieder finden, durch die wir hierher gekommen sind."

„Aber die Tür ist doch weg!" antwortete ich verzweifelt.

Da fragte Jagun: „Hört ihr das?"

Er hatte seine Aufmerksamkeit wieder den befreiten Sklaven, zugewendet, die sich unschlüssig beim Wagen der Hexe versammelten.

„Ich sage, sie kommen nicht mehr heraus!" sagte einer von ihnen aufgebracht. „Wir haben doch erlebt, wie viele von uns in dem Wagen verschwunden und nie wieder aufgetaucht sind."

„Vielleicht sollten wir sie suchen", schlug ein anderer vor. Doch der nächste wich sofort furchtsam zurück und erwiderte darauf: „Ich war da drin bei der Hexe. Ich geh da nie wieder rein!"

„Lasst uns den Wagen verbrennen!" schrie da der erste wieder und riss die Menge mit sich. Die Stimmung spitzte sich bedrohlich zu. Doch da kamen die drei Echsenmänner heran und sagten beschwichtigend: „Sie haben unser aller Leben gerettet. Habt ihr das schon vergessen?"

„Und jetzt sind sie tot!" schrie der zurück, der sich zum Rädelsführer der befreiten Sklaven aufschwingen wollte.

„Das wissen wir nicht", erwiderte einer der Echsenmänner Und stellte sich schützend zwischen den Wagen und den, der ihn sofort verbrennen wollte. Die anderen beiden Echsen stellten sich an seine Seite. Da griff der Rädelsführer zum Schwert.

„Ihr solltet Euch schämen!" rief da eine von den befreiten Frauen. Sie war sicher schon über sechzig Jahre alt, besaß aber als eine der wenigen die Courage, sich dem aufgebrachten Mob zu widersetzen.

„Ihr", sprach sie den Rädelsführer direkt an, „habt Euch während Eurer Gefangenschaft niemals durch Mitgefühl oder Hilfsbereitschaft Euren Mitgefangenen gegenüber ausgezeichnet. Ihr wart immer ein Kriecher und Denunziant. Also wagt es jetzt nicht, die Menschen zu verurteilen, denen wir alle Leben und Freiheit verdanken."

„Da drin", fauchte der Mann zurück, „sitzt die Hexe, die die meisten von uns in die Sklaverei gezwungen hat."

„Überwiegend die Männer", entgegnete die Alte unbeeindruckt. „Und weniger gezwungen, als gelockt."

„Stopft der Alten das Maul", schrie der Rädelsführer aufgebracht.

Die ganze Meute geriet in Bewegung. Es entstanden zwei Lager. Da trat einer der Elfen ehrwürdig zwischen die beiden Fronten und hob beschwichtigend seine Arme.

„Lasst uns einen Kompromiss finden, bevor wir uns gegenseitig bekämpfen", forderte er und erklärte weiter: „Wir, die wir noch hier stehen, schulden der Schützin und pidyn caled codi zweifellos unser Leben."

„Wem?" fragte der Zwerg, der auf der Seite derjenigen stand, die verhindern wollten, dass der Wagen verbrannt wurde.

„Gehen wir!" drängte da Jagun. „Wir müssen die Tür finden, bevor das hier eskaliert."

Doch N'jara zögerte und sagte: „Ich möchte gerne hören, was der Elf zu sagen hat."

Ich war auch neugierig, denn den Namen, den der Elf genannt hatte, hatte ich schon einmal gehört. Ich wusste aber nicht, was er bedeutete. Jagun ließ seufzend die Schultern hängen und der Elf, der Jagun anscheinend kannte und über seinen Fluch Bescheid wusste, erklärte nicht ohne ein Maß an hämischer Schadenfreude, wie mir schien: „Der Mann ist mit einem Fluch beladen. Er darf keine Frau lieben. Deshalb steht er unter ständigem Druck. Pidyn caled codi bedeutet ‚Harter erigierter Penis', denn nichts weiter ist dieser Mann."

„Können wir jetzt gehen?" fragte Jagun nach dieser Erklärung des Elfen, ohne sich dazu zu äußern. Dafür reagierten die befreiten Sklaven umso lauter mit hämischem Gelächter. Auch ich musste schmunzeln. Doch N'jara sah Jagun nur traurig an, solange er ihren Blick nicht bemerkte.

„Die Jägerin und pidyn caled codi haben uns gerettet!" setzte der Elf von neuem an und brachte die Menge damit wieder zum Schweigen.

„Aber", fuhr er prophetisch fort, „sie haben es nicht für uns getan. Die Bogenschützin wollte nur den Jungen dort retten."

Dabei deutete er auf die Leiche des Jungen, der in N'jaras Armen gestorben war.

„Und pidyn caled codi wollte den kleinen Mann retten. Vielleicht verschafft er sich mit ihm Erleichterung."

Erneut setzte brüllendes Gelächter ein. Meine Hand schloss sich fester um meinen Schwertgriff. Aber ich wusste, dass ich nichts gegen diesen Gerüchte verbreitenden Elf unternehmen konnte, solange wir uns nicht in derselben Dimension befanden.

Die Echsenmänner forderten wieder Ruhe und sagten zu dem Elf: „Du hast jetzt genug gegen die Menschen vorgebracht, die uns gerettet haben. Was schlägst Du als Kompromiss vor?"

„Ja, wie sieht Dein Kompromiss aus?" fragte auch der knurrige Zwerg.

„Wir alle wissen, dass die Hexe in diesem Wagen wohnt", begann der Elf jetzt seinen Kompromiss auszubreiten.

„Wir können nicht ewig hier lagern, denn wir wissen ebenfalls, dass der größte Teil der Sklavenjäger dieser Abteilung folgt. Also sage ich: Lasst uns essen. Und dann zieht jeder von uns seiner Wege."

„Was ist mit dem Wagen?" knurrte der Zwerg ungeduldig.

„Wir warten, bis alle gestärkt und abmarschbereit sind. Solange geben wir den Dreien noch Zeit. Aber bevor wir von hier verschwinden, verbrennen wir den Wagen und damit hoffentlich auch die Hexe, die die nachfolgenden Sklavenjäger ansonsten nur wieder auf unsere Spur führen würde."

Damit schienen alle einverstanden zu sein und Jagun fragte N'jara und mich mürrisch: „Können wir jetzt? Oder wollt ihr warten, bis sie unseren Rückweg verbrennen?"

N'jara und ich wechselten einen kurzen Blick. Ich glaube, wir fühlten uns in dem Moment beide schuldig, weil wir durch unsere Neugier kostbare Zeit verloren hatten. Doch wenigstens wussten wir jetzt, wie sehr die Zeit drängte. Gleichzeitig rannten wir los, über die Anhöhe über die wir gekommen waren. Doch als wir schon darüber waren, blieben wir beide wie auf Kommando stehen. Jagun war nicht bei uns. Wir sahen uns fragend an und liefen wieder auf die Anhöhe zurück. Jagun kam uns nur langsam und schleppend hinterher.

„Jetzt komm schon, Jagun!" rief ich ihm ungeduldig entgegen. Er reagierte aber nicht. Und als er endlich neben mir stand, drehte er sich noch einmal um und überblickte das Lager der befreiten Sklaven.

„Du weißt, wie die Menschen sind", versuchte ich ihn aufzumuntern. „Sie haben Angst. Und Angst kennt weder Freundschaft noch Dankbarkeit."

Da erst wandte Jagun mir sein Gesicht zu, legte mir die Hand auf die Schulter und erwiderte: „Du hattest die Chance, den Wagen wieder zu verlassen, Andieu. Die Hexe wollte Dich gehen lassen."

Kurz schwieg er. Und dann erklärte er mir im Ton der vollsten Überzeugung: „Es war nicht der Pfeil des Mädchens, der die Hexe besiegt hat. Es war Deine Freundschaft! Danke."

Dann ging er so langsam, wie zuvor weiter. Und N'jara und ich blickten ihm verwundert hinterher.

„Ihr beiden seid ja wirklich Freunde!" stellte N'jara nachdenklich fest und ich verteidigte mich sofort: „Aber nicht so, wie der spitzohrige Idiot dort unten den anderen weismachen will!"

Nur wenige Augenblicke später standen wir wieder an der Stelle, an der wir in den Wald getreten waren. Von einer Tür war weit und breit nichts zu sehen. Unschlüssig standen wir da und blickten Löcher in den Wald, bis einer von uns die unumgängliche Frage stellte: „Was machen wir jetzt?"

Natürlich war ich dieser eine, da ich einsah, dass irgendeiner die Initiative ergreifen musste.

„Die Frage hilft uns nicht weiter", antwortete Jagun nachdenklich, spreizte die Finger seiner rechten Hand und blickte zwischen ihnen hindurch in das eigenartig rötliche Licht der Sonne.

„Was macht er?" fragte N'jara mich flüsternd. Und ich antwortete mit einem Achselzucken, was soviel bedeuten sollte, wie: *Du würdest es ohnehin nicht verstehen, wenn ich es Dir erkläre.*

N'jara fasste es aber anders auf und meinte, mein Achselzucken nachäffend: „Keine Ahnung hab ich auch alleine."

Dann ahmte sie aber Jagun nach und blickte ebenfalls zwischen ihren gespreizten Fingern hindurch ins Licht. Und während Jagun sich bückte und trockenen Staub von einem in der Sonne liegenden Felsen aufhäufte und in die Hand nahm, stellte N'jara nachdenklich fest: „Das Licht bricht sich hier eigenartig."

Jagun öffnete seine Hand und pustete den Staub in die Richtung, in der die Tür gewesen war, die wir suchten. Der in der Luft schwebende und flimmernde Staub zeichnete für einen Moment die Konturen der Tür nach.

„Springt!" forderte Jagun N'jara und mich auf. Und dabei schubste er N'jara bereits durch die Tür. Ich folgte ihr sofort und hinter mir kam Jagun im selben Augenblick zu uns in die Finsternis gesprungen.

„Wir sind wieder hier", freute ich mich. „Wir haben die Tür tatsächlich gefunden!"

Doch N'jara bremste meine Euphorie wieder aus, indem sie furchtsam flüsternd erwiderte: „Aber wir haben noch nicht den richtigen Ausgang gefunden."

Als die Tür quietschend und knirschend wieder zufiel, wäre ich am liebsten in die Helligkeit des Waldes zurückgeflüchtet. Jetzt war die Furcht, die ich in N'jaras Stimme gehört hatte, auch bei mir angekommen.

„Hast Du die Kerze noch?" fragte mich Jagun. Auch er sprach sehr leise. Die absolute Finsternis, in der wir uns befanden, forderte von uns allen dreien die ihr gebührende Ehrfurcht.

Ich hatte die Kerze noch und zündete sie wieder an. Und wenn ihr Licht uns schon sonst nichts zeigen konnte, so sahen wir uns zumindest gegenseitig. Und ich muss gestehen, dass das ein sehr starker Trost war.

„Ich glaube, wir müssen weiter nach rechts", meinte Jagun und versuchte dabei optimistisch zu klingen.

Aber ich fragte ihn zaghaft: „Wo ist rechts in der Unendlichkeit?"

„Rechts von der Tür!" erklärte Jagun unbeirrt.

Ich blickte mich suchend in der Finsternis um und fragte noch zaghafter: „Von welcher Tür?"

Von der Tür, durch die wir eben aus dem Wald gekommen waren, war nichts mehr zu sehen, seit sie sich geschlossen hatte. Jagun antwortete nicht auf die Frage, sondern forderte N'jara und mich auf: „Bleibt dicht zusammen."

Dann tastete er sich langsam, Schritt für Schritt vorwärts in die Richtung, die er für die richtige hielt. Es kam mir wie eine Ewigkeit vor, die wir so durch die Finsternis wanderten. Die Kerze war fast heruntergebrannt, da sagte N'jara plötzlich: „Halt wartet, riecht ihr das?"

„Rauch!" stellte Jagun bestürzt fest. „Sie haben den Wagen also schon angezündet."

Fieberhaft blickte er sich um und deutete schließlich nach schräg vor uns.

„Dort!" sagte er nur. Aber dieses ‚dort' drückte alles aus, was es auszudrücken gab. Dort war ein leichter, flackernder Lichtschein zu sehen, dort musste der Wagen brennen, dort musste der Ausgang aus dieser dunklen Welt sein.

Wir liefen los und erreichten den lodernden Vorhang in wenigen Augenblicken. Während ich noch überlegte, wie wir durch dieses Höllenfeuer hindurch kommen sollten, griff Jagun bereits mit bloßen Händen in die Flammen und riss die brennenden Stoffbahnen herunter. Doch es genügte nicht, um auch nur durch das Feuer hindurch nach draußen blicken zu können.

„Schnell Andieu, Gugel und Wams", forderte Jagun mich auf. Ich war der einzige von uns dreien, der anständig gekleidet war. Und die Kleidung bot den einzigen Schutz vor den Flammen. Also zog ich die bezeichneten Kleidungsstücke schnell aus und reichte sie Jagun. Der warf N'jara schnell die Gugel über den Kopf und stopfte ihre langen Haare darunter, bevor sie sich dagegen wehren konnte. Dann zog er sich das Wams selbst über Kopf und Schultern, nahm N'jara auf seine Arme, nickte mir zu und sprang ins Feuer. Ich hatte keine Zeit zum Überlegen. Ich trug lange, lederne Stiefel, eine verzierte und seitlich geschnürte Hose das schöne, neue Hemd und den Hut eines Edelmannes auf dem Kopf, war also noch immer weit besser vor den Flammen geschützt, als Jagun und N'jara. Also sprang ich Jagun ohne zu zögern hinterher. Und auf dem Weg nach draußen verirrte ich mich nicht wieder in den brennenden Falten des magischen Vorhangs. Raus geht es doch immer leichter.

Jagun sprang mit N'jara durch die Tür des Wagens, rollte sich ab und schlug mit seinen Händen sofort N'jaras brennende Haarspitzen aus, die unter der Gugel heraushingen.

„Lass das, Wanderer!" wehrte die sich, während ich hinter den beiden durch die Tür nach draußen purzelte. Sie stieß Jagun verärgert zurück und der hob abwehrend seine Hände und zog sich vor ihr zurück. Ich glaube, sie war sich nicht einmal bewusst, was Jagun gerade getan hatte, denn während ich mich selbst wieder aufrappelte und die Glut an meiner Kleidung ausklopfte, stellte ich fest, dass sie noch rauchte und sagte schnell: „Du kokelst noch, N'jara!"

Sofort warf sie sich auf den Boden und löschte so die Flammen, die ihre Haare erfasst hatten.

Der Wagen der Hexe brannte lichterloh und begann schon, in sich zusammenzufallen. Die geretteten Sklaven sahen uns überrascht und entsetzt an. Aber wenigstens waren wir wieder in derselben Dimension, wie sie. Ohne zu zögern ging ich zu dem kompromissfreudigen Elf und schlug ihm meine Faust ins Gesicht, so dass er auf den Waldboden stürzte. Und als er mich fragend anstarrte, sagte ich so laut, dass alle Umstehenden es hören konnten: „Das war für den ‚Kleinen Mann' und das, wofür er Deiner Meinung nach da ist."

21. GRÄBER AUF DER LICHTUNG

Es herrschte große Aufbruchstimmung. Einige der befreiten Sklaven verabschiedeten sich noch von uns, doch die meisten verschwanden allein oder in kleinen Gruppen, ohne uns auch nur noch eines Blickes zu würdigen. Ich glaube, viele fürchteten sich vor uns, seit wir aus dem Wagen gesprungen waren, als dieser nur noch ein flammender Glutofen war. Auch der zweite Wagen brannte. Es gab also keine Möglichkeit mehr, meine durchs Feuer ramponierte Kleidung noch einmal zu ersetzen. Aber Jagun war noch weitaus schlechter dran, denn er trug noch immer nur den aus dem Badetuch gefertigten Lendenschurz. Und der hatte jetzt auch Brandspuren. Hätte Jagun zuerst an sich gedacht, anstatt sämtliche Sklaven von ihren Eisen zu befreien, dann hätte er sich auch einkleiden können. So aber wurde ihm seine Selbstlosigkeit schlecht gedankt. N'jaras lederner Lendenschurz und auch sie selbst hatten den Sprung durchs Feuer ziemlich unbeschadet überstanden. Lediglich ihre angebrannten Haarspitzen, die sich leicht kräuselten, verrieten noch dieses Abenteuer.

Nachdem die Echsenmänner sich als letzte von uns verabschiedet hatten, standen Jagun, N'jara und ich allein zwischen den Leichen der toten Sklaven und Sklavenjäger und den rauchenden Überresten der Karawane. Eigentlich hätte ich mich gut fühlen müssen, da ich wieder frei war, doch es herrschte eine eigenartig bedrückende Stimmung.

„Gehen wir jetzt nach Hradotéj zurück?" fragte ich Jagun. Doch der schüttelte den Kopf und antwortete: „Zuerst begraben wir die Toten."

„Du hast doch gehört, was der Elf gesagt hat", erwiderte ich verunsichert. „Der größere Teil der Sklavenkarawane folgt dieser nach. Wir sollten also zusehen, dass wir auch von hier verschwinden."

Jagun sah mich an, nickte und sagte: „Geh nach Hradotéj, Andieu und suche dort das Straßenmädchen Jadwéj. Sie wird Dich zu Siwa bringen."

„Kommst Du denn nicht mit?" fragte ich verwundert. Jagun ging zu den Überresten des verbrannten Wagens, in dem die ganze Ausrüstung der Sklavenkarawane transportiert worden war, zog sich aus den von den befreiten Sklaven achtlos weggeworfenen Sachen einen Spaten und antwortete: „Ich begrabe erst die Toten!"

Und trotz der Schmerzen, die er haben musste, weil er seine Hände in dem Vorhang des Wagens verbrannt hatte, ging er ohne ein weiteres Wort zu einer nahen Lichtung und begann dort, wo nicht so viele Wurzeln wie hier im Wald den Boden durchzogen, die Gräber zu graben. Ich schämte mich dafür, dass ich die Toten hatte liegenlassen wollen, spuckte in die Hände und suchte mir auch eine Schaufel. Wortlos begab ich mich zu Jagun und so gruben wir Seite an Seite. Und während wir die Gräber aushoben, zog N'jara bereits die Gefallenen auf die Lichtung. Immer wieder blieb mein Blick auf ihr haften. Dieses kleine, schmutzige und fast nackte Mädchen arbeitete härter, als die meisten Männer, denen ich jemals bei der Arbeit zugesehen hatte. Sie gönnte sich keinen Augenblick Pause, bis sie uns den letzten Toten gebracht hatte. Ihr kleiner, bronzener Körper glänzte feucht. Sie war unbeschreiblich schön und es fiel mir schwer, meinen Blick wieder von ihr abzuwenden und mich selbst wieder auf die Arbeit zu konzentrieren.

Als ich irgendwann bemerkte, dass Jaguns Hände bluteten, forderte ich ihn auf: „Hör auf Jagun. Ich mach das allein fertig."

Jagun sah mich dankbar an, nickte und erwiderte darauf: „Du bist ein besserer Mann, als Du selbst weißt, wie mir scheint."

Irgendwie war das sehr eigenartig. Ich war es nicht gewohnt, Anerkennung zu bekommen. Und Jagun schenkte sie mir einfach so. Während ich die letzten Gräber fertig schaufelte, verschwand er im Wald und kehrte erst nach fast einer Stunde wieder zurück. Er hatte Kräuter gesammelt, die er zerstieß. Und mit der Paste, die er dabei herstellte, rieb er sich seine wunden Hände ein.

„Lass mich Dir helfen", bat N'jara und umwickelte seine Hände mit Stoffstreifen, die sie aus dem Umhang eines gefallenen Sklavenjägers herausriss. Wortlos und ohne N'jara anzusehen ließ Jagun es geschehen. Erst als sie fertig war, sagte er: „Danke Mädchen!"

Sofort verwandelte sich N'jaras Ausdruck von Mitgefühl und fast so etwas wie Zuneigung in Zorn und sie erwiderte bewusst verletzend: „Nichts zu danken, pidyn caled codi."

Jagun erwiderte nichts darauf. Er stand wortlos auf, kam zu mir und half mir, die Toten in die Gräber zu legen."

N'jara ging zu Itomai, der noch immer unter dem Baum lag, unter dem er gestorben war und nahm ihn wieder in ihre Arme. Ich sah, dass sie weinte und sagte leise zu Jagun: „Sie meint es nicht böse, Jagun."

„Ich weiß", antwortete er ebenfalls leise und klang dabei sehr traurig.

Als wir mit der traurigen Pflicht fertig waren und alle Toten, außer Itomai unter der Erde ruhten, fragte ich Jagun: „Gehen wir jetzt nach Hradotéj?"

Jagun sah mich an und stellte die Gegenfrage: „Gehen wir nach Hradotéj und überlassen die Sklaven, die noch kommen, ihrem Schicksal?"

Ich hatte befürchtet, dass so etwas kommen würde.

„Wir können sie nicht befreien!" antwortete ich entschieden darauf. „Wir sind nur zwei und die Sklavenjäger sind viele. Wenn wir versuchen, den Sklaven zu helfen, bringen wir nicht nur uns selbst, sondern auch sie in

Gefahr. Du kannst nicht kämpfen und ich kann allein auch nicht besonders viel ausrichten. Wie sollten wir also etwas tun können, um sie zu befreien?"

„Zuerst muss das Mädchen weg!" erwiderte Jagun und forderte mich auf: „Frag sie, wann sie aufbrechen will."

Ich schlenderte zu N'jara und setzte mich schweigend neben sie. Ihre Tränen waren wieder versiegt, doch ihre Augen waren noch gerötet vom Weinen.

„Willst Du Itomai zu Deiner Schwester bringen, um ihn zuhause zu begraben?" fragte ich nach mehreren Minuten des Schweigens. N'jara antwortete nicht, sondern streichelte nur sanft über das wächsern wirkende Gesicht des ermordeten Kindes. Ich konnte ihre Liebe zu dem Jungen und den Schmerz ihrer Trauer in meiner eigenen Brust fühlen. Wieder vergingen ein paar Minuten. Dann begann ich noch einmal: „Wann willst Du …"

Weiter kam ich nicht. N'jara sah mich plötzlich zornig an und unterbrach mich verärgert: „Du kannst dem Wanderer sagen, dass ich nicht gehe! Ich lasse mich nicht wegschicken, wie ein Kind!"

„Was ist mit Itomai?" fragte ich noch einmal in beschwichtigendem Ton.

N'jara atmete tief durch, dann begann sie: „Ich stamme aus dem Süden Orklands. Wie würde Itomai wohl aussehen, bis ich ihn dort hin zurück gebracht hätte?"

Ich antwortete nicht, denn ich hatte nur eine grobe Vorstellung davon, wo Orkland überhaupt lag. Es würde wahrscheinlich Monate dauern, bis N'jara wieder zuhause wäre. Und ich wollte mir nicht ausmalen, wie sie auf dieser Reise den Verwesungsprozess des Jungen miterleben müsste.

„Ich werde ihn bei den anderen Gefallenen begraben", fuhr sie nach einer kurzen Pause fort. „Und dann werde ich Euch helfen, die nachfolgenden Sklaven zu befreien."

„Wie kommst Du auf den Gedanken …" begann ich unschuldig. Doch wieder unterbrach sie mich; nicht mit Worten, so wie vorher, sondern mit einem Blick, der nur allzu deutlich ausdrückte, dass sie wusste, was Jagun vorhatte. Und erst, als ich schon verstummt war, sagte sie mit neu aufflammendem Zorn: „Sag dem Wanderer, dass ich bleibe."

Bin ich denn der einzige, der hier weg will?

„Nein, bist Du nicht!" sagte N'jara leise. Ich sah sie überrascht an, da ich das Gefühl nicht loswurde, dass sie tatsächlich meine Gedanken las. Aber da sagte sie schnell: „Na los, geh schon. Sag es ihm."

Verwirrt stand ich auf und ging zurück zu Jagun.

„Sie sagt …", begann ich verlegen. Aber auch Jagun ließ mich nicht ausreden, sondern fiel mir mit den Worten ins Wort: „Sag ihr: Das kommt nicht in Frage. Sie soll verschwinden."

„Na zum Glück hab ich mich noch nicht gesetzt", erwiderte ich leicht gereizt, drehte mich zu N'jara um und ging wieder ein paar Schritte auf sie zu. Ich hatte aber noch nicht den halben Weg zurückgelegt, da rief sie mir schon entgegen: „Du kannst ihm sagen, dass er woanders hingehen soll, wenn es ihn stört, dass ich hier bin!"

Ich runzelte die Stirn und drehte mich wieder um. Da rief aber Jagun schon: „Sag ihr, dass Du sie übers Knie legst, wenn sie nicht verschwindet!"

„Warum ich?" fragte ich verwirrt und Jagun antwortete ebenso ruppig wie verzweifelt darauf: „Weil ich es nicht kann!"

„Ach so!" nickte ich verstehend und drehte mich wieder zu N'jara um. Die rief mir aber zornig zu: „Wage es bloß nicht, Andieu!"

Was wollte ich denn eigentlich?

Wieder drehte ich mich zu Jagun und rief ihm, nachdem es mir wieder eingefallen war, was ich wollte oder sollte, zu: „Ich glaube, das ist keine gute Idee, Jagun."

Jagun gab sich geschlagen und senkte resigniert den Kopf. Und N'jara trug den Leichnam Itomais langsam und gedrückt auf die Lichtung. Im Schatten eines großen Baumes legte sie ihn nieder. Als sie sich nach der Schaufel umsah, war Jagun damit schon auf dem Weg zu ihr.

„Soll er hier liegen?" fragte er so sanft, wie man es ihm vor wenigen Augenblicken nicht zugetraut hätte. N'jara nickte und wollte Jagun die Schaufel aus der Hand nehmen. Doch der begann trotz seiner verbundenen Hände selbst zu graben. Das reizte N'jara aber wieder. Sie riss ihm die Schaufel aus der Hand und sagte zornig: „Das ist meine Sache, Wanderer."

Ohne ein weiteres Wort zog Jagun sich ein paar Schritte zurück, setzte sich auf einen Stein und sah N'jara bei der Arbeit zu. Doch da tauchten die Schatten seiner Dämonen wieder auf und umschwirrten ihn und N'jara wie böse Geister. N'jara fuhr erschrocken herum, bereit, sich mit der Schaufel gegen einen Angriff zu verteidigen. Doch Jagun senkte im selben Moment seinen Blick und die Schatten lösten sich wieder auf.

„Was war das?" fragte N'jara erschrocken. Und ohne seinen Blick wieder zu heben, antwortete Jagun bedrückt: „Nichts."

Fragend blickte N'jara zu mir. Aber ich zuckte nur mit den Schultern, da ich glaubte, nicht das Recht zu besitzen, ihr von Jaguns Fluch, von dem sie ja schon durch den Elf erfahren hatte, zu erzählen. Verunsichert machte N'jara sich wieder an die Arbeit und ich setzte mich zu Jagun.

„Du magst sie!" sagte ich versonnen zu ihm. Doch er wehrte sich energisch gegen diese Erkenntnis, indem er zornig behauptete: „Ich kann sie nicht ausstehen!"

„Warum tauchen dann Deine Dämonen auf, wenn Du sie ansiehst?" fragte ich unbeirrt. Jagun antwortete nicht darauf, sondern versuchte seine Behauptung damit zu begründen, dass er erklärte: „Die Hexe hätte mich vielleicht von meinen Fluch befreien können. N'jara hat sie erschossen!"

„Du hast ihren Namen gesagt!"

„Hab ich nicht!"

„Hast Du doch!"

Da tauchten wieder die Schatten auf und ich triumphierte: „Siehst Du!"

Doch Jagun packte mich am Kragen und zischte: „Ich bin kurz davor, Dir mit der Faust das Gesicht zu verbiegen. Deshalb sind die Schatten da!"

Abrupt ließ er mich wieder los, wendete sich ab und atmete tief durch. Und damit lösten sich auch die Schatten wieder auf.

„Was ist hier los?" fragte mich N'jara, während sie von ihrer Arbeit aufblickte und mich skeptisch musterte. Ich kratzte mich verlegen am Kopf und antwortete möglichst leise, damit Jagun, der sich einige Schritte entfernt hatte, nicht hörte, was ich sagte: „Er mag Dich."

Da flog mir ein auf dem Schlachtfeld liegen gebliebener Stiefel an den Kopf. Und während ich „Auaaa" schrie und mich verwundert zu dem hinterhältigen Werfer umdrehte, hob Jagun schon beschwichtigend seine Hände und beschwor die mich und N'jara plötzlich bedrängenden Schatten mit den Worten: „Das war kein Kampf!"

„Genau!" stimmte ich sofort zu, denn die Schatten wirkten wirklich sehr bedrohlich. „Freunde machen das so!"

Und um meinen Worten noch mehr Gewicht zu verleihen, hob ich den Stiefel auf und schlug ihn mir selbst noch einmal auf den Kopf. Kurz schienen die Schatten zu zögern. Dann lösten sie sich schlagartig wieder auf.

Puh, das war knapp!

„Freunde machen das so?" fragte N'jara mich verwundert. Unsicher, was ich darauf erwidern sollte, sah ich sie an. Ich konnte ihrem Blick aber nicht lange standhalten. Viel zu schön waren ihre Augen und viel zu tief schien sie mir in meine eigene Seele zu blicken. Verlegen senkte ich meinen Blick, blieb damit aber an den kleinen, festen Rundungen ihrer Brüste hängen. Nervös schluckte ich.

Sooo schön! dachte ich mir und wünschte mir, diese Brüste zu berühren und die kleinen, dunklen Knospen mit meinen Lippen zu bedecken. Warum nur hatte ich gesagt ‚Er mag Dich' und nicht ‚Ich mag Dich'? fragte ich mich verzweifelt.

Oh, wie gern würde ich jetzt …

„Andieu!" sagte N'jara da empört und haute mir ebenfalls noch den Stiefel auf den Kopf. Dabei hatte ich nicht einmal bemerkt, wie sie ihn mir aus der Hand genommen hatte.

„Was hab ich denn gemacht?" fragte ich unschuldig und bemerkte, dass N'jara errötet war. Sie drückte mir den Stiefel wieder in die Hand und sagte vorwurfsvoll: „Ich bin dabei, den Sohn meiner Schwester zu begraben. Habe bitte etwas Respekt!"

„Tut mir leid", stammelte ich verlegen. „Ich wollte nicht …"

Ich wusste nicht, was ich weiter sagen sollte. Ich fühlte mich schuldig, ich fühlte mich schlecht, ich fühlte mich einsam.

„Tut mir leid", wiederholte ich noch einmal und wandte mich ab, um Jagun zu suchen, der verschwunden war. Ich fand ihn im verlassenen Lager, wo er sich aus einem Stück weichgegerbtem Leder einen neuen Lendenschurz machte. Das Leder hatte die Farbe der Kleidung, die er in Hradotéj getragen hatte, braun wie die Farbe des Laubs im Herbst.

„Es tut mir leid!" entschuldigte er sich, als ich ihm näher kam. „Ich wollte Dich nicht verletzen."

„Ist schon gut", erwiderte ich bedrückt, während ich mich setzte und ihm bei der Arbeit zusah. Doch er schüttelte leicht den Kopf und widersprach: „Nein, das ist es nicht. Ich muss diesen Fluch loswerden, sonst bringe ich jeden Menschen in Gefahr, der in meiner Nähe ist."

Er unterbrach seine Arbeit, sah mich nachdenklich an und sagte dann sehr ernst: „Geh nach Hradotéj, Andieu. Nimm N'jara mit und finde Siwa. Jadwéj, das Mädchen mit dem Schnapper, wird Dir helfen. Kümmere Dich auch um sie."

Mir fiel auf, dass Jagun die Namen aller Mädchen aussprach. Doch ich erwähnte es diesmal nicht, sondern fragte ihn: „Und was machst Du?"

„Ich versuche, die anderen Sklaven zu retten", antwortete er.

Die Vorstellung, mit N'jara nach Hradotéj zu wandern, mich Siwa als ihr Retter zu erkennen zu geben und dann zusammen mit den beiden Mädchen glücklich und zufrieden bis an mein seliges Ende zu verbringen, war sehr verlockend. Die kleine Straßengöre mit ihrem Schnapper bezog ich in diese Vorstellung nicht mit ein. Doch auch ohne dieses Dreckskind hatte die Idylle, die ich mir ausmalte, Fehler.

Fehler Nummer eins: N'jara! Ich wusste, dass ich sie nicht dazu bringen konnte, mit mir nach Hradotéj zu wandern, während Jagun allein versuchen würde, die Sklaven zu befreien. Und selbst wenn sie nicht darauf bestanden hätte, ihm dabei zu helfen, hätte sie keinen Grund gehabt, mit mir nach Hradotéj zu gehen, das in grober Richtung nordöstlich von uns lag. Ihr Zuhause Orkland, lag irgendwo weit im Süden, also ziemlich genau in entgegengesetzter Richtung.

Fehler Nummer zwei: Siwa! Ich hatte sie zwar von dem Gerüst, auf das sie geschnallt worden war, befreit. Doch Jagun war es gewesen, der die Aufmerksamkeit Borkas und der Wachen auf sich gelenkt hatte, um das zu ermöglichen. Siwa wusste also, dass der Dank für ihre Befreiung nur zur Hälfte mir gebührte. Außerdem würde sie wahrscheinlich wieder zu ihren Eltern zurückkehren wollen.

Und Fehler Nummer drei: Ich selbst! Ich hatte jetzt zum ersten Mal in meinem Leben das Gefühl, so etwas wie Ehre zu besitzen. Ich hatte mit Jagun für etwas gekämpft, weil ich es als richtig empfunden hatte und nicht, weil ich mir einen Vorteil davon versprochen hatte. Ich hatte zum ersten Mal in meinem Leben das Gefühl, einen Freund zu haben, dem ich vertrauen konnte und was noch wichtiger war; der mir vertraute. Auch auf die Gefahr hin, mich selbst wieder in Gefahr zu begeben, war ich nicht bereit, diese Ehre und diese Freundschaft um meiner eigenen Sicherheit Willen aufzugeben.

„Ob es Dir passt oder nicht, Jagun", erwiderte ich also auf Jaguns Vorschlag, „Diesen Versuch wirst Du mit mir zusammen unternehmen müssen!"

„Und mit mir!" hörte ich N'jaras Stimme hinter mir.

Jagun und ich wendeten uns ihr beide zu. Und da sagte sie ganz unsicher: „Ich wollte Euch fragen, ob Ihr Itomai die letzte Ehre erweist?"

Ohne zu antworten standen Jagun und ich sofort auf und folgten N'jara zu dem noch offenen Grab, in dem die Leiche des kleinen, unschuldigen Jungen lag, der so weit von seiner Heimat entfernt seine letzte Ruhestätte fand. Lange standen wir schweigend an dem offenen Grab. Obwohl keiner von uns sprach, war es wie ein Schwur, der N'jara, Jagun und mich auf ewig aneinander band. Der Tod des Jungen war gerächt, denn der Sklavenjäger, der ihn erschossen hatte, war unter den Toten gewesen. Ich nahm an, dass die Echsenmänner ihn getötet hatten. Auch die Hexe war tot. N'jara hatte ihr einen Pfeil ins Herz geschossen. Und auch wenn die Leiche danach verschwunden gewesen war, konnte sie das nicht überlebt haben. Auch war der Wagen, der ihr Portal in unsere Welt gewesen war, verbrannt. Die Hexe war tot!

Doch der Anführer der Sklavenjäger war entkommen. Jagun hatte seinen Tod verhindert, weil er verurteilte, dass N'jara ihn von hinten hatte erschießen wollen. N'jara hatte aber auch Borka von hinten erschossen. Und da sie mir damit zweifellos das Leben gerettet hatte, war es mir nicht möglich sie deswegen zu verurteilen. Auch die Ehre ist eine Medaille mit zwei Seiten.

N'jara warf die erste Hand voll Erde in das Grab. Und sie wehrte sich nicht dagegen, dass Jagun dann die Schaufel nahm und das Grab zuschaufelte.

Eine Lichtung voller Gräber, dachte ich mir melancholisch und betete still, dass ich niemals einen Freund begraben müsste.

„Wir sollten aufbrechen", meinte Jagun schließlich. Er lief zurück ins Lager und kehrte kurz darauf in seinem neuen Lendenschurz und mit einem vollen Wasserschlauch zurück. N'jara hatte ihren Köcher wieder gefüllt und die verbrannte Sehne ihres Bogens erneuert. Der Bogen selbst hatte das Feuer unbeschadet überstanden. Und N'jara meine sogar, dass es ihn noch gehärtet hätte. Das Schwert, das ich selbst trug, war besser, als die Hand, die es führte. Das wusste ich. Aber wenn es nötig werden würde, dann würde ich eben mit dem Schwert in der Hand sterben.

Schade nur, dachte ich mir, *dass ich dann keine Gelegenheit mehr habe, das ganze, schöne Geld auszugeben.*

Dass wir der Sklavenkarawane entgegenliefen, hatte einen guten Grund:

Jaguns Dämonen! Wir waren schon fast einen Tag an diesem Ort und wussten nicht, wann die Karawane eintreffen würde. Sollten Jaguns Dämonen erscheinen, würden die nicht zwischen Sklaven und Sklavenjägern unterscheiden. Also mussten wir so lange wie möglich in Bewegung bleiben.

Nach einem letzten Blick über die Gräber auf der Lichtung liefen wir los.

22. WIE JAGUN AUS HRADOTÉJ ENTKOMMEN WAR

Es war unbeschreiblich, wie die geschmeidigen Bewegungen Jaguns und N'jaras sich ähnelten. Sie wirkten wie zwei Panther, die Seite an Seite jagten. Beide waren sie nur mit einem Lendenschurz bekleidet. Jagun trug den Wasserschlauch über der Schulter und ansonsten nur das Lederband mit dem runden Anhänger um den Hals. Und N'jara trug den Pfeilköcher, in dem auch der Bogen steckte, auf dem Rücken und das dünne Band mit den Perlen und der versengten Feder an ihrer linken Brustwarze. N'jaras bronzefarbene Haut war noch eine Nuance dunkler, als die von Jagun. Ihre schwarzen Haare flogen wie ein langer, seidiger Schleier hinter ihr her. Es war schwer, meinen Blick während des Laufens von ihr abzuwenden.

Ich hatte alle Mühe, mit den beiden Schritt zu halten und konnte sehen, dass sie beide in der Lage gewesen wären, schneller zu laufen, ohne sich deswegen anstrengen zu müssen. Doch sie passten ihre Geschwindigkeit meinen Beinen und meiner Ausdauer an, ohne mir das Gefühl zu geben, sie zu behindern oder zu bremsen. Wir liefen, bis die Sonne unterging, immer auf der Spur zurück, die die Sklavenkarawane, die Borka und damit auch mich gefangen hatte, hinterlassen hatte. Als wir nach einem Rastplatz für die Nacht Ausschau hielten, schlug N'jara vor: „Wir sollten nicht auf dem Boden bleiben. Die Bäume bieten mehr Schutz."

Das stimmte. Auf dem Boden bestand viel eher die Gefahr, von Spähern der nachfolgenden Sklavenkarawane entdeckt zu werden, als in den Astgabeln der uralten Baumriesen.

Jagun und N'jara kletterten und sprangen wie zwei verspielte Äffchen durch die Äste, bis sie eine Astgabel gefunden hatten, die uns allen drei genug Platz für die Nacht bot. Es war mir unangenehm, dass ich als einziger nicht in der Lage war, diesen Baum ohne Hilfe zu besteigen. Aber Jaguns Unterstützung fühlte sich gut und ehrlich an. Sie hatte nichts von der Überheblichkeit und Arroganz, mit der andere Leute, die sich ihrer Überlegenheit bewusst sind, so gerne ihre Hilfe gewähren. Jagun half einfach, um zu helfen; ohne zu tadeln, ohne sich über mich lächerlich zu machen und auch ohne mich schulmeistern zu wollen. Immer wieder fiel mir auf, wie N'jaras Blick eigenartig versonnen auf ihm ruhte. Doch Jagun vermied es weitestgehend, sie anzusehen. Ich erinnerte mich daran, wie er mir im Badehaus Hradotéjs gestanden hatte, dass ihm nicht entging, wie gut

Siwa aussah und dass er Angst davor hatte, Gefühle für sie zu entwickeln. Unwillkürlich verglich ich in Gedanken Siwa mit N'jara. Beide waren ziemlich klein, N'jara noch etwas kleiner, als Siwa. Beide waren schlank und zierlich, doch Siwas Brüste waren voll und rund, wie zwei pralle Apfelsinen und N'jaras Brüste waren zwar auch fest, aber ziemlich klein. Siwa hatte ich nackt gesehen. Im Gegensatz zu den meisten Freudenmädchen, die ich kannte, hatte sie keine Haare zwischen ihren Beinen. Allein der Gedanke daran brachte mein Blut in Wallung. Und ich war froh, mehr als nur einen Lendenschurz zu tragen, der diese Gefühlsregung wohl nur schwerlich hätte verbergen können.

Wie wohl N'jara unter ihrem Lendenschurz aussieht?

„Andieu!"

N'jaras vorwurfsvoller Ausruf riss mich aus meinen schönen Träumen. Und das restliche, mir verbliebene Blut, das mir noch nicht die Beinkleider verbeulte, sondern mich am Leben hielt, schoss mir in die Wangen. Ich fühlte mich ertappt, obwohl ich doch gar nichts gemacht hatte.

„Was?" fragte ich verlegen, während mein Blick schnell von ihrem Schoß auf ihre Brüste wanderte, was es aber nicht besser machte.

Bin ich denn der einzige hier, der die Schönheit verehrt? fragte ich mich verzweifelt.

Jetzt errötete auch N'jara.

Jagun hatte einige Beeren gesammelt. Und während die Dunkelheit sich über den Wald breitete, saßen wir in luftiger Höhe auf weichem Moos zusammen und aßen. Endlich kehrte ein wenig Ruhe ein. Und ich nutzte diese Gelegenheit, Jagun zu fragen, wie er aus Hradotéj entkommen war. Er schilderte mir in kurzen Worten, wie er Siwa aus dem Badehaus geholt und sie versteckt hatte, wie er auf Jadwéj getroffen war, wie Siwa wieder gefangen und befreit worden war, bis zu dem Moment, als die Sonne am nächsten Morgen wieder aufgegangen war. Diesen Teil der Geschichte hatte ich ja schon vorweg genommen, obwohl ich ihn auch erst jetzt und nur in Fragmenten erfuhr.

Und nur um zu demonstrieren, was für ein lausiger Erzähler Jagun war, gebe ich hier seinen kompletten Bericht über die weiteren Ereignisse wieder, in denen er schilderte, wie er dann doch noch aus Hradotéj herausgekommen war.

„Ich bin dann über die Türme raus."

„Wie? Du bist über die Türme raus?" fragte ich verständnislos. Doch Jagun sah mich ebenso verständnislos an, wie ich gefragt hatte und antwortete so, als ob das alles erklären würde: „Na über die Wachtürme."

„Aaaaha!"

Ich glaube, das erklärt, dass ich solche Passagen, auch wenn ich nicht selbst dabei war, mit meinen eigenen Worten erzählen muss. Die einzelnen Details dieser Episode habe ich zwar erst nach und nach erfahren, aber ich habe sie nach bestem Wissen und Gewissen so zusammengefügt, bis alles ein selbst für mich nachvollziehbares Ganzes ergab.

Nachdem die Tore Hradotéjs sich bei Sonnenaufgang nicht geöffnet hatten, war Jagun sehr verzweifelt, denn er glaubte wirklich, dass er nicht aus der Stadt entkommen könnte und ihr damit Tod und Verderben bringen würde. Verzweifelt beobachtete er, wie sich die Türme der inneren Palisaden aneinander vorbei schoben, ohne anzuhalten und ohne dass die Tore sich öffneten und die Passage durch die Reihen dieser Türme freigab. Aber als die Türme schon fast aneinander vorbei gewandert waren und sich unaufhaltsam wieder vom Haupttor zu entfernen begannen, hatte Jagun plötzlich einen Geistesblitz.

„Wie schnell wandern die Türme um die Stadt herum?" fragte er Jadwéj. Die hob aber nur ihre Schultern und antwortete: „Normalerweise stehen sie tagsüber still, solange die Tore offen sind."

„Und in der Nacht?"

„Keine Ahnung. Sie sind unterschiedlich schnell."

Wenn sie unterschiedlich schnell sind, überlegte sich Jagun und versuchte, die Geschwindigkeit der wandernden Türme einzuschätzen, *dann wandern sie von Sonnenuntergang bis Sonnenaufgang einmal, zweimal oder dreimal um die Stadt. Und wenn die Tore sich bei Sonnenaufgang nicht öffnen, dann wandern sie bis Sonnenuntergang genauso schnell oder langsam weiter.*

Das bedeutete also, dass mittags bei dem Haupttor im Süden und bei dem Tor im Norden Türme in allen Palisadenringen aneinander vorbeiwandern würden. Die Palisadenringe selbst waren zehn Meter breit, doch die Türme hatten einen Durchmesser von etwa fünf Meter. Wenn sie sich aneinander vorbei schoben, dann war die Entfernung zwischen den Türmen also auch nur noch fünf Meter. Und fünf Meter konnte Jagun leicht springen. Die Gelegenheit bei Sonnenaufgang hatte er verpasst. Er ärgerte sich darüber, dass er nicht früher an diese Möglichkeit gedacht hatte. Als er Hradotéj betreten hatte, hatte er nicht auf die Türme geachtet. Und als die Türme dann erst in Bewegung waren, war das Offensichtliche plötzlich nicht mehr so offensichtlich gewesen. Trotzdem hätte er daran denken müssen, warf er sich vor. Jetzt lief alles auf eine Entscheidung in letzter Sekunde hinaus und Jagun wusste nicht, ob er schnell genug die fünf Türme überwinden konnte, bevor seine Dämonen über Hradotéj herfielen. Wenn er zu langsam war und die Türme sich schneller aneinander vorbei schoben, als er von einem zum anderen springen konnte, dann wäre alles verloren. Aber es war die einzige Chance, die ihm blieb, um die Stadt noch zu retten, die ihn nicht gehen lassen wollte und deren Bewohner ihn verfolgten, um ihn zu töten.

Bis kurz vor Mittag blieb er bei Siwa und Jadwéj auf dem Dach der Wache, deren niedrige Palisadenbegrenzung einen guten Schutz vor Entdeckung bot. Dieses Dach war wahrscheinlich das beste Versteck, das sich in ganz Hradotéj finden lassen konnte, denn wer hätte die von sämtlichen Wachen der Stadt Gesuchten ausgerechnet auf dem Dach der Wache vermutet? Eben!

Jagun wollte sich nicht der Gefahr aussetzen, sich noch einmal in den Straßen und Gassen Hradotéjs blicken zu lassen. Zu viel hing davon ab, dass er in der Mittagsstunde, wenn die Türme sich im Norden und Süden der Stadt aneinander vorbei schoben, ungehindert an eines dieser Tore gelangte, um den letzten, verzweifelten Versuch einer Flucht zu wagen. Er wusste aber auch, dass er, selbst wenn ihm diese Flucht gelingen sollte, nicht so schnell wieder in die Stadt zurückkehren durfte; zum einen, weil die Wachen ihn sicher auch noch suchen würden, wenn die Tore wieder offen waren und zum anderen, weil er nicht wusste, wie sein Fluch in dieser Hinsicht genau funktionierte. Er wusste, dass er nicht länger als zwei Tage an einem Ort bleiben durfte. Aber er wusste nicht, wie lange er einem Ort, an dem er diese Dauer ausgeschöpft hatte, dann fernbleiben musste. Also musste er in der Zeit, die ihm in Hradotéj noch verblieb, versuchen, die Sicherheit Siwas so weit wie möglich sicherzustellen. Er bat also Jadwéj, sich um Siwa zu kümmern, solange sie schlief oder bis er oder ich nach ihr sehen würden. Jadwéj war stolz darauf, eine so große Verantwortung anvertraut zu bekommen. Die meisten Menschen hielten sie, so wie ich, für ein kleines Drecksstück und hätten ihr keinen Schluck Wasser geschenkt. Doch Jagun war anders. Er sah in ihr nur ein armes und verlassenes kleines Mädchen, das völlig allein auf der Welt war und nichts hatte, das ihr Halt bot. Es gab niemanden, der ihr irgendwelche Werte vermittelte. Was gut oder schlecht war, musste sie auf der Straße ganz allein entscheiden. Aber wenn man als Kind bereits von der Gesellschaft ausgestoßen ist und einem das Überleben auf ehrliche Weise von dieser Gesellschaft versagt wird, dann wird einem diese Entscheidung fast schon aufgezwungen. Jadwéj hatte von ihrem Leben nicht viel zu erwarten, das wusste Jagun. Früher oder später würde sie zum Stehlen anfangen oder als eine der Jungfrauen im Gasthaus der selbigen zwölf enden. Aber Jagun sah, dass Jadwéj ein gutes und mitfühlendes Herz besaß. Sie war hilfsbereit und wissbegierig darauf, Anerkennung zu erfahren. Indem er sich einredete, dass er ihr damit etwas Gutes tat, versuchte er vor sich selbst zu rechtfertigen, dass er dieses arme Kind für seine Ziele einspannte. Er bat Jadwéj, genügend Wasser zu besorgen, um Siwa davon einträufeln zu können, solange sie schlief. Und bevor er sich von ihr verabschiedete, fragte er sie noch: „Würdest Du mir noch einen Gefallen tun, Jadwéj?"

„Gerne!" antwortete das Mädchen strahlend.

„Falls die Tore sich öffnen, wenn ich weg bin, dann lauf bitte zu dem Gefangenen am Pranger und frag ihn, was mit ihm passieren soll. Ich warte auf der Straße nach Süden auf Dich, dort wo sie sich bei dem großen Felsen gabelt. Dort kannst Du es mir dann sagen."

Da wich das Strahlen aus Jadwéjs Gesicht einem ziemlich unglücklichen Ausdruck und das kleine Miststück antwortete: „Ich mag den Mann nicht. Er sagt böse Sachen zu mir."

„Könnte es nicht sein, dass er das wegen Deinem Schnapper gemacht hat?" fragte Jagun sanft aber ohne Vorwurf. Jadwéj dachte kurz nach und räumte dann ein: „Schon möglich. Aber das machen wir hier immer so."

Und nach einem weiteren Moment des Überlegens sagte sie: „Also gut, ich frage ihn."

„Danke, Jadwéj", erwiderte Jagun, streichelte ihr sanft über die Wange und schenkte Siwa einen letzten, verzweifelten Blick, in dem er ihre Schönheit in sein Gedächtnis brannte, damit er, falls er versagen, selbst sterben und damit auch ihren Tod herbeiführen würde, ihr Bild mit in die Ewigkeit nehmen würde.

„So ein Quatsch. Ich hab sie nur kurz angesehen."

„Halt die Klappe, Jagun! Ich erzähle die Geschichte!"

Die Sonne erreichte den Zenit. Jagun sprang vom Dach der Wache und begab sich so schnell wie möglich zum Haupttor im Süden. Es wäre ihm zwar lieber gewesen, den Versuch seiner Flucht beim nördlichen Tor zu wagen, weil dort weniger Wachen postiert waren, doch dafür hätte er noch einmal die ganze Stadt durchqueren müssen. In den Gassen wimmelte es aber von Soldaten. Soldaten waren fast die einzigen, die sich bei den immer bedrohlicher werdenden Wolken noch auf den Straßen aufhielten. Und sie suchten ihn, den Schattenbringer, weil sie glaubten, den Spuk durch seinen Tod beenden zu können. Doch so einfach war es nicht. Jagun wollte nicht riskieren, im letzten Moment noch einer Patrouille in die Hände zu fallen und entschied sich deshalb für das Haupttor im Süden.

Während die Schatten schon immer bedrohlicher wurden und Gestalt anzunehmen begannen, kletterte Jagun auf den rechten der beiden Türme im inneren Palisadenkreis. Da fast alle Blicke nach oben auf die Schatten gerichtet waren, wurde Jagun sehr schnell entdeckt. Doch bevor der erste Armbrustbolzen sich ins Holz des Turmes bohrte, hatte Jagun dessen Dach schon erreicht. Er nahm Anlauf, sprang und landete auf dem Turm im zweiten Palisadenring. Doch da wurden die Rufe laut: „Dort ist der Schattenbringer. Er versucht, zu entkommen. Schießt ihn ab!"

Auf allen Türmen beim südlichen Tor griffen die Soldaten zu den Waffen. Bevor Jagun vom Turm im zweiten Ring auf den im mittleren springen konnte, zwang ihn plötzlich eine ganze Wolke aus Armbrustbolzen, die sich alle an der Stelle kreuzten, an der er stand, sich flach auf das Dach zu werfen. Doch kaum waren die Bolzen vorbei, da sprang er wieder auf die Beine, nahm einen kurzen Anlauf und flog, wie von einer Sehne geschossen auf den Turm im mittleren Palisadenring. Dort kletterte aber bereits ein Soldat auf das Dach, um ihm den Weg abzuschneiden. Jagun blieb gar nicht erst stehen, sondern unterlief das

Schwert des Soldaten und sprang auf das Dach des Turmes im vierten Palisadenring. Wieder zwangen ihn Armbrustbolzen, sich flach auf das Dach zu werfen. Und diesmal hatten nicht alle Soldaten gleichzeitig geschossen. Sobald Jagun versuchte, sich wieder zu erheben, wurde er erneut beschossen. Er musste nur noch auf den nächsten Turm und von dort aus konnte er direkt in den angrenzenden Wald springen. Aber die Armbrustschützen machten es ihm unmöglich, sich zu erheben. Und der Turm, auf dessen Dach er lag, wanderte unaufhörlich weiter. Wenn er noch länger zögerte, würde er den Turm in der äußeren Palisadenwand nicht mehr erreichen können. Und da stieg auch noch ein Soldat zu ihm auf das Dach hoch, um sich Ruhm und Ehre damit zu verdienen, den Schattenbringer an der Flucht gehindert zu haben.

Jagun nutzte die Chance. Er dachte sich, dass die Armbrustschützen bestimmt nicht schießen würden, wenn einer ihrer eigenen Leute mit auf dem Dach stand. Aber damit lag er falsch. Drei Bolzen wurden abgeschossen, als Jagun sich erhob. Einem wich er aus, der zweite war schlecht gezielt damit nicht gefährlich, doch der dritte streifte Jagun an der Schulter und bohrte sich in die Schulter des Soldaten auf dem Dach. Der Soldat wurde von der Wucht des Bolzens von den Füßen gerissen und stürzte vom Dach. Sein Schicksal in den lebendigen und gefräßigen Dornengestrüppen, deren lange, dürre Äste wie stachelbesetzte Peitschen nach ihm schlugen, war besiegelt. Doch da war ein Mann, der kein Schicksal akzeptierte, solange es nicht erfüllt war: Jagun! Er packte das Handgelenk des stürzenden Soldaten und hielt ihn, bis die Soldaten unter ihm im Turm ihren Kameraden ebenfalls gepackt hatten und auf die Plattform unter ihm ziehen konnten.

Der Turm auf dem Jagun so viel Zeit verloren hatte, hatte sich inzwischen schon so weit vom äußersten Turm entfernt, dass der Sprung selbst für ihn nicht mehr möglich schien. Doch Jagun musste es wagen. Das ohrenbetäubende Kreischen seiner Dämonen, die den Himmel über Hradotéj wie die Hölle auf Erden wirken ließen, ließ keinen Zweifel daran, dass sich das Schicksal nicht nur eines Soldaten in der nächsten Sekunde entscheiden würde. Jagun nahm alle seine Kräfte zusammen, konzentrierte sich nur auf den Turm den es zu erreichen galt und sprang mit einem so gewaltigen Satz, wie ihn die Soldaten in den Türmen niemals für möglich gehalten hätten. Als die Soldaten später von diesem Sprung, den kein Panther hätte schaffen können, erzählten, wurde das von den meisten Zuhörern als Märchen abgetan. Doch die Berichte sämtlicher Soldaten, die es gesehen hatten, stimmten überein und immer wieder taucht seither die Geschichte von dem Sprung Jaguns, des Schattenbringers, auf. Mehr als zehn Meter soll die Distanz zwischen den beiden Türmen betragen haben. Manche sagen sogar, es wären zwölf gewesen.

Jagun bekam das Dach des äußersten Turmes nur mit den Fingerspitzen zu fassen und rutschte ab. Fast schien es, als würde er im letzten Moment doch noch scheitern und selbst in die Dornen stürzen, vor denen er den Soldaten gerettet hatte. Doch er fand wieder Halt an den Balken des Turmes und schwang sich mit neuer Kraft auf das Dach. Und ohne sich noch einmal umzuwenden, sprang er von dort in die Äste eines nahe stehenden Baumes.

Im selben Moment lösten sich die Schatten über Hradotéj auf, die sich einmal mehr um das Blut und die Seelen der Menschen betrogen fühlten, die Jagun ihnen verweigerte. Die inneren Palisaden schoben sich in wenigen Minuten in die Positionen, dass die Tore sich öffnen konnten. Jagun war eingetaucht in die Sicherheit des Waldes und Hradotéj war gerettet.

Jadwéj hatte Jaguns Flucht vom Dach der Wache aus gebannt verfolgt. Auch wenn Jagun ihr verschwiegen hatte, was geschehen würde, falls er scheitern sollte, fühlte sie doch, dass das Schicksal der ganzen Stadt und damit auch ihr eigenes allein von ihm abhing. Die Schatten, die immer aufdringlicher und bedrohlicher um Siwa und sie herumtanzten, griffen nach ihr und verbreiteten eine frostige Kälte. Doch Jadwéj dachte keine Sekunde daran, vor den Schatten zu fliehen. Sie hatte sich schützend über Siwa geworfen und konnte ihre Augen nicht von Jagun nehmen, dessen Flucht ihr so gefährlich und ungewiss erschien, dass sie im Stillen für ihn betete. Nur als Jagun bei seinem letzten, verzweifelten Sprung zu stürzen schien, vergrub sie ihr Gesicht zwischen Siwas Brüsten. Doch nur Sekunden später spürte sie die Wärme der Sonne auf ihren Schultern und blickte überrascht wieder auf. Sie sah, wie sich zwei der inneren Palisadenringe so schnell drehten, wie sie es noch nie gesehen hatte. Die jubelnden Soldaten auf den Türmen mussten sich festhalten, um nicht umzufallen. Dann schoben sich die Türme vom südlichen Tor in zwei Reihen. Die Tore zwischen ihnen öffneten sich und die Rufe der Soldaten auf den Türmen drangen bis zu ihr durch: „Er hat es wirklich geschafft. Der Schattenbringer ist entkommen."

Jadwéj hörte die Bewunderung, die in diesen Rufen mitschwang und war stolz darauf, Jaguns Freundin zu sein. Jetzt, wo die Sonne wieder schien und die Stadttore offen standen, fühlte sie sich selbst, wie die Retterin der Welt. Versonnen betrachtete sie sich Siwas schönes Gesicht. Obwohl Jagun geleugnet hatte, die schöne Frau zu lieben, und obwohl diese schlief, sagte Jadwéj ebenso stolz wie ergriffen zu ihr: „Dein Geliebter ist entkommen. Aber mach Dir keine Sorgen. Ich passe auf Dich auf."

Dann beugte sie sich über sie, küsste zaghaft Siwas leicht geöffnete Lippen und sagte: „Ich muss jetzt nach dem bösen Mann sehen. Aber ich bin bald wieder da."

Im nächsten Moment kletterte das kleine Monster vom Dach der Wache herunter und lief auf den Ratsplatz, wo es mich bereits im Käfigwagen vorfand. Da ich aber nicht wissen konnte, dass sie von Jagun geschickt worden war, wollte ich mich mit diesem gemeingefährlichen Kind nicht abgeben. Das hatte ich ja schon beschrieben.

Jadwéj lief also mit der Nachricht, dass ich in einem Käfigwagen saß und offensichtlich aus Hradotéj weggebracht werden sollte, zu dem mit Jagun vereinbarten Treffpunkt. Darauf schickte Jagun Jadwéj wieder zu Siwa und beobachtete aus dem Schutz der Bäume die Straße. Als Borka mit seinen Soldaten und mit mir dann auf der südlichen Straße nach Westen aufbrach, folgte er uns wie ein Schatten. Ein paar mal versuchte er, Kontakt mit mir aufzunehmen oder mich auf sich aufmerksam zu machen, indem er kleine Ästchen oder Zapfen auf mich warf. Da ich ihn aber nicht entdeckte und annahm, dass irgendwelche Eichhörnchen oder Waldgeister sich auf meine Kosten amüsierten, gab er dieses Vorhaben wieder auf, um die Aufmerksamkeit der Soldaten nicht auf sich zu ziehen. Drei Tage lang folgte er uns und wartete auf eine Gelegenheit, mich befreien zu können, ohne dabei in einen Kampf verwickelt zu werden oder mich in Gefahr zu bringen. Doch dann kam die Sklavenkarawane.

Alles ging so schnell, dass Jagun nichts unternehmen konnte, als Borka mit seinen Soldaten und seinem Gefangenen, also mit mir, in die Hände der Sklavenjäger fiel. Er wusste, dass es jetzt noch viel schwieriger werden würde, mich und auch die übrigen Sklaven zu befreien. Und noch während er über eine Möglichkeit nachdachte, wie so eine Befreiungsaktion funktionieren könnte, flogen plötzlich die Pfeile eines unsichtbaren Bogenschützen von der gegenüber liegenden Seite der Karawane und mähten die Reihen der Sklavenjäger nieder. Jagun registrierte aus seinem Versteck heraus recht schnell, dass es nur ein einzelner Schütze war und er sah auch das fast nackte Mädchen durch die Äste der Bäume flitzen, ohne es aber als Mädchen erkennen zu können, da es so flink wie ein kleines Äffchen war. Er bewunderte den Mut des kleinen Schützen, verurteilte aber trotzdem, dass er seine Feinde aus dem Hinterhalt und von hinten erschoss. Als der Anführer der Sklavenjäger dann den Standpunkt des Schützen ebenfalls ausmachte, sah Jagun es an der Zeit, ins Geschehen einzugreifen, da der kleine Schütze ansonsten wohl verloren gewesen wäre. Das Weitere habe ich ja bereits geschrieben.

23. DIE NACHT AUF DEM BAUM

Nachdem Jagun seine Perspektive der Ereignisse bis zu diesem Zeitpunkt mit knappen Worten geschildert hatte, wandte N'jara sich an ihn und sagte leise und mit niedergeschlagenen Augen: „Es tut mir leid, dass ich Dich zurückgestoßen habe, als Du Itomai helfen wolltest. Ich dachte, der Anführer der Sklavenjäger, der, dessen Leben Du beschützt hast, wäre der Schütze gewesen, der Itomai erschossen hat. Ich habe erst durch die Chaisparin erfahren, dass es ein anderer war."

Jagun sah N'jara kurz in die Augen, nickte stumm als Zeichen, dass er ihre Entschuldigung annahm oder es längst vergessen hätte und senkte sofort wieder seine Augen. Er wagte sie ebenso wenig anzusehen wie Siwa; vielleicht sogar noch weniger, was auch verständlich war, denn N'jara war wach. Sie sah Jagun an und versuchte in seinen Augen oder vielleicht sogar in seiner Seele zu lesen und offenbarte damit viel von sich selbst. Siwa war dagegen die meiste Zeit über, die er in ihrer Gesellschaft verbracht hatte, ohne Bewusstsein gewesen. Sie hatte nichts gefragt und nichts von sich preisgegeben, außer ihrer nackten Schönheit.

Obwohl Jagun nie darüber sprach, spürte ich, wie einsam es in seinem Herzen aussah. Ich spürte seine Sehnsucht nach Liebe. Und ich spürte bei N'jara ebenso, wie ich es schon bei Siwa gespürt hatte, dass Jagun sich dazu zwingen musste, jedes Gefühl, das er im Stande sein könnte, zu entwickeln, im Keim zu ersticken. Vielleicht ließ er sich deshalb so gerne auf die Streitgespräche mit N'jara ein, um sie auf Distanz zu halten. Doch ich fragte mich, wie lange das gut gehen würde, wenn sie längere Zeit miteinander verbrächten. Ich selbst konnte meine Augen kaum von N'jara lassen. Sie war so anders als Siwa. Trotzdem waren sie beide auf ihre Art wunderschön. Obwohl ich sie beide kaum kannte, war ich doch irgendwie in beide verliebt. Zugegeben: Ich verliebe mich oft und schnell. Vielleicht war die Frau, die ich in der Hexe gesehen hatte, die Summe aller Frauen, die ich jemals geliebt hatte oder sie war der Versuch, mir das Bild einer perfekten Schönheit vorzugaukeln. Als ich sie gesehen hatte, schien sie jedenfalls genau das zu sein. Siwa und N'jara waren aber anders. Sie waren echt, sie waren lebendig, sie waren aus Fleisch und Blut, sie atmeten und konnten erröten, wenn sie verlegen waren, ich konnte sie riechen und berühren. Als Siwa mich drei Jahre zuvor gepflegt hatte, hatte ich danach noch sehr lange an sie gedacht, obwohl sie damals noch ein Kind gewesen war.

„Wer sind die Chaisparin?" fragte ich, nachdem ich einige Minuten so vor mich hingebrütet und N'jara mich dabei neugierig gemustert hatte. Und Jagun erklärte mir: „Die Echsenmänner. Sie stammen aus der Heimat des Mädchens."

„Woher weißt Du das, Wanderer?" fragte N'jara halb neugierig und halb zornig, weil Jagun sie wieder Mädchen genannt hatte. Jagun schien das aber nicht zu bemerken und antwortete gleichgültig: „Ich war dort."

Wieder versuchte N'jara in Jaguns Gesicht zu lesen. Doch er gab nichts von sich preis.

„Wie sollen wir denn die anderen Sklaven befreien?" fragte ich schließlich, um die entstehende Spannung aufzulockern und um zu erfahren, wie wir die Sklaven befreien sollten. Ich für meinen Teil hatte jedenfalls keine Idee, wie wir das anstellen sollten. Und wie es schien, hatte Jagun ebenfalls keine Idee.

„Machen wir es auf meine Art!" sagte N'jara schließlich, nachdem von Jagun keine Antwort kam. Doch Jagun widersprach ihr sofort.

„Nein!" sagte er streng. „Solange Du Dich in unserer Gesellschaft aufhältst, tötest Du niemanden aus dem Hinterhalt!"

„Wenigstens kämpfe ich!" erwiderte N'jara zornig. „Du trägst ja noch nicht mal eine Waffe und weichst vor jedem Angreifer zurück."

Jagun schwieg und senkte den Blick. Er hätte N'jara nur von seinem Fluch erzählen müssen, so wie er mir davon erzählt hatte. Doch er war zu stolz dazu, dass er seine Geschichte als Rechtfertigung vor einem Mädchen preisgegeben hätte, das ihn indirekt einen Feigling genannt hatte. Ich hielt es an der Zeit, zwischen den beiden zu schlichten, bevor einer etwas sagte, was ihm wirklich leidtun würde.

„Es gibt einen guten Grund dafür, dass Jagun nicht kämpft", sagte ich an N'jara gewandt. Doch Jagun zürnte mir dafür und sagte: „Es geht sie nichts an, Andieu."

„Doch!" widersprach ich und war selbst überrascht über die Heftigkeit, mit der ich dieses Wort hervorstieß. Und dann erklärte ich den beiden meinen Standpunkt.

„Ob es Euch passt, oder nicht: Wir kämpfen auf der selben Seite, für die selbe Sache", sagte ich energisch und fuhr dann an Jagun gewandt fort: „Ich wollte in Hradotéj nur mein Handwerk ausüben, als Du mich in eine Sache hineingezogen hast, die ich allein niemals gewagt hätte. Du hast mir vertraut, obwohl ich kein Kämpfer bin. Jetzt bietet uns N'jara ihre Hilfe bei der Befreiung der Sklaven an, also sollte sie auch wissen, wer wir sind und warum wir tun, was wir tun oder …"

„Dann sag ihr, was Du bist und tust!" forderte Jagun mich ärgerlich auf.

„Ich, äh …" stotterte ich verlegen. „Um mich geht es doch gar nicht."

„Du widersprichst Dir, Andieu!" tadelte Jagun mich verbittert und wandte sich dann an N'jara: „Es ist nicht Dein Kampf, Mädchen. Die

Sklaven gehen Dich nichts an. Und Dich auch nicht Andieu! Geht Eurer Wege und fordert Euer eigenes Schicksal heraus. Bei mir gibt es nichts für Euch zu gewinnen!"

Ohne auf eine Antwort oder Reaktion auf seine bitteren Worte zu warten, stand Jagun auf, sprang von der Astgabel und tauchte in die Dunkelheit des Waldes ein.

„Jagun!" rief ich ihm hinterher. Doch N'jara sprang wie ein Panther auf mich zu und legte mir ihre kleine Hand auf den Mund.

„Leise!" sagte sie leise. „Der Wald hat viele Ohren und er mag es nicht, wenn man zu laut schreit."

N'jara nahm ihre Hand wieder von meinem Mund und ich blickte mich furchtsam um, sah aber nur Bäume, denen es wohl kaum etwas ausmachte, wenn ich nach Jagun rief. Dann streifte mein suchender Blick aber N'jaras kleine Brüste, die mir jetzt so gefährlich nahe waren und blieb mit verzweifelter Sehnsucht an ihnen hängen. Ich konnte den zarten Geruch von N'jaras Haut wahrnehmen und das Wasser lief mir buchstäblich im Munde zusammen. Langsam näherten sich meine Lippen den kleinen, dunklen Knospen. Da sprang N'jara aber wieder auf und wich mit zornigem Blick vor mir zurück. Ich bemerkte dabei trotz der inzwischen herrschenden Dunkelheit nicht nur das zornige Blitzen in ihren Augen, sondern noch etwas anderes und sagte deshalb halb eingeschüchtert, halb überrascht und total fasziniert: „Du wirst ja rot!"

„Und Du wirst Dir gleich einen freundschaftlichen Stiefel auf den Kopf einhandeln!" gab N'jara zornig zurück. Habe ich schon erwähnt, wie schön sie war, wenn sie zornig wurde? Zum Glück hatte N'jara keinen Stiefel zur Hand und so blieb der angedrohte Freundschaftsbeweis nur eine leere Drohung. Trotzdem kam mir in den Sinn, dass ich den Tadel möglicherweise verdient hatte. Ich schüttelte diesen Gedanken aber sofort wieder ab. Schließlich hatte ich gar nichts gemacht. Und wer könnte einen Verdurstenden schließlich dafür verurteilen, dass er nach dem Wasser greift, das man ihm vor die Nase hält? Eben!

Ich war vollkommen unschuldig!

„Ich hole ihn zurück!" sagte da N'jara und riss mich damit aus meiner Unschuld. Da ich den Gedankensprung nicht verstand, weil es doch hätte heißen müssen, *ich komme auf Deinen Schoß zurück*, fragte ich ziemlich verwirrt: „Wen?"

„Jagun!" antwortete N'jara und schien dabei über meine Frage ebenso verwirrt zu sein, wie ich es über sie gewesen war. „Dein Freund; Du erinnerst Dich? Er ist grad in den Wald verschwunden!"

Ach den, dachte ich mir und musste mir eingestehen, dass ich ihn im Moment tatsächlich vergessen gehabt hatte. Das war peinlich, aber verständlich, denn Jagun hatte bei weitem keine so schönen Brüste wie N'jara. Doch als ich den Mund öffnete, um N'jara zu sagen, dass ich natürlich ganz genau wusste, wen sie gemeint hatte, da sprang auch sie schon von der Astgabel in die Dunkelheit des nächtlichen Waldes, mit dem sie sofort zu verschmelzen schien.

Jetzt saß ich also allein auf diesem Scheißbaum, von dem ich ohne fremde Hilfe nicht einmal wieder hinunter kommen konnte. Ich wollte N'jara hinterher rufen, erinnerte mich aber an ihre Warnung und wagte deshalb nur sehr leise und kläglich ihren Namen in den Wald zu flüstern. Doch mein Flüstern blieb ebenso unbeantwortet, wie mein Ruf nach Jagun zuvor.

Ungeduldig wartete ich auf die Rückkehr von N'jara oder Jagun oder beiden. Aber lange geschah nichts. Ich hörte nur das Rauschen des Windes in den Blättern und allerlei Geräusche, die davon zeugten, dass der Wald erst in der Nacht zum Leben erwachte.

Ich will weg hier. Ich will in eine Stadt, in ein weiches Bett, zu einer weichen Frau! Hoffentlich wartet Siwa in Hradotéj auf mich. Sie ist jetzt bestimmt schon wach. Aber ich bin müde, sooo müde ...

Ich erwachte, weil ich fror. Und als ich erst wach war, sah ich auch die dunklen Schatten, die das fahle Licht des Mondes und der Sterne verfinsterten, leise flüsterten und mich lauernd umkreisten.

„Jagun!" schrie ich panisch in den Wald und ignorierte dabei N'jaras Warnung, an die ich in dieser Stresssituation nicht auch noch denken konnte. „Nimm Deine Hände von dem Mädchen!"

Weder Jagun, noch N'jara antworteten auf meinen verzweifelten Ruf. Die Schatten schienen mich auszulachen und ein dumpfes, verärgertes Grollen ging durch den Wald und ließ ihn erzittern, worauf ein panisches, anhaltendes Gekreische all der in ihm lebenden Tiere einsetzte.

Warum dürfen die schreien und ich nicht? fragte ich mich verzweifelt.

Das Grollen des Waldes ebbte langsam wieder ab und damit auch das Gekreische der Tiere. Und da lösten sich auch die Schatten wieder auf und die Temperatur wurde wieder erträglich. Doch an Schlaf war jetzt nicht mehr zu denken. Ich weiß nicht, wie lange ich dann noch allein auf dieser Astgabel saß und mich fürchtete.

Plötzlich sagte N'jara: „Er kommt wieder zurück."

Ich hatte sie weder gehört, noch gesehen, obwohl ich angestrengt in den Wald gelauscht und gespäht hatte. Sie stand plötzlich wie aus dem Baum gewachsen hinter mir. Verständlich also, dass ich erschrak und vom Baum gestürzt wäre, wenn N'jara mich nicht am Kragen gepackt und festgehalten hätte. Ich hatte also zwei gute Gründe, ihr die für den Schreck angemessene Frage, *Spinnst Du?* nicht zu stellen. Erstens rettete sie mir durch ihr beherztes Zugreifen möglicherweise das Leben und zweitens drückte sie mir die Luft ab, als sie mich beim Kragen packte. Als sie mich wieder losließ und sofort auf Distanz ging, suchte ich keuchend nach Halt und ließ mich mit zitternden Knien auf die Astgabel nieder.

„Was habt Ihr da draußen getrieben?" fragte ich sie schließlich vorwurfsvoll. Und N'jara antwortete mir mit einem Hauch von verklärter Melancholie: „Jagun und ich haben uns versöhnt."

„Das war nicht zu übersehen", erwiderte ich in Anspielung auf die Schatten mit einem Anflug von Eifersucht. Doch N'jara entgegnete zornig: „Nicht so, wie Du denkst, Andieu; sonst wären Du und ich wohl kaum noch am Leben."

„Hm, da ist was dran", überlegte ich grübelnd und gestand damit ein, dass ich wirklich vermutet hatte, N'jara und Jagun hätten miteinander ...

„Lächerlich", wehrte ich schnell ab, da N'jara mich aufmerksam musterte. „Du und Jagun? So ein Blödsinn! Ihr passt überhaupt nicht zueinander. Meinst Du, ich hätte gedacht, Du und er ...? Nie und nimmer! Wie kommst Du auf so eine blöde Idee? Ihr wärt doch ..."

„Was hast Du denn gedacht?" fragte N'jara mich da herausfordernd und unterbrach damit meine überzeugend vorgebrachten Argumente.

„Na, dass ihr, ... dass Du ..." stotterte ich und fragte dann ganz unverblümt: „Ihr habt also nicht?"

„Nicht was?"

„Na Du weißt schon."

„Nein, tu ich nicht."

Da ließ sich Jagun lautlos wie einer seiner verfluchten Schatten von den Ästen über uns auf die Plattform der Astgabel fallen und fragte N'jara: „Was tust Du nicht?"

„Ich weiß nicht, was Andieu glaubt, was Du und ich gemacht haben", log sie.

„Was glaubst Du denn, was wir gemacht haben?" fragte Jagun da mich.

„Gar nichts!", log jetzt ich. N'jara hatte es doch bereits gesagt: Jaguns Dämonen hätten es niemals geduldet. Die beiden konnten also gar nicht miteinander ...

Aber die Schatten der Dämonen waren da gewesen. Ich hatte sie gesehen. Ich hatte ihre Kälte gespürt.

Doch sie haben uns nichts getan, hörte ich da N'jaras Stimme in meinem Kopf. Sie hatte nichts gesagt, sah mich aber trotzdem so an, als wollte sie mich fragen: *Habe ich recht?*

Sie hatte Recht. Trotzdem sagte ich zu Jagun: „Die Schatten waren da!"

„Ja", nickte Jagun und lächelte bitter, „ich habe sie erzürnt."

Also doch, dachte ich mir sofort und meine Eifersucht flammte erneut auf. Doch N'jara ermahnte mich sofort: „Andieu!"

Ich weiß nicht, ob N'jara damals auch schon Jaguns Gedanken lesen konnte oder ob Jagun wusste, dass sie meine Gedanken las. Jedenfalls sah er sie kurz fragend an, bevor er sich mir wieder zuwandte und fortfuhr: „Ich habe es ihr erzählt, wie Du wolltest!"

Ich erinnerte mich daran, wie Jagun mir im Badehaus von Hradotéj von seinem Fluch erzählt hatte. Während er das getan hatte, waren keine Schatten erschienen. Das konnten sie auch nicht, denn sie waren zu dieser Zeit längst unsere ständigen Begleiter, die die Hradotéjer in Angst und Schrecken versetzten.

„Ich war so dumm", sah ich kopfschüttelnd ein und bat die beiden: „Bitte verzeiht mir."

Doch Jagun legte mir die Hand auf die Schulter und sagte abwehrend: „Nein; verzeih Du mir meine Worte. Aber bitte geh nach Hradotéj zurück. Unter den von uns befreiten Sklaven waren auch die Soldaten des Vollstreckers. In Hradotéj wird also spätestens morgen bekannt sein, dass er tot ist. Das Mädchen, das wir befreit haben, ist sicher schon aufgewacht. Ich weiß nicht, was geschieht, wenn die Wachen sie entdecken. Sie haben jedenfalls keinen Grund mehr, auf die Rückkehr des Vollstreckers zu warten, um zu entscheiden, was sie mit ihr tun."

Das leuchtete mir ein. Meine Sorge um Siwa ließ mir meine Eifersucht auf Jagun und N'jara plötzlich ziemlich schäbig erscheinen. Doch ich erwiderte nachdenklich: „Ich kann mich aber selbst nicht mehr in Hradotéj blicken lassen. Die Soldaten kennen mich. Ich würde also wohl kaum unerkannt in die Stadt hinein und lebendig wieder heraus kommen."

„Da ist was dran", grübelte Jagun und wendete sich dann verlegen an N'jara.

„Bitte geh mit Andieu nach Hradotéj", bat er sie, während er ihrem Blick auszuweichen versuchte. N'jaras Augenbrauen zogen sich leicht zusammen.

Oh, oh, jetzt wird sie wieder zornig, dachte ich mir, konnte mich bei meiner Sorge um Siwa aber nicht einmal über N'jaras Schönheit freuen, wenn sie dieses Gesicht machte.

Bevor N'jara aber etwas auf Jaguns Bitte erwidern konnte, wendete er sich bereits mit der Bitte an mich: „Erzähle ihr bitte von dem Mädchen, das Du befreit hast und der Gefahr, in der es noch immer schwebt."

Ich tat es und N'jara hörte mir mit aufrichtiger Anteilnahme zu, ohne mich ein einziges Mal zu unterbrechen. Als ich fertig war, sagte sie nachdenklich: „Ich bin ausgezogen, um den Sohn meiner Schwester nach Hause zu holen und den Tod seines Vaters und meines Bruders zu rächen. Ich habe versagt. Itomai ist tot. Und ich weiß nicht, ob ich die Hexe wirklich getötet habe. Als Itomai entführt wurde, war ich nicht zu Hause. Viele Wochen habe ich gebraucht, bis ich die Spur der Sklavenkarawane gefunden habe. Sie ist immer unterwegs, von einem Sklavenmarkt zum nächsten und nimmt unterwegs alles gefangen, was ihr in die Hände fällt. Niemand wagt, sich gegen die Sklavenjäger aufzulehnen. Selbst die königlichen Truppen Orklands ziehen ihre Schwänze ein, wenn die Sklavenkarawane erscheint. Und in Wolan scheint es nicht anders zu sein. Es war gut, sie zu töten und ich würde gerne mithelfen, auch die nachfolgende Karawane zu zerschlagen."

N'jara versank eine Weile in Gedanken. Sie blickte ins Leere, doch ich konnte sehen, dass es in ihrem Kopf arbeitete. Schließlich wendete sie sich an Jagun und sagte: „Ich habe Dir die Chance genommen, die Hexe zu bitten, Deinen Fluch aufzuheben. Ich schulde Dir also etwas."

„Du schuldest mir gar nichts!" erwiderte Jagun sofort und erklärte auch gleich: „Ich habe schon mit mehreren Magiern gesprochen. Keiner von ihnen war in der Lage, den Fluch zu brechen. Es ist weder wahrscheinlich, dass die Hexe es gekonnt hätte, noch dass sie es getan hätte, wenn sie in der Lage dazu gewesen wäre."

„Doch die Möglichkeit bestand!" beharrte N'jara. „Sonst hättest Du ihre Hilfe nicht erbitten wollen."

Jagun schwieg und N'jara fuhr fort: „Die nachfolgende Abteilung der Sklavenjäger hat mehr Kämpfer aber keine Hexe. Es gibt also auch für Dich nichts zu gewinnen."

Jagun schwieg noch immer. N'jara blickte ihm aufmerksam ins Gesicht, doch da er keine Anstalten machte, etwas zu erwidern, fuhr sie selbst wieder fort: „Du darfst nicht einmal kämpfen. Wie willst Du den Sklaven helfen, wenn Dir selbst niemand hilft?"

Jetzt blickte Jagun sie kurz an und antwortete: „Ich lasse mir etwas einfallen."

Und bevor N'jara etwas darauf erwidern konnte, fragte er sie: „Wirst Du Andieu begleiten? Hilfst Du ihm, die beiden Mädchen aus Hradotéj herauszuholen?"

„Versprichst Du mir, Dich nicht töten zu lassen?" stellte N'jara die Gegenfrage. Und fast gleichzeitig fragte auch ich: „Die beiden Mädchen?"

„Das Mädchen, das Du befreit hast, und das kleine Mädchen, das auf das andere aufpasst", antwortete Jagun auf meine Frage. Manchmal war es schon nervig, wie er es vermied, die Mädchen beim Namen zu nennen. Doch das störte mich jetzt am allerwenigsten.

„Wir sollen diese kleine Drecksgöre mitnehmen?" platzte ich heraus, während ich mich an den schmerzhaften Schnapperbiss erinnerte, den ich diesem Monster zu verdanken hatte.

N'jara sah mich halb entsetzt, halb vorwurfsvoll an und Jagun antwortete: „Ja."

„Ich denk ja gar nicht dran!" protestierte ich. „Höchstens in einem mit Steinen beschwerten Leinensack, damit ich das Mistding im Fluss versenken kann."

„Das *Mistding* hat das Mädchen beschützt, als wir es nicht konnten!" erwiderte Jagun ganz ruhig. Doch ich war grad so schön in Fahrt, dass ich darauf nur entgegnete: „Deswegen müssen wir das hässliche Biest doch nicht gleich mitnehmen."

Jagun sah mich fast amüsiert an und meinte: „Langsam verstehe ich, dass Dich das Mädchen nicht mag."

„Und was ist mit mir?" fragte ich zornig. „Ich hab allen Grund, dieses bösartige Ungeziefer nicht zu mögen!"

Da mischte sich plötzlich N'jara in unser Männergespräch und wiederholte noch einmal ihre Frage an Jagun: „Versprichst Du mir, Dich nicht töten zu lassen?"

Jagun überlegte eine Weile, dann antwortete er sehr nachdenklich und ernst: „Ich gebe mir Mühe."

„Versprichst Du es?" fragte N'jara noch einmal energischer. Ungeduldig beobachtete sie sein Gesicht und ließ sich nicht die kleinste Regung darin entgehen. Schließlich nickte Jagun und antwortete: „Ich verspreche es!"

N'jaras Gesicht entspannte sich mit einem erleichterten Seufzer. Sie nickte ebenfalls und sagte: „Gut, ich gehe mit Andieu, helfe ihm, die beiden aus Hradotéj heraus zu holen und passe auf, dass er dem Mädchen nichts antut."

Darauf verschlug es mir erst mal die Sprache. Und als ich sie wieder fand, fragte ich empört: „Und wer beschützt mich vor dieser kleinen Kröte?"

Niemand antwortete darauf. Typisch! Und da niemand antwortete, fragte ich Jagun: „Wo sollen wir die beiden denn hinbringen?"

Jagun überlegte kurz und meinte dann: „Die Eltern des Mädchens würden sich sicher freuen, wenn sie ihre Tochter zurück bekommen. Vielleicht nehmen sie ja auch Jadwéj auf und kümmern sich um sie."

Da fragte N'jara, warum Siwa denn überhaupt gefangen gewesen war und ich erzählte ihr, dass sie der Hexerei beschuldigt worden war.

„Dann", meinte N'jara nachdenklich, „ist es keine gute Idee, sie wieder nach Hause zu bringen. Dort suchen die Soldaten sie doch zuerst."

„Vielleicht hat das Mädchen ja Freunde, die es verstecken", meinte Jagun nachdenklich und erklärte dann: „Es wird sich alles finden. Zuerst müssen die beiden aus der Stadt heraus."

„Und wenn sie niemanden hat?" fragte N'jara weiter.

„Ihr werdet schon eine Lösung finden", antwortete Jagun ungeduldig.

„Wann kommst Du uns denn nach?" fragte jetzt ich. Und nachdem Jagun nicht antwortete, fragte ich weiter: „Du kommst uns doch nach?"

Jagun sah mich mit einem gequälten Blick an und erwiderte schließlich: „Wenn es mir gelingt, die Sklaven zu befreien, werde ich danach weiter nach einem Magier suchen."

„Du willst uns also nicht folgen?" fragte N'jara enttäuscht. Doch Jagun stellte die Gegenfrage: „Wozu?"

Die unterkühlte Gleichgültigkeit, die er in diese Frage legte, nahm ich ihm aber nicht ab. Vielleicht spürte er, dass N'jara und ich ihm in dieser Hinsicht nicht glaubten, denn er erklärte N'jara sofort: „Wenn Du Andieu geholfen hast und die beiden Mädchen aus Hradotéj in Sicherheit sind, wirst Du in Deine Heimat zurückkehren, um Deiner Familie vom Tod Itomais zu berichten. Und Du", fuhr er an mich gewandt fort, „wirst in eine andere Stadt gehen, wo Du Deinem Gewerbe nachgehen kannst, ohne dass ich Dich daran hindere."

Wir alle schwiegen, denn sowohl N'jara, als auch ich wussten, dass Jagun die Wahrheit gesagt hatte. N'jara musste zu ihrer Familie zurückkehren, um ihnen die Nachricht vom Tod des Jungen zu überbringen. Und ich musste von etwas leben. Ich war nicht für das Leben im Wald gemacht. Ich brauchte die Städte und die Menschen und die Annehmlichkeiten der Zivilisation. Trotzdem fühlte es sich schmerzhaft an, einen Freund zu verlieren. Jagun hatte mein Leben völlig umgekrempelt. Er hatte mich dazu gebracht, Dinge zu tun, die ich mir vorher niemals zugetraut hätte. Ich hatte Siwa befreit, ich hatte einen Vampir getötet, mich durch die Unterwelt Hradotéjs gekämpft, war selbst gefangen und wieder befreit worden. Jagun hatte mir Ehre gegeben und Anerkennung geschenkt. Er war der einzige Freund, den ich jemals gehabt hatte. Doch jetzt sagte er, dass jeder seinen eigenen Weg gehen müsste und ich konnte ihm noch nicht einmal widersprechen. Ich fühlte mich plötzlich ziemlich leer. Da der Morgen schon graute, sagte ich tonlos zu N'jara: „Wir sollten aufbrechen."

Ich erhob mich, blickte schwindelnd in die Tiefe und fragte Jagun: „Darf ich Dich um einen letzten Freundschaftsdienst bitten, Jagun?"

„Um jeden", antwortete er ohne zu zögern und ich bat ihn: „Dann hilf mir bitte von dem Baum runter."

Jagun nickte schweigend, brachte mich sicher auf den Waldboden zurück und deutete in den Wald.

„In dieser Richtung liegt Hradotéj!" sagte er leise. Auch ihm schien der Abschied schwerer zu fallen, als er uns Glauben machen wollte. N'jara war allein vom Baum geklettert und schon vor Jagun und mir unten angekommen. Sie sah Jagun so flehend an, als erwartete sie von ihm, dass er die Wahrheit dessen, was er auf der Astgabel zu uns gesagt hatte, doch noch widerrufen würde. Doch Jagun schwieg und so sagte sie nur ganz leise und mit so viel Traurigkeit in der Stimme, dass es mir fast das Herz brach: „Leb wohl, Wanderer!"

Jagun nickte nur, ohne etwas zu erwidern. N'jara dreht sich um und lief los, ohne auf mich zu warten. Ich zögerte noch einen Moment und sagte schließlich: „Ich wünsche Dir Glück bei Deiner Suche, Jagun."

Zögernd streckte ich ihm die Hand entgegen und zögernd schlug Jagun ein. Doch als ich seine Hand wieder loslassen und mich abwenden wollte, um N'jara zu folgen, hielt er meine Hand noch fest. Und als ich ihn fragend ansah, sagte er: „Pass auf sie auf! Und auch auf die anderen beiden. Du bist jetzt für sie verantwortlich!"

Ich weiß nicht, ob ich in dem Moment verstand, was er sagte. Er ließ meine Hand wieder los, reichte mir wortlos den Wasserschlauch und wir nickten uns noch einmal zu. Dann folgte ich N'jara, die schon einen großen Vorsprung hatte.

24. ZURÜCK IN HRADOTÉJ

Ich holte N'jara erst nach über einer halben Stunde ein, oder anders ausgedrückt: Sie ließ mich sie erst nach dieser Zeit einholen. Lange liefen wir dann schweigend nebeneinander her. Wir kamen gut voran. N'jara wäre gerne den Weg zurückgelaufen, den wir am Tag zuvor gekommen waren, um noch einmal Itomais Grab zu besuchen. Doch das wäre ein ziemlich großer Umweg gewesen. Wir wollten aber keine Zeit verlieren und Hradotéj so schnell wie möglich erreichen. Als wir mittags Rast machten, bat mich N'jara, ihr die ganze Geschichte von Siwas Befreiung zu erzählen, die ich auf der Astgabel nur grob umrissen hatte. Ich tat es und verschwieg dabei nicht einmal, dass ich in Hradotéj gewesen war, weil ich mir in meiner Eigenschaft als Taschendieb eine reiche Beute versprochen hatte. Ich erzählte nur den Anfang während unserer Rast, denn wir wollten schnell wieder weiter. Also erfuhr sie den Rest der Geschichte, während wir bis spät in die Nacht hinein weiterwanderten.

Als wir dann am Abend an einem kleinen Feuer zusammen saßen, meinte N'jara in Gedanken versunken: „Ich glaube, Jagun hat Recht: Du bist ein besserer Mensch, als Du denkst."

Lange sah ich in N'jaras schönes Gesicht und versuchte herauszufinden, ob sie das ernst meinte und ich konnte nichts entdecken, was darauf hingedeutet hätte, dass sie sich nur über mich lustig machte. Also dachte ich selbst über mich nach und fragte mich schließlich ziemlich verwirrt: *Was macht man denn eigentlich so, als besserer Mensch?*

„Man hilft anderen, auch wenn man sich damit selbst in Gefahr begibt, so wie Du es für Siwa und Jadwéj tust!" beantwortete N'jara meine stumme Frage. Ich wusste ja schon längst, dass sie manchmal meine Gedanken las und wunderte mich deshalb nicht einmal mehr darüber, sondern erwiderte nur darauf: „So wie Siwa es getan hatte, als sie mir vor drei Jahren geholfen hatte und so wie Jagun und Du. Du kennst sie nicht einmal und hilfst trotzdem."

„Ich helfe nur einem Freund", wehrte N'jara verlegen ab. Doch ich widersprach ihr sofort, indem ich sagte: „Nein, nein, nein, das stimmt nicht. Jagun ist …"

„Ich meine nicht Jagun", unterbrach sie mich da und legte ihre kleine Hand sanft auf meinen Arm. Unsicher zuckte ich bei dieser Berührung zusammen und fragte mich, was ich als besserer Mensch denn jetzt in dieser Situation anfangen sollte. Aber schließlich dachte ich mir: *Scheiß auf den besseren Menschen* und wollte N'jaras Hand schon ergreifen, ihren Arm entlang küssen bis zu ihrer Schulter, ihren Hals, ihre Lippen und dann wieder über ihren Hals bis zu ihren Brüsten und weiter …

Doch da bat sie mich ganz leise: „Mach das jetzt nicht kaputt, Andieu!"

Ich ergriff ihre Hand ganz behutsam, drückte meine Lippen sanft auf ihre Finger und legte die Hand wieder auf meinen Arm zurück.

„Danke", flüsterte N'jara, während ich vor mich hinbrütend ins Feuer starrte und mir dachte: *Ich will verdammt noch mal kein besserer Mensch sein!*

N'jara schwieg dazu und so schwieg auch ich. Irgendwie war es doch auch ein gutes Gefühl, dass N'jara mir vertraute und mich als Freund betrachtete. Und schließlich waren wir ja auf dem Weg zu Siwa. Siwa würde sich bei ihrem Retter bestimmt erkenntlich zeigen.

N'jara und ich kamen gut voran. Am Vormittag des vierten Tages erreichten wir die Weggabelung vor dem südlichen Stadttor Hradotéjs. Irgendetwas war eigenartig. Ich wusste nur nicht, was es war, bis N'jara mich fragte: „Hörst Du das?"

Ich lauschte angestrengt, konnte aber nichts weiter hören, als den Wind in den Bäumen. Keine Vögel zwitscherten und auch kein Laut drang aus der Stadt heraus. Das war mehr als eigenartig; das war unheimlich.

Bevor wir Hradotéj erreicht hatten, hatten N'jara und ich vereinbart, dass N'jara allein in die Stadt gehen und nach Jadwéj Ausschau halten sollte. Doch die eigenartige Stille weckte meine Neugier und so begaben wir uns gemeinsam bis zu dem offenen Stadttor. Vorsichtig schlichen wir uns in der Deckung, die die Bäume uns boten, immer näher. Schon von weitem konnten wir sehen, dass die Wachtürme unbesetzt waren. Nicht ein Soldat stand auf seinem Posten.

„Das ist sehr eigenartig", meinte ich beunruhigt. Und auch N'jara stellte argwöhnisch fest: „Hier stimmt etwas nicht!"

Sie legte einen Pfeil auf die Sehne ihres Bogens und ich zog vorsichtshalber mein Schwert. Dann gingen wir langsam und vorsichtig weiter. Jederzeit gefasst auf einen Angriff aus dem Hinterhalt, schlichen wir durch die von den Türmen begrenzte Passage durch die fünf Palisadenringe der Stadt. Kein Ton drang uns aus der Stadt entgegen.

„Eigentlich müsste um diese Zeit Markt sein", flüsterte ich mit einem unguten Gefühl.

Schließlich standen wir zwischen den beiden Türmen des inneren Palisadenringes und blickten über den vor uns liegenden Ratsplatz. Keine Menschenseele war zu sehen. Kein Hund kläffte und nicht einmal die Ratten liefen durch die Gassen. Auch kreiste kein einziger Vogel über der Stadt, die vollkommen ausgestorben zu sein schien.

„Ich habe die Stadt erst vor einer Woche verlassen", sagte ich mit immer größer werdendem Unbehagen. „Die Leute waren glücklich und haben auf den Straßen getanzt und gefeiert, weil die Schatten verschwunden und die

Tore wieder offen waren."

„Was ist hier geschehen?" fragte auch N'jara bange. Sie bückte sich, ließ den trockenen Staub der Straße durch ihre Finger rieseln und stellte fast flüsternd fest: „Hier ist seit Tagen niemand mehr gegangen."

Ich schüttelte den Kopf und erwiderte: „Es sieht fast so aus, als hätte jemand mit einem Besen sämtliche Spuren auf den Straßen ausgelöscht."

Plötzlich hörten wir ein Geräusch vor uns, nur ein leises Rascheln. N'jara zielte blitzschnell mit ihrem Pfeil in die Richtung. Doch dort war nur ein kaputtes Fenster, durch das der Wind die Vorhänge nach draußen wehte. Nichts deutete darauf hin, dass sich dort jemand aufhielt. Trotzdem liefen wir beide sofort zu dem Fenster und blickten hindurch ins Innere des Hauses. Niemand war in dem Zimmer dahinter zu sehen. Die Tür des Hauses war nicht verschlossen. Vorsichtig öffnete ich sie und schlich, gefolgt von N'jara in das Haus.

„Hallo?" rief ich mit unterdrückter Stimme. „Ist da jemand?"

Niemand antwortete. Und wir konnten auch im ganzen Haus keine Spur von Leben entdecken.

„Sieh Dir das mal an", flüsterte N'jara und deutete in die Wohnstube, in der der Tisch noch gedeckt war. Halbvolle Teller und Gläser, angebissene Brotscheiben und ein Topf auf dem Herd, in dem das Feuer lange erloschen war, wirkten so, als müsste die Familie noch am Tisch sitzen.

„Sie müssen mitten während des Essens aufgebrochen sein", stellte N'jara nachdenklich fest. Und ich meinte beklommen: „Vielleicht sind sie vor etwas geflohen."

„Aber wovor?" fragte N'jara. „Nichts deutet auf einen Kampf hin. Kein Teller ist kaputt, kein Stuhl ist umgefallen. Und trotzdem sind sie mitten während des Essens verschwunden. Es wirkt eher so, als hätten sie sich einfach in Luft aufgelöst."

„Ich hab ein ziemlich ungutes Gefühl", gestand ich ein, während mir ein Schauer über den Rücken lief. Und ich forderte N'jara auf: „Lass uns hier raus gehen."

„Wo ist das Haus der Wache?" fragte N'jara, als wir wieder auf dem menschenleeren Platz standen. Ich deutete auf das Gebäude auf der gegenüber liegenden Seite des Platzes. N'jara lief los und ich folgte ihr. Mit dem Schwert in der Hand trat ich durch die offen stehende Tür in das Gebäude der Soldaten. Auch hier war keine Menschenseele. Waffen und Rüstungen lagen kreuz und quer in den Schlafräumen der Soldaten. Aber auch hier deutete nichts auf einen Kampf hin, sondern nur auf die übliche Unordnung schlecht dressierter Soldaten.

„Was ist hier verdammt noch mal los?" fragte ich mich ängstlich flüsternd.

Im Obergeschoß kletterte N'jara aus dem Fenster und schwang sich auf das Dach hoch. Doch sie kehrte nach wenigen Augenblicken wieder zurück, schüttelte enttäuscht den Kopf und sagte: „Nichts. Keine Spur von Siwa und Jadwéj."

„Vielleicht ist Siwa ja doch wieder bei ihren Eltern", schlug ich als Möglichkeit vor und erklärte auch gleich weiter: „Wenn hier niemand mehr ist, dann ist auch niemand mehr da, der sie weiter als Hexe verfolgen würde."

„Da ist was dran", stimmte N'jara mir zu. Doch dann kam ihr plötzlich ein Gedanke und sie fragte mich: „Wäre es möglich, dass sie vielleicht doch eine Hexe ist, die sich an der Stadt gerächt hat, als sie wieder wach geworden ist?"

Der Gedanke war unheimlich und jagte mir einen erneuten Schauer über den Rücken. Doch als ich mich an das kleine Mädchen zurückerinnerte, das mich drei Jahre zuvor so fürsorglich, fast liebevoll gepflegt hatte, da konnte ich mir diese Möglichkeit beim besten Willen nicht vorstellen, daher schüttelte ich nach kurzem Überlegen den Kopf und antwortete: „Nein, auf keinen Fall!"

N'jara nickte erleichtert und fragte dann: „Wie weit ist es bis zu ihren Eltern?"

„Eineinhalb bis zwei Stunden, wenn ich mich recht erinnere", antwortete ich und Siwa schlug vor: „Dann sollten wir gleich aufbrechen."

Doch ich schüttelte den Kopf und meinte: „Erst sollten wir uns noch in der Stadt umschauen. Wir wissen ja nicht, ob Siwa wirklich bei ihren Eltern ist. Vielleicht finden wir ja doch noch irgendwelche Hinweise darauf, was hier passiert ist."

„Du hast Recht", stimmte N'jara mir zu und so begaben wir uns wieder auf die Straße.

Es ist nur eine verlassene Stadt, sagte ich mir selbst, um dieses beklemmende Gefühl abzuschütteln, das mich erfasst hatte, seit wir die Passage durch die Palisadenringe durchschritten hatten. Also atmete ich einmal tief durch und schlug vor: „Vielleicht sollten wir uns trennen. Ich gehe links rum und Du rechts und in zwei Stunden treffen wir uns wieder hier auf dem Platz."

Ich glaube, irgendwo tief in mir drin hatte ich gehofft, dass N'jara mich bitten würde, dass wir zusammenbleiben sollten. Doch sie nickte und antwortete: „Einverstanden."

Und da war es auch schon wieder, dieses Gefühl der Beklemmung. Am liebsten hätte ich da selbst noch schnell gesagt, dass es eine blöde Idee wäre, sich zu trennen. Doch ich wollte vor N'jara nicht wie ein Feigling dastehen und wiederholte daher nur noch einmal ihr „Einverstanden."

Dann liefen wir beide in unterschiedlichen Richtungen los. Die Straßen und Gassen waren alle menschenleer. Die Marktstände der Händler standen unbeaufsichtigt herum und ich konnte nicht widerstehen, mich bei dieser Gelegenheit neu einzukleiden. Nach einer nur sehr kleinen Runde, die ich auf meiner Seite der Stadt machte, kehrte ich nach weniger als einer halben

Stunde bereits wieder auf den Ratsplatz zurück, wo mich meine Schritte ganz von allein in das Gasthaus zu den zwölf Jungfrauen führten. Leider war von denen aber genauso wenig in Hradotéj zurückgeblieben, wie von den anderen Bewohnern. Enttäuscht stieg ich wieder in die Wirtsstube hinunter. Überall standen auch hier noch Karaffen, Gläser und Teller auf den Tischen. Ich konnte nicht widerstehen, mir eine so teure Flasche Wein aus dem Regal hinter dem Tresen zu nehmen, wie ich ihn mir sonst nur selten leisten konnte. Ich köpfte die Flasche, nahm mir das Geld aus der Kasse und setzte mich mit einem Brot und einem großen Stück Schinken an einen der Tische. Das Brot war trocken und hart. Also warf ich es in die Ecke. Doch der Schinken war gut und der Wein vorzüglich. Ich brauchte keine zehn Minuten für die erste Flasche und holte mir eine zweite. Doch hier in der düsteren Wirtsstube wollte ich nicht bleiben. Also stieg ich wieder nach oben und begab mich in eines der Zimmer, öffnete die Tür zum Balkon, auf dem die Jungfrauen sich immer präsentiert hatten und setzte mich dort, wo ich N'jaras Rückkehr sofort sehen musste, mit meinem Wein auf einen Stuhl. Nach den Entbehrungen der letzten Tage war der Wein zumindest eines der Dinge, die ich mir jetzt gönnen konnte. Es fehlte nur noch eine Frau zum vollkommenen Glück.

Der Wein machte mich müde. Und da ich noch Zeit hatte, bis die zwei Stunden vorbei waren, nach denen ich mich wieder mit N'jara treffen wollte, ging ich zurück ins Zimmer und legte mich mit der zweiten Flasche Wein ins Bett, um mich ein wenig auszuruhen. Doch bevor die Flasche leer war, schlief ich bereits.

N'jara lief von dem beim Haupttor liegenden Ratsplatz aus in die östlichen Stadtteile. Lautlos schlich sie durch die Gassen und achtete auf jedes Geräusch und jede Bewegung. Doch alles, was sie entdeckte, war immer nur auf den Wind zurückzuführen; klappernde Fensterläden, zum Trocknen aufgehängte Wäsche auf der Leine oder ähnlich unspektakuläre Dinge. Aber nirgendwo konnte sie auch nur den kleinsten Hinweis auf Leben entdecken. Als sie das Nordtor erreichte, stieg sie auf einen der Wachtürme, um sich einen Überblick zu verschaffen. Und da bemerkte sie, dass zwischen den Palisadenringen der Boden ebenso glatt und sauber war, wie in der Stadt. Kurz überlegte sie, was an diesem Bild nicht stimmte. Da erinnerte sie sich an die Dornengestrüppe, von denen ich ihr erzählt hatte. Nichts war von diesen lebendigen und tödlichen Gewächsen, die die Stadt schützen sollten, zu entdecken. N'jara ließ ihren Blick weiter schweifen. Und da entdeckte sie weiter im Westen der Stadt eine Linie, die sich von der Stadtmitte aus bis in die Palisadenreihen zog. Schnell stieg sie wieder von dem Turm herunter und folgte dem Verlauf der inneren Palisaden bis zu dieser Linie. Es durchlief sie ein Schauer, als sie sah, dass sich ein Riss quer durch die Stadt aufgetan hatte. Häuser waren auseinander gerissen und auch die Palisaden waren durchbrochen. N'jara konnte nicht erkennen, wie tief der Riss in die Erde ging. Doch sie dachte sofort an die Feuerwürmer in der Kanalisation, von denen ich ihr ebenfalls erzählt hatte. Sie folgte dem Riss bis zu seinem Ursprung im Zentrum Hradotéjs. Aber nirgendwo war etwas verbrannt, außer in der Schmiede, die durch den Einsturz des Daches Feuer gefangen hatte. Das hatte sich aber nicht ausgebreitet und war anscheinend sogar noch gelöscht worden.

Was ist hier los? fragte sich N'jara, deren Neugier inzwischen größer war, als ihre Furcht. Wären die Würmer aus der Erde gekrochen, hätten das Feuer gefressen und dadurch selbst zum Brennen oder Glühen angefangen, dann wäre die ganze Stadt niedergebrannt. Doch das war nicht der Fall. Vorsichtig schlich N'jara um das Gebäude herum, das den Ursprung des Risses bildete. Es war das Oleum, der Versammlungs- und Beratungsort der Stadtältesten.

Die Stadtältesten haben das hier verursacht, überlegte N'jara. Doch was der Riss durch die Stadt mit dem Verschwinden jeden Lebens zu tun hatte, das verstand sie trotzdem nicht.

Durch die Entdeckung, die N'jara gemacht hatte, hatte sie völlig die Zeit vergessen. Plötzlich wurde sie sich bewusst, dass die zwei Stunden, nach denen wir uns wieder auf dem Ratsplatz treffen wollten, fast vorbei sein mussten. Schnell lief sie auf dem kürzesten Weg, wie sie dachte, wieder zurück. Doch auch N'jara musste feststellen, dass die Straßen und Gassen Hradotéjs verschlungener waren, als man es bei so einer kleinen Stadt vermuten würde. Als sie schließlich beim Treffpunkt eintraf, war sie weit über der vereinbarten Zeit. Doch von mir war keine Spur zu entdecken. Ratlos stand sie auf dem Platz und fragte sich: *Wo steckt nur Andieu?*

Da es aber nichts half, sich diese Frage selbst zu stellen, wenn man die Antwort nicht kennt, rief sie nach mir. Ich schlief jedoch tief und fest und hörte ihre Rufe deshalb nicht. Ich träumte davon, dass N'jara und Siwa gemeinsam in meinen Armen lagen und mich nach allen Regeln der Kunst verwöhnten. Mit gieriger Leidenschaft küsste ich immer wieder die Brüste der beiden; Siwas große, volle und N'jaras kleine straffe. Doch als ich eben zwischen Siwas Schenkel kroch, war plötzlich Jadwéj da, setzte ihren Schnapper an meinen Penis und sagte voller Schadenfreude: *Daraus wird wohl nichts, Du böser Mann!*

Was für ein Alptraum!

N'jara hatte keine Ahnung, wo ich sein könnte. Sie lief zum Stadttor und sah nach, ob ich vor den Palisaden auf sie wartete. Aber vergeblich. Schließlich kam sie wieder zu dem vereinbarten Treffpunkt zurück. Da sie in der Lage war, meine Gedanken zu lesen, konzentrierte sie sich auf diese. Aber alles, was sie von mir empfangen konnte, waren wirre Fetzen meiner unzusammenhängenden Träume, die nach Jadwéjs Schnapperattacke nur noch aus einem heillosen Chaos bestanden.

Da wurde N'jara wieder auf den Boden aufmerksam, der so unnatürlich glatt und gekehrt wirkte. Unsere Fußspuren waren die einzigen, die zu sehen waren. Also folgte sie meiner Fährte von da aus, wo wir uns getrennt hatten. Sie fand meine abgelegte Kleidung und schlussfolgerte daraus sofort richtig, dass ich an dem verlassenen Stand meine angekokelten Kleider gegen neue eingetauscht hatte. Nach wenigen Minuten stand sie bereits mit gerunzelter Stirn vor dem Gasthaus zu den zwölf Jungfrauen. Nachdem sie es zögernd betreten hatte, entdeckte sie sehr schnell frische Tropfen verschütteten Weins auf dem Boden. Da sie mich in der Gaststube nicht entdeckte, stieg sie mit einigem Widerwillen die Treppen nach oben, zu den noch immer parfümgeschwängerten Räumen der ausgeflogenen Jungfrauen.

„Andieu?" rief sie immer wieder nach mir. Doch der Wein war so schwer gewesen, dass ich sie noch nicht einmal hörte, als sie schon vor mir stand, mich an den Schultern rüttelte und mir ins Gesicht rief: „Andieu, wach auf!"

Angeblich konnte sie sich nur mit Mühe meinen Armen wieder entwinden, mit denen ich sie während meines Traumes an mich ziehen wollte.

Aufgewacht bin ich schließlich von einem Eimer Wasser, der mir über mein Gesicht gekippt wurde. Prustend schreckte ich hoch, war aber noch keineswegs wieder klar im Kopf. Die zweite Flasche Wein war vielleicht doch zu viel, wie ich im Nachhinein eingestehen muss. Ich hatte Kopfschmerzen, mir war übel und alles drehte sich um mich. Wenn N'jaras Bericht über das, was weiter passiert ist, stimmt, soll ich, nachdem ich die Augen geöffnet hatte, gelallt haben: „N'jara Schätzchen, ich wusste ja gar nicht, dass Du eine der Damen dieses Etablissements bist. Pfui, schäm Dich! Obwohl, wenn Du schon mal da bist …"

Dann hab ich sie angeblich gepackt und auf meinen Schoß gezogen, dabei aber das Gleichgewicht verloren, und wir sind zusammen vom Bett auf den Boden gepurzelt, was ich ziemlich amüsant gefunden haben soll. Ich halte das ja alles für Gerüchte. Aber es würde zumindest die blauen Flecken erklären, die ich mir während meines Rausches irgendwie zugezogen hatte. Nachdem ich nach unserem Sturz aus dem Bett auf N'jara lag, soll ich mich sofort über sie gebeugt und meine Lippen auf die kleinen Knospen ihrer Brüste gepresst haben. Daran selbst kann ich mich zwar nicht erinnern, aber zumindest irgendwie, wenn auch recht schemenhaft, an N'jaras vorwurfsvollen Ausruf „Andieu!" und mehr noch an das Klingen in meinen Ohren nach der Ohrfeige, die sie mir gegeben hatte, um mich wieder zur Besinnung zu bringen.

„Mir ist so schlecht!" jammerte ich.

N'jara hatte aber wenig Mitleid, sondern antwortete darauf: „Das geschieht Dir recht!"

Dann half sie mir beim Aufstehen, legte meinen linken Arm über ihre Schulter, um mich zu stützen und brachte mich so die Stufen nach unten.

Da meine linke Hand dabei über ihrer Brust baumelte, konnte ich nicht widerstehen, auf dem Weg nach unten, nach dem dünnen Band zu angeln, das sie als Schmuck um ihre kleine Knospe trug. In meinem Übermut zog ich daran an, N'jara zuckte zusammen, ich stolperte und stürzte. Zwar versuchte N'jara noch, sich am Geländer festzuhalten und auch mich dabei zu halten. Doch ich entglitt ihr und zog mir auf den Stufen die nächsten blauen Flecken zu. Schließlich saß ich mit brummendem Schädel am Fuß der Treppe und bat N'jara: „Kannst Du bitte das Karussell anhalten, Siwa?"

„Ich bin N'jara!" korrigierte sie mich. Aber so schnell, wie sich alles drehte, konnte ich sie wirklich nicht so genau erkennen.

„Versprichst Du mir, dass Du Deine Hände bei Dir behältst?" fragte sie mich skeptisch.

„Du hast das Wort eines de la Moraine!" antwortete ich ehrwürdig, während ich die Finger hinter dem Rücken überkreuzte und still in mich hineinlachte. Obwohl N'jara meine Flunkerei nicht entging, und sie erwiderte „Du bist unverbesserlich, Andieu!", half sie mir wieder beim Aufstehen und stützte mich, während sie mich unter ständiger Abwehr meiner Finger zum nebenan liegenden Badehaus brachte. Und dort warf sie mich, ungeachtet meiner neuen, edlen Gewandung, in eines der Becken. Das Wasser war jetzt bei weitem nicht mehr so angenehm temperiert, wie während meines Besuches mit Siwa und Jagun. Prustend tauchte ich wieder auf und schrie um Hilfe.

N'jara hockte ungerührt neben dem Becken und fragte mich: „Bist Du jetzt wieder nüchtern, Andieu?"

Sie hatte ja keine Ahnung von einem richtigen Rausch. Nur weil mir kalt war und ich zu ertrinken glaubte, war ich doch nicht gleich wieder nüchtern. Damit sie mich wieder aus dem Wasser raus ließ, musste ich das aber behaupten. Und immerhin setzt zu diesem Zeitpunkt, als ich das Gefühl hatte, N'jara wollte mich ertränken, so langsam wieder meine Erinnerung ein.

„Natürlich bin ich nüchtern!" schrie ich in Panik, um zu verhindern, dass sie mich noch einmal untertauchte.

„Gut", erwiderte N'jara und reichte mir die Hand, obwohl sie mich dabei noch immer misstrauisch musterte. Kaum hatte ich ihre Hand ergriffen, da zog ich sie aber auch schon in das Becken. Sie stürzte kopfüber ins Wasser und tauchte unter. Ich freute mich schon auf ein ausgelassenes Gerangel mit ihr. Doch sie tauchte irgendwo hinter meinem Rücken wieder auf und war aus dem Becken raus, bevor ich es überhaupt mitbekommen hatte. Erst als sie mich daran erinnerte, wo wir waren und weshalb wir da waren, fing ich an, meine wirren Gedanken zu sortieren und mein wollüstiges Verlangen in Frage zu stellen.

„Entschuldigung!" lallte ich mit ehrlichem Bedauern, dachte mir dabei aber mit noch viel größerem Bedauern: *Eben war es noch viel lustiger.*

Mühselig und ungeschickt kletterte ich aus dem Becken und hustete noch Wasser aus meiner Lunge.

„Kann ich Dich allein lassen, ohne dass Du wieder Dummheiten machst?" fragte mich N'jara, deren nasse Haare auf ihrem Körper klebten.

„Wo willst Du denn hin?" fragte ich zurück. Und N'jara antwortete darauf: „Ich will mir das Oleum noch mal ansehen."

„Wieso denn?" fragte ich zurück, da ich noch keine Ahnung von N'jaras Entdeckungen hatte.

N'jara glaubte aber anscheinend nicht, dass ich schon besonders aufnahmefähig war, oder sie wollte keine Zeit damit verlieren, mir von ihrer Wanderung durch die Stadt zu berichten; jedenfalls antwortete sie: „Das erzähle ich Dir später."

Sie half mir noch auf dem Weg nach draußen, legte mich behutsam auf eine Bank vor dem Badehaus und sagte: „Schlaf Deinen Rausch aus, Andieu. Aber lauf nicht weg und mach bitte keine Dummheiten."

„Ich und Dummheiten?", erwiderte ich eingeschnappt, legte mich aber brav hin und schlief sofort wieder ein.

N'jara lief zurück zum Oleum, dessen Portal mit allerlei magischen Zeichen und Runen versiegelt war. Es gelang ihr nicht, dieses Portal zu öffnen. Aber auf der anderen Seite des Gebäudes, dort wo der Riss durch die Stadt auch die Wände des Oleums gesprengt hatte, gelang es ihr, in sein Inneres zu gelangen. Es war nicht ungefährlich, diesen Weg zu wählen, da die Kanten des Risses leicht nachgaben und N'jara in die unergründliche Tiefe hätten reißen können. Doch das passierte nicht. Schließlich stand N'jara am Ursprung des Risses in der Mitte der kreisrunden Kuppel. Große Steintafeln mit ähnlichen Zeichen und Runen wie denen am Portal des Oleums säumten den Raum. Doch N'jara konnte diese Zeichen weder lesen, noch deren Bedeutung erraten. Menschen waren auch hier keine. Nur auf dem zerbrochenen, steinernen Altar in der Mitte des Raumes lag etwas, das entfernt wie die mumifizierte Leiche eines Babys wirkte. N'jara schauderte. Irgendetwas Böses schien von diesem kleinen, verschrumpelten Knäuel auszugehen. Aber das konnte von der unheimlichen Atmosphäre dieses Raumes herrühren. Nachdem unten nichts weiter zu entdecken war, was N'jara dabei geholfen hätte, zu verstehen, was hier passiert war, stieg sie auf den Turm über der Kuppel. Dieser Turm stand genau im Zentrum Hradotéjs und war niemals jemand anderem zugänglich gewesen, als den Stadtältesten. Als N'jara von dort aus über die Stadt blickte, erkannte sie plötzlich, dass Hradotéj ein einziges, großes Pentagramm bildete, dessen Grenzen drei halb verfallene und im dichten Wald nur schwer zu entdeckende steinerne Türme bildeten. Im Zentrum dieser drei Türme lag die kreisrunde Palisadenstadt, deren verwinkelte Straßen und Gassen von hier aus wie die geheimen Zeichen und Runen längst vergessener Zeitalter wirkten. N'jara verstand nichts von Runen, doch es kam ihr so vor, als ob ganz Hradotéj nur zu dem Zweck erbaut worden wäre, um etwas Böses zu bannen. Doch dann schüttelte sie ihren Kopf und dachte sich: *Wer würde sich an einem solchen Ort ansiedeln?*

Und die Antwort darauf war einfach: *Niemand!*

Es hatte nicht viel Sinn, sich über den Ursprung der Stadt Gedanken zu machen. Wichtig war nur, was während der letzten Tage hier passiert war, wo all die Menschen abgeblieben waren, die hier gelebt und gearbeitet hatten und vor allem, was aus Siwa und Jadwéj geworden war, deretwegen wir hierher zurückgekehrt waren.

Als N'jara wieder vom Turm herabstieg, machte sie eine beunruhigende Entdeckung: Die Babymumie oder was auch immer dieses verschrumpelte Etwas auf dem Altar gewesen war, war verschwunden.

Vielleicht ist das Ding in den Riss im Boden gefallen, dachte sie sich. Doch sie wusste, dass ein toter Gegenstand nicht von alleine vom Altar gefallen sein konnte. Irgendetwas ging hier vor sich. N'jara wusste nicht, was es war. Aber es gefiel ihr nicht und sie dachte sich, dass es besser wäre, wieder zu mir zurückzukehren. Als sie aber wieder auf der Straße stand, erinnerte sie sich an zwei Gebäude, die ihr vom Turm des Oleums aus aufgefallen waren und sie machte sich durch die verworrenen Gassen auf, diese Gebäude zu suchen.

Das erste Gebäude war ein Tempel, der für irgendwelche Götter errichtet worden war, die N'jara nicht kannte. Sämtliche Türen und Fenster waren schon vor langer Zeit von außen verbarrikadiert worden.

Als N'jara dann den Weg zu dem zweiten auffälligen Gebäude suchte, hörte sie plötzlich von irgendwoher ein leises, furchtsames Flüstern. Ihre Ohren waren gut genug geschult, um den Ursprung dieses Flüsterns sofort zu entdecken. Es war ein ganz gewöhnliches Wohnhaus, dessen Fenster und Türen aber allesamt von innen verriegelt waren. Nur ein Fenster im Obergeschoss war einen Spalt geöffnet. Und aus der Dunkelheit hinter diesem Spalt hörte sie die geflüsterte Unterhaltung: „Da ist ein fast nacktes Mädchen auf der Straße!"

„Wie sieht sie aus?"

„Gut!"

„Ist sie noch ein Mensch?"

„Ich glaube schon!"

„Lass mich mal sehen!"

N'jara wendete sich dem Fenster zu und rief nach oben: „Heda, was ist hier passiert?"

Niemand antwortete ihr.

„Ich weiß, dass da jemand ist", rief sie wieder nach oben. „Ich hab Eure Stimmen gehört."

Wieder antwortete niemand. Doch hinter dem Fenster flüsterte jemand noch leiser, als zuvor: „Wenn sie uns gehört hat, ist sie sicher schon infiziert."

„Infiziert? Mit was?" fragte N'jara laut nach oben. Da wurde das Fenster schnell geschlossen und, wie man deutlich hören konnte, von innen verrammelt.

In diesem Haus waren die einzigen lebenden Menschen, die N'jara bisher in ganz Hradotéj hatte entdecken können. Irgendwie musste sie sie davon überzeugen, dass sie ihnen nichts Böses wollte. Aber wie sollte sie das tun, wenn die Menschen ihr nicht einmal genug vertrauten, um mit ihr zu sprechen?

„Ich suche jemand, der noch vor einer Woche in dieser Stadt gewesen ist!" rief N'jara so laut nach oben, dass sie auch hinter dem verschlossenen Fenster noch zu hören sein musste. Und als ihr wieder nur ängstliches Schweigen antwortete, fuhr sie fort: „Ich bin erst heute nach Hradotéj gekommen. Bitte sagt mir, was hier geschehen ist und wohin alle Menschen sind."

Hinter dem Fenster ging jetzt anscheinend eine hitzige, wenn auch weiterhin geflüsterte Diskussion los. Jetzt, wo das Fenster geschlossen war, konnte N'jara die Worte nicht mehr verstehen. Aber es war klar, dass die Menschen, die sich in dem Haus verschanzt hatten, durch N'jaras Auftauchen in zwei Parteien gespalten wurden. Die einen wollten N'jara glauben und von ihr erfahren, wie sie in die Stadt gelangt war. Die anderen hielten sie für etwas Gefährliches.

„Ich warte hier, bis ihr mir sagt, was hier passiert ist!" rief N'jara energisch nach oben. Und schließlich wurde das Fenster wieder einen kleinen Spalt weit geöffnet und das schmutzige Gesicht eines jungen Mannes mit wirren Haaren blinzelte mit zusammengekniffenen Augen in das schwächer werdende Licht des scheidenden Tages. Anscheinend versteckten sich die Menschen in völliger Dunkelheit in dem Haus.

„Wer bist Du?" fragte der Mann nervös.

„N'jara", antwortete N'jara.

Der Mann wischte sich mit fahrigen Bewegungen über die Augen, um besser sehen zu können und rief nach unten: „Ich kenne Dich nicht."

„Ich war auch noch nie hier", antwortete N'jara wahrheitsgemäß. „Doch ich bin auf der Suche nach einem Mädchen Namens Jadwéj!"

Siwa, die in Hradotéj als Hexe verurteilt war, wagte sie nicht zu erwähnen.

„Eine Jadwéj gibt es in Hradotéj nicht und hat es auch nie gegeben!" erwiderte der nervöse Sprecher der Menschen, die in dem Haus steckten. Doch da flüsterte ihm jemand zu: „Doch, ich kenne eine Jadwéj!"

„Wo ist sie?" rief N'jara mit plötzlich erwachter Hoffnung nach oben. Der nervöse Mann machte einem nicht minder schmutzigen Mädchen Platz am Fenster. Und das aufgeweckte Kind rief neugierig nach unten: „Woher kennst Du Jadwéj?"

N'jara überlegte kurz, was sie darauf antworten sollte, ohne sich verdächtig zu machen und rief dann zurück: „Ich bringe ihr Grüße von einem Freund!"

Das Kind musterte N'jara einen Augenblick sehr aufmerksam und fragte dann: „Du kennst Jagun?"

„Jadwéj?" fragte N'jara zurück. Und bevor das Mädchen antworten konnte, fragte sie bereits weiter: „Was ist hier geschehen?"

„Schnell, macht die Tür auf! Lasst sie rein!" forderte das Mädchen die anderen Menschen im Haus aufgeregt auf. Doch der junge Mann von vorher widersprach energisch: „Wir sind jetzt schon zu viele. Unser Wasser reicht höchstens noch für einen Tag. Und zum Essen haben wir bereits jetzt nichts mehr!"

„Warum kommt ihr nicht heraus?" fragte N'jara arglos. Doch da schrie der Mann sofort hysterisch kreischend: „Hört ihr es? Sie gehört zu ihnen. Sie will uns nach draußen locken?"

Wieder kam es zu lauten Auseinandersetzungen im Inneren des Hauses.

Langsam versank die Sonne. N'jara hielt es für angebracht, langsam wieder zu mir auf den Ratsplatz zu kommen, bevor die Dunkelheit hereinbrach. Doch anscheinend hatte sie Jadwéj gefunden. Und die war anscheinend die Einzige, die in der Lage und auch bereit war, ihr Auskunft darüber zu erteilen, was in Hradotéj während der letzten Woche geschehen war. Und außerdem war sie die Einzige, von der sie erfahren konnte, wo Siwa war.

Der Streit im Haus wurde immer lauter, bis der langgezogene Schrei eines zornigen oder misshandelten Kindes ertönte. Dieser Schrei wurde nur unterbrochen, wenn dieses Kind Luft holen musste.

„Was geht da drinnen vor sich?" rief N'jara vorwurfsvoll und hämmerte mit ihrer Faust gegen die Tür. Diese öffnete sich schließlich einen Spalt und im nächsten Moment wurde Jadwéj brutal auf die Straße geworfen. N'jara fing sie auf und im selben Moment verstummte Jadwéjs Schrei. Die Tür flog wieder zu und wurde von innen verbarrikadiert.

„Wir müssen von der Straße weg!" sagte Jadwéj sofort furchtsam und wollte N'jara mit sich ziehen. Doch N'jara hielt das Mädchen zurück und entgegnete: „Ein Freund wartet noch auf dem Ratsplatz."

„Jagun ist da?" fragte Jadwéj mit banger Sorge. Sie blickte in den dunkler werdenden Himmel und schrie fast vor Panik: „Das schaffen wir nicht mehr."

N'jara begriff, dass jetzt keine Zeit für Erklärungen war, nahm Jadwéj bei der Hand und zog sie so schnell hinter sich her, wie Jadwéjs Füße nur in der Lage waren, zu laufen. In wenigen Minuten erreichten die beiden den Ratsplatz und sahen mich auf der Bank vor dem Gasthaus friedlich meinen Rausch ausschlafen. Doch Jadwéj hätte nicht einmal dann, wenn sie noch Luft zum Sprechen gehabt hätte, die Zeit gehabt, ihre Enttäuschung darüber zum Ausdruck zu bringen, dass nicht Jagun, sondern ich der Freund war, von dem N'jara gesprochen hatte, denn ich war nicht das Einzige, was die beiden sahen, als sie auf dem Platz anlangten.

25. GEFANGEN IM WACHTURM

„Andieu!" schrie N'jara schon von weitem. Und die für sie untypische Panik in der Stimme schaffte es sogar, mich in meinem vernebelten Zustand zu erreichen und furchtsam aus dem Schlaf hochschrecken zu lassen.

„Hau ab, Du kleine, dreckige Missgeburt!" schrie ich sofort dem auf mich zueilenden Mädchen an N'jaras Seite entgegen, da es das erste war, was ich bewusst wahrnahm. Mehr brachte ich nicht heraus. Mein Brustkorb wurde zusammengepresst und ich glaubte, dass N'jaras Panik daher rührte, dass mich irgendwas zermalmen wollte. Doch da war nichts auf meiner Brust.

„Wir müssen weg!" schrie N'jara, noch bevor sie mich erreicht hatte. Ich versuchte, mich von der Bank zu erheben, konnte mich aber nicht rühren.

„Ich bin gelähmt!" schrie ich in noch größerer Panik, als N'jara sie zu haben schien. Doch da ergriff N'jara bereits meine Hand, zog daran und sagte ebenso erregt, wie ungeduldig: „Jetzt steh endlich auf, Andieu!"

Mit dem unangenehmen Geräusch zerreißenden Stoffes zog mich N'jara auf die Füße. Und da erst merkte ich, dass mein neues Gewand durch das unfreiwillige Bad im Badehaus so stark eingelaufen war, dass ich mir jetzt wie eine Wurst in einer zu engen Pelle vorkam. Ich konnte kaum atmen und bewegte mich so steif wie ein Hampelmann. Das hässliche Geräusch hatte von meiner Hose hergerührt, die im Schritt von vorne bis hinten aufgeplatzt war und meine Männlichkeit jetzt frei in die Landschaft baumeln ließ, was umso unangenehmer war, da N'jara jetzt auch noch dieses schnapperbewaffnete Ungeheuer im Schlepptau hatte. Bevor ich meiner Entrüstung über diese scheußliche Situation aber Luft machen konnte, machte N'jara mich auf den Umstand ihres Entsetzens aufmerksam. Sie deutete auf das Stadttor und die Gassen und Straßen, die alle auf den Ratsplatz mündeten und sagte mit zitternder Stimme: „Wir müssen weg!"

Erst jetzt registrierte ich die anrückende Bedrohung, die langsam von allen Seiten auf uns zukam. Die Dornengebüsche, die zum Schutz der Stadt alles verschlungen hatten, was in ihre tödlichen Fänge geraten war, hatten ihre Gefängnisse zwischen den Palisadenringen verlassen und bewegten sich wie lebendige Wesen durch die Straßen Hradotéjs. Die Äste tasteten sich wie lange, dürre, mit nadeldünnen Stacheln besetzte Finger vorwärts. Und offensichtlich hatten die Gestrüppe uns schon entdeckt, denn langsam schloss sich der todbringende Kreis um uns. N'jara versuchte Jadwéj und mich in das Gasthaus zu den zwölf Jungfrauen zu ziehen, auf dessen Veranda ich geschlafen hatte. Aber ich dachte an all die verlassenen Häuser. Die Menschen darin mussten von der Invasion der Dornengestrüppe überrascht worden sein. Was auch immer mit ihnen geschehen war; sie hatten keine Zeit mehr gefunden, sich zu wehren oder zu fliehen. Die Häuser boten also keinen Schutz. Ich hielt N'jara zurück und sagte: „Hier entlang!"

Dann zog ich sie und mit ihr auch Jadwéj, so schnell ich es in meiner zu engen Kleidung schaffte, durch die sich langsam schließende Lücke zu einem der Wachtürme am Tor. Die beiden folgten mir ohne Widerrede. Für eine Diskussion wäre jetzt ohnehin keine Zeit mehr gewesen. Jadwéj schrie erschrocken auf, als die dünnen Äste wie Peitschen nach uns schlugen und die ohnehin schon ärmlichen Fetzen, die sie am Leib trug, glatt wie eine Elbenklinge in dünne Streifen zerteilte. Wir rannten durch die Tür des Turmes, warfen sie hinter uns zu, drehten den großen, eisernen Schlüssel und schoben sofort sämtliche Riegel vor.

„Schnell, nach oben!" sagte ich außer Atem und schob die beiden vor mir die Leiter nach oben in das Zwischengeschoss. Ich zog die Leiter hinterher, warf die Klappe der Falltür zu und verriegelte auch diese, während N'jara und Jadwéj bereits auf die Aussichtsplattform des Turmes hochkletterten. Ich reichte N'jara die von unten hochgezogene Leiter nach oben, kletterte ebenfalls hinauf und zog auch die zweite Leiter hinter mir her, bevor ich auch oben die Klappe zuwarf und verriegelte.

„Warum sind wir hierher geflohen und nicht in das Gasthaus?" fragte mich N'jara noch immer schwer atmend, während wir vorsichtig über die Palisaden nach unten spähten und gebannt beobachteten, wie die Dornengestrüppe mit ihren langen, dünnen Ästen zu uns nach oben angelten. Die Äste reichten nicht bis zu uns hoch und anscheinend schafften sie es auch nicht, die geschlossene Tür des Turmes zu durchbrechen. Als ich davon überzeugt war, dass wir vorerst in Sicherheit waren, atmete ich erleichtert auf und antwortete auf N'jaras Frage: „Nach allem, was wir in der Stadt gesehen haben, ist es in den Häusern nicht sicher. Aber die Türme standen schon immer direkt an den Dornengestrüppen, ohne von ihnen überwunden zu werden."

„Daran habe ich nicht gedacht", erwiderte N'jara anerkennend. Dann wendete sie sich an Jadwéj und fragte sie: „Haben Dich die Dornen verletzt?"

Angewidert betrachtete ich den kleinen, schmutzigen Balg und wich in die gegenüberliegende Ecke des Turmes zurück, um von dort aus weiter die durch die Straßen wandernden Sträucher zu beobachten.

„Nur ein paar Kratzer", antwortete Jadwéj. Ich warf einen kurzen Blick auf die beiden. N'jara zog dem schmutzigen, kleinen Gewürm die Fetzen über den Kopf und erwiderte dabei: „Lass mich mal sehen."

Quer über die Brust des ekligen Schmutzfinks gingen ein paar dünne, blutige Streifen. Ich wendete mich wieder ab und richtete meine Konzentration erneut auf die lebendigen Gestrüppe.

„Jetzt verstehe ich auch, warum der Boden in der Stadt überall so wirkt, als hätte jemand gekehrt oder mit einem Ast versucht, seine Spuren zu verwischen", sagte ich nachdenklich. Mein Rausch war fast vollkommen verflogen und auf meine Kopfschmerzen konnte ich in der brenzligen Situation, in der wir uns befanden, nicht achten. Nur die geschrumpfte Kleidung, die mir auf dem Leib spannte und mich daran hinderte, meine Arme und Beine anzuwinkeln, schmerzte unangenehm und schnürte mir das Blut ab. Meine Hosenbeine reichten mir nur noch bis zu den Waden und auch die Ärmel meines Hemdes waren deutlich kürzer, als zuvor. Ich musste dringend aus dieser Kleidung raus, die mir die Luft zum Atmen nahm. Und da durch den peinlichen Riss in meiner Hose ohnehin alles herausbaumelte, was herausbaumeln konnte, gab es auch gar keinen Grund, mich noch länger zu quälen und zu behindern.

Hätte ich nur die Kleidung nicht gewechselt, dachte ich mir verzweifelt, während ich schon versuchte, die Knebelverschlüsse meines Hemdes zu öffnen, bevor die abgesprengt würden und jemandem ein Auge ausschießen konnten. Aber bevor ich es schaffte, auch nur einen einzigen dieser kunstvoll verzierten Knebel zu öffnen, sagte N'jara besorgt: „Sieh Dir das mal an, Andieu."

Als ich mich ihr wieder zuwendete, sah ich, dass sie sich noch immer skeptisch Jadwéjs kleine Kratzer betrachtete.

„Das sind nur Kratzer!" sagte ich, ohne näher zu kommen. Ich hatte genug Probleme mit meinen Klamotten und konnte mich nicht auch noch um das blöde Mädchen kümmern, das wir jetzt am Hals hatten.

„Warum hast Du das da überhaupt mitgebracht?" fragte ich in Jadwéjs Richtung nickend. Ich war genervt, weil ich es einfach nicht schaffte, die bescheuerten Knebel zu öffnen. „Hättest Du es nicht einfach fragen können, wo Siwa ist?"

Siwa? Warum ist das Dreckskind da, aber nicht Siwa?

Ich stürzte auf die beiden zu und bückte mich so schnell, dass die Hosenbeine krachten.

„Wo ist …", begann ich, und wollte eigentlich fragen, *wo ist Siwa?*

Doch als ich vor dem Mädchen kniete, sah ich, dass sich die Ränder der winzigen Kratzer auf seiner Brust bläulich zu verfärben zu begannen. Fragend sah ich N'jara an. Aber die schüttelte nur ratlos den Kopf. Mühsam erhob ich mich wieder, zog N'jara von Jadwéj weg und flüsterte ihr so leise zu, dass das Mädchen es nicht hören konnte: „Wir sollten sie vom Turm werfen. Vielleicht genügt sie den Dornen als Bezahlung für unser beider Leben."

„Einverstanden!" erwiderte N'jara kalt. „Wirf sie runter!"

„Was?" fragte ich entsetzt. Ich war davon überzeugt gewesen, dass N'jara mich für meinen Vorschlag tadeln würde. Und bevor ich den Vorschlag gemacht hatte, hatte ich auch schon gewusst, dass ich ihrem verzweifelten Flehen um das Leben des Mädchens letztendlich nachgeben würde; widerwillig und zögernd natürlich, aber ich hätte es in meiner Großherzigkeit getan, um ihr diese Schwäche, diesen Fehler dann auf ewig vorhalten zu können. Doch sie hatte meinen Vorschlag einfach akzeptiert. Während ich sie noch immer mit heruntergefallenem Kiefer ungläubig anstarrte, schüttelte sie schon mit verdrehten Augen den Kopf, begann meine Knebelverschlüsse zu öffnen und sagte im Ton festester Überzeugung: „Siehst Du Andieu: Du bist nicht so schlecht, wie Du mir weismachen willst!"

Ich hatte zwar keine Ahnung, wovon sie sprach, erwiderte aber sofort: „Also gut, dieses eine Mal verschone ich die kleine Kröte noch."

Dann waren endlich die obersten Verschlüsse meines Hemdes offen und meine Lunge füllte sich gierig mit Luft.

„Warum trägt er keine Kleidung in seiner Größe?" fragte da Jadwéj und ich begann schon zu bereuen, dass ich mich dazu überreden lassen hatte, sie zu verschonen. Trotzdem sagte ich in einer Anwandlung alkoholbedingten Verantwortungsbewusstseins zu N'jara: „Vielleicht solltest Du die Schnitte aussaugen."

„Das habe ich schon", antwortete sie besorgt.

Nachdem ich mich auch aus meiner Hose geschält hatte, band ich mir das Hemd wie einen Wickelrock um meine Hüfte und hockte mich wieder zu N'jara und Jadwéj, die ihren Sack mit dem Schnapper nicht bei sich trug, wie ich zu meiner Erleichterung feststellte.

Die Verfärbungen an den Wundrändern schienen sich bei Jadwéj nicht weiter auszubreiten. Da in dieser Hinsicht zumindest keine akute Gefahr bestand, fragte ich das Mädchen: „Was ist hier passiert?"

„Die Stadtältesten", erklärte Jadwéj, „haben wieder Mist gebaut. Sie haben im Oleum versucht, Magie mit Magie zu bekämpfen. Aber jeder weiß, dass sie die Magie nicht beherrschen. Sie haben nicht einmal gemerkt, dass die Wolken wieder weg und die Stadttore längst wieder offen waren. Und dann ist durch ihren Zauber etwas passiert. Die Wachen auf den Türmen waren die ersten und wahrscheinlich auch die einzigen, die es bemerkt haben. Ich hab gesehen, wie sie aus der Stadt gelaufen sind. Auf dem Ratsplatz waren nur noch wenige Leute. Ich war mit Siwa noch auf dem Dach der Wache. Siwa hat noch geschlafen und ich konnte sie nicht aufwecken. Die Dornenhecken sind so wie jetzt durch die Straßen gewandert. Sie haben die Leute auf den Straßen einfach gefressen und sind auch in die Häuser rein. Aber keine Menschen sind aus den Häusern mehr raus gekommen. Ich bin bei Siwa auf dem Dach geblieben, bis die Hecken wieder weg waren. Das war erst nach zwei oder drei Tagen. Siwa war gerade dabei aufzuwachen und ich wollte ihr Wasser holen, weil wir keines mehr hatten. Aber kaum war ich vom Dach runter, da sind die Hecken wieder aufgetaucht. Sie haben mich gejagt. Und mitten unter ihnen waren Menschen; Menschen wie aus lauter dünnen Ästen geformt. Als ich durch die Stadt geflohen bin, haben mich die Leute entdeckt, bei denen Du", dabei sah sie N'jara an, „mich gefunden hast. Sie haben mich schnell in das Haus gezogen und hinter mir sofort wieder die Tür verschlossen. Seitdem sind wir dort in der Dunkelheit gesessen. Keiner von denen hat sich getraut, nach draußen zu gehen. Und sie haben auch mir nicht erlaubt, das Haus wieder zu verlassen, obwohl ich ihnen gesagt habe, dass ich zurück zu meiner Schwester muss. Sie haben gesagt, dass sie längst tot ist. Aber ich weiß, dass Siwa noch lebt!"

Jadwéj begann zu weinen und N'jara nahm sie zärtlich in die Arme und drückte sie tröstend an sich. Und ich saß grübelnd da und überlegte mir, was wir tun sollten, wenn die Gestrüppe wieder verschwanden. Sollten wir aus der Stadt fliehen? Oder sollten wir versuchen, eine Spur von Siwa zu finden?

Vielleicht ist sie ja doch nach Hause gelaufen, als sie wach geworden ist und ganz allein war. Vielleicht haben die Gestrüppe sie ja nicht entdeckt.

Dieser Gedanke war meine einzige Hoffnung.

Es wurde dunkel. Und am nächsten Morgen würde sicher alles besser aussehen. Also sagte ich: „Wir sollten schlafen. Morgen wird bestimmt ein anstrengender Tag."

„Habt ihr was zu trinken?" fragte da Jadwéj schniefend. Ich schüttelte den Kopf. Unser Wasserschlauch lag im Zimmer der Jungfrau, in deren Bett ich eingeschlafen war.

„Tut mir leid", sagte ich betrübt und versprach. „Morgen trinken wir alle Wasser, bis es uns aus den Ohren quillt."

Doch Jadwéj sah mich verständnislos an und fragte: „Warum sollten wir das machen?"

Das war ein Scherz, Du blödes Kind!

Ich hätte Jadwéj gerne vorgeworfen, dass sie Siwa im Stich gelassen hatte. Aber irgendwie tat mir das Mädchen, das zitternd in N'jaras Armen lag, jetzt doch leid.

„Schlaft!" sagte ich leise zu N'jara. „Ich wache über Euch."

N'jara sah mich dankbar an und ich beobachtete aufmerksam die Bewegung der lebendigen Dornengewächse auf dem Platz und in den Straßen. Ich hatte durch den Wein, den ich getrunken hatte, schon einige Stunden geschlafen und war dadurch ausgeruhter, als N'jara. Die Nachtluft brachte eine leichte Abkühlung und so wurde auch mein Kopf langsam wieder klar und meine Kopfschmerzen verschwanden. Angestrengt überlegte ich:

Wir sind ungehindert in die Stadt gekommen, ohne auch nur einen Strauch zu sehen. Wenn das Gestrüpp wieder verschwindet, können wir bestimmt genauso ungehindert wieder aus der Stadt verschwinden. Aber wo sind die ganzen Sträucher überhaupt gewesen? Wo sind sie so plötzlich hergekommen?

Ich erinnerte mich daran, dass N'jara und mir bereits außerhalb der Stadt aufgefallen war, dass alles so merkwürdig still war. Die Dornengestrüppe waren also anscheinend auch im Wald vor den Palisaden und hatten dort alle Tiere verjagt.

Die Nacht verlief ruhig. Die Gestrüppe wanderten fast lautlos durch die Straßen der Stadt. Und ich fiel erst im Morgengrauen in einen unruhigen Schlaf. Ich erwachte, als N'jara mich an der Schulter rüttelte.

„Wach auf, Andieu!" sagte sie. Ihre Stimme klang sehr besorgt. Als ich die Augen öffnete, deutete sie sofort auf Jadwéj, deren Brust sich deutlich verändert hatte. Die dunklen, bläulichen Verfärbungen an den Rändern der Kratzer hatten sich ausgebreitet. Sie waren in der Nacht braun geworden und hatten eigenartige Strukturen angenommen, so als würde sich die Haut an diesen Stellen in dünne Äste verwandeln.

„Das also haben die Leute mit ‚infiziert' gemeint!" sagte N'jara nachdenklich. Und als ich sie fragend anblickte, bemerkte ich zu meinem Entsetzen, dass ihre Lippen sich bläulich zu verfärben begonnen hatten. Sie hatte Jadwéjs infizierte Kratzer ausgesaugt und damit den Erreger dieser Krankheit, oder was auch immer es war, selbst aufgenommen. Bevor ich ihr aber meine schreckliche Entdeckung mitteilen konnte, hörten wir Hufgetrappel und gingen schnell hinter den Palisaden des Turmes in Deckung. Vorsichtig spähten wir über die Brüstung und sahen einen einzelnen Reiter durch das Tor in die Stadt reiten. Von den Dornengestrüppen war nichts mehr zu sehen. Der Reiter, dessen Gesicht wir nicht sehen konnten, da er seine Kapuze tief im Gesicht trug, hielt mitten auf dem Platz und blickte sich unschlüssig um. Langsam ritt er eine Runde um den Platz, öffnete vom Pferd aus mit seinem Schwert die Türen einiger Häuser, um in diese hineinblicken zu können und kehrte schließlich langsam zur Mitte des Platzes zurück. Er schien unschlüssig zu sein, was er tun sollte, wendete dann aber sein Pferd und ritt ungehindert wieder aus der Stadt. Es schien also keinen Grund dafür zu geben, sich zu verbarrikadieren, wenn die Dornenhecken nicht da waren.

„Zeit, ebenfalls zu verschwinden!" sagte ich, da ich hoffte, außerhalb Hradotéjs Hilfe für N'jara und Jadwéj zu finden. Doch der Reiter war eben erst unseren Blicken entschwunden, da wurde der Wald in der Richtung, in die er geritten war, plötzlich lebendig. Ein zorniges Rauschen und Rascheln ging durch das dichte Unterholz. Und im nächsten Moment kam der Reiter bereits wieder zurückgaloppiert. Doch als er auf dem Ratsplatz ankam, bewegten sich bereits aus allen Straßen und Gassen heraus die Dornengestrüppe auf ihn zu. Und auch aus dem Wald drängten die

Gestrüppe durch die Passage in die Stadt und versperrten dem Reiter den Rückweg.

„Wir müssen ihm helfen", sagte N'jara erregt und schob den Riegel der Klappe zum Untergeschoss auf. Doch es war bereits zu spät. Die dünnen, dornigen Äste der Sträucher schlugen nach dem Pferd. Das bäumte sich auf. Der Reiter versuchte, das Pferd durch die Gebüsche zu treiben. Da wickelten sich aber bereits die langen, dünnen Äste wie Schlingpflanzen um Pferd und Reiter. Und im nächsten Moment war von beiden nichts mehr zu sehen.

„Wir kommen hier nicht mehr raus!" sagte ich wie in Trance. Die todbringenden Dornengestrüppe belagerten die Stadt. Sie hatten uns herein gelassen. Aber sie ließen niemanden mehr hinaus.

Da stieg N'jara wortlos auf das Dach des Turmes hinauf.

„Was hast Du vor?" fragte ich sie verzweifelt. Sie sah mich nachdenklich an und antwortete: „Ich versuche, Hilfe zu rufen."

Hilfe? Wer sollte sie hier hören? Wer könnte uns hier rausholen?

Eigenartigerweise rief N'jara nicht. Sie blieb vollkommen still. Und als ich ebenfalls nach oben kletterte, um zu sehen, was sie machte, sah ich dass sie mit geschlossenen Augen und geöffneten Handflächen auf dem Dach stand. Sie war unglaublich schön, wie sie nackt, bis auf ihren winzigen Lendenschurz und nur umweht von ihren langen, seidigen Haaren wie eine Statue im Licht der Morgensonne auf dem Dach des Turmes stand. Nur die bläuliche Verfärbung ihrer Lippen störte das Bild vollkommener Schönheit. Ich wollte sie auf diesen Umstand aufmerksam machen, wagte aber nicht, sie in ihrem Gebet zu unterbrechen. Leise kletterte ich wieder zu Jadwéj hinunter. Das Mädchen, auf dessen Brust sich die braunen Verfärbungen unter der Haut zu bewegen schienen, sah mich furchtsam an und fragte mich: „Werde ich sterben?"

Ich hockte mich zu ihr, streichelte sanft über ihre Haare und antwortete: „Nein. Du wirst wieder gesund."

„Du hasst mich", sagte sie mit Tränen in den Augen. „Du hasst mich, weil ich Dich von meinem Schnapper beißen lassen habe und weil ich nicht auf die wunderschöne Frau, auf Siwa, aufgepasst habe. Ich hab es Jagun doch versprochen, dass ich auf sie aufpasse. Jetzt wird er mich auch hassen."

„Nein, das wird er nicht!" versprach ich.

„Es tut mir so leid", schluchzte sie da los. „Ich wollte Siwa nicht im Stich lassen."

„Ist schon gut", sagte ich tröstend, obwohl die Sorge um Siwa mir mein Herz zerreißen wollte. Jagun und ich hatten so sehr für sie gekämpft. Und jetzt war doch alles verloren.

„N'jara?" rief ich leise nach oben. Sie antwortete nicht. Und da diese Stille unheimlich zu werden begann, kletterte ich noch einmal hoch, um mich davon zu überzeugen, dass N'jara noch da war. Als ich über die Kante des Daches blickte, sah ich sie noch immer so dastehen wie zuvor. Ihr Gesicht war nach Süden gerichtet, ihre Augen geschlossen und ihre Handflächen geöffnet.

„Wir müssen etwas unternehmen, N'jara", sagte ich leise. Sie reagierte nicht und ich erklärte weiter: „Wir können nicht hier bleiben. Jadwéj hält nicht mehr lang durch."

N'jara reagierte noch immer nicht. Sie zuckte mit keiner Wimper und schien mich überhaupt nicht wahrzunehmen. Unverrichteter Dinge kletterte ich wieder runter. Da war Jadwéj eben dabei, sich ihre Fetzen wieder überzuziehen. Und als ich sie fragend anblickte, erklärte sie: „Damit ihr das nicht sehen müsst."

Ich nickte Jadwéj dankbar zu und wendete meine Aufmerksamkeit dann wieder auf die Stadt, in der noch immer die Dornengestrüppe umherwanderten. Plötzlich lief ein Mann schreiend aus einer der Gassen. Er war nur in Fetzen gehüllt und über und über mit blutigen Striemen bedeckt. Die Dornengestrüppe blieben eigenartigerweise auf Distanz zu ihm. Auf dem Platz, nicht weit von dem Turm entfernt, auf dem wir uns verschanzt hatten, brach er zusammen. Er krümmte und wand sich unter entsetzlichen Schmerzen, wie es schien.

„Was ist da los?" fragte mich Jadwéj, die noch hinter den Palisaden kauerte.

„Nichts", log ich. Doch da stand sie schon auf und beobachtete an meiner Seite, wie der Mann sich innerhalb weniger Minuten in ein Wesen verwandelte, dessen menschliche Figur nur noch aus dünnen, dornigen Ästen zu bestehen schien. Und dann tauchte er in die Gestrüppe ein und wurde eines von ihnen.

Das Entsetzen, das ich während dieser Verwandlung fühlte, zeichnete sich deutlich auch auf Jadwéjs Gesicht ab. Sie war bleich geworden und zitterte so stark, dass ich sie stützen musste, während sie sich wieder hinsetzte.

„So will ich nicht werden!" sagte sie tonlos und blickte flehend auf mein Schwert. Ich schluckte verlegen. Doch sie flehte: „Bitte!"

„Noch besteht Hoffnung!" sagte ich ermutigend, doch ich hatte selbst keine Hoffnung mehr. Jadwéj war infiziert und ihre Infektion schritt schnell voran. N'jara war ebenfalls infiziert. Bei ihr ging es langsamer. Doch zweifellos würde der Verlauf genauso tödlich enden. Bis Mittag kauerte ich an Jadwéjs Seite. Da hörte ich plötzlich ein Geräusch wie von einem stürzenden Körper über uns. Sofort kletterte ich nach oben und fand N'jara dort erschöpft nach Luft ringend auf dem Dach des Turmes liegend.

„Wie geht es Dir?" fragte ich besorgt, während ich sie in meine Arme zog und sanft über ihre Wange streichelte. Sie sah mir lange in die Augen und fragte dann: „Ich bin auch infiziert?"

„Ja", nickte ich und Tränen stiegen in meine Augen. Ich fühlte mich so unendlich hilflos. Doch dann kam mir eine Idee.

„Die Leitern!" sagte ich plötzlich. Und obwohl ich nicht weiß, ob N'jara meinem Gedankengang folgen konnte, kletterte ich schnell wieder zu Jadwéj runter. Die beiden Leitern, mit denen man auf den Turm gelangen konnte, lagen in der Ecke und standen auf einer Seite weit über das Geländer hinaus. Warum nur hatte ich nicht früher daran gedacht? Ich zog eine Leiter nach oben auf das Dach und bat N'jara: „Hilf mir mal."

Die Leitern waren länger, als der Abstand zwischen den Türmen betrug. N'jara und ich versuchten, die Leiter aufzustellen und dann auf den nächsten Turm fallen zu lassen. Es sah auch so aus, als ob das funktionieren würde. Doch als das Ende der Leiter auf dem Dach des nächsten Turmes aufschlug, federte die Leiter so stark, dass das Ende wieder in die Luft flog und dann neben dem Dach des Turmes wieder runter kam. N'jara und ich versuchten, das Ende auf unserer Seite festzuhalten. Aber es wurde uns aus den Händen gerissen und die Leiter polterte in die Tiefe. Eine Leiter hatten wir noch. Doch als ich sie bereits nach oben holen wollte, sagte N'jara skeptisch: „Wenn wir die zweite Leiter auch noch verlieren, können wir uns nicht mehr innerhalb des Turmes bewegen."

„Warum sollten wir uns im Turm bewegen wollen?" fragte ich zurück. Und N'jara antwortete: „Wir brauchen Wasser. Außerdem kommt vielleicht noch jemand in die Stadt, den wir retten könnten, bevor die Dornensträucher ihn töten."

„Bevor er einer von ihnen wird!" verbesserte ich N'jara. Sie sah mich fragend an und ich erzählte ihr, was Jadwéj und ich beobachtet hatten.

„Was meinst Du, wie lange Jadwéj durchhalten kann, bevor sie sich verwandelt?" fragte N'jara besorgt. Ich überlegte eine Weile, verglich ihre winzigen Kratzer, die man ursprünglich kaum gesehen hatte, mit dem blutüberströmten Körper des Mannes und dachte an die Schnelligkeit, mit der die Infektion sich bisher bei ihr ausgebreitet hatte.

„Höchstens ein paar Tage", antwortete ich schließlich. Aber mehr noch, als um Jadwéj sorgte ich mich um N'jara.

„Ich kann über die Türme in den Wald gelangen", sagte N'jara sehr nachdenklich. „Wenn ich mich durch die Äste der Bäume bewege, bleibe ich wahrscheinlich außerhalb der Reichweite der Dornengestrüppe."

Beklommen hörte ich N'jara zu. Ich hielt es für viel zu gefährlich für sie, diesen Versuch zu wagen. Allein der Sprung von einem Turm zum nächsten war viel zu riskant. Aber selbst wenn sie es schaffen würde, in den Wald zu entkommen, waren Jadwéj und ich nicht in der Lage, uns so wie sie durch die Äste der Bäume zu schwingen. Doch während ich noch über N'jaras Worte nachdachte, erklärte sie bereits: „Jagun ist auf dem Weg!"

Das also hatte N'jara gemacht, als sie regungslos auf dem Dach des Turmes gestanden war. So wie sie meine Gedanken lesen und mir ihre übermitteln konnte, hatte sie versucht, Jagun zu erreichen. Und da sie behauptete, dass er auf dem Weg war, musste es ihr trotz der Entfernung gelungen sein, Kontakt mit ihm aufzunehmen. Jagun hatte von seiner Mutter sehr viel über die Wirkung von Heilkräutern gelernt. Er hatte die Reaktion von Siwas Körper auf den Kontakt mit dem Wars lindern und sie in tiefen Schlaf versetzen können. Vielleicht konnte er auch etwas gegen die Krankheit machen, die N'jara und Jadwéj befallen hatte. Die Chance war nicht sehr groß. Diese Dornengestrüppe waren nicht mit einem Schnupfen zu vergleichen. Aber Jagun war unsere einzige Hoffnung. Wenn er auf dem Weg war und N'jara ihm entgegen eilte, dann konnte er bei ihr schon frühzeitig die Art der Infektion sehen und außerhalb der Gefahrenzone nach geeigneten Kräutern suchen, die er zur Heilung benötigte.

„Pass bloß auf Dich auf!" sagte ich streng, nahm N'jara in meine Arme und küsste sie auf die Wange.

„Und pass Du auf Jadwéj auf!" erwiderte N'jara. Ich glaube, sie hätte mich zum Abschied geküsst. Doch da ihre Lippen infiziert waren, legte sie nur sanft ihre Fingerkuppen auf meine Lippen, nickte mir zu, nahm einen kurzen Anlauf und sprang. Sie schaffte den Sprung nur knapp und musste sich mühsam auf das Dach des zweiten Turmes hochziehen. Die Dornenbüsche wurden anscheinend auf N'jaras Fluchtversuch aufmerksam, denn sie wuselten zornig in der Passage und streckten ihre langen, dürren Dornenäste nach ihr aus. Doch N'jara war in dieser Höhe weit außerhalb ihrer Reichweite.

Gebannt verfolgte ich jeden weiteren Sprung von N'jara. Nachdem sie vom letzten Turm aus in die Äste eines Baumriesen gesprungen war, drehte sie sich noch einmal zu mir um. Wir wechselten noch einen langen Blick. Dann winkte sie mir zum Abschied zu und tauchte im dichten Grün des Waldes unter. Lange blickte ich in die Richtung, in der sie meinem Blick entschwunden war. Und plötzlich brauste in einiger Entfernung wieder dieses zornige Rauschen durch den Wald. Ich hatte Angst, dass N'jara es nicht geschafft hatte und überlegte, was ich tun konnte. Doch ich konnte nichts tun, außer mich um Jadwéj zu kümmern.

N'jara hatte die Dornengestrüppe in den Wald gelockt. Die Gelegenheit war also günstig, zu versuchen, den Wasserschlauch aus dem Gasthaus zu holen. Ich kletterte mit Jadwéj im Turm nach unten, öffnete die Tür und sagte zu ihr: „Schließe hinter mir sofort wieder ab und öffne nur, wenn Du meine Stimme hörst."

„Kommst Du auch wieder?" fragte mich das verängstigte, kleine Mädchen.

„Ich komme wieder!" versprach ich und lief schnell über den freien Platz in das Gasthaus zu den zwölf Jungfrauen, in dem ich am Tag zuvor einen über den Durst getrunken hatte.

26. DIE SKLAVENKARAWANE

Als N'jara und ich uns von Jagun getrennt hatten, um Siwa und Jadwéj aus Hradotéj herauszuholen, wollte Jagun weiter die Spur der Sklavenkarawane, die mich gefangen gehabt hatte, zurück verfolgen, um auch die Sklaven des größeren, nachfolgenden Teils dieser Karawane zu befreien. Ohne Plan, ohne Hilfe und ohne die Möglichkeit, kämpfen zu können, standen seine Chancen für dieses Vorhaben aber alles andere als gut. Genau genommen hatte er überhaupt keine Chance, zumindest nicht, wenn er das Leben der Sklaven, die er befreien wollte, nicht gefährden wollte. Jagun wusste selbst nicht, was bei seinem Vorhaben auf ihn zukam. Er wusste nur, dass die nachfolgende Karawane größer war, als die erste. Er wusste, dass sie mehr kampferprobte Sklavenjäger und auch mehr Sklaven hatte, die es zu befreien galt. Doch wie viel mehr, das wusste er nicht. Sklaven hatte es von jeher gegeben. Das wusste Jagun. Aber er verabscheute den Gedanken, dass Menschen Menschen als Eigentum besaßen und er verachtete die Menschen, die doch genau wie alle anderen Menschen nur aus Fleisch und Blut bestanden und dennoch glaubten, besser als die anderen Menschen zu sein, sich über diese erheben und über ihr Leben, ihren Leib und ihre Seele verfügen zu dürfen.

Jagun wusste, dass er nicht alle Sklaven befreien konnte. Er konnte nicht die Welt ändern. Es gab viele Sklaven, die in der Sklaverei geboren waren. Viele von diesen hätten mit ihrer Freiheit nichts anzufangen gewusst. Sie hatten niemals gelernt, selbstständig zu denken oder eigene Entscheidungen zu treffen und wären verloren, wenn man ihnen die Freiheit schenken würde. Vielen von diesen ging es sogar relativ gut. Sie gehörten beinahe zur Familie, deren Besitz sie waren. Trotzdem verabscheute Jagun auch diese Form der Sklaverei. Und ein bisschen verachtete er auch die Sklaven, die sich mit ihrem Dasein abfanden, ohne auch nur den Versuch einer Flucht zu unternehmen.

Bei Sklavenkarawanen fand man aber keine zufriedenen Sklaven. Das waren keine Menschen, die in der Sklaverei geboren waren und nichts anderes kannten. Sie waren freie Menschen gewesen, Menschen die in Freiheit geboren waren und in Freiheit gelebt hatten; Väter, die gearbeitet hatten, um ihre Familie zu ernähren, Mütter, die ihre Kinder während der Arbeit gebaren und Kinder, die noch nichts oder erst wenig von der Schlechtigkeit der Welt erfahren hatten. All diese Menschen, deren einziges Vergehen es war, nicht stark genug gewesen zu sein, sich gegen eine

Übermacht plötzlich über sie hereinbrechender, mordender, plündernder und stehlender Sklavenjäger zur Wehr zu setzen oder rechtzeitig vor ihnen zu fliehen, litten entsetzlich in der Sklaverei. Viele überstanden die Torturen und Demütigungen der ersten Tage ihrer Gefangenschaft nicht. Viele wurden als Futter für Gladiatoren in die Arenen geschickt und starben bereits beim ersten Kampf. Viele Frauen und Kinder, manchmal auch Männer, wurden an die übelsten Bordelle verkauft, in denen alle, auch die abartigsten Veranlagungen der Kunden befriedigt wurden, was die meisten Sklaven ebenfalls nicht überlebten. Sklaven wurden auch dafür verwendet, Hunde, Wölfe, Großkatzen oder sonstige Tiere auf Menschen abzurichten. Die wenigsten Menschen, die in die Hände von Sklavenjägern fielen, hatten eine große Lebenserwartung. Deswegen war es immer noch besser für sie, ihr Leben beim Versuch einer Flucht zu verlieren, als auf die unmenschliche und entwürdigende Weise, in der sie es als Sklaven zu erwarten hatten. Das Problem war nur: Wie sollte Jagun diesen armen Menschen, die ihre Situation noch nicht einmal begriffen und die darauf hofften, bei nächster Gelegenheit von einem ehrlichen und gütigen Menschen wieder freigekauft zu werden, das begreiflich machen? Wie sollte er sie dazu bewegen, sich den brutalen und körperlich meist weit überlegenen Kämpfern, die die Sklavenjäger waren, im offenen Kampf zu stellen? Und wie sollte er überhaupt an die Sklaven herankommen, um mit ihnen zu sprechen und ihre Flucht zu planen, ohne dabei selbst ergriffen und in die Reihen dieser Sklaven aufgenommen zu werden?

Über all das zerbrach sich Jagun noch nicht den Kopf. Erst musste er die Sklavenkarawane finden; er musste sie sehen, um eine Vorstellung von ihrer Größe zu bekommen und um zu entscheiden, ob sein Vorhaben überhaupt ausführbar war. Obwohl: Diese Entscheidung hatte er bereits getroffen, als er sich zu diesem Vorhaben aufgemacht hatte. Die Durchführbarkeit musste sich in seinen Augen ganz einfach den Gegebenheiten anpassen.

N'jara und ich hatten uns gerade noch rechtzeitig von Jagun getrennt, um die anrückende Sklavenkarawane nicht mehr zu Gesicht zu bekommen. Kaum waren wir Jaguns Blick entschwunden, da vernahm er aus der entgegengesetzten Richtung auch schon die ersten leisen Geräusche der sich nähernden Karawane; das rhythmische Klirren der Ketten, der immer wieder ertönende Knall der Peitschen und das immer lauter werdende Gerumpel der schweren, von den Sklaven gezogenen Wagen. Das ersparte Jagun die weitere Suche. Nachdem er N'jara und mich in Sicherheit wusste, da wir uns weitaus schneller als die schwerfällige Karawane bewegten, begab er sich wieder in den Schutz der Astgabel, auf der wir genächtigt hatten. Im dichten Grün des alten Waldes hatte die Karawane den Baum, auf dem Jagun kauerte, schon fast erreicht, bevor er die ersten Sklavenjäger erblickte. Allein fünf von ihnen, bildeten die Vorhut, die den Sklaven voran ging. Anders als die verschleierten und in weite Gewänder gehüllten Sklavenjäger der ersten Karawane, waren diese in schwere, lederne Rüstungen gekleidet, die sie weitaus kriegerischer und gefährlicher wirken ließen, als die ersten. Jagun bemerkte die stattliche Größe der Männer und ihre muskulösen Arme. Nach diesem Trupp erwartete Jagun die angeketteten Sklaven unter sich auftauchen zu sehen. Doch das nächste, was den Waldweg entlang stapfte, war ein riesiger Troll. Er war sicher über drei Meter groß, hatte ein furchteinflößendes Gesicht mit riesiger Knollnase, schiefen Augen und noch schieferen hauerartigen Zähnen. Seine Haut war ein dunkles Graubraun und sein massiger Körper wirkte sehr unproportional. Er hatte selbst für einen Troll eine beeindruckende Muskulatur, war dabei aber untersetzt und hatte im Verhältnis recht kurze, aber stämmige Beine.

So abstoßend und furchteinflößend der Troll aber auch aussah, so Mitleid erregend wirkte er auf Jagun. Auf den Schultern trug er einen Sattel, auf dem eine schöne, junge Frau ritt. Sie hatte dunkle Haut, wie die Menschen aus dem Süden, aber goldenes Haar und sie trug eine lederne Rüstung, die denen der Sklavenjäger ähnelte, jedoch ihre vollen Brüste unbedeckt ließ. Um einen wirklichen Schutz zu bieten, bedeckte die Rüstung auch ansonsten viel zu wenig von ihrem schlanken und sehnigen Körper. Der Troll zog ganz allein den ersten Wagen der Karawane. Der Ring, der ihm um Penis und Hoden geschmiedet war, saß so eng, dass er in die Haut des Trolls schnitt. Trotzdem war er größer und massiver als die Halsringe der normalen Sklaven. Der Troll trug eine gigantische Erektion stolz wie eine Lanze vor sich her. Sie hatte den Umfang eines muskulösen Männerarmes und auch fast dessen Länge. Und im Gegensatz zu den normalen, menschlichen Sklaven, war ihm auch noch ein massiver, eiserner Ring hinter seiner Eichel um den Penis geschmiedet. An diesem Ring waren die Zügel befestigt, mit denen seine Reiterin ihm von rechts oder links einen langen spitzen Dorn in die Eichel bohren konnte, um ihn zu lenken oder zu quälen.

Obwohl die meisten Trolle sehr boshaft waren und eine ernsthafte Bedrohung für die Menschen darstellten, denen sie begegneten, war diese Behandlung durch nichts zu rechtfertigen. Doch Trolle waren unberechenbar. Deshalb befürchtete Jagun, dass dieser sich auf die Seite der Sklavenjäger stellen könnte, wenn er den Versuch wagen sollte, die Sklaven zu befreien.

Hinter dem vom Troll gezogenen Wagen kamen drei lange Reihen männlicher Sklaven, die auch jeweils einen Wagen zogen. Dahinter kamen die Frauen und Kinder, denen diese Bürde zumindest erspart blieb. Flankiert wurden die Reihen der Sklaven von Aufsehern, die ständig ihre Peitschen auf die nackte Haut der ihnen Ausgelieferten knallen ließen.

Für Jagun war es unmöglich, die ganze Karawane überblicken zu können. Er musste sie komplett unter seinem Baum durchziehen lassen, bevor er sich ein Bild von ihrer Größe machen konnte. Und als endlich der letzte Sklavenjäger auf dem schmalen Waldpfad, durch den die schweren Wagen kaum hindurch passten, seinem Blick entschwunden war, saß Jagun noch lange ratlos auf der Astgabel. Er hatte keine Eile. Er konnte die schwerfällig dahinziehende Karawane jederzeit wieder einholen. Aber wie sollte er die Sklaven befreien? Die Karawane war mehr als doppelt so groß, wie die, die mich gefangen hatte. Und den Sklavenjägern sah man auf den ersten Blick an, dass sie ebenso kampferprobt wie grausam waren. Selbst die Frauen unter ihnen, und das waren nicht wenige, waren bis an die Zähne bewaffnet. Und sie konnten offensichtlich mit ihren Waffen umgehen. Viele trugen Trophäen gewonnener Kämpfe bei sich, Rüstungsteile und Waffen, Schmuck fremder Kulturen; Schmuck, gefertigt aus den Knochen besiegter Feinde, Haarschöpfe; und eine dieser Kriegerinnen hatte sogar ihre ganze Kleidung aus den Schwänzen getöteter Männer gefertigt. Es war also sehr verständlich, dass Jagun nicht in die Hände dieser Sklavenjäger und Trophäenjägerinnen, von denen sogar einige beritten waren, fallen wollte, auch wenn es weniger waren, als er befürchtet gehabt hatte.

Doch Jagun hatte auch die Sklaven gesehen, die Gesichter von Männern, Frauen und Kindern, aus denen jede Hoffnung verschwunden war. Die meisten von ihnen beteten wahrscheinlich schon um einen schnellen Tod, damit die Schmerzen und die Demütigungen endlich enden würden. Sie konnten sich wahrscheinlich gar nicht vorstellen, dass der Zug mit der Karawane noch die angenehmste Etappe ihres zukünftigen Lebens sein sollte.

Während Jagun noch überlegte, wie er es anfangen sollte, die Sklaven zu befreien, zog plötzlich ein riesiger Schatten über ihn hinweg. Sofort schmiegte er sich intuitiv an den Stamm des Baumes, auf dessen Astgabel er bisher nur gegen Blicke von unten geschützt gewesen war. Jagun war wie ein wildes Tier. Er verschmolz geradezu mit dem Baum, und wurde damit für unerwünschte Blicke fast unsichtbar. Doch er hatte erst reagiert, als er den Schatten bemerkt hatte. Und im Urheber des Schattens erkannte Jagun einen dunklen, fast schwarzen Drachen, dessen Schuppen im Licht der Sonne grünlich schimmerten. Voller Entsetzen registrierte er, dass der Drache einen Kreis zog.

Er hat mich gesehen, schoss es ihm durch den Kopf. Und sofort sprang er von dem Baum in tiefere Bereiche des Waldes, wo dichteres Unterholz ihm bessere Möglichkeiten zum Verstecken boten. Der Drache hatte ihn überrascht, als er seine ganze Aufmerksamkeit noch nach unten gerichtet hatte. Aber jetzt, da er ihn gesehen hatte, konnte er sich seinem Blick auch wieder entziehen. Aus der Deckung des Waldes heraus beobachtete Jagun, wie der Drache, auf dem eine der spärlich gerüsteten Kriegerinnen saß, suchend über dem Wald kreiste. Die Drachenreiterin blies in ein Signalhorn. Die Sklavenkarawane kam zum Stehen und die Jägerinnen schwärmten im Wald aus. Da bemerkte Jagun eine Bewegung unter sich. Und als er sich lautlos und fast unsichtbar den Verursachern dieser Bewegung näherte, erkannte er in ihnen die drei Chaisparin, die befreiten Echsenmänner aus der ersten Karawane. Lautlos wie Eidechsen folgten sie der Karawane. Als Jagun sie sah, wusste er, dass der Drache nicht ihn, sondern sie entdeckt hatte, denn auch sie hatten nicht auf eine Bedrohung aus der Luft geachtet. Plötzlich stand Jagun wie aus dem Nichts vor den drei Männern. Sie zischten und fauchten ihn in ihrer Überraschung feindselig an und erhoben sofort ihre Waffen, bevor sie ihn erkannten.

„Sie haben Euch entdeckt!" flüsterte Jagun und forderte sie auf: „Hier entlang!"

Damit schwang er sich wieder in die tieferen Äste eines Baumes. Doch die Chaisparin blickten ihm nur verwundert hinterher.

„Worauf wartet ihr?" fragte Jagun vom Baum herunter. Und der Sprecher der drei antwortete: „Wir sind Stein-Chaisparin. Wir klettern nicht auf Bäume!"

Jagun hörte das sich aus mehreren Richtungen nähernde Hufgetrappel der Jägerinnenpferde. Ungeduldig sagte er: „Es ist mir egal, ob ihr Stein-, Wald- oder Wasser-Chaisparin seid. Wenn ihr nicht klettert, werden sie euch finden."

„Du verstehst nicht, Wanderer", erklärte der Chaispare, während er nervös in den Wald spähte. „Wir würden Dir folgen, wenn wir es könnten. Aber Stein-Chaisparin können nicht klettern."

„Runter!" raunte Jagun den Dreien zu und verschwand gleichzeitig im dichten Blattwerk des Baumes. Die Chaisparin warfen sich zu Boden und rollten sich zusammen, dass man sie für Steine hätten halten können, wenn die Waffen und Rüstungen, mit denen sie sich nach ihrer Befreiung versehen hatten, nicht verräterisch geglitzert hätten. Eine Reiterin preschte durch die Büsche und wäre fast an den drei Echsen vorbei geritten. Doch dann fiel ihr Blick auf das Glitzern, das nicht zum Waldboden gehörte. Ein boshaftes Lächeln zog über ihr Gesicht. Sie zügelte ihr Pferd und setzte ihr Signalhorn an die Lippen. Doch bevor sie hineinblasen und damit Verstärkung rufen konnte, löste sich ein goldbrauner Schatten aus den Blättern über ihr und entriss ihr das Horn. Noch bevor die Jägerin wusste, was passiert war, wurde sie von den kalten Händen der Chaisparin gepackt und vom Pferd gezogen. Einer biss ihr in den Hals. Der giftige Biss des Stein-Chaispares lähmte die Jägerin. Jagun warf ihr einen mitleidigen Blick zu. Sie war eine schöne Frau. Jagun wusste, dass sie durch den Biss des Chaispare zum Tode verurteilt war. Sie war ein Mensch, die Chaisparin waren Echsen. Unter anderen Umständen hätte Jagun ihr Leben gegen die Echsen verteidigt. Mit seiner Kräuterkenntnis wäre es ihm sogar möglich gewesen, sie noch zu retten. Doch unter den gegebenen Bedingungen musste er Prioritäten setzen. Das Leben der Jägerin zu retten, hätte bedeutet, die Chaisparin zu opfern und auch auf die Befreiung der übrigen Sklaven zu verzichten. Und das konnte Jagun nicht. Er hasste es, darüber entscheiden zu müssen, wer leben und wer sterben sollte, außer er stand einem Gegner in einem ehrlichen Kampf gegenüber. Aber diese Art des Kampfes war ihm versagt und er wünschte sich deshalb sogar, N'jara an seiner Seite zu haben, um sie auf ihre Weise die Sklavenjäger bekämpfen zu lassen. Er hatte lange darüber nachgedacht, dass N'jara Borka zwar aus dem Hinterhalt und von hinten erschossen, mir damit aber das Leben gerettet hatte. Und schließlich hatte er sich sogar eingestehen müssen, dass ohne N'jaras Pfeile aus dem Wald die Befreiung der Sklaven wohl nicht mit so geringen Verlusten möglich gewesen wäre und dass er selbst für den Tod der vom Anführer der Sklavenjäger getöteten Sklaven verantwortlich war, weil er N'jaras Pfeile auf ihn abgefangen hatte.

„Ich locke sie weg", sagte er zu den Chaisparin, schwang sich auf das Pferd und galoppierte durch den Wald davon. Erst in mehr als einem Kilometer Entfernung setzte er das Horn der Jägerin an seine Lippen und blies hinein. Er hoffte, dass die übrigen Jägerinnen die Chaisparin noch nicht entdeckt hatten und auf seine List hereinfallen würden, schob eine Klette unter den Sattel des Pferdes und ließ es weiter laufen, während er sich wieder in die Äste der Bäume schwang. Die Klette würde das Pferd wild machen und es noch weit laufen lassen, bevor es irgendwann vor Erschöpfung stehen bleiben würde. Wenn die übrigen Jägerinnen ihm folgen würden, wäre das seine Chance, an die gefangenen Sklaven heran zu kommen, um zu versuchen, sie zu befreien. Und tatsächlich: Auf seinem Weg durch die Äste der Bäume zurück, sah Jagun mehr als ein Dutzend Jägerinnen dem durch die Klette wild gewordenen Pferd, das panisch durch den Wald floh, folgen. Und auch der drohende Schatten des Drachen bewegte sich in diese Richtung. Der Drache konnte Jagun gefährlich werden. Er würde das Pferd sehr viel schneller einholen, als die berittenen Jägerinnen. Jagun hatte also keine Zeit zu verlieren und flog so schnell durch die Äste der Bäume, wie es ihm nur möglich war. Wenn er mehr Zeit gehabt hätte, dann hätte er versucht, mit den Chaisparin einen Schlachtplan zu entwerfen. Doch er hatte keine Zeit. Innerhalb weniger Minuten hatte Jagun die Sklavenkarawane erreicht. Er sah auf einen Blick, dass nur wenige Sklavenjäger zur Bewachung der Sklaven zurückgeblieben waren. Niemand rechnete mit einem Angriff.

Jagun ließ sich lautlos auf das Dach des hintersten Wagens fallen. Als der Sklavenjäger auf dem Bock, der glaubte, eine Bewegung hinter sich wahrgenommen zu haben, sich umdrehte, war von Jagun aber schon nichts mehr zu sehen. Ebenso lautlos, wie er auf dem Dach gelandet war, hatte er sich von diesem durch die Tür auf der Rückseite ins Innere des Wagens geschwungen. Und das hatte er getan, ohne den Wagen durch das Gewicht seines eigenen Körpers zum Schaukeln zu bringen. Mit auf die Lippen gelegtem Zeigefinger bedeutete er den Frauen und Kindern, deren lange Ketten an dem Wagen befestigt waren, still zu sein. Trotzdem entstand ein gefährliches Getuschel unter den Sklaven, die ihn gesehen hatten. Der Sklavenjäger vom Kutschbock stieg auf das Dach des Wagens und überblickte streng die Gefangenen. Und auch einer der Aufseher kam nach hinten, ließ seine Peitsche auf die nackten Körper knallen und fragte streng: „Wer hat euch erlaubt, zu sprechen?"

Niemand antwortete. Die Frauen und Kinder verstummten schlagartig und senkten ängstlich ihre Köpfe. Jagun wünschte sich in diesem Moment wieder einmal, kämpfen zu dürfen. Aber allein, dass er mit dem Gedanken an Kampf die Fäuste ballte, als die Peitsche ins Fleisch der Frauen und Kinder schnitt, ließ drohende Schatten über dem Wagen erscheinen. Der abergläubische Sklavenjäger auf dem Dach, der sich von diesen Schatten bedroht fühlte, sagte furchtsam zu dem Aufseher: „Hör auf. Unter ihnen muss eine Hexe sein. Hole sofort die kona foringi!"

Sofort lief der Peitschenschwinger los. Jagun fand nichts Brauchbares im Wagen, glitt wie eine Schlange durch die Tür wieder nach draußen und kroch unter dem Wagen nach vorne, wo die Ketten der männlichen Sklaven, die den Wagen ziehen mussten, eingeklinkt waren. Ohne Schlüssel oder Werkzeuge konnte Jagun die Ketten nicht öffnen.

Noch während Jagun unter dem Wagen kauerte, kam der Peitschenschwinger mit der Reiterin des Trolls zurück. Schnell schlug sich Jagun seitwärts in die Büsche und lief im Schutz des Waldes nach vorne zu dem Troll. Ohne zu zögern sprang er auf dessen Rücken, um sich in den Sattel zu schwingen. Doch als er schon auf den Schultern des Trolls angelangt war, bemerkte er zu seiner Überraschung, dass in den Sattel ein phallusartiges Horn eingelassen war, das vor Feuchtigkeit triefte.

Scheiß Damensattel, dachte er sich, während er genauso schnell wieder von den Schultern des Trolls herunter war, wie er oben gewesen war. Er sprang vor den Troll, der noch nicht einmal mitbekommen hatte, wer da auf ihm herum turnte wie ein wildgewordenes Äffchen, und fragte ohne Umschweife: „Willst Du frei sein, Troll?"

Der träge Verstand des Trolls begriff gar nicht, was der eigenartige Mann von ihm wollte. Er wusste nicht, ob er Jagun angreifen oder ignorieren sollte. Sowohl für das Eine, als auch für das Andere würden ihm von seiner Peinigerin wieder Schmerzen zugefügt werden. Halb zornig, halb verängstigt schrie er auf und taumelte rückwärts.

Einige Wächter wurden auf die Unruhe aufmerksam und kamen nach vorne gelaufen. Jagun tauchte wie ein Schatten zwischen den Blättern des nächsten Busches unter. Die Wächter schlugen den Troll mit ihren Peitschen und stießen ihn mit Lanzen. Das reizte den Troll und er schrie erneut auf, doch diesmal nur noch aus Zorn.

„Wo ist die kona foringi?" fragte einer der Wächter, während er furchtsam vor dem Troll zurückwich.

„Hinten, beim letzten Wagen", antwortete ein anderer.

„Sie soll sich mal lieber um ihren Troll kümmern."

„Na dann sag ihr das doch selber."

„Meinst Du, ich bin verrückt, dass ich mich mit der anlege?"

„Dann halt einfach die Klappe!"

„Ist ja schon gut."

Jagun hatte der Auseinandersetzung der beiden Wachen, die sich langsam vor dem Troll zurückzogen, aufmerksam zugehört. Als sie sich weit genug entfernt hatten, dass sie keine unmittelbare Gefahr mehr für ihn darstellten, sprang er wieder vor den Troll hin und fragte ihn erneut: „Willst Du, dass sie aufhören, Dir weh zu tun?"

„Ja", nickte jetzt der Troll schwerfällig.

„Dann sprenge Deine Ketten!" forderte Jagun ihn eifrig auf.

Der Troll sah ihn nur belämmert an. Er verstand gar nicht, was er tun sollte.

„Die Ketten", erklärte ihm Jagun und deutete auf die Ketten zwischen dem Halseisen des Trolls und den Eisenringen um seine Handgelenke. Diese Ketten waren weitaus schwächer als die Kette, mit der der Troll den Wagen ziehen musste und Jagun war sich sicher, dass der Troll sie sprengen könnte, wenn er sich nur anstrengte.

„Zerreiße sie!" spornte Jagun ihn an. Und schließlich begriff der Troll, was Jagun meinte und zerrte mit seiner ganzen Kraft an den Ketten. In seiner Anstrengung wand er sich wie ein Aal und warf sich hin und her, so dass Jagun vor der riesenhaften Erektion des Trolls zurückweichen musste. Langsam bogen sich die Kettenglieder auf. Da entdeckten die Wachen Jagun und sahen, was der Troll versuchte. Einer blies sofort in sein Horn und gab Alarm, während der andere auf Jagun zustürmte. Jagun wartete den Angriff gelassen ab und duckte sich erst im letzten Moment unter dem Schwert des Sklavenjägers ab, der von seinem eigenen Schwung bis vor Troll taumelte. Dieser sprengte im selben Augenblick seine Ketten, packte den Angreifer und riss ihm den Kopf ab.

„Gut gemacht!" lobte Jagun ihn und forderte ihn auf: „Und jetzt die andere Kette!"

Der Troll packte die Kette zwischen seinen Beinen und zog mit aller Kraft daran. Doch obwohl er dafür beide Hände benutzen konnte, gelang es ihm nicht, die Kette zu sprengen. Da kamen auch schon die zu Hilfe gerufenen Sklavenjäger und die junge Frau, die von den Sklavenjägern kona foringi genannt wurde, angelaufen. Jagun flüchtete sofort wieder in die Sicherheit des Waldes.

„Bringt mir den Mann!" befahl die kona foringi. „Bringt ihn mir lebend!"

Im nächsten Moment saß sie bereits wieder im Sattel auf dem Rücken des Trolls, zog mit aller Gewalt an beiden Zügeln und trieb dem armen Geschöpf damit die langen, spitzen Dornen in seine dunkle, glänzende Eichel.

In die Richtung, in die Jagun geflohen war, liefen auch die Sklavenjäger, die ihn zurückbringen sollten. Doch Jagun hatte sie längst umgangen. Er schlüpfte in den Wagen, den der Troll ziehen musste und stellte zu seiner Befriedigung fest, dass er diesmal im richtigen Wagen gelandet war. Hier war das Werkzeug des Schmieds. Jagun nahm sich ein langes, schweres Brecheisen, schlich sich unter dem Wagen nach vorne und hebelte unter Aufbietung seiner ganzen Kraft die Kette auf, an dessen Ende der Troll hing, der die kona foringi auf seinen Schultern nicht zu fassen bekam und vor Schmerzen schrie. In dem Moment kamen die ausgeschwärmten Jäger und Jägerinnen zurück.

„Nimm die Kette!" schrie Jagun dem Troll zu. Damit lenkte er zwar die Aufmerksamkeit auf sich. Doch auch der vor Schmerz fast wahnsinnige Troll hörte Jagun und sah, dass das Ende seiner Kette von dem Wagen los war. Es wäre ein leichtes für den Troll gewesen, die Riemen, mit denen der Sattel auf seine Schulter geschnallt war, zu zerreißen und seine Peinigerin so loszuwerden. Doch soweit dachte er nicht. Als er jetzt sah, dass er frei war, packte er die schwere Kette, und schwang sie nach den Angreifern, die aus allen Richtungen auf ihn zustürmten.

Jagun hätte sich gewünscht, in den Kampf eingreifen zu können. Doch seine Dämonen, die wie böse Schatten über der Szene kreisten, erlaubten es ihm nicht. Das einzig Gute an der Situation war, dass der Drache im dichten Wald nicht landen konnte und dass die Sklaven damit solange außerhalb seiner Reichweite blieben, wie sie sich in direkter Nähe zu den Sklavenjägern befanden.

Der Wald war Jaguns Freund; er war sein Verbündeter im Kampf um die Freiheit der Sklaven. Während der Troll an der Spitze der Karawane tobte und mit seiner Kette die Reihen der Sklavenjäger niedermähte, eilte Jagun zu den Sklaven weiter hinten, stemmte ihre Ketten auf und schickte sie in den ersten Wagen, wo sich neben den Werkzeugen des Schmiedes auch Waffen befanden. Da der Kampf schon tobte, als die ersten Sklaven auf diese Weise von ihren Ketten befreit wurden, hatten sie gar keine Gelegenheit, sich Gedanken darüber zu machen, ob sie kämpfen wollten oder nicht. Der Kampf war in vollem Gange. Jagun wusste, dass die Sklaven gewonnen hatten, noch lange, bevor der Kampf wirklich entschieden war. Trotzdem hebelte er selbst bis zum Schluss die Ketten der Gefangenen auf. Im Getümmel sah er auch wieder die drei Chaisparin, die Männer und Frauen ihrer Rasse befreiten und an deren Seite kämpften. Am Schluss saß nur noch die kona foringe auf den Schultern des Trolls. Sie zerfetzte mit ihren Dornen sein Glied, aus dem das Blut in dicken Fontänen schoss. Und als der Troll durch den Blutverlust schließlich geschwächt zusammenbrach, sprang sie aus dem Sattel und kämpfte allein gegen die Übermacht der befreiten und blutgierigen Sklaven. Jagun wurde sehr schnell klar, dass unter diesen keiner war, der es mit dieser Furie aufnehmen konnte. Sie allein war in der Lage, das Blatt noch zu wenden und die Sklaven bis auf den letzten Mann, die letzte Frau und das letzte Kind auszulöschen. Also sprang Jagun zwischen sie und die verzweifelt gegen sie kämpfenden Männer und sagte zu diesen: „Lauft! Lauft so schnell und so weit ihr könnt. Nehmt jeden mit, der nicht mehr in der Lage ist, selbst zu gehen; auch den Troll!"

Die Männer waren viel zu verängstigt, und zu erschöpft, um sich Jaguns Worten zu widersetzen. Unter normalen Umständen hätten sie um den Troll einen weiten Bogen gemacht. Aber die Situation war so ernst, dass sie keine Sekunde zögerten, Jaguns Befehl auszuführen.

„Glaubst Du wirklich, dass sie mir entkommen können?" fragte die kona foringe kalt lächelnd. Gleichzeitig tauchte auch der Anführer der ersten Karawane auf, dem Jagun sich schon einmal zum Kampf gestellt hatte. Jagun hatte sich schon gewundert, dass er ihn noch nicht gesehen hatte, denn er war sich ziemlich sicher gewesen, dass der Mann sofort zu der nachfolgenden Abteilung gelaufen war, um Verstärkung zu holen und die befreiten Sklaven wieder einzufangen.

„Ist das der Mann, der Schattenbringer?" fragte die Frau den Sklavenjäger unbeeindruckt.

„Ja", nickte dieser und versuchte, Jagun den Fluchtweg nach hinten abzuschneiden. Dann fragt er Jagun: „Willst Du auch diesmal nur wieder weglaufen? Oder wirst Du kämpfen, wie ein Mann?"

„Ich kämpfe", antwortete Jagun leise und ernst. Über ihm kreisten die dunklen Schatten seiner Dämonen. Aber noch hatte Jagun nach keiner Waffe gegriffen und nichts getan, was als aktiver Kampf gesehen werden konnte. Er wollte den Kampf zumindest so lange hinauszögern, bis die flüchtigen Sklaven außerhalb der Reichweite seiner Dämonen in Sicherheit waren. In einer kleinen Stadt wie Hradotéj hatten die Palisaden, die die Stadt begrenzten, auch die Grenze für seine Dämonen bedeutet. Hier, mitten im Wald, gab es keine solche Grenze. Jagun vermutete, dass der Ort, den die Dämonen heimsuchen würden, überall dort, wo es keine natürliche Begrenzung gab, kleiner sein würde, als in Hradotéj. Aber er wusste es nicht. Deshalb versuchte er Zeit zu gewinnen, Zeit, die die Flüchtigen brauchten, um sich vor seinen Dämonen in Sicherheit bringen zu können. Jagun stand zwischen dem Sklavenjäger und der kona foringe. Langsam drehte er sich, um beide aus den Augenwinkeln sehen zu können und nicht durch einen Angriff von hinten überrascht zu werden. Diese beiden mussten sterben. Das war nicht mehr zu verhindern. Denn wenn sie weiterlebten, würden sie die Fliehenden einholen und entweder töten oder wieder einfangen. Das durfte nicht geschehen, sonst wäre alles umsonst gewesen.

Über den Baumwipfeln kreiste der Drache. Doch selbst Drachen fürchten Schatten, die sich nicht fassen ließen. Plötzlich flammte eine Feuerfontäne hoch über den Köpfen der drei sich belauernden Menschen auf dem Schlachtfeld auf und versengte die obersten Äste der Baumriesen. Als Jagun einen kurzen Blick nach oben warf, griff die kona foringe blitzschnell an. Doch ebenso schnell wie ihr Schwert nach vorne schoss, tauchte Jagun unter der todbringenden Klinge durch. So lange es ging, wich Jagun den Schwerthieben seiner beiden bisher unbesiegten Gegner aus. Doch als das Schwert des Sklavenjägers, der Borka so einfach besiegt hatte, als wenn der ein gelähmtes Kind gewesen wäre, Jaguns Haut ritzte, war die Zeit für ihn gekommen, selbst aktiv zu werden. Jagun wusste, dass seine Gegner verloren waren, sobald er nach einer Waffe griff. Doch er wollte nicht, dass die Dämonen seine Arbeit machten, denn jedes Mal wenn er es zuließ, dass seine Dämonen das Blut und die Seelen derer tranken, die durch seinen Fluch ihr Leben lassen mussten, wurden die Dämonen stärker. Und je stärker sie wurden, umso schwerer wurde es auch, seinen Fluch noch aufzuheben.

Einmal, ganz zu Anfang, als Jagun noch nicht an den Fluch Urtá-gás geglaubt hatte, hatte er etwas getan, was seine Dämonen heraufbeschworen hatte. Sie hatten reiche Ernte gehalten und waren stark geworden. Und noch zwei weitere Male hatte er nicht verhindern können, ihr Erscheinen heraufzubeschwören.

Diesmal nicht! schwor sich Jagun. Er rollte sich unter dem Schwert ab, das ihm eben quer über die Brust geschnitten hatte, griff sich das Schwert eines gefallenen Sklavenjägers und stellte sich dem Angriff seiner beiden Gegner.

„Na endlich!" sagte der Anführer der Sklavenjäger zufrieden, während sich Jaguns Schatten schon zu materialisieren begann. Im nächsten Moment fiel der Kopf des Sklavenjägers mit ungläubigem Blick von seinen Schultern und Jaguns Schwert steckte im Herz der kona foringe, die ihn ebenso ungläubig wie überrascht aus sterbenden Augen anstarrte.

Jaguns Dämonen, seine erst halb materialisierten Schatten kreischten so erzürnt auf, dass es Jagun in den Ohren schmerzte.

„Du hast uns um unsere Seelen betrogen", sagte einer dieser Schatten mit Grabesstimme drohend. Jagun ignorierte ihn. Unbewaffnet stand er da und dachte sich zufrieden: *Ihr werdet heute nichts ernten.*

Doch in diesem Moment ertönte der markerschütternde Schrei des Drachen. Jagun hatte angenommen, dass er mit seiner Reiterin das Weite gesucht hatte, nachdem die Schatten ihn erschreckt hatten. Doch der Drache war noch da und seine Reiterin mit ihm. Und die Schatten der Dämonen wurden zu Fleisch und fielen zu Tausenden über den Drachen her. Seine wild schlagenden Flügel ragten aus einer Wolke schwarzer Gestalten. Blut regnete auf den Wald und Jagun herab, heißes, dampfendes Drachenblut. Und dann stürzte der Körper des Drachen krachend durch die Äste der Bäume. Von der Jägerin, die auf ihm geritten war, war nichts mehr übrig. Der Drache wand sich im Todeskampf und er verlor diesen letzten Kampf. Wie eine leere Hülle hing sein lebloser Körper in den tieferen Ästen der Bäume, während das Feuer in seinen Augen erlosch.

Jagun hatte diesem nur wenige Minuten dauernden Schauspiel mit Entsetzen zugesehen. Seine Dämonen hatten den Drachen getötet. Das hätte niemals geschehen dürfen. Zu viel Macht gewannen sie aus diesem Sieg. Sie waren eine Armee. Und jetzt waren sie nicht mehr nur Schatten, sondern lebendige Wesen, die sich vom Blut und der Seele des Drachen genährt hatten.

Mit schweren Schritten stapfte der Dämon, der sich von Jagun schon betrogen gefühlt hatte, vor diesen hin und sagte mit der Kraft eines lebendigen und atmenden Menschen: „Bald Jagun; bald gehörst Du uns!"

Jagun reagierte auch jetzt nicht auf den Dämon. Er wusste, dass die Dämonen auch an seiner Seele nagen und ihn schwächen würden, wenn er sich auf ein Gespräch mit ihnen einlassen würde. Ohne den Dämon anzusehen, wendete er sich ab. Die Dämonen durften ihm nichts tun. Aber sie hatten ihn so eng umringt, dass es ihm fast unmöglich war, durch ihre Reihen zu gelangen, ohne sie selbst zu berühren. Doch auch das durfte er nicht. Jeder direkte Kontakt schwächte ihn und stärkte seine Dämonen. Früher oder später musste Jagun diesen Kampf verlieren. Und da er ihnen jetzt einen Drachen zugespielt hatte, durch den die Dämonen auf einen Schlag so unglaublich viel Macht erlangt hatten, war aus dem ‚früher oder später' ein ‚früher oder noch früher' geworden.

Jagun war übel. Doch er verbarg jede Regung vor den Dämonen, die nur darauf warteten, dass er eine Schwäche zeigte. Die Sklaven waren nach Süden geflohen. Jagun hoffte, dass wenigstens sie alle außerhalb des Machtbereiches der Dämonen gewesen waren. Jedenfalls lief er jetzt nach Norden, ohne sich weiter um sie zu kümmern. Mehr als das, was er getan hatte, konnte er ohnehin nicht für sie tun. Er konnte sie jetzt nur noch in Gefahr bringen. Die Dämonen konnten den Sieg, den sie errungen hatten, genießen, solange sie körperlich blieben. Wie lange das dauern würde, wusste Jagun nicht. Er wusste nur, dass es jedes Mal länger wurde.

‚Bald', hatte der Dämon gesagt, ‚bald würde Jagun ihnen gehören'. Aber noch war es nicht so weit.

Und wenn es soweit ist, dachte sich Jagun, *dann werde ich meine Seele bis zum letzten Blutstropfen gegen euch verteidigen.*

27. JAGUNS DÄMONEN

In Bewegung zu bleiben war eine der Möglichkeiten, seine Dämonen so weit zu schwächen, dass sie ihre körperliche Form wieder verloren. Deshalb lief Jagun kontinuierlich in nördlicher Richtung. Selbst nachts gönnte er sich kaum Schlaf. Doch bereits am Morgen des zweiten Tages begegnete er einem Trupp Sklavenjäger, die einige der befreiten Sklaven von der ersten Karawane wieder eingefangen hatten.

Deshalb, dachte sich Jagun bestürzt, *waren so wenige Männer bei der großen Karawane. Sie hatten die Jäger ausgeschickt um die entflohenen Sklaven wieder einzufangen.*

Das Schlimme an dieser Begegnung war, dass Jaguns Dämonen ihm noch in materialisierter Form folgten. Sie waren noch nicht wieder zu den Schatten geworden, die keine Macht besaßen, sondern fielen sofort über die Sklavenjäger und ihre Beute her, um sich an ihnen zu nähren und noch stärker zu werden, als sie es bereits waren. Jagun war nicht imstande, ihnen Einhalt zu gebieten. Hilflos musste er zusehen, wie der ganze Trupp ausgelöscht wurde und sowohl den Sklaven, als auch ihren Peinigern die Seelen geraubt wurden. Das einzige, das Jagun tun konnte, war wegzulaufen. Seine Dämonen waren an ihn gebunden und mussten ihm folgen. Doch so schnell Jagun auch lief; er konnte niemals schneller als der Fluch sein, dessen Verkörperung seine Schatten und Dämonen waren.

Ich darf nicht weiter nach Norden laufen, wo die große Handelsrute an Hradotéj vorbeiführt, dachte sich Jagun und schwenkte nach Osten ab, um Hradotéj weitläufig zu umgehen und sich nach Gryn-Fjell zu wenden. Gryn-Fjell war so unzugänglich, so verlassen und unwirtlich, dass die Gefahr, dort auf Menschen oder Tiere zu treffen, deren Leben durch seine Dämonen gefährdet würden, relativ klein war. Dort konnte Jagun seine Dämonen dazu zwingen, sich wieder in Schatten aufzulösen. Er musste nur in Bewegung bleiben, jedem lebendigen Wesen, an dem seine Dämonen sich nähren konnten, aus dem Weg gehen und nach Möglichkeit auch jeden Gedanken an die beiden Mädchen vermeiden, deren Schicksale sich auf so eigenartige Weise mit seinem verbunden hatten. Der jetzige Zustand war gefährlich. Solange die Dämonen ihn als körperliche Wesen begleiteten, würden sie alles töten, was sie in seiner Nähe erwischen konnten und dabei selbst immer stärker werden. Das durfte auf keinen Fall passieren.

Drei Tage lang gelang es Jagun, jede Begegnung mit Mensch oder Tier zu verhindern. Er machte während seiner Wanderung so viel Krach, dass er alle Tiere des Waldes schon verscheuchte, lange bevor er ihr Revier betrat. Und dabei achtete er selbst auf jedes Geräusch und auf jeden Hinweis, der auf die Nähe von Menschen schließen ließ. Als Jagun dann schon tief in die mit Moos überwucherten Ausläufer Gryn-Fjells vorgedrungen war, in denen das einzig Lebendige die Legenden von schrecklichen Ungeheuern waren, die die Menschen aus der Gegend fernhielten, wurden seine Dämonen endlich wieder schwächer. Sie zürnten Jagun und wollten ihn zwingen, den Weg zurück in bewohnte Gegenden einzuschlagen. Doch sie hatten keine Macht über ihn. Unbeirrt marschierte Jagun weiter. Und er dachte sogar daran, sich in diesem, anscheinend selbst von den Göttern verlassenen Land das Leben zu nehmen.

Wenn ich hier sterbe, dachte er sich, *dann können meine Dämonen bis in alle Ewigkeit in dieser abweisenden Einöde ihr boshaftes und widernatürliches Dasein fristen, ohne auch nur noch eine einzige Seele zu bekommen.*

So wie sich Jaguns Dämonen langsam wieder auflösten, begannen seine Überlegungen, sich das Leben zu nehmen, immer festere Formen anzunehmen. Auf diese Weise wollte er Urtá-gá, ihrem Fluch und den Dämonen ein letztes Schnippchen schlagen. Doch als seine Dämonen schon kaum noch mehr als dunkle Schatten waren, deren Konturen schon zu verwischen begannen, hörte Jagun plötzlich N'jaras Stimme in seinem Kopf oder in seinem Herzen.

Jagun, rief N'jara in seinem Inneren und trotzdem von sehr weit weg. Ihre Stimme schien voller Verzweiflung und Furcht zu sein. Jagun lauschte in sich hinein und versuchte, seine Gedanken an N'jara, die er so lange unterdrückt gehabt hatte, um den Dämonen keine Nahrung zu geben, jetzt zumindest vor ihnen zu verbergen. Doch die Dämonen spürten dieses starke Gefühl, dieses Band zwischen Jagun und N'jara und wollten seine Kraft benutzen, um wieder zu erstarken. Sie waren aber schon zu geschwächt, um allein durch die Kraft von Gedanken und Gefühlen wieder Gestalt annehmen zu können.

Jagun, rief N'jaras Stimme erneut. *Kannst Du mich hören?*

Während Jagun mit N'jara zusammen gewesen war, hatte er schon einige Male das Gefühl gehabt, ihre Gedanken in seinem Kopf und ihren Blick in seinem Herzen zu spüren. Doch jetzt hörte er zum ersten Mal ihre Stimme. Er wusste, dass sie nicht da war. Und als er mit geschlossenen Augen auf die Stimme in sich lauschte, konnte er N'jara sogar vor sich sehen, so wie sie mit ebenfalls geschlossenen Augen, nach Süden gewandt auf dem Dach des Wachturms von Hradotéj stand.

Ich bin hier! antwortete Jagun still und sah, wie sich N'jara nach Osten, in seine Richtung umwandte, ohne die Augen zu öffnen.

Bitte komm her, flehte N'jara eindringlich. *Wir brauchen Deine Hilfe!*

Im nächsten Moment brach N'jara vor Jaguns geistigem Auge zusammen. Und dann war der Kontakt auch schon unterbrochen.

N'jara? rief Jagun in seinen Gedanken. Doch N'jara konnte ihn nicht mehr hören. Ihr Geist hatte so lange nach Jagun gesucht, bis sie sich völlig verausgabt hatte.

Jagun überlegte kurz, ob diese Vision ein Trick Urtá-gás sein konnte, um ihn zurück in belebte Gegenden zu locken. Doch Urtá-gá hatte keine Macht über ihn. Sie hatte ihn mit einem Fluch belegt, aber sie hatte keine Gewalt über seinen Geist. N'jara hatte ihn gerufen, sie war in Gefahr und mit ihr noch jemand, denn sie hatte ,wir' gesagt: *Wir brauchen Deine Hilfe!*

Jagun betrachtete sich kurz seine Dämonen. Sie waren nur noch durchscheinende und schemenhafte Schatten, die schon jetzt nicht mehr die Kraft besaßen, aus eigenem Willen jemand etwas anzutun. Bis Hradotéj würde nichts mehr von ihnen übrig sein, als die alte Drohung, bei seinem nächsten Verstoß gegen die Auflagen seines Fluchs, stärker als zuvor neu zu erstehen. Aber Jagun hatte nicht vor, es dazu kommen zu lassen. Er lief nach Hradotéj, das er nicht vorhatte, zu betreten; er würde sich auf keinen Kampf einlassen und auch nach keiner Waffe greifen; und mit einer Frau würde er sich sowieso nicht vereinen.

In welcher Gefahr steckst Du, N'jara? Wo ist Siwa? Wo ist Jadwéj? Und wo ist Andieu?

28. KAMPF UM N'JARAS LEBEN

Fast einen halben Tag lang liefen N'jara und Jagun aufeinander zu. Sie konnten sich nicht sehen und hatten als einzige Orientierung nur ein Gefühl. Doch dieses Gefühl führte sie mit untrüglicher Sicherheit zueinander. Im zerklüfteten Grenzgebiet zwischen Wolan und Gryn-Fjell, dort wo schon nichts mehr wuchs, außer alles überwucherndem Moos, standen sie sich plötzlich in einer grünen Schlucht gegenüber. Es war bereits dunkel, als sie sich entdeckten. Der Mond war noch nicht aufgegangen, doch die Sterne über ihnen funkelten wie ein Meer aus Diamanten. Beide erkannten sich auf den ersten Blick. Sie stürzten aufeinander zu und wollten sich in der ersten Aufwallung übermächtiger Gefühle in die Arme fallen. Jaguns drohende Schatten, die das Sternenlicht verdunkelten, hätten sie in diesem Moment ignorieren können. Doch die Furcht vor den eigenen Gefühlen ließ sie beide im letzten Moment wieder abbremsen. Jagun nahm schließlich nur ganz scheu N'jaras Hände in seine und flüsterte ihren Namen. Doch N'jara schwieg. Und Jagun fragte sie unsicher: „Was ist los?"

Da hob N'jara ihr Gesicht soweit an, dass das Licht der Sterne sich auf ihrem Antlitz spiegelte. Jagun erschrak, als er sah, wie sich die Haut um ihren Mund, von den Nasenflügeln bis über das kleine Kinn verändert hatte. Im schwachen Licht der Nacht wirkte die Haut fast schwarz. Und unter der Oberfläche schien sich etwas zu bewegen. Doch N'jara selbst konnte ihre Lippen nicht mehr bewegen.

Die Hecken Hradotéjs haben Jadwéj verletzt. Ich habe die Wunde ausgesaugt, hörte Jagun N'jaras Stimme in seinem Kopf. Und noch während er versuchte zu begreifen, was das bedeutete, fuhr N'jara fort: *Beeile Dich, Du musst ihr helfen.*

Dann setzte sie sich ins weiche Moos und ließ sich erschöpft nach hinten fallen. Jaguns Blick wanderte kurz über die kleine, schlanke Gestalt N'jaras. Ihre kleine Brust hob und senkte sich schwer. Jagun wusste, dass das Gift der Hecken bereits in ihrem Blut war. Doch er kannte das Gift nicht. Und ohne ein Gift zu kennen ist es dem besten Heiler nicht möglich, ein Gegengift herzustellen.

Wenn N'jara nur Jadwéjs Wunde ausgesaugt hatte, dann musste es Jadwéj noch viel schlechter gehen. Jagun wünschte sich wieder einmal seine Mutter zurück. Sie hätte gewusst, was zu tun gewesen wäre. Sie hatte alle Gifte gekannt. Doch Jagun erkannte zumindest, dass keine Zeit zu verlieren war. Wortlos hob er N'jara auf seine Hände, küsste sie den wütenden Schatten zum Trotz auf die Stirn und lief in Richtung Hradotéj los.

Lass mich hier, Jagun, bat N'jara stumm. Doch Jagun ignorierte die Stimme in seinem Kopf und beschleunigte seine Schritte noch mehr. Er spürte, dass N'jara bereit war, ihr eigenes Leben für das Leben Jadwéjs zu opfern. Sie glaubte, Jagun zu behindern, wenn er sie tragen musste. Und natürlich stimmte es, dass er ohne sie schneller vorwärts gekommen wäre. Aber Jagun war nicht bereit, das Leben N'jaras so einfach aufzugeben, ebenso wenig wie er bereit war, Jadwéj aufzugeben. Seine Dämonen hatten sowohl Sklavenjäger, als auch Sklaven, die N'jara und er bereits befreit gehabt hatten, getötet. Diese Schuld lag schwer auf seiner Seele. Er wollte sich nicht auch noch schuldig fühlen müssen am Tod von zwei Menschen, die ihm mehr bedeuteten, als er sich selbst bereit war, einzugestehen.

Dort, wo die grüne Moosdecke, mit der Gryn-Fjell zugedeckt ist, langsam ebener wurde und wo die ersten Gräser, Sträucher und schließlich auch Bäume auftauchten, ließ Jagun seinen Blick aufmerksam über die reicher werdende Pflanzenvielfalt schweifen, ohne seine Schritte dabei aber zu verlangsamen. Und endlich entdeckte er etwas. Behutsam legte er N'jara ab und pflückte ein paar fast schwarze, knollige Baumpilze.

„Hier", sagte er, während er N'jara vorsichtig aufrichtete und ihr die Pilze reichte. „Iss das. Es bindet das Gift in Deinem Körper."

Ich kann meinen Mund nicht mehr bewegen, antwortete N'jara stumm und Jagun sah die Furcht in den Augen des Mädchens, das er so furchtlos kennengelernt hatte. Und während Jagun sich selbst die Pilze in den Mund stopfte, um sie für N'jara zu zerkauen, erklärte sie ihm weiter stumm: *Mein Hals ist taub. Ich bekomme keine Luft mehr.*

Jagun hörte das leise, verzweifelte Röcheln und wusste, dass er keine Zeit mehr verlieren durfte. Er öffnete N'jaras Kiefer mit aller nötigen Gewalt und stopfte ihr die zerkauten Pilze in den Mund. Doch N'jara konnte nicht mehr schlucken. Ihre Augen waren mit glasigem Blick und schwindendem Bewusstsein auf Jagun gerichtet. Und noch einmal hörte Jagun in seinem Kopf ihr Flehen, sie zurückzulassen und Jadwéj zu retten. Doch Jagun gab nicht auf. Er presste so viel von den Pilzen durch ihren Hals, wie es ihm möglich war. N'jara atmete nicht mehr. Schnell nahm Jagun einen ihrer Pfeile, durchstieß mit der Spitze ihre Luftröhre und führte ein aus einem harten Blatt geformtes Röhrchen ein. Gierig sogen sich N'jaras Lungen voll Luft. Und Jagun dachte sich erleichtert: *Sie lebt!*

Solange er um ihr Leben gekämpft hatte, war er nur darauf konzentriert gewesen. Doch jetzt, wo er wusste, dass sie vorerst weiterleben würde, konnte er nicht verhindern, dass ihm Tränen in die Augen schossen und auf N'jara hinunter tropften. Sie in diesem Zustand mitzunehmen, war zu gefährlich. Aber sie ungeschützt in dieser wilden Gegend liegenzulassen, wäre auch unverantwortlich gewesen. Jagun konnte aber auch nicht hier bleiben, wenn er versuchen wollte, Jadwéj ebenfalls noch zu helfen. Vorsichtig schaffte er N'jara in eine Bodensenke, über die er mit Zweigen, Gras und Moos eine Abdeckung machte, die sie vor zufälliger Entdeckung schützte.

N'jara lag ganz ruhig. Sie schlief jetzt. Jagun streichelte ihr sanft über die Wange und sagte leise: „Ich bin so schnell wieder da, wie es geht."

Dann küsste er sie sanft auf die Stirn, schloss die Abdeckung, machte sie unkenntlich und lief durch seine wütenden Schatten wie durch Wolkenfetzen hindurch los. Unterwegs sammelte er noch alle Pilze, Knollen und Kräuter, die ihm hilfreich bei der Bekämpfung der Infektion von Jadwéj und N'jara erschienen.

29. DIE INFEKTION

Nachdem N'jara aufgebrochen war, um Jagun entgegenzueilen, war ich nur kurz in das Gasthaus gelaufen, um den Wasserschlauch, den ich dort liegengelassen hatte, zu holen. Aus Furcht, dass die Dornengestrüppe mir den Rückweg in den Wachturm, in dem Jadwéj auf mich wartete, versperren könnten, wagte ich nicht einmal, mich nach neuer Kleidung umzusehen. Sogar den Wein in der Wirtsstube ignorierte ich. Nur einen Schinken ergriff ich im Vorbeilaufen, weil Jadwéj nicht nur Durst, sondern auch Hunger haben musste.

Kurz darauf saß ich mit dem kleinen, verängstigten Mädchen, unter dessen Fetzen, mit denen sie bekleidet war, sich ihre Krankheit weiter ausbreitete, wieder auf der Aussichtsplattform des Turmes. Sie trank den Rest des abgestandenen Wassers in einem Zug aus, brachte jedoch keinen Bissen des Schinkens hinunter. Kurz darauf fiel sie in einen unruhigen Schlaf. Ich hatte das ungute Gefühl dass sich die Krankheit durch das Wasser, das sie getrunken hatte, noch schneller ausbreitete. Als es Abend wurde, sah ich, dass sich die dunklen, lebendigen Verfärbungen ihrer Haut schon auf ihre dünnen, nackten Arme ausbreiteten. Ich schwankte zwischen Fürsorge und Furcht und fragte mich, was wohl passieren würde, wenn sie sich in einen dieser tödlichen Dornenbüsche verwandelte.

Dann wird sie über mich herfallen und wir werden beide bis ans Ende aller Zeiten als fleischfressendes Dornengestrüpp durch die Straßen und Gassen Hradotéjs wandern, malte ich mir mit Entsetzen aus.

Wo war nur Siwa? Ihretwegen hatte Jagun es riskiert, seine Dämonen zu erzürnen. Wegen seinen Dämonen hatten die Stadttore Hradotéjs sich nicht mehr geöffnet. Um die Dämonen zu verscheuchen und die Stadttore wieder zu öffnen, hatten die Stadtältesten eine Magie angewendet, die sie weder verstanden, noch beherrschten und damit eine Schneise durch die Stadt bis durch die Palisadenringe gebrochen. Und dadurch waren die Dornengebüsche befreit worden.

Vielleicht sollte ich ihnen sagen, dass ich maßgeblich an ihrer Befreiung beteiligt war, dachte ich mir. Aber die Vorstellung, mich mit Gestrüpp zu unterhalten, war selbst für mich äußerst albern.

Wo war nur Siwa? Ich erinnerte mich daran, wie Jagun und ich mit ihr durch die jetzt verlassene Stadt geflohen waren, immer auf der Hut davor, von den Wachen entdeckt zu werden. Niemals zuvor in meinem Leben hatte ich das Gefühl gehabt, etwas so Richtiges und so Heldenhaftes zu tun.

Und ich erinnerte mich auch an das Gefühl, Siwa in meinen Armen gehalten zu haben. Ich dachte an ihre Schönheit und an das Gefühl, ihren nackten Körper berührt zu haben. Wo war sie nur?

Die ganze Nacht über wachte ich mit wachsender Besorgnis neben der unruhig schlafenden und sich hin und her wälzenden Jadwéj. Ihre Atmung wurde immer gepresster und keuchender und unter ihren Fetzen bewegte sich ganz deutlich etwas, das wie lange, dünne Finger einer riesigen Faust wirkte. Ich machte mich darauf gefasst, jederzeit auf das Dach des Turmes flüchten zu müssen und wich schon so weit vor ihr zurück, wie es in dem begrenzten Raum des Wachturmes möglich war.

In der Morgendämmerung schreckte Jadwéj plötzlich aus dem Schlaf. Sie starrte mich mit weit aufgerissenen Augen an und ihre Lippen formten die flehende Bitte: *Bitte töte mich!*

Doch die Worte kamen nicht über ihre Lippen. Sie hatte keine Kraft mehr. Hilflos sah ich sie an. Die panische Angst vor der Verwandlung, die bereits begonnen hatte, und das flehende Bitten um Erlösung von diesem Schicksal, spiegelten sich deutlich in ihren Augen. Doch ich zögerte. Noch sah ich in ihr das kleine Mädchen, das ich vor kurzem noch gehasst hatte, dessen Leben mir aber anvertraut worden war, und für das ich mich wider meines eigenen Willens auch verantwortlich fühlte. Ich hatte angefangen, Jadwéj zu mögen, das kleine Monster, das mich von ihrem Schnapper hatte beißen lassen. Doch je mehr ihr Körper sich veränderte, umso mehr wich die Sympathie der Furcht. Jadwéj bäumte sich auf und krümmte sich unter Schmerzen wieder zusammen. Sie riss sich ihre Fetzen vom Leib und ich sah die aus ihrer Brust ragenden, langen, dünnen Äste, an denen sich schon Dornen zu bilden begannen.

Ich musste sie erlösen. Ich musste es tun, um ihre Seele und mein eigenes Leben zu retten. Zögernd zog ich mein Schwert und erhob mich mit zitternden Beinen.

„Es tut mir leid", flüsterte ich. Tränen stiegen mir in die Augen. Dann hob ich das Schwert und bat mit zitternder Stimme: „Bitte vergib mir, Jadwéj!"

Ich schloss meine Augen, als ich ihr das Schwert ins Herz stieß. Zumindest hatte ich vorgehabt, ihr das Schwert ins Herz zu stoßen. Doch als meine Faust, die den Schwertgriff umklammert hielt, schon nach vorne schoss, wurde mein Handgelenk plötzlich mit eisernem Griff gepackt. Ich erschrak, denn ich dachte im ersten Moment, dass Jadwéjs auswuchernde Äste mich ergriffen. Doch als ich von Panik erfasst meine Augen aufriss, sah ich Jagun neben mir stehen. Ein Stein fiel mir vom Herzen.

Unser Gruß war kurz und stumm, nur ein schneller Blick, dann wandte sich Jagun an Jadwéj. Ungeachtet ihrer um sich schlagenden Auswüchse packte er sie bei den Schultern und forderte mich auf: „Schneide diese Dinger ab, schnell."

Da Jagun sich nicht um die Berührung mit Jadwéjs deformiertem Körper kümmerte, versuchte auch ich, meine Furcht zu bekämpfen, packte die Äste und schnitt sie einzeln mit meinem Dolch ab. Dunkles, braunes Blut schoss aus den Wunden. Jadwéj bäumte sich in Jaguns Armen auf. Doch er hielt sie eisern fest. Als ich fertig war, drückte Jagun Jadwéj flach auf den Boden und sagte zu mir: „Halte sie fest, Andieu."

Ich setzte mich auf ihre Beine und drückte ihre Schultern nach unten. Und Jagun packte aus einer aus einem großen, faserigen Blatt gefertigten Tasche seine Kräuter und Pilze aus. Mit einem runden Stein zermahlte er einige der Zutaten und fügte diesen auch einige der abgeschnittenen Auswüchse Jadwéjs bei, die er ebenfalls zerstieß. Diesen ganzen Brei verteilte er großzügig auf ihre befallenen Körperstellen.

„Wird das helfen?" fragte ich skeptisch, da die Krankheit bei Jadwéj schon so weit fortgeschritten war. Und Jagun antwortete: „Ich hoffe es."

Dann forderte er mich auf, ihm den Verlauf der Infektion zu schildern. Und während ich es tat und er mir aufmerksam zuhörte, zerkaute er selbst kleine dunkle Pilze zu Brei und flößte diesen Jadwéj ein. Als ich mit meinem Bericht fertig war, kam er mir ganz nahe und schnüffelt wie ein Hund. Verstört wich ich vor diesem eigenartigen Annäherungsversuch zurück. Doch Jagun sagte nur: „Schinken und Wein!"

Vom Schinken war noch etwas übrig. Es war also keine Kunst, diesen zu riechen. Aber dass ich den Wein getrunken hatte, lag schon zwei Tage zurück. Davon konnte er gar nichts mehr riechen. Doch bevor ich ihn fragen konnte, wie er auf diese Idee käme, fragte er schon: „Wo hattest Du den Wein her?"

„Aus dem Gasthaus", antwortete ich mit gerunzelter Stirn und nickte in die Richtung des einladenden Gebäudes.

„Gibt es dort noch mehr?" fragte Jagun weiter. Ich war ziemlich empört darüber, dass dieser Trunkenbold sich betrinken wollte, während Jadwéj in diesem Zustand war und wir noch nicht einmal wussten, was aus Siwa geworden war. Und wo war überhaupt N'jara?

Jagun sah mir den Vorwurf im Blick wohl an, denn er erklärte mir: „Ich brauche ihn als Medizin!"

Das war etwas anderes. Ich nahm also den Vorwurf aus meinem Blick zurück und antwortete auf seine vorherige Frage: „Vorgestern gab es noch jede Menge."

„Pass auf sie auf!" forderte Jagun mich auf und schwang sich ungeachtet der Höhe des Turmes über die Brüstung.

Zum Glück bewegten sich die Tore nicht mehr. Es bestand also zumindest keine Gefahr, dass Jagun durch diese daran gehindert würde, Hradotéj wieder zu verlassen. Und seine Dämonen waren wohl auch schon zu lange aus der Stadt raus gewesen, um die zwei Tage, die er hier schon verbracht hatte, anzurechnen.

Jagun erschien nach kaum einer Minute am Fuß des Turmes und rief meinen Namen. Als ich hinunterblicke, rief er „Fang!" und warf mir nacheinander drei Flaschen Wein herauf. Und bevor ich ihn fragen konnte, was er vorhatte, lief er schon wieder davon und verschwand in den verlassenen Gassen der Geisterstadt, zu der Hradotéj geworden war. Von den Dornengestrüppen war nichts zu sehen. Und ich hoffte nur, dass sie Jagun nicht überraschen würden. Während ich auf seine Rückkehr wartete, merkte ich plötzlich, dass meine Handflächen schmerzten. Als ich sie ansah, erkannte ich zu meinem Entsetzen, dass die Dornen an Jadwéjs Auswüchsen mich verletzt hatten, als ich sie abgeschnitten hatte. Es waren nur kleine Stiche, winzige, rote Punkte, die kaum zu sehen waren, deren Ränder sich aber schon ins bläuliche verfärbten.

Ich muss sterben!

„Hiiilfeeeee!"

In der ersten Aufwallung meiner Todesangst schrie ich mir beinahe meine Seele und mit ihr auch meine Lunge aus dem Leib. Wo verdammt noch mal war Jagun? Er war nicht da. Er war weg. Er ließ mich auf diesem verfluchten Turm in dieser verfluchten Stadt mit diesem verfluchten Mädchen allein und wartete darauf, dass wir uns in Dornengestrüppe verwandelten. Die Zeit verging nicht. Jagun schien schon seit Stunden weg zu sein. Und ich spürte bereits, wie die Krankheit, die verfluchte Dornengestrüppseuche sich in meinem Körper ausbreitete. Wie im Wahn betastete ich fieberhaft meinen Körper, um festzustellen, ob mir schon Äste und Dornen aus meinen Gliedern wuchsen.

Mir ist so elend! Ah, der Wein; ich brauche jetzt dringend einen Schluck Wein!

Der Schweiß rann mir in Strömen vom Körper, ich bekam kaum noch Luft. Wenn ich schon sterben musste, dann wollte ich wenigstens den Schmerz mit einem Schluck Wein lindern.

Nur einen kleinen Schluck, dachte ich mir, köpfte die Flasche und trank sie in einem Zug aus.

„Tapferes, kleinenes Mädelchen!" lallte ich am Ende der zweiten Flasche, als ich schwankend auf Jadwéj hinunterblickte, die jetzt etwas ruhiger schlief. Und tapfer war sie wirklich gewesen; das musste ich ihr zugestehen. Sie hatte ihre Furcht nicht so laut in die Welt gebrüllt, wie ich, sondern das Schicksal schweigend ertragen.

Als sich alles um mich zu drehen begann, fiel mir wieder ein, dass ich mehr als eine Flasche Wein nicht gut vertrug. Mir war schwindelig und ich ließ mich vorsichtig auf den Boden plumpsen, was mir aber gar nicht weh tat. Ich musste über mich selbst lachen. Ich lachte und lachte ... und weiter weiß ich nichts.

Jagun hat mir später erzählt, dass er nur knapp eine viertel Stunde unterwegs gewesen war. Er war in die Apotheke gelaufen und hatte sich von dort noch allerlei Heilkräuter und sonstige Medizin geholt. Als er damit auf den Turm zurückkam, hat er mich angeblich volltrunken und laut schnarchend vorgefunden. Allein das beweißt ja schon, dass seine Version nicht ganz richtig sein kann, denn ich habe mich noch nie schnarchen gehört!

Als erstes untersuchte Jagun Jadwéj, nachdem er sich davon überzeugt hatte, dass es mir entsprechend gut ging. Dann rüttelte er mich wach und fragte mich nach meinem Zustand. Ich muss ihm wohl ziemlich ausführlich ausgemalt haben, dass ich sterben würde. Aber Jagun sah sich meine Hände an und wunderte sich darüber, dass er zwar die winzigen Punkte sehen konnte, wo die Dornen mich gestochen hatten, aber nicht die kleinste Verfärbung. Eine Weile dachte er angestrengt nach:

Die Dornengestrüppe waren Pflanzen. Durch eine Infektion mit ihnen verwandelten sich Menschen und Tiere ebenfalls in solche Pflanzen. Bei Jadwéj war durch das Wasser, das sie getrunken hatte, die Infektion anscheinend schneller fortgeschritten, als zuvor. Durch die Operation und Jaguns Medizin war die Infektion vielleicht aufgehalten, aber nicht besiegt worden. Pflanzen mögen keinen Alkohol.

Nachdem Jagun mit seinen Überlegungen zu Ende war, flößte er Jadwéj so viel Alkohol ein, wie er der Meinung war, dass sie überleben würde. Er holte noch mehrere Flaschen aus dem Gasthaus und rieb auch ihren Körper mit dem Hochprozentigsten ein, das er gefunden hatte. Und in der Hoffnung, das Richtige getan zu haben, hinterließ er mir eine Nachricht und brach dann sofort auf, um sich wieder um N'jara zu kümmern.

Als er wieder bei ihr ankam, lag sie noch so da, wie er sie verlassen hatte. Die Verfärbungen um ihren Mund hatten sich nur noch wenig ausgebreitet. Aber sie hatten sich ausgebreitet. Daran erkannte Jagun, dass er den Verlauf wirklich nur verlangsamt, die Infektion aber nicht besiegt hatte. Also flößte er auch ihr so viel von dem mitgebrachten Wein ein, wie er gerade noch verantworten konnte. Dann legte er sich neben sie und schlief, nachdem er schon seit Tagen nicht mehr zur Ruhe gekommen war, fast im selben Augenblick ein. Doch nach nur wenigen Stunden erwachte er bereits wieder. N'jara war unruhig geworden. Jagun war sofort hellwach. Er hörte N'jaras leises Röcheln, das bewies, dass ihr Hals wieder frei wurde. Eine Weile beobachtete er sie aufmerksam. Er achtete auf jeden Atemzug. Und als er davon überzeugt war, dass sie wieder selbstständig atmen konnte, zog er vorsichtig das Röhrchen aus ihrem Hals und verband die kleine Wunde.

Behutsam, fast zärtlich legte er seine Hand auf N'jaras kleine Brust und fühlte ihre tiefen, gleichmäßigen Atemzüge. Die weiche Haut ihrer Brüste fühlte sich weitaus besser an, als er sich selbst eingestehen wollte. Doch Jaguns Dämonen zeigten ihm sehr deutlich, dass sie in seiner Handlung bei weitem mehr sahen, als nur die Fürsorge eines Heilers.

Obwohl Jagun inzwischen immer besser einschätzen konnte, wie weit er darin gehen durfte, seine Dämonen zu reizen, ohne dass sie sich materialisieren konnten, zog er doch sofort seine Hand wieder zurück, denn er fühlte sich durch ihren Zorn ertappt. Es war ihm peinlich, vor den Dämonen nichts verbergen zu können. Sie spürten jede Gemütsregung und jedes Gefühl und reagierten sofort. Egal, ob er zornig wurde oder Zuneigung zu einer Frau empfand; sie waren bereit, sofort auf jede kleinste Verfehlung zu reagieren. Sie warteten nur darauf, dass er sich zu einer Gewalttat oder zur Liebe hinreißen ließ, denn es machte sie stärker; jedes Mal ein bisschen mehr.

Für Jagun selbst war das Erkennen seiner Empfindungen aber auch sehr befremdlich. Er hatte noch niemals geliebt, außer seine Mutter. Und die hatte er rein mit seinem Herzen geliebt. Mehr hatte Urtá-gá, die Hexe, ihm nicht gegönnt. Er hatte niemals die Möglichkeit gehabt, sich in eine Frau verlieben zu können. Die Zeit dafür war ihm nicht geblieben. Während all der Jahre seiner Wanderungen, die er nicht beenden durfte, solange der Fluch auf ihm lastete, hatte er auch noch niemals das Bedürfnis verspürt, sich in der Gesellschaft einer Frau aufzuhalten, sie zu berühren, sie mit der Kraft seines Herzens und seines Körpers zu lieben. Doch seit er auf der Suche nach einem Magier nach Hradotéj gekommen war, war er zwei Frauen begegnet, die beide etwas in ihm berührt hatten, das er noch nicht gekannt hatte; Siwa und N'jara. Diese Empfindungen waren ihm so fremd, dass er nicht wusste, wie er damit umgehen sollte. Er wusste nur, dass er für das Leben der beiden verantwortlich war, obwohl er nicht einmal wusste, wie oder warum er diese Verantwortung übernommen hatte. Und dann war da auch noch Jadwéj, in der er zwar noch keine Frau sah, für die er sich aber umso mehr verantwortlich fühlte, weil er sie einfach in seine Pläne miteinbezogen und dadurch in Gefahr gebracht hatte.

Diese Verantwortung war es auch, die ihn wieder nach Hradotéj zurücktrieb. Er hatte Jadwéj in einem kritischen Zustand zurückgelassen und wusste nichts über den Verbleib von Siwa. N'jara wollte er aber auch nicht wieder unbeaufsichtigt zurücklassen. Immerhin bestand die Gefahr, dass er ihr mehr Wein eingeflößt hatte, als ihr kleiner, zarter Körper vertragen konnte. Also musste er weiter über sie wachen.

Jagun baute ein Travois, legte N'jara behutsam darauf und machte sich so auf den Weg zurück nach Hradotéj.

Ich schlief lange und gut, nachdem ich den Wein getrunken hatte. Daran, dass Jagun noch einmal zu Jadwéj und mir auf den Turm zurückgekehrt war, erinnerte ich mich nicht, als ich mit brummendem Schädel erwachte. Ich erinnerte mich nur daran, dass ich mich an Jadwéj infiziert hatte und deswegen sterben musste. Alte Hassgefühle gegen das kleine Mädchen, das mich von ihrem grauen Schnapper hatte beißen lassen, wurden wieder wach.

Diesmal hat sie mich umgebracht, dachte ich verbittert und begann Mordpläne zu schmieden, noch bevor ich es schaffte, meine Augen zu öffnen. Erst als ihr klägliches, leidendes Wimmern in mein Bewusstsein drang, riss ich meine Augen auf, denn ich befürchtete, dass sie sich vielleicht schon in so ein dorniges Unkraut verwandelt hatte und mir jetzt den Rest geben wollte. Doch Jadwéj lag auf dem Platz, auf dem sie geschlafen hatte und jammerte lallend: „Mir ist soooo schlecht."

„Das kommt davon, weil Du mich umbringen wolltest, Du hässliche, kleine Bestie", lallte ich zurück.

„Was is los?" fragte Jadwéj ziemlich belämmert und versuchte dreimal, sich aufzusetzen, plumpste aber jedes Mal wieder zurück auf die Bretter. Da endlich verstand ich und fuhr sie vorwurfsvoll an: „Du bist ja betrunken, Du kleine Saufaus!"

„Ich bin gar nich ... was bin ich?"

„Der Wein war nicht für Dich. Das war meine Medizin! Jawohl meine!"

„Aber ich ... Mir ist sooo schlecht."

„Mir auch. Aber hörst Du mich vielleicht jammern?"

Ich richtete mich auf Hände und Knie auf und krabbelte zu Jadwéj. Natürlich hätte ich auch aufstehen können. Aber für die paar Meter hätte sich das gar nicht rentiert. Trotzdem lallte Jadwéj mit der bösartigen Weisheit eines betrunkenen Kindes: „Du bist ja selber betrunken, Du alter Saufaus!"

Dabei machte sie einen neuen Versuch, sich aufzusetzen, plumpste aber auch diesmal zurück auf die Bretter.

„Hör endlich auf, so rumzuschaukeln", sagte ich streng. „Da wird man ja seekrank."

„Ich bin doch keine Seekuh", lallte Jadwéj lachend, während ich durch ihr Geschaukel neben ihr auf die Bretter kippte und zornig schrie: „Jetzt hör endlich zum Zappeln auf. Der ganze Turm wird noch umfallen."

Jadwéj lachte wieder, was mich nur noch zorniger machte. Ich sah sie so böse an, wie ich konnte und wollte sie so richtig zur Sau machen. Aber bevor ich damit fertig war, meine sorgfältig gewählten Worte dafür zu formulieren, lachte sie noch vergnügter und gluckste: „Du siehst drollig aus, wenn Du so ein Gesicht machst."

„Woher kennst Du überhaupt Seekühe?" platzte ich genervt hervor, da Jadwéj mir den Wind für meine Strafpredigt aus den Segeln genommen hatte und ich im Moment nicht mehr wusste, was ich ihr an den Kopf hatte schmeißen wollen.

„Das weiß ich nich mehr", lallte Jadwéj kichernd, verbesserte sich aber sofort, indem sie erklärte: „Doch, jetzt weiß ich's wieder."

„Aha", erwiderte ich, denn das erklärte schließlich alles.

In ihren zappeligen Versuchen, irgendwo Halt zu finden, bekam Jadwéj meine Schulter zu fassen und zog sich daran hoch.

„Wieso dreht sich denn der Turm?" fragte sie verwirrt und ich spürte meine eigene Übelkeit gefährlich zunehmen, während ich ihr dabei zusah, wie sie hin und her schaukelte. Doch dann kippte sie wieder rückwärts um und knallte mit dem Kopf auf die Bretter.

„Aua", lallte ich, denn es tat mir schon vom Zusehen weh. Aber Jadwéj kicherte nur dämlich und sagte: „Jetzt ist mein Kopfweh weg."

„Was denn, das funktioniert?" fragte ich überrascht, richtete mich wieder auf meine Knie auf und schlug mit meiner Stirn auf den Boden. Dann war es erst mal wieder Nacht.

Als ich wieder erwachte, war es wirklich Nacht. Jagun kauerte neben mir und schnürte sich gerade Jadwéj mit Tüchern oder Seilen auf den Rücken.

„Was machst'n Du da?" fragte ich ihn mit stärkeren Kopfschmerzen als ich sie gehabt hatte, bevor ich mich ausgeknockt hatte.

Jagun sah mich an, versuchte sogar ein Lächeln und stellte die Gegenfrage: „Na, wieder unter den Lebenden?"

Bevor ich antworten konnte, fragte er schon weiter: „Hast Du meine Nachricht nicht gelesen?"

„Nein, hat er nicht", antwortete Jadwéj an meiner Stelle. „Ich sag doch: Er war betrunken."

Ich starrte das kleine Monster auf Jaguns Rücken mit offenem Mund sprachlos an.

Ich hätte die dreckige, kleine Seekuh über Bord werfen sollen.

„Ich bring das Mädchen aus der Stadt raus", erklärte Jagun. „Dann hole ich Dich."

Damit wollte Jagun auf das Dach des Turmes hochklettern. Doch Jadwéj hielt ihn mit der Frage zurück: „Wolltest Du ihm nicht sagen, dass er nichts anstellen soll, bis Du wieder da bist?"

Ich hasse diese kleine Kröte!

Jagun wendete sich mir zu, sagte aber nur: „Ich beeile mich!"

Und weg war er. Ich sah, dass er lange Holzstäbe von Turm zu Turm gelegt hatte, über die er jetzt aus der Stadt balancierte. Meine Idee mit der Leiter war also gar nicht so schlecht gewesen. Als ich mich jetzt aufrichtete, entdeckte ich die Nachricht, die Jagun mir dagelassen hatte. Ich faltete den kleinen Zettel auseinander und las:

Andieu, mein Freund,

Du bist ein besserer Heiler als ich es bin. Falls Jadwéj und N'jara überleben, dann haben sie das nur Dir zu verdanken.

Wenn Du wach wirst, sieh Dir bitte Jadwéjs Brust an, reibe sie mit Branntwein ein und flöße dem Mädchen auch soviel Wein ein, wie sie vertragen kann.

Deine Hände sind nicht infiziert. Du bist gesund.

Auf bald,

Jagun

Sofort betrachtete ich meine Hände und stellte fest, dass wirklich nichts mehr von den Verfärbungen zu sehen war. Mit stolz geschwellter Brust erhob ich mich und dachte mir:

Ich bin ein Heiler!

Doch als ich über die Brüstung blickte, um mir von all den Kranken und Aussätzigen, die hierher gekommen waren, um meinen Rat und meine Hilfe zu erflehen, huldigen zu lassen, schrak ich entsetzt zurück. Nicht nur, dass meine Patienten nicht da waren: Schlimmer noch war, dass der Ratsplatz und alle Straßen und Gassen, soweit ich sie überblicken konnte, voll mit den Dornengebüschen waren. Selbst im Wald außerhalb des Stadttores gab es keinen freien Fleck mehr.

Das ist jetzt aber gar nicht gut.

Ungeduldig wartete ich auf Jaguns Rückkehr. Als er endlich zurückkam, war von dem stolzen Heiler, der ich eben noch gewesen war, nichts mehr übrig. Ich wollte nur noch weg von hier, das heißt; von diesem Turm, aus dieser Stadt, von diesen Dornenbüschen.

„Kannst Du stehen?" fragte mich Jagun und betrachtete mich skeptisch.

„Natürlich kann ich stehen", entrüstete ich mich, muss aber im selben Moment über etwas gestolpert sein, denn ich kippte und Jagun fing mich auf. Er richtete mich wieder auf und sagte nur: „Ich nehme Dich auf die Schulter."

„Kommt gar nicht in Frage!" protestierte ich, denn ich fühlte mich frisch und munter, abgesehen von meinen Kopfschmerzen und meiner Übelkeit und dem permanenten Schwanken des Turmes. Dann fragte ich ihn: „Wo gehen wir denn hin?"

„Zuerst aufs Dach hoch", antwortete Jagun und kletterte vor. Als ich ihm folgen wollte, versuchten die wackeligen Pfosten, auf denen das Dach ruhte, mich abzuschütteln und in die Tiefe in die Dornengestrüppe zu werfen. Nur meiner unerschütterlichen Standhaftigkeit war es zu verdanken, dass ich diesem gemeinen Anschlag entging, und Jaguns Faust, die blitzschnell mein Handgelenk umklammerte. Er zog mich wie ein kleines Kind nach oben auf das Dach. Aber dort, wo es kein Geländer gab, wackelte der Turm noch viel mehr. Ich musste auf die Knie gehen, um wieder Halt zu finden. Doch Jagun zog mich sofort wieder auf die Füße und sagte streng: „Reiß Dich jetzt bitte zusammen und versuche, nicht zu zappeln."

Damit hob er mich wieder wie ein kleines Kind oder wie eine Strohpuppe hoch und legte mich über seine Schulter. Und so balancierte er über den dünnen Holzbalken zum Dach des nächsten Turmes. Voller Panik starrte ich in die Tiefe unter uns, wo die Dornengebüsche mit ihren langen, dünnen Ästen nach uns angelten. Jagun trug mich bis zum äußersten Turm und schwang sich mit mir auf der Schulter von dort in die Äste des nächsten Baumes. Durch die Baumkronen brachte er mich weit von Hradotéj weg. Und als er endlich wieder auf den Erdboden zurückkehrte und mich dort abstellte, fand ich dort zu meiner Überraschung nicht nur Jadwéj, sondern auch N'jara vor. Und zu meiner noch größeren Überraschung befand sich in deren Gesellschaft Siwa.

30. SIWA

Als Siwa Jagun und mich erblickte, kam sie sofort auf uns zugelaufen und nahm schweigend meine Hände. Lange sahen wir uns still an und ich spürte, wie ich durch ihren Anblick und mehr noch durch ihren Blick, der durch meine Augen bis auf den Grund meiner Seele zu dringen schien, weiche Knie bekam.

Jetzt nur *nichts Falsches sagen oder machen*, dachte ich mir verzweifelt und hoffte, dass ich meinen Rausch weit genug überwunden hatte, dass man ihn mir nicht mehr anmerkte.

Jetzt, wo Siwa gerettet, frei und wach war, war ihre Schönheit noch um ein vielfaches größer, als in meiner Erinnerung. Sie trug eine Art Kleid aus weichem, rotbraunem Leder, das nur von zwei dünnen Trägern über ihren Schultern gehalten wurde, die Formen ihrer Brüste mehr betonte, als bedeckte und ab der Hüfte abwärts auf beiden Seiten geschlitzt war, wodurch vorne und hinten zwei nach unten hin schmaler werdende Lederstreifen fast bis zum Boden hingen. Und zu dem Kleid trug sie aus dem gleichen, rotbraunen Leder ein paar Stiefel, die ihr bis über die Knie reichten.

Sooo schön! dachte ich mir voller Bewunderung, während ihre sanften Augen wie Bernsteine schimmerten, in denen ein geheimnisvolles Feuer glomm. Am liebsten hätte ich Siwa sofort das Kleid vom Leib gerissen, ihren nackten Körper an mich gezogen und … Weiter kam ich in meinen Träumen nicht, denn ich hörte N'jara's Stimme in meinem Kopf vorwurfsvoll meinen Namen sagen. Und als mein Blick kurz zu ihr wanderte und sich schon an ihrer anderen, aber ebenso großen Schönheit festsaugen wollte, bemerkte ich in ihrem Ausdruck den selben Vorwurf, den ich in ihrer Stimme gehört hatte. Verlegen und ertappt senkte ich meinen Blick und schenkte Siwa wieder meine ungeteilte Aufmerksamkeit.

„Dein Freund hat mir erzählt, dass Du mich gerettet hast", sagte sie da ganz leise. Ihre warme, weiche Stimme und die aufrichtige Dankbarkeit darin jagten mir einen Schauer über den Rücken.

„Ja", antwortete ich bescheiden. Aber da mischte sich die kleine Kröte Jadwéj in unser Gespräch, indem sie behauptete: „Das stimmt doch gar nicht. Jagun hat Dich gerettet!"

Siwa blickte überrascht und fragend zu dem kleinen und ganz offensichtlich noch betrunkenen Gör, und von ihr zu Jagun. Bevor ich zur Rettung meiner Ehre Jadwéj als gemeingefährliches und verlogenes Subjekt vor Siwa entlarven konnte, hob Jagun schon abwehrend seine Hände und sagte nur schlichtend: „Ich hab Andieu nur versucht zu helfen. Er hat Dich zwei mal vom Richtpodest geholt, er hat Dich vom Wars befreit, einen Vampir getötet, um Dich zu schützen und sich sogar selbst festnehmen lassen, um zu verhindern, dass Du wieder zum Richtplatz geschafft wurdest."

„Hab ich das?" fragte ich verwundert, da mir meine selbstlosen Motive für meine Festnahme selbst noch neu waren. Da blickte Siwa von Jagun zu mir. Und die stumme Frage in ihrem Blick ließ mich stotternd Jaguns Worte bestätigen.

„Ja, genau!", bestätigte ich also. Da mischte sich aber schon wieder Jadwéj ein.

„Aber Jagun hat Dich doch in dem leeren Haus versteckt", sagte sie aufgebracht. „Er hat Dir Medizin gemacht. Und als die Soldaten Dich wieder mitgenommen haben, da hat er Dich ganz allein befreit."

Ich kochte innerlich vor Wut und sah mich bereits nach etwas um, womit ich dieses überflüssige Kind, das sein Leben nur meinen Fähigkeiten als Heiler verdankte, verprügeln konnte. Aber Jagun sagte nur sanft lächelnd zu Jadwéj: „Aber da war ich doch nicht allein, kleine Rose. Dabei hast Du mir doch geholfen!"

Jadwéj dachte kurz nach und bestätigte Siwa dann: „Das stimmt. Wir beide haben Dich gerettet."

Dabei deutete sie auf Jagun und sich.

Siwa hielt noch immer meine Hände. Sie blickte sich im Kreis um und sagte dann sanft lächelnd: „Anscheinend verdanke ich Euch allen dreien mein Leben. Danke!"

Jagun schien Siwas Dank unangenehm zu sein. Er wich ihrem Blick aus und senkte verlegen den Kopf. Jadwéj warf sich stolz in die Brust und murmelte: „Kleine Rose!"

Dornengestrüpp würde besser für Dich passen, dachte ich mir und war dabei sehr enttäuscht, dass ich nicht nur die Ehre, sondern auch und vor allem Siwas Dank mit diesem Unkraut und Jagun teilen musste.

„Ich kehre in die Stadt zurück und versuche, weitere Überlebende zu finden und herauszuholen", sagte Jagun und riss mich damit aus meiner Enttäuschung.

„Ich helfe Dir", erwiderte N'jara. Doch Jagun wehrte sofort ab und sagte: „Du bist noch nicht wieder ganz gesund, Mädchen."

„Ich komme mit!" sagte ich schnell, um Siwa zu beweisen, dass ich der Held war, für den sie mich schon fast hielt. Doch Jagun lehnte auch meine Hilfe ab.

„Du musst auf die Mädchen aufpassen, Andieu", sagte er und erklärte auch gleich weiter: „Du musst den beiden", dabei deutete er auf N'jara und Jadwéj, „noch einmal so viel von dem Wein einflößen, wie sie vertragen können und Jadwéjs Brust auch noch einmal mit der Salbe einreiben und neu verbinden."

„Ich trinke nichts mehr von dem Zeug!" widersprach N'jara sofort angewidert. „Und wenn ich es tun würde, dann könnte ich das ohne Hilfe."

Die Verfärbungen um N'jaras Mund waren fast verschwunden. Aber ich bemerkte, dass sie für ihre dunkle Hautfarbe ziemlich blass wirkte, was im Schein des nächtlichen Feuers zwar täuschen konnte, aber wohl eher auf die Übelkeit nach ihrem unfreiwilligen Rausch hindeutete. Kein Wunder also, dass sie noch nicht bereit war, sich noch einmal bis zur Besinnungslosigkeit mit Alkohol abfüllen zu lassen.

Jagun zog mich etwas zur Seite und sagte so leise, dass die anderen es nicht hören konnten: „Die beiden sind noch nicht über den Berg. Besonders um Jadwéj mache ich mir noch große Sorgen."

„Um die kleine Rose?" fragte ich schnippisch. Und Jagun antwortete zärtlich lächelnd: „Genau!"

Er mochte dieses kleine Monster anscheinend wirklich.

„Kann ich Dir vielleicht helfen?" fragte da Siwa, während sie auf Jagun und mich zukam. Jagun wich sofort wieder ihrem Blick aus und erwiderte: „Du würdest gar nicht in die Stadt reinkommen, Mädchen. Sie ist jetzt voll mit den Dornenbüschen und …"

„Mein Name ist Siwa", erklärte Siwa und unterbrach Jagun damit. Dann gestand sie aber ein: „Aber wahrscheinlich hast Du Recht. Außerdem würden sich die Stadtbewohner wohl kaum von der Hexe, für die sie mich halten, helfen lassen wollen."

„Bist Du denn eine?" fragte Jagun aufhorchend.

„Eine was?" fragte Siwa. „Eine Hexe?"

Die Enttäuschung darüber, dass Jagun diese Frage wirklich gestellt hatte, war ihr deutlich anzusehen. Und als Jagun dann auch noch bestätigend nickte, senkte sie traurig den Kopf und stellte an uns beide die Gegenfrage: „Warum habt ihr mir geholfen, wenn ihr das glaubt?"

Typisch, dachte ich mir. *Sobald etwas Unangenehmes zur Sprache kommt, werde ich sofort wieder mit einbezogen.*

Weder Jagun noch ich hatten spontan eine Antwort parat. Dabei hätten wir nur sagen müssen, dass wir sie nicht für eine Hexe hielten, sondern nur wissen wollten, warum sie als Hexe angezeigt und auf den Richtplatz geschafft worden war. Ausgerechnet N'jara kam uns zu Hilfe. Sie legte sanft ihren Arm um Siwa und sagte tröstend aber sehr bestimmt zu ihr: „Hier hält Dich niemand für eine Hexe, Siwa!"

Siwa sah N'jara dankbar an und wollte sie auf die Wange küssen. Aber N'jara wehrte sie ab und erklärte: „Du hast den Wanderer gehört. Ich bin noch nicht gesund und könnte Dich also anstecken."

Siwa und N'jara sich so dicht gegenüber zu sehen, war ein faszinierender Anblick für mich. Sie waren beide so unbeschreiblich schön und ich versuchte in dem Moment zu begreifen, was sie von anderen Mädchen oder jungen Frauen so deutlich unterschied. Unbewusst verglich ich die beiden miteinander. Beide waren klein und zierlich. N'jara war noch etwas kleiner als Siwa. Sie war kaum größer als die Seekuh Jadwéj. Siwa hatte blonde, dicke und leicht gewellte Haare, die ihr bis auf den Rücken, fast bis zum Hintern reichten. N'jaras seidige, schwarzglänzende Haare fielen bis über ihren Hintern. Siwas Haut war von der Sonne gebräunt. Trotzdem war sie heller, als N'jara, Jagun, Jadwéj oder ich. N'jara war mit ihrem dunklen Bronzeton die Dunkelste von uns. Sie hatte geheimnisvolle, dunkle Augen von unbestimmter Farbe, während Siwas große, sanfte Augen die Farbe von Bernstein hatten. Siwa hatte eine zierliche, gerade Nase, die von N'jara war auch klein und fein geschnitten, aber leicht gebogen. Siwas Lippen waren voll und sinnlich. Sie schienen nur dafür da zu sein, um zu küssen und geküsst zu werden. N'jaras Lippen wirkten ebenso sinnlich, waren aber nicht so voll, wie die von Siwa. Die Statur der beiden Mädchen war sich ähnlich. Beide waren schlank. Alles war straff und geschmeidig an ihnen. Nur wirkte N'jara auf sehr anmutige und weibliche Art sehr viel kraftvoller. Das Spiel der schlanken Muskeln unter ihrer dunklen, samtigen Haut ließ mich immer an einen wilden, ungebändigten Panther denken. Darin ähnelte sie auf unglaubliche Weise Jagun. Ihre Brüste waren klein und fest und bis auf das dünne Band um die linke ihrer winzigen, dunklen Brustwarzen, nackt, was mir immer wieder den Atem und den Schlaf raubte. Siwas volle, runde Brüste waren leider nicht mehr nackt, auch wenn das Kleid, das sie trug, wie bereits erwähnt, die verführerischen Formen mehr betonte, als bedeckte. Trotzdem stellte ich sie mir in Gedanken wieder nackt vor und dachte daran, wie sie sich während der drei Jahre, seit ich sie zum ersten Mal gesehen hatte, entwickelt hatte. Aus dem kleinen dürren Mädchen von damals war eine fast unwirklich schöne, junge Frau geworden. Die Farbe ihrer kleinen, und während unserer Flucht vor den Wachen Hradotéjs durch den Kontakt mit dem Wars permanent erregten Knospen, entsprach dem zarten rosa ihrer Lippen. Wie gerne hätte ich diese Knospen mit meinen Lippen bedeckt. Der Gedanke daran ließ mein Herz schneller schlagen und trieb mir den Schweiß auf die Stirn.

Beide Mädchen hatten schmale Hüften, N'jara noch etwas schmaler als Siwa und beide hatten lange, schlanke Beine, die zu betrachten allein schon eine Offenbarung war.

Ich liebte diese beiden Mädchen wirklich. Und ich glaube, dass ich mich dieser Liebe erst in dem Moment, als ich sie sich so nah gegenüberstehen sah, wirklich bewusst wurde. Vorher war es mehr ein Schwärmen und vor allem ein Begehren gewesen. Das war es jetzt noch immer, doch da war mehr, da war etwas, das tiefer saß und wehtat. Dieses Gefühl hatte ich bis zu diesem Moment noch nicht gekannt.

Jagun hatte die Gelegenheit, als Siwa und N'jara sich aufeinander konzentrierten, genutzt, um sich lautlos in Richtung Stadt auf den Weg zu machen. Auch ich hatte, wie bereits erwähnt, meinen Blick und meine Konzentration auf die beiden gerichtet gehabt und bemerkte Jaguns Verschwinden erst, als Siwa sich wieder Jagun und mir zuwenden wollte und ich ihrem Blick verlegen auswich.

„Wo ist er hin?" fragte Siwa verwundert. Und ich antwortete nur: „Zurück nach Hradotéj."

Er hatte es ja gesagt. Er wollte weitere Überlebende suchen und aus der Gefahrenzone der Stadt herausholen. Anscheinend bildete das aus den drei Türmen im Wald bestehende Dreieck, in dessen Mitte Hradotéj lag, eine unsichtbare Grenze, die die Dornengestrüppe nicht überwinden konnten. Und da wir uns außerhalb dieses Dreiecks aufhielten, fühlten wir uns im Moment relativ sicher.

„Wir hätten ihn nicht allein gehen lassen dürfen", meinte Siwa besorgt. Doch N'jara versuchte, sie zu beruhigen, indem sie sagte: „Wenn einer es schafft, noch weitere Menschen zu retten, dann ist es Jagun!"

Neugierig sah Siwa N'jara in die Augen. Doch diese senkte verlegen den Kopf.

Halloho, ich bin auch noch da!

N'jara hob sofort wieder ihren Blick, lächelte mich ermutigend an und sagte unsicher: „Ich hoffe, Du passt gut auf Jadwéj und mich auf, Andieu!"

Mir war klar, was sie meinte. Sie hatte sich dazu durchgerungen, Jaguns Rat zu befolgen und sich doch noch einmal mit Wein abfüllen zu lassen. Ich nickte bestätigend und stolz auf das Vertrauen, das N'jara mir mit diesen Worten schenkte.

„Das werde ich!" versprach ich feierlich.

Jadwéj war inzwischen wieder eingeschlafen. Da Siwa Jagun nicht hatte helfen können, bestand sie darauf, zumindest bei der Behandlung von Jadwéj und N'jara mitzuhelfen. Während N'jara eine Flasche ansetzte und zwar widerwillig, aber tapfer bis auf den letzten Tropfen austrank, reinigte Siwa Jadwéjs Brust mit dem hochprozentigen Branntwein. Jadwéj erwachte. Sie musste starke Schmerzen haben, denn Tränen kullerten über ihr Gesicht und sie wimmerte: „Das brennt so."

„Ich weiß", sagte Siwa sanft und streichelte zärtlich über Jadwéjs Gesicht. „Es hört bestimmt gleich auf."

Dann hob sie die Flasche an Jadwéjs Lippen und forderte sie auf: „Trink das. Das wird Dir helfen."

Es dauerte lange, bis das kleine Straßenkind die Flasche geleert hatte. Doch dann schlief es friedlich wieder ein und Siwa trug auf seine offene Brust die von Jagun hergestellte Salbe auf.

Auch N'jara war in meinen Armen eingeschlafen. Ich machte mir Sorgen um sie und wie ich mir eingestehen musste, auch um Jadwéj.

Versonnen betrachtete ich meine Handflächen. Bei mir war absolut nichts mehr von der Infektion zu erkennen. Und sowohl bei N'jara, als auch bei Jadwéj war bereits eine Verbesserung ihres Zustandes zu bemerken. Der Alkohol half also. Ich hoffte nur, dass es für die beiden Mädchen noch nicht zu spät war. Zärtlich strich ich durch N'jaras Haare. Siwa saß mir mit Jadwéj in ihrem Schoß gegenüber und beobachtete mich aufmerksam mit einem sehr melancholischen Blick. Als ich es bemerkte und sie über die Flammen des Feuers hinweg ansah, senkte sie kurz den Blick, hob ihn aber sofort wieder und sah mir mit der selben Melancholie in die Augen.

„Ich erinnere mich an Dich", sagte sie leise und versonnen und wiederholte damit das, was sie mir schon auf der Flucht vor unseren Häschern in Hradotéj gesagt hatte. Ich nickte bestätigend, während die Erinnerung daran, wie Siwa mich drei Jahre zuvor versteckt und gepflegt hatte, hochkam, und antwortete: „Und ich erinnere mich an Dich!"

Siwa lächelte verträumt und sagte: „Das Horn des Westens!"

„Ja", nickte ich verlegen. Dann entstand eine längere Pause, während der ich mir erst bewusst wurde, dass ich die ganze Zeit über sanft über N'jaras Wange streichelte. Schließlich brach Siwa das Schweigen wieder, indem sie mir gestand: „Ich hatte damals gehofft, dass Du mich von hier fortbringen würdest; dass Du mich mit Dir nehmen würdest."

„Ich hatte es geahnt", antwortete ich wehmütig, denn im Nachhinein bereute ich es sehr, dass ich es nicht getan hatte.

„Damals war ich nicht in der Lage dazu", gestand ich traurig ein, schöpfte aber sofort neue Hoffnung und bot ihr an: „Aber wenn Du noch immer mit mir fortgehen würdest, dann nehme ich Dich gerne mit."

„Wohin gehst Du denn?" fragte Siwa. Ich zuckte mit den Schultern und antwortete nachdenklich: „Seit ich wieder nach Hradotéj gekommen bin, hat sich mein Leben vollkommen verändert. Ich hatte nicht erwartet, Dich als Hexe auf dem Richtplatz vorzufinden. Und wenn ich es erwartet hätte, dann hätte ich von mir selbst nicht erwartet, dass ich zu Deiner Rettung beitragen würde."

„Wenn man Deinem Freund glauben kann", erwiderte Siwa, „dann hast Du mehr, als nur dazu beigetragen."

„Das war doch nichts", wehrte ich verlegen ab, fragte mich dabei aber selbst, warum ich es jetzt, wo die Gelegenheit so günstig war, nicht schaffte, mich ihr als den großen, heldenhaften Retter zu präsentieren, um meinen Lohn einfordern zu können.

„Hier kann ich nicht mehr bleiben", gestand Siwa mir traurig. „Sogar meine Eltern haben sich von mir losgesagt, sobald sie von der Beschuldigung gegen mich erfahren haben."

„Das tut mir wirklich leid", sagte ich mit aufrichtigem Bedauern. Doch Siwa meinte nur: „Das muss es nicht. Ich wollte ja schon lange von ihnen fort."

Dann fragte sie mich: „Reisen Du und Dein Freund und N'jara gemeinsam?"

„Nein", antwortete ich und spürte plötzlich den Schmerz über den bevorstehenden Verlust, als ich erklärte: „N'jara wollte ihren kleinen Neffen, der von Sklavenjägern geraubt wurde, befreien. Leider ist der Junge gestorben. Jetzt hat sie die traurige Pflicht, ihrer Schwester in Orkland diese Nachricht zu bringen."

„Das tut mir sehr leid", sagte Siwa traurig und ich fuhr fort: „Jagun reist allein. Er sucht nach einem Magier, der seinen Fluch aufheben kann."

Siwa sah mich neugierig an und fragte mich: „Was für einen Fluch?"

Ich schilderte ihr in knappen Worten Jaguns Fluch. Und als ich damit geendet hatte, sagte sie nachdenklich: „Er ist also der Schattenbringer?"

Eine Weile schwiegen wir, dann ergriff Siwa von neuem das Wort.

„Hat er mich deshalb gefragt, ob ich eine Hexe bin?" fragte sie. Und ich antwortete wahrheitsgemäß: „Ja."

Siwa dachte lange nach und fragte schließlich: „Also hat er nur deshalb bei meiner Rettung mitgeholfen, weil er sich erhofft hat, dass ich als Hexe seinen Fluch aufheben könnte?"

Wieder hätte die Chance bestanden, allen Ruhm für mich zu beanspruchen. Doch ich nutzte auch diese Chance nicht, sondern erwiderte: „Die Frage kannst Du Dir selbst beantworten!"

Siwa sah mich nur fragend an. Und so erklärte ich ihr: „In Hradotéj gibt es keine Magier mehr. Wenn überhaupt, dann leben nur noch ein paar wenige, gewöhnliche Stadtbewohner. Trotzdem ist Jagun in die Stadt zurückgekehrt, um diese Überlebenden zu suchen und in Sicherheit zu bringen."

Wieder dachte Siwa lange über das nach, was ich gesagt hatte und meinte dann mit einer Mischung aus Bewunderung und Verständnislosigkeit: „Er ist ein eigenartiger Mann!"

Dann frage sie: „Und was ist mit Jadwéj?"

„Sie ist ein Straßenkind aus Hradotéj", erklärte ich und fuhr mit einem Anflug von Zynismus fort: „Mir hat das kleine Monster einen grauen Schnapper verpasst, als ich am Pranger stand. Aber als Jagun sie um Hilfe gebeten hat, hat sie nicht gezögert, ihm dabei zu helfen, Dich zu beschützen."

„Tapferes, kleines Mädchen!" sagte Siwa sanft und streichelte über Jadwéjs schweißnasses Gesicht.

„Tapferes, kleines Mädchen", wiederholte ich in einem Anflug von Sentimentalität und meinte es aus diesem Grund sogar ehrlich.

„Sie hat also kein Zuhause mehr", grübelte Siwa und meinte nach einer Weile nachdenklich: „Falls sie bei mir bleiben will, werde ich mich um sie kümmern!"

„Ach nö!" platzte ich da enttäuscht heraus. Ich wollte Siwa mit mir nehmen, aber doch nicht diese Plage am Hals haben. Siwa sah mich verständnislos und fragend an. Aber ich schmollte bloß still, bis ich selbst das unangenehme Schweigen mit der Frage brach: „Wie bist Du denn eigentlich aus Hradotéj herausgekommen?"

31. DIE BEFREIUNG SIWAS – VIERTER VERSUCH

Siwas Ausdruck entspannte sich wieder. Dann begann sie zu erzählen:

„Da ist eine lange Zeitspanne, an die ich mich nicht erinnern kann. Seit der Vollstrecker mir auf dem Ratsplatz den Wars …"

Siwa zögerte an der Stelle, zum einen Teil, weil sie die Erinnerungen, die ihr beim Erzählen selbst wieder kamen, irgendwie zu verarbeiten versuchte, zum anderen, weil sie sich für das schämte, was ihr angetan worden war. Ich hatte das Bild deutlich vor Augen, wie sich der Wars in ihrer kleinen, engen Scheide gewunden hatte und verstand deshalb ihre Gefühle und ihr Zögern.

„Ich weiß", sagte ich daher tröstend. Und wenn ich nicht gerade N'jara in meinen Armen gehalten hätte, dann hätte ich sicher Siwa in meine Arme geschlossen, um sie den Trost, den ich ihr spenden wollte, auch spüren zu lassen.

Siwa sah mich dankbar an. Sie atmete ein paar Mal tief durch und fuhr dann in ihrer Erzählung fort:

„Ich kann mich vage daran erinnern, dass mich jemand vom Podest befreit hat. Und ich kann mich an Dein Gesicht erinnern. Ich weiß, dass Du mich von dem Wars befreit und weggebracht hast! Danach habe ich nur noch einzelne Erinnerungsfetzen. Ich glaube, ich war ständig in Bewegung, bin immer herumgetragen worden. Aber vor allem die Wirkung des Wars ist mir im Gedächtnis geblieben. Es war so intensiv, dass ich dachte, ich würde daran sterben. Aber dann hab ich geschlafen. Trotzdem sind da so einzelne Bilder, von denen ich nicht weiß, ob es Träume oder Erinnerungen sind; Dunkelheit und Gestank, aber auch Stimmen, die sanft zu mir gesprochen haben; Deine Stimme und die Deines Freundes."

„Jagun", sagte ich. Eigentlich hätte sie den Namen inzwischen kennen müssen.

„Jagun", wiederholte Siwa bestätigend. „Er hat sich mir nicht einmal vorgestellt und sagt auch nie meinen Namen."

„Doch, das hat er schon", widersprach ich. Da ich aber nicht so weit ausholen wollte, ihr zu erklären, wann er das getan hatte und deswegen wieder schwieg, fuhr Siwa fort:

„Ich erinnere mich daran, dass seine Hände mich berührt haben."

„Das waren meine", warf ich schnell ein. Siwa lächelte mich an.

„Ja", sagte sie. „An Deine erinnere ich mich auch. Doch seine waren viel zärtlicher und bei weitem nicht so …"

„Schon gut", unterbrach ich genervt dieses peinliche Schwärmen und fragte schnell: „Und wie bist Du aus der Stadt herausgekommen?"

Siwa brauchte eine Weile, um von ihren romantisch verklärten Fantasien von Jaguns Händen auf ihrem Körper den Gedankensprung zurück in die Realität oder zumindest den Zeitsprung von dem Moment, in dem Jagun in der Kloake Hradotéjs festgestellt hatte, dass seine Dämonen dort unten keine Macht besaßen bis zum Moment ihres Erwachens auf dem Dach der Stadtwache zu schaffen. Das Feuer in ihren Augen wurde jedenfalls deutlich schwächer, als sie endlich fortfuhr: „Ich weiß nicht, wie lange ich schlafend auf dem Dach gelegen habe. Ich hatte einzelne Bilder, wie Gedankenblitze, von einem kleinen, schmutzigen Kind in meinem Kopf."

„Jadwéj!" sagte ich. Und „Jadwéj!" bestätigte Siwa. Dann erzählte sie weiter: „Ich wusste aber nicht, wer dieses Kind war. Trotz des Schlafes und der Medizin Deines Freundes war die Wirkung des Warssaftes so stark und intensiv, dass ich selbst im Traum glaubte, an diesem …"

Siwa stockte und sie griff sich unwillkürlich bei der Erinnerung an diesen aufgezwungenen Orgasmus zwischen die Beine. Ich hätte dieses Gefühl gerne von ihr selbst beschrieben bekommen, sah aber, wie sie litt und sagte deshalb leise: „Ist schon gut Siwa. Quäle Dich nicht."

Siwa sah mich dankbar an, atmete ein paar Mal tief durch und gestand mir dann: „Die Wirkung ist immer noch nicht ganz vergangen. Und der Apotheker …"

„Der Apotheker?" unterbrach ich Siwas Erzählung neugierig.

„Ja", bestätigte sie und erklärte: „Er hat gesagt, dass es nie ganz vergehen wird. Aber der Reihe nach. Wie gesagt: Ich hatte die Bilder von Jadwéj in meinem Kopf. Ich sah sie über mich gebeugt. Sie hat leise gesungen, hat mir die Stirn gekühlt, mir Wasser eingeflößt und so tröstend und ermutigend zu mir gesprochen, wie man es von einem so kleinen Kind nicht erwarten würde. Aber es waren alles nur einzelne, unzusammenhängende Erinnerungsfetzen, von denen ich nicht einmal wusste, ob sie real oder nur Träume waren. Doch als die Wirkung des Schlafmittels nachließ und ich meine Augen eine Weile offen halten konnte, sah ich das Mädchen. Es weinte aus Freude darüber, dass ich erwachte und küsste immer wieder mein Gesicht. Dann sprang es schnell auf und sagte, dass es Wasser holen wollte. Ich schlief noch einmal ein und als ich wieder erwachte, war das Mädchen noch nicht zurück. Ich wusste nicht, ob ich nur Minuten oder Stunden geschlafen hatte, seit das Mädchen weg war, machte mir aber große Sorgen und zwang mich deshalb, wach zu bleiben und mich zu erheben. Ich fühlte mich schwach. Meine Beine zitterten und der Warssaft durchdrang mich mit neuer Stärke, da die Wirkung der Medizin verflogen war. Ich sehnte mich so sehr nach Erlösung aus diesem Zustand. Er war inzwischen erträglich geworden. Aber es war …"

Wieder geriet Siwas Erzählung ins Stocken. Ich spürte, dass sie darüber reden wollte. Sie wollte das, was sie durchlitten hatte, dadurch verarbeiten, dass sie darüber sprach. Und es machte mich stolz, dass ich es war, dem sie dieses schmachvolle Erlebnis anvertrauen wollte. Geduldig wartete ich, bis Siwa sich wieder gesammelt hatte, während ich beobachtete, wie sie ebenso mechanisch wie zärtlich durch Jadwéjs wirre Haare streichelte.

„Ich hatte noch nie einen Mann", gestand sie mir plötzlich. „Ich habe noch nie erfahren, wie es sich anfühlt, … Seit ich auf dem Dach aufgewacht bin, hab ich keinen … ich …!"

„Du musst nicht darüber reden", sagte ich schnell, denn ich spürte, dass Siwas Wunsch, ihr Martyrium in Worte zu fassen, ihre Kräfte überstieg.

„Ich will es aber loswerden!" erwiderte sie schluchzend und begann im selben Moment herzzerreißend zu weinen. Schnell bettete ich N'jara behutsam neben mir auf den weichen Waldboden, sprang zu Siwa und nahm sie so zärtlich in meine Arme, wie es mir mit Jadwéj auf ihrem Schoß möglich war. Heiße Tränen tropften auf meine Brust, während ich sanft über ihre Haare streichelte und das Gefühl genoss, wie ihre Brüste sich an meinen Körper schmiegten. Ich ließ Siwa weinen. Nach und nach versiegten ihre Tränen. Doch sie blieb weiter an meine Brust gelehnt. Und irgendwann wurde ich mir bewusst, dass sie eingeschlafen war.

Behutsam tasteten meine Finger über Siwas Wange und ihren schlanken Hals tiefer bis zu den Ansätzen ihrer sich gleichmäßig hebenden und senkenden Brüste.

Seine Hände waren viel zärtlicher, erinnerte ich mich beleidigt an Siwas Worte, warf einen schnellen, verschämten Blick auf N'jara und ließ, als ich mich davon überzeugt hatte, dass sie tief und fest schlief, meine Hand ganz sachte unter das weiche Leder von Siwas Kleid wandern. Ihre Brust fühlte sich gut in meiner Hand an, groß, weich und trotzdem fest. In zärtliche und erotische Gedanken oder Träumereien vertieft massierte ich die Brust zärtlich, bis mich ein leises Räuspern zusammenfahren ließ. Erschrocken, weil ich mich ertappt fühlte, zuckte ich zusammen und zog gleichzeitig meine Hand zurück. Dummerweise war zurück in dem Fall oben und oberhalb von Siwas Busen lag ihr Kopf an meiner Schulter, so dass ich ihr in meinem unkontrollierten Reflex einen so festen Kinnhaken verpasste, dass ihre Zähne klapperten. Noch bevor ich registriert hatte, wer sich überhaupt geräuspert hatte, schreckte Siwa mit einem Schrei aus dem Schlaf, blickte sich verwirrt um und fragte mich schließlich vorwurfsvoll: „Hast Du mich grad geschlagen?"

Bevor ich stotternd ein Wort herausbringen konnte, blickte sie an mir vorbei und fragte in diese Richtung: „Hat er?"

Ich folgte ihrem Blick und sah schräg hinter mir Jagun stehen. Er war jetzt wieder mit einer ledernen Hose und ledernen Stiefeln bekleidet, die so ähnlich aussahen wie die, in denen ich ihn zum ersten Mal gesehen hatte. Doch jetzt trug er auch ein ledernes Hemd und einen Umhang, dessen

Kapuze aber auf seinem Rücken lag. Mit einem Blick, der halb vorwurfsvoll, halb amüsiert zwischen Siwa und mir hin und her wanderte, antwortete er auf Siwas Frage: „Er ist nur erschrocken, weil er mich nicht gehört hat. Entschuldigt bitte."

Na das muss ich mir aber noch gut überlegen.

Siwa betastete sich ihr Kinn, befreite sich aus meinen Armen und stand benommen auf, so dass ich mit Jadwéj auf dem Schoß sitzen bleiben musste.

„Wie geht es den beiden?" fragte Jagun und nickte in Richtung Jadwéj und N'jara.

„Sie schlafen!" antwortete ich ziemlich ruppig, weil mir der Schreck noch in den Gliedern saß und Jagun schließlich selbst sehen konnte, dass sie schliefen. Das bestätigte er auch mit den Worten: „Das sehe ich."

Dann beugte er sich aber über Jadwéj, legte seine Hand auf ihre Stirn, fühlte ihren Pulsschlag am Hals, löste den Verband und betrachtete sich lange und angestrengt ihre Brust, auf der sich die Wunden langsam schlossen.

„Ich glaube, es wirkt", sagte er nach einiger Zeit, nahm den Branntwein und wusch die Wunde noch einmal aus, während Jadwéj in meinen Armen lag. Siwa kniete sich neben Jagun und reichte ihm wortlos die Schale mit der Salbe. Jagun nahm sie ebenso wortlos, rieb Jadwéjs Brust frisch ein und legte einen neuen Verband an. Dass Siwa ihn dabei unterstützte, schien so selbstverständlich, als hätten die beiden schon immer Hand in Hand miteinander gearbeitet, so dass sie sich wortlos verstanden. Als sie damit fertig waren, hob Jagun seinen Blick und sagte mit aufrichtiger Anerkennung zu mir: „Danke, dass Du Dich so rührend um die Kleine kümmerst."

Ja, so war ich; selbstlos bis zur Selbstverleugnung. In Wahrheit hasste ich den Gedanken, Jadwéj jetzt weiter in meinen Armen halten zu müssen. Ich konnte dieses Ding nach Jaguns Worten schließlich nicht einfach angewidert von mir schieben. Also nickte ich nur und strich Jadwéi die schweißnassen Haarsträhnen aus der Stirn. Solange sie schlief, war sie ja gar nicht so übel.

Jagun ging ums Feuer herum und kniete sich neben N'jara. Ich sah, wie seine Schatten wie aus dem Nichts auftauchten und zornig um ihn herumschwirrten.

„Was ist das?" fragte Siwa, die Jagun gefolgt war, furchtsam. Jagun, der N'jaras Stirn und Puls gefühlt und ihre Lippen betastet hatte, drehte sich zu Siwa und antwortete mit einem furchteinflößenden Blitzen in seinen Augen: „Das ist der Grund dafür, dass Du Dich von mir fernhalten solltest, Mädchen!"

Siwa hielt Jaguns drohendem Blick stand, so dass er die Augen wieder senkte und sich von ihr abwandte.

„Mein Name ist Siwa, Freund von Andieu", erklärte sie ruhig, zuckte dabei aber doch vor den bedrohlichen Schatten zurück. Ich räusperte mich leise. Und als Siwa zu mir hersah, schüttelte ich leicht den Kopf, um ihr zu bedeuten, dass sie Jagun nicht weiter bedrängen sollte. Ich glaube, sie verstand auch, was ich meinte, denn sie entfernte sich wieder ein paar Schritte von ihm. Jagun hatte die Untersuchung von N'Jara abgeschlossen und erhob sich wieder. Dann sagte er zu mir: „Ich habe ein Kind aus der Stadt geholt. Es befindet sich nicht weit von hier, auf der anderen Seite des Flusses. Ich versuche noch mehr rauszuholen. Lasst Euch nicht von ihnen sehen."

„Warum sollen sie uns nicht sehen?" fragte ich überrascht, doch Jagun hatte sich schon wieder in die Äste der Bäume geschwungen und war verschwunden. Da beantwortete Siwa meine Frage: „Weil sie die Hexe, also mich, für das verantwortlich machen, was mit Hradotéj passiert ist."

„Ich dachte, das waren die Stadtältesten", erwiderte ich verwirrt. Und Siwa erklärte mir: „Das waren sie wohl auch. Einige Stadtbewohner wissen das, andere denken, dass ich es verursacht habe, so wie der Apotheker. Aber der ist inzwischen wohl schon tot."

„Die ganze Stadt ist tot!" sagte ich bitter. Dann schwiegen wir wieder lange, während jeder von uns seinen eigenen Gedanken nachhing. Ich bemerkte, dass Siwa ihren Unterkiefer hin und her bewegte und wieder betastete. Dann blickte sie nachdenklich in das Dekolleté ihres Kleides. Und von dort aus zu mir. Sofort wandte ich mich errötend ab und tat so, als ob ich sie gar nicht beachten würde. Doch Siwa setzte sich neben mich und sagte verlegen: „Tut mir leid, dass ich Dich vorhin verdächtigt hatte, mich geschlagen zu haben."

„Ist schon gut", antwortete ich ebenso verlegen, versuchte allerdings, mir meine Verlegenheit nicht anmerken zu lassen und fragte mich dabei, ob Jagun gesehen hatte, wo ich meine Hand gehabt hatte, als er lautlos und wie aus dem Nichts plötzlich hinter mir aufgetaucht war und sich geräuspert hatte. Er musste es gesehen haben. Aber er hatte mich nicht verraten.

„Soll ich weitererzählen?" fragte Siwa. Ich nickte nur, lege ihr Jadwéj in den Schoß und setzte mich wieder zu N'jara, von deren Verfärbungen um ihren Mund nur noch schwache, gelbliche Ränder zu sehen waren.

„Ich werde auch versuchen, nicht mehr zu weinen", begann Siwa. Doch ich schüttelte den Kopf und erwiderte: „Manchmal hilft es, zu weinen."

„Manchmal", bestätigte Siwa und fragte mich dann: „Weißt Du, was die Berührung mit einem Wars bewirkt?"

„Ja", bestätigte ich, obwohl das theoretische Wissen und der abgeschwächte Kontakt mit dem Warssekret über Siwas Hände mir nur eine sehr schwache Vorstellung der Intensität vermitteln konnte, mit der Siwas Körper von dem Sekret durchdrungen worden war. Siwa sammelte sich einen Moment, dann begann sie zu erzählen:

„Noch niemals hat ein Mann bei mir gelegen. Ich wurde noch nicht zur Frau gemacht. Ich kannte nicht das Gefühl, wie es ist, wenn ein Mann in mich eindringt und schon gar nicht kannte ich das Gefühl der Lust. Erregt war ich bisher nur manchmal in Träumen. Durch den Wars habe ich alle Stufen der Lust und Erregung übersprungen. Ich wurde mit einem Schlag in einen Orgasmus hineinkatapultiert, der so intensiv war, wie ich es weder beschreiben noch begreifen kann. Und dieser Orgasmus ließ nicht nach, sondern steigerte sich bis zur Bewusstlosigkeit immer weiter. Doch selbst in dieser Bewusstlosigkeit und im Schlaf spürte ich es immer noch. Dieses Gefühl, dieser Orgasmus, war viel stärker, als ich. Ich glaube, ich hätte ihn nicht lange überleben können. Doch dann trat eine leichte Linderung ein und ich schlief so tief, dass ich es nicht mehr spürte. Jedes Mal wenn ich wach wurde, war es aber wieder da. Als ich auf dem Dach der Wache aufwachte und Jadwéj noch nicht zurück war, stellte ich zu meiner Erleichterung fest, dass dieser Orgasmus, der so weit über meine Kräfte gegangen war, viel schwächer geworden war. Seitdem fühlt es sich nur noch so an, als ob ich kurz vor einem Orgasmus wäre. Ich dachte, wenn ich mich selbst …, wenn ich mir selbst einen neuen Orgasmus bereiten könnte, dann wäre es vorbei. Doch ich war nicht in der Lage, einen neuen Höhepunkt zu erreichen. Solange ich ruhig sitze oder liege, ist es erträglich. Doch sobald ich mich bewege, sobald ich herumlaufe, ist es fast nicht mehr auszuhalten.

Ich wartete noch lange auf Jadwéjs Rückkehr und stellte dabei fest, dass die Straßen der Stadt menschenleer waren. Kein Laut war zu hören, keine Soldaten standen auf den Wachtürmen. Es war unheimlich. Ich wartete bis zur Dämmerung und suchte dann nach einer Möglichkeit, von dem Dach herunterzukommen. Es war auch gar nicht so schwer. Ich bin im Wald immer viel auf Bäume geklettert. Vorsichtig und so leise wie möglich bin ich durch die Straßen gelaufen. Ich war ja noch nackt und wusste auch, dass die Stadtbewohner mich für eine Hexe hielten. Doch da waren keine Stadtbewohner, weder auf den Straßen, noch in den Häusern, in die ich geschaut habe. Alles war verlassen. Aber als ich an der Apotheke vorbeikam, öffnete sich die Tür plötzlich einen Spalt. Ich sah zwei Augen in der Dunkelheit dahinter leuchten. Und plötzlich rief die zu den Augen gehörige Stimme: ‚Schnell, komm hier herein.'

Sofort bedeckte ich meine Blöße. Doch die Tür öffnete sich etwas weiter, bis ich den Apotheker erkennen konnte. Und er rief mir nervös zu: ‚Schnell, oder willst Du so sterben, wie die anderen?'

‚Welche anderen?' habe ich skeptisch zurück gefragt.

‚Ich werde Dir alles erzählen', rief der nervöse Apotheker durch den Türspalt. ‚Aber komm von der Straße weg.'

‚Hast Du ein kleines Mädchen gesehen?' fragte ich ihn und deutete ‚Ungefähr so groß.'

Da schrie er plötzlich hysterisch: ‚Hast Du nicht verstanden? Alle sind tot!'

In dem Moment hörte ich ein eigenartiges, scharrendes Geräusch. Und als ich mich umblickte, sah ich Dornenbüsche auf der Straße auf mich zukommen. Und zwischen diesen Büschen glaubte ich die Konturen von Menschen erkennen zu können. Aber die bestanden selbst nur aus dünnen, dornigen Ästen. Ohne länger zu zögern sprang ich durch die noch geöffnete Tür in die Apotheke. Der Apotheker warf die Tür sofort hinter mir zu und verriegelte sie. Im Hintergrund sah ich seine Frau kauern. Ich kannte die beiden gut. Ich habe ihnen oft Kräuter aus dem Wald verkauft. Immer waren sie freundlich zu mir gewesen. Doch jetzt schrie die Frau entsetzt auf, als sie mich erblickte und fragte kreischend ihren Mann: ‚Warum lässt Du die Hexe in unser Haus?'

Und sie forderte ihn genauso kreischend auf: ‚Wirf sie wieder auf die Straße zu ihren Geschöpfen.'

‚Still Weib!' gebot ihr da der Apotheker streng und lauschte angestrengt durch die Tür nach draußen. Atemlos vor Spannung hörten wir auf die scharrenden Geräusche an der Tür. Und als die sich nach Ewigkeiten endlich wieder entfernten, atmeten wir erleichtert auf. Erst jetzt wendete sich der Apotheker mir zu. Sein Blick flackerte wirr. Er wirkte so, als ob er den Verstand verloren hätte. Nervös und verängstigt fragte ich ihn: ‚Was ist hier los?'

Da entspannte sich sein Blick und er schien wieder normal zu sein.

‚Komm mit', forderte er mich auf. ‚Ich muss Dir was zeigen.'

Zögernd aber arglos folgte ich ihm in den Keller. Ich wusste, dass er dort seine Kräuter und Medikamente lagerte. Aber ich war vorher noch nie dort unten gewesen. In dem Lagerraum, gab er mir die kleine Kerze, die den Raum nur schwach beleuchtete.

‚Hier, halte das', sagte er. Und als ich die Kerze nahm, schloss er die Tür zu einem angrenzenden Raum auf. Er öffnete die schwere, eisenbeschlagene Tür, nahm die Kerze wieder aus meiner Hand und forderte mich auf: ‚Hier herein.'

Mir war zwar nicht wohl, aber ich hatte keinen Grund, dem Apotheker zu misstrauen und ging an ihm vorbei in den Raum. Da schlug er mir mit irgendetwas auf den Kopf und ich verlor das Bewusstsein. Als ich wieder zu mir kam, stand ich in einer Art Labor, in dem der Apotheker wohl nicht nur gewöhnliche Medizin, sondern auch magische Elixiere hergestellt hatte. Zumindest wirkte es auf mich so. Ich stand aufrecht mit Händen und Füßen an die hintere Wand des Raumes gekettet. Und mir gegenüber standen der Apotheker und seine Frau. Als sie sahen, dass ich erwachte, fuhr der Apotheker mich sofort an: ‚Was ist das für ein Zauber?'

Ich verstand überhaupt nicht, was er meinte und fragte nur verwundert: ‚Was für ein Zauber?'

‚Stell Dich nicht dumm, Du kleine Hexe!' fuhr der Apotheker mich an und schlug mir mit einer Peitsche über meine Brüste. Ich schrie und der Schmerz trieb mir Tränen in die Augen. Doch ich wusste noch immer nicht, was der Apotheker eigentlich von mir wollte.

‚Was wollt Ihr denn von mir?‘ schrie ich in Panik.

‚Töte sie!‘ kreischte da die Frau des Apothekers und hielt ihm ein langes, gebogenes Messer hin, mit dem er diese Tat ausführen sollte. Doch der Apotheker schob sie grob zur Seite und herrschte sie an: ‚Jetzt schweig endlich, Weib! Geh nach oben und sieh nach, dass alle Türen und Fenster verschlossen sind.‘

Widerwillig stapfte die Alte aus dem Raum. Der Apotheker musterte mich lange mit einem Blick, den ich bestenfalls als lüstern bezeichnen könnte. Schließlich fragte er mich: ‚Wieso lebst Du noch? Niemand überlebt den direkten Kontakt mit einem Wars.‘

‚Ein Heiler hat sich um mich gekümmert‘, antwortete ich. Doch der Apotheker schrie mich an: ‚Du lügst!‘

‚Warum sollte ich lügen?‘ fragte ich verängstigt. Ich hatte wirklich schreckliche Angst vor ihm. Da warf er seine Peitsche weg und packte mit groben Händen meine Brüste. Er presste seine feuchten Lippen darauf und öffnete schwer atmend und mit fahrigen Bewegungen seine Beinkleider. Da ich angekettet war, konnte ich mich nicht wehren. Ich wünschte mir zwar Erlösung aus dem fast unerträglichen Zustand, in dem ich mich seit meinem Erwachen befand. Doch ich wollte es nicht so und schrie ihn voller Entsetzen an: ‚Der Warssaft ist noch in mir. Wenn Ihr das macht, sterbt Ihr daran!‘

‚Hexe!“ brüllte er da und wich panisch vor mir zurück, lachte dann aber hysterisch und meinte voller gehässiger Schadenfreude: „Wenn das Sekret des Wars trotz des Heilers noch in Dir wirkt, dann wirst Du bis zu Deinem Tod so erregt bleiben, wie Du es jetzt bist. Meinst Du, ich sehe nicht, wie Du Dich windest. Du würdest Dir doch wünschen, dass ich Dich aus diesem Zustand erlöse.“

Er redete sich richtig in Rage, hob seine Peitsche wieder auf und holte bereits aus, um mich erneut zu schlagen, da hörten wir von oben ein Geräusch und einen so grauenhaften Schrei, dass mir das Blut in den Adern gefror. Auch der Apotheker erstarrte für eine Sekunde. Dann zischte er ‚Ich komme wieder‘, stolperte mit seinen halb heruntergelassenen Hosen durch die Tür und verschloss sie von außen wieder. Durch die Tür war nichts zu hören. Die Zeit verging, doch der Apotheker kam nicht zurück. Ich weiß nicht, wie lange ich nichts mehr getrunken hatte. Aber ich glaube, dass der Apotheker mir Wasser eingeflösst hatte, bevor ich in seinem Keller wieder erwacht war, denn auf einem Tisch stand eine geöffnete und fast leere Flasche und ich fühlte mich nicht mehr so ausgetrocknet, wie zuvor. Trotzdem fühlte ich mich schwach, der Peitschenhieb brannte auf meinen Brüsten und meine permanente Erregung schrie nach Erlösung. Ich beobachtete, wie die Kerze langsam herunterbrannte. So konnte ich die Dauer der ersten zwei Tage abschätzen. Dann wurde es dunkel. Wenn ich einschlief, glaubte ich ersticken zu müssen. Die Eisen um Hand- und Fußgelenke schnitten mir ins Fleisch. Lange kämpfte ich gegen die Ohnmacht an. Doch schließlich verlor ich das Bewusstsein und glitt hinüber in ein besseres Dasein. Zumindest fühlte es sich so an, bis ich aus diesem Zustand zurück in meinen geschundenen und noch immer erregten Körper geholt wurde. Als ich die Augen öffnete, lag ich auf dem Tisch des Kellerraumes. Flackerndes Licht tanzte über mir am Gewölbe. Jemand hob meinen Kopf hoch und gab mir Wasser zu trinken. Und als ich meinen Blick hob, erkannte ich Deinen Freund."

„Jagun hat Dich dort unten gefunden?" fragte ich erstaunt, da er mir nichts davon erzählt hatte.

„Er hat mich gerettet!" bestätigte Siwa und fragte mich: „Willst Du den Rest auch noch hören?"

„Natürlich!" antwortete ich schmollend darüber, dass ich immer alles als Letzter erfuhr. Aber eigentlich war es typisch für Jagun, dass er über seine Taten kein Wort verlor. Und irgendwie mochte ich auch genau das an ihm, auch wenn es manchmal schon anstrengend war, ihm jede kleinste Information über seine Heldentaten aus der Nase ziehen zu müssen, oder es erst, wie in diesem Fall aus zweiter oder dritter Hand zu erfahren. Das heißt: Aus Siwas Sicht gesehen war die Geschichte ja sogar aus erster Hand.

„Dein Freund …" begann Siwa also wieder. Und ich unterbrach sie wieder mit der Erklärung: „Jagun!"

„Ja" bestätigte sie und erzählte weiter: „Er hatte mich in eine Decke gewickelt und blieb lange bei mir in diesem Kellerraum. Und als ich mich erholt genug fühlte, dass ich ihm erzählen konnte, wie ich an diesen Ort und in diese Situation geraten war, erzählte auch er mir in kurzen Worten, was inzwischen in der Stadt passiert war. Dann fragte er mich, ob ich mich stark genug fühlen würde, dass er mich aus Hradotéj hinausbringen könnte. Ich nickte und so trug er mich nach oben. Dein Freund hatte mir erzählt, dass die Apotheke, wie fast alle anderen Gebäude in der Stadt leergestanden hatten. Er war schon einmal in die Apotheke gekommen, um Kräuter für eine Medizin für Jadwéj zu holen. Da war er aber nur oben im Laden gewesen. Doch als er noch einmal dorthin zurückgekehrt war, um noch mehr Kräuter und Verbandszeug zu holen, hat er auf der Suche nach den Vorräten des Apothekers dessen Lagerraum im Keller gefunden. Und er hat auch die Tür zu dem anschließenden Raum entdeckt, die zwar verschlossen war, in der aber der Schlüssel noch steckte. So hat er mich gefunden. Als Dein Freund mich auf die Straße getragen hat, sind plötzlich wieder diese Dornensträucher durch die Stadt gewandert. Dein Freund ist mit mir schnell in das nächste Gebäude gelaufen und hat alle Fenster und Türen verschlossen. So, hat er gemeint, müssten wir relativ sicher sein. Und tatsächlich wanderten die unheimlichen Sträucher an dem Haus vorbei, ohne dass sie hineingekommen wären. Das Gebäude war ein Laden. Dein Freund bat mich, mir etwas zum Anziehen zu suchen und wartete darauf, bis ich fertig eingekleidet war. Allerdings schien ihm das Kleid hier nicht besonders zu gefallen.“

„Es ist eher so, dass es ihm besser gefällt, als es gut für ihn ist“, warf ich melancholisch ein. Siwa sah mich nachdenklich an. Doch ich glaube, sie verstand recht gut, was ich meinte, denn ich hatte ihr ja bereits von Jaguns Fluch erzählt. Schließlich nickte sie nachdenklich und beendete ihre Geschichte: „Dein Freund, der Schattenbringer und ich sind vom Obergeschoss des Geschäftes auf das Dach geklettert und von dort aus weiter über die Dächer der Stadt. Er hat mir oft geholfen, hat mich aufgefangen, wenn ein Sprung zu weit oder zu tief für mich war und er hat mich hochgehoben, wenn eine Wand zu hoch für mich war. Aber beim ersten Versuch, mich zu einem höher gelegenen Dach hochzuheben hat er mich plötzlich, als ich die Kante schon fast erreicht hatte, fallen lassen. Und obwohl das nicht meine Schuld war, hat er mich dann ganz vorwurfsvoll gefragt, warum ich nichts unter dem Kleid trage.“

„Gar nichts?“ fragte ich sofort neugierig. Siwa machte nur eine Grimasse, beantwortete meine berechtigte Frage aber nicht, sondern fuhr fort: „Er hat mich hierher, an diesen Ort gebrach. N’jara war schon hier, schlief aber. Dann hat Dein Freund noch Jadwéj und Dich hergebracht.“

32. ÜBER DEM FLUSS

So also war Siwa der Katastrophe in Hradotéj entgangen. Und wieder einmal war es Jagun gewesen, der sie gerettet hatte. Ich versuchte, den zeitlichen Ablauf nachzuvollziehen, wann Jagun Siwa gefunden und aus Hradotéj herausgeholt hatte. Es musste irgendwann nachdem er N'jara an diesen Ort gebracht hatte und bevor er Jadwéj aus der Stadt geholt hatte, gewesen sein, also in der Zeit, in der ich und Jadwéj uns noch betrunken auf dem Turm befunden hatten.

„Und wie geht es Dir jetzt?" fragte ich nach einer Weile, auf ihren Zustand der Erregung anspielend.

Siwa zuckte mit den Schultern, kräuselte verlegen ihre Lippen und antwortete leise und beschämt: „Unverändert. Ich sag doch, der Apotheker hat gemeint, dass das so bleibt."

„Vielleicht", meinte ich zögernd, „könnte ich versuchen, Dir zu helfen."

Siwa sah mir lange in die Augen. Ich wusste nicht, was sie dort zu finden hoffte oder glaubte. Oder vielleicht wusste ich es auch viel zu gut. Und ja, ich gebe es zu: Ich dachte in dem Moment mehr an mein eigenes Vergnügen, als daran, ob es Siwa wirklich helfen könnte. Ich dachte mir: *Wenn sie schon unbedingt einen Mann braucht, der sie zum Höhepunkt bringt, dann bin ich mindestens so gut, wie jeder andere.*

Immerhin war ich der einzige, der gerade verfügbar war. Selbst wenn Jagun zurückkäme, würde er nicht in die Auswahl fallen, solange sein Fluch auf ihm lastete. Und an diesem Zustand stand keine Änderung in Aussicht. Selbst, wenn er wider alles Erwarten einen Überlebenden aus Hradotéj mit in unser Lager bringen würde, würde auch der nicht zur Wahl stehen, da die Hradotéjer Siwa als Hexe verurteilt und damit ihren Zustand verschuldet hatten. Ich war weit und breit der einzige Mann. Ich musste mir also gar keine Vorwürfe für mein selbstloses Angebot machen.

Ich war auf jede erdenkliche Antwort gefasst, auf ‚Ja' oder ‚Nein'. Aber eigentlich konnte sich Siwa in ihrem Zustand gar nicht leisten, mein Angebot auszuschlagen. Sie konnte nur dankbar ‚Ja' sagen. Doch als sie endlich fertig damit war, meine Uneigennützigkeit in meinen Augen zu lesen, sagte sie nur skeptisch: „Du schwitzt, Andieu!"

Natürlich schwitzte ich. Es war eine schwüle Nacht und ich saß nah am Feuer. Doch bevor ich das erklären konnte, sagte Siwa bereits: „Ich mag Dich sehr Andieu. Aber es wäre mein erstes Mal und das sollte etwas Besonderes sein. Du bist ja noch nicht einmal ganz nüchtern und hast Dich wer weiß wie lange nicht gewaschen."

„Ich kann schnell zum Fluss laufen und baden", erwiderte ich schnell. Ich war nicht darauf vorbereitet, eine Abfuhr zu bekommen. Und bevor Siwa etwas erwidern konnte, sprang ich auf und rief Siwa zu: „Lauf nicht weg. Ich bin gleich wieder da!"

Ich hörte sie mir noch irgendetwas hinterher rufen. Doch ich verstand nicht, was es war, da ich bereits auf dem Weg zum Fluss war. Ich musste nur baden, um sauber und frisch zu sein und mich dabei erfrischen, um die Reste meines Weingenusses aus meinem Kopf zu spülen. Jetzt konnte mich nichts mehr aufhalten, außer der falschen Richtung, in die ich zuerst lief. Als ich merkte, dass ich nicht an den Fluss kam, obwohl ich schon mehr als die doppelte Entfernung zu ihm zurückgelegt haben musste, kehrte ich wieder um. Doch als ich dann vor mir die Palisaden Hradotéjs erblickte, merkte ich, dass auch diese Richtung falsch gewesen war. Voller Panik, dass die Dornengestrüppe über mich herfallen könnten, rannte ich wieder zurück in den Wald. Der Morgen dämmerte bereits, als ich wieder unser Lager erblickte. Nur am Fluss war ich noch nicht gewesen. Also lief ich am Lager vorbei und fand kurz darauf auch den Fluss.

Na endlich, dachte ich mir erleichtert, zog mich aus und stürzte mich kopfüber in die Fluten. Doch als ich wieder auftauchte, sah ich vor mir am Ufer ein kleines Kind stehen. Und als dieses mich erblickte, schrie es panisch nach seiner Mutter. Die kam aber nicht allein, sondern mit ihr kamen noch drei oder vier Männer aus dem Wald gestürmt. Und einer von ihnen rief sofort: „Das ist der Mann, der an der Befreiung der Hexe beteiligt war. Packt ihn!"

Ehe ich mich versah, sprangen die Männer ins Wasser, packten mich an den Armen und schleppten mich in ein Bauerngehöft. Dort banden sie mich im Hof nackt an einen Baum und berieten sich, was mit mir geschehen sollte.

„Tötet ihn!" schrie sofort ein gebrechlich wirkender, zahnloser, alter Mann und schlug mir mit seiner Krücke so fest auf den Kopf, dass ich Sterne sah. Doch die Mutter des Kindes stellte sich schützend vor mich und fuhr den Alten an: „Hör auf damit!"

„Aber er hat der Hexe geholfen", verteidigte einer der Männer, die mich aus dem Fluss gezogen hatten, den Alten, während er sich drohend vor der Frau aufbaute. Die wich aber keinen Zentimeter zurück, sondern erwiderte unerschütterlich: „Es waren die Ältesten, die die Katastrophe über unsere Stadt gebracht haben und kein kleines Mädchen, das von irgendeinem dummen Bauer der Hexerei bezichtigt wurde!"

„Welcher dumme Bauer?" fragte der Mann streng. Die Frau nickte in die Richtung eines jüngeren Mannes und antwortete unerschrocken: „Frag doch Deinen Sohn, Baldrain. Jeder weiß, dass Alun immer um das Mädel rumschlawenzelt ist, dass sie aber nichts von ihm wissen wollte."

Eigentlich hätte ich mich selbst gern zu meiner Verteidigung geäußert. Aber was ich hier erfuhr, war äußerst interessant. Anstatt mich zu verteidigen, fragte ich also nur erzürnt: „Ist das wahr?"

Da sprang der junge Mann auf mich zu und schleuderte die resolute Frau grob zur Seite. Ich erwartete bereits einen Angriff gegen mich. Aber Alun wendete sich hysterisch weinend an seinen Vater und schrie ihm ins Gesicht: „Du hast immer gesagt, dass sie einmal mir gehört. Aber sie wollte mich nicht. Sie hat sich immer für was Besseres gehalten und dann lässt sie sich mit so was ein!"

Dabei hob er drohend seine Faust gegen mich. Doch als ich schon mit dem Schlimmsten rechnete, gab Baldrain seinem hysterischen Sohn eine schallende Ohrfeige und herrschte ihn an: „Geh ins Haus, Alun!"

Der Junge wagte nicht, seinem Vater zu widersprechen und gehorchte ihm schweigend.

„Danke!" sagte ich zu dem vernünftigen Bauer, von dem ich erwartete, dass er mich jetzt losbinden würde. Doch er warf mir nur einen Blick zu, in dem ich gelinde gesagt, nichts Gutes erkennen konnte. Dann wendete er sich an die Frau, die so unerschrocken für mich eingetreten war und die jetzt ihr verängstigtes Kind im Arm hielt und fragte sie so kalt wie der Wind aus dem Norden: „Wer sagt, dass mein Sohn eine Unschuldige angezeigt hätte?"

Die Frau erbleichte, denn in der Frage konnte man deutlich eine Drohung hören. Trotzdem blieb sie unbeugsam. Sie schob ihr weinendes Kind hinter sich und antwortete: „Jeder, der Euren Sohn kennt weiß, dass es die Wahrheit ist!"

Baldrain ballte seine Fäuste, dass seine Knöchel weiß schimmerten und ging schnurstracks auf die Frau zu.

„Lasst sie in Ruhe!" schrie ich panisch und zerrte an meinen Fesseln. Und tatsächlich gelang es mir, mich loszureißen. Ich stürmte auf den Mann zu, um ihn aufzuhalten, aber er drehte sich nicht einmal um, sondern schlug nur mit seiner Faust nach hinten und traf mich voll ins Gesicht. Wieder sah ich Sterne und ging benommen zu Boden. Es gelang mir aber, den linken Fuß des kräftigen Bauern zu packen und mich daran festzuklammern.

„Lauft!" schrie ich der Frau zu, da ich nicht wollte, dass ihr und ihrem Kind meinetwegen etwas passierte. Doch da packten schon die beiden Knechte, die an meiner Ergreifung beteiligt gewesen waren, die Frau an den Armen. Baldrain trat nach mir und zog ein langes Messer, das er im Gürtel stecken hatte.

„Hört auf!" rief da eine helle, klare Stimme, in der ich Siwas Stimme erkannte. Ich wollte ihr sofort zurufen, dass sie fliehen sollte, bekam in dem Moment aber Baldrains Stiefel ins Gesicht. Die Sterne erstrahlten in neuem Glanz. Doch die Furcht um Siwa ließ mich nur noch fester darum kämpfen, bei Bewusstsein zu bleiben.

Baldrain erkannte Siwa auch sofort. Hart befahl er seinen Knechten: „Schnappt sie euch!"

Doch bevor die beiden sich Gedanken darüber machen konnten, wer von ihnen loslaufen und wer die Frau mit ihrem Kind festhalten sollte, schoss ein Pfeil Baldrain das Messer aus der Faust. N'jara erschien an Siwas Seite und rief dem Bauer zu: „Der nächste Pfeil trifft Euer Herz!"

N'jara konnte unmöglich schon nüchtern sein. Ich bemerkte sogar, dass sie leicht schwankte. Umso erstaunlicher war ihre Treffsicherheit und die Tatsache, dass ihre Stimme klar und deutlich klang. Baldrain fragte sie aber trotz des auf ihn gerichteten Pfeils nur unbeeindruckt: „Wer bist Du denn, Mädchen?"

Gleichzeitig warf er einen kurzen, bedeutsamen Blick in Richtung des Wohnhauses. Da ich dort aber niemanden sehen konnte, beachtete ich es nicht weiter.

„Jemand, der Blutvergießen gerne vermeiden möchte", beantwortete N'jara Baldrains Frage.

„Dann leg Deinen Bogen weg und komm hierher!" befahl Baldrain streng. „Wir mögen hier keine Fremden, die mit Waffen auf dem Hof erscheinen."

„Und ich mag keine Männer, die sich an Frauen und Wehrlosen vergreifen", antwortete N'jara kalt und ohne den Bogen zu senken. Da ergriff Siwa wieder das Wort.

„Euer Sohn", rief sie Baldrain zu, „hat mich bei den Soldaten Hradotéjs als Hexe angezeigt, weil ich mich gegen ihn gewehrt habe, als er über mich hergefallen ist. Dafür müsst Ihr keine Unschuldigen büßen lassen."

„Du hast Recht", erwiderte Baldrain und wandte sich jetzt vollends von der Frau, die mich verteidigt hatte und ihrem Kind ab und Siwa und N'jara zu. „Es geht niemanden außer uns etwas an, wenn ein Flittchen wie Du sich zu vornehm für meinen Sohn ist."

„Siwa ist kein Flittchen!" fuhr ich ihn zornig an, während ich mich auf wackligen Beinen zu erheben versuchte. Dann ging alles plötzlich sehr schnell. Baldrain schrie: „Jetzt!"

Da wickelten sich plötzlich mehrere Bolas um N'jara, entwaffneten sie und brachten sie zu Fall. Ich konnte gerade noch Baldrains Messer abwehren, das er mir in den Bauch rammen wollte. Und noch während ich mit dem Mut der Verzweiflung gegen den größeren und stärkeren Mann rang, lief schon einer der Knechte zu Siwa und N'jara. Er schlug Siwa, die sich schützend über N'jara beugte, brutal nieder und fesselte die beiden Mädchen mit Hilfe von Alun, der aus dem Wald gesprungen kam.

„Jetzt gehört sie mir, nicht wahr Papa?" fragte der junge Mann, der nur feige aus dem Hinterhalt Bolas auf Mädchen werfen konnte. Sein Vater beantwortete die Frage nicht. Ich glaube, irgendwo schämte er sich für diesen Sohn. Außerdem war er noch damit beschäftigt, sein Vorhaben, mir das Lebenslicht auszupusten, in die Tat umzusetzen. Kurz gesagt: Die Situation schien ziemlich aussichtslos zu sein. Doch genau in dem Moment, als Baldrain seine Hand mit dem Messer meinem Griff entwand und zu einem tödlichen Stoß ausholte, tauchte plötzlich Jagun auf dem Hof auf. Er war so schnell, dass ich ihn kaum kommen sah, packte Baldrains Handgelenk und presste es trotz seiner ihn begleitenden dunklen Schatten so fest zusammen, bis das Messer der Hand des kräftigen Bauern entglitt. Jagun hatte die Kapuze tief in sein Gesicht gezogen. Er schob das Messer mit dem Fuß in meine Richtung und ich hob es schnell auf.

„Was mischt Ihr euch hier ein?" fragte Baldrain mit schmerzverzerrtem Gesicht.

„Ich dachte, die Menschen aus Hradotéj wären bei Euch in Sicherheit", erwiderte Jagun und versuchte, alle Aggression und Gewaltbereitschaft aus seiner Stimme und seinem Körper zu verdrängen. Und tatsächlich verblassten die Schatten wieder ein wenig. Trotzdem murmelte der Bauer, furchtsam zurückweichend: „Der Schattenbringer!"

Und ausgerechnet die Frau, die eben noch so unerschrocken für mich eingetreten war, schrie jetzt hysterisch: „Wenn Ihr Hexerei sucht, dann habt ihr sie hier!"

Da warf Jagun seine Kapuze zurück und rief aufgebracht in die Runde: „Ja, ich bin der Schattenbringer. Und es ist Magie, die mich begleitet. Doch es ist nicht meine …"

Weiter kam er nicht, denn Alun, der sich wohl vor seinem Vater beweisen wollte, packte eine Mistgabel und stürzte damit auf Jagun zu. Jagun wich dem ungestümen Angriff unbeeindruckt aus. Alun verlor das Gleichgewicht und stürzte genau in das Messer, das ich noch in meiner Hand hielt. Ungläubig und mit glasigen Augen starrte der dumme Junge mich an, sank auf die Knie und kippte nach hinten. Sein Vater fing ihn mit einem verzweifelten Schrei auf und bettete ihn behutsam auf den Boden.

„Schnell", raunte Jagun mir zu, „schneide die Mädchen los."

Ich hatte mich noch nicht zu den beiden gekniet, als Baldrain schon schrie: „Tötet sie!"

Gleichzeitig stürzte er schon selbst auf mich los. Jagun bückte sich blitzschnell und warf dem aufgebrachten Vater des aus eigenem Verschulden getöteten Alun eine Hand voll Sand in die Augen. Ich durchtrennte die Fesseln Siwas und N'jaras. Siwa kam bereits wieder zu sich. Doch N'jara, die von den Steinen der zweiten geworfenen Bola am Kopf getroffen worden war, war noch ohne Bewusstsein.

„Lauft!" befahl Jagun. Ich wusste, dass er sich wieder einem Kampf stellte, den er nicht austragen durfte und deswegen auch nicht gewinnen konnte. Er tat es, um das Leben von N'jara, Siwa und mir zu retten. Es blieb auch gar keine Zeit, um über diese unsinnige Verteilung der Rollen nachzudenken oder zu diskutieren. Ich konnte mich nur kurz davon überzeugen, dass N'jara noch lebte, warf sie mir über die Schulter und rannte so schnell ich konnte zurück zum Fluss. Am Tor des Hofes stand eine Frau, die Jagun wohl gerade aus Hradotéj herausgeholt hatte. Unschlüssig beobachtete sie das herrschende Chaos. Und ich hörte sie im Vorbeilaufen verwirrt murmeln: „Ich dachte, er bringt uns in Sicherheit."

Siwa lief leichtfüßig wie ein Reh neben mir her. Doch ihr für die Dramatik der Situation so unpassend wirkendes, erregtes und erregendes Stöhnen, das sie während des Laufens kaum zu unterdrücken vermochte, war so verwirrend für mich, dass ich stehen bleiben musste, um sie vorwurfsvoll zu bitten: „Würdest Du das bitte lassen?"

„Ich mach doch gar nichts", erwiderte sie errötend und senkte verlegen ihren Blick, meinte dann aber selbst plötzlich mit deutlich hörbarem Vorwurf in der Stimme: „Außerdem könntest Du Dich selbst ein wenig zusammenreißen."

Zugegeben: Die Situation war vielleicht nicht gerade passend. Aber war es denn ein Wunder, dass meine Körpermitte auf die Schwingungen von Siwas Erregung reagierten, wo ich gleichzeitig auch noch N'jaras fast nackten Körper auf meiner nackten Haut spürte? Als ich Siwas Blick folgte, entdeckte ich jedenfalls meine Erektion, der ich mir bis zu diesem Moment nicht einmal bewusst gewesen war.

„Das ist nicht meine Schuld!" sagte ich schnell und sah Siwa herausfordernd an. Doch die meinte nur kopfschüttelnd: „Dein Freund kämpft dort hinten gegen aufgebrachte Bauern. Und Du denkst jetzt an so was?"

Was heißt: Jetzt? Ich denke schon die ganze Zeit daran. Deswegen habe ich sogar gebadet, dachte ich mir, erwiderte aber mit allem Charme, den ich in der Situation aufbringen konnte:

„Vielleicht ist es unsere letzte Gelegenheit."

Siwa schien die Dringlichkeit aber gar nicht zu begreifen, denn sie sagte plötzlich: „Ich kehre um. Ich muss ihm helfen."

„Was? Nein!" rief ich ihr verzweifelt hinterher. Ich vertraute darauf, dass Jagun auf sich selbst aufpassen konnte. Aber wenn er dabei noch auf Siwa achten musste, konnte das beide in große Gefahr bringen. Vorsichtig legte ich N'jara ins weiche Moos, versprach der Bewusstlosen, dass ich gleich wieder zurück wäre und folgte Siwa zurück zum Bauernhof. Aber anscheinend fand Siwa den Weg dorthin nicht mehr, denn ich stand plötzlich irgendwo ganz allein mitten in diesem riesigen Wald, aus dem mir unheimliche Geräusche entgegen klangen.

Ich hasse diesen Wald, in dem ein Baum aussieht, wie der andere. Ich will endlich wieder in eine anständige Stadt.

„Hallo?" rief ich ängstlich in den Wald oder durch den Wald. Aber niemand antwortete mir.

Ja, ich gebe es zu: Ich hatte mich verirrt. Die Richtung, in der ich glaubte, Siwa vor mir zu haben, war nicht die Richtung, in die Siwa gelaufen war. Aber zumindest war meine Erektion wieder zurückgegangen. Trotzdem wäre es mir lieber gewesen, wenn ich nicht nackt gewesen wäre. Ich drehte mich wieder um und versuchte, den Weg zurück zu N'jara zu finden. Doch ich fand ihn nicht. Ich hasste diesen verwunschenen Wald wirklich.

Siwa war auf direktem Weg in das Gehöft zurückgekehrt. Sie führte die Frau vom Tor in die Sicherheit einiger dicht belaubter Sträucher und ermahnte sie, sich still zu verhalten. Dann lief sie geradewegs auf den Hof, wo sie sah, wie Jagun den verzweifelten Angriffen des Bauern und seiner Knechte, sowie auch denen des zahnlosen Alten mit seiner Krücke so leichtfüßig auswich, dass es den Anschein hatte, er würde nur mit den Männern, die langsam außer Puste gerieten, spielen. Die Frau mit dem Kind hatte sich ängstlich an die hintere Mauer des Hofes zurückgezogen und beobachtete staunend dieses absurd wirkende Schauspiel.

Lange überlegte Siwa, wie sie Jagun helfen könnte. Doch sie bemerkte sehr schnell, dass er keine Hilfe nötig hatte und sie ihn nur behindern würde, wenn sie versuchen sollte, in den ungleichen Kampf einzugreifen. Nach weniger als einer viertel Stunde gesellte sich N'jara zu Siwa. Die beiden nickten sich wortlos zu und beobachteten den Kampf weiter. Als N'jara allein im Wald aufgewacht war, hatte sie sich im Fluss erfrischt, um ihren Kopf frei zu bekommen. Doch es drehte sich noch immer alles um sie und sie hatte schreckliche Kopfschmerzen. Sie war es nicht gewohnt, Alkohol zu trinken und Steine an den Kopf geworfen zu bekommen. Doch sie ignorierte ihre eigenen Schmerzen und die daraus resultierende Schwäche, um denen, die ihr etwas bedeuteten, beistehen zu können.

„Macht er das immer so?" fragte Siwa nach einer Weile, ohne ihren Blick von Jagun abzuwenden. N'jara zuckte nur mit den Schultern. Sie hatte Jagun so ähnlich gegen die Sklavenjäger kämpfen gesehen. Das waren erfahrene Krieger gewesen, die sich in vielen Kämpfen bewiesen hatten. Doch Jaguns Kampf gegen die Bauern hatte trotz des Toten, der auf dem Platz lag etwas eigenartig Absurdes.

Der Bauer und seine Knechte waren schon vollkommen außer Puste und konnten sich vor Erschöpfung kaum noch auf den Beinen halten. Nur der Alte sprang noch wie ein durchgedrehter Kranich mit seinen dürren Beinen um Jagun herum und wirbelte wie wild seine Krücke, ohne dass er Jagun aber damit treffen konnte.

„Ich krieg Dich schon Bürschchen", krächzte er immer wieder. Schließlich blieb Jagun ganz plötzlich stehen, blockte die Krücke ab und riss sie dem Alten aus den Händen. Mit einem Angstschrei wich der Alte panisch zurück und fiel über die Leiche Aluns.

„Lasst es gut sein", bat Jagun und warf die Krücke in den Staub. „Ein Toter ist genug."

„Töte ihn, Sohn!" geiferte der Alte. Doch Baldrain erwiderte nur erschöpft: „Tu es doch selbst, Vater. Ich kann nicht mehr."

Dann ließ er sich erschöpft auf die Knie fallen. Jagun wandte sich wortlos ab und ging auf Siwa und N'jara zu, die am Tor des Hofes standen.

„Schnell weg von hier", sagte er leise zu den beiden, „bevor sie wieder zu Atem kommen."

Er blieb nicht stehen und wendete sich auch nicht mehr um. Doch als er mit N'jara und Siwa schon das Tor durchschritten hatte, kam plötzlich die Mutter mit ihrem Kind hinter ihm her gelaufen.

„Schattenbringer!" rief sie schon von weitem. Jagun und die beiden Mädchen blieben stehen und drehten sich zu der Frau um.

„Bitte verzeiht mir meine voreiligen Worte!" bat sie ehrfürchtig und senkte demütig ihren Kopf. Jagun nickte nur stumm. Er fand, es war bereits genug geredet worden. Er hatte diese Frau und ihr Kind aus Hradotéj herausgeholt. Und trotzdem hatte sie ihn bei der erstbesten Gelegenheit der Hexerei bezichtigt. Ein Nicken als Zeichen dafür, dass er ihr vergab; mehr war sie ihm nicht mehr wert. Wortlos wandte er sich wieder ab. Doch die Frau rief ihm noch einmal hinterher: „Was soll aus uns werden? Der Bauer wollte auch uns töten."

Wieder blieb Jagun stehen und blickte Rat suchend in N'jaras und Siwas Gesichter, wich deren Blicken aber sofort wieder verlegen aus.

„Wir können sie nicht hier lassen", sagte Siwa sofort und beantwortete damit seine stumme Frage. Und auch die nächste Frage beantwortete sie, ohne dass Jagun sie stellen musste: „Nach Lorko-Bran, zu meinen Eltern. Sie würden sich niemals gegen das Gesetz oder die Obrigkeit stellen und mich deswegen auch nicht mehr aufnehmen. Aber Menschen in Not verweigern sie keine Hilfe."

Jagun sah Siwa noch immer fragend an und sie erklärte ihm: „Vom Nordtor Hradotéjs führt ein kleiner Pfad nach Nordosten. Die Leute aus der Stadt kennen den Weg nach Lorko-Bran."

Jagun nickte und erwiderte: „Es ist besser, Andieu und Du lasst euch von den Menschen nicht sehen. Geht zurück zum Lager."

Dann wendete er sich an N'jara und fragte sie: „Wie geht es Dir, Mädchen?"

Von den Verfärbungen in ihrem Gesicht war nichts mehr zu sehen. Aber Jagun hatte sie bewusstlos und gefesselt am Boden liegen gesehen, als er mit der nächsten aus Hradotéj herausgeholten Frau auf dem Hof Baldrains erschienen war. Sie befühlte ihren Kopf und antwortete: „Ich fühle mich niedergeschlagen, Wanderer!"

„Geh mit den anderen zurück", forderte Jagun sie auf. Doch sie fragte nur: „Wo ist Andieu überhaupt?"

Wenigstens sie dachte an mich. Siwa sah N'jara fragend an und sagte überrascht: „Er war doch bei Dir!"

Doch N'jara schüttelte den Kopf und erwiderte: „Ich war allein, als ich wieder zu mir gekommen bin."

„Was ist mit Jadwéj?" fragte Jagun zögernd. Er hatte seine Freunde ausdrücklich davor gewarnt, sich von den Leuten sehen zu lassen und fand sie ausgerechnet bei diesen vor, was einem Bauernburschen das Leben gekostet hatte. Wahrscheinlich war sein Vertrauen in uns in diesem Moment nicht besonders groß, aber weder suchte er nach einem Schuldigen, noch machte er einen Vorwurf, oder verlor überhaupt ein Wort über den Vorfall. Er sorgte sich nur um das Wohl der Menschen, die ihm plötzlich nahe standen, obwohl er doch allein seinen Dämonen trotzen und nach Erlösung von seinem Fluch suchen wollte.

„Sie schläft noch in unserem Lager", beantwortete Siwa die Frage Jaguns. Doch als sie es sagte, kamen ihr Zweifel daran, ob Jadwéj wirklich noch schlief. Der Tag war bereits angebrochen. Und wenn Jadwéj inzwischen aufgewacht war und sich von allen verlassen auf die Suche nach ihnen begeben hatte, dann könnte sie sich auch in Gefahr gebracht haben. Sowohl Jagun, als auch N'jara sahen Siwa ihren Gedankengang an.

„Sag den Leuten, wohin sie gehen sollen", forderte Jagun Siwa auf und lief voraus zu unserem Lager. Siwa erklärte den beiden Frauen, dass sie in Lorko-Bran Schutz suchen sollten und folgte Jagun mit N'jara.

In unserem Lager fanden sie Jadwéj vor, die zwar wach war, sich aber gedacht hatte, dass wir sie nicht einfach im Stich gelassen hatten, sondern wieder zu ihr zurückkehren würden.

„Hast Du Andieu gesehen, kleine Rose?" fragte Jagun sie, während er ihre Wunden neu versorgte. Siwa und N'jara, die ihm dabei zur Hand gingen, sahen sich kurz an. Es fühlte sich eigenartig für sie an, dass Jagun Jadwéj so zärtlich und liebevoll umsorgte und ihr sogar einen Kosenamen gab, während er die beiden nur mit ‚Mädchen' ansprach, ihren Blicken auswich und auch sonst jeden Kontakt mit ihnen weitestgehend vermied. Sie wussten von seinem Fluch und seinen Dämonen, die es ihm nicht gestatteten, Gefühle für eine Frau zu haben. Aber etwas zu wissen und etwas in seinem ganzen Ausmaß begreifen zu können, sind zwei völlig unterschiedliche Dinge. Und so fühlten sowohl N'jara, als auch Siwa einen bisher nicht gekannten Schmerz in ihrer Brust.

Jadwéj schüttelte den Kopf und antwortete auf Jaguns Frage: „Seit ich wach bin, war er nicht da."

„Ich suche ihn!" erklärte N'jara sofort. Sie fühlte sich etwas besser und glaubte, dass die Bewegung ihr helfen würde, die Nachwirkungen des Alkoholgenusses, der für sie nicht einmal Genuss gewesen war, besser und schneller verarbeiten zu können. Außerdem wusste sie, dass ich in große Schwierigkeiten geraten würde, wenn ich wieder in die Hände Baldrains fallen sollte und dass Jagun so schnell wie möglich zurück nach Hradotéj wollte, um weitere Überlebende zu suchen und sicher aus der Stadt heraus zu bringen.

Und so machten sie es auch: Jagun kehrte nach Hradotéj zurück, N'jara machte sich auf die Suche nach mir und Siwa blieb bei Jadwéj in unserem Lager.

33. DAS ENDE HRADOTÉJS

Jagun durchsuchte fast zwei volle Tage lang jedes Haus in Hradotéj bis in den letzten Winkel. Von den über achthundert Einwohnern der Stadt fand er nur etwa zwanzig Überlebende, die er aus der Stadt heraus und in Sicherheit brachte. Um von den Menschen, die ihm möglicherweise die Schuld an der Katastrophe zuschreiben würden, nicht erkannt zu werden, hatte er die Kapuze tief in sein Gesicht gezogen. Doch je länger er in der Stadt verweilte, umso weniger konnte er verbergen, dass er der Schattenbringer war, denn seine Dämonen kreisten von Stunde zu Stunde drohender über der Stadt.

Als Jagun sich sicher war, dass kein lebendes Wesen, außer den todbringenden Dornenbüschen mehr in der Stadt war, stellte er sich auf den Ratsplatz und wartete. Es dauerte nicht lange, bis die Dornenbüsche aus den Straßen und Gassen der verlassenen Stadt auftauchten, um ihn zu einem der ihren zu machen. Doch das war nicht Jaguns Ziel. Wie er den Waffen menschlicher Kämpfer ausweichen konnte, so wand er sich auch durch die Reihen der Dornenbüsche, floh auf die Dächer der Häuser vor ihnen und lockte sie so bis an die Pforten des Oleums im Zentrum der Stadt. Die Sonne versank. Jagun hatte mit nur kurzen Unterbrechungen zwei Tage in Hradotéj verbracht. Die Schatten seiner Dämonen nahmen wieder Gestalt an und fielen über die Stadt her, um jedes Leben auszulöschen. Jagun wusste, dass seine Dämonen dadurch wieder erstarken würden. Doch er hoffte, der Stadt damit ihren Fluch nehmen zu können. Er hoffte, dass seine Dämonen die Dornensträucher vernichten würden. Doch er erreichte weitaus mehr mit diesem verzweifelten Versuch, Hradotéj von der Magie zu reinigen.

Als seine Dämonen sich zu materialisieren begannen, wussten sie nicht, womit sie es in Hradotéj zu tun bekommen würden. Sie suchten nach Menschen und Tieren, um deren Blut und Seelen zu trinken, wurden durch ihre materialisierte Form aber für andere Arten von Magie angreifbar. Und Magie war es gewesen, die die Dornenbüsche Hradotéjs erschaffen hatte.

Jagun stand auf dem Turm des Oleums in der Erwartung, dass seine Dämonen den Dornensträuchern den Garaus machen würden. Doch anstatt des erhofften Kahlschlags entbrannte eine Schlacht, in der Jagun nicht wusste, wer als Sieger daraus hervorgehen würde. Eines war ihm jedoch klar: Wenn die Dornensträucher so mächtig waren, dass sie den Dämonen trotzen und sie sogar zu welchen der ihren machen konnten, dann würden die Sieger dieses entbrannten Krieges eine nicht abzuschätzende Macht besitzen.

Jaguns Dämonen grollten ihm.

„Was hast Du getan?" herrschte der Mächtigste von ihnen ihn an. Doch Jagun beachtete ihn nicht. Er war der einzige, dem seine Dämonen nichts tun konnten oder durften. Sein Plan war schnell gefasst. Und so legte Jagun an den geöffneten Toren Hradotéjs Feuer. Damit war allem, was jetzt noch aus der Stadt entkommen wollte und was die Palisaden nicht überwinden konnte, der Fluchtweg aus der Stadt abgeschnitten. Das Feuer fraß sich von seinen Ausgangspunkten schnell durch die hölzerne Stadt. Jaguns Dämonen konnte es nichts anhaben, doch die hungrigen Dornengebüsche, die sogar Dämonen verzehrten, wurden nun selbst zur Nahrung der Flammen.

Jagun beobachtete das Schauspiel der brennenden Stadt aus der Sicherheit des Waldes heraus. Hradotéj war verloren. Doch der Ort, an dem die Stadt gestanden hatte, wurde zumindest von der dunklen Magie gereinigt, die hier geherrscht hatte. Kein Wanderer, der in Zukunft ahnungslos seinen Fuß auf diesen Boden setzen würde, würde jetzt noch zum Opfer der tödlichen Dornenbüsche werden. Es war gut, dass die Stadt brannte.

Jagun überlegte, ob die Feuerwürmer, die in den Gewölben unter Hradotéj lebten, durch die herrschende Feuersbrunst in die Stadt einfallen würden, um das Feuer zu fressen. Doch er konnte sich nicht davon überzeugen. Wenn es so wäre, dachte er sich, dann würden seine Dämonen doch noch reiche Ernte halten. Jedenfalls waren die Dämonen jetzt beschäftigt. Und auch wenn Jagun wusste, dass er ihnen nicht entgehen konnte, war es doch eine gute Zeit, um mit seinen Freunden aus dieser ungastlichen Gegend zu verschwinden, ohne dass sie ihm zu dicht im Nacken saßen. Schnell kehrte er in unser Lager zurück, das er in der Morgendämmerung erreichte, in dem er aber nur Siwa und Jadwéj vorfand.

„Wo sind Andieu und das andere Mädchen?" fragte er Siwa grußlos, während er sich schon über Jadwéj beugte. Doch als er sah, dass deren Verband ganz frisch war, ließ er das nach Wein riechende Mädchen schlafen und wendete sich Siwa zu.

Siwa biss sich nervös auf die Unterlippe und antwortete auf Jaguns Frage: „Sie sind nicht zurückgekommen."

34. ALLEIN IN DER WILDNIS

Wenn man in der Wildnis überleben will, sollte man gut vorbereitet sein. Das war mein Problem. Ich war nicht nur nicht darauf vorbereitet, mich plötzlich ganz allein inmitten einer menschenfeindlichen Wildnis wieder zu finden. Ich war noch nicht einmal gut ausgerüstet. Genau genommen war ich überhaupt nicht ausgerüstet. Ich hatte weder eine Waffe, um mich gegen wilde Tiere verteidigen zu können, noch hatte ich Werkzeug, um mir eine Waffe oder irgendetwas anderes Nützliches herstellen zu können. Ich hatte ja noch nicht einmal stabile Kleidung, die mir ein Mindestmaß an Schutz geboten hätte. Ich war vollkommen nackt und meine einzige Waffe war mein messerscharfer Verstand. Doch was nützte mir in diesem riesigen Wald mein unvergleichlicher Scharfsinn? Gar nichts! Ich hatte ja schon erwähnt, dass meine Orientierung hervorragend war. Doch ich brauchte Strukturen; Straßen und Wegweiser. Die Stadt in der ich das beste Wirtshaus oder das Dirnenhaus mit den hübschesten Frauen nicht gefunden hätte, gab es nicht. Aber hier im Wald gab es keine Struktur. Es gab nur Bäume und die sahen für mich alle gleich aus. Natürlich: Ich hätte mich an der Sonne orientieren können oder am Moos, das an den Bäumen wuchs; theoretisch zumindest. Aber wie soll das funktionieren, wenn man nicht weiß, wo man ist und wohin man will? Außerdem wandert die Sonne. Wäre ich ihr den ganzen Tag gefolgt, dann wäre ich am Morgen nach Osten und am Abend nach Westen gelaufen. Das konnte also gar nicht funktionieren. Und wie sollte mir Moos, das an Bäumen wuchs, sagen, wohin ich gehen musste? Ich konnte es ja schlecht fragen.

Nein, ich war nicht orientierungslos. Ich hatte nur keine Ahnung, wo ich war und warum ich dort war, wo ich war und nicht dort, wohin ich vorgehabt hatte, zu gehen. Ich war Siwa gefolgt, die auf den Hof von Baldrain zurückkehren wollte, um Jagun beizustehen. Aber ich gelangte nicht zu dem Hof. Ich geriet immer tiefer in den Wald.

Irgendwann kam ich an den Fluss. Das war gut, denn der Fluss lag zwischen unserem Lager und Baldrains Gehöft. Wenn ich dem Fluss folgte, musste ich früher oder später an die Stelle gelangen, an der Baldrain, sein Sohn und seine Knechte mich überwältigt hatten. Blieb nur zu hoffen, dass ich diese Stelle wieder erkennen würde. Aber das würde ich bestimmt, da war ich mir ganz sicher. Ich hatte die Kiesbank, auf der das Kind gestanden hatte, deutlich vor Augen. *Flussaufwärts oder flussabwärts?* überlegte ich. Ich hatte ja keine Ahnung, in welcher Richtung ich mich bisher im Wald bewegt hatte. Ich entschied mich für flussaufwärts. Da die Ufer des Flusses aber dicht bewachsen waren, so dass ich ihnen nur mit großen Umwegen hätte folgen können, sprang ich kurzerhand in den an dieser Stelle viel breiteren, aber ziemlich flachen Fluss und lief im knietiefen Wasser der Strömung entgegen.

Wenn es die falsche Richtung ist, dachte ich mir, *dann fällt mir der Rückweg mit der Strömung jedenfalls erheblich leichter.*

Aber ich rechnete nicht damit, dass es die falsche Richtung war. Mein Gefühl sagte mir, dass ich auf dem richtigen Weg war. Es fühlte sich gut an, wohin ich ging. Und bald würde ich wieder bei meinen Freunden sein. Jagun war den aufgebrachten Bauern sicher entgangen. Ihm war bestimmt nichts passiert.

Und wenn doch?

Plötzlich machte ich mir große Sorgen und beschleunigte meine Schritte, um möglichst schnell zu der Stelle zu gelangen, von der ich überzeugt war, dass ich mich wieder auskennen würde. Aber der Weg war weiter, als ich vermutet hatte. Stunden um Stunden folgte ich dem Fluss, ohne, dass mir etwas bekannt vorgekommen wäre. Ganz im Gegenteil: Langsam wurde das Gelände steiniger und steiler. Der Fluss wurde schmaler und tiefer und das Wasser immer reißender, so dass es darin kein Fortkommen mehr gab und ich mich doch wieder ans Ufer begeben musste. Und schließlich stand ich vor einem über viele, mehrere Meter hohe Kaskaden herabstürzenden Wasserfall. Oberhalb davon gab es kaum noch Bäume. Alles war bedeckt mit einem grünen Teppich aus Moos. Ich stand an der Grenze zu Gryn-Fjell. Erschöpft und enttäuscht sank ich auf die Knie. Wie hatte dieser Fluss mich nur so täuschen können? Die Sonne näherte sich bereits dem Horizont und ich war müde.

Erst einmal ausruhen, dachte ich mir und legte mich ins weiche Moos. Und noch während ich überlegte, wie ich Jagun glaubhaft machen konnte, dass ich auf einem Erkundungsgang gewesen war, dabei die Zeit vergessen hatte und deshalb weiter gelaufen war, als ich vorgehabt hatte, übermannte mich der Schlaf. Und ich schlief erstaunlich gut, bis ich glaubte, N'jaras Stimme in meinen Träumen zu hören.

Andieu, wo bist Du? fragte sie mich. Ich weiß noch, dass ich ihr antworten wollte, dass ich auf Erkundungsgang wäre. Ich hatte mir diese Erklärung immerhin schon vor dem Einschlafen zurechtgelegt. Aber bevor ich N'jara in meinem Traum antworten konnte, riss mich irgendetwas aus dem Schlaf. Es war bereits Nacht geworden. Der Mond strahlte am Himmel und am Horizont war ein rötlicher Schimmer zu sehen. Irgendetwas schien dort zu brennen. Dass es Hradotéj sein könnte, schloss ich aus, da ich Hradotéj nicht in der Richtung des Schimmers vermutete. Hradotéj musste flussabwärts liegen, nicht weit von dem Fluss entfernt, an dem ich jetzt ruhte. Der rote Schimmer war viel weiter seitlich.

Ganz unmöglich, dass das Hradotéj ist!

Was mich aufgeweckt hatte, war aber weder das romantische Mondlicht gewesen, das meinem nackten Körper schmeichelte, noch der Schimmer am Horizont, sondern ein schrilles Kreischen, das mich nur allzu deutlich an die Nacht in Hradotéj erinnerte, in der Jagun und ich uns mit Siwa auf dem Dach eines Hauses vor den Blicken der Wachen verborgen hatten.

Vampire, schoss es mir durch den Kopf, noch bevor ich sah, wie die riesigen, dunklen Schwingen den Mond verdunkelten. Dummerweise hatte ich die Vampire nicht zuerst entdeckt, sondern sie mich.

Warum nur habe ich mich nicht im Schutz der Bäume hingelegt, sondern unter freiem Himmel?

Weil das Moos hier so schön weich ist!

Ich wollte schnell weglaufen, fühlte mich aber wie gelähmt, als ich sah, wie eine dieser nackten Kreaturen mit dem Körper einer jungen Frau und einer Haut, wie aus schwarzem Leder sich mit kräftigen Schlägen ihrer riesigen, fledermausartigen Schwingen auf mich herabsenkte. Der Wind, den sie dabei verursachte, kühlte meine Haut und ließ mich frösteln. Und dann stand sie mir plötzlich gegenüber und versperrte mir mit ausgebreiteten Flügeln den Weg zurück in den Wald, wo ich Schutz und vielleicht auch ein Holz gefunden hätte, das ich ihr durch ihr schwarzes Herz hätte rammen können. Da standen wir also; ein nackter Mann und eine nackte … Vampirin. Ich versuchte, aus der Not eine Tugend zu machen, lächelte dieses Wesen, das als Frau gar nicht einmal hässlich gewesen wäre, wenn seine Haut nicht wie dickes, schwarzgraues Leder ausgesehen hätte, an und grüßte jovial: „Guten Abend!"

Die Vampirin sah mich überrascht an, legte den Kopf schief, musterte mich aufmerksam und wie es mir schien, sehr wohlwollend von oben bis unten und sog dabei hörbar die Luft ein. Dann sagte sie aber nur verächtlich: „Angstschweiß!"

Sie sprach also immerhin meine Sprache. Doch irgendwie fehlte das richtige Thema, um ein Gespräch zu beginnen. Die Vampirin erhob sich mit zwei kräftigen Flügelschlägen wieder in die Luft, packte mich mit ihren wie Klauen geformten Füßen an den Armen und trug mich durch die Lüfte mit sich fort.

Lass mich bloß nicht fallen, flehte ich stumm, während ich hunderte Meter über den Erdboden emporgehoben wurde und dabei feststellte, dass wir weiter in das unzugängliche und im Sternenlicht gespenstisch wirkende, moosüberwucherte Gebirge Gryn-Fjells vordrangen.

Jetzt bin ich verloren, dachte ich verzweifelt. Selbst wenn meine Freunde am Leben und unversehrt waren und mich suchen sollten, hatte ich selbst dafür gesorgt, dass sie meine Spur nicht finden konnten, weil ich im Fluss gewandert war. Und selbst, wenn sie meinen Spuren im Fluss hätten folgen können, hätten sie diese an der Grenze zu Gryn-Fjell verloren. Niemand

kann Spuren im Wasser verfolgen, und schon gar nicht in der Luft. Ich war
verloren.

35. N'JARAS SUCHE

N'jara besaß viele bemerkenswerte Eigenschaften. Ganz abgesehen von ihrer Jugend und Schönheit und der Tatsache, dass sie nur mit einem Lendenschurz bekleidet war, was diese beiden Vorzüge sehr angenehm hervorhob, war sie eine unvergleichliche Bogenschützin; sie bewegte sich mit der gleichen kraftvollen und eleganten Geschmeidigkeit wie Jagun sowohl auf dem Boden als auch durch die höchsten Baumwipfel, und sie besaß die Gabe, Gedanken zu lesen und im Geist Kontakt zu Menschen aufzunehmen, die ihr nahe standen; vorausgesetzt, diese Menschen waren aufnahmebereit für die Gedanken, die N'jara ihnen sandte. Dass sie diese Fähigkeit auch über größere Entfernung hinweg besaß und einsetzen konnte, hatte sie selbst erst erfahren, als sie Jagun in Hradotéj zu Hilfe gerufen hatte. Doch es kostete sie sehr viel Kraft, eine gedankliche Verbindung aus der Entfernung herzustellen, vor allem, wenn sie nicht wusste, wo sich die andere Person aufhielt. Und anscheinend gab es auch Grenzen für die Entfernung, die ihre Gedanken überwinden konnten, denn es gelang ihr nicht, zu ihrer Schwester in Orkland Kontakt herzustellen.

N'jara besaß aber auch noch eine andere Fähigkeit, die sie sich im Laufe ihres Lebens, das sie überwiegend in der Wildnis verbracht hatte, angeeignet hatte. Sie konnte Spuren lesen wie kaum ein anderer Mensch. Darum fiel es ihr nicht schwer, meine Fährte an der Stelle, an der ich sie im Wald zurückgelassen hatte, um Siwa zu folgen, wieder zu finden und ihr bis an den Fluss zu folgen. Doch schon lange, bevor sie an den Fluss kam, wusste sie, dass ich mich verirrt hatte, denn ich war kreuz und quer durch den Wald geirrt. N'jara stand öfter an Stellen, an denen ich die Richtung gewechselt hatte und fragte sich kopfschüttelnd: *Wohin willst Du denn, Andieu? Warum kehrst Du nicht auf direktem Weg in unser Lager zurück?*

Doch sie wusste die Antwort darauf bereits. Es erschien ihr nur so unvorstellbar, dass sich jemand so hoffnungslos verirren konnte, wie meine Fährte durch den Wald es ihr von mir offenbarte. Ich war nur wenige Meter am Gehöft Baldrains vorbeigestolpert, gerade mal weit genug, um von dem Kampf zwischen diesem und seinen Männern gegen Jagun nichts mitzubekommen. Der Fluss, an den ich schließlich gelangt war, lag jenseits dieses Hofes. Es war also nicht einmal derselbe, wie der, in dem ich gebadet hatte. Das beweist ja immerhin, dass ich diese Stelle im Fluss gar nicht hätte finden können, selbst wenn ich flussabwärts gegangen wäre.

Warum bist Du ins Wasser gegangen? fragte sich N'jara, als sie am Ufer des

Flusses stand und meine Spuren dort enden sah. Verzweifelt überlegte sie, in welche Richtung ich im Fluss gegangen sein konnte. Doch um sich diese Frage beantworten zu können, hätte sie wissen müssen, was ich gewusst, vermutet oder gehofft hatte. Ich hatte gehofft, dass ich flussaufwärts zu der Stelle gelangen würde, an der ich gebadet hatte und dann überwältigt worden war. Doch N'jara wusste, dass es ein völlig anderer Fluss war und verstand nicht, wohin ich diesem folgen wollte. Wenn sie Spuren von Menschen oder Tieren entdeckt hätte, die mich durch den Wald verfolgt hätten, dann hätte sie vermutet, dass ich diese im Fluss hätte abschütteln wollen, indem ich meine Spuren darin vor ihnen verbarg. Doch all das, was sein können hätte, war nicht. Denn es gab keine Spuren außer meinen. Niemand hatte mich verfolgt. Ich war einfach nur durch den Wald geirrt und dann in einen Fluss gegangen, von dem jede seiner Richtungen mich noch weiter von der Stelle entfernen würde, an der meine Freunde lagerten. Im Wasser konnte N'jara meine Spuren nicht entdecken. Also folgte sie dem Ufer eine weite Strecke flussabwärts, ohne meine Fußabdrücke an irgendeiner Stelle den Fluss wieder verlassen zu sehen. Sie überquerte den Fluss und lief am gegenüberliegenden Ufer wieder bis zu der Stelle zurück, an der ich ins Wasser gegangen war. Auch dort fand sie keine Fußabdrücke von mir. Wenn ich nicht flussabwärts gewandert war, musste ich flussaufwärts gegangen sein. Doch es wurde bereits Abend. Und auch die zähe, kleine N'jara musste ruhen. Sie gönnte aber nur ihren Beinen ein wenig Erholung, lagerte am Ufer des Flusses und versuchte lange Zeit, mich mit ihren Gedanken zu erreichen. Ich war in meinen Träumen oder Gedanken aber noch lange Zeit so sehr mit mir selbst beschäftigt, dass ich nicht empfänglich für N'jaras Gedanken war. Auch Jagun konnte sie nicht erreichen, da er noch damit beschäftigt war, die letzten Überlebenden aus Hradotéj herauszuholen und auf die Straße nach Lorko-Bran zu bringen, was seine ganze Konzentration erforderte.

N'jara wollte den Morgen abwarten, um bei Tageslicht dem Fluss in die noch nicht erkundete Richtung zu folgen. Sie schloss die Augen und gönnte nun auch ihrem Geist die nötige Erholung. Als sie plötzlich aus dem Schlaf hochschreckte, war es schon weit nach Mitternacht. Sie spürte eine eigenartige Gefahr, die aber nicht ihr selbst drohte. Doch sie konnte dieses Gefühl nicht erklären und auch nicht erfassen. Sie wusste nicht einmal, ob die Bedrohung, die sie wahrzunehmen glaubte, real war; und wenn ja, wem sie galt. Intuitiv kletterte sie auf einen der Baumriesen, die am Ufer des Flusses standen, an dem sie meine Spur verloren hatte. Und noch bevor sie die obersten Regionen des Baumes erklommen hatte, sah sie schon einen rötlichen Schimmer, der über dem nächtlichen Wald lag.

Hradotéj brennt! wusste sie sofort. Das bedeutete also, dass Jagun in Gefahr war. Erst in diesem Moment wurde sich N'jara darüber bewusst, dass Jagun schon zwei Tage in dieser Stadt sein musste, wenn man die

Zeiten mitrechnete, die er außerhalb der Palisaden verbracht hatte, um Überlebende in Sicherheit außerhalb der Reichweite der Dornengestrüppe zu bringen. Sofort konzentrierte sie ihre Gedanken wieder auf den Mann, den sie lieben zu können glaubte. Doch es gelang ihr nicht, ihn zu erreichen. Siwa und Jadwéj glaubte sie in Sicherheit. Doch wo war ich? Wenn Jagun in Gefahr war, aus der es ihn zu befreien galt, dann wäre meine Hilfe von großem Wert gewesen. Also konzentrierte N'jara ihre Gedanken wieder auf mich und rief mich mit diesen Gedanken: *Andieu, wo bist Du?*

Diesmal gelang es ihr, mich in meinem Traum zu erreichen. Doch bevor ich ihr in diesem antworten konnte, schreckte ich selbst aus dem Schlaf, womit die gedankliche Verbindung sofort wieder abriss. N'jara versuchte es noch ein paar Mal, doch ohne Erfolg. Und da die Flammen in Hradotéj immer höher loderten, wollte sie keine Zeit mehr verlieren und begab sich auf dem schnellsten Weg zurück zum Lager, in dem Siwa und Jadwéj auf sie warteten, um von dort weiter nach Hradotéj zu eilen. Die Sorge um Jagun verlieh ihr beinahe Flügel. Schneller als ein Vogel fliegen konnte, oder zumindest fast so schnell, bewegte sie sich durch die Äste der Bäume. Doch als sie unser Lager am Morgen erreichte, war es verlassen.

Es ist leichter, einer einzelnen Fährte durch den Wald zu folgen, als die sich überlagernden Spuren in einem Lager zu deuten. Trotzdem fand N'jara, wonach sie suchte. Jagun war in das Lager zurückgekehrt, und kurz darauf war er mit Siwa und Jadwéj in die Richtung des Flusses aufgebrochen. Sofort folgte N'jara der Fährte der drei und holte sie an der Stelle ein, an der auch sie ihre Suche nach mir begonnen hatte; jenseits des Flusses, wo ich sie abgelegt gehabt hatte, um Siwa zu folgen.

36. SPUREN IM FLUSS

Als N'jara und Jagun sich erblickten, verspürten beide wieder Drang, sich in die Arme des anderen zu stürzen. Doch ebenso gerne hätte Jagun Siwa in seine Arme geschlossen. Beides war ihm versagt und deshalb unterdrückte er seine Gefühle. Und als N'jara seine abweisende Kälte spürte, zögerte auch sie und fragte sich traurig:

Liegt es nur an seinem Fluch? Oder hasst er mich?

Ganz anders reagierte Siwa. Als sie Jaguns Blick folgend N'jara auf sich zueilen sah, rief sie sofort erfreut „N'jara!", lief der kleinen, fast nackten Bogenschützin entgegen und umarmte sie mit einer innigen Herzlichkeit, die N'jara ebenso verunsicherte, wie Jaguns abweisende Art. Bevor N'jara sich Gedanken darüber machen konnte, ob sie Siwas zärtliche Zuneigung erwidern, oder sich aus ihrer Umarmung befreien sollte, sagte Siwa schon voller aufrichtiger Erleichterung: „Ich bin so froh, dass Du wieder da bist. Wir hatten schon befürchtet, Euch verloren zu haben. Jagun war …"

Jagun ließ Siwa nicht ausreden. Er fiel ihr ins Wort, bevor sie erklären konnte, wie besorgt er nicht nur um mich, sondern auch um N'jara gewesen war.

„Wo ist Andieu?" fragte er jetzt nur, ohne sich seine Erleichterung über N'jaras Erscheinen anmerken zu lassen. Er hatte sich ein Gestell gebastelt, mit dem er die noch sehr schwache, in seinen Umhang gehüllte Jadwéj auf dem Rücken trug. Die streckte N'jara aber ihre kleinen Hände entgegen und rief ihr zu: „N'jara, ich werde auch wieder ganz gesund!"

„Ja, das wirst Du!" bestätigte N'jara, während sie Seite an Seite mit Siwa auf sie zueilte. Sie nahm die ihr entgegengestreckten Händchen in ihre und küsste sie. Die Zuneigung, die sie von Siwa und dem kleinen Mädchen bekam, tat ihr gut. Sie hoffte nur, dass sie Jadwéj nicht zuviel versprach. Die Brust des Mädchens war durch die Entfernung der sich ausbildenden Äste entstellt. Und auch wenn die Wunden sich vollkommen schlossen, würde sie für immer gezeichnet bleiben.

Tapfere kleine Jadwéj, arme kleine Jadwéj! Jetzt konnte sie noch nicht begreifen, was es für sie bedeutete. Aber wenn sie heranreifte, wenn ihr Körper, der jetzt noch der Körper eines Kindes war, sich in den einer Frau verwandelte und vor allem, wenn Jadwéj anfing, wie eine Frau zu empfinden, dann würde sie sehr unter den Folgen der besiegten Infektion zu leiden haben.

Erst nachdem sie Jadwéjs Hände wieder losgelassen hatte, wandte N'jara sich an Jagun und sagte als Antwort auf seine Frage: „Folgt mir!"

Und ohne ein weiteres Wort lief sie los und führte Jagun und Siwa auf direktem Weg an das Ufer des Flusses, den ich fälschlicherweise für den Fluss gehalten hatte, in dem ich gebadet hatte, um mich für Siwa zu waschen. Die Mittagsstunde war schon vorüber, als sie an der Stelle standen, an der ich in den Fluss gestiegen war, um in ihm den Weg zurück zu finden.

„Flussabwärts gibt es keine Spuren von ihm, die den Fluss wieder verlassen", erklärte N'jara.

Jagun vertraute N'jaras Wort. Trotzdem begab er sich selbst in den Fluss und suchte nach dem, was N'jara im Wasser nicht zu finden vermocht hatte. Der Grund des Flusses war steinig an dieser Stelle.

„Es gibt keine Spuren im Wasser", rief N'jara ihm verwundert hinterher, als sie sah, dass Jagun den Grund aufmerksam absuchte. Jagun antwortete nicht, sondern folgte weiter unbeirrt seiner Intuition. Fragend sahen sich N'jara und Siwa an. Siwa zuckte mit den Schultern, was ausdrücken sollte, dass sie ebenfalls keine Ahnung hatte, was Jagun im Wasser zu finden hoffte.

„Was suchst Du denn?" fragte Jadwéj, die auf Jaguns Rücken hing, und ihm wissbegierig über die Schulter blickte.

„Spuren", antwortete Jagun. Es tat ihm gut, in Jadwéj einen Menschen zu haben, für den er auf eine Weise etwas empfinden konnte, gegen die seine Dämonen nichts einwenden und unternehmen konnten. Deshalb fiel es ihm auch so leicht, mit dem kleinen Straßenkind zu sprechen, während er kaum wagte, Siwa und N'jara in die Augen zu sehen.

„N'jara sagt doch, dass es im Wasser keine Spuren gibt", erwiderte das aufgeweckte Kind, das zumindest seinen Rausch inzwischen vollkommen überwunden hatte, wenn auch sein Körper noch sehr durch die überstandene Infektion und die daraus resultierenden Wunden geschwächt war. Jagun bückte sich, hob einen Stein aus dem Wasser und reichte ihn Jadwéj.

„Was siehst Du?" fragte er das Mädchen.

„Einen Stein!"

„Sieh ihn Dir genauer an."

Jadwéj betrachtete sich den Stein aufmerksam von allen Seiten. Er war leicht mit Algen oder Moos bewachsen. Aber an einer Stelle war der Bewuchs abgekratzt. Jadwéj verstand sofort, was das bedeutete und rief Siwa und N'jara, die noch am Ufer standen, zu: „Schnell kommt. Jagun hat eine Spur von Andieu."

Jetzt waren die beiden schönen Mädchen noch mehr verwundert, als zuvor. Sofort liefen sie Jagun in den Fluss hinterher. Jadwéj, die so aufgeregt war, dass sie es kaum noch ertragen konnte, getragen werden zu müssen, zeigte den beiden stolz den Stein, den Jagun ihr gegeben hatte.

„Hier, seht ihr?" fragte sie und deutete stolz auf die abgekratzte Stelle. N'jara nahm Jadwéj fast ehrfurchtsvoll den Stein aus der Hand, betrachtete und befühlte ihn und gab ihn dem kleinen Mädchen wieder zurück. Sie hatte sich selbst immer für eine gute Spurenleserin gehalten. Aber Jagun fand eine Fährte selbst dort noch, wo sie es für unmöglich gehalten hatte. Mit unverhohlener Bewunderung betrachtete sie den Mann, der mit Jadwéj auf dem Rücken weiter einer unsichtbaren Fährte folgte. Für Siwa, die eine Spur nur erkennen konnte, wenn ein deutlicher Fußabdruck vor ihr zu sehen war, machte es keinen Unterschied, ob jemand einer für sie unsichtbaren Fährte durch den Wald oder durchs Wasser folgte. Ihre Bewunderung für Jagun war darauf bezogen deshalb kaum größer, als die für N'jara. Als sie jetzt aber N'jaras Blick bemerkte und darin weit mehr, als nur Anerkennung und Faszination sehen konnte, betrachtete auch sie wieder den Mann, der schon mehrfach sein Leben für ihres riskiert hatte, ohne zu wissen, wer sie war und ob sie seine Hilfe überhaupt verdiente. Er forderte nichts für seine Hilfe und er erwartete auch nichts. Was er tat, das tat er, weil er glaubte, dass es richtig wäre, ohne an die Konsequenzen für sich selbst zu denken. Deshalb war er auch jetzt auf der Suche nach Andieu (das bin ich), obwohl er seine ganze Konzentration eigentlich darauf verwenden wollte und sollte, einen Magiekundigen zu finden, der ihn von seinem Fluch erlösen konnte. Auch Siwa verlor sich in schwärmerischen Gedanken und Träumen über diesen faszinierenden Mann, der so kalt und abweisend wirkte, an dessen zärtliche Hände sie aber eine vage Erinnerung hatte. Ihre Erregung nahm an Intensität so abrupt zu, dass sie sich beide Hände in den Schoß pressen musste, um nicht laut zu schreien. Sie sehnte sich nach Erlösung aus diesem Zustand und sie wünschte sich, dass Jagun es wäre, der sie daraus erlöste. Doch sie wusste, dass das nicht möglich war. Weder durfte Jagun eine Frau lieben, noch wusste sie, ob sie dem Apotheker Hradotéjs möglicherweise die Wahrheit gesagt hatte, als sie ihm damit gedroht hatte, dass er es nicht überleben würde, wenn er sie vergewaltigt hätte, weil der Saft des Wars noch in ihr wirkte. Das war es auch gewesen, was sie mir noch hinterher gerufen hatte, als ich so überstürzt losgelaufen war, um zu baden. Hätte ich ihr doch nur zugehört.

Noch während Siwa und N'jara Jagun verträumt dabei zusahen, wie er langsam, Schritt für Schritt, meiner Fährte auf dem Grund des Flussbettes folgte, drehte dieser sich plötzlich zu den beiden um und sagte: „Es ist …"

Weiter kam er nicht, denn beide Mädchen wurden durch Jaguns plötzliche Aufmerksamkeit so unverhofft aus ihren Gedanken gerissen, dass sie zusammenzuckten. Die erregte Siwa geriet durch den unerwarteten Blickkontakt sogar bis an die Schwelle eines erlösenden Höhepunktes und sank mit einem unterdrückten Stöhnen auf die Knie. Doch so dicht sie auch dran war; der erlösende Orgasmus stellte sich nicht ein. Das Wasser des Flusses linderte das beinahe unerträgliche Ziehen ein wenig. Doch ihre

Erregung hatte sich schon so weit gesteigert, dass sie zitterte und heiße Tränen über ihre Wangen liefen.

N'jara, die sich selbst gerade noch von Jaguns Blick ertappt gefühlt hatte, kniete sich sofort zu Siwa in das flache Wasser.

„Was fehlt Dir?" fragte sie sie besorgt und nahm sie zärtlich in die Arme.

„Der Wars", hauchte Siwa unter Tränen und schwer atmend. „Es hört nicht auf."

In dem Moment war auch Jagun heran. Er fühlte sich schuldig, weil er Siwas Zustand nach ihrer Rettung aus Hradotéj keine Aufmerksamkeit geschenkt hatte. Siwa hatte auch nichts gesagt, sie hatte nicht geklagt und sich ihm gegenüber auch nicht anmerken lassen, wie sehr das Warssekret sie noch durchdrang und erregte. Wann hätte sie das auch gekonnt? Jagun hatte sich immer bemüht, sie nach Möglichkeit nicht einmal anzusehen. Außerdem war er fast die ganze Zeit über unterwegs gewesen, um N'jara, Jadwéj, mich und die Bewohner Hradotéjs zu retten. Jetzt plötzlich ihre Erregung so deutlich zwischen ihnen zu spüren, brachte sofort wieder seine Dämonen auf den Plan. Sie hatten die Schlacht gegen die Dornengebüsche in den Flammen Hradotéjs gewonnen. Doch sie waren zornig, weil sie nicht gestärkt, sondern geschwächt aus diesem Kampf hervorgegangen waren.

Siwas Erregung übertrug sich auf Jagun und sogar auf N'jara. Erregung allein genügte zwar nicht, um Jaguns Dämonen die Macht zu geben, sich zu materialisieren. Doch Jagun fürchtete diesen Zustand trotzdem. Noch gelang es ihm, all seine Gefühle, Hoffnungen und Wünsche zu unterdrücken. Doch er spürte, wie sich immer öfter Bilder und Sehnsüchte in seine Gedanken schlichen. Er begehrte, was er nicht haben durfte und fürchtete, dass er dieses Begehren nicht für immer verdrängen oder unterdrücken konnte, so wie es ihm jetzt noch gelang. Fast erschrocken über sich selbst wich er wieder vor Siwa zurück. Er musste ihr Linderung verschaffen, damit ihre Erregung nachließ und er dadurch sein Begehren auch wieder tief in seinem Unterbewusstsein vergraben konnte.

„Hilf ihr!" sagt er zu N'jara, während er sich schon abwandte, um Jadwéj ans Ufer zu tragen. N'jara blickte von Siwa zu Jagun und fragte verunsichert: „Wie denn?"

Jagun zögerte. Die Vorstellung dessen, was er von N'jara forderte, ließen die Schatten seiner Dämonen aufbrausen. Er wagte kaum, sich noch einmal zu den beiden im Fluss kauernden Mädchen umzuwenden, tat es dann aber trotzdem kurz und erklärte schnell: „Dass muss sie Dir erklären."

Dann wandte er sich wieder ab, trug Jadwéj ans Ufer und legte sie dort behutsam ab.

„Was hast Du denn vor?" fragte das Mädchen, das sich davor fürchtete, dass Jagun es zurücklassen könnte.

„Das Mädchen braucht Medizin", erklärte Jagun schnell und

verschwand im Wald.

Siwa brauchte Medizin. Doch Hradotéj und seine Apotheke lagen weit zurück und waren von dem Feuer verschlungen worden, das Jagun selbst gelegt hatte. Er musste sich alles, was er benötigte, im Wald suchen. Und das kostete mehr Zeit, als er zu haben glaubte. N'jara hatte eine Gefahr für einen von uns gespürt. Und nachdem ich der einzige war, der verschwunden war, musste diese Gefahr mir drohen. In Flussnähe gab es viele Kräuter und Heilpflanzen. Doch einige der Zutaten, die er benötigt hätte, um Siwa eine gute und wirksame Medizin herzustellen, die gab es nur in trockenen Gebieten, also nicht in der Gegend, in der sie sich aufhielten und nicht in der Richtung, in der ich gewandert war.

Jagun wollte sich nicht entscheiden müssen, wem er half. Er war nicht bereit dazu, einen Freund für einen anderen zu opfern. Deshalb hatte er N'jara gebeten, Siwa zu helfen. Und er hoffte, die beiden Mädchen würden verstehen, was er damit gemeint hatte.

37. ERLÖSUNG FÜR SIWA

N'jara und Siwa hatten Jagun noch hinterher geblickt, bis er mit Jadwéj im dichten Ufergebüsch verschwunden war.

„Wie kann ich Dir helfen?" fragte N'jara besorgt, als sie allein im Fluss kauerten. Siwa, die sich noch an N'jara festklammerte, biss sich auf die Lippen und schüttelte den Kopf. Doch N'jara forderte sie energisch auf: „Du musst es mir sagen, Siwa!"

„Ich kann nicht", schluchzte Siwa, während sie durch ihre Erregung am ganzen Körper zitterte. Wenn ihr Zustand nicht wieder diese unerträgliche Intensität erreicht hätte, die es ihr fast unmöglich machte, klar zu denken und zu sprechen, dann hätte sie N'jara ihren Zustand durchaus beschreiben können, so wie sie ihn auch mir beschrieben hatte. Aber jetzt war sie an einem Punkt angelangt, der durch seine Stärke wieder unerträglich für sie geworden war. Und sie schämte sich, erklären zu müssen, dass sie hoffte, durch einen Orgasmus wieder in ein erträgliches Maß ihrer Erregung zurückzufallen. N'jara hatte aber schon genug von Siwas Bekanntschaft mit dem Wars und ihrem daraus herrührenden Zustand gehört, um sich die Antwort auf ihre Frage selbst zusammenreimen zu können. Sie schluckte nervös und sagte fast entschuldigend mit zitternder Stimme: „Ich hab keine Erfahrung."

Dann tastete sie mit ihrer Hand unsicher unter Siwas Kleid. Doch Siwa presste sofort ihre Schenkel zusammen und stieß schluchzend hervor: „Bitte nicht! Der Warssaft …"

„Hab keine Angst", flüsterte N'jara beruhigend. „Wenn da noch was ist, wird es mich nicht töten, wenn es meine Hand berührt."

N'jara kannte Warse nur vom Hörensagen. Das was sie darüber gehört hatte, besonders im Zusammenhang mit Siwa, war durchaus dazu geeignet, ihr einen gehörigen Respekt vor der Wirkung des Sekrets zu verschaffen. Doch sie war überzeugt davon, dass sie die Wahrheit gesagt hatte. Es würde sie nicht töten.

Ganz vorsichtig, langsam und zärtlich streichelte sie unter Wasser an Siwas Oberschenkel entlang. Und ganz allmählich entspannte sich Siwa wieder. N'jara gelang es trotz ihrer Unbeholfenheit, Siwas Schenkel zu öffnen, ohne dass sie sich wieder dagegen wehrte. Unendlich langsam tastete sie mit zitternden Fingern unter dem Leder des Kleides höher. Die unsichere, aber umso zärtlichere Langsamkeit, mit der N'jara vorging, wäre unter anderen Umständen sicher ein prickelndes Erlebnis für Siwa gewesen.

Doch unter den gegebenen Umständen schraubte N'jara Siwas Erregung unbewusst immer höher. Siwas Hände verkrallten sich vor Erregung in ihren Brüsten. Der Schmerz, den sie sich damit selbst zufügte, hielt sie bei Bewusstsein und ließ sie den Boden unter den Füßen nicht verlieren. Hätte sie die Kraft dazu noch besessen, dann hätte sie N'jara angefleht, schneller und fester vorzugehen, um diesen unerträglichen Zustand möglichst schnell überwinden zu können. Doch diese Kraft besaß sie nicht mehr. Und während sie noch dachte, dass durch N'jaras Bemühung, ihr Linderung zu verschaffen, alles nur noch unerträglicher würde, entstand eine völlig neue Empfindung, die sie langsam durchdrang und von ihrem Körper und ihrem Geist Besitz ergriff. Trotz der sich ins Unendliche steigernden Intensität ihrer Erregung, weckten N'jaras Berührungen irgendetwas in ihr, das dieses Gefühl von Unerträglichkeit in Genuss verwandelte. Zum ersten Mal seit ihrem Kontakt mit dem Wars wurde ihr bewusst, was Lust wirklich bedeutete. Es war keine aufgezwungene Erregung mehr, die nur nach Erlösung schrie. Es war eine Erregung, die sie genoss und die sie so lange ertragen wollte, wie ihr Körper es ihr gestattete. Sie wünschte sich, dass dieses Gefühl niemals enden würde und sehnte die Berührung von N'jaras zärtlichen Fingern mit ihrem Allerheiligsten ungeduldig herbei. Doch noch bevor N'jara Siwas Schamlippen berührte, entlud sich deren so lange aufgestaute Erregung in einem Orgasmus, wie Siwa ihn sich so schön niemals hätte vorstellen können. Erschöpft sank sie nach hinten und wäre im Fluss untergetaucht, wenn N'jara nicht schnell ihren Kopf gestützt hätte. Lange kauerte N'jara so im Wasser, während Siwa vor Erschöpfung friedlich in ihren Armen schlief.

38. WER LIEBT WEN? ODER: LIEBT WER WEN?

Jagun eilte durch den Wald. Nichts entging seinem Blick. Kräuter, Gräser, Moose, Flechten und Pilze; er kannte sie alle und er kannte auch ihre Wirkungen. Und doch fand er nicht die richtigen Zutaten für eine Medizin, die Siwas Zustand wirksam und dauerhaft hätten verbessern können. Die gab es nicht in dieser Gegend und vermutlich nicht einmal in ganz Wolan. Er machte sich selbst Vorwürfe, weil er nicht daran gedacht hatte, in der Apotheke Hradotéjs nach den entsprechenden Zutaten zu suchen. Er hatte nur an die Infektion N'jaras und Jadwéjs gedacht, da Siwa sich ihren Zustand zuerst nicht anmerken lassen hatte. Im Keller des Apothekers war sie zur Bewegungslosigkeit gezwungen gewesen. Deshalb war die Wirkung abgeklungen. Doch durch das Laufen wurde das Sekret, das in ihre zarte Haut eingedrungen war, wieder angeregt.

Es ist meine Schuld, warf Jagun sich vor. *Ich hätte es wissen müssen. Ich hätte daran denken müssen.*

Doch seine Selbstvorwürfe halfen weder ihm noch Siwa. Fieberhaft überlegte er und suchte weiter, obwohl er nicht wusste, was er finden wollte.

Ob N'jara Siwa helfen kann? fragte er sich. Er wusste, dass Siwa ihren vom Wars hervorgerufenen Orgasmus durch seine Medizin überwunden hatte und dass ihr jetziger Zustand der Erregung nur durch neue Orgasmen kurzzeitig Linderung erfahren konnte. Doch er wagte nicht, sich auszumalen, wie N'jara Siwa in dieser Angelegenheit half. Seine Dämonen waren erzürnt genug und er wollte vermeiden, sie unnötig zu reizen.

Jagun hielt in seiner verzweifelten Suche inne. Es gab in dieser Gegend keine Heilpflanzen, die Siwa helfen konnten. Er konnte Schmerz bekämpfen, Blutungen stoppen, Wunden so behandeln, dass sich keine Infektion bildete. Er hätte ein wirksames Schlafmittel herstellen können. Doch eine schlafende Siwa hätte ihn noch mehr aufgehalten, als eine erregte. Es gab nur eine Lösung: Er musste Siwa zurücklassen; und mit ihr auch gleich N'jara. Wenn er die beiden los war, konnte er sich ganz auf die Aufgabe konzentrieren, die er sich gestellt hatte; mich zu finden. Und sobald er mich in Sicherheit wüsste, würde er sich auch wieder von mir trennen, um sich endlich wieder auf die Suche nach jemandem machen zu können, der ihn von seinem Fluch befreien konnte.

Doch als Jagun sich wieder umwandte, um zurück zum Fluss zu laufen, fiel sein Blick auf einen seltenen Baumschwamm von fast weißer Farbe.

Nach kurzer Überlegung erkletterte er den Baum, auf dem der Schwamm wuchs und brach ihn ab. Dann kehrte er zum Fluss zurück.

Jadwéj war nicht mehr im dichten Gehölz des Uferbereichs, wo Jagun sie abgelegt hatte. Sie hatte sich aus dem Umhang geschält, in den sie eingewickelt gewesen war und nackt bis auf den Verband, den sie um die Brust trug, zurück zum Fluss gelaufen. Neugierig hatte sie N'jara dabei beobachtet, wie sie versucht hatte, Siwa zu helfen. Und als Siwa dann schlief, lief sie ebenfalls ins Wasser und setzte sich grübelnd neben N'jara. N'jara spürte, dass Jadwéj etwas auf der Seele lag und fragte nach einer Weile: „Was überlegst Du, kleine Rose?"

Dass N'jara sie mit dem Namen ansprach, den Jagun ihr gegeben hatte, machte Jadwéj ebenso glücklich wie stolz. Sie strahlte N'jara dankbar an, wurde dann aber wieder sehr nachdenklich und fragte schließlich: „Liebst Du Jagun?"

N'jara errötete unter der bronzenen Haut ihrer Wangen. Mit einer solchen Frage hatte sie nicht gerechnet. Sie empfand etwas für Jagun aber sie wusste zu wenig von der Liebe, um sagen zu können, ob das, was sie empfand Liebe war. Dennoch spürte sie, dass die einzig ehrliche Antwort auf Jadwéjs Frage ‚Ja' lauten musste. Das wagte sie jedoch nicht auszusprechen. Deswegen zuckte sie nur mit den Schultern und fragte nervös: „Wie kommst Du denn darauf?"

Jadwéj zuckte ebenfalls mit den Schultern und antwortete: „Ich dachte, dass Jagun Siwa liebt und dass Siwa Jagun liebt."

„Und?" fragte N'jara nach einer Weile, da Jadwéj keine Anstalten machte, weiter zu sprechen. In Gedanken versunken zuckte Jadwéj noch einmal mit den Schultern und fuhr schließlich fort: „Ich glaube, Du liebst Jagun auch. Aber Jagun liebt Dich nicht."

N'jaras Röte wurde noch eine Spur dunkler. Jadwéjs naive Gedanken fühlten sich wie ein Stich durch ihr Herz an. Es kostete sie alle Selbstbeherrschung, diesen Schmerz vor dem kleinen Mädchen zu verbergen. Sie zwang sich sogar zu einem Lächeln und erwiderte: „Keine Angst. Ich werde Jagun Siwa nicht wegnehmen."

Da schüttelte Jadwéj energisch den Kopf und sagte: „Nein, Jagun liebt Siwa auch nicht!"

Jetzt verstand N'jara langsam, was Jadwéj beschäftigte. Sie wollte nur begreifen, wer wen liebte. Sie hatte geglaubt, Siwa und Jagun würden sich lieben. Doch Jagun demonstrierte sowohl Siwa, als auch N'jara gegenüber immer nur kühle Zurückweisung.

„Und wieso glaubst Du, dass wir beide ihn lieben?" fragte N'jara schließlich. Jadwéj strafte N'jara mit einem Blick, dem der Vorwurf für die Beleidigung einer solchen Frage nur allzu deutlich anzusehen war, stemmte die kleinen Fäuste in die Hüften und antwortete beleidigt: „Eine Frau spürt sowas!"

So drollig das kleine, gerade mal sechs Jahre alte Mädchen mit dieser Feststellung auch auf N'jara wirkte, so nachdenklich machte es sie auch. N'jara war sicher zehn Jahre älter als Jadwéj. Sie konnte die Gedanken der meisten Menschen lesen. Aber von der Liebe wusste sie nichts. Liebte Siwa Jagun? Möglich! Liebte Jadwéj Jagun? Auf ihre unschuldige, kindliche Art ganz sicher. Liebte sie selbst Jagun? ...

Als Jagun wieder im ruhig fließenden Wasser des Flusses auftauchte, riss er N'jara damit aus ihren Überlegungen. Als sie ihn auf sich zueilen sah, wusste sie augenblicklich, was er sagen wollte. Doch noch bevor er den Mund aufmachen konnte, rief sie ihm schon ein energisches „Nein!" entgegen.

„Was, nein?" fragte Jagun überrascht, während Jadwéj verständnislos N'jara anstarrte, in deren Armen Siwa durch die plötzliche Unruhe erwachte.

„Ich werde Dich nicht verlassen!" antwortete N'jara aufgebracht auf Jaguns Frage.

„Warum sollst Du ihn denn verlassen?" fragte Siwa verwirrt, weil sie nicht wusste, was vor ihrem Erwachen gesprochen worden war und sich erst wieder zurechtfinden musste. N'jara blickte Siwa voller Zärtlichkeit an und antwortete: „Um bei Dir zu bleiben!"

„Hier gibt es keine Medizin, die Dir helfen könnte", erklärte Jagun sofort. „Geh mit dem Mädchen nach Orkland. Dort gibt es alle Zutaten für eine Medizin, die Dich völlig heilen kann."

„Nach Orkland?" fragte Siwa benommen. „Das ist ..."

Sie zögerte und N'jara beendete den Satz: „Das ist sehr weit weg von hier."

„Du musst zu Deiner Schwester, Mädchen", wandte sich Jagun an N'jara.

„Und Du musst mir nicht sagen, was ich tun muss, Wanderer!"

„Das Mädchen hält mich nur auf!" sagte Jagun da energisch. Siwas Augen füllten sich mit Tränen. Doch sie erwiderte mit stolz erhobenem Kopf darauf: „Das Mädchen hat einen Namen, Freund von Andieu!"

„Warum magst Du die beiden denn nicht?" mischte sich da Jadwéj in das Gespräch. Jagun setzte ein paar Mal stotternd an, darauf etwas zu erwidern. Doch er schaffte es nicht, zuzugeben, dass er die beiden sehr wohl mochte. Schließlich sagte er erklärend: „Andieu ist wahrscheinlich in Schwierigkeiten. Ich muss mich beeilen, wenn ich versuchen will, ihm zu helfen."

„Du schickst Siwa und N'jara weg, um dem bösen Mann zu helfen?" fragte die kleine Kröte enttäuscht. „Und das, obwohl die beiden Dich li..."

„Der Wanderer hat Recht, kleine Rose", warf N'jara schnell ein, um Jadwéj daran zu hindern das auszusprechen, was sie gerade aussprechen wollte. Und Siwa unterstützte sie sofort, indem sie erklärte: „Andieu ist kein böser Mann!"

„Ich weiß", gab Jadwéj kleinlaut zu. „Ich will doch nur nicht, dass ihr weggeht."

„Wir halten Jagun nur auf", erklärte Siwa. „Deswegen bleibst Du auch bei uns, wenn er Andieu sucht."

Jadwéjs Augen füllten sich schneller mit Tränen, als sie brauchte, um von Siwa zu Jagun zu blicken.

„Du darfst nicht weggehen", schluchzte sie, rannte auf Jagun zu und klammerte sich an ihm fest. Hilfe suchend blickte Jagun zu Siwa und N'jara, konnte in deren Gesichter aber kein Mitgefühl für ihn entdecken. Ganz im Gegenteil: N'jara warf plötzlich wieder ein: „Wenn Du im Fluss nach Andieus Spuren suchst, kommst Du nur sehr langsam vorwärts, Wanderer. Wir könnten dem Fluss zu beiden Seiten folgen. Dann finden wir am schnellsten die Stelle, an der er den Fluss wieder verlassen hat."

Dem konnte Jagun nicht widersprechen. Deshalb fragte er auf Siwa und Jadwéj deutend nur zurück: „Und die beiden?"

„Folgen uns so schnell sie können."

Jagun nickte zögernd. Dann sagte er: „Sobald wir die Stelle gefunden haben, an der Andieu den Fluss verlassen hat, trennen wir uns!"

„Vergiss nicht, dass er auch unser Freund ist", erwiderte Siwa, während sie sich die Tränen aus den Augen wischte.

Als Jagun und N'jara sich fertig machten, um den anderen beiden voranzueilen, gab Jagun N'jara verschämt den Baumschwamm und sagte: „Gib das dem anderen Mädchen."

„Wozu ist das?" fragte N'jara.

Jagun räusperte sich verlegen und antwortete: „Sie soll sich etwas daraus schnitzen."

„Und was?" fragte Siwa, die sich darüber wunderte, dass Jagun ihr das, was er ihr geben wollte, nicht selbst gab. Jaguns Nervosität wurde noch größer. Er musste sich mehrmals räuspern, bevor es ihm gelang, zu erklären: „Etwas, was Du Dir da unten einführen kannst."

Es entstand eine kurze Verlegenheitspause, in der Siwa vorsichtig den Schwamm aus N'jaras Händen nahm. Sie betrachtete sich das eigenartige, harte aber flexible Gebilde und fragte dann: „Hilft das gegen die …?"

Plötzlich fiel es ihr schwer, Jagun gegenüber das Wort ‚Erregung' auszusprechen. Ihre Erregung war es schließlich, die schuld daran war, dass sie zu langsam vorwärts kamen.

Jagun schüttelte den Kopf, verkniff sich ein weiteres Räuspern und antwortete, ohne Siwa anzusehen: „Nein. Es hilft Dir nur, schneller einen Höhepunkt zu erreichen, wenn der Zustand wieder zu unerträglich wird."

Ohne eine Antwort oder Reaktion von Siwa abzuwarten, wendete er sich schnell an N'jara und sagte: „Wir müssen los, Mädchen!"

Im nächsten Moment lief er selbst durch den Fluss, um am

gegenüberliegenden Ufer nach meinen Spuren zu suchen. Er hatte das Hemd wieder abgelegt, das er seit Hradotéj getragen hatte. Die Mädchen beobachteten fasziniert das Spiel seiner Muskeln, als er mit nacktem Oberkörper durch die Gischt des unter seinen Schritten aufspritzenden Wassers davoneilte.

„Passt gut auf euch auf und beeilt euch", sagte N'jara zu Jadwéj und Siwa, streichelte Jadwéj durch die Haare und wendete sich dann an Siwa. Die beiden sahen sich kurz in die Augen. Sie spürten in dem Moment beide, dass sie dieselbe Liebe teilten. Schnell beugte sich N'jara nach vorne und küsste Siwa ebenso unsicher, wie zärtlich auf den Mund.

„Danke", flüsterte Siwa, als ihre Lippen sich wieder trennten. Und im selben Moment fragte Jadwéj schon traurig: „Und ich?"

„Du sollst natürlich auch nicht zu kurz kommen", antwortete N'jara lächelnd, gab auch Jadwéj schnell einen Kuss und rannte im nächsten Moment dem Lauf des Flusses folgend, in den Wald.

39. BIS ZUM ENDE MEINER FÄHRTE

Die Strecke, für die ich im Wasser endlose Stunden gebraucht hatte, legten Jagun und N'jara in weniger als einer Stunde zurück, obwohl sie dabei ständig darauf achten mussten, ob meine Spur wieder irgendwo aus dem Wasser herausführte. Sie liefen so, dass sie immer in Rufweite voneinander blieben, obwohl sie es vermeiden wollten, in einer Wildnis, in der hinter jedem Baum Gefahr lauern konnte, laut zu rufen. Jagun war unbewaffnet. Er besaß nichts, was von seinen Dämonen als Waffe angesehen werden konnte. N'jara trug ihren Bogen und einen Köcher voller Pfeile auf dem Rücken und einen Dolch am Gürtel ihres Lendenschurzes. Und Siwa, die mit Jadwéj N'jara folgte, besaß ebenfalls einen Dolch. Doch im Gegensatz zu N'jara war sie keine Kämpferin. Deshalb war sie mehr als N'jara darauf angewiesen, möglichst unauffällig zu bleiben, um sich in keine Gefahr zu begeben. Nach ihrer Rast im Fluss und dem erlösenden Höhepunkt, den sie durch N'jaras Hilfe erreicht hatte, ging es ihr ziemlich gut. Sie hatte sich das Gestell, mit dem Jagun Jadwéj getragen hatte, auf den Rücken geschnallt. Doch Jadwéj bestand darauf, selbst zu laufen. Und so kamen sie erstaunlich schnell voran und blieben kaum hinter N'jara zurück, die auf jede Spur am Boden achten musste.

Als Jagun und N'jara unterhalb des Wasserfalls aus dem Wald heraustraten und sich am Fuß der Kaskaden durch die Gischt des herabstürzenden Wassers ansahen, hatte keiner von ihnen eine Spur von mir entdeckt. Jeder war vom Anblick des anderen gefesselt und fasziniert, doch Jaguns verräterische Schatten zwangen ihn dazu, seinen Blick schnell wieder von dem fast nackten Mädchen, dessen bronzener Körper von feinen Wasserperlen benetzt in der Sonne leuchtete, abzuwenden.

Hast Du etwas gesehen? hörte Jagun N'jaras Stimme in seinem Kopf, bevor er ihr die selbe Frage zurufen konnte. Er kannte N'jaras Gabe bereits. Doch es befremdete ihn noch immer, dass sie auf diese Weise mit ihm sprechen und auch seine Gedanken lesen konnte. Ohne darüber nachzudenken, hob er seinen Blick wieder und dachte sich, während er N'jara bewundernd anblickte: *Nur Dich!*

Dieser Gedanke war gar nicht als Antwort für N'jara bestimmt gewesen. Es war das gewesen, was er nur für sich selbst bei ihrem Anblick gedacht hatte. Aber N'jara hörte es und sie hörte all die Traurigkeit und Sehnsucht, die in diesem einen Gedanken mitschwang. Jaguns Augen konnten lügen, sein Mund konnte lügen, sein ganzer Körper konnte lügen, doch sein Herz konnte es nicht. Wie kühl und abweisend er auch immer ihr und Siwa gegenüber auftrat; wer in seinen Gedanken und in seinem Herzen zu lesen vermochte, der spürte, dass die beiden Mädchen dort einen weit größeren Platz einnahmen, als er selbst wahrhaben wollte. Nein, Jagun hasste sie nicht. Dieser eine kleine Gedanke Jaguns hatte eine Pforte geöffnet, durch die N'jara einen Blick bis auf den Grund von Jaguns Herz werfen konnte. Jagun hasste sie nicht. Er fürchtete sich nur vor der Liebe, die er nicht empfinden durfte.

Und ich sehe Dich! antwortete N'jara und ließ zu, dass Jagun die Gefühle, die sie selbst im Herzen trug, in dieser Antwort spürte.

Jagun schwankte. Sein Verstand sagte ihm, dass er sich abwenden musste. Aber seine Augen gehorchten ihm nicht. Die Entfernung, die N'jara und ihn über das Wasser hinweg trennte, schien sich plötzlich aufzulösen. Die Augen der beiden sogen sich aneinander fest und die Seelen der beiden berührten sich. Erst als die Schatten seiner Dämonen das Tosen des fallenden Wassers übertönten und drohend zwischen ihm und N'jara hindurchtanzten, gelang es Jagun, sich aus dem Bann zu befreien, in dem N'jara ebenso wie er gefangen gewesen war. Dieser kurze Blickkontakt war so intensiv gewesen, dass Jagun mehrere Sekunden lang schwer keuchend und so verwirrt, wie noch niemals zuvor in seinem Leben ins Leere starrte. Und N'jara ging es kaum besser, als ihm. Sie besaß ihre Gabe seit sie denken konnte. Gedanken zu lesen oder jemandem Gedanken zu schicken, um auf diese Weise mit ihm zu sprechen, war für sie so selbstverständlich, wie für mich, einen Humpen Bier oder eine Flasche Wein zu leeren, auch wenn sie diese Gabe nicht bei jedem Menschen anwenden konnte. Doch das, was eben zwischen ihr und Jagun passiert war, hatte sie nicht bewusst herbeigeführt oder gesteuert. Es war ganz von alleine passiert, ohne dass sie begriff, was überhaupt passiert war. Sie hatte nicht Jaguns Gedanken gelesen und war auch selbst gar nicht in der Lage gewesen, einen klaren Gedanken zu fassen. Die Seelen von Jagun und ihr schienen ganz einfach ineinander geflossen und miteinander verschmolzen zu sein. Und als Jagun sich plötzlich losgerissen hatte, war sie sich nicht sicher, ob ihre Seele noch komplett war und ob nicht etwas von Jaguns Seele in ihr zurückgeblieben war.

Was geschieht mit uns? fragte sie sich verwirrt, während sie noch immer Jagun anstarrte, der auf der anderen Seite des Flusses hinter einem Schleier aus Wasser, in dem ein Regenbogen tanzte, verschwand. Obwohl es Jagun schwer fiel, seine Gedanken wieder zu sortieren, zwang er sich dazu, sich auf die Aufgabe zu besinnen, wegen der er an diesen Ort gekommen war. Er fühlte sich noch schwindelig und sein Herz schlug laut und schmerzhaft in seiner Brust, doch Jagun suchte trotzdem bereits das Ufer nach einer Spur von mir ab. Er hörte N'jaras Frage in seinem Kopf doch er wehrte sich dagegen, eine Antwort auf diese Frage zu suchen. Was auch immer gerade zwischen ihm und N'jara passiert war; er musste es vergessen. Doch die Schatten seiner Dämonen zeigten ihm nur allzu deutlich, wie weit er davon entfernt war, es vergessen zu können. Da entdeckte er die Stelle, an der ich aus dem Fluss wieder ans Ufer gestiegen war und rief laut, um diese unheimliche, lautlose Verbindung zwischen ihm und N'jara zu lösen: „Ich hab seine Spur!"

N'jara hinterließ ein Zeichen für Siwa, sprang in den Fluss und lief auf Jagun zu. Der spürte zwar, dass sie sich ihm näherte, drehte sich aber nicht zu ihr um. Nach dem, was sie eben erlebt hatten, wollte er es noch mehr, als zuvor schon vermeiden, sie anzusehen.

„Hier", sagte er, als N'jara bei ihm war und deutete auf meine den Fluss verlassenden Fußabdrücke, die für gewöhnliche Augen kaum zu entdecken gewesen wären. Sie folgten meiner Fährte bis zu der Stelle, an der ich gerastet hatte, lasen aus den Abdrücken, dass ich geschlafen hatte und sogar, dass ich aus dem Schlaf hochgeschreckt war. Doch da meine Spuren hier endeten, fragte N'jara nach einer Weile erfolglosen Suchens: „Wo ist er hin?"

Dass ich nicht in meinen eigenen Spuren zurück in den Fluss gegangen war, sah Jagun auf den ersten Blick. Aufmerksam untersuchte er den Boden rund um meinen Schlafplatz. Schließlich erhob er sich wieder, blickte in den Himmel über den grünen Bergen im Osten und antwortete auf N'jaras Frage: „Er ist nach Gryn-Fjell geflogen."

Am Fluss tauchten Siwa und Jadwéj auf. N'jara winkte sie heran und wendete sich dann mit der Frage an Jagun: „Drachen oder Vampire?"

„Vampire!" antwortete Jagun sehr ernst. N'jara überlegte, wie Jagun das mit so viel Sicherheit sagen konnte. Und als sie darüber nachdachte, erschien es ihr selbst plötzlich ganz plausibel. Ein Drache hätte wahrscheinlich landen müssen, um mich zu packen. Es gab aber keine Spuren außer meinen. Es gab auch keine Anzeichen von Feuer und es gab kein Blut. Was auch immer mich entführt hatte, musste es getan haben, ohne dabei den Boden zu berühren und ohne mich zu verletzen. Selbst wenn ein Drache das zustande gebracht hätte, könnte ein guter Spurenleser den Wind, den der Drache dabei gemacht hätte, noch auf der Oberfläche des Mooses erkennen. N'jara war zufrieden mit dieser Schlussfolgerung, doch Jagun hatte eine viel simplere, N'jaras Überlegung widersprechende Erklärung parat. Er deutete auf eine Stelle in der Spur, die ich hinterlassen hatte und sagte: „Sie hat in seinen Fußabdrücken gestanden."

„Wer?" fragte Siwa, die mit Jadwéj bei N'jara und Jagun eintraf.

„Andieus Probleme sind größer, als befürchtet", antwortete N'jara, während sie noch die von Jagun bezeichnete Stelle untersuchte und sich dabei eingestehen musste, dass der Wanderer ihr als Fährtensucher weit überlegen war. Und da Jagun keine Anstalten machte, das Ergebnis seiner Beobachtungen noch einmal zu wiederholen, erklärte N'jara den beiden

Neuankömmlingen: „Er wurde von Vampiren entführt."

„Dann ist er verloren!" erwiderte Siwa erbleichend und presste sich beide Hände auf ihr Herz.

40. DIE HÖHLE DER VAMPIRE

Die Vampirin, die mich mit sich genommen hatte, war nicht allein gewesen. Auf der Suche nach Nahrung waren sie zu sechst oder zu siebt in das Grenzgebiet Wolans eingefallen. Doch wir waren schon weit in oder über Gryn-Fjell, bis die Gruppe der ausschließlich weiblichen Vampire sich wieder zu einem Schwarm riesig wirkender Fledermäuse zusammenschloss. Eine der anderen Vampirinnen versuchte mich meiner Entführerin zu entreißen. Es kam zu einem gefährlichen Luftkampf zwischen den beiden sich schrill ankreischenden Nachtwesen. In Gedanken sah ich mich von den beiden um mich streitenden Furien schon entzwei gerissen. Aber das, was dann wirklich geschah, war auch nicht besser. In ihrem Versuch, die räuberische zweite Vampirin abzuwehren, entglitt ich meiner Vampirin und stürzte, zu Recht lauthals brüllend, der mit einer grünen Decke überzogenen Erde Gryn-Fjells entgegen. Als Kind hatte ich oft geträumt, wie ein Adler zu fliegen. Doch als ich mich jetzt so unverhofft in der Situation meiner Kindheitsträume wieder fand, fühlte es sich eher wie ein Alptraum an, denn ich flog nicht wie ein stolzer Beherrscher der Lüfte schwerelos am Himmel, sondern stürzte wie ein Stein zu Boden; oder zumindest in die Richtung des Bodens. Doch ich war noch immer weit von diesem entfernt, als eine der Vampirinnen mich im Flug am Fußgelenk packte und mit rauschenden Flügeln langsam wieder Höhe gewann. Ich konnte nicht einmal feststellen, ob es die selbe Vampirin war, die mich entführt hatte, denn im matten Sternenlicht sahen diese schwarzen, nackten und geflügelten Kreaturen alle gleich für mich aus.

Ebenfalls nackt und nur an einem Bein gehalten, machte ich sicher keinen besonders heroischen Eindruck, als ich kopfüber baumelnd durch die Lüfte getragen wurde. Eine der anderen Vampirinnen hielt eine junge Frau in ihren Klauen, die aber bewusstlos oder tot zu sein schien.

Als der Morgen zu dämmern begann, tauchte eine unendlich hohe, senkrechte und wie alles in Gryn-Fjell, mit Moos bewachsene Felswand vor uns auf. Im oberen Drittel dieser Felswand waren viele schwarze Punkte zu erkennen. Je näher wir der Felswand kamen, umso größer erschienen diese Punkte, die bald als Eingänge zu Höhlen zu erkennen waren. Und in den größten dieser Eingänge flog der Vampirschwarm hinein. Die leblose Frau und ich wurden auf dem nackten Fels im Inneren der Höhle fallengelassen, während die Vampirinnen tiefer in die Dunkelheit der Höhle flatterten. Da die Frau beim Aufprall auf den Fels stöhnte, musste auch sie noch am

Leben sein. Doch ich war in meiner Verfassung nicht einmal in der Lage, mir Gedanken über sie zu machen.

Ich brauchte einige Augenblicke, um zu begreifen, dass ich mich nicht in einem Alptraum befand. Da meine Beine noch zu sehr zitterten, um ihnen bedenkenlos mein Leben anzuvertrauen, robbte ich vorsichtig bis an die Kante des Höhleneingangs. Ich wagte kaum, über die Kante in die bodenlose Tiefe zu blicken. Diese Felswand musste mehrere hundert, wenn nicht tausende Meter hoch sein. Und obwohl ich jetzt festen Boden unter meinem Körper hatte, schwindelte es mir bei diesem Anblick fast noch mehr, als während meines Fluges zu diesem Ort des Grauens, während dem ich mit eisernem Griff gehalten worden war.

Noch während ich die Ausweglosigkeit und das entsetzliche Grauen meiner Situation zu erfassen versuchte, hörte ich hinter mir eine warme, weiche Frauenstimme sanft fragen: „Genießt Ihr die Aussicht, Andieu?"

Erschrocken fuhr ich herum. Die Frau, die so wie ich hierher verschleppt worden war, lag noch immer bewusstlos auf dem bemoosten Felsboden. Doch von weiter hinten in der Höhle trat eine schlanke, hochgewachsene Frau aus den Schatten in das schwache Licht des beginnenden Morgens. Ihr Haar war schwarz, doch ihre Haut wirkte so weiß und durchscheinend, als wenn sie von innen leuchten würde. Sie trug ein weißes Kleid, das ebenso zart und durchscheinend wie ihre Haut war und einen perfekten Körper darunter erkennen ließ. Für einen Moment verschlug es mir bei soviel überirdischer Schönheit die Sprache. Ich hatte nicht mit so einer Lichtgestalt unter diesen schwarzledrigen Vampirfrauen gerechnet, die ich bisher gesehen hatte. Einen Moment lang glaubte ich, sie wäre so wie ich und die noch bewusstlose Frau hierher verschleppt worden. Doch als sie sanft lächelnd auf mich zuschwebte, sah ich die langen, spitzen Zähne zwischen ihren verführerisch geöffneten Lippen aufblitzen.

„Verzeiht mir!" bat sie mich sofort, als sie meinen entsetzten Blick bemerkte und legte ihre wie Marmor wirkende Hand auf die Lippen. Ich hätte sie gerne gefragt, wer sie war und was sie von mir wollte, hatte meine Selbstbeherrschung aber noch nicht weit genug wiedererlangt, um schon wieder klar denken, geschweige denn artikuliert sprechen zu können.

Es muss wohl so ähnlich geklungen haben, wie „Häääääijäää?" was dann über meine Lippen kam. Doch das Lachen, das sie mir dafür hinter vorgehaltener Hand schenkte, wirkte so ehrlich, erfrischend und ansteckend, dass ich noch während meinen Ä's meine Mundwinkel ebenfalls nach oben zog. Kurz gesagt: Ich machte mich vollkommen zum Idioten. Und das passiert mir nicht oft.

„Ihr müsst müde und erschöpft sein", hauchte die ebenso schöne, wie unheimliche Vampirin sanft und streckte mir einladend ihre zarte Hand entgegen, während sie mich verführerisch einlud: „Kommt mit mir, Andieu!"

Ich konnte definitiv noch nicht stehen, vor allem nicht an der Kante dieser bodenlosen Felswand, an der ich kauerte. Die schlanke, weiße Hand zu ergreifen wagte ich nicht. Vor ihr zurückweichen konnte ich auch nicht, außer ich hätte noch einmal versuchen wollen, ob ich nicht doch, so wie in meinen Kindheitsträumen fliegen könnte. Da ich das aber bezweifelte, versuchte ich mich krampfhaft daran zu erinnern, ob es nicht irgendwelche Beschwörungsformeln gab, mit denen man sich Vampire vom Hals halten konnte. Die Vampirin lachte wieder so sanft und bezaubernd, dass ich nicht mehr wusste, ob ich mich vor ihr fürchten oder in sie verlieben sollte. Und sie sagte noch sanfter, als sie gelacht hatte: „Fürchtet Euch nicht, Andieu."

Ich fürchtete mich aber, auch wenn ich mich der unwiderstehlichen Anziehungskraft dieser Frau, die ihre Vampirzähne so rücksichtsvoll vor meinem Blick verbarg, mit jeder Sekunde weniger entziehen konnte. Als sie sich mir so vorsichtig näherte, wie man sich einem verängstigten, in die Ecke gedrängten Tier nähern würde, dem man seine Furcht nehmen wollte, indem man sanft zu ihm sprach, sich dabei zu mir beugte, um mir ihre Hand zu reichen, bot sie mir einen verführerischen Blick in ihr tief ausgeschnittenes Dekolleté. Ich sah die Ansätze, vollendeter Brüste; makellose Schönheit, wie von einem Künstler aus weißem Marmor gefertigt.

„Ihr seid ja ein Poet", hauchte sie ganz weich, so als würden meine Gedanken sie sanft erregen. Da wurde mir schlagartig bewusst, dass sie ebenso wie N'jara in der Lage war, meine Gedanken zu lesen. Und diese Erkenntnis bestätigte sie auch sofort mit der Frage: „Wer ist N'jara?"

„Eine Kriegerin aus dem Norden", erwiderte ich wie in Trance und merkte dabei selbst nicht, dass meine Antwort falsch war. N'jara war keine Kriegerin. Ich wusste eigentlich gar nicht, was sie war, sondern nur, dass sie aufgebrochen war, um Itomai aus den Händen der Sklavenjäger zu befreien und den Tod ihres Bruders und ihres Schwagers zu rächen. Ich hatte sie sehr kriegerisch kennen gelernt. Doch sie stammte aus Orkland. Orkland lag aber weit im Süden. Vielleicht lag es daran, dass ich keine genauen Vorstellungen von der Lage Orklands hatte, das ich nur vom Hörensagen her kannte, oder dass ich N'jara immer wieder mit Jagun verglich, der zwar auch nicht aus dem Norden stammte, aber laut seiner Erzählung der Spross eines Barbaren aus dem Norden war, dass ich N'jara in Gedanken immer wieder mit dem Norden in Verbindung brachte.

Die schöne Vampirin nahm zärtlich meine Hand und half mir beim Aufstehen, was ich noch immer wie in Trance geschehen ließ, ohne mir darüber so recht bewusst zu werden. Dabei hauchte sie mir die nächste Frage ins Ohr: „Wo ist diese Kriegerin?"

Wo war N'jara? Sie musste ihrer Schwester die Nachricht vom Tod Itomais überbringen. Wäre ich in der Lage gewesen, klar zu denken, dann hätte ich vermutlich überlegt, was seit meiner unbeabsichtigten Trennung von meinen Freunden geschehen war. Doch in dem Trancezustand, in dem ich mich befand, fiel mir nur die traurige Aufgabe ein, die N'jara zu erfüllen hatte. Und deshalb antwortete ich: „Sie kehrt in ihre Heimat zurück."

„Ihr seid also ganz allein?" fragte die schöne Vampirin mitfühlend und zog mich sanft von der Felskante weg. Der Anblick einer schönen Frau war schon immer geeignet gewesen, meine Gedanken so zu fesseln, dass ich mich nur schwer auf andere Dinge konzentrieren konnte. Deshalb dachte ich in diesem Moment auch nicht an Siwa, N'jara oder Jagun. An Jadwéj dachte ich sowieso nicht, auch wenn sie inzwischen nicht mehr das Feindbild prägte, wie bei unserer ersten Begegnung, als sie noch mit einem Schnapper bewaffnet gewesen war und diesen auch benutzt hatte. Ich dachte nur an diese wunderschöne, hochgewachsene, weiße Frau, die mich mit zärtlichen und ach so kalten Händen hinter sich herzog und antwortete deshalb: „Ich bin doch bei Euch!"

Wieder schenkte diese Lichtgestalt mir ein bezauberndes Lächeln hinter vorgehaltener Hand. Diese Liebenswürdigkeit ermutigte mich, die Hand, mit der sie meine hielt, an meine Lippen zu ziehen und sittsam zu küssen.

So kalt, dachte ich erschaudernd, ohne mir Gedanken darüber zu machen, woher dieser Schauer rührte. Und die Vampirin hauchte ebenfalls fröstelnd: „Du wirst Dich daran gewöhnen, Andieu!"

Ich zweifelte nicht daran, dass ich das tun würde. Meine ebenso manierliche wie zärtliche Gewandtheit hatte sie ganz offensichtlich erregt. Sie hatte mich sogar geduzt. Ich nutzte diese Gelegenheit und küsste ihr Handgelenk und ihre Armbeuge. Doch als meine Lippen sich ihrer Schulter näherten, wich sie, überrascht von meiner galanten und weltmännischen Kühnheit, tugendhaft zurück.

„Nicht hier", bat sie schüchtern und floh tiefer ins Innere des Tunnels, in dem wir uns befanden. Doch als ich vor der Dunkelheit zurückschreckte, blieb auch sie wieder stehen, streckte mir ihre Hand entgegen und forderte mich keck auf: „Komm schon, Andieu. Oder fürchtest Du Dich?"

„Ich mich fürchten?" erwiderte ich stolz. „Ich bin ein de la Moraine!"

Übermütig wollte ich der verführerischen Sirene hinterher eilen, stolperte dabei aber über die mit mir hierher gebrachte Frau, die ich vollkommen vergessen hatte und kam neben ihr zu liegen. Jetzt besah ich mir zum ersten Mal ihr Gesicht. Sie war jung und hübsch, zweifellos ein Bauernmädchen aus dem Umland Hradotéjs. Ihr Gesicht wirkte trotz ihrer von der Sonne gebräunten Haut blass, wenn auch nicht so weiß wie die Haut der Vampirin. Und an ihrem Hals sah ich zwei kleine, runde Male mit bereits verkrusteten blutigen Rändern. Sie öffnete schwach ihre Augen und flehte mich fast tonlos an: „Bitte helft mir!"

In diesem Moment war der Bann gebrochen, durch den ich der Vampirin fast verfallen wäre. Voller Entsetzen sprang ich auf und starrte in die Dunkelheit der Höhle. Doch von der weißen Gestalt war nichts mehr zu sehen.

Ich muss hier raus, dachte ich mit einem Anflug von Panik und tastete mich noch einmal bis an den Rand der Höhle vor. Doch trotz der sich ausbreitenden Helligkeit des anbrechenden Tages war die Felswand, in der ich mich befand noch genauso steil und tief wie zuvor.

Was sollte ich nur tun? Auf Rettung konnte ich nicht hoffen. Einen Ausweg gab es nicht, außer in den Tod oder in die Tiefe der Höhle. Doch beides erschien mir nicht wie ein Ausweg. Der Tod war für einen Ausweg viel zu endgültig.

Einmal tot, immer tot, sagt ein Sprichwort aus meiner Heimat. Und es wäre wohl richtig und der Natur entsprechend, wenn dieses Sprichwort wahr wäre. Doch leider treiben sich auf dieser Erde zu viele Kreaturen herum, die das Gegenteil davon beweisen; Wiederkehrer und sonstige Untote, die sich am Fleisch und Blut der Lebenden nähren. Vampire sind das beste Beispiel dafür.

Wäre ich in die Tiefe gesprungen, um den Vampiren zu entkommen, dann wäre mir dieses Schicksal vermutlich erspart geblieben. Doch ich war noch nicht so weit, dass ich damit zufrieden gewesen wäre, für immer tot zu sein. Mein Leben hatte doch gerade erst begonnen. Das konnte doch noch nicht alles gewesen sein. Doch die Vorstellung, mich in das Innere der Höhle zu begeben, um mich von Vampiren aussaugen und zu einem der ihren machen zu lassen, damit ich dann bis ans Ende aller Zeiten kein Bier und keinen Wein mehr trinken durfte, war auch nicht gerade das, was ich unter der glänzenden Zukunft verstand, die ich mir ausgemalt hatte.

Warum ließen die Vampire die junge Frau und mich hier überhaupt allein? Das war doch keine Art, Gäste zu behandeln, schon gar keine unfreiwilligen. Ich wollte mich beschweren und verlangen, auf der Stelle wieder dorthin zurück gebracht zu werden, wo man mich entführt hatte. Aber es war niemand da, bei dem ich mich beschweren konnte. Es war nur eine schwache, junge Frau da, der man anscheinend fast ihr ganzes Blut abgezapft hatte.

Da ich mich selbst im Moment nicht retten konnte, hielt ich es für angebracht, mich als Kavalier der alten Schule, selbstlos der jungen Frau anzunehmen. Immerhin war es ja möglich, dass sie bevorzugt behandelt werden würde. Und wenn ich mich jetzt um sie kümmerte, konnte sie vielleicht später ein gutes Wort für mich einlegen. Also kauerte ich mich wieder zu ihr auf den Boden und bettete ihren Kopf in meinen Schoß, wogegen sie sich allerdings so heftig wehrte, wie es ihr in ihrem geschwächten Zustand nur möglich war. Erst als sie so etwas wie „Du Schwein", fauchte, kam mir in den Sinn, dass sie meine edelmütige Fürsorglichkeit wegen meiner Nacktheit völlig falsch deutete.

„Nein, nein, nein", beteuerte ich sofort gekränkt. „Meine Absichten sind ganz ehrenhaft. Ich möchte Dir nur helfen."

„Mit Deinem Schwanz? Nein danke!"

So viel verletzende Undankbarkeit verschlug mir erst einmal die Sprache. Ich war ja wirklich kein Kostverächter und die junge Frau war auch nicht unansehnlich. Sie wirkte nur etwas blutleer. Aber in der gegebenen Situation hatte ich beileibe nicht vorgehabt, die Situation auszunutzen. Wenn sich da vielleicht tatsächlich etwas bei mir geregt haben sollte, als ich den Kopf der jungen Frau in meinen Schoß betten wollte, was nicht heißen soll, dass es so war, dann lag das nur an den Nachwirkungen des Bannes, in den die Vampirin mich gezogen hatte. Ich war wie immer ein Opfer der Umstände. Was konnte ich denn schließlich dafür, dass ich nackt war? Ich hatte mir nicht ausgesucht, dass Baldrains Männer mich aus dem Fluss fischten und auch nicht, dass die Vampire mich an diesen Ort verschleppten. Ich wollte nur zurück in eine zivilisierte Stadt, mit Siwa und N'jara eine glückliche und sexuell erfüllte Zukunft verbringen, gelegentlich vielleicht mit Jagun ein ungefährliches Abenteuer bestehen, immer einen vollen Krug Wein vor mir stehen haben, und so weiter.

„Ich will doch gar nichts von Dir, Du Waldschrat!" schrie ich plötzlich erbost zurück. „Oder glaubst Du vielleicht, ich bin freiwillig mit Dir und in dieser Situation hier?"

Mit ‚dieser Situation' meinte ich meine Nacktheit.

„Ich will auch nichts von Dir", erwiderte die Frau müde und ließ ihren Kopf schwach auf den bemoosten Fels zurücksinken. Sie schloss ihre Augen und fuhr immer leiser werdend fort: „Vor allem will ich nicht auf Deinem Ständer liegen."

„Ich hab keinen St...", begann ich empört. Da ich dabei aber an meinem Körper nach unten blickte, stockte ich und korrigierte meinen Protest.

„Also gut", räumte ich ein. "Ich hab einen Ständer. Das hat aber nichts mit Dir ..."

Wieder unterbrach ich mich, denn ich stellte fest, dass die junge Frau mir gar nicht mehr zuhörte. Sie lag da wie tot. Ich erschrak und kroch vorsichtig auf sie zu. Doch als ich mich über sie beugte und ihr beängstigend leblos wirkendes Gesicht betrachtete, riss sie plötzlich wieder die Augen auf und schrie laut kreischend auf. Ich erschrak noch mehr, als zuvor, schrie ebenfalls und taumelte zurück an den kalten, bemoosten Fels, an den ich mich erschöpft in der Nähe des Höhlenausgangs kauerte. Inzwischen war es Tag geworden. Ich blickte über das eigenartige, grüne Land, in dem nichts wuchs, außer Moos. Es lag so weit unter mir, dass mir noch immer schwindelte, obwohl ich weit genug von der Kante entfernt hockte. An einer so hohen Stelle, wie in dieser Höhle, war ich noch niemals zuvor gewesen, wenn man meine unfreiwillige Reise an diesen Ort nicht mitrechnete. Eine so hohe Felswand hätte ich mir nicht einmal vorstellen können. Und jetzt saß ich hier, zusammen mit einer fast ausgebluteten jungen Frau, die nichts anderes zu tun hatte, als mir unehrenhafte Absichten zu unterstellen, nur weil meine eigenen Bedürfnisse seit zu langer Zeit vernachlässigt worden waren und sich deshalb ein schmerzhafter Überdruck aufgebaut hatte. War es vielleicht meine Schuld, dass ich nach meinem Bad im Fluss nicht mehr zu Siwa hatte zurückkehren können, um ihr in edelmütiger Barmherzigkeit die Last ihrer Lust zu nehmen? Da opfert man sich auf in selbstloser Barmherzigkeit. Und was hat man davon? Man wird entführt, geschlagen und getreten, soll ermordet werden, wird in die Irre geführt, wieder entführt und wird dann auch noch beschimpft und beschuldigt, bevor man als Getränk für Vampire endet. Es war gar keine Frage: Ich war zu gut für diese Welt. Sie hatte mich gar nicht verdient. Trotzdem dachte ich gar nicht daran, meinem vergeudeten Leben durch einen Sprung in die Tiefe ein ehrloses Ende zu bereiten.

Immerhin fiel meine Erektion von ganz allein wieder in sich zusammen. Ich vermutete, dass sie überhaupt auch nur durch eine Art Zauber entstanden war. Die unheimliche Vampirin hatte ganz ohne Frage Magie angewandt, um mich zu verhexen. Und ein schwächerer Mann wäre dieser Magie sicher erlegen.

Aber nicht mit mir, dachte ich mir, während mein Körper sich straffte. *Ich bin Andieu de la Moraine. Und niemand verhext einen Andieu de la Moraine!*

41. BIS ZUM ABEND

Der Morgen verging. Je kürzer die Schatten in den grünen Schluchten Gryn-Fjells wurden, umso mehr versank das Land unter mir in einem Meer aus Nebel, aus dem nur noch einzelne Berggipfel wie grüne Inseln herausragten. Als die Sonne im Zenit stand, war es im vorderen Teil der Höhle, in der ich mich befand, schon fast unerträglich heiß. Das feuchte Moos dampfte und machte das Atmen schwer. In die junge Frau kehrte auch wieder der Anschein von Leben zurück, denn sie begann zu jammern und zu stöhnen und schleppte sich mühsam tiefer in die Dunkelheit der Höhle. Zögernd folgte ich ihr und stellte zu meiner Erleichterung fest, dass die Luft mit jedem Schritt, den ich mich von der Höhlenöffnung entfernte, kühler wurde. Solange ich die Höhlenöffnung und mit ihr das Tageslicht noch sehen konnte, fühlte ich mich relativ sicher.

Warum nur lässt man uns hier allein? fragte ich mich nervös.

Die Frau, die noch tiefer als ich in die Dunkelheit gekrochen war, so dass ich die Umrisse ihrer zusammengekrümmten Gestalt nur schwach erkennen konnte, begann leise zu röcheln. Ich nahm an, dass es mit ihr zu Ende gehen würde, fasste mir ein Herz und entschloss mich, ihr trotz ihrer abweisenden und beleidigenden Worte doch noch einmal meinen Trost und Beistand anzubieten. Nach einem prüfenden Blick nach unten, der mich davon überzeugte, dass ich nicht wieder unwissentlich eine Lanze vor mir her trug, tastete ich mich vorsichtig tiefer in die Höhle. Ich wunderte mich, dass noch so weit vom Höhleneingang und damit auch vom Tageslicht entfernt alles mit Moos bewachsen war. Dieses Moos war so angenehm, wie ein warmer, weicher Teppich. Es war zwar feucht, doch die Feuchtigkeit war nicht unangenehm. So hatte man an diesem Ort zumindest immer Trinkwasser, das man einfach nur aus dem Moos zu saugen brauchte. Doch ich bezweifelte, dass die Bewohner der Höhle diesen Luxus zu schätzen wussten.

Die vielleicht nicht, dachte ich mir, aber dafür ganz sicher die entkräftete Frau, in deren röchelndem Gewimmer ich immer wieder das Wort ‚Durst' zu erkennen glaubte. Ich riss ein vor Feuchtigkeit triefendes Stück Moos vom Fels, kniete mich zu der Frau und berührte sie sanft an der Schulter.

„Ich habe hier was zum Trinken", sagte ich beruhigend, bevor sie sich von mir wieder bedrängt fühlen konnte. Behutsam drehte ich sie um und träufelte ihr vorsichtig etwas von dem Wasser in den Mund.

„So ist es gut", ermutigte ich sie. Doch da begann sie zu husten. Sie schob mich mit mehr Kraft von sich, als ich ihr in ihrem geschwächten Zustand zugetraut hatte und hustete nicht nur das Wasser wieder aus, sondern übergab sich plötzlich und kotzte anscheinend ihren ganzen Mageninhalt über das Moos. Ich wich angewidert zurück. Als sie fertig war, wollte ich ihr ein neues Stück Moos anbieten. Doch sie zischte mich aus der Dunkelheit drohend und mit einer für eine so junge Frau seltsamen, tiefen Stimme an: „Verschwinde endlich!"

Das sagte sich so leicht. Wohin hätte ich denn gehen sollen? Es gab ja keinen Ausgang aus der Höhle, den ich hätte benutzen können. Ich gab es noch nicht auf, den Ritter für die Maid zu spielen und erwiderte: „Du musst trinken!"

Doch als ich einen Schritt auf sie zumachte, fauchte sie mich wie ein wildes Tier an und ich glaubte, ihre Augen in der Dunkelheit leuchten zu sehen. Erschrocken taumelte ich zurück. Ich hätte der Frau wirklich gerne geholfen. Da sie meine Hilfe aber so energisch zurückwies, zog ich es vor, mich zurückzuziehen. Weiter vorne im Tageslicht fühlte ich mich trotz der Hitze und der feuchten, stickigen Luft doch erheblich wohler.

Mit banger Sorge um die Frau versuchten meine Augen, die Dunkelheit der Höhle zu durchdringen. Doch vom lichtdurchfluteten vorderen Bereich der Höhle aus, in dem ich mich befand, konnte ich nur wenige Schritte weit in das Innere der Höhle blicken. Der einzige Anhaltspunkt dafür, dass die Frau noch lebte, war ihr anhaltendes Stöhnen und Röcheln, das sich aber immer tiefer in die Dunkelheit zurückzuziehen schien. Die Geräusche, die sich der Kehle der Frau entwanden, klangen immer unheimlicher und animalischer, je weiter sie sich entfernte. Ich führte das auf die Akustik in der Tiefe dieses bemoosten Tunnels zurück. Trotzdem erschauerte ich vor diesen grauenerregenden Klängen. Irgendwann begann ich zu überlegen, ob es sein konnte, dass die Frau sich selbst bereits in einen Vampir verwandelte. Ich wusste nicht viel, um nicht zu sagen, gar nichts von Vampiren. In meiner Heimat hatte es keine gegeben und die Erzählungen, die ich in meiner Kindheit von ihnen gehört hatte, hatte ich immer nur für Geschichten gehalten, mit denen man Kinder erschreckt. Während meiner Reisen bin ich aber immer wieder durch Gegenden gekommen, in denen die Angst der Menschen vor Vampiren so real war, dass ich die düstere Bedrohung selbst gespürt hatte. Ich habe immer versucht, diese Gegenden möglichst schnell wieder zu verlassen, da das tief verwurzelte Misstrauen der Menschen Fremden gegenüber es einem ehrlichen Dieb fast unmöglich machte, seinen Lebensunterhalt zu verdienen.

Als ich vor drei Jahren zum ersten Mal in Hradotéj gewesen war, hatte ich auch dort gehört, dass es Vampire geben sollte. Aber die Menschen gingen nicht ganz so furchtsam mit dieser Bedrohung um, wie anderswo. In ihren Häusern fühlten sie sich des Nachts sicher. Damals hatte ich auch nichts von Vampirangriffen gehört. Es war einfach eine latente Gefahr, an die die Menschen, die in der Gegend wohnten, gewöhnt waren. Den ersten Vampir, den ich überhaupt in meinem Leben gesehen habe, habe ich auch selbst zur Strecke gebracht. Das war die Vampirin gewesen, die Siwa vom Dach des Hauses in Hradotéj hatte entführen wollen.

Ich bin ein Vampirtöter! sagte ich mir. *Ich hab eine von euch getötet und ich kann es jederzeit wieder tun!*

Konnte ich das wirklich? Plötzlich kamen mir wieder Zweifel. Wäre Jagun in Hradotéj nicht an meiner Seite gewesen und hätte mich angespornt, dann hätte ich es kaum gewagt, mich der Vampirfrau entgegen zu stellen. Aber ich hatte es getan, ich ganz allein; nicht Siwa und auch nicht Jagun. Ich hatte den beiden das Leben gerettet!

Na zum Glück sind die beiden jetzt nicht hier, dachte ich mir schließlich, als ich mir meiner eigenen Heldenhaftigkeit so richtig bewusst wurde. *Ich kann sie ja nicht ständig beschützen.*

Doch in der nächsten Sekunde wünschte ich mir schon, sie wären bei mir, damit ich in dieser verzweifelten Situation nicht so allein wäre. Und dann fiel mir außerdem noch ein Punkt ein, an den ich während meiner eigenen Bewunderung noch nicht gedacht hatte. Ich hatte keinen Holzpflock. Ich hatte gar nichts, womit ich mich gegen einen Vampir verteidigen, geschweige denn, ihn erlegen konnte. Selbst wenn es mir möglich gewesen wäre, die Vampirhöhle zu verlassen, hätte ich in diesem baumlosen Land nicht das kleinste Stückchen Holz gefunden. Und ich hatte noch von keinem Fall gehört, in dem jemand einen Vampir dadurch getötet hätte, dass er ihm eine Handvoll Moos ins Herz getrieben hatte.

Mein unerschütterlicher Mut erlosch genauso schnell wieder, wie er aufgeflammt war. Und das röchelnde Knurren der unsichtbar in der Dunkelheit lauernden Frau war unheimlicher als zuvor. Die Vorstellung, dass die Frau sich in einen Vampir verwandelte, wurde zur Gewissheit. Stundenlang wünschte ich mir, dass sie endlich still wäre. Doch als sie dann wirklich verstummte, fühlte sich die plötzliche Stille noch viel bedrohlicher an, als die an Wolfsknurren erinnernden Geräusche, die sie von sich gegeben hatte. Ich wagte nicht mehr, meinen Blick von der Dunkelheit in der Höhle abzuwenden, aus Furcht, von hinten angefallen und ausgelutscht zu werden, wenn ich der Finsternis den Rücken kehren würde. Es war anstrengend und ermüdend, in die Dunkelheit zu starren, ohne auch nur das Geringste darin erkennen zu können. Ich merkte nicht, wie die Sonne weiterwanderte und ich bemerkte auch nicht, als sie unterging, denn zu diesem Zeitpunkt hatte mich die Erschöpfung schon überwunden und in schreckliche Träume gezerrt.

42. NACH DER DUNKELHEIT

Als ich wieder erwachte, lag ich in einem weichen Bett. Ich brauchte eine Weile, um mich in der Realität wieder zurechtzufinden. Zu schrecklich waren meine Träume gewesen, die sich bei meinem Erwachen aber sofort auflösten und in die Dunkelheit des Vergessens zurücksanken, so dass nur noch die vage Erinnerung an etwas Düsteres und Bedrohliches zurückblieb. Erleichtert atmete ich auf. Mein Herz schlug noch laut und schnell vor Furcht und kalter Schweiß stand auf meiner Stirn. Doch jetzt fühlte ich mich jeder Gefahr entrückt.

Über mir sah ich ein hohes, helles Gewölbe, das mit Bildern sich zärtlich liebender Menschen bedeckt war. Nackte, sich umschlingende Leiber, die sich leidenschaftlich der Liebe hingaben. Noch niemals zuvor hatte ich so schöne und lebendig wirkende Bilder gesehen.

„Wo bin ich?" fragte ich verwirrt, während ich mich von meinem Lager erheben wollte. Da hörte ich Siwas Stimme antworten: „Du bist in Sicherheit, mein Liebling!"

Überrascht fuhr ich herum und bemerkte erst jetzt, dass Siwa neben mir auf der Bettkante saß und mich zärtlich anblickte. Hinter ihr stand N'jara, die sich sofort neben sie setzte, als sie bemerkte, dass ich wach war. Sie legte ihre kleine Hand auf meine Stirn und sagte leise: „Das Fieber sinkt. Wo bleibt nur Jagun mit den Kräutern?"

„Jagun ist auch hier?" fragte ich, ohne meinen Blick von den beiden schönen Mädchen abwenden zu können. An deren Stelle antwortete jedoch Jadwéj, die irgendwo im Hintergrund stand: „Ja. Und ich auch!"

Na, auf Dich hätte ich verzichten können, dachte ich mir. Doch N'Jara tadelte mich sofort, indem sie mir erklärte: „Ohne Jadwéi hätten wir Dich niemals gefunden, Andieu."

„Wie habt ihr mich denn überhaupt gefunden?" fragte ich neugierig und wartete auch gar nicht erst eine Antwort ab, bevor ich weiterfragte: „Wo sind wir hier überhaupt und wo sind die Vampire?"

„Jagun hat uns durch Gryn-Fjell bis an die hohe Wand geführt, in der die Vampire ihr Nest haben", erklärte Siwa. „Doch wir haben keine Möglichkeit gefunden, die Wand zu erklimmen, bis Jadwéj auf die Idee gekommen ist, dass wir uns von der Oberkante der Wand abseilen könnten. Wir sind der Wand so weit gefolgt, bis wir irgendwo eine Möglichkeit für den Aufstieg gefunden haben. Und dann war es ganz leicht, zu Dich zu finden."

„Und die Vampire?" fragte ich in atemloser Spannung noch einmal. Und Siwa erzählte: „Sind alle fort. Als Jagun sich ihnen zum Kampf gestellt hat, sind seine Dämonen erschienen und wie ein Sturm über die Vampire hereingebrochen. Die Vampire konnten nichts gegen die Dämonen ausrichten und sind aus der Höhle geflohen."

Staunend lauschte ich Siwas Bericht und fragte dann kopfschüttelnd: „Wann ist das denn alles passiert?"

„Du hast lange geschlafen", erklärte mir da N'jara. „Die Vampire haben Dich in ihre Höhle verschleppt und in eine Art Trance versetzt, während sie sich von Deinem Blut ernährt haben."

„Sie haben was?" schrie ich entsetzt auf und wollte mich ruckartig aufsetzen. Doch N'jara drückte mich sanft wieder zurück auf das Bett und sagte beruhigend: „Sei ganz ruhig, Andieu. Du bist noch zu schwach, um schon aufzustehen."

„Aber dann werde ich auch zum Vampir", schrie ich weiter. N'jara schüttelte jedoch sanft lächelnd den Kopf und erwiderte: „Nein. Jagun holt Kräuter, die es verhindern. Du musst jetzt nur ganz ruhig bleiben."

Wie sollte ich ruhig bleiben, wenn ich befürchten musste, mich jeden Moment in einen Vampir zu verwandeln? Wo verdammt blieb Jagun mit den Heilkräutern?

Bei Siwa hat er nicht so lang getrödelt, dachte ich mir gereizt. Aber N'jara schalt mich deswegen gleich, indem sie vorwurfsvoll sagte: „Sei nicht ungerecht, Andieu. Jagun tut, was er kann."

Aus Furcht vor dem, was mir bevorstand, wenn Jagun zu spät kam, begann ich zu weinen. Mich fröstelte und ich schluchzte: „Mir ist kalt."

N'jara und Siwa wechselten einen kurzen Blick. Dann legten beide ihre Kleidung ab und schmiegten ihre warmen, nackten Körper an mich, um mich zu wärmen. Langsam wurde ich wieder ruhig, während meine Gedanken in das erotische Gemälde an der Decke über uns eintauchten.

„Er ist weniger geschwächt, als ich dachte", hauchte N'jara Siwa leise zu. Und Siwa erwiderte ganz zärtlich und liebevoll an mich gewandt: „Armer Andieu; hast schon so lange mit keiner Frau mehr geschlafen."

Ich hob schwach meinen Kopf und sah, dass ich, angeregt durch die erotischen Szenen über uns und durch die beiden wunderschönen Mädchen, die sich zärtlich an mich schmiegten, eine beeindruckende Erektion bekommen hatte. So blutleer wie ich befürchtet hatte, konnte ich also noch gar nicht sein.

Siwa und N'jara tasteten gleichzeitig über meinen Bauch nach meiner ausgehungerten Männlichkeit. Als sie sie berührten, atmete ich erregt tief ein und schloss für einen kurzen Moment meine Augen. Doch ich wollte sehen, was meine beiden wunderschönen Geliebten taten, um mich zu verwöhnen und öffnete meine Augen sofort wieder. Zärtlich und sichtlich beeindruckt streichelten die beiden mich. Dann kletterte Siwa auf meinen

Schoß, führte meinen Penis ganz behutsam in ihre kleine, erregte Scheide ein und begann einen ganz langsamen, zärtlichen und sich immer mehr steigernden Ritt. Doch bevor wir gemeinsam zum erlösenden Höhepunkt gelangten, stieg sie wieder von mir herunter, kniete sich zwischen meine Beine und begann mich mit ihren Lippen und ihrer Zunge zu verwöhnen. Ich konnte mich kaum noch beherrschen und ließ meinen Kopf zurück auf das Kissen fallen. Siwa begann, zärtlich an mir zu knabbern. Ich starrte schwer atmend auf das Deckengemälde über mir. Die Figuren auf dem Bild schienen meine Erregung zu teilen und sich in ihrer Wollust ebenfalls zu bewegen. Ich hatte das Gefühl, dass das Licht in dem hellen Raum schwächer wurde, führte das aber darauf zurück, dass ich meine Augen kaum noch offen halten konnte. Siwas Leidenschaft wurde immer wilder und animalischer. Aus dem zärtlichen Knabbern wurden leidenschaftliche Bisse, die immer fester wurden, bis sie die Grenze des Erträglichen überschritten.

Ich schrie erschrocken auf und öffnete meine Augen wieder. Das Bild über mir hatte sich irgendwie verändert. Es war kein helles Bild voller Leben und Liebe mehr, sondern glich eher einer Darstellung verdammter Seelen, die sich in einer dunklen Hölle gegenseitig zerfleischten. Ich hatte plötzlich das Gefühl, dass Blut von diesem düsteren Gemälde auf mich herabtropfte, hob den Kopf und sah nicht Siwa, sondern die hochgewachsene Vampirin zwischen meinen Beinen knien. Sie war nackt, was ich in diesem Moment aber kaum registrierte, lächelte mich mit blitzenden Zähnen an und biss im Moment meines nicht länger zu unterdrückenden Orgasmus ganz langsam zu. Unfähig, mich dagegen zu wehren, beobachtete ich, wie sich die langen, spitzen Zähne tief in meine aufgeblähte und zuckende Eichel bohrten.

Ich muss zugeben: Es war der Orgasmus meines Lebens. Ich konnte in diesem Moment nicht denken und mir deshalb auch keine Gedanken über die Konsequenzen dessen machen, was ich eben erlebte. Die Ekstase, in der dieser unglaubliche Orgasmus mich gefangen hielt, wollte nicht enden. Ich fühlte mich schon ganz schwach und erschöpft und bemerkte, dass die weißen Wangen der Vampirin, sich deutlich röteten. Schließlich war es vorbei. Ich sank matt auf das Bett zurück, das nur eine kalte Steinplatte war und die Vampirin löste sich wie ein Feinschmecker, der einen edlen Wein gekostet hatte, mit einem langgezogenen, genüsslichen ‚Aaaa', von meinem erschlaffenden Penis.

Ich dachte, ihr beißt die Menschen in den Hals, dachte ich bei mir. Ich war ganz schläfrig und das düstere Deckengemälde flimmerte vor meinen brennenden Augen.

„Wir trinken überall, wo das Blut fließt", erklärte die Vampirin einschmeichelnd, „am Hals und an den Handgelenken. Aber nirgendwo fließt das Blut so schnell, wie aus der Eichel eines erregten Mannes!"

Das muss ein Alptraum sein, dachte ich noch, während ich bereits in die Dunkelheit einer Ohnmacht hinüber glitt.

43. DIE PROPHEZEIUNG

Ich weiß nicht, wie lange ich in diesem Zustand völliger Ermattung verbrachte. Ich habe nur viele kurze Erinnerungsfetzen, in denen ich angekettet auf der kalten Steinplatte lag. Der Raum um mich herum war eine riesige Höhle, in der ein schwaches Licht herrschte, dessen Ursprung ich nicht feststellen konnte. Auf den ersten Blick wirkte der Ort wie das Paradies auf Erden, denn überall waren schöne, überwiegend junge Frauen und Mädchen in weißen, durchscheinenden Gewändern. Doch alle diese verführerischen Gestalten waren Vampire. Und immer, wenn ich wach wurde, tranken sie wieder mein Blut. Manchmal saugten bis zu fünf oder sechs von ihnen an mir, bis mir wieder schwarz vor Augen wurde. Dann sank ich zurück in die Dunkelheit meiner Alpträume, die mich nicht mehr schrecken konnten. Manchmal, wenn die Vampirinnen zu gierig mein Blut tranken, rief die hochgewachsene Vampirin, die, die ich als erste von ihnen gesehen hatte und die mich auch als erste gebissen hatte, sie energisch zurück. Sie wollte mich am Leben erhalten, damit mein Blut sie möglichst lange nähren konnte. Und damit mein Blut sich erneuern konnte, flößte man mir einen fremdartigen, kräftigen roten Gewürzwein ein. Ich war fast ständig ohne Bewusstsein; entweder aus Ermattung oder durch den Alkoholgenuss. Zeit hatte aufgehört, für mich zu existieren. In den wenigen lichten Momenten, an die ich mich erinnern kann, beobachtete ich fasziniert die anmutigen Frauen. An Flucht dachte ich nicht. Dafür war ich viel zu sehr geschwächt. Mein Wille war vollkommen gebrochen.

Die Decke über mir und die Höhlenwände waren über und über mit Bildern grausamer Bluttaten bedeckt. Und nur langsam erkannte ich, dass diese Bilder eine Geschichte erzählten. Sie stellten den ewigen Kampf der Menschen gegen die Vampire dar, die auch auf den Bildern nur als Frauen dargestellt waren. Doch am Ende triumphierten die Vampire über die Menschen. Und eine von ihnen saß wie eine Göttin auf einem Thron.

„Bist Du ein Anhänger der Kunst?" hörte ich die Stimme der hochgewachsenen Vampirin mich sanft fragen, als die Geschichte der Bilder sich mir erschloss. Ohne Furcht und wie in Trance blickte ich sie an und fragte zurück: „Was ist das?"

„Die Prophezeiung!" erwiderte sie feierlich.

Es gibt eine Prophezeiung, in der die Vampire über die Menschen herrschen? überlegte ich. Doch in meinem betäubten und ermatteten Zustand konnte nicht einmal diese Vorstellung eine Emotion in mir auslösen. Und so fragte ich, als ob es das natürlichste Gesprächsthema der Welt wäre, weiter: „Bist Du das da auf dem Thron?"

Die Vampirin schenkte mir wieder eines ihrer bezaubernden Lächeln, ohne sich aber noch die Mühe zu machen, ihre Zähne vor mir zu verbergen. Dann antwortete sie wieder sehr feierlich: „Nein. Ich bin nur die Hüterin unserer Schar, bis zur Ankunft der Königin."

„Und wann wird sie kommen?" fragte ich emotionslos weiter.

So lange war ich schon lang nicht mehr bei Bewusstsein gewesen. Es tat mir gut, mich zu unterhalten und meine eigene Stimme zu hören. Und solange die Hüterin der Vampirschar mit mir sprach, musste ich auch keine Angst haben, wieder gebissen und ausgesaugt zu werden. Insofern genoss ich dieses Gespräch sogar, auch wenn ich es selbst nur wie ein unbeteiligter Zuschauer aus weiter Ferne erlebte. Es schien nicht real zu sein und damit war auch sein Inhalt ohne jede Bedeutung. Doch dann antwortete die Hüterin auf meine Frage: „Sie ist schon unterwegs."

Diese Antwort ließ mich aufhorchen, denn durch sie wurde die Prophezeiung von einem in einer unbestimmten Zukunft vorhergesagten Ereignis zu einer akuten Bedrohung für die Menschen der Gegenwart. Kurz blitzte so etwas wie Widerstand in mir auf. Doch ich fiel sofort wieder zurück in meine vorherige Lethargie, bis die verführerische Hüterin mir sanft ins Ohr hauchte: „Ich hab sie in Deinen Träumen gesehen! Sie trägt das Kleid des Blutes."

Sofort war ich hellwach. Ich wollte meine Ketten sprengen, war aber zu schwach, um mich auch nur in ihnen aufbäumen zu können. Selbst zu schreien überstieg meine Kräfte. Die Lippen der Hüterin waren ganz dicht an einem Ohr. Und als sich jetzt mein Widerstandswille zu regen begann, legten sie sich in einem zärtlichen Kuss auf meinen Hals.

„Schlaf, Andieu", flüsterte die Hüterin beruhigend, dann biss sie langsam zu und trank mein Blut, bis ich wieder in die Bewusstlosigkeit zurückfiel.

Wirre Träume peinigten mich. Immer wieder tauchte ‚das Kleid des Blutes' darin auf. Damit konnte nur Siwas rotes Kleid gemeint sein. Siwa war auf dem Weg zu mir. Wie konnte sie die Königin der Vampire sein? Ich fand keine Antworten in meinen Träumen und versank darin in einem Meer aus Blut, über dem Siwa thronte.

44. ALLEIN AUF UNSICHTBARER FÄHRTE

„Wir trennen uns hier", erklärte Jagun sehr bestimmt, nachdem alle davon überzeugt waren, dass ich von Vampiren entführt worden war. N'jara schwieg dazu. Sie hatte Jagun stillschweigend zugestimmt, als er bestimmt hatte, dass sie sich an der Stelle trennen würden, an der sie meine Fährte wieder finden würden. Von hier aus würde Jagun allein schneller vorwärts kommen, als wenn er auf Siwa und Jadwéj Rücksicht nehmen müsste. N'jara hätte mit ihm Schritt halten können, doch sie fühlte sich auch für die anderen beiden Mädchen verantwortlich. Sie war eine Kämpferin und konnte Siwa und Jadwéj beschützen. Außerdem hatte Jagun erklärt, dass es in ihrer Heimat Orkland die Zutaten für eine Medizin geben würde, die Siwa von ihrer anhaltenden Erregung befreien konnte. Je länger das Warssekret in ihr wirkte, umso schwieriger würde es werden, eine wirksame Medizin dagegen herzustellen. Dennoch fühlte es sich falsch für N'jara an, Jagun zu verlassen und sich trotz der Gefahr, in der ich schwebte, auf die Heimreise zu begeben. Bevor sie aber wusste, wie sie gegen die vereinbarte Trennung argumentieren konnte, sagte bereits Siwa, deren Erregung durch den Marsch wieder sichtlich zugenommen hatte: „Ich bin Schuld daran, dass Andieu zum Fluss gelaufen ist. Ich kann jetzt nicht einfach umkehren, wenn ich weiß, dass er in der Gewalt von Vampiren ist."
„Die Chance, dass er noch am Leben ist, ist sehr gering", erwiderte Jagun sehr ernst. „Und sie sinkt mit jeder Sekunde, die wir verlieren."
„Wie willst Du ihn denn finden?" fragte Siwa erregt. Doch jetzt war es nicht nur die Erregung ihres Körpers, die sie zittern ließ, sondern auch die Angst um mich. „Wo willst Du ihn suchen? Und wie willst Du ihn befreien, wenn Du ihn findest?"
„Ich werde ihn finden!" versprach Jagun, obwohl er große Zweifel hatte, dass ich überhaupt noch am Leben war. Er wollte ganz einfach der Richtung weiter folgen, die von Hradotéj an den Ort führte, an dem sie sich befanden, da er annahm, dass die Vampire Hradotéj hatten heimsuchen wollen, als sie auf mich gestoßen waren. N'jara wusste, was Jagun dachte und erklärte nachdenklich: „Der Vampir, der Andieu entführt hat, war bereits auf dem Weg zurück nach Gryn-Fjell."
Das stimmt, musste sich Jagun eingestehen. Doch obwohl er es nur dachte, hörte N'jara seine Zustimmung. Aus dem Alter der Spuren konnten die beiden herauslesen, dass es nicht mehr weit bis zum Morgen gewesen war, als ich der Vampirin gegenübergestanden hatte, bevor sie mich gepackt

und durch die Luft entführt hatte. Wenn es aber bereits kurz vor Tagesanbruch gewesen war, dann musste der Vampir zwangsläufig auf dem Weg zu seinem Unterschlupf gewesen sein, weil er sich vor den Sonnenstrahlen des neuen Tages in Sicherheit hatte bringen müssen. Aus der Schlussfolgerung, dass die Vampire bereits auf dem Rückweg zu ihrem Schlupfwinkel in Gryn-Fjell waren, folgerte aber, dass sie entweder nicht auf direktem Weg nach Hradotéj geflogen waren, weil sie mich sonst bereits auf dem Hinweg hätten entdecken müssen, oder dass sie Hradotéj, das sie schon von weitem hatten brennen sehen müssen, gar nicht hatten aufsuchen wollen. Vielleicht hatten sie ja nur das Grenzgebiet Wolans auf der Suche nach Opfern, die sie entführen oder aussaugen konnten, durchkämmt.

Jagun hatte die Vampire über Hradotéj gesehen, als einer von Ihnen ihm Siwa hatte entreißen wollen. Er konnte also in etwa abschätzen, wie schnell sie vorwärts kamen. Da er durch N'jaras Einwand jetzt keinen Anhaltspunkt mehr für eine Richtung hatte, der er folgen konnte, musste er den Schlupfwinkel der Vampire in einem gewissen Radius von dem Ort, an dem er stand, vermuten. Im Fluss hatte er meine Spur entdecken können. In der Luft gab es aber auch für ihn keine Zeichen. Die Chancen, mich in einem Land zu finden, das von gewöhnlichen Menschen wegen seiner steilen, zerklüfteten und durch das feuchte Moos, glitschigen Schluchten als unzugänglich angesehen wurde, waren verschwindend klein. Für Jagun war es jedoch nur das Argument dafür, dass er keine Zeit verlieren durfte. Und Zeit hätte er verloren, wenn er in einem solchen Land auf Siwa und Jadwéj hätte Rücksicht nehmen müssen. Außerdem wusste er, dass die Mädchen sich selbst nur in Gefahr gebracht hätten, wenn sie sich ins Land der Vampire und sonstiger Ungeheuer aufgemacht hätten. Und er glaubte, dass die Sorge um die Mädchen ihn nur in seinem Versuch, mich zu retten, behindert hätte, ganz zu schweigen davon, dass ihm die dunklen Schatten, die in Gegenwart der Mädchen ständig über ihm kreisten, eine heimliche Annäherung an die Wohnstätte der Vampire unmöglich gemacht hätten.

„Geh!" forderte N'jara Jagun auf und hielt Siwa und Jadwéj mit einem schnellen Blick davon ab, dieser Aufforderung zu widersprechen. Jagun nickte N'jara stumm zu. Dann streichelte er Jadwéj sanft über die Wange und sagte leise zu ihr: „Du musst mit den beiden gehen, kleine Rose. Sie werden auf Dich achten."

In Jadwéjs Augen schimmerten Tränen. Sie wollte Jagun widersprechen, doch er legte schnell einen Finger auf ihre Lippen und erklärte ihr: „Ich kann einen Freund nicht im Stich lassen. Das verstehst Du doch?"

Jadwéj wischte sich die Tränen aus den Augen, sah Jagun tapfer an und antwortete: „Ja, das verstehe ich."

Jagun nickte anerkennend, erhob sich wortlos und lief los, ohne N'jara und Siwa auch nur noch einen Blick zu schenken. Er hasste Abschiede.

Und mehr noch hasste er es, wenn Abschiede schmerzten. Da er nicht lieben durfte, wollte er auch nicht, dass die Gedanken an ein Mädchen ihn in seiner Konzentration störten, wenn davon das Leben eines Freundes abhing. Er konnte vor sich selbst nicht leugnen, dass Siwa und N'jara ihn ablenkten, wenn er sie in seiner Nähe wusste. Wenn er jetzt nach Gryn-Fjell aufbrach, dann wollte er diese Reise nicht mit den Bildern der Gesichter der beiden Mädchen in seinem Kopf antreten.

Jagun lief einfach geradeaus in das grüne Land. Er folgte dem Lauf der erstbesten Schlucht, die ihn ins Landesinnere führte, doch er lief nicht am Grund der Schlucht entlang, sondern erstieg den bemoosten und auf beiden Seiten steil abfallenden Felskamm auf der rechten Seite der Schlucht. Von dieser erhöhten Position aus hatte er einen viel besseren Überblick über das Land. Und auch wenn er nicht wusste, wonach er suchte, wusste er doch, dass er es umso eher entdecken würde, je weiter er das Land überblicken konnte.

Das Gelände war schwierig. Gryn-Fjell wurde von den Menschen der angrenzenden Länder nicht umsonst als unzugänglich angesehen. Auch Jagun kam nicht so schnell vorwärts, wie er es sich gewünscht hätte. Aber er kam vorwärts und beschritt Pfade, die vor ihm noch kein Mensch betreten hatte. Staunend und voller Ehrfurcht ließ er seinen Blick über die majestätische Schönheit dieses Meeres, oder besser gesagt, dieses Gebirges aus Moos schweifen, ohne dabei aber zu vergessen, weswegen er in dieses Land gekommen war, das nur von Mäusen bewohnt zu sein schien. Überall durchzogen deren Gänge das dichte, saftige Moos. Und diese Gänge waren es auch, die ihn auf die Idee brachten, wie er sich nachts davor schützen konnte, selbst von den Vampiren entdeckt zu werden, die er suchte, um mich ihnen wieder zu entreißen. Als die Abenddämmerung hereinbrach, löste Jagun ganz vorsichtig ein Stück Moos vom Fels. Nur an einer Stelle zerriss er diese Decke, um durch die Öffnung unter das Moos kriechen zu können. So machte er sich vollkommen unsichtbar für jeden zufälligen oder nach ihm suchenden Blick, während er selbst aus seinem Versteck heraus den nächtlichen Himmel über Gryn-Fjell beobachten konnte.

Drei Tage lang kam Jagun langsam aber stetig voran, ohne irgendein Anzeichen von Leben, außer dem der Mäuse und des Mooses zu entdecken. Dann kostete ihn eine Schlucht, die nur wenig breiter war, als er mit einem Sprung hätte überwinden können, zwei weitere Tage, die ihn weit abseits seiner bisher verfolgten Richtung führten. Doch als er der Schlucht bis zu einer Stelle gefolgt war, an der einige natürlich entstandene, bogenförmige Brücken sich von einer Seite der Schlucht bis zur anderen spannten, und sich an dieser Stelle wieder einen Rastplatz für die Nacht unter dem Moos bereitete, entdeckte er endlich die Spur, nach der er so lange gesucht hatte. In der Nacht überquerte ein Schwarm Vampire seinen Schlafplatz. Jagun spürte ihre Nähe, noch bevor er sie sah. Doch dann entdeckte er sie. Sie flogen zu zwölft in gerader Richtung auf Wolan zu. Und kurz vor der Morgendämmerung kehrten sie zurück. Als der letzte Vampir über Jagun hinweg geflogen war, verließ er schnell sein Versteck und erstieg den höchsten erreichbaren Punkt, um den geflügelten Nachtwesen so lange und so weit hinterher blicken zu können, wie es nur möglich war. Wie auf dem Hinweg hielten die Vampire auch auf dem Rückweg eine gerade Richtung ein. Und ganz am Horizont, im schwachen Licht der Sterne kaum auszumachen, schien sich eine endlos lange Felswand quer durch das Land zu ziehen. Selbst Jagun konnte die Vampire in dieser Entfernung nicht mehr erkennen. Er wusste nicht, ob die Felswand am Horizont deren Ziel war. Aber er hatte endlich eine Richtung, der er folgen konnte und die ihn an sein Ziel führen musste. Ohne zu zögern brach er auf und machte sich an die Verfolgung der Vampire, von denen einige, wie es ihm erschienen war, Menschen in ihren Klauen gehabt hatten. Es galt also nicht nur mein Leben zu retten, sondern möglicherweise das mehrerer Gefangener. Jagun hoffte nur, dass er nicht zu spät kommen würde, dass es noch Leben gäbe, das zu retten ihm möglich wäre. Er wusste, dass Vampire Menschen zu ihresgleichen machen konnten. Doch ebenso wenig wie ich wusste er, wie sie das machten. Er wusste nur, dass, wenn ein Mensch erst einmal zum Vampir geworden war, es keine Möglichkeit mehr gab, ihn zu retten oder zurück zu verwandeln. Dann gab es nur noch die Möglichkeit, den Vampir zu vernichten, um seine Seele zu retten. Doch die Vampire vernichten zu wollen, würde Kampf bedeuten. Und Kampf würde wieder Jaguns Dämonen auf den Plan rufen, die sich alle befreiten Seelen sofort einverleiben würden.

Ich glaube, in Wahrheit suchte Jagun selbst den Tod. Für mich ist das die einzige Erklärung dafür, dass er zu einer so wahnwitzigen Rettungsmission aufgebrochen war, von der er wusste, dass sie mit seinen Möglichkeiten nicht zu erfüllen war. Allein an mich und vielleicht noch weitere Gefangene der Vampire heranzukommen, ohne selbst von diesen entdeckt und ebenfalls überwältigt zu werden, war ein aussichtsloses Vorhaben. Selbst die Vorstellung, dass mich in diesem zerklüfteten Land, das keine Wege, keine Deckung und keine Nahrung zu bieten hatte, jemand finden könnte oder auch nur suchen würde, hätte ich als illusorisch angesehen, wenn ich während meiner Gefangenschaft klar hätte denken können. Jeder, der sich nach Gryn-Fjell wagte und es schaffte, einen gangbaren Weg durch das ungangbare Land zu finden, musste sich im Klaren darüber sein, dass er sich dem Tod auslieferte. Und dennoch hatte Jagun sich nach Gryn-Fjell gewagt, um einen Freund in Not zu retten, während jeder vernünftige Mensch, dem etwas an seinem eigenen Leben liegt, so schnell wie möglich in die entgegengesetzte Richtung geflohen wäre.

Jagun hatte in dunkler Nacht Vampire am Himmel gesehen. Und

obwohl Gryn-Fjell so zerklüftet und voller steiler Abhänge und Schluchten und hochaufragender Berge war, die es ihm unmöglich machten, sich in gerader Richtung zu bewegen, folgte er unbeirrbar der unsichtbaren Fährte, die die Vampire in der Luft für ihn hinterlassen hatten. Jetzt, wo er eine Linie hatte, auf der er mich früher oder später finden musste, wenn er ihr folgte, suchte er sich den für ihn einfachsten Weg. Nur hin und wieder erstieg er eine Erhöhung, die ihm einen Blick über das Land ermöglichte, das mich verschluckt hatte.

Je weiter er kam, umso dicker wurde der das Land bedeckende Moosbewuchs. Was sich anfangs noch wie ein dünner, weicher Teppich angenehm unter den Füßen angefühlt hatte, war nach einigen weiteren Tagen, die Jagun der Fährte der Vampire folgte, ein ihm bis zu den Knien reichendes, saftiges Geflecht, das ihm nicht nur das Vorwärtskommen immer mehr erschwerte, sondern es auch immer schwieriger werden ließ, keine sichtbaren Spuren zu hinterlassen.

Jagun war gestärkt nach Gryn-Fjell aufgebrochen. Er hatte sich an Beeren sattgegessen, während er dem Lauf des Flusses gefolgt war, um an dessen Ufer nach meiner Fährte zu suchen. An Wasser mangelte es ihm in Gryn-Fjell nicht. Das Moos triefte geradezu davon. Nur feste Nahrung bot das Land ihm nicht. Und nach einer Woche musste selbst Jagun sich eingestehen, Hunger zu haben. Das Moos konnte seinen Magen füllen, war jedoch nicht nahrhaft. Die kleinen Mäuschen, die ihm in seinen Schlafstätten unter dem Moos Gesellschaft leisteten, wollte er nicht verspeisen. Es wäre ihm barbarisch vorgekommen. Und barbarisch wollte er nicht sein. Diesen Teil seiner Herkunft versuchte er immer zu vergessen, obwohl die Neugier ihn in seiner Jugend oft ins Land der Barbaren getrieben hatte.

Erst als das Moos höher wurde, konnte Jagun darin auch Spuren anderer Bewohner, als die der Mäuse entdecken; zuerst nur kleines Krabbelgetier, das zwar weder appetitlich aussah, noch schmeckte, aber sehr nahrhaft war und eine belebende Wirkung hatte, und dann auch Schlangen, deren weißes Fleisch Jagun sehr schätzte. An dem Tag, an dem er eine dieser Schlangen fing, wagte er sogar, ein kleines Feuer zu machen, um das Fleisch zu braten. Und nach diesem Mahl war Jagun wieder für einige Tage gestärkt.

Bald reichte das Moos Jagun bis zur Hüfte. Es war durchsetzt von Tunneln, die auf deutlich größere Lebewesen, als Mäuse und die Schlangen hindeuteten, die Jagun bisher gesehen hatte. Doch Jagun nahm sich nicht die Zeit, nach den Urhebern dieser Gänge zu suchen. Er stieß ganz zufällig auf die abgelegte Haut einer über zwanzig Meter langen Schlange, deren Durchmesser deutlich größer war, als Jaguns Schulterbreite. Plötzlich musste er sich nicht mehr nur gegen eine Entdeckung aus der Luft wappnen, sondern sich auch noch auf einen lautlosen Angriff aus dem Inneren des Mooses gefasst machen. Jagun faltete die hauchfeine, leere

Hülle zusammen und nahm sie mit sich.

Um in dem Moos, das zu mehr als Mannshöhe anwuchs, überhaupt noch vorankommen zu können, benutzte Jagun das Labyrinth aus Gängen dieser gigantischen Riesenschlangen. Er spürte die nahe Gefahr und konnte auch deutlich den beißenden Geruch der ihm unbekannten Schlange wahrnehmen, kam aber unbehelligt weiter. Mühevoll grub er sich immer wieder aus dem Moos, um sich einen Überblick zu verschaffen. Die grüne Felswand, die er aus der Ferne gesehen hatte, als er den heimkehrenden Vampiren hinterher geblickt hatte, wuchs immer höher an, je näher er ihr kam. Tagsüber war das Landesinnere meistens von einem dicken Mantel aus Nebel bedeckt, der es Jagun kaum gestattete, mehr als einen Meter weit zu sehen und ihm das Atmen schwer machte. Doch manchmal fiel kalte Luft über die Felswand herunter. Und der dabei entstehende Wind vertrieb die Nebel und gewährte Jagun einen Blick auf die unendliche Höhe dieser bedrohlich aufragenden, senkrechten Wand. Jagun sah auch die Löcher in deren oberen Regionen und bemerkte eines Nachts, als er nur noch wenige Kilometer von der Wand entfernt war, dass Vampire aus diesen Löchern nach Westen flatterten und kurz vor Anbruch der Morgendämmerung wieder zurückkehrten.

Ich bin am Ziel, dachte er sich, war aber weder erleichtert über diese Erkenntnis, noch stolz auf seinen Orientierungssinn, der ihn bis an den Fuß dieser Wand geführt hatte, in der ich seiner Meinung nach irgendwo gefangen sein musste, falls ich überhaupt noch lebte. Die Höhlen, in denen die Vampire lebten, gefunden zu haben, spornte ihn nur an, sich noch mehr zu beeilen. Doch als er die weit über tausend Meter hohe Felswand noch nicht ganz erreicht hatte, hörte er plötzlich das wellenförmig gleitende Geräusch, einer sich nähernden Schlange. Durch die Lautstärke dieses Geräusches und das Zittern des Mooses war ihm sofort klar, dass er es mit einer der Riesenschlangen zu tun bekommen würde, von denen er die abgestreifte Haut gefunden hatte. Entkommen konnte er der Schlange in dem Tunnel durch das Moos, in dem er sich nur kriechend vorwärts bewegen konnte, kaum. Jagun blieb keine Zeit, um sich Gedanken über die Möglichkeiten einer Flucht zu machen. Blitzschnell entfaltete er die tote Haut, die er mitgenommen hatte und wickelte sich in die stinkende Hülle. Und er war keine Sekunde zu früh damit fertig, als die riesige Schlange bereits gierig züngelnd bei ihm auftauchte. Jagun hoffte, dass der Geruch der Schlangenhaut seinen eigenen überdecken würde. Doch er rechnete nicht damit, dass Schlangen ihre abgestreifte, alte Haut selbst verspeisen. Und genau das tat die Schlange. Jagun konnte sich gerade noch rechtzeitig wieder aus der Haut herausschälen, bevor die Schlange ihn verschlingen konnte. Er sah sofort, dass die Schlange eine ganze Weile damit beschäftigt sein würde, die alte Haut zu fressen. Solange ihr diese aus dem Maul hing, konnte sie ihm kaum gefährlich werden. Also zwängte er sich schnell in einen angrenzenden Tunnel und floh weiter der großen Wand entgegen.

45. DIE HOHE WAND

Die senkrechte Felswand, die wie alles in Gryn-Fjell mit Moos bewachsen war, schien sich endlos durch das Land zu erstrecken. Ihr zu folgen, bis sich irgendwo ein gangbarer Weg nach oben finden würde, konnte in dem schwierigen Gelände Wochen, wenn nicht Monate dauern. Jagun sah nur eine Möglichkeit, wie er die Höhlen der Vampire erreichen konnte: Er musste am Moos hinaufklettern. Er hoffte nur, dass das Moos ihm genug Halt bieten würde. Ohne zu zögern, begann er den Aufstieg. In den unteren Regionen war das Moos, wie auch am Boden mehrere Meter dick. Die Tunnel der Riesenschlangen endeten an der Felswand. Sie verliefen nur auf dem Erdboden durch das Moos und führten nicht nach oben. Einerseits hätten solche Tunnel Jagun den Aufstieg sehr erleichtert. Aber andererseits war er froh, dass er während der ohnehin schon mehr als gefährlichen Kletterpartie wenigstens nicht mit dem Angriff einer Riesenschlange rechnen musste.

Das Moos bildete ein sehr stabiles Geflecht. Dadurch, dass es so dick und weich war und unter Jaguns Gewicht nachgab und schwankte, zehrte der Aufstieg aber mehr an seinen Kräften, als wenn er eine glatte Felswand hätte erklimmen müssen. Er hatte das Gefühl kaum vorwärts zu kommen.

Die kleinen Mäuschen wuselten auch an der Felswand durchs Moos. Außer Käfern und Spinnen waren sie anscheinend die einzigen Bewohner der grünen Wand. Nur weit über Jagun, in den oberen Regionen nisteten auch einige Vögel, die er aber erst entdeckte, nachdem er aus der Nebeldecke herausgeklettert war. Den ganzen Tag lang kämpfte Jagun sich unermüdlich nach oben. Der Moosteppich wurde langsam dünner. Im Laufe des Nachmittags löste sich das wabernde Nebelmeer unter ihm auf und er beobachtete während seines weiteren Anstiegs, wie die Schatten über Gryn-Fjell zogen und immer länger wurden. Als die Sonne versank hatte Jagun etwa zwei Drittel der Höhe zu den Höhlen zurückgelegt. Er kam jetzt trotz der Ermüdung seiner Muskeln schneller voran als zu Beginn des Aufstiegs, da das Moos nicht mehr so sehr schwankte. Doch je höher er kam, umso gefährlicher wurde der Anstieg. Der dünnere Moosbewuchs war weit weniger stabil, als das dicke, dichte Geflecht weiter unten. Es konnte jetzt viel leichter passieren, dass das Moos, an das Jagun sich klammerte, um sich Zentimeter für Zentimeter daran nach oben zu ziehen, sein Gewicht nicht tragen konnte, sich vom Fels löste und mit Jagun in den gähnenden Abgrund stürzte. Doch Jagun stürzte nicht in den Abgrund. Er hatte ein sehr feines Gespür dafür, ob das Moos, nach dem er griff, seinem Gewicht standhalten konnte. Als die Sonne schon längst versunken war und der letzte rote Streifen am Horizont langsam der Dunkelheit der Nacht wich, hörte Jagun über sich das leise Schlagen, noch weit entfernter, großer Flügel. Die Vampire schwärmten wieder aus. Wie riesige Fledermäuse zogen sie nach Westen, der Grenze Wolans entgegen.

Jagun presste sich an den Felsen und verharrte regungslos, bis die Vampire verschwunden waren. Doch dann spornte er sich zu neuer Eile an. Wenn die Vampire zurückkamen, musste er die Höhlen bereits erreicht gaben, denn an der Felswand gab es keine Deckung für ihn. Solange Jagun ans Moos geklammert an der Wand hing, war er so wehrlos wie eine Fliege im Spinnennetz. Es gab keine Möglichkeit für ihn, sich zu verbergen. Und kämpfen hätte er in dieser Position auch dann nicht gekonnt, wenn er seine Dämonen nicht damit heraufbeschworen hätte, da jede falsche Bewegung unweigerlich zum Absturz führen musste.

Immer spärlicher wurde das Moos, bis es nur noch ein dünner, feuchter Vorhang war, der sich glatt und lose an den Fels schmiegte. In dieser Höhe bot es keinen Halt mehr. Jagun hätte es ohne Mühe einfach vom Fels darunter abziehen können. Doch das hätte verräterische Spuren an der Felswand hinterlassen, die seine Anwesenheit den heimkehrenden Vampiren ebenso hätte verraten müssen, wie wenn er selbst an der Wand hing. Fieberhaft tasteten seine Finger durch das glitschige Moos und suchten nach Unebenheiten im Fels darunter, an die er sich klammern konnte.

Die Nacht schien wie im Flug zu vergehen. Jagun hatte das Gefühl, am Ende seiner Kräfte angelangt zu sein und die restlichen Meter nicht mehr zu schaffen. Verzweifelt suchte er nach Halt unter dem Moos, doch nach oben hin war der Fels darunter spiegelglatt. Mit zitternden Muskeln musste Jagun zur Seite ausweichen. Als die ersten Anzeichen der beginnenden Dämmerung die drohende Rückkehr der ausgeflogenen Vampire ankündigten, musste Jagun sich noch immer von seinem eigentlichen Ziel, den Höhlen über ihm entfernen. Und als er die heimkehrenden Vampire sich am Horizont bereist wie eine schwarze Wolke nähern sah, griff er auf seiner Suche nach Halt plötzlich ins Leere. Unter dem Moos befand sich ein Hohlraum, der sich bei näherer Betrachtung als eine vom Moos überwucherte Öffnung herausstellte, die groß genug war, dass Jagun hinein passte. Schnell riss Jagun ein Loch in den grünen Vorhang und kletterte mit letzter Kraft in das Versteck, das er keine Sekunde zu früh entdeckt hatte.

Der Flügelschlag der Vampire war ganz nah. Jagun lauschte mit angehaltenem Atem den in ihre Höhle zurückkehrenden Nachtwesen, die dem Licht des nahenden Tages entflohen. Nach wenigen Sekunden war alles wieder still. Jagun atmete erleichtert auf. Er wollte sofort die Höhle wieder verlassen, um nach oben zu den größeren, von den Vampiren bewohnten Höhlen zu klettern. Doch jetzt, wo er sich einen kurzen Moment der Erholung hatte stehlen können, brannten seine Muskeln und seine schmerzenden Finger verkrampften sich, als er sich wieder erheben wollte.

Nur noch ein paar Meter, dachte er sich. Er musste nur noch ein paar Meter höher klettern, dann hätte er die von den Vampiren bewohnten Höhlen erreicht. Er wusste, dass er keine Zeit verlieren durfte. Er musste die Stunden des Tages nutzen, die Stunden, während denen die Vampire schlafen, um mich zu suchen, zu finden und in Sicherheit zu bringen. Und da er nicht die leiseste Ahnung hatte, wie er das in der viel zu knappen zur Verfügung stehenden Zeit anstellen sollte, wusste er nur, dass er von dieser keine vergeuden durfte. Selbst wenn er mich sofort finden und befreien konnte, was mehr als unwahrscheinlich war; viel wahrscheinlicher war, das ich längst tot oder selbst zum Vampir geworden war; also selbst wenn das schier Unmögliche möglich gewesen wäre, hätte er den Abstieg von der Felswand niemals bis zum Anbruch des Morgens schaffen können; nicht allein und schon gar nicht mit der Last eines zweiten Körpers. Sobald die Vampire mein Entkommen entdeckt hätten, wären sie mit dem letzten Strahl der untergehenden Sonne sofort ausgeschwärmt, um nach mir zu suchen. An der Felswand hätte sich Jagun mit mir weder verbergen, noch verteidigen können. Und an eine Flucht wäre sowieso nicht zu denken gewesen.

Als Jagun noch so über die Erfolgschancen, um nicht zu sagen, die Aussichtslosigkeit seines Vorhabens nachdachte, um zumindest seinem Körper für einen kurzen Moment Ruhe zu gönnen, kam er zu dem Schluss, dass es besser wäre, seinen Körper weiter zu beanspruchen und seine erfolglosen Gedanken zu schonen.

Wozu sich den Kopf zerbrechen über Dinge, die man nicht beeinflussen kann, weil man nichts Genaues über sie weiß? So oder so ähnlich müssen die Gedanken Jaguns gewesen sein, als er sich entschloss, sich einfach blindlings in die Höhle des Löwen, oder wie in diesem Fall, in die Höhlen der Vampire, zu begeben. Als er sich mit schmerzenden Gliedern aufraffte, um wieder aus dem Loch hinaus auf die Felswand zu klettern, drang das erste matte Dämmerlicht durch den dichten Vorhang aus Moos. Als Jagun einen Blick zurück in das Loch warf, stellte er fest, dass sich dieses bis tief in den Felsen zog. Ein Ende war nicht in Sicht.

Was, dachte sich Jagun, *wenn diese Höhle mit denen über mir verbunden ist?*

Es war ja immerhin möglich, dass er, ohne es zu ahnen, einen Nebeneingang zu den Behausungen der Vampire gefunden hatte. Ohne lang zu überlegen, kehre er wieder um und kroch durch den engen Gang immer tiefer in die Eingeweide des Berges. Es herrschte vollkommene Finsternis. Doch Jagun tastete sich mit der schlafwandlerischen Sicherheit eines Blinden immer weiter vorwärts. Obwohl es Jagun schien, als ob Zeit in dieser Finsternis nicht existieren könnte, so wie er sich schon immer gedacht hatte, dass Zeit ohne Licht nicht real wäre, wurde er sich doch irgendwann bewusst, dass er sich schon seit Stunden in diesem Loch, das sich wie ein Wurm durch den Fels wand, befinden musste. Und schlimmer noch: Es ging kontinuierlich bergab und aus der Tiefe wehte ihm ein kühler Lufthauch entgegen. Enttäuscht kam Jagun zu dem Schluss, dass er sich auf dem falschen Weg befand. Er kehrte wieder um. Als er den Vorhang aus Moos wieder erreichte, war es nicht mehr lang bis Mittag. Jagun zürnte sich wegen der Zeit, die er sinnlos vertan hatte, schlüpfte durch das Moos und begann mit dem gefahrvollen Aufstieg der letzten paar Meter zu den Vampirhöhlen. Auf direktem Weg war es ihm noch immer nicht möglich. Er musste einen großen Bogen klettern, bis er schließlich die erste der großen Höhlen von der Seite erreichte.

Einen kurzen Moment atmete er tief durch. Dann warf er einen prüfenden Blick auf die Sonne. Es war bereits Mittag vorbei. Was auch immer weiter geschehen mochte: Die Zeit arbeitete gegen ihn. Trotzdem schlich er ohne zu zögern lautlos in die Höhle und stellte nach der ersten Biegung fest, dass darin ein eigenartiges, grün schimmerndes Licht von den Felsen ausging. Das war zwar unheimlich, erleichterte Jagun aber zumindest die Orientierung und ermöglichte ihm auch, sich schneller zu bewegen. Doch er kam nicht weit, als er plötzlich eine Gestalt vor sich im Gang entdeckte. Jagun stockte der Atem, denn in dieser Gestalt erkannte er auf den ersten Blick Siwa. Sie war wunderschön, vollkommen nackt und ungewöhnlich blass. Um ihr Handgelenk trug sie N'jaras Schmuck; die dünne Schnur mit den drei Perlen und der kleinen Falkenfeder, die N'jara an ihrer linken Brust getragen hatte. Sowohl am Hals, als auch auf ihrem Busen hatte sie die Male von Vampirbissen. Und ihr eigener Mund war blutverschmiert.

„Jagun", sagte Siwa mit eigenartig tonloser und hohler Stimme. „Ich habe auf Dich gewartet."

46. AUFBRUCH NACH ORKLAND

Nachdem Jagun sich von Siwa, N'jara und Jadwéj getrennt hatte, und die drei ihm hinterher geblickt hatten, bis er in den grünen Schluchten Gryn-Fjells ihren Blicken entschwunden war, standen die Mädchen noch lange schweigend zusammen. Keines von ihnen wusste, was es hätte sagen sollen. Ihre Gedanken begleiteten Jagun auf der einsamen Reise, die er zu meiner Rettung angetreten hatte. Doch als nach einer Weile die Stille unangenehm zu werden begann, brach N'jara das Schweigen. Siwa war anzusehen, dass sie ihre Erregung wieder nur noch schwer beherrschen konnte. Sie zitterte am ganzen Körper und presste sich beide Hände in den Schoß.

„Gib mir den Schwamm", forderte N'jara sie auf und riss Siwa und auch Jadwéj damit aus ihren Gedanken. Siwa gehorchte schweigend und beobachtete versonnen, wie N'jara sich ins Moos setzte und in Gedanken versunken zu schnitzen begann. Als sich langsam immer mehr die Form eines erigierten Penis aus dem bearbeiteten Baumschwamm herauskristallisierte, bekam Siwa immer größere Augen und errötete mit offen stehendem Mund.

„Sowas kenne ich", sagte die aufgeweckte, kleine Jadwéj, die N'jara ebenfalls bei ihrer Beschäftigung zusah. „Solche Dinger haben die Frauen im Dirnenhaus."

Siwas Wangen wurden noch eine Spur dunkler, als sie leise gestand: „Ich bin noch Jungfrau."

N'jara unterbrach ihre Arbeit und blickte verträumt, aber mit einem leicht spöttischem Ausdruck in Siwas Gesicht.

„Was ist?" fragte Siwa verunsichert. Und als N'jara nicht antwortete, fragte sie mit niedergeschlagenen Augen weiter: „Ist es so schlimm, noch unberührt zu sein?"

N'jara schüttelte den Kopf und antwortete leise: „Nein!"

Doch Jadwéj sprach ganz unbefangen aus, was N'jara sich vielleicht nur still gedacht hatte: „Der Wars war doch in Dir ..."

Siwa schloss die Augen, in die ihr bei der Erinnerung an die Tortur die Tränen stiegen. Sie atmete tief durch. Dann sah sie aber in Jadwéjs unschuldiges Kindergesicht und erklärte tapfer, während Tränen über ihre Wangen rannen: „Das stimmt. Der Wars war in mir, aber noch kein Mann!"

N'jara ließ sofort ihren Dolch und den fast fertigen Baumschwamm-Phallus fallen und schloss Siwa in ihre Arme. Sie spürte die heißen Tränen auf ihre nackten Brüste tropfen und küsste Siwa zärtlich auf die Haare.

„Alles wird gut, Siwa!" versprach sie flüsternd, während sie Siwas von Tränen getränkte Haarsträhnen behutsam aus deren Gesicht strich. Zärtlich streichelte sie das empfindsame und so zerbrechlich wirkende Mädchen, das an ihrem Busen weinte.

Auch Jadwéj kniete sich zu den beiden und schmiegte sich wortlos an Siwa. Als Kind, das auf den Straßen Hradotéjs gelebt hatte, waren öffentliche Verhöre und Folterungen etwas Alltägliches für sie gewesen. Es hatte sie niemals berührt. Es waren Volksbelustigungen gewesen, bei denen sich niemand jemals gefragt hatte, ob die verhörten oder verurteilten Menschen, die vor aller Augen gedemütigt und gefoltert worden waren, schuldig gewesen waren oder nicht. Es gab schließlich das Gesetz. Und das Gesetz irrte sich nicht. Wenn sich also schon von den erwachsenen Bürgern niemand Gedanken darüber machte, wie hätte man es dann von einem Kind erwarten können? Doch jetzt, wo Jadwéj Siwa kannte, wo sie zum ersten Mal in ihrem Leben erlebte, dass Menschen füreinander einstanden und zwischen richtig und falsch, zwischen gut und böse unterschieden, begann auch in ihr ein Verständnis für Gerechtigkeit und Ungerechtigkeit zu entstehen. Jemanden, der so schön und gut war wie Siwa, so zu behandeln, wie der Vollstrecker sie behandelt hatte, konnte einfach nicht gerecht gewesen sein. Jetzt schämte sich Jadwéj sogar dafür, dass sie so, wie die anderen Kinder, Gefangene, die im Pranger gestanden hatten, zum Spaß gequält hatte. Sie hatte sie mit Obst, das schon zu faul gewesen war, dass sie es selbst noch hätte essen können, beworfen. Sie hatte sie mit spitzen Nadeln gestochen, gezwickt und gekitzelt. Niemals hatte sie deshalb ein schlechtes Gewissen gehabt. Es war schließlich Brauch in Hradotéj gewesen und hatte außerdem Spaß gemacht. Vor allem, wenn sie ihren kleinen, grauen Schnapper einem männlichen Gefangenen in seinen Penis hatte beißen lassen, hatte sie Spaß gehabt. Es hatte sie fasziniert, zuzusehen, wie aus den meist schlaffen, weichen Körperteilen harte, hölzern wirkende Stöckchen geworden waren. Aber die Wirkung eines Schnapperbisses verging wieder. So etwas war nur ein harmloser Spaß. Das, was der Vollstrecker mir Siwa gemacht hatte, ihr einen Wars in die Scheide zu stecken, war ein Todesurteil gewesen. Jadwéj wusste, dass Siwa ohne mich und Jagun nicht mehr leben würde. Doch ganz geheilt war sie nicht.

Als Siwas Tränen langsam versiegten, gestand N'jara, die ihren eigenen Gedanken nachgehangen war, während sie Siwa zärtlich an sich gedrückt und gestreichelt hatte, ganz leise: „Ich bin auch noch unberührt!"

Siwa öffnete ihre Augen wieder. Ohne sich aus N'jaras Armen zu befreien, betrachtete sie verträumt die silbern glänzenden Linien, die ihre Tränen über N'jaras kleine, feste Brüste gezogen hatten. Es fühlte sich gut an, ihre Wange an diese Brüste zu schmiegen und sich vom verführerischen Geruch von N'jaras Haut betören zu lassen.

Ich wünschte, ich wäre in diesem Moment an Siwas Stelle gewesen!

In N'jaras Armen fühlte sich Siwa sicher und behütet. Vielleicht zum ersten Mal in ihrem Leben spürte sie so etwas wie Geborgenheit und ehrliche, unaufdringliche Zuneigung, die nichts verlangte und alles gab. Obwohl sie wusste, dass sie beide den selben Mann liebten, konnte Siwa N'jara nicht als Rivalin ansehen. Siwa hatte in ihrem Leben schon viele Komplimente für ihre Schönheit bekommen. Aber sie war sich selbst dieser Schönheit niemals bewusst geworden. Ihr Leben in Lorko-Bran war hart und entbehrungsreich gewesen. Von frühester Kindheit an hatte sie arbeiten müssen, um ihre Eltern bei der Bewirtschaftung des Hofes zu unterstützen. Da war keine Zeit für Eitelkeiten gewesen. Einen Spiegel hatte sie nie besessen. Sie war zwar immer reinlich gewesen und hatte auch während ihrer freien Zeit, die sie am liebsten mit den Tieren im Wald oder bei den Pferden verbracht hatte, sorgfältig darauf geachtet, ihre Kleidung nicht zu beschmutzen. Aber das hatte sie nicht aus dem Wunsch heraus getan, für sich oder andere hübsch zu sein, sondern weil sie sich nicht wohlgefühlt hätte, wenn sie schmutzig oder unordentlich gewesen wäre oder gestunken hätte. Außerdem wäre sie von ihrem Vater geschlagen worden, wenn sie jemals mit beschmutzter Kleidung aus dem Wald zurückgekehrt wäre. Sie wäre vom Abendmahl ausgeschlossen worden und hätte, während ihre Familie gegessen hätte, die verschmutzte Wäsche waschen müssen. Dabei hatte Siwa schon immer den Wald geliebt. Sie liebte den Geruch der Bäume und der Erde und sie hatte den Wald schon immer fühlen wollen. Schon als kleines Kind hatte sie sich oft, wenn sie allein inmitten des Waldes gewesen war, nackt ausgezogen, sich auf der Erde gewälzt und an die raue Rinde der Bäume geschmiegt. Sie war nackt auf die Bäume hinaufgeklettert und hatte mit ihnen geredet, so wie sie auch mit den Tieren des Waldes redete. Vor Tieren hatte sich Siwa noch niemals gefürchtet. Nur die Menschen machten ihr Angst. Tiere logen nicht. Sie kannten keine Hinterlist und keinen Verrat. Jedes von ihnen hatte seinen eigenen, nur selten unangenehmen Geruch, ganz im Gegensatz zu den meist unerträglich stinkenden Menschen. Selbst der Geruch ihres Vaters, der zwar immer äußerst penibel auf Siwas Erscheinungsbild geachtet, sich selbst aber nie gewaschen hatte, außer Hände und Gesicht, hatte oftmals Brechreiz bei ihr ausgelöst. Den Geruch ihrer Mutter hatte Siwa immer geliebt. Sie hatte den Geruch vom Stall, von den Pferden, der Erde auf den Feldern und des Herdfeuers an sich gehabt. Aber sie hatte niemals ungepflegt gerochen.

Wie sehr unterschied sich aber doch N'jaras Geruch von allen anderen Menschen, die sie bisher kennengelernt hatte.

Als ich drei Jahre zuvor nach meinem ersten Schnapperbiss wieder nach Lorko-Bran zurückgekehrt war, hatte ich durch meinen unfreiwilligen Aufenthalt am Pranger auch nicht die Möglichkeit gehabt, mich zu waschen. Ich kann mich noch gut daran erinnern, dass Siwa, als sie sich meiner angenommen hatte, mich als allererstes gründlich gewaschen hatte. Damals hatte ich nicht geahnt, wie sensibel ihre Nase auf Gerüche reagiert. Und wie ich zugeben muss, hätte es mich damals auch gar nicht interessiert. Ich war viel zu sehr mit mir selbst beschäftigt gewesen. Alles, was mich damals interessiert hatte, war, ob der brennende Holzstock zwischen meinen Beinen jemals wieder ein funktionierender Teil meines Körpers sein würde.

Damals hatte Siwa sich gewünscht, dass ich sie mit mir genommen und von Lorko-Bran weggebracht hätte. Hätte ich es nur getan.

N'jaras Geruch war mir auch schon aufgefallen und ziemlich zu Kopf gestiegen. Ich mag den Geruch von Frauen. Aber N'jara hatte etwas unbeschreiblich Berauschendes an sich. Vielleicht lag es daran, dass sie fast nackt war, dass Sonne und Wind fast überall auf ihrem Körper wirken konnten. Vielleicht war es aber auch nur ihr Anblick, der mich in seinen Bann zog und alle anderen Sinne damit blockierte oder anregte. Keine Ahnung. Aber auch Siwa hätte ich jederzeit mit geschlossenen Augen am Geruch erkannt. So unterschiedlich diese beiden Mädchen auch waren: Sie waren beide etwas ganz Besonderes. Es war so, als ob sie wie die zwei Seiten einer Münze zusammengehören würden.

Jedenfalls kann ich sehr gut verstehen, dass Siwa dem Geruch N'jaras erlag und sich nur mit großer Überwindung wieder von deren Busen lösen konnte, an dem sie so viel Trost erfahren hatte. Und das tat sie nicht, ohne die weiche, samtige Haut vorher sanft mit ihren Lippen berührt zu haben.

Es überraschte Siwa nicht, dass N'jara ebenfalls noch unberührt war. N'jara war noch etwas jünger und auch kleiner als Siwa. Aber sie war ausdauernd, stark und zäh. Siwa hatte gelernt, hart zu arbeiten, doch N'jara hatte gelernt zu kämpfen und zu töten, um in einer harten und grausamen Welt überleben zu können. Bevor sie auf Jagun und mich gestoßen war, hatte sie nur ein Ziel vor Augen gehabt; Itomai zu befreien und Rache zu üben. Sie hatte geglaubt oder gehofft, dadurch wieder Frieden zu finden. Doch sie hatte versagt und trug den Schmerz und die Schande tief in ihrem Herzen mit sich. Sie hatte nicht geglaubt, jemals wieder einem Menschen vertrauen zu können. Aber als Itomai gestorben war, hatte sie Jagun und mich getroffen. Und sie hatte festgestellt, dass sie uns nicht nur vertrauen konnte, sondern dass ganz neue, unbekannte Gefühle in ihr erwachten. Plötzlich war da ein Zusammengehörigkeitsgefühl. Wir waren eine Gemeinschaft, zu der auch Siwa und Jadwéj gehörten.

Wie oder warum das Schicksal uns zusammengewürfelt hatte, wusste wohl keiner von uns. Ich muss zugeben, dass ich mir selbst auch keine allzu großen Gedanken darüber gemacht hatte.

„Da sitzen wir also", philosophierte Siwa, „drei Jungfrauen an der Grenze …"

„Ich bin keine Jungfrau mehr!" widersprach da Jadwéj aufgebracht und unterbrach Siwa damit. Siwa und N'jara wechselten einen kurzen Blick und sahen das kleine Mädchen ebenso überrascht, wie besorgt an.

„Du bist keine Jungfrau mehr?" fragte Siwa das kleine Mädchen, um sich zu vergewissern, ob sie Jadwéj wirklich richtig verstanden hatte. Jadwéj schüttelte als Antwort nur den Kopf. Doch als Siwa weiterfragte „Wer …", unterbrach Jadwéj sie sofort mit der Antwort: „Das darf ich nicht sagen. Ich hab's versprochen."

Siwa und N'jara wussten, dass Jadwéj ein Straßenkind gewesen war. Es war nichts außergewöhnliches, dass Kinder, die für sich selbst sorgen mussten, sich für eine warme Mahlzeit verkauften, dennoch tat ihnen das kleine Mädchen leid, für das diese Erfahrung etwas ganz Normales gewesen zu sein schien.

„Arme, kleine Jadwéj", sagte Siwa traurig und zog das Mädchen sanft in ihre Arme.

N'jara nahm sich wieder den Baumschwamm-Penis und stellte ihn in Gedanken versunken fertig, obwohl sie inzwischen bezweifelte, dass Siwa ihn benützen würde. Und da sie jetzt wusste, dass Siwa, was Männer betraf, noch unberührt und unerfahren war, machte sie den Penis so dünn, dass sie ihn sich auch selbst hätte einführen können, ohne sich damit zu verletzen. Als sie fertig war, sagte sie zu ihren beiden traurigen Gefährtinnen: „Wir sollten aufbrechen. Bis Orkland ist es ein weiter Weg."

„Du willst also wirklich wieder in Deine Heimat zurückkehren?" fragte Siwa, die von N'jara aus ihren eigenen Gedanken gerissen worden war.

„Um meiner Schwester vom Tod ihres Sohnes zu berichten und um Dich heilen zu können."

„Wie weit ist es bis nach Orkland?"

„Weit! Wir werden viele Wochen unterwegs sein."

„Und was ist mit mir?" fragte Jadwéj.

„Du kommst natürlich mit uns!"

Ebenso wie Siwa hatte auch N'jara das kleine Mädchen in ihr Herz geschlossen und fühlte sich für es verantwortlich, obwohl es sie oft schmerzte, dass nicht Itomai an seiner Stelle war. Vielleicht, so dachte sie sich, würde ihre Schwester Jadwéj an Kindes statt annehmen. Sie konnte ihr nicht ihren Sohn zurückbringen, aber mit Jadwéj ein kluges und aufgewecktes Kind, das sicher dankbar für ein behütetes Zuhause und die Liebe einer Mutter sein würde.

„Also gut", erwiderte Siwa, erhob sich seufzend und warf noch einen wehmütigen Blick nach Gryn-Fjell. „Gehen wir nach Orkland."

N'jara hatte ein langes Lederband an dem geschnitzten Phallus befestigt. Sie hängte ihn Siwa um den Hals und dann brachen die drei Mädchen schweigend ihr Lager ab und machten sich auf den Weg nach Westen, um von der über Hradotéj führenden Handelsroute auf eine nach Süden führende Straße zu gelangen.

47. DER TURM IM WALD

N'jara kam mit Siwa und Jadwéj nur langsam voran. Jadwéj weigerte sich, wieder getragen zu werden und bestand darauf, selbst zu gehen. Es war nicht zu übersehen, dass sie die Krankheit oder Infektion überstanden hatte und immer kräftiger wurde. Dennoch kam sie nicht so schnell voran, wie N'jara sich das gewünscht hätte. Doch mehr noch sorgte sie sich um Siwa, deren Erregung bei jedem Schritt wieder deutlich zunahm.

So schaffen wir es nie bis Orkland, dachte sie sich besorgt. Siwa schafft es kaum, einen Kilometer zu gehen, ohne eine Rast einlegen zu *müssen, um ihre Erregung entweder etwas abklingen zu lassen oder sich selbst einen Orgasmus zu verschaffen, der ihr auch nur eine kurze Erleichterung bringt.*

Unter solchen Voraussetzungen würde die Reise nach Orkland nicht Wochen, sondern Monate dauern, falls Siwa es überhaupt schaffen würde.

Siwa traute sich nicht, den von N'jara geschnitzten, flexiblen Schwamm-Penis, in ihre vor Erregung zuckende Scheide einzuführen. Sie sehnte sich nach N'jaras zärtlichen Fingern, die ihr schon einmal einen erlösenden Orgasmus beschert hatten, obwohl sie nur ihre Schenkel berührt hatten. Dennoch war dieser Orgasmus schöner gewesen, als sie es sich jemals hätte vorstellen können. Doch sie wagte auch nicht, N'jara zu bitten, ihr diesen Dienst noch einmal zu erweisen und quälte sich deshalb Schritt um Schritt vorwärts, bis N'jara es nicht mehr mit ansehen konnte und nach nur wenigen Stunden Marsch und bereits etlichen eingelegten Pausen sagte: „Wir suchen uns ein Lager für die Nacht."

Siwa wusste, dass sie der Grund für die viel zu frühe Unterbrechung ihrer Reise war, doch sie konnte sich noch nicht einmal dafür entschuldigen. Sie warf sich mit in den Schoß gepressten Händen auf den Boden und begann in ihrer Verzweiflung über ihre unfreiwillige und unerträglich intensive Erregung still zu weinen.

„Weine nicht", bat N'jara sie sanft und streichelte Siwa zärtlich über die Haare. Doch da schluchzte Siwa erst recht los und gestand unter Tränen ein: „Ich schaffe das nicht. Es wird immer stärker."

Wenn Siwas Erregung immer stärker wurde, überlegte N'jara, dann schien die Medizin, mit der Jagun ihr zumindest Linderung hatte verschaffen können, seine Wirkung zu verlieren. Jagun hatte gedacht, dass Siwa in einem stabilen Zustand wäre und die in Orkland wachsenden Heilpflanzen ihr vollständige Genesung schenken würden. Doch unter diesen Umständen würde sie die Reise wahrscheinlich nicht überleben.

Wenn Jaguns Medizin seine Wirkung verlor, dann würde die Wirkung des Warssekrets in Siwas Haut wieder seine ganze unheilvolle Intensität zurückgewinnen.

N'jara dachte verzweifelt über diese Gesichtspunkte nach und fragte Siwa: „Woraus hat Jagun seine Medizin gemacht?"

„Ich weiß es nicht", gestand Siwa. Und Jadwéj sagte sofort „Ich auch nicht", als N'jara sie fragend ansah.

Warum habe ich nicht daran gedacht, Jagun nach dem Rezept zu fragen? fragte sich N'jara schuldbewusst. Was half es ihr, wenn sie wusste, welche Kräuter aus ihrer Heimat Siwa heilen konnten, wenn sie nicht in der Lage war, sie lange genug am Leben zu erhalten, um ihr diese Medizin zu geben.

„Gibt es hier einen Ort, an dem ihr beide in Sicherheit seid?" fragte sie das schöne Mädchen, das seine Erregung schon kaum noch ertragen konnte. Sie befanden sich noch im Südosten von Hradotéj. Und da N'jara wusste, dass Siwa aus der Gegend dieser Stadt stammte, hoffte sie, dass sie irgendeinen Zufluchtsort kennen würde. Doch anstatt zu antworten, stellte Siwa die Gegenfrage: „Was hast Du vor?"

„Ich folge Jagun", antwortete N'jara mit der aufkeimenden Erkenntnis, dass Siwas Leben plötzlich in ihren Händen lag und dass sie das Rezept für die Salbe von Jagun brauchte, um Siwas Leben beschützen zu können. Sie hatte nicht verhindern können, dass Itomai getötet worden war und war nicht bereit, noch einmal zu versagen.

„Ich dachte, wir wollten nach Orkland gehen", warf Siwa, der der Ernst ihrer Situation noch gar nicht bewusst war, überrascht ein.

„Du hast doch gesagt, Du schaffst es nicht", erwiderte N'jara und erklärte, was sie vorhatte. Doch Siwa bat sie unter Tränen: „Bitte lass uns nicht auch noch allein, N'jara."

Da begann auch N'jara zu weinen. Sie presste sie ihre Lippen in einem leidenschaftlichen Kuss auf Siwas leicht geöffnete, volle und in ihrer Erregung noch sinnlichere Lippen und schluchzte unter einer Flut von Tränen: „Du wirst sterben, wenn ich keine Medizin für Dich beschaffen kann. Verstehst Du das nicht?"

Siwa verstand wirklich nicht. Sie starrte N'jara mit großen Augen und geöffneten Lippen, auf denen sie noch N'jaras Kuss spüren konnte, verständnislos an. Dieser Kuss hatte so viel ausgedrückt; soviel Liebe und soviel Angst. So war Siwa noch nie geküsst worden. Soviel Liebe hatte ihr noch niemand geschenkt und soviel Angst hatte noch niemand je um sie gehabt (außer mir selbstverständlich, aber daran dachte Siwa natürlich nicht). Der Kuss, den N'jara ihr gegeben hatte, beschäftigte Siwa jedenfalls mehr, als die Mitteilung, dass sie sterben würde.

Mir hatte sie ja leider nicht erlaubt, sie zu lieben. Ich hätte sie schließlich auch gerne geküsst, wenn ich sie aufgrund ihres warssekretgeschwängerten Schoßes schon nicht wie ein Mann hatte beglücken dürfen. Und wenn ich sie geküsst hätte, dann hätte ich mich nicht nur auf ihre Lippen beschränkt. Ich hätte ihre wunderschönen, vollen, runden Brüste in meine Hände genommen und ihre kleinen, rosigen Knospen mit meinen Lippen bedeckt. Ich …

Entschuldigung: Zurück zu Siwa, N'jara und Jadwéj.

„Kannst Du Jagun nicht mit Deinen Gedanken erreichen?" fragte Siwa, ohne dabei ein leidenschaftliches Stöhnen ihrer aufgezwungenen Erregung unterdrücken zu können.

„Das hab ich schon versucht", erwiderte N'jara. „Aber Jagun ist schon weit von uns entfernt und konzentriert seine ganze Aufmerksamkeit auf das vor ihm liegende Land und dessen Gefahren. Je weiter er in Gryn-Fjells Schluchten vordringt, umso schwieriger wird es, ihn zu erreichen. Es trotzdem zu versuchen, kostet uns Zeit und mich Kraft. Aber wenn ich seiner Fährte folge, dann kann ich morgen Früh vielleicht schon wieder zurück sein, um Dir Linderung zu verschaffen."

Siwa dachte einige Minuten lang angestrengt nach, dann nickte sie und sagte: „Versprich mir, dass Du auf Dich aufpasst und zu uns zurückkehrst."

„Ich verspreche es", erwiderte N'jara und fragte dann: „Wo kann ich Euch finden, wenn ich zurück komme?"

„Ich weiß nicht. Ich kenne nur den Wald im Nordosten von Hradotéj. So weit bin ich niemals nach Süden gekommen."

N'jara überlegte einen Augenblick, dann fielen ihr wieder die drei steinernen Türme im Wald ein, die ein Dreieck bildeten, in deren Zentrum Hradotéj gelegen hatte. Einer von ihnen musste in nicht allzu großer Entfernung von ihnen stehen. N'jara hatte einen guten Orientierungssinn und glaubte, diesen Turm finden zu können. Schnell kletterte sie auf einen der uralten Baumriesen, um sich an den noch rauchenden Überresten Hradotéjs und den Ausläufern Gryn-Fjells zu orientieren. Dann half sie Siwa beim Aufstehen. Doch die konnte sich in ihrer Ekstase, die sie in immer stärkeren Wellen mitriss, kaum noch auf den Beinen halten. N'jara spürte, dass die Zeit drängte. Doch sie konnte Siwa und Jadwéj nicht schutzlos im Wald zurücklassen. Obwohl Siwa klein und zierlich war, war sie größer und schwerer als N'jara. Trotzdem hob N'jara die sich immer stärker windende Siwa auf ihre Arme und trug sie durch den Wald, auf der Suche nach dem alten, steinernen Turm, den sie vom Turm des Oleums aus gesehen hatte. Auf diese Weise kam sie nur langsam vorwärts. Sie spürte, wie ihre Muskeln erlahmten. Aber sie gab nicht auf. Schritt um Schritt stolperte sie mit Siwa auf ihren Armen weiter durch den Wald, bis sie endlich die halb verfallenen und von baumdicken Efeuranken überwucherten Überreste des uralten Turmes erreichte.

Geheimnisvoll, düster und bedrohlich wirkte die Ruine auf die erschöpften Mädchen. Doch die alten Mauern würden Siwa und Jadwéj Schutz bieten, solange N'jara unterwegs war, um von Jagun das Rezept zu holen, mit dem sie eine Salbe herstellen konnten, die Siwa wieder einen erträglichen Zustand erreichen lassen würde.

„Das ist unheimlich", flüsterte Jadwéj furchtsam, als sie den Turm im Wald vor sich entdeckte. Seit der letzten Pause, in der N'jara angekündigt hatte, dass sie Jagun folgen wollte, hatte Jadwéj geschwiegen. Obwohl sie noch so klein war, begriff sie, dass es Siwa nicht gut ging und dass N'jara Jagun folgen musste, um Siwa zu helfen. Trotzdem fühlte sie sich durch diese neue Entwicklung von N'jara betrogen, denn sie hatte selbst doch ebenfalls bei Jagun bleiben wollen. Doch sie hatte akzeptieren müssen, dass Jagun allein nach Gryn-Fjell gegangen war, dass er sie verlassen hatte, nur um mich zu retten. Jetzt wollte N'jara umkehren, um Jagun zu folgen. Wie sollte Jadwéj sich sicher sein, dass N'jara auch wirklich wieder zu Siwa und ihr zurückkehren würde? Und wenn sie wirklich zurückkehrte und für Siwa eine Medizin mitbrachte, vielleicht würde dann ja Siwa ebenfalls Jagun hinterherlaufen.

Obwohl sich Jadwéj von Anfang an sicher gewesen war, dass Jagun und Siwa zusammengehörten und sich liebten, fühlte sie jetzt in ihrer kleinen Brust so etwas wie Eifersucht und empfand es als ungerecht, dass sie an diesem unheimlichen Ort, der ihr so große Furcht einflößte, zurückbleiben sollte. Jagun liebte Siwa nicht; das hatte Jadwéj inzwischen erfahren. Und er liebte auch N'jara nicht. Doch er liebte sie, die kleine Rose! Warum also durfte sie nicht bei ihm sein?

„Komm mit, kleine Rose", forderte N'jara Jadwéj auf, und riss das kleine Mädchen damit aus seinen trüben Gedanken. N'jara hatte Siwa wieder abgesetzt und ging vorsichtig mit ihr voraus auf das überwucherte Gemäuer zu, an dem sich ein kleiner Bachlauf vorbei durch den Wald schlängelte. Jadwéj folgte den beiden älteren Mädchen furchtsam und zögernd. Sie mochte diesen alten Turm nicht, über dessen Tür ein Wappen mit in sich verschlungenen Schlangen in den Stein gemeißelt war. Wer mag schon, was er fürchtet?

Während die drei sich noch mit einiger Beklemmung der Ruine näherten, meinte N'jara aufmunternd: „Es ist zwar nicht schön, aber die Mauern bieten euch Schutz bis ich wieder zurück bin. Und es gibt sogar Wasser."

In diesem Moment ließ der plötzliche und in der Stille des Waldes unnatürlich laute Flügelschlag zweier Raben, die krächzend aus einem Riss, der sich von der Spitze des Turmes mehrere Meter tief in die Mauer gefressen hatte, in den Wald davon flatterten, die Mädchen zusammenzucken. Selbst die unerschrockene N'jara legte instinktiv einen Pfeil auf die Bogensehne, während Siwa furchtsam flüsterte: „Hier gefällt es mir nicht."

„Mir auch nicht", stimmte Jadwéj sofort bei und klammerte sich schutzsuchend an Siwas Arm.

„Es ist nur ein alter Turm, in dem ein paar Raben nisten", versuchte N'jara die beiden Mädchen zu beruhigen, während sie sich selbst wieder etwas entspannte. Doch da sie die Furcht in den Augen der beiden deutlich sehen konnte, fügte sie schnell noch hinzu: „Wartet hier. Ich sehe mich drin erst einmal um."

Vorsichtig stieg sie die Stufen zu der Pforte des Turmes hinauf. Ein kalter, modriger Hauch wehte ihr entgegen. Doch sie wehrte sich dagegen, sich einer irrationalen Furcht zu ergeben und näherte sich furchtlos der Tür. Wahrscheinlich lag es an dem Druck der Verantwortung, die so schwer auf ihren schmalen Schultern lastete, dass N'jara nicht auf ihre innere Stimme, die sie vor diesem Turm gewarnt hatte, hören wollte. Siwa ging es nicht gut. Ihre Erregung hatte eine bedenkliche Intensität erreicht. Die Suche nach dem Turm hatte mehr Zeit in Anspruch genommen, als N'jara erwartet hatte und mit jeder Sekunde entfernte sich Jagun weiter von ihnen. Es würde nicht leicht für sie werden, ihn noch einzuholen. Doch das war die einzige Chance, um Siwa zu retten. Was also sollte mit diesem blöden Turm nicht stimmen? N'jara hatte keine Zeit, um sich vor ein paar alten Mauern zu gruseln. Doch genau in dem Moment, als sie die verwitterte Pforte des Turmes durchschreiten wollte, als sie schon auf seiner düsteren Schwelle stand, da ertönte Siwas Warnruf.

„Zurück!"

N'jara fragte nicht erst nach, wovor Siwa sie warnen wollte. Wie ein Panther schnellte sie sich blitzschnell von dem steinernen Treppenabsatz herunter und landete vor den Füßen Siwas und Jadwéjs auf dem feuchten Waldboden. Siwa deutete auf das unheimliche Schlangenwappen über dem Zugang zum Turm. Doch als N'jara sich sofort nach diesem umwandte, konnte sie nichts Ungewöhnliches daran erkennen. Es war nur ein in Stein gemeißeltes Bild, an dem die Jahrhunderte ihre Spuren hinterlassen hatten. Doch bevor N'jara fragen konnte, erklärte Siwa bereits furchtsam flüsternd: „Die Schlangen; sie haben sich bewegt!"

Kurz überlegte N'jara, ob Siwa sich getäuscht haben konnte. Hatte die Furcht vor diesem Ort oder das schwache Sternenlicht des inzwischen nächtlichen Waldes, das sich in den Ästen der Bäume, die sich sanft im Wind wiegten, brach, Siwas Sinne getäuscht? Auch die Ekstase, in der Siwa sich schon seit Stunden befand, war durchaus geeignet, ihrem Körper oder ihrem Geist etwas vorzugaukeln. Dennoch gelangte N'jara zu der Überzeugung, dass sie Siwa vertrauen musste. Siwa hatte gesehen, dass die Schlangen im steinernen Wappen über der Tür sich bewegt hatten, als N'jara den Turm hatte betreten wollen.

„Magie", flüsterte N'jara, nahm Siwa und Jadwéj bei den Händen und zog sich mit den beiden ganz langsam zurück, bis der Turm ihrem Blickfeld entschwand. Dann begannen sie zu laufen. Doch Siwa kam nicht mehr weit. Sie brach plötzlich mit einem Schrei zusammen und blieb, sich windend, aufbäumend und konvulsiv zuckend am Boden liegen.

48. EIN RETTENDER ORGASMUS

N'jara überlegte fieberhaft, was sie tun konnte, um Siwa zu helfen. In dem Zustand, in dem Siwa inzwischen war, glaubte N'jara schon gar nicht mehr, dass ein selbst herbeigeführter Orgasmus ihr noch Linderung verschaffen konnte. Doch es war das einzige, das sie noch versuchen konnte.

Bei ihrer Flucht durch den Wald hatten die drei Mädchen sich nicht allzu weit von dem Bachlauf entfernt. N'jara hörte sein leises Plätschern.

Eine Abkühlung, dachte sie sich; *eine Abkühlung und ein erlösender Höhepunkt für Siwa!*

Das musste einfach helfen. Ansonsten würde Siwas Stöhnen, das sie nur noch mit Mühe unterdrücken konnte, bald alle Kreaturen des Waldes anlocken. Wieder hob sie das von Lust gepeinigte Mädchen hoch und trug es in den Bach. Die Kälte des Wassers konnte Siwas Erregung kaum mildern. Doch N'jara zögerte nicht, noch einmal unter Siwas Kleid zu tasten, um ihrer Freundin beizustehen.

„Ich wünschte, wir könnten das beide genießen", flüsterte sie und tastete mit ihren Fingern ganz behutsam nach der Quelle von Siwas Lust. Sie streifte die erregten und geschwollenen Hautfältchen von Siwas winzigen Schamlippen und berührte schließlich deren heiße und pulsierende Perle. Siwa bäumte sich mit einem leisen Schrei auf.

„Bitte", flehte Siwa gepresst. Mehr brachte sie in ihrem Zustand nicht heraus. Ganz zärtlich begann N'jara Siwas zuckende Perle zu streicheln und zu massieren. Siwa bebte bereits am ganzen Körper. Sie fühlte, dass sie sich einem erlösenden Höhepunkt näherte. Doch je mehr sich ihre unerträgliche Erregung steigerte, die unter N'jaras sanften Fingern so unerträglich schön wurde, dass sie sich wünschte, dieser Zustand würde niemals enden, umso weiter schien sich der Punkt der Erlösung wieder zu entfernen. Siwa hatte schon längst jedes Zeitgefühl verloren; genauso, wie sie die Kontrolle über ihren Körper verloren hatte. Sie genoss das Gefühl der Lust und der Ekstase, das ihr vor N'jaras Berührung nur Pein und Schmerz bereitet hatte. Doch ganz langsam drang in ihr Bewusstsein, dass sie genau dieses verlieren würde, ohne zu einem rettenden und befreienden Höhepunkt zu gelangen. Und wenn das so wäre, dann würde ihre Erregung beim Erwachen noch genauso intensiv und unerträglich sein. Und dann würde sie sterben!

„Fester", flehte sie, während heiße Tränen aus ihren Augen flossen.

Auch ohne Warssekret war durch die erotische Intimität der Situation genug von Siwas Erregung auf N'jara übergesprungen. Obwohl das, was

N'jara tat, nur eine lebensrettende Maßnahme sein sollte, hatte auch sie alles um sich herum vergessen, während sie Siwa mit all ihrer Zärtlichkeit und mit wachsender Leidenschaft berührt und gestreichelt hatte. Erst durch Siwas Flehen wurde sie wieder in die Realität zurückgeholt und sie erkannte, dass sie mehr tun musste, als Siwa nur sanft zu verwöhnen. Wenn sie Siwa retten wollte, dann musste sie sich mehr anstrengen.

Vielleicht können wir es ein anderes Mal einfach nur genießen, hoffte sie, erhöhte den Druck ihrer Finger und rieb fester und intensiver über Siwas heilige Knospe. Noch immer dauerte es lange, doch endlich kündigte sich der erlösende Höhepunkt an. Und in einem letzten Aufbäumen erreichte Siwa in ihrem Orgasmus einen Zustand, in dem sie glaubte, ihren Körper zu verlassen und sich in N'jaras Armen liegend von irgendwo aus der Luft zu betrachten.

Ganz langsam ebbte Siwas Ekstase nach dem Überschreiten dieses gewaltigen Höhepunktes wieder ab. Die beiden Mädchen blieben noch lange eng umschlungen in dem Bach liegen, bis die Kälte des Wassers in ihre Körper drang und sie zu frieren begannen.

Es dämmerte bereits der Morgen.

Jadwéj schlief friedlich am Ufer des Baches, in dessen schwacher Strömung N'jara und Siwa die Nacht verbracht hatten.

„Wie geht es Dir jetzt?" fragte N'jara Siwa ganz leise, um Jadwéj nicht zu wecken.

„Besser", antwortete Siwa ebenso leise, während die beiden Hand in Hand ans Ufer spazierten. „Um ehrlich zu sein: So gut wie jetzt ging es mir noch nie!"

N'jara senkt bei diesem Geständnis errötend den Blick. Da tastete Siwa ganz vorsichtig nach der Schnur, die N'jara an ihrer linken Brustwarze befestigt hatte.

„Hat das Band irgendeine Bedeutung?" fragte sie sanft und verträumt, während sie wie zufällig N'jaras kleine, feste Brust mit ihren Fingern streifte.

Wenn ich das gemacht hätte, dann hätte ich mir nur wieder ein vorwurfsvolles ‚Andieu' von N'jara eingehandelt. Aber unter Siwas Berührung zuckte sie nur zusammen. Und die kleinen, dunklen Knospen ihrer Brüste verrieten ihre Erregung, indem sie hart wurden, sich zusammenzogen und verführerisch aufrichteten. N'jara schüttelte als Antwort auf die Frage nur den Kopf und erwiderte: „Ich erzähle es Dir irgendwann. Aber jetzt muss ich los, wenn ich Jagun noch einholen will."

„Du musst Dich ausruhen, N'jara."

„Dazu habe ich keine Zeit. Während ich mich ausruhe, beginnt der Warssaft in Dir wieder zu wirken. Wie oft glaubst Du, kannst Du diesen Zustand noch ertragen?"

„Wenn Du bei mir bist: Immer!"

285

Wieder zeichnete sich eine leichte Röte unter der bronzefarbenen Haut von N'jaras Wangen ab.

„Du bist so unglaublich schön", flüsterte Siwa verliebt, als sie N'jara so betrachtete. Doch N'jara erwiderte nur kopfschüttelnd: „Du spinnst ja. Ich bin nur ein Falkenmädchen. Wenn Du etwas wirklich Schönes sehen willst, dann sieh Dir Dein Spiegelbild im Fluss an!"

Jetzt war es an Siwa zu erröten. Doch bevor sie noch etwas erwidern konnte, gab N'jara ihr einen ganz sanften Kuss. Und als die Lippen der beiden Mädchen sich wieder trennten, forderte N'jara Siwa auf: „Pass auf Jadwéj auf. Ich komme zurück, das verspreche ich!"

Damit warf sie sich ihren Bogenköcher, den sie abgelegt hatte, wieder über die Schulter und lief in Richtung der Grenze zu Gryn-Fjell los.

49. N'JARAS SUCHE NACH JAGUN

Der Ort, an dem N'jara Siwa und Jadwéj zurückgelassen hatte, war relativ sicher. Eine kleine Senke und dichtes Buschwerk ringsum schützten die beiden vor den Blicken zufällig vorbeikommender Menschen, außer diese würden in dem leise gurgelnden Bachlauf entlang wandern. Doch N'jara vertraute darauf, dass Siwa so aufmerksam sein würde, niemanden unbemerkt an sich und Jadwéj herankommen zu lassen.

N'jara durfte keine Zeit mehr verlieren und eilte der Grenze Gryn-Fjells entgegen, so schnell sie ihre Füße trugen. Doch der fehlende Schlaf und die Strapazen der letzten Tage forderten ihren Tribut. N'jara kam in dem ansteigenden und zerklüfteten Gelände bei weitem nicht so schnell voran, wie sie gehofft hatte. Die Erschöpfung ließ sie immer wieder straucheln, bis sie sich eingestehen musste, dass sie eine Pause brauchte. Wehmütig dachte sie an die vergangene Nacht, die sie mit Siwa in dem kleinen Bach verbracht hatte.

Eigentlich müsste ich nach dieser Nacht doch erholt und ausgeruht sein, dachte sie sich. Doch dann erkannte sie, dass die Sorge um Siwa und die Anspannung, in der sie all ihre Gedanken und Handlungen auf diese konzentriert hatte, ihr trotz aller zärtlichen Gefühle keine Sekunde der Entspannung geschenkt hatten. Sie brauchte dringend Schlaf, suchte sich einen sicheren Platz auf einer weichen, bemoosten Astgabel und schlief fast im selben Moment ein, in dem sie die Augen schloss.

Doch nach noch nicht einmal zwei Stunden wachte sie bereits wieder auf. Sie lebte lange genug in der Wildnis und hatte genug Kontrolle über ihren Körper, um nicht länger zu schlafen, als sie es vorhatte. Und außerdem war während ihrer Rast ein Unwetter heraufgezogen, das N'jara mit Blitz und Donner und einem erfrischenden Gewitterregen, der wie ein Sturzbach auf die östlichen Wälder Wolans hernieder fiel, ohnehin geweckt hätte.

Nach dem erholsamen Schlaf und belebt durch den Regen und die damit verbundene Abkühlung der Luft fühlte N'jara sich wieder gestärkt. Doch sie wusste, dass der Zeitverlust sie wieder weiter in ihrem Plan zurückwarf, Jagun zu finden und einzuholen.

Jagun braucht bestimmt keine Pausen, überlegte sie und dachte wehmütig an den Mann, nach dem sie sich mehr sehnte, als sie sich eingestehen wollte. Doch sie lief ihm nicht seinetwegen hinterher, sondern aus Sorge um das Leben Siwas, die sie auf eine realere Weise sogar körperlich liebte. Sie hatte sich diese Liebe nicht ausgesucht oder gewünscht; sie war ihr aufgebürdet worden. Und dennoch hatte das, was sie getan hatte, um Siwa Erleichterung zu verschaffen, Gefühle in ihr geweckt; Gefühle, die sie bisher nicht gekannt hatte und die sie für eine Frau nicht erwartet hatte, empfinden zu können. Siwa war so unbeschreiblich schön. Sie war das schönste Mädchen, das N'jara jemals gesehen hatte. Und obwohl sie beide Rivalinnen um die Liebe eines Mannes waren, der keine Liebe zu geben hatte, sehnte N'jara sich nach Siwa ebenso sehr, wie nach Jagun. Siwa fühlte sich gut an, sie roch wie der Wald im Frühling und es lag etwas in ihrem Blick, das N'jara tief in ihrem Innersten berührte und das ihr Herz schneller schlagen ließ.

Ich kann auch schöne Augen machen. Aber wen interessiert das schon? Während ich von den Vampirbräuten ausgezuzelt wurde, machte sich N'jara nur Gedanken über Jagun und Siwa und über Jadwéj und natürlich über Itomai, den sie nicht hatte retten können.

Sie musste nach Hause. Sie musste ihrer Schwester vom Tod Itomais berichten. Doch sie konnte diese Reise nicht antreten, wenn sie damit Siwas Leben gefährdete. Noch einmal wollte sie nicht versagen. Die Last der Schuld am Tod noch eines geliebten Menschen konnte sie nicht auch noch tragen.

Mit solchen Gedanken quälte sich N'jara, während sie so schnell der Grenze Gryn-Fjells entgegeneilte, wie ihre Füße sie nur zu tragen vermochten. Und ich weiß, wie schnell das ist! Trotzdem neigte der Tag sich bereits seinem Ende entgegen, als N'jara den Platz erreichte, an dem Jagun sich von ihr, Siwa und Jadwéj getrennt hatte. In weniger als zwei Stunden würde die Sonne untergehen. Und dann war sie in diesem baumlosen Land schutzlos den Blicken ausschwärmender Vampire ausgesetzt.

N'jara hatte während ihres Laufs durch den Wald einige Beeren gegessen und sich auch verschiedene Baumfrüchte als Proviant eingesammelt. Jetzt trank sie noch im Fluss und brach nach einer nur kurzen Rast auf, um Jagun in das unzugängliche Gryn-Fjell zu folgen.

Immer wieder versuchte sie, Jagun doch noch mit ihren Gedanken zu erreichen. Als sie auf dem Dach des Wachturmes in Hradotéj nach Jagun gerufen hatte, hatte es sie viele Stunden und sehr viel Energie gekostet, bis sie ihn mit der Kraft ihrer Gedanken gefunden hatte. Und als sie dann wirklich eine gedankliche Verbindung zu ihm hergestellt hatte, hatte sie das Bewusstsein verloren. Jetzt hatte sie weder die Zeit, noch die Kraft dazu. Jagun hatte mehr als eineinhalb Tage Vorsprung. Die Chancen, ihn in diesem zerklüfteten Labyrinth des mit Moos überwucherten Gebirges finden und einholen zu können, waren verschwindend klein, doch sie waren größer, als eine gedankliche Verbindung zu ihm herstellen zu können, da Jaguns ganze Konzentration nach vorne gerichtet war. Und jeder Versuch, für den sie eine Pause hätte machen müssen, hätte Jaguns Vorsprung noch mehr vergrößert und die Chancen, ihn einzuholen, verkleinert. Also richtete sie nur während des Laufens ihre Gedanken nach vorne, um sie dem Gesuchten hinterherzuschicken. Doch alle Versuche blieben erfolglos.

N'jara hatte so wie Siwa und Jadwéj Jagun noch lange hinterher geblickt, als er nach Gryn-Fjell aufgebrochen war. Sie musste also erst einmal keine Zeit darauf verschwenden, seine Spuren im Moos zu finden. Doch als sie die Stelle ereichte, an der Jagun ihren Blicken entschwunden war, musste sie feststellen, dass es keine Spuren von ihm gab, obwohl das Gewitter an dieser Stelle nicht gewütet hatte und kein Regenschauer seine Fährte ausgelöscht haben konnte.

Ich hätte wissen müssen, dass Jagun keine Spuren hinterlässt, die seine Anwesenheit in Gryn-Fjell zufälligen Blicken aus der Luft verraten würden, dachte N'jara verzweifelt und überlegte, was sie weiter unternehmen sollte. Sollte sie blindlings in dieses grüne Land hineinstolpern und hoffen, dass sie zufällig den selben Weg gehen würde, den Jagun gegangen war? Oder sollte sie unverrichteter Dinge wieder umkehren und versuchen, Siwa durch die Geschicklichkeit ihrer Finger am Leben zu erhalten, bis sie irgendwann Orkland erreichen würden, wo sie nach Jaguns Angaben eine Medizin herstellen könnte, die Siwa dann wahrscheinlich nicht mehr helfen würde? Seit sie am Morgen aufgebrochen war, fühlte sie ein angenehmes Kribbeln in ihren Fingerspitzen, das ihren ganzen Körper durchströmte und in erregende Schwingungen versetzte. Wie intensiv musste da erst Siwas Erregung sein?

Einen Tag, dachte sich N'jara, *einen Tag lang folge ich noch Jagun. Wenn ich dann noch keine Spur von ihm gefunden habe, kehre ich wieder um.*

Und so machte sie sich auf den Weg, tiefer in das grüne Felsenlabyrinth und hoffte, dass ihre Intuition sie den selben Weg gehen lassen würde, wie Jagun. Und wenn es so wäre, dann würde sie irgendwo auf eine Spur von ihm stoßen. Irgendwo würde das Moos den Wanderer verraten.

An diesem Tag kam N'jara aber nicht mehr weit. Da es keine Fährte gab, der sie folgen konnte, wäre sie auch während der Nacht weitergewandert. Doch das schwindende Tageslicht, machte die Wanderung durch das zerklüftete Land im wahrsten Sinne des Wortes lebensgefährlich. Immer wieder gab es unsichtbar unter den sanften Wellen des Mooses tiefe Spalten und Risse im Gestein, die, wenn ein Wanderer arglos hineintappen würde, im harmlosesten Fall ein gebrochenes Bein zur Folge haben würde, im nicht ganz so harmlosen Fall den Wanderer aber auch für immer vom Antlitz der Erde verschwinden lassen könnte. Nachdem N'jara in eine dieser Spalten getreten war und sich gerade noch hatte halten können, fand sie das Skelett eines Mannes, der sich vor langer Zeit einmal nach Gryn-Fjell hineingewagt hatte, unter dem Moos in dieser Felsspalte.

Mit einiger Beklemmung überlegte N'jara, wer dieser Mann wohl gewesen sein mochte. War er ein Abenteurer oder Forscher gewesen? War er auf der Flucht gewesen? Oder hatte er, so wie Jagun, vorgehabt, einen entführen Menschen aus den Klauen der Geschöpfe Gryn-Fjells zu befreien? Das Skelett gab ihr keine Antwort darauf und so ließ N'jara ihn weiterhin in Frieden ruhen und zog sich nur noch ein kleines Stück von dieser tückischen Felsspalte zurück, um sich einen sicheren Platz zum Schlafen zu suchen. Doch sicher war sie in diesem baumlosen Land nur, solange keine Vampire ausschwärmten, vor deren Blick sie sich nicht verbergen konnte. Dieses Wissen ließ sie während dieser Nacht kaum ein Auge zumachen. Erst, als bereits der Morgen dämmerte, fiel sie in einen kurzen Schlaf. Und als sie wieder erwachte, war der Tag bereits angebrochen.

Voller Verzweiflung kam N'jara zu dem Schluss, dass sie auf diese Weise Jagun nicht einholen konnte. Sie verlor zuviel Zeit. Und dennoch wollte sie diesen einen Tag noch versuchen, eine Spur von ihm zu finden. Sie musste Jagun einfach einholen.

Hoffentlich ist er in keine Felsspalte gestürzt, dachte sie besorgt, während sie vorsichtig tastend weiter in das grüne Land vordrang. Aber dann beruhigte sie sich wieder, indem sie sich sagte, dass Jagun nicht so unvorsichtig sein würde.

Jetzt, bei Tageslicht, konnte N'jara an den dunkleren Stellen im Moos die gefährlichen Stellen recht gut erkennen und damit auch umgehen. Und so schritt sie bald wieder kräftiger aus. Doch es war noch nicht Mittag, als sie plötzlich auf sehr schmerzliche Weise feststellen musste, dass sich nicht jede verborgene Felsspalte durch das darüber liegende Moos verriet. Vor ihr hatte sich eine weite, leicht ansteigende Ebene zwischen zwei steil aufragenden Felskämmen ausgebreitet. Am Ende dieser Ebene schien ein Aufstieg auf die dort zusammenlaufenden Kämme leicht möglich zu sein. Doch mitten auf dieser Ebene gab das Moos unter ihren Füßen plötzlich nach. N'jara geriet ins Rutschen und verschwand unter der grünen Decke. An einer steilen und glatten Felswand, die keinen Halt bot, rutschte N'jara immer tiefer in die Eingeweide Gryn-Fjells, bis sie unten auf den nackten Fels aufschlug und das Bewusstsein verlor.

50. DER UNTERIRDISCHE FLUSS

Als N'jara wieder zu sich kam, rauschte es in ihren Ohren. Sofort war sie hellwach und sprang mit schmerzenden Gliedern auf die Füße. Ein schneller Blick überzeugte sie davon, dass sie von keiner unmittelbaren Gefahr bedroht wurde. Sie stand am Grund einer sehr tiefen, sich nach unten hin verengenden Felsspalte. Durch die tückische Moosdecke, die sich so trügerisch über die Felsspalte gebreitet hatte, drang genug Tageslicht, um sich in seinem grünen Glanz orientieren zu können. Doch das, was N'jara sah, war keineswegs dazu geeignet, ihr Hoffnung oder Mut zu machen. Das einzig Beruhigende an ihrer Situation war, dass sie sich während des Sturzes in die Felsspalte nichts gebrochen hatte. Ihr Bogen hatte nicht soviel Glück gehabt. Er war zerbrochen und damit nutzlos. N'jara behielt lediglich die Sehne, die sie in ihrem Köcher verstaute, in dem zumindest die Pfeile unversehrt geblieben waren. Doch was konnte sie mit ein paar Pfeilen und einer Bogensehne in dieser Felsspalte schon anfangen? Gar nichts!

Die Felswand, an der sie in die Tiefe gerutscht war, war steil, glatt und glitschig. Sie bot ihr nicht den kleinsten Halt, an dem sie wieder nach oben hätte klettern können. Es gab also, zumindest an dieser Stelle, keine Möglichkeit, wie N'jara von unter dem Moos wieder auf das Moos und damit zurück ans Tageslicht kommen konnte. Doch die Felsspalte, auf deren Grund sie stand, war nicht nur ein Loch im Boden. Es zog sich ein Tunnel durch den Fels. Und in der Richtung, aus der sie das Rauschen vernahm, das sie bereits beim Erwachen gehört hatte, konnte sie auch einen grünlicher Schimmer in der Finsternis ausmachen. Dort schien also ebenfalls Tageslicht durch das grüne Tuch, das Gryn-Fjell bedeckte, zu dringen.

N'jara konnte an der Wand deutlich die Spuren ihres eigenen Sturzes sehen. Bei einem unfreiwilligen Sturz an einer glitschigen, mit feuchtem Moos bewachsenen Felswand entlang, war es nicht möglich, keine Spuren zu hinterlassen. Da sich aber nur ihr eigener Sturz an der Wand abzeichnete, war Jagun nicht hier herunter gefallen. Auf der einen Seite beruhigte N'jara diese Tatsache, da Jagun zumindest hier nichts passiert war, aber auf der anderen Seite erkannte sie auch, dass sie nicht den Weg gegangen war, den Jagun nach Gryn-Fjell genommen hatte. Ihre Suche nach ihm war also umsonst gewesen. Sie hatte nicht nur Jagun nicht gefunden, sondern konnte jetzt auch nicht mehr Siwa und Jadwéj beistehen, wenn es ihr nicht gelang, einen Ausweg aus dieser Unterwelt Gryn-Fjells zu finden.

Darum folgte N'jara ohne zu zögern dem aus der Dunkelheit des Tunnels dringenden, matten Schimmer und näherte sich vorsichtig tastend dem mit jedem Schritt lauter werdenden Rauschen, bis sie am Ufer eines unterirdischen Flusses stand, der sich seinen Weg durch den Felsen gebahnt hatte. Über sich sah sie wieder einen hellen Fleck, in dem die Sonne durch das alles bedeckende Moos sickerte.

Zum Glück bin ich nicht hier herein gefallen, dachte sich N'jara, denn an dieser Stelle wäre sie an keiner Felswand heruntergerutscht. Der Riss, der sich über ihr durch den Stein zog, verlief, dem Lauf des Tunnels folgend, den der Fluss sich gegraben hatte, mehrere Meter weit in dessen First. Wenn sie an dieser Stelle durch das Moos gebrochen wäre, dann wäre sie im freien Fall mehr als zwanzig Meter in die Tiefe gestürzt und neben dem Fluss auf dem Felsen zerschellt.

In die Wölbung des Tunnels hinauf zu klettern war noch weniger möglich, als an der glatten Wand, an der sie in diese Unterwelt hinunter gerutscht war. Trotzdem gewann N'jara wieder etwas Mut. Der Tunnel des Flusses war so riesig, dass eine königliche Galeere Orklands diesen hätte befahren können. Es war, zumindest an der Stelle, an der sie jetzt stand, nicht schwer, seinem Lauf zu folgen. Wenn N'jaras Orientierungssinn sie nicht trog, dann kam der Fluss aus der Richtung, der sie auf der Suche nach Jagun gefolgt war, und floss in die Richtung, die den Ausgangspunkt ihrer Expedition nach Gryn-Fjell gebildet hatte.

Einen Moment lang überlegte N'jara, in welcher Richtung sie dem Fluss folgen sollte. Flussaufwärts war die Richtung, in der Jagun den Schlupfwinkel der Vampire und damit *auch mich* vermutet hatte. Wenn sie dieser Richtung folgte, war es durchaus möglich, dass sie früher oder später in seine Nähe gelangen würde. Doch sie hatte keine Anhaltspunkte dafür, wie gerade oder verschlungen sich der Lauf des unterirdischen Flusses seinen Weg durch den Fels gegraben hatte. Und ebenso wenig hatte sie die Gewissheit, dass sie an irgendeiner Stelle die Möglichkeit finden würde, den Tunnel in dieser Richtung wieder verlassen zu können. Durch den Zeitdruck, unter dem sie stand, und durch das Abwägen der verschwindend kleinen Wahrscheinlichkeit, dass sie auf diesem Weg tatsächlich Jagun finden könnte, entschied sie sich dafür dem Lauf des Flusses abwärts zu folgen. Irgendwo musste er an die Oberfläche gelangen. Und wenn es ihr möglich war, seinem Lauf bis dorthin zu folgen, dann würde sie so schnell wie möglich zu Siwa und Jadwéj zurückkehren. Irgendwie musste es auch ohne Jaguns Medizin möglich sein, Siwa Linderung zu verschaffen. Und während N'jara schon flussabwärts durch den Tunnel eilte, machte sie bereits Pläne.

Wir brauchen einen Wagen, überlegte sie, damit Siwas Erregung nicht wieder durch das Laufen so intensiv werden *kann. Und in der nächsten Stadt suchen wir uns einen Apotheker. Vielleicht hat der ja sogar die Heilpflanzen aus*

Orkland.

N'jara machte sich selbst Vorwürfe dafür, dass sie an diese Möglichkeiten nicht schon früher gedacht hatte und spornte sich zu neuer Eile an. Das leichte Gefälle des Tunnels machte es ihr nicht schwer, dem Lauf des Flusses zu folgen. Gefährlich war nur, dass der Fels so glatt war und kaum sicheren Halt bot. Dennoch rannte und schlitterte N'jara so entschlossen und zielstrebig vorwärts, wie ich nach einer Woche in der Wildnis einem guten Wirtshaus entgegengestrebt wäre. An einigen Stellen traten die Ufer des Flusses bis an die Wände des Tunnels heran. Dort musste sich N'jara dem Wasser anvertrauen. Doch die Strömung war stark und es lagen viele Felsbrocken unter der Wasseroberfläche, die den Fluss sehr gefährlich machten. Einmal, als N'jara wieder im Wasser weiterzukommen versuchte, wurde sie in der reißenden Strömung gegen einen dieser Felsen geschleudert. Sie schlug sich ihr Knie daran auf und schaffte es dann über eine weite Strecke nicht, sich aus der Strömung heraus auf das glitschige Ufer zu ziehen. Die Wunde, die sie sich dabei zuzog, war glücklicherweise nicht sehr schlimm. Doch sie blutete stark und N'jaras Knie schwoll an und behinderte sie in ihrem weiteren Fortkommen. Dennoch humpelte N'jara weiter, ohne sich eine Pause zu gönnen.

Langsam traten die Wände des Tunnels immer enger zusammen. Die Strömung wurde immer reißender und gefährlicher und der Tunnel immer flacher. Bald war es N'jara nicht mehr möglich, aufrecht zu gehen. Und plötzlich verschwand das Wasser im Stein. N'jara war am Ende des Tunnels angelangt. Seit sie sich im Fluss verletzt hatte, war sie durch völlige Dunkelheit gewandert. Doch da, wo das Wasser im Felsen verschwand, sah sie einen hellen Schimmer im Wasser. Dieser Schimmer war nicht grün und N'jara dachte sich nur: *Tageslicht!*

Auf der anderen Seite dieses Felsens war die Oberfläche der Erde. Doch das Wasser des Flusses schoss mit einer so gewaltigen Wucht und Schnelligkeit durch das Loch, dass es unmöglich war, darin irgendeinen Halt zu finden. Wenn N'jara hier ins Wasser stieg, dann lieferte sie sich auf Gedeih und Verderb seiner Gewalt aus. Doch umkehren konnte sie jetzt auch nicht mehr. Mit ihrem wunden Knie würde sie gegen die Strömung niemals durch die Passagen kommen, in denen es am Ufer kein Fortkommen gab.

N'jara schickte ein kurzes Gebet zu ihren Göttern, atmete einmal tief durch und sprang dann kopfüber in die rasende Strömung. Sie tauchte unter und wurde von der Macht des Wassers durch den unterirdischen Kanal mitgerissen. Und wenige Sekunden später spuckte die Erde sie in einem Wasserfall wieder aus. Sie wurde aus einem Loch im Fels herausgepresst wie ein frisch geschlüpftes Baby und fiel in ein großes Becken, das vom herabstürzenden Wasser gebildet worden war.

Erschöpft, aber bis auf die Verletzung, die sie sich bereits im Tunnel zugezogen hatte, unversehrt, schwamm sie ans Ufer, ließ sich dort auf den Rücken fallen und blinzelte in die Sonne, die eben hinter dem im Westen liegenden Wald Wolans, unterging. Sie gönnte sich nur wenige Minuten Erholung. Doch als sie dann zur letzten Etappe durch den Wald bis zu dem Ort aufbrechen wollte, an dem sie Siwa und Jadwéj zurückgelassen hatte, stellte sie zu ihrem Bedauern fest, dass sie die Schnur verloren hatte, die sie als Schmuck um die kleine Knospe ihrer linken Brust getragen hatte. Noch einmal tauchte sie in das Becken unterhalb des Wasserfalls und suchte verzweifelt danach. Doch in den aufgewühlten Fluten konnte sie nichts finden. Und so stieg sie niedergeschlagen zurück ans Ufer. Genau an dieser Stelle hatte sie gestanden, als sie und Jagun sich durch den Schleier des fallenden Wassers angesehen hatten. Einen Moment lang dachte N'jara an diesen Augenblick zurück. Dann lief sie los, in Richtung Wolan.

Es war bereits Nacht, als N'jara den geschützten Platz an dem Bach, an dem sie Siwa und Jadwéj zurückgelassen hatte, erreichte. Doch die beiden Mädchen, die N'jara hier wieder vorzufinden erwartet hatte, waren nicht mehr da.

51. ALLEIN MIT DER LUST

Der Orgasmus, den N'jara Siwa geschenkt hatte, war für Siwa nicht nur eine Erlösung aus der ihr aufgezwungenen und entsetzlich intensiven Erregung gewesen, die ihr durch das in ihr wirkende Warssekret in immer stärkeren Wellen bereitet wurde; er war das Schönste und Intensivste, das Siwa in ihrem bisherigen Leben jemals erlebt und empfunden hatte. N'jara hatte es geschafft, mit ihrer Einfühlsamkeit und mit der Zärtlichkeit und Empfindsamkeit ihrer Finger, Siwas unerträgliche Erregung in eine prickelnde und auf angenehme Weise erregende Lust zu verwandeln. Siwa hatte sich N'jara vollkommen hingegeben; sie hatte ihr vertraut, sich fallen lassen und erfahren, was es heißt, zu genießen. Es war ein Gefühl vollkommenen Glücks gewesen.

Nach dem Orgasmus fühlte sich Siwa befreit, glücklich und schwer. Die unfreiwillige und unangenehme Erregung war einem Gefühl des Wohlbehagens und der Geborgenheit gewichen. Und nachdem N'jara aufgebrochen war, um Jagun zu suchen, schlief Siwa friedlich und ganz entspannt neben Jadwéj ein. Sie hatte diesen erholsamen Schlaf auch nötig. Doch er war ihr nicht allzu lange vergönnt. Das Unwetter und der plötzlich einsetzende Regen, der prasselnd auf die Blätter der Baumriesen fiel und von dort auf sie hernieder tropfte, rissen sie aus ihren Träumen. Siwa fröstelte. Aber schlimmer als das war, dass ihre Erregung bereits wieder sehr stark und unangenehm in ihrem Schoß pulsierte. Und außerdem war Jadwéj verschwunden. Siwa rief nach dem Mädchen, für das sie sich verantwortlich fühlte. Doch ihr Rufen blieb unbeantwortet. Und so begann Siwa trotz ihrer schmerzenden und immer stärker werdenden Erregung, nach Jadwéj zu suchen. Aber auch ihre Suche blieb ergebnislos. Jadwéj war verschwunden.

Erschöpft, verzweifelt und von einer Erregung geplagt, die es ihr schwer machte, sich überhaupt noch auf den Beinen zu halten, kehrte Siwa wieder in das Lager zurück. Das Unwetter hatte sich bereits wieder verzogen und auch der Regen hatte aufgehört. Siwa wusste, dass sie weiter nach Jadwéj suchen musste. Aber dazu war sie nicht in der Lage. In ihrem Zustand war sie zu gar nichts in der Lage. Es war ihr nicht einmal mehr möglich, ihre Gedanken zu sammeln und sich auf irgendetwas zu konzentrieren. Ihre Erregung hatte wieder eine so starke Intensität erreicht, dass kein anderer Gedanke und keine andere Empfindung mehr möglich waren.

Siwa war allein. Niemand war da, der ihr Abhilfe hätte verschaffen können. Und auch wenn sie nicht mehr in der Lage war, klar zu denken, begriff sie doch, dass sie diesen Zustand nicht mehr lange ertragen konnte und dass sie, wenn sie jetzt das Bewusstsein verlieren würde, an ihrer Erregung zu Grunde gehen würde. Also machte sie sich mit zitternden Fingern daran, sich selbst zu befriedigen. Es war nicht so schön, wie es mit N'jara gewesen war (oder wie es mit mir gewesen wäre), aber darum ging es Siwa ja auch gar nicht. Sie musste sich nur einen Orgasmus verschaffen, um ihre Erregung wieder auf ein erträgliches Maß herunter zu schrauben. Verzweifelt, weinend und in hektischer Panik rieb sie sich zwischen ihren Schenkeln. Doch es gelang ihr nicht, auch nur in die Nähe eines Orgasmus zu kommen. Immer häufiger setzte ihr Bewusstsein aus. Schwarze Blitze zuckten durch ihr Gehirn. Und schließlich gab Siwa ihren verzweifelten Kampf auf. Sie wurde so ruhig, wie es in der Ekstase, die sie in ihren Klauen hielt und sie unkontrolliert zucken und sich aufbäumen ließ, möglich war und dachte sich: *Ich sterbe!*

Doch als sie die Hände auf ihr Herz presste, das so heftig in ihrer Brust schlug, als ob es zerbersten wollte, fühlte sie plötzlich den von N'jara geschnitzten Baumschwamm-Phallus, den sie an einem Lederband um den Hals trug, unter ihren Fingern. Und in einem letzten Aufbäumen ihres Lebenswillens, riss sie ihn ab und führte ihn in ihre vor Erregung so unsäglich schmerzende und pulsierende Scheide ein. Dann verlor sie das Bewusstsein und glaubte, zu sterben.

Aber Siwa starb nicht. Sie schlief nur. Wie lange sie schlief, wusste sie nicht. Als sie erwachte, ging gerade die Sonne auf. Siwa brauchte einen Augenblick, um sich zu erinnern, wo sie war. Und als sie sich dann erinnerte, drang auch in ihr Bewusstsein, dass sie nichts fühlte, außer dem ihr so vertrauten Waldboden unter ihrem Körper und die frische Morgenluft auf ihrer Haut. Sie war ausgeruht und lag vollkommen ruhig da. Nicht die kleinste Erregung durchdrang ihren Körper.

Wie kann das sein? fragte sie sich überrascht. Sie hatte es nicht geschafft, sich mit ihren Fingern einen Orgasmus zu verschaffen und den Schwamm-Penis hatte sie sich nur noch einführen, nicht aber in der Weise bewegen können, die ihr vielleicht einen Orgasmus beschert hätte. Sie hatte keinen Orgasmus gehabt. Und dennoch war ihre Erregung vollkommen abgeklungen.

Als Siwa versuchte, sich aufzusetzen, schmerzte sie jeder einzelne Muskel in ihrem Körper. Die Ekstase, die so lange und intensiv von ihr Besitz ergriffen und ihren Körper in krampfhafte Zuckungen versetzt hatte, hatte zwar nicht ihren Tod, aber den schlimmsten Muskelkater zur Folge, den Siwa jemals erlebt hatte. Und wieder fragte sie sich, warum sie noch lebte und warum ihre Erregung verflogen war. Mühsam und unter brennenden Schmerzen richtete sie sich auf. Der Phallus steckte noch immer tief in ihrer Scheide. Und da begann Siwa zu begreifen: Der Penis bestand aus einem Baumschwamm. Und dieser Schwamm tat, was Schwämme eben tun. Er sog auf. In diesem Fall sog er anscheinend das Warssekret aus Siwas Scheide und Siwa fragte sich, warum Jagun nicht erklärt hatte, dass der Schwamm in dieser Weise wirken würde.

Siwa zog den Phallus aus ihrer Scheide, entkleidete sich und wusch sich in dem kleinen Bach. Doch sie beeilte sich, denn Jadwéj war noch immer verschwunden. Jetzt, wo es ihr so unerwartet besser ging, konnte sie sich auf die Suche nach dem kleinen Mädchen konzentrieren.

52. DIE PLÜNDERER AUS EZRAT

So befreit hatte Siwa sich nicht mehr gefühlt, seit sie wegen der Anschuldigung der Hexerei von den Schergen des Vollstreckers verhaftet worden war. Zum ersten Mal seit sie Bekanntschaft mit dem Wars gemacht hatte, war sie wieder die Herrin ihres eigenen Körpers. Sie war nicht mehr nur das Opfer ihrer ungewollten Lust, die sie zum Ballast für diejenigen gemacht hatte, die sie gerettet hatten. Doch jetzt, wo sie geheilt war, war sie allein. Ich war von Vampiren entführt worden, Jagun hatte sich aufgemacht, um mich zu retten, N'jara war Jagun hinterher geeilt, um von ihm das Rezept zu erfahren, mit dem sie Siwa Linderung verschaffen zu können hoffte. Und Jadwéj war spurlos verschwunden, während Siwa geschlafen hatte. Siwa musste Jadwéj wieder finden. Doch selbst, wenn sie eine bessere Spurenleserin gewesen wäre, hätte sie keine Spuren von Jadwéj finden können, denn der Gewitterregen hatte alle Spuren ausgelöscht.

Wo bist Du nur, kleine Rose? überlegte Siwa. *Kleine Rose!* Jagun hatte Jadwéj diesen Namen gegeben. Jetzt, wo Siwa wieder klar denken konnte, erschien es ihr ganz klar: Als N'jara erklärt hatte, dass sie Jagun folgen wollte, hatte sie gehofft, bereits am nächsten Morgen wieder bei Siwa und Jadwéj zurück sein zu können. Doch der unheimliche Turm und N'jaras ebenso verzweifelter, wie zärtlicher Versuch, Siwa einen lebensrettenden Orgasmus zu schenken, hatte sie sehr viel Zeit gekostet. N'jara war erst am Morgen des nächsten Tages aufgebrochen und konnte also nicht so schnell wieder zurück sein, da ja auch Jaguns Vorsprung in dieser Zeit immer größer geworden war. Doch Jadwéj hatte sich in ihrer kindlichen Eifersucht vielleicht gedacht, dass N'jara nicht zurückkehren würde und war ihr, oder besser gesagt, Jagun ebenfalls hinterher gelaufen, während Siwa noch geschlafen hatte.

Es betrübte Siwa, dass Jadwéj davongelaufen war, ohne ihr etwas zu sagen. Aber sie verstand auch die Beweggründe des kleinen Mädchens. Jadwéj hatte Angst gehabt, dass Siwa sie von dem Versuch, Jagun zu finden, abzuhalten versucht hätte.

Zumindest wusste Siwa jetzt, in welcher Richtung sie suchen musste. Doch sie wusste nicht, wie viel Vorsprung Jadwéj hatte. Die Zeit ihrer letzten und glücklicherweise so glimpflich überstandenen Erregungsphase konnte Siwa genauso wenig einschätzen, wie die Dauer ihres darauffolgenden Schlafes.

Mit Glück, dachte sie sich, *hat N'jara Jadwéj auf ihrem Rückweg gefunden und bringt sie wieder mit zurück.*

Aber darauf konnte sie sich nicht verlassen und musste sich deshalb selbst auf die Suche nach der kleinen Rose machen. Und so eilte auch Siwa wieder der Grenze zu Gryn-Fjell entgegen.

Doch bereits nach nur wenigen Schritten spürte sie, dass die überstanden geglaubte Erregung wieder einsetzte. Verzweiflung packte Siwa. Doch sie riss sich zusammen und überlegte, was sie tun konnte. Noch konnte sie klar denken. Wenn ihr Zustand erst wieder kritisch werden würde, dann würde sie keinen klaren Gedanken mehr fassen können. Also zwang sie sich dazu, ruhig zu bleiben und hatte so auch bald die rettende Idee. Obwohl sie der Meinung gewesen war, dass sie den Schwamm-Penis nicht mehr benötigen würde, hatte sie ihn sich wieder um den Hals gehängt. Er war schließlich ein Geschenk von N'jara gewesen. Sie band noch ein weiteres Lederband daran, führte sich den Phallus behutsam wieder ein und fixierte ihn dann mit Hilfe der daran befestigten Bänder, so dass er während des Laufens nicht aus ihr herausrutschen konnte. Und wirklich verflog auch diesmal, als Siwa bei Bewusstsein war, ihre Erregung nach wenigen Minuten. Sie stellte zu ihrer Besorgnis nur fest, dass der eingeführte Phallus sie während ihres weiteren Marsches selbst erregte. Doch diese Erregung war nicht nur erträglich, sondern durchaus angenehm, wie sich Siwa eingestehen musste.

Weit kam sie aber trotzdem nicht, denn als sie die alte Straße nach Ezrat überquerte, preschte plötzlich ein Reitertrupp heran. Siwa versuchte noch, sich vor den Herannahenden zu verbergen. Aber es war bereits zu spät. Der vorderste Reiter rief seinen Kumpanen aufgeregt zu: „Habt ihr das Mädchen da vorne gesehen? Die gehört mir!"

Im nächsten Moment sprang er bereits aus dem Sattel und rannte der flüchtenden Siwa durch den Wald hinterher.

„Bleib stehen, Du kleiner Wildfang!" rief er ihr atemlos hinterher. Doch Siwa dachte gar nicht daran, stehen zu bleiben, um sich von diesem Raubgesindel nach Ezrat verschleppen zu lassen, und wahrscheinlich wäre sie ihrem Verfolger sogar entkommen, wenn ihr nicht einer seiner Kumpane den Weg abgeschnitten hätte. Plötzlich tauchte er auf einem riesigen, grauen Ezrat-Schimmel, einem dieser wertvollen Pferde, die erheblich größer und kräftiger als jede andere Pferderasse sind, vor ihr auf, beugte sich zu ihr hinunter und packte sie grob bei den Haaren.

„Sie gehört mir", schrie ihr atemloser Verfolger. Doch der Reiter drehte Siwa so, dass er in ihr Gesicht und in den Ausschnitt ihres Kleides schauen konnte und erwiderte voller verklärter Bewunderung: „Ich glaube nicht!"

„Was soll das heißen, Du glaubst nicht?" keuchte der andere wieder.

„Das soll heißen, dass Du mich töten musst, wenn Du dieses Mädchen haben willst. Willst Du dieses Mädchen haben?"

Siwas Verfolger war endlich heran. Atemlos schnaufend und keuchend sank er auf die Knie, während er seinen Kumpan verständnislos anstarrte. Siwa bemerkte, dass der Reiter mit seiner freien Hand nach seinem Schwert tastete. Da biss sie ihn in die Hand mit der er sie bei den Haaren hielt. Der Mann schrie auf und ließ sie los. Siwa tauchte schnell unter dem Bauch des Pferdes hindurch und setzte ihre Flucht fort. Aber da waren bereits die übrigen Reiter da und umringten sie. Zwei der Männer sprangen aus den Sätteln und packten sie. Und als sie sich wehrte, schlug einer der Männer brutal zu und Siwa wurde es schwarz vor den Augen.

53. BEIM TURM DER NAÐRA

Als Siwa wieder zu sich kam, hatte sie Kopfschmerzen und spürte, wie sie durchgeschüttelt wurde. Und ohne die Augen zu öffnen, wusste sie, dass sie mit gefesselten Händen und Füßen bäuchlings über einem Pferderücken lag. Sie liebte den Geruch von Pferden und erkannte allein an diesem, dass sie auf dem Ezrat-Schimmel lag. Als sie hörte, dass der Reiter, der vor ihr im Sattel saß, zu sprechen begann, hielt sie es für besser, vorerst nicht zu erkennen zu geben, dass sie wieder bei Bewusstsein war.

„Ollo war ein Idiot", fluchte der Mann. Doch eine andere Stimme erwiderte vorwurfsvoll: „Er hat diese vajzë, dieses Mädchen, zuerst gesehen, Bolgar! Es war sein Recht, sie für sich zu beanspruchen."

„Ich hab ihm gesagt, dass er mich töten muss, wenn er sie haben will."

„Das war Unrecht!"

„Warum?"

„Weil Du kein Recht hattest, sie für Dich zu beanspruchen. Und jetzt ist Ollo tot."

„Na und? Scheiß auf Ollo!"

„Der fører wird es erfahren!"

„Der fører kann mich mal. Diese vajzë gehört mir. Oder willst Du auch um sie kämpfen?"

„Ich nicht. Aber Du kennst das Gesetz. Du musst ein Blutgeld an Ollos Familie bezahlen. Und falls sie es ablehnen, wird Dir der Anteil an der Beute aberkannt und Du wirst aus unserem kylä davongejagt. Dann verlierst Du auch diese vajzë."

Der Reiter des Ezrat-Schimmels, Bolgar, der nach allem, was Siwa bisher gehört hatte, Ollo erschlagen haben musste, zügelte sein Pferd und donnerte den anderen an: „Niemand nimmt mir diese vajzë, Barangar!"

Gleichzeitig hörte Siwa das Geräusch eines Schwertes, das aus der Scheide gezogen wird und das leise Singen der Klinge. Doch der Mann, der von Bolgar Barangar genannt worden war, sagte warnend: „Steck das Schwert weg, Bolgar, oder Kjaskas Pfeil wird Dein Herz fressen."

Bolgar gehorchte und Barangar sagte in befehlendem Ton: „Los, weiter. Es ist nicht mehr weit bis zum Turm der naðra."

Der Turm der naðra, der Schlangenturm! Siwa war klar, dass es sich dabei nur um den Turm handeln konnte, vor dessen Magie N'jara, Jadwéj und sie geflohen waren. Und sie fragte sich, was die Plünderer aus Ezrat dort zu schaffen hätten. Der Ritt ging schweigend weiter durch den Wald.

Doch schon bald gab Barangar Befehl zum Halten und Absitzen.

„Bring die vajzë in den Turm", befahl er Bolgar. „Wir holen sie auf dem Rückweg ab."

„Aber sie ist noch nicht wach. Wenn sie stirbt, während wir …"

„Wenn sie stirbt, dann stirbt sie. Das liegt in den Händen ihrer Götter und nicht in Deinen. Also bring sie rein."

„Du bist nicht mein fører, Barangar. Du hast mir nichts zu befehlen. Ich bleibe bei ihr, bis sie aufwacht. Wenn ihr weiterreiten wollt, dann reitet. Ich werde euch nicht aufhalten."

Während Bolgar so redete, hob er Siwa von seinem Pferd und trug sie in die Richtung des Turmes. Doch Barangars Antwort ließ ihn wieder stehen bleiben.

„Ich weiß genau, was Du vorhast, Bolgar", sagte Barangar drohend. „Du willst das Mädchen auf dem Sklavenmarkt in Ezrameh verkaufen. Für eine wie die bekommst Du dort mindestens dreitausend Kulpeken; vorausgesetzt natürlich, dass sie noch unberührt ist."

Ein paar Sekunden lang blieb es still. Siwa spürte die Spannung, die in der Luft lag und auch die Anspannung in Bolgars Körper. Plötzlich warf er sie unsanft auf den Boden und riss den schmalen, herabhängenden Streifen ihres seitlich bis zu den Hüften geschlitzten Kleides nach oben. Siwa konnte sich nicht länger verstellen. Sie öffnete die Augen und bäumte sich in ihren Fesseln auf. Doch Bolgar drückte sie brutal wieder auf den Boden und fragte verständnislos mit gerunzelter Stirn: "Was ist das denn?"

Auch Bolgars Kumpane kamen heran. Und alle starrten Siwa mit offenen Mäulern zwischen die Beine. Da packte Bolgar grob zu und zog den Phallus, ungeachtet der Lederbänder, die Siwa um ihre Hüften gebunden und zwischen ihren Beinen durchgezogen hatte, um ihn zu fixieren, mit einem Ruck aus ihr heraus. Die Bänder rissen, Siwa schrie auf und Barangar fing lauthals zu lachen an. Und als Bolgar ihn verständnislos anstarrte, erklärte er, noch immer lachend: „Dein wunderschöner Engel ist eine hóra!"

„Ich bin keine Hure", protestierte Siwa empört. Doch Barangar und die anderen Männer lachten nur umso lauter. Nur Bolgar lachte nicht, sondern blickte mit einem ziemlich dämlichen Gesichtsausdruck zwischen Siwa und seinen Gefährten hin und her.

Und da ließ schon der erste der Männer seine Beinkleider herunter, präsentierte stolz seine anschwellende Männlichkeit und brüllte in die Runde: „Ich will sie als erster. Das willst Du mir doch wohl nicht verwehren wollen, Bolgar?"

„Nein", brüllte Siwa in Panik und versuchte zu erklären. „Der Stab ist meine Medizin gegen das Warssekret."

„Erstens", erklärte Barangar, „gibt es keine Medizin gegen puren Warssaft. Und zweitens wird nur Hexen ein Wars zwischen die Beine geschoben. Also: Was bist Du; eine hóra oder eine norn, eine Hure oder eine Hexe?"

„Nichts von beidem!"

„Auf jeden Fall ist sie eine Lügnerin!" erklärte der mit der runtergelassenen Hose, zerschnitt die Fesseln an Siwas Fußgelenken und drängte sich, von Bolgar unbehelligt, brutal zwischen Siwas Schenkel. Siwa, deren Hände noch hinter ihrem Rücken gefesselt waren, wand sich und bäumte sich schreiend auf. Doch ein paar Männer drückten ihre Schultern unbarmherzig auf den Boden und hielten lachend ihre strampelnden Füße fest, während der zwischen ihren Beinen seinen inzwischen vollständig erigierten Penis an Siwas Scheide dirigierte.

„Glaube mir", prahlte er lachend, „alles, was Dein Medizinstab kann, das kann meiner noch viel besser!"

Dann stieß er zu und drang brutal in sie ein. Siwa schrie vor Schmerz und Scham laut auf. Sie hörte, dass einer der Männer lachend brüllte: „Scheiße, die blutet ja. Die war wirklich noch eine Jungfrau."

„Jetzt ist sie jedenfalls keine mehr", keuchte der zwischen Siwas Schenkeln zurück.

Siwa hörte auf, sich zu wehren. Es tat weniger weh, wenn sie sich nicht wehrte. Also lag sie ganz ruhig da und ließ den Mann gewähren. Doch sie blickte ihm mit Tränen in den Augen ins Gesicht.

Nach einer knappen Minute war alles vorbei. Erst jetzt bemerkte der Vergewaltiger, dass Siwa ihn ansah und fragte sie atemlos keuchend: „Was schaust Du mich so an, hä?"

„Ich will mir Dein Gesicht einprägen, damit ich niemals vergesse, wie der Mann aussieht, den ich töten werde!" antwortete Siwa ausdruckslos.

Von abergläubischer Furcht erfasst stand der Mann nervös auf und sagte zu den anderen: „Ihr könnt sie jetzt loslassen. Oder wollt ihr auch noch auf sie drauf?"

„Jetzt, wo Du sie besudelt hast? Da kann man sich ja sonst was holen", erwiderte einer der anderen Männer lachend. Doch Bolgar meinte emotionslos: „Ich hätte sie als erster haben sollen. Aber das ist jetzt egal."

Und damit ließ auch er seine Hose herunter. Sein Glied war gigantisch. Siwa erschrak, als sie es sah, und versuchte, sich zu erheben, um vor der nächsten Vergewaltigung zu fliehen. Doch Bolgar packte sie mit eisernem Griff am Hals, drückte zu und sagte kalt: „Mir ist es gleich, ob Du lebst oder tot bist, während ich Dich ficke."

Er ließ kurz locker. Und Siwa nutzte die kurze Atempause, um ihn röchelnd zu bitten: „Dann töte mich!"

Bolgar tötete sie nicht. Er lachte hämisch auf und erwiderte: „Das könnte Dir so passen, Hure!"

Und damit drückte er sie wieder zurück auf den Boden und spreizte gewaltsam ihre Schenkel. Doch als sein riesiges Glied sich ihrem Schoß schon bedrohlich näherte, fing der erste Vergewaltiger plötzlich zu stöhnen an. Er fasste sich zwischen die Beine und fragte verwundert: „Was'n das jetz?"

„Was ist denn, Tseck?" fragte Barangar.

„Gar nichts. Das ist gut. Das fühlt sich richtig geil an. Ahhh!"

Die anderen Männer beobachteten Tseck mit wachsender Neugierde. Und auch Bolgar hielt inne.

„Ah, Scheiße", rief Tseck, „das ist ja nicht zum Aushalten."

Und im nächsten Moment riss er sich schon wieder seine Beinkleider herunter. Staunend sahen die Männer, dass sein Glied jetzt größer war, als während der Vergewaltigung. Es war dunkelrot, pulsierte und wurde mit jedem Schlag größer und praller.

„Scheiße!" schrie Tseck jetzt in ungezügelter Lust in einem Anfall von Panik. Im nächsten Augenblick ergoss sich ein Samenschwall aus seiner Eichel. Doch die Ekstase, in die Tseck verfallen war, endete damit nicht.

Bolgar rutschte furchtsam von Siwa weg und flüsterte tonlos: „Sie ist eine Hexe!"

In diesem Moment brach Tseck zusammen. Er wand sich auf dem Boden, hatte Schaum vor dem Mund und ejakulierte unaufhörlich weiter. Plötzlich erstarrte er, riss die Augen auf und starrte ins Leere. Dann fiel er schlapp in sich zusammen und blieb tot auf dem Waldboden liegen. Nur aus seinem Penis sickerte noch mehrere Minuten lang sein Samen.

Siwa nutzte den Moment, in dem alle Augen auf den toten Tseck gerichtet waren. Sie sprang auf die Füße und flüchtete in die Richtung des Waldes.

„Ihr habt es gehört", rief hinter ihr die aufgebrachte Stimme Barangars. „Die norn hatte ihm gesagt, dass sie ihn töten wird. Und sie hat es getan. Jetzt muss sie sterben!"

Im nächsten Moment liefen die Männer Siwa schon schreiend hinterher. Doch da kam ein bronzefarbener Blitz aus dem Wald Siwa entgegen gesprungen. Es war N'jara. Sie rannte an Siwa vorbei, zog während des Laufens ihre Pfeile aus dem Köcher und rammte sie den entgegenstürmenden Männern in die Herzen. Die Männer waren von diesem Überfall so überrascht, dass kaum einer von ihnen es schaffte, auch nur sein Schwert zu ziehen. Nur Kjaska hob geistesgegenwärtig seinen Bogen und legte auf N'jara an. Doch die wich dem Pfeil aus, ohne ihre Schnelligkeit zu zügeln und stach dem Bogenschützen im nächsten Moment ihren letzten eigenen Pfeil in den Hals. Und noch während Kjaska röchelnd zusammenbrach, riss ihm N'jara seinen Bogen aus der Hand, zog einen Pfeil aus seinem Köcher und legte auf den letzten lebenden Plünderer, auf Bolgar, an. Doch genau in diesem Moment verschwand dieser hinter der düster aufragenden Ruine des unheimlichen Schlangenturms aus N'jaras Blickfeld. Sie senkte den Bogen wieder, ließ den Pfeil aber auf der Sehne. In einem schnellen Blick über das Schlachtfeld überzeugte sie sich davon, dass keiner der Männer mehr lebte.

Siwa war inzwischen in den Fluss gesprungen, wo sie mit gespreizten Beinen im klaren Wasser kniete. Schnell zerschnitt N'jara ihre Fesseln. Doch als sie Siwa tröstend in die Arme schließen wollte, schob diese N'jara von sich und begann sich in hektischen Bewegungen zwischen den Beinen zu waschen. Erst jetzt begriff N'jara, dass Siwa vergewaltigt worden war.

Arme Siwa, dachte sie traurig. Doch sie sagte nur entschuldigend: „Es tut mir so leid. Ich wünschte, ich wäre rechtzeitig da gewesen."

Erst jetzt hob Siwa ihren Blick, sah N'jara an und begann herzergreifend zu schluchzen. Da schlang N'jara ihre Arme um Siwa, zog sie an sich und hielt sie ganz fest. Schweigend ließ sie Siwa in ihren Armen und an ihrer Brust weinen. Doch trotz aller Liebe und zärtlichen Gefühle und trotz des Trostes, den sie Siwa schenkte, wanderte N'jaras Blick ruhelos durch den finsteren Wald. Sie wusste, dass mindestens ein Mann entkommen war. Und der würde sicherlich nicht mit eingezogenem Schwanz nach Hause laufen, um dort zu erzählen, dass ein einzelnes Mädchen seine Spießgesellen getötet und ihn verjagt hatte. Obwohl Bolgar sich von hinten an N'jara anschlich, spürte sie sein Nahen und die drohende Gefahr.

„Achtung!" flüsterte sie in Siwas Ohr, ohne durch irgendeine Bewegung zu erkennen zu geben, dass sie auch nur die geringste Ahnung von Bolgars Anwesenheit hatte. Doch Siwa spürte, wie sich N'jaras schlanke Muskeln unter ihrer weichen Haut anspannten. Sogar N'jaras kleine, feste Brüste schienen noch eine Spur härter zu werden. Ganz langsam und für Bolgar nicht zu sehen, schob N'jara ihren Dolch in Siwas Hand. Und plötzlich ließ sie Siwa los, riss blitzschnell den Bogen hoch, der neben ihr im Wasser gelegen hatte und wirbelte wie ein Panther herum, um den Pfeil, den sie auf der Sehne hatte, dem heimtückischen Angreifer in sein schwarzes Herz zu schießen. Doch Bolgar reagierte gedankenschnell. In dem Versuch, N'jaras Pfeil auszuweichen, drehte er sich. Der Pfeil wurde von seiner schweren, ledernen Rüstung abgelenkt und bohrte sich in den Stamm eines uralten Baumriesen. Im selben Moment schwang Bolgar bereits sein Schwert. N'jara versuchte instinktiv, den Schlag mit dem Bogen zu parieren. Doch Bolgars Schwert war so scharf, dass N'jara nicht einmal spürte, dass es den Bogen traf. Die Klinge sang und ging ohne jeden Widerstand durch Bogen und Sehne. Und N'jara fühlte plötzlich warmes Blut von ihrer Brust herab rinnen. Sie hatte nicht gespürt, dass die Klinge sie getroffen hatte und wusste daher nicht, wie schlimm die Verletzung war. Aber sie wusste, dass sie dem Angreifer jetzt nichts mehr entgegensetzen konnte. Ihren Dolch hatte sie Siwa gegeben, damit die sich notfalls verteidigen könnte. Doch was konnte man mit einem Dolch gegen ein Schwert ausrichten, das das harte und biegsame Holz eines Bogens wie flüssige Butter durchschnitt und dessen Schnitt man nicht einmal spürte?

„Lauf!" rief sie Siwa in dem Bewusstsein zu, den Kampf gegen Bolgar verloren zu haben.

Bolgar lachte hämisch und holte zu einem tödlichen Schlag aus. Doch genau in dem Moment warf Siwa N'jaras Dolch. Und dieser bohrte sich in Bolgars Hals. Das Schwert fiel aus seiner Hand. Ungläubig starrte er die beiden Mädchen an. Dann sank er röchelnd auf die Knie, und kippte nach vorne in den Bach, dessen Wasser sich rot färbte. Bolgar war tot.

Überrascht drehte sich N'jara zu Siwa um. Aber dabei merkte sie schon, dass sie schwankte und dass ihr schwarz vor Augen wurde. Und Siwa schrie entsetzt auf, als sie sah, dass N'jara einen klaffenden Schnitt quer über ihre rechte Brust hatte, aus der ihr Blut in Strömen floss. N'jara verlor das Bewusstsein und brach zusammen, doch Siwa fing sie auf und bettete sie behutsam am Ufer des Baches auf den Boden. Dann riss sie sich schnell einen Streifen aus ihrem Kleid und presste das weiche Leder auf N'jaras Wunde.

Siwa vergaß alles, was ihr angetan worden war; sie spürte nicht mehr das seit der Vergewaltigung schon wieder unerträglich gewordene Pulsieren und Ziehen in ihrer Scheide und auch nicht die Schmerzen, die ihr durch die brutale Entjungferung zugefügt worden waren. Sie vergaß die Scham, die sie empfand. Sie vergaß den Ekel vor diesen Männern und auch den Ekel vor sich selbst, den sie seit dieser Tat empfunden hatte und der ihr so unerträgliche Übelkeit bereitet hatte.

Siwa sah nur noch N'jara. Und auf die konzentrierte sie alle ihre Gedanken und Sorgen. N'jara war immer für sie da gewesen; sie hatte alles getan, um Siwa und Jadwéj zu helfen und zu beschützen. Jetzt brauchte sie selbst Hilfe. Siwa war zwar kein Heiler, wie Jagun es war. Aber wer in einem Weiler in einer so rauen Gegend aufwächst, wie Siwa, der lernt zwangsläufig, wie man sich um Verletzte kümmert und Wunden versorgt. Es gab mehrere Möglichkeiten, was Siwa jetzt tun konnte. Am einfachsten wäre es gewesen, ein Feuer zu machen, ein Schwert hinein zu halten und die glühende Klinge dann auf N'jaras Wunde zu pressen. Doch das wollte Siwa N'jara gerne ersparen; nicht nur wegen der Schmerzen, sondern auch wegen des Mals, das N'jara für den Rest ihres Lebens hätte tragen müssen.

Überall auf dem Platz lagen noch die Leichen der Plünderer. Und auch deren Pferde standen noch vor dem Turm. Siwa wusste, dass Reisende, vor allem reitende Reisende meistens Werkzeug bei sich hatten, mit dem sie kleinere Reparaturarbeiten an Sattel und Zaumzeug ausführen konnten. Und sie wusste auch, dass sich nichts zum Nähen von Wunden so gut eignete, wie die Schweifhaare von Pferden. Also durchsuchte sie fieberhaft die Satteltaschen der Plünderer nach einer Nähnadel. Sie fand zwar keine, aber die Pfeilspitzen des toten Bogenschützen Kjaska waren aus Horn geschnitzt. Und daraus war es Siwa ein Leichtes, sich mit N'jaras Dolch, den sie wieder aus Bolgars Kehle zog, eine dünne, spitze Nadel zu schnitzen. Dann riss sie dem riesigen Ezrat-Schimmel eines seiner Schweifhaare aus, reinigte es im Fluss und machte sich dann daran, den klaffenden Schnitt in N'jaras Brust zu nähen, was sehr schwierig war, weil die Wunde so stark blutete, dass Siwa kaum etwas erkennen konnte. Doch sie schaffte es. Und als der Schnitt vernäht war, bereitete Siwa noch eine Salbe, die verhindern sollte, dass die Wunde sich entzündete. Vorsichtig trug sie diese auf und verband dann N'jaras Brust. Und erst als das erledigt war und Siwa sich erschöpft neben N'jara ausruhen wollte, wurde sie sich wieder ihrer schmerzhaften Erregung bewusst. Irgendwo musste noch der Phallus liegen, den N'jara ihr geschnitzt hatte. Schnell suchte sie ihn, fand ihn und führte ihn sich trotz des Widerwillens, noch einmal so etwas wie einen männlichen Penis in sich zu fühlen, vorsichtig in ihre vor Lust schmerzende Vagina ein. Bald darauf klang die unangenehme Wirkung des Warssekrets in ihr wieder ab.

N'jara hatte viel Blut verloren und schlief. Sie schlafen zu lassen war das Beste, das Siwa jetzt für sie tun konnte, denn Schlaf war noch immer einer der besten Ärzte. Siwa überlegte, was sie jetzt weiter unternehmen sollte. In der Nähe des unheimlichen Turmes wollte sie während der Nacht nur ungern bleiben. Außerdem musste sie Jadwéj suchen. Aber solange N'jara noch nicht wieder bei Bewusstsein war, durfte sie die auch nicht allein lassen.

Als erstes versuchte Siwa ein Grab für die toten Männer zu graben, damit der Leichengeruch nicht die Tiere des Waldes anlockte. Doch der Waldboden war von Wurzeln durchzogen, die ein Graben unmöglich machten. Also warf Siwa die Leichen nur auf einen Haufen und bedeckte sie mit Steinen aus dem Fluss. Doch sie wusste, dass die Aasfresser die Kadaver früher oder später wieder ausgraben würden. Und dann wollte sie mit N'jara nicht mehr in der Nähe sein.

Mit dem Schwert Bolgars schlug Siwa mühelos ein paar armdicke, lange und gerade Bäume oder Äste ab. Da es noch lebendige Bäume waren, bat sie diese um Verzeihung und erklärte ihnen, dass sie das Holz für N'jara bräuchte. Dann baute sie daraus ein Travois, das sie mit den Satteldecken der herrenlos gewordenen Pferde bespannte. Die Pferde ließ sie frei. Nur den Ezrat-Schimmel behielt sie. Sie befestigte das Travois an seinem Sattel, legte N'jara darauf und bestieg dann selbst den Schimmel.

N'jara hatte zwar keinen Bogen mehr. Aber trotzdem hatte Siwa ihre Pfeile wieder aus den Körpern der toten Männer gezogen und in ihrem Köcher verstaut. Auch die Dolche von N'jara und von sich selbst, Bolgars Schwert und die Lebensmittelvorräte der Männer hatte Siwa mitgenommen. Und so brach sie auf, wieder zurück in die Richtung auf Gryn-Fjell zu, in der Hoffnung, das kleine Mädchen Jadwéj wieder zu finden.

54. WIEDER ZURÜCK NACH GRYN-FJELL

Der Ritt durch den Wald ging nur langsam vorwärts. Obwohl der Ezrat-Schimmel in wenigen Stunden an der Grenze zu Gryn-Fjell hätte sein können, dauerte die Rückkehr an den Ort, an dem Jagun sich von den Mädchen getrennt hatte, bis spät in die Nacht hinein. Jede Unebenheit des von Wurzeln durchzogenen Waldbodens erschütterte das Travois und die darauf liegende N'jara. Und durch jede Erschütterung konnte es passieren, dass die Naht, mit der Siwa den Schnitt durch N'jaras Brust geschlossen hatte, wieder aufriss. Das durfte nicht passieren. Darum ließ Siwa den Schimmel nur im Schritt gehen und hob die über den Boden schleifenden Stangen des Travois über viele Unebenheiten des Bodens. Auf diese Weise konnte sie während des Marsches durch den Wald nur selten auf dem Rücken des Pferdes sitzen. Meistens führte sie es am Zügel. Doch es gehorchte ihr auch, wenn sie neben dem Travois herging, um die schlafende N'jara zu beobachten, oder eben, wenn sie das Ende des Travois über Wurzeln hob oder immer wieder ganze Strecken weit trug.

Siwa war mit Pferden aufgewachsen. Sie liebte sie und hatte sich in Lorko-Bran immer gerne mit ihnen beschäftigt. Einen Ezrat-Schimmel hatte sie erst einmal gesehen. Ein reisender Pferdehändler hatte ihrem Vater einmal einen angeboten. Doch der Preis für das Pferd hatte weit über dem gelegen, was Siwas Vater im Stande gewesen wäre zu bezahlen.

Siwa hatte nicht gehört, ob Bolgar den Schimmel mit einem Namen angesprochen hatte, darum nannte sie ihn einfach nur ‚Grauer', oder ‚mein hübscher Grauer' oder ‚mein großer Grauer'. Und der große, graue Schimmel schien jedes Wort zu verstehen, das sie sagte. Aufmerksam lauschte er ihrer Stimme. Seine Ohren bewegten sich unentwegt und er befolgte jeden ihrer Befehle, genauso wie er auf jeden kleinsten Schenkeldruck reagierte, wenn sie auf seinem Rücken saß. Es schien so, als wenn der Schimmel dankbar dafür wäre, dass er seinen grobschlächtigen Vorbesitzer Bolgar gegen die zarte und sanftmütige Siwa hatte eintauschen dürfen. Wenn Siwa auf ihm ritt, wirkte es fast so, als wenn sie mit ihm verschmelzen würde. Siwa hätte den Grauen gerne einmal laufen lassen; sie hätte gerne seine Kraft gespürt und herausgefunden, wie schnell er laufen konnte. Doch solange N'jara so schwach war, dass sie nicht selbst laufen konnte, ging die Sorge um sie vor.

Neben der Sorge um N'jara, Jadwéj, mich und Jagun, war die Verbundenheit zu dem großen Grauen nicht das einzige, das Siwa beschäftigte. Das seltsam geformte, einschneidige und leicht gebogene Schwert Bolgars übte eine eigenartige Faszination auf sie aus. Sie war in ihrem bisherigen Leben noch nicht viel mit Schwertern in Berührung gekommen, auch wenn die meisten Männer, die sie kannte, einschließlich ihres Vaters, welche trugen. Doch ihr Vater hatte seines niemals geschwungen. Siwa konnte sich nicht einmal daran erinnern, ob sie das Schwert ihres Vaters jemals aus der Scheide gezogen gesehen hatte. Jetzt dachte sie über die wenigen Kämpfe nach, die sie in ihrem bisherigen Leben gesehen hatte, einschließlich des Kampfes, den Jagun unbewaffnet und passiv gegen die Bauern ausgetragen hatte, die mich im Fluss überwältigt hatten. Und sie verglich diese Kämpfe mit den Tänzen, die sie mit der Mistgabel, dem Besen und dem Dreschflegel aufgeführt hatte. Ihre Mutter hatte immer nur lächelnd gemeint, dass Siwa zu viel Energie gehabt hätte. Doch ihr Vater hatte geschimpft, wenn er sie bei ihren Tänzen überraschte, und er hatte sie ermahnt, dass sie sich auf die Arbeit konzentrieren sollte. Doch die Arbeit hatte unter ihren Tänzen nie gelitten, sondern war ihr auf diese Weise viel leichter von der Hand gegangen. Wenn Siwa getanzt hatte, dann waren alle ihre Bewegungen fließend gewesen. Sie hatte mit dem Dreschflegel sogar den Docht einer brennenden Kerze treffen können, um diese zu löschen, ohne dass dabei auch nur ein einziger Tropfen Wachs verloren gegangen wäre.

Heute hatte sie zum ersten Mal einen Menschen getötet. Da sie das getan hatte, um N'jara zu beschützen, hatte sie sich gut dabei gefühlt. Und selbst im Nachhinein, während des schweigsamen Marsches durch den Wald, fühlte es sich noch richtig für Siwa an. Wenn man in dieser Welt überleben wollte, dann musste man bereit sein, dafür zu kämpfen. Siwa wollte kämpfen; nicht nur für sich selbst, sondern vor allem um die Freunde, die sie gewonnen hatte; für die Freunde, die ihr Leben für sie gewagt hatten, als sie selbst wehrlos gewesen war. Und darum überlegte sie, was denn so viel schwerer daran sein sollte ein Schwert zu schwingen, als einen Dreschflegel, einen Besen oder eine Mistgabel.

Das Schwert Bolgars lag gut in der Hand und war nicht zu schwer für Siwa. Seine Klinge sang, wenn es geschwungen wurde. Siwa nahm sich vor, zu lernen, dieses Schwert zu führen. Es war an der Zeit, ihr Leben zu ändern.

55. ENTFÜHRT VON VAMPIRINNEN

Als Siwa mit dem großen Grauen und der durch den Blutverlust noch sehr geschwächten N'jara mitten in der Nacht den Wasserfall erreichte, an dem Jagun sich auf der Suche nach mir von ihnen getrennt hatte, war sie umsichtig genug, unterhalb des Wasserfalls zu lagern, dort, wo noch einige Bäume und Büsche Schutz und Deckung boten. Doch nachdem sie N'jaras Wunde gesäubert, mit frischer Salbe bestrichen und neu verbunden hatte, gönnte sie sich in dem Becken unterhalb des Wasserfalls ein erfrischendes Bad.

Sie entledigte sich ihrer Kleidung und auch des Phallus, durch den das Wars-Sekret seine Wirkung in ihr nicht entfalten konnte, und sprang in die erfrischenden Fluten. Und während sie sich wusch, kamen zum ersten Mal seit N'jara verwundet worden war, die Erinnerungen an die Vergewaltigung und die damit verbundenen körperlichen und seelischen Schmerzen wieder hoch und ließen sie vor Scham und Trauer weinen. Aber dann dachte sie sich wieder, dass sie für N'jara und Jadwéj stark sein müsste und wischte sich die Tränen aus den Augen. Und da entdeckte sie im silbern glänzenden Mondlicht den Schmuck, den N'jara an der Knospe ihrer linken Brust getragen hatte. Er lag im flachen Wasser ganz nah am Ufer. Seit N'jara zurückgekehrt war und Siwa vor den Plünderern gerettet hatte, hatten die beiden Mädchen noch nicht miteinander sprechen können. Siwa wusste nicht, was N'jara erlebt hatte, so wie N'jara nach Siwas Überzeugung noch nicht wissen konnte, dass Jadwéj verschwunden war. Doch das war ein Irrtum, denn als N'jara zu der Stelle zurückgekehrt war, an der sie Siwa und Jadwéj zurückgelassen hatte, da hatte sie nur Siwas Spuren gefunden. Und deswegen hatte sie auch sofort erkannt, dass Jadwéj schon vor oder während des Regens das Lager verlassen haben musste. Als sie dann der Fährte Siwas gefolgt war, hatte sie außerdem festgestellt, dass Siwa aufrecht, zügig und ohne Unterbrechung sehr weit marschiert war. Und sie hatte sich gefragt, wie das in Siwas Zustand möglich gewesen war. Die dauernde Erregung, in die Siwa durch das Warssekret versetzt wurde, hätte einen solchen Marsch eigentlich unmöglich gemacht. Doch bevor N'jara eine Antwort auf diese Frage gefunden hatte, hatte sie die Stelle erreicht, an der Siwa eingefangen, überwältigt und entführt worden war. Und sofort war sie der neuen Fährte gefolgt, um Siwa beizustehen und zu befreien. N'jara hatte also schon mehr von dem gewusst, was während ihrer Abwesenheit passiert war, als Siwa ahnte. Nur die Zusammenhänge und Gründe für all das, die konnte N'jara sich nicht erklären.

Siwa nahm N'jaras Schmuck an sich und wollte sich eben wieder ankleiden, als ein dunkler Schatten über sie hinweg glitt und sie das laute Schlagen der lederartigen Flügel eines Vampirs vernahm. Der Vampir stieß schnell wie ein Falke auf Siwa hernieder. Doch Siwa reagierte sofort und ergriff nackt, wie sie war, die Flucht; jedoch nicht in die Richtung, in der sie N'jara zurück gelassen hatte. Sie wusste, dass sie dem Vampir nicht entkommen konnte, doch sie wollte um jeden Preis verhindern, dass dieser auch N'jara entdeckte und lockte ihn deshalb in eine andere Richtung. Der Vampir, oder besser ausgedrückt: Die Vampirin, die in einem Schwarm mit mindestens fünf weiteren Vampirinnen auf dem Rückflug nach Gryn-Fjell war, packte Siwa mit ihren Klauen bei den Schultern, warf sie zu Boden und betrachtete sich ihre nackte Beute mit ebenso gierigem wie lüsternem Blick. Siwa fürchtete sich. Doch um N'jaras Sicherheit willen unterdrückte sie gerade noch den Schrei, den sie vor Panik beinahe ausgestoßen hätte, denn wenn N'jara den Schrei gehört hätte, dann hätte sie mit Sicherheit versucht, Siwa beizustehen und wäre ebenfalls in die Hände oder Klauen dieser Vampirfrauen gefallen.

Drückend wie ein Nachtmahr kauerte die Vampirin auf Siwa. Und dann fletschte sie plötzlich ihre Zähne und schlug sie ohne Vorwarnung in Siwas Brust.

Angeregt durch diesen unerwarteten und erregenden Biss fühlte Siwa auch wieder die Erregung in ihrem Schoß erwachen. Da löste die Vampirin ihren Mund mit einem genüsslichen „Ahhh" wieder von Siwas Busen, packte sie an den Armen und erhob sich mit ihr in den Nachthimmel.

Erst als sie schon viel zu weit entfernt waren, fiel Siwa ein, dass sie N'jaras Schmuck als Richtungsweiser für diese hätte fallen lassen sollen. Jetzt hatten sie schon viele Kilometer über Gryn-Fjells grüne Decke zurückgelegt. Es war unmöglich, dass N'jara ihren Schmuck hier noch finden würde, wenn Siwa ihn jetzt fallengelassen hätte. Also hielt Siwa die Schnur mit den Perlen und der kleinen Falkenfeder ganz fest, damit sie sie nicht verlor.

Siwa wusste nicht, woran es lag, aber sie vermutete, dass es mit dem Biss der Vampirin zusammenhing, dass sie während des Fluges keinerlei Furcht verspürte. Voller Faszination beobachtete sie die anderen Vampirinnen, die ebenso nackt, wie sie selbst, mit kraftvollen und majestätischen Flügelschlägen durch den Nachthimmel rauschten.

Im Osten zeigte sich ein erster silberner Streifen am Horizont, als die Vampire in den Schatten der großen Wand eintauchten und mit ihrer Beute in eine der großen Höhlen flogen. Siwa wurde wortlos abgelegt. Und dann verschwanden die Vampirinnen in der Dunkelheit der Höhle. Nur die, die Siwa entführt hatte, wendete sich noch einmal zu ihr um und sagte beruhigend: „Hab keine Angst, weiße Taube. Hier bist Du in Sicherheit.

Hier wird kein Mann Dir jemals wieder wehtun können."

Und dann sah Siwa zum ersten Mal, wie ein Vampir sich verwandelte: Die schwarze, lederartige Haut der Vampirin wurde ganz zart und weiß und die riesigen, klauenbesetzten Schwingen schrumpften zusammen, bis nichts mehr von ihnen übrig war. Siwa stand nur noch eine wunderschöne, wenn auch außergewöhnlich blasse, nackte Frau gegenüber. Und die forderte sie ganz sanft auf: „Ruh Dich aus. Du wirst bald abgeholt."

Damit verschwand die Vampirin in der Dunkelheit der Höhle und Siwa blieb allein in deren Eingangsbereich, hunderte von Metern über den grünen Schluchten Gryn-Fjells zurück.

Langsam breitete sich das blasse Licht des anbrechenden Tages über dem Land aus. Aus Ehrfurcht vor dem majestätischen Anblick, der sich Siwa bot, sank sie auf die Knie. Ihr Blick schweifte in die Unendlichkeit über das moosbewachsene Gebirge. Siwa schwindelte vor dieser Höhe. Doch schlimmer als das war ihre langsam wieder unerträglich intensiv werdende Erregung. Siwa kam der Gedanke, dass die Vampirin, die sie gebissen und anschließend entführt hatte, ihre unfreiwillige Lust bemerkt, aber falsch interpretiert haben musste. Vielleicht hatte sie sie nur deshalb in den Busen und nicht in den Hals gebissen, weil sie Siwas Erregung auf sich selbst bezogen hatte.

Siwas Phallus war unterhalb des Wasserfalls bei ihrem Kleid und ihren Stiefeln zurückgeblieben. Ohne ihn würde sie den Tag wahrscheinlich nicht überleben. Aber Siwa dachte sich mit einem Anflug von hämischer Schadenfreude, dass sie den Vampiren auf diese Weise noch ein Schnippchen schlagen könnte. Es war besser, an ihrer Lust zu sterben, als bis in alle Ewigkeit als Vampir zu leben. Kurz dachte Siwa sogar daran, sich in die Tiefe zu stürzen, doch dann erinnerte sie sich plötzlich an mich. Sie wusste, dass auch ich von einem Vampir verschleppt worden war. Und darum erschien es ihr als sehr wahrscheinlich, dass auch ich in einer dieser Höhlen gefangen gehalten werden würde, falls ich überhaupt noch am Leben war. Noch war Siwa in einem stabilen Zustand. Noch war es ihr möglich, klar zu denken und sich auf ihren Beinen vorwärts zu bewegen. Nach allem, was sie von Vampiren wusste oder zu wissen glaubte, schliefen diese am Tag. Und da jetzt der Tag anbrach, war das wahrscheinlich die einzige sich bietende Gelegenheit, um nach mir zu suchen und mich zu befreien. Während des Fluges über Gryn-Fjells zerklüftete Schluchten hatte Siwa nicht einen einzigen gangbaren Weg unter sich entdeckt. Und so weit, wie sie über das Land geflogen waren, dachte sie sich, dass Jagun, falls er überhaupt in die richtige Richtung marschierte, noch Wochen unterwegs sein würde, bis er am Fuße dieser so unendlich hoch aufragenden, senkrechten Felswand feststellen würde, dass die Behausungen der Vampire nur aus der Luft zu erreichen waren. Diese Höhlen waren uneinnehmbar. Und deshalb war Siwa die einzige, die mich retten konnte, wenn ich noch zu retten war. Sie atmete ein paar Mal tief durch und trat dann tapfer in den dunklen Gang. Doch sie merkte sehr schnell, dass es darin nicht so dunkel war, wie es vom Eingang her den Anschein hatte. Obwohl es keine erkennbare Lichtquelle in der Höhle gab, herrschte ein matter, grünlicher Schimmer, der Siwa das Vorwärtskommen sehr erleichterte. Immer weiter folgte sie den schier endlos erscheinenden, weit verzweigten Gängen des Höhlensystems und verlor sich immer mehr in diesem Labyrinth, aus dem sie glaubte, niemals wieder herausfinden zu können. Doch da der Eingang, durch den sie in die Höhle gelangt war, nicht dafür vorgesehen war, dass gewöhnliche Sterbliche die Höhle durch diesen auch wieder verlassen konnten, war es auch nicht wichtig, den Weg zurück zu finden. Vielmehr hoffte sie darauf, dass sie während ihrer Suche nach mir auch einen anderen Ausgang finden würde. Doch sie fand nur den Weg in eine andere Höhlenöffnung in der hohen Wand. Da war es schon fast Mittag.

Siwas Erregung war inzwischen schon wieder so stark, dass sie sich kaum noch auf den Beinen halten konnte. Immer wieder knickten ihre Beine ein und sie musste sich ihre Hände, in den Schoß pressen. Doch immer wieder zwang sie sich dazu, sich wieder zu erheben und weiter nach mir zu suchen, bis sie irgendwann tatsächlich in die Höhle gelangte, in der ich auf der kalten Felsplatte angekettet war. Siwa erschrak, als sie mich erblickte. Ich war sehr blass und ausgemergelt, hatte aber, obwohl ich nicht bei Bewusstsein war, angeblich trotzdem eine Erektion. Siwa bemerkte mit Entsetzen die Male der Vampire, dort wo sie mich gebissen und mein Blut getrunken hatten; an meinem Hals, an meinen Hand- und Fußgelenken, überwiegend aber an meinem Penis und dort vor allem in der Eichel, die kaum noch als solche zu erkennen war.

Siwa hat es zwar nicht gesagt, aber ich bin überzeugt, dass ihr Blick mit einiger Bewunderung an diesem stolzen, erhabenen und begehrten Stück Männlichkeit hing. Und sie war ganz sicher eifersüchtig auf die Vampirinnen, die mir auf so leidenschaftliche Weise bewiesen hatten, wie sehr sie mich begehrten. Sicherlich wünschte sie sich, an deren Stelle zu sein und ebenfalls in mein Horn des Westens beißen zu dürfen.

Angeblich dachte sie sich beim Anblick meiner Erektion in meiner erbärmlichen Lage aber nur: *Typisch Andieu!*

Na ja, bevor sie jedenfalls versuchte, mich zu befreien, schob sie meine Lippen nach oben, um sich davon zu überzeugen, dass ich noch ein Mensch war und mich durch die Bisse nicht selbst schon in einen Vampir verwandelt hatte. Das hatte ich glücklicherweise nicht. Doch als sie dann versuchen wollte, mich von den Ketten zu befreien, bemerkte sie einen sich aus einem der Gänge nähernden Schatten. Schnell zog sie sich in eine dunkle Nische hinter einer Felssäule zurück und beobachtete aus dieser Deckung heraus, wie zwei junge, hübsche Vampirmädchen die Höhle betraten. Die eine stützte mich und die andere flößte mir eine Karaffe voll

Wein ein. Zuerst dachte Siwa, dass es Blut wäre. Aber dann hörte sie, wie eines der beiden Vampirmädchen zu dem anderen sagte, dass ich durch den Wein bald wieder genug Blut für ein Mahl hätte.

Siwa hoffte, dass die beiden Vampire sich wieder zurückziehen würden, nachdem ich den Wein getrunken hatte. Doch die beiden blieben bei mir und wachten an meinem Lager.

Stunde um Stunde verging. Siwa kauerte hinter der Säule und ihre Erregung wurde so stark, dass ihre Beine so sehr zu zittern begannen, dass sie nicht einmal mehr hätte aufstehen können. Fieberhaft und kaum noch bei Bewusstsein versuchte sie sich selbst zu befriedigen, um wieder einen erträglichen Zustand zu erreichen. Doch es gelang ihr nicht, sich selbst und damit auch mich, zu retten. Ihre Erregung wurde intensiver, als ihr Körper es aushalten konnte und Siwa versank in Finsternis.

56. SIWA UND DIE VAMPIRE

Als Siwa wieder zu sich kam, fühlte sie sich müde und erschöpft. Ihre Augenlider waren schwer wie eine tote Seekuh. Sie hatte keine Schmerzen und auch ihre Erregung hatte eine sehr angenehme Intensität, die ihr lustvolle Schauer durch den Körper jagte. Doch ihr Herz raste und das Blut in ihren Adern brannte heiß.

Sie haben mich zu einer von ihnen gemacht, dachte Siwa voller Entsetzen, als ihr Bewusstsein langsam zurückkehrte. *Sie haben mich in einen Vampir verwandelt!*

So schwach und schwer, wie sie war, konnte sie ihrer Panik noch nicht einmal Ausdruck verleihen. Und so lag sie weiter nur reglos und mit geschlossenen Augen da und lauschte auf ihren Herzschlag und das unnatürlich laute Rauschen des Blutes, das durch ihren Körper strömte. Doch es gab noch andere Geräusche, Geräusche außerhalb ihres eigenen Körpers, die erst langsam in Siwas Bewusstsein drangen. Plötzlich spürte sie, dass sie nicht allein war. Und dann hörte sie das leise geführte Gespräch zweier Frauenstimmen.

„Warum hast Du sie mitgebracht, Aleera?" fragte die erste Stimme sanft, doch mit einem leisen, nicht zu überhörenden Vorwurf.

„Ich will sie. Dieses Mädchen hatte keine Furcht vor mir. Mein Anblick hat sie erregt."

„Es war nicht Dein Anblick; das weißt Du. Sie hat so viel Warssaft in sich, dass ihr Blut fast ungenießbar ist. Es ist ein Wunder, dass sie noch lebt."

„Und dennoch will ich sie, Saskoméh. Ich will sie als meine Gefährtin haben."

„Das kann ich gut verstehen, Aleera. Sie ist wunderschön. Wenn ich selbst mir eine Gefährtin wählen könnte und nur nach Schönheit trachten würde, dann würde ich sie zu meiner eigenen Gefährtin machen. Doch sie ist eine Freundin Andieus."

„Liebt sie ihn?"

„Das kann ich nicht sagen. Ihre Träume sind mir bisher verborgen geblieben. Andieu träumt von ihr. Er liebt sie und er begehrt sie. Doch er liebt und begehrt jede Frau. Aber bedenke: Wir haben sie in seinem Verlies gefunden!"

„Was bedeutet das schon?"

„Vielleicht nichts, vielleicht aber auch alles. Du hast dieses Mädchen,

Siwa, an der selben Stelle gefunden, an der wir Andieu gefangen haben. Wenn sie dort auf uns gewartet hat, um sich dorthin mitnehmen zu lassen, wo sie Andieu vermutet, nur um ihn zu retten, dann klingt das in meinen Ohren nach einer sehr großen und reinen Liebe."

„Wie sollte sie ihn retten können?"

„Die Liebe findet immer Wege!"

„Lass mich Andieu töten."

„Nein, Aleera. Wir brauchen ihn für die Zeremonie! So lange müssen wir ihn noch am Leben erhalten. Und solange wird er noch sein Blut für uns geben."

„Es gibt einige, die sagen, dass sie nicht nur sein Blut trinken."

Saskoméh lachte über diese Bemerkung und erwiderte dann: „Andieu de la Moraine genießt es, wenn wir aus seinem Schwanz trinken. Es erregt ihn so sehr, dass er fast jedes Mal ein Dessert mitliefert."

Wieder einmal dachte sich Siwa: *Typisch Andieu!*

Dabei hätte sie mich bedauern sollen. Ich war schließlich nicht freiwillig in dieser Situation. Und die Annahme Saskoméhs, Siwa hätte sich absichtlich in die Hände der Vampire gegeben, um mich zu retten, hätte Siwa die Schamesröte ins Gesicht treiben müssen, weil sie an diese Möglichkeit überhaupt nicht gedacht hatte. Siwa hatte nur weglaufen wollen, um sich an ihrer Lust zu erfreuen, während Jagun als einziger aufgebrochen war, um mir beizustehen.

Was denn? Was hab ich denn gesagt? Doch nur, dass … Okay, Entschuldigung! Das war ungerecht. Siwa konnte für ihre Erregung genauso wenig, wie ich für meine; Siwa durch das Warssekret und ich, weil ich ein Mann bin. Männer sind nun mal so!

Aleera war anscheinend nicht so aufgeschlossen, was die Freuden eines ansonsten wahrscheinlich ziemlich tristen Vampirfrau-Daseins betraf, denn sie fragte entsetzt: „Ihr trinkt das wirklich?"

Doch Saskoméh erklärte mit einem Hauch von Wehmut in der Stimme: „Es gibt nicht mehr viel, was wir noch schmecken und genießen können. Versuche es, Aleera. Du wirst es mögen."

„Was ist mit dem Mädchen? Darf ich sie zu meiner Gefährtin machen?"

„Sorge dafür, dass sie nicht mehr in Andieus Nähe kommt. Dann kannst Du sie bei der Zeremonie zu einer von uns und zu Deiner Gefährtin machen."

Siwa hatte durch dieses Gespräch zweierlei erfahren: Erstens, dass sie noch kein Vampir war und zweitens, dass irgendeine Zeremonie geplant war, die ich wohl nicht überleben würde und in deren Verlauf ihr eigenes Leben ebenfalls enden und sich in das Dasein einer Untoten verwandeln sollte. Nur, um was für eine Zeremonie es sich dabei handelte und wie lange es noch bis zu dieser dauern würde, das erfuhr sie nicht.

Siwa hätte die Situation als aussichtslos empfunden, wenn ihr nicht ein

Satz, den Saskoméh gesagt hatte, immer wieder in den Sinn gekommen wäre: *Die Liebe findet immer Wege!*

Es musste also Wege geben, um von hier entkommen zu können. Die Frage war jetzt nur, ob ihre Liebe zu mir stark genug war, um diese zu finden.

Was weiß ich über Vampire? überlegte Siwa.

Sie kommen nur nachts aus ihrem Bau, schlafen aber nicht zwangsläufig am Tag, wie ich gesehen habe. Trotzdem meiden sie das Sonnenlicht. Einige von den Alten haben erzählt, dass Sonnenstrahlen einen Vampir töten können. Ansonsten kann man Vampire meines Wissens nur töten, indem man ihnen einen Holzpflock durchs Herz treibt. Ich kann weder die Sonne hier herein bringen, noch die Vampire am Tag nach draußen locken. Und Holzpflöcke habe ich in diesen Höhlen auch noch nicht gesehen. Knoblauch soll vor ihrem Biss schützen. Aber den gibt es hier auch nicht. Ich habe also nichts, was ich gegen einen Vampir verwenden könnte oder was mich vor ihm schützen würde. Dann bleibt mir nur die Flucht. Ich muss einen anderen Weg hier heraus finden, als den, durch den ich hergebracht worden bin, Andieu befreien und so mit ihm entkommen. Aber wie soll ich das schaffen, wenn Aleera mich bewacht und darauf achtet, dass ich nicht in Andieus Nähe komme?

Tja, wie sollte Siwa das schaffen? Es war ja nicht nur, dass sie bewacht wurde. Die Vampirfrauen hatten auch ihr Blut getrunken, was zwar ihrer Erregung anscheinend die Nahrung genommen hatte, sie aber in einen Schwächezustand versetzt hatte, in dem es ihr kaum möglich erschien, ihre Augen zu öffnen. Wie hätte sie da aufstehen und nach einem Ausweg suchen sollen? Sie war so müde und wollte nur schlafen, wusste aber, dass sie jetzt stark sein und kämpfen musste. Also zwang sie sich dazu, ihre Augen trotz der Last, die darauf lag, zu öffnen. Neben ihrem Lager erkannte sie Aleera, die Vampirfrau, die sie hierher entführt hatte. Sie trug jetzt ein langes, weißes und durchscheinendes Kleid, das die Formen ihres Körpers mehr betonte, als verhüllte.

„Wie schön Du bist", flüsterte Siwa leise und schwach, doch furchtlos und mit aufrichtiger Bewunderung. Aleera blickte Siwa lange forschend ins Gesicht. Dann streichelte sie ihr zärtlich über die Wangen, den Hals und die vollen Brüste, die unter der sanften Berührung vor Erregung zitterten.

„Ich wusste, dass Du anders bist", erwiderte sie. „Ich wusste, dass Du keine Furcht vor mir hast."

„Und dennoch bin ich vor Dir geflohen."

„Du bist nicht vor mir geflohen. Du bist vor einem Schatten geflohen, der sich auf Dich niedergesenkt hat. Doch als ich dann über Dir war, hast Du nicht geschrien und Dich nicht gewehrt. Du wolltest, dass ich Dich beiße! War es nicht so?"

Während Aleera das fragte, spielten ihre Finger ganz sanft um die zwei kleinen, runden Male auf Siwas Brust, die von ihrem Biss stammten. Siwa erschauerte, schloss die Augen wieder und hauchte: „Ja!"

Ganz sanft streichelte Aleera mit ihren kalten Fingern Siwas Körper, bis sie schließlich mit der Frage herausplatzte: „Sag die Wahrheit, Siwa: Bist Du nur wegen Deinem Freund hier?"

„Ich wusste nicht, dass Du mich mitnimmst und hierher bringst", stöhnte Siwa in ihrer durch die Zärtlichkeiten wieder angeregten Lust.

„Was bedeutet er Dir?"

Siwa spürte, wie wichtig diese Frage für Aleera war, deshalb wog sie genau ab, was sie sagen konnte oder durfte, öffnete die Augen wieder, suchte Aleeras Blick und antwortete: „Lass uns jetzt nicht über Andieu reden. Er ist unwichtig. Bitte küss mich!"

Einen Moment lang blickte Aleera Siwa skeptisch in die Augen. Doch sie konnte sich Siwas sexueller Erregung und Anziehungskraft nicht lange widersetzen oder entziehen, riss sich ihr Kleid vom Körper und stürzte sich mit animalischer Leidenschaft auf Siwa. Aleera presste und rieb ihren nackten Körper an Siwas Körper. Siwa fröstelte vor der Kälte Aleeras. Doch die schien jede Reaktion Siwas nur noch als Zeichen ihrer Lust und Erregung zu deuten. Die Lippen der beiden Mädchen trafen sich zu einem langen und intensiven Kuss voller Leidenschaft. Und als sie sich wieder trennten, entblößte Aleera in ihrer unkontrollierten Lust ihre Zähne und wollte sie in Siwas Hals schlagen. Doch da ertönte vom Eingang zu der Höhle, in dem sie sich befanden, der scharfe Ton von Saskoméhs Stimme:

„Aleera!" rief sie schneidend in den Raum. Sofort bedeckte Aleera ihre Zähne wieder und sprang wie ein geprügelter Hund von Siwa herunter.

Als Siwa dem Gespräch der beiden mit geschlossenen Augen gelauscht hatte, da hatte sie noch den Eindruck gehabt, dass sich zwei Freundinnen unterhalten würden. Doch in diesem Moment zeigte sich, dass es eine ganz klare Hierarchie gab. Und in dieser Hierarchie stand Aleera weit unter Saskoméh.

„Willst Du sie umbringen?" fragte Saskoméh scharf weiter. Aleera warf sich vor ihrer Herrin auf die Knie und winselte: „Bitte verzeih, Saskoméh. Ich habe mich vergessen."

Langsam entspannte sich Saskoméhs strafender Blick wieder. Sie reichte Aleera ihre Hände, half ihr beim Aufstehen und sagte sanft: „Es ist ja zum Glück nichts passiert. Geh und hole unserem Gast einen Krug Wein, damit sie sich stärken kann."

In dem Blick, den Aleera Siwa zuwarf, bevor sie die Höhle verließ, um den ihr erteilten Befehl auszuführen, spiegelte sich eine eigenartige Mischung aus Schuldgefühlen und Eifersucht; Schuldgefühlen wegen dem, was sie eben fast getan hätte: Siwas Blut zu trinken, ohne ihr die Zeit gelassen zu haben, sich zu regenerieren, was Siwas Tod bedeutet hätte; und Eifersucht, weil Saskoméh bei Siwa blieb, während sie selbst Wein holen musste.

„Anscheinend hast Du Aleeras Leidenschaft mehr entfacht, als es für euch beide gut ist", sagte Saskoméh sanft, als sie sich zu Siwa setzte.

„Das tut mir leid", antwortete Siwa schwach. „Das wollte ich nicht."

Irgendwie hatte Siwa den Eindruck, dass Saskoméh ihr nur durch ihre Anwesenheit Kraft rauben würde. Es fühlte sich so an, als ob die Vampirin in ihre Gedanken eindringen wollte. Als Siwa das erkannte, verschloss sie ihre Gedanken vor Saskoméh, ohne sich darüber klar zu sein, wie sie das machte. Doch sie spürte, wie ihre Kräfte, die durch den Blutverlust ohnehin nicht besonders groß waren, wieder zurückkehren. Und schließlich seufzte Saskoméh erschöpft und gestand in ihrer undurchsichtigen, aufgesetzten Freundlichkeit: „Du bist stärker, als Du selbst ahnst, Siwa."

Bin ich das? fragte sich Siwa, und dachte mit Schmerzen daran, dass sie sich in der Opferrolle befand, seit sie einen aufdringlichen Verehrer abgewiesen hatte und als Rache dafür von diesem als Hexe denunziert worden war. Doch sie ließ diese Erkenntnis keine Gestalt in ihren Gedanken annehmen. Sie ließ nicht zu, dass Bilder von mir, Jagun, N'jara oder Jadwéj in ihrem Kopf entstanden, denn sie spürte, dass Saskoméh noch immer versuchte, in ihren Kopf einzudringen. Und Siwas Gedanken hätten Saskoméh alles verraten; sie hätten ihr verraten, dass Siwa durchaus beabsichtigte, mich zu retten; sie hätten ihr verraten, dass Jagun aus genau diesem Grund auf dem Weg durch Gryn-Fjell war, dass Jadwéj Jagun gefolgt war und dass N'jara verwundet und wehrlos an der Grenze zu Gryn-Fjell lag. Ebenso hätte Saskoméh erfahren, dass Siwa liebte und dass in ihrem Herz deshalb gar kein Platz für Aleera war. Darum verbannte Siwa alle Gedanken an die, die ihr etwas bedeuteten aus ihrem Kopf und malte sich stattdessen nur aus, wie es wäre, von Saskoméh berührt, geliebt und begehrt zu werden. Sie ließ diese Fantasie im Bewusstsein ihrer eigenen Erregung entstehen, verdrängte das Wissen um das, was Saskoméh und Aleera waren und dachte nur an deren Schönheit und ihre blassen Körper, die niemals alterten. Sie dachte daran, Saskoméh zu berühren und ihre kalten, erregten Brüste zu küssen und zu liebkosen.

Und plötzlich geschah etwas. Siwa spürte, wie Saskoméh in ihre Gedankenwelt eintauchte, wie sie diese Fantasien genoss und sich ihnen hingab. Dadurch öffnete Saskoméh sich selbst. Und Siwa konnte einen kurzen Blick in ihre Seele werfen, falls man bei Vampiren überhaupt noch von einer Seele sprechen kann. Doch als Saskoméh merkte, dass sie die Kontrolle verlor, blockierte sie ihre Gedanken sofort wieder. Siwa war es nur für den Bruchteil einer Sekunde möglich gewesen, in Saskoméh zu lesen. Dennoch hatte sie mehr gesehen, als sie verkraften zu können glaubte.

Saskoméh sah Siwa verwirrt an. Und Siwa fragte sich, ob diese Verwirrung eine Folge der erotischen Gedanken war, in die Saskoméh sich eingeklinkt hatte, oder ob sie daher rührten, dass Saskoméh nicht wusste, ob es Siwa möglich gewesen war, ihr Bewusstsein anzuzapfen. Doch Siwa gab nichts von diesen Überlegungen preis. Sie spürte, dass Saskoméh sich zurückzog und ihre Gedanken vor ihr verschloss. Und da erkannte sie, dass Saskoméh sie fürchtete. Zuerst war es ihr nicht gelungen, in Siwa zu lesen; und als sie dann in deren Gedanken nur erotische Fantasien gefunden hatte, in denen Siwa und Saskoméh sich zärtlich liebten, da hatte sie selbst eine Tür aufgestoßen, durch die es Siwa möglich gewesen war, in ihr Bewusstsein einzutauchen. Und jetzt fragte sich Saskoméh, was Siwa dort gefunden hatte. Doch von Siwa erfuhr sie nichts, denn Siwa konzentrierte all ihre Gedanken nur auf die erotischen Fantasien, die sie eben mit Saskoméh geteilt hatte, senkte verlegen ihren Blick und hauchte schüchtern: „Bitte verzeih!"

Damit gestand sie zwar ein, gespürt zu haben, dass Saskoméh diese Fantasien nicht verborgen geblieben waren. Doch sie verriet mit keinem Gedanken und mit keiner Gefühlsregung, dass sie selbst Einblick in Saskoméhs Wesen gehabt hatte.

Obwohl Siwa noch immer das Misstrauen und die Verunsicherung in Saskoméh spürte, lächelte diese sie nachsichtig an, streichelte ihr zärtlich über die Haare und erwiderte sanft: „Du bist noch so jung, Siwa. Genieße Deine Jugend und Dein ‚Leben', um so intensiv fühlen, lieben und begehren zu können."

Damit wendete Saskoméh sich ab und erhob sich. Doch Siwa griff schnell nach ihrer Hand, drückte sie und warf ihr einen so sehnsüchtigen und flehenden Blick zu, dass Saskoméhs Misstrauen ihr gegenüber einen deutlichen Sprung bekam.

Siwa wusste, dass sie ein gefährliches Spiel spielte. Doch nach allem, was sie in Saskoméhs Gedanken gesehen hatte, wusste sie auch, dass nicht nur ich und sie selbst in großer Gefahr schwebten. Saskoméh hatte meine Gedanken und Träume angezapft und auf diese Weise von Siwa, N'jara, Jadwéj und Jagun erfahren. Zum Glück war ich in meinem verwirrten Zustand aber gar nicht in der Lage gewesen, die Zusammenhänge und auch die Verhältnisse unter uns richtig zu sortieren. Alles, was Saskoméh über mich erfahren hatte, war, dass ich sowohl auf Siwa, als auch auf N'jara scharf war. Aber in meinen Träumen und Gedanken waren auch Jagun und Jadwéj aufgetaucht. Zu Jagun und N'jara war es Saskomèh von Anfang an nicht möglich gewesen, irgendeine geistige Verbindung herzustellen. Aber Siwa und Jadwéj hatte sie sehen können. Und es war nicht Siwa, so wie ich gedacht hatte, sondern Jadwéj, in der Saskoméh die zukünftige Herrscherin über die Vampire und die Menschheit erkannt hatte. Das Kleid des Blutes, das Saskoméh mir gegenüber erwähnt hatte, war nicht Siwas rotes Kleid, sondern Jadwéjs Brust, aus der ich die Auswüchse ihrer beginnenden Verwandlung, die von den Dornenbüschen Hradotéjs hervorgerufen worden waren, herausgeschnitten hatte; Jadwéjs Brust, die durch diese Operation blutigrot war und für immer entstellt bleiben würde.

All das hatte Siwa in Saskoméhs Gedanken gesehen. Sie hatte gesehen, dass Jadwéj auf dem Weg hierher war. Und sie hatte auch gesehen, dass Jadwéj auf den Thron der Vampire gesetzt wird, dass sie in meinem Blut badet und sich in ein größeres Ungeheuer verwandelt, als sie es mit ihrem grauen Schnapper gewesen war. Die Vampire aller Clans und aller Länder fielen in dieser Vision, von der Siwa nicht wusste, ob sie eine vorherbestimmte oder nur eine mögliche Zukunft darstellte, wie Heuschrecken in Gryn-Fjell ein. Und in nur wenigen Tagen gab es keinen freien Menschen mehr in den angrenzenden Ländern. Die Menschheit wurde vollkommen versklavt. Und selbst Riesen und Trolle wurden von dieser blutrünstigen Plage bezwungen und zu willenlosen Sklaven gemacht, deren einzige Aufgabe es war, ihr Blut für die Vampire zu geben, die alle unter der Herrschaft Jadwéjs standen.

Das Spiel, das Siwa spielte, war gefährlich. Und eigentlich wusste sie noch nicht einmal, was sie mit ihrem Verhalten eigentlich bezweckte. Sie folgte nur ihrer Intuition, ihrer inneren Stimme, die ihr sagte, dass es besser wäre, das Vertrauen der Vampire zu besitzen, als sich so wie ich in eine willenlose Kreatur verwandeln zu lassen, die nur deshalb am Leben gelassen wird, um ihr Blut zu geben. Siwas einzige Chance, die Zukunft, die sie in Saskoméh gesehen hatte, zu beeinflussen oder zu verhindern, lag darin, sich einen Bewegungsfreiraum zu erhalten, und wenn es nur dafür wäre, Jadwéj im entscheidenden Moment beizustehen, sich gegen die ihr von Saskoméh vorhergesagte Bestimmung zu wehren. Doch Siwa erreichte etwas anderes, als dass die Vampire ihr vertrauten. Sie spürte das Begehren, das sie nicht nur in Aleera geweckt hatte, sondern das sie nur durch die Kraft ihrer Fantasie und Vorstellungsgabe auch in Saskoméhs totes Herz gepflanzt hatte. Und noch während Siwa Saskoméhs Hand hielt und ihr diesen Blick zuwarf, der deutlicher ausdrückte, als es mit Worten möglich gewesen wäre, wie sehr sie sich nach Saskoméhs Umarmung sehnte, erschien Aleera mit dem Gewürzwein in der Tür. Aleera sah nicht nur das Flehen in Siwas Blick, sondern auch die lodernden Flammen des Verlangens in den Augen Saskoméhs. Ihre bleichen Wangen wurden noch eine Spur fahler und der Krug mit dem Wein entglitt ihren kalten Händen und zerbarst auf dem Fels. Erst dadurch wurde Saskoméh aus dem Bann gerissen, in den Siwas Augen sie gezogen hatten. Wie eine Furie wirbelte sie herum, stürzte sich auf Aleera und riss sie mit entblößten Zähnen fauchend zu Boden. Aleera wagte nicht, sich gegen ihre Anführerin zu wehren. Sie lag reglos auf den Scherben des zerbrochenen Kruges und bot ihren Hals unterwürfig Saskoméh zum Biss an.

Siwa kam dieses Schauspiel vor, wie der Kampf zweier Raubtiere, bei dem das Unterlegene sich dem Stärkeren unterwarf; nur dass Aleera sich ohne Kampf ergeben hatte.

Saskoméh war durch den auf dem Boden zerberstenden Krug aus Siwas

Bann befreit worden und hatte sich instinktiv auf das gestürzt, was sich ihr unbemerkt genähert hatte und was eine mögliche Bedrohung hätte darstellen können. Erst als sie jetzt mit gefletschten Zähnen über Aleera kauerte, schien sie die wehrlos unter sich Liegende zu erkennen.

„Aleera", sagte sie wie aus einem Traum erwachend. Langsam entspannte ihr Körper sich wieder. Dann erhob sie sich, reichte Aleera eine Hand, zog sie auf die Füße und verschwand ohne ein weiteres Wort und ohne sich noch einmal nach Siwa umzuwenden.

Aleera stand noch einige Augenblicke wie benommen im Eingang zu der Höhle, in der Siwa lag. Doch schließlich wendete sie sich Siwa zu und sagte ausdruckslos: „Du hast mich belogen."

„Nein", verteidigte sich Siwa schnell. Doch Aleera brachte sie mit einer energischen Handbewegung zum Schweigen und erwiderte: „Nicht mit Worten, doch mit Taten!"

„Es tut mir leid, Aleera. Ich kann nichts dafür. Aber Saskoméh ist in meinem Kopf und in meinen Gedanken. Ich kann mich ihr nicht entziehen."

„Saskoméh stiehlt sich in den Kopf von jeder von uns und sie beherrscht die Gedanken und Gefühle eines jeden Menschen."

Kurz versank Aleera in dumpfes Brüten. Dann wandte sie sich wieder an Siwa und sagte nachdenklich: „Du bist erschöpft, meine weiße Taube. Ruh Dich aus. Ich hole Dir noch mal Wein."

Siwa war wirklich erschöpft und ließ ihren Kopf zurück auf das Lager sinken. Doch kaum hatte Aleera sie verlassen, da zwang sie sich dazu, aufzustehen und der Vampirin hinterher zu schleichen. Doch weit kam sie nicht, denn die sich durch den Fels ziehenden Tunnel, die die verschiedenen Räume miteinander verbanden, waren nicht leer. Überall waren andere Vampire unterwegs. Und alle waren sie junge und ausnehmend hübsche Frauen. Um von diesen nicht entdeckt zu werden, schlich Siwa wieder zurück in ihre Höhle und gönnte sich die Erholung, die sie so dringend nötig hatte.

Als Aleera mit einem neuen Krug Wein zurückkam, war Siwa eingeschlafen. Im Traum erlebte sie noch einmal mit, wie Jadwéj in meinem Blut badete. Und dann wollte Jadwéj Siwa beißen. Siwa wollte fliehen, konnte sich aber nicht bewegen. Da erschien N'jara und stellte sich schützend vor sie. N'jara redete beruhigend auf Jadwéj ein. Doch Jadwéj schien sie nicht zu erkennen, stürzte sich wie ein Tier auf N'jara und zerfleischte sie vor Siwas Augen. Da kam Jagun wie aus dem Nichts, packte Jadwéj und kämpfte gegen das Mädchen, das übermenschliche Kräfte zu besitzen schien. Die anderen Vampirfrauen fielen ebenfalls über Siwa und Jagun her. Doch da materialisierten sich Jaguns Dämonen und alles versank in Blut.

Siwa schreckte mit einem Schrei aus dem Schlaf. Sie war allein und atmete erleichtert auf, weil alles nur ein Traum gewesen war und weil Saskoméh, der es ein leichtes gewesen wäre, während Siwas Traum in ihren Kopf einzudringen und dort alle ihre Ängste und Gefühle offen vor sich liegen zu sehen, nicht bei ihr war.

Ich darf nicht mehr träumen, ermahnte sich Siwa. *Wenn ich träume, bin ich Saskoméh schutzlos ausgeliefert.*

Sie wischte sich den Schweiß von der Stirn und sank noch immer am ganzen Körper zitternd auf ihr Lager zurück. Da entdeckte sie den Weinkrug neben dem Kopfende. Skeptisch hielt sie sich den Krug unter die Nase. Der Wein roch sehr kräftig und würzig, aber nicht unangenehm. Also kostete Siwa einen kleinen Schluck und stellte fest, dass der Wein wirklich gut war und sie belebte. Doch er war sehr stark. Deshalb trank Siwa nur soviel, wie sie sicher war, vertragen zu können, ohne betrunken zu werden. Ich hätte das normalerweise auch so gemacht. Aber mir wurde der Wein ja eingeflößt. Ich hatte also gar keinen Einfluss darauf, wie viel ich trank.

Während der nächsten Zeit sah Siwa fast nur Aleera und Saskoméh. Eine von beiden war fast ständig bei ihr. Und Siwa spürte, wie die Eifersucht Aleeras auf Saskoméh immer stärker wurde, während Saskoméh sich Siwas Anziehungskraft zwar zu entziehen versuchte, ihr dabei aber immer mehr verfiel.

Saskoméh war die einzige, die Siwas Blut trank. Und das tat sie nur, wie sie glaubhaft versicherte, damit das sich in Siwa ebenso schnell wie ihr Blut regenerierende Warssekret sie nicht umbringen konnte. Wenn Siwa dann bei der bevorstehenden Zeremonie zum Vampir werden würde, dann würde das Warssekret auch seine Macht über sie verlieren. Das war aber eine Art der Heilung, auf die Siwa gerne verzichtet hätte. Und so klammerte sie sich an die Hoffnung, dass Jagun an jedem Tag, der verging, ein Stück näher kam. Saskoméh wusste, dass Jadwéj auf dem Weg war und Siwa fragte sich, warum die Vampire sie nicht einfach einsammelten und hierher brachten.

Vielleicht, so dachte sie sich, *weiß Saskoméh nur, dass Jadwéj kommt, ohne aber zu wissen, welchen Weg sie einschlägt. Vielleicht ist es aber auch wichtig, dass die neue Königin der Vampire diesen Weg allein geht.*

Siwa konnte Saskoméh nicht nach diesen Umständen fragen. Sie durfte Saskoméh nicht einmal wissen lassen, dass sie etwas von Jadwéjs Kommen wusste. Das Wissen, dass auch Jagun sich auf den Weg gemacht hatte, um mich zu befreien, war Siwas einziger Hoffnungsschimmer. Siwa war es mehrmals gelungen, einen Blick in Saskoméhs Gedankenwelt zu werfen. Und Jagun hatte sie darin ebenso wenig finden können, wie N'jara. Jagun war auf dem Weg. Und wenn N'jara klug war, was Siwa nicht bezweifelte, dann wäre sie auf dem großen Grauen schon längst auf dem Weg in ihre Heimat in Orkland.

Nach einiger Zeit deutete Saskoméh an, dass sie selbst Siwa zu ihrer

Gefährtin machen wollte. Da erkannte Siwa die grenzenlose Einsamkeit, die in jedem dieser unsterblichen Geschöpfe wohnte und sie fragte sich, wie man ohne Liebe überhaupt so unendlich lange, Jahrhunderte hindurch, existieren konnte. Welchen Sinn hatte eine solche Existenz? Beinahe hätte sie Mitleid für Saskoméh empfunden. Doch die Sorge um ihre von Saskoméh bedrohten Freunde ließ das Mitleid nicht besonders stark werden.

Seit Saskoméh Siwa zu verstehen gegeben hatte, dass sie sie zu ihrer Gefährtin machen würde, kam Aleera nicht mehr zu Siwa. Siwa hütete sich zwar immer davor, sich durch zu offensichtliches Interesse für die bevorstehende Zeremonie verdächtig zu machen. Doch das Fernbleiben von Aleera, die sich auf Saskoméhs Anordnung doch um Siwa hatte kümmern sollen, konnte Siwa hinterfragen, ohne dass Saskoméh durch diese Frage misstrauisch wurde. Und so erfuhr Siwa, dass Saskoméh Aleera nicht mehr vertraute.

„Sie will Dich für sich haben", erklärte die Hüterin der Vampire, „doch das lasse ich nicht zu. Jetzt, wo die Zeremonie unmittelbar bevor steht, wo ich den Thron, den ich so lange beschützt habe, an unsere Königin übergeben muss, will auch ich eine Gefährtin haben, eine Gefährtin, die meiner würdig ist."

„Und das bin ich?" fragte Siwa so scheu und verunsichert, wie ein kleines Kind. Doch es waren neben Siwas erotischen Gedanken, ihren Zärtlichkeiten und der Liebe, die sie Saskoméh so deutlich spüren ließ, vor allem diese zarte Zerbrechlichkeit und die Bescheidenheit, mit der sie Saskoméhs Liebe und Leidenschaft errungen hatte.

„Ja, das bist Du! Du bist die Einzige, die ich jemals für mich haben wollte. Dein Freund Andieu wird unseren Bund mit seinem Blut besiegeln. Und aus seinem Blut wird auch unsere Königin neu geboren werden!"

„Wann wird das sein?" fragte Siwa mit vor Ungeduld bebender Brust.

„Schon morgen, meine Liebe!"

Siwa fiel Saskoméh stürmisch um den Hals, küsste sie und fragte leidenschaftlich: „Warum erst morgen? Warum kann ich nicht heute schon Deine Gefährtin sein?"

Nach allem, was Siwa inzwischen darüber erfahren hatte, was es damit auf sich hatte, sich als Vampirin eine Gefährtin zu nehmen, wusste sie, dass es dafür sehr strenge Regeln gab. Daher war sie sich ziemlich sicher, dass Saskoméh ihrem ungeduldigen Drängen nicht nachgeben würde. Und auf der anderen Seite war es eine Chance, etwas über das bevorstehende Ereignis zu erfahren, ohne direkt danach gefragt zu haben. Und so war es auch, denn Saskoméh erklärte beruhigend: „Hab Geduld, meine Liebe, nur noch wenige Stunden! Unsere Königin weilt bereits hier. Und wenn heute Nacht der Vollmond über dem Ellenbogen des Ork steht, dann wird die Welt sich verändern und Du wirst für immer mit mir vereint sein."

Siwa erschauerte innerlich bei dieser Aussicht, verbarg aber ihre Empfindungen wie immer vor Saskoméh und fragte nur neugierig: „Der Ellenbogen des Ork?"

„Der lange, auf der linken Seite flach ansteigende Berg im Südwesten."

Siwa nickte verstehend. Da gab Saskoméh ihr einen zärtlichen Kuss und verabschiedete sich mit den Worten: „Ich muss Dich jetzt verlassen. Doch wenn ich zu Dir zurückkehre, dann werden wir im Angesicht unserer Königin eins werden."

Siwa hatte während der Zeit, die sie in den Höhlen der Vampire bereits verbracht hatte, nur wenig erfahren. Mich hatte sie ein paar Mal besucht, wenn sie gerade unbeaufsichtigt gewesen war. Doch leider war ich nie bei Bewusstsein gewesen und hatte ihr deshalb keine hilfreichen Tipps dazu geben können, wie wir den Vampirfrauen hätten entkommen können. Und allzu weit war sie auf ihren Exkursionen durch das Höhlenlabyrinth auch nie gekommen, da sie immer wieder auf Gruppen von Vampiren gestoßen war, denen sie sich so weit entfernt von der ihr zugewiesenen Unterkunft nicht hatte zeigen dürfen.

Jetzt stand das große Ereignis direkt bevor, ohne dass Siwa eine Möglichkeit zur Flucht entdeckt hatte.

Saskoméh hatte noch ein letztes Mal Siwas vom Wars vergiftetes Blut getrunken, damit Siwa auch die letzten Stunden bis zu ihrer Verwandlung noch überstand. So hatte zwar Siwas Erregung eine erträgliche Intensität, doch sie fühlte sich durch den erneuten Blutverlust wieder sehr geschwächt. Schnell trank sie ein paar Schlucke Wein, um sich zu stärken. Und dann wollte sie sich auf die Suche nach Jadwéj machen, um diese davon zu überzeugen, dass sie fliehen mussten. Doch genau in dem Moment, als sie ihre Höhle verlassen wollte, trat ihr plötzlich Aleera entgegen.

„Aleera", rief Siwa überrascht, als sie deren wirren Blick bemerkte, der sie wie ein gehetztes Tier aussehen ließ. Aleera drängte Siwa zurück in die Höhle und keuchte erregt: „Ich lasse Dich mir nicht wegnehmen, auch nicht von Saskoméh!"

Und damit entblößte sie ihre Zähne und schlug sie gierig in Siwas Hals. Siwa hatte durch Saskoméhs Biss schon Blut verloren und merkte deshalb schnell, wie es ihr durch den neuen Blutverlust vor den Augen zu flimmern begann. Und als sie spürte, dass sie jeden Moment das Bewusstsein verlieren würde, bat sie flehend: „Bitte hör auf, Aleera!"

Da gab Aleera Siwa mit geröteten Wangen wieder frei. Durch das Warssektret in Siwas Blut verzog sie angewidert den Mund und rülpste sehr undamenhaft. Doch dann fügte sie sich mit ihren klauenartigen Fingernägeln einen tiefen Riss in ihrer Brust zu. Schwarzes Blut sickerte daraus hervor und Aleera forderte Siwa ungeduldig und vor Erregung zitternd auf: „Trink!"

Sie nahm Siwas Gesicht zwischen ihre Hände und zog es an ihre sich selbst zugefügte Wunde. Doch als Siwas Lippen bereits in Aleeras Blut eintauchten, schrie Saskoméh vom Eingang der Höhle: „Aleera, was tust Du da?"

Aleera ließ Siwa los und wendete sich ihrer Gegnerin fauchend zu, während Siwa geschwächt zu Boden glitt.

„Es ist zu spät, Saskoméh", fauchte Aleera. „Jetzt gehört sie für immer zu mir."

Im nächsten Moment stürmten die beiden um Siwa streitenden Vampire aufeinander los. Siwa beobachtete den einsetzenden Kampf nicht, sondern kroch auf allen Vieren aus der Höhle.

Wahrscheinlich, so dachte sie sich, würde Aleera diesen Kampf gewinnen, denn Saskoméh hatte Siwa gestanden, dass das Warsgift sie schwächte. Und sie hatte öfter und mehr von Siwas Blut getrunken, als Aleera.

Vor der Höhle richtete sich Siwa auf zitternden Beinen wieder auf und flüchtete torkelnd den Gang entlang, bis ihr kurz vor dem Eingang der großen Höhle in der Felswand plötzlich Jagun im Gang gegenüber stand. Benommen und am Ende ihrer Kräfte glaubte sie, zu halluzinieren. Doch Jagun zu sehen, war die schönste Halluzination, die sie sich nur vorstellen konnte. Und darum sagt sie mit schwindendem Bewusstsein: „Jagun, ich habe auf Dich gewartet."

Dann verlor sie das Bewusstsein.

Jagun zögerte keinen Augenblick. Er sprang auf Siwa zu und fing ihren zusammensackenden Körper auf, bevor er auf den Felsen aufschlug. Schnell fühlte er, ob ihr Herz noch schlug. Dann wischte er ihr das Blut von den Lippen, öffnete diese und besah sich ihre Zähne, Erleichtert stellte er fest, dass sie noch kein Vampir war. Er konnte sich zwar nicht erklären, wie Siwa an diesen Ort gelangt war und was mit ihr geschehen war, aber er hatte auch keine Zeit, um sich mit dieser Frage zu beschäftigen, denn aus dem Gang, aus dem ihm Siwa entgegengekommen war, näherten sich Geräusche, die wie das wütende Fauchen einer großen Katze klangen. Und in das Fauchen mischte sich eine ebenso zornige, wie verletzt klingende Frauenstimme, die nach Siwa rief.

57. VOR DER ENTSCHEIDUNG

Mit Siwa auf den Armen flüchtete Jagun schnell zum Eingang der Höhle in der Felswand. Hier wäre er mit Siwa in Sicherheit gewesen, solange die Sonne ihre Strahlen in das Loch hineinwarf. Doch eine kurze Sicherheit für Siwa und sich war nicht der Grund dafür, dass er sich durch Gryn-Fjell seinen Weg bis zu Höhlen der Vampire gebahnt hatte. Diese Sicherheit würde bei Sonnenuntergang enden. Und dann würden nicht nur Siwa und er überwältigt werden und vermutlich sterben, sondern er hätte auch mir nicht mehr helfen können, falls ich überhaupt noch lebte.

Die Stimme, die Siwa gefolgt war, war im Gang zurückgeblieben. Wem auch immer diese Stimme gehören mochte, hatte Jagun noch nicht entdeckt. Bis jetzt wusste noch niemand von seiner Anwesenheit.

Der kurze Weg von der unter dem Moos verborgen liegenden Höhle zu der Höhle, in der er jetzt mit Siwa stand, war schon für ihn allein das schwierigste und gefährlichste Stück des gesamten Aufstiegs gewesen. Seine Muskeln hatten kaum Zeit gefunden, sich zu erholen. Dennoch zögerte er nicht, sich Siwa über den Rücken zu werfen, aus der Höhle hinaus auf die senkrechte Wand zu steigen und an dieser den Weg zurück zu dem geheimen Versteck unter dem Moos zu klettern. Mehr als einmal glaubte er, es nicht zu schaffen; mehr als einmal fanden seine Finger keinen Halt in der glatten Wand und er befürchtete, sich nicht mehr halten zu können und mit Siwa in die Tiefe zu stürzen. Doch er stürzte nicht.

Als Siwa erwachte und die Augen aufschlug, blickte sie an der Felswand hinab in die schwindelerregende Tiefe. Und im Gegensatz zu ihrem Flug zu den Vampirhöhlen, den sie in den Klauen Aleeras gemacht hatte, erschauerte sie jetzt, als sie so über dem gähnenden Abgrund hing. Jagun glitt durch Siwas Zusammenzucken ab und klammerte sich nur noch mit drei Fingern an den bemoosten Fels.

„Nicht bewegen!" ermahnte er Siwa und versuchte, mit der zweiten Hand und den Füßen wieder Halt zu finden. Doch er fand keinen Halt. Und schließlich glitten auch die drei Finger, mit denen er sein eigenes und Siwas Gewicht trug ab und die beiden stürzten gemeinsam ab.

Siwa sah ihr ganzes, bisheriges Leben vor ihrem geistigen Auge ablaufen. Doch obwohl sie alles wie in Zeitlupe erlebte, dauerte ihr Leben nur den Bruchteil einer Sekunde. Der Sturz führte Jagun und Siwa an der geheimen Höhle vorbei, der sie sich von oben genähert hatten. Jagun griff während des Fallens in das Loch und klammerte sich mit aller Kraft an der Kante fest. Doch durch den Ruck geriet Siwa ins Rutschen. Sie glitt von Jaguns Schulter und wäre weiter in die Tiefe gestürzt, wenn Jaguns Hand nicht blitzschnell ihr Handgelenk umschlossen hätte.

Mit der linken Hand klammerte Jagun sich an der Kante der verborgenen Höhle fest und mit der rechten hielt er Siwa, die zu schwach war, um aus eigener Kraft nach oben zu klettern oder sich auch nur an Jagun festzuhalten. So stark Jagun auch war, fühlte er doch, wie seine Muskeln erlahmten, brannten und zu zittern begannen. Doch er war nicht bereit, aufzugeben und schaffte es mit unbeugsamem Willen und übermenschlicher Kraftanstrengung, Siwa bis an die Kante der Höhle hochzuheben.

„Halte Dich fest", forderte er sie keuchend auf. Und als Siwa sich kraftlos an der Kante festzuklammern versuchte, legte er seine frei gewordene Hand an ihren Po und schob Siwa unter den aufziehenden Schatten seiner Dämonen in die geheime Höhle.

„Seit ich nach Gryn-Fjell aufgebrochen bin", keuchte er, als er sich vor Anstrengung und Schmerzen zitternd neben Siwa in der Höhle auf den Boden fallen ließ, „hatten meine Dämonen keinen Grund, sich zu zeigen. Und kaum tauchst Du auf, tanzen ihre Schatten wieder."

Siwa hatte Jagun dankbar, glücklich und verliebt um den Hals fallen wollen. Aber seine Worte sagten ihr deutlich, dass er oder seine Dämonen das nicht dulden würden. Also zog sie sich beschämt wieder vor ihm zurück und flüsterte nur: „Bitte verzeih!"

„Wie kommst Du hierher?" fragte Jagun und richtete sich mühsam auf seine Knie auf.

„Das ist nicht wichtig. Wichtig ist nur, dass sie Jadwéj heute Nacht zur Königin der Vampire machen wollen und dass Andieu während dieser Zeremonie geopfert werden soll."

Jagun starrte Siwa ungläubig an. Eine solche Auskunft hatte er nicht erwartet. Doch Siwa war nackt. Und sie erschien Jagun schöner, als je zuvor. Vor der Höhle tanzten seine zornigen Schatten. Schnell senkte Jagun errötend seinen Blick. Doch Siwa bemerkte seine Verlegenheit und sie spürte die Qual seines Herzens, das er durch den Fluch, der auf ihm lastete, abzutöten versuchte und doch nicht konnte.

Armer Jagun, dachte sie mitfühlend und traurig. Sie hätte ihn so gerne tröstend in die Arme genommen, ihn gehalten und gespürt, wie sein Körper sich an ihren schmiegt. Sie sehnte sich so sehr nach ihm und seiner Berührung. Nach all der Liebe, die sie während der letzten Zeit Aleera und Saskoméh vorgespielt hatte, bereitete der Wunsch, Jagun zu spüren, ihn zu lieben und von ihm geliebt zu werden, ihr schlimmere Qualen, als das Warssekret in ihr es vermochte. Die Wirkung des Warssekrets war unerträglich und tödlich. Doch es war nur eine körperliche Tortur. Die Liebe zu Jagun, die unerfüllt und unerwidert bleiben musste, zermarterte aber auch ihr Herz.

„Erzähle mir alles!" forderte Jagun Siwa auf, ohne sie anzusehen. Siwa umriss in kurzen Worten, was sie erlebt hatte, seit Jagun sich von ihr, N'jara und Jadwéj getrennt hatte. Doch so geschwächt, wie sie war, verlor sie immer wieder den Faden. Die Augen fielen ihr zu und sie schlief während des Sprechens fast ein. Jagun hörte ihr schweigend und äußerlich ausdruckslos zu, konnte aber nicht verbergen, wie sehr ihn das Verschwinden Jadwéjs, die Entführung und Vergewaltigung Siwas und die Verwundung N'jaras berührten und erschütterten. Auch Siwas Entführung zu den Vampiren und was sie seither durchgemacht und auch über mich erfahren hatte, beunruhigte ihn sehr. Trotzdem versuchte er sich den Anschein von Hoffnung und Zuversicht zu geben, als er, nachdem Siwa geendet hatte, erwiderte: „Dann lebt Andieu bis jetzt noch. Und Jadwéj ist noch kein Vampir."

Doch dann erinnerte er sich an das das letzte Kapitel aus Siwas Erzählung und an das Blut, das er von ihren Lippen gewischt hatte, sah sie verunsichert an und fragte: „Hast Du das Blut dieses Vampirs getrunken?"

Siwa schüttelte den Kopf und antwortete fest: „Nein, ich hab es nicht getrunken."

Jagun nickte beruhigt, sagte „Du bleibst hier" und schickte sich an, wieder aus der Höhle zu klettern. Doch Siwa fragte ihn besorgt: „Was hast Du vor?"

„Jadwéj und Andieu retten."

„Das kannst Du nicht. Hier gibt es nur weibliche Vampire. Selbst wenn sie sich untereinander nicht alle kennen würden, würdest Du nicht mal bis in Andieus Nähe kommen."

„Und Du?"

„Sie kennen sich untereinander! Und jede von ihnen weiß, dass ich noch keine von ihnen bin."

„Das wärst Du aber, wenn es nach Aleera gegangen wäre", überlegte Jagun.

Dieser Gedanke weckte auch in Siwa einen Hoffnungsschimmer. Doch dieser verglomm ebenso schnell wieder, wie er aufgeflammt war und Siwa meinte traurig: „Das schaffen wir nicht, Jagun. Ich kann an dieser Felswand nicht klettern. Und noch einmal schaffst Du diesen Weg mit mir auch nicht."

Das stimmte. Jagun musste sich eingestehen, dass er so erschöpft war, dass sogar der Aufstieg für ihn allein, der reine Wahnsinn gewesen wäre. Aber rumsitzen, nichts tun und darauf warten, dass Jadwéj in meinem Blut baden würde, war nicht das, was er sich unter der Hilfe vorstellte, die er mir hatte bringen wollen.

„Irgendetwas müssen wir doch tun können", grübelte er verzweifelt. Dann fragte er plötzlich: „Wie lange war ich schon unterwegs, als die

Vampirin Dich hierher entführt hat?"

Siwa rechnete kurz nach und antwortete dann: „Es müssen drei oder vier Tage gewesen sein."

Da sie durch ihre extremen Erregungszustände in dieser Zeit oft nicht klar denken konnte, war es Siwa unmöglich, diese genauer einzuschätzen.

N'jara ist mir einen Tag lang gefolgt, überlegte Jagun. *Doch sie konnte mich nicht finden oder einholen und ist wieder umgekehrt. Dann ist sie verwundet worden … Hoffentlich ist ihre Verletzung nicht zu schlimm. … Sie wird nicht nach Orkland zurückkehren. Wenn sie nicht an ihrer Wunde gestorben ist, … Nein, sie ist nicht gestorben. Ich hätte es gespürt, wenn sie gestorben wäre. Sie wird Siwas Spur folgen und sie wird daraus lesen, dass auch Siwa von einem Vampir entführt wurde. Also wird auch sie wieder in dieses Land ziehen. Aber sie kann unmöglich rechtzeitig hier eintreffen, um helfen zu können. Sie könnte auch nicht helfen, wenn sie hier wäre.*

Siwa war vor Erschöpfung eingeschlafen. Jagun betrachtete sie lange, nachdenklich und betrübt und murmelte: „Armes Mädchen!"

Doch seine Stimme erreichte Siwa selbst im Schlaf, denn sie antwortete, ohne zu erwachen: „Mein Name ist Siwa!"

Arme, kleine Siwa!

Jagun musste sich dazu zwingen, sich wieder von Siwa abzuwenden. Er wollte nicht riskieren, dass seine Dämonen zu früh seine Anwesenheit verrieten. Er rief sich noch einmal Siwas Bericht in Erinnerung.

Ich war gefangen und laut Siwas Interpretation in meiner Gefangenschaft sogar recht glücklich. Jadwéj war hier und sollte zur Königin aller Vampire werden. Warum war Jadwéj hier? Und wie war sie hierher gekommen?

Jagun traf während seiner Überlegungen eine schwere Entscheidung: *Wenn er vor die Wahl gestellt werden würde, wenn er die Chance hätte, nur einen von uns zu retten, Jadwéj oder mich, dann hätte er mich sterben lassen.*

Das ist doch bescheuert! Da nimmt er die Strapazen auf sich, durch Gryn-Fjell zu wandern und den Unterschlupf der Vampire zu suchen, um mich zu retten. Und wenn er dann da ist, dann ist er sofort bereit, mich für so ein kleines Ungeziefer wie Jadwéj zu opfern? Ich fasse es einfach nicht.

Nach Siwas Erzählung hatte Jagun eine ziemlich genaue Vorstellung davon, wo ich mich befand. Doch er hatte keine Ahnung, wo Jadwéj gefangen gehalten wurde. Nach dem, was Siwa in Saskoméhs Gedanken gesehen hatte, war Jadwéj keine Gefangene, sondern sie war dem Ruf ihres Schicksals gefolgt. Es war ihre Bestimmung, die Königin der Vampire zu werden. Doch das wollte Jagun nicht glauben. Egal, unter welchem Zauber Jadwéj stand; für ihn war sie nur ein kleines Mädchen, das seines Schutzes bedurfte. Nur wie sollte er sie beschützen? Wie sollte er verhindern, dass die Vampire mit ihr die Zeremonie durchführten, die nicht nur mich das Leben kosten, sondern die Menschheit in die Sklaverei der Vampire führen würde?

Es war bereits Nachmittag. Wenn die Sonne unterging, würden die Vampire aller Länder den Himmel Gryn-Fjells verdunkeln, um ihrer neuen Königin zu huldigen.

Also kennen alle Vampire diese Prophezeiung, überlegte Jagun. *Sie müssen bereits auf dem Weg sein und sich tagsüber in irgendwelchen Löchern verstecken. Wenn sie erst hier eintreffen, dann ist alles zu spät, dann habe ich es nicht mehr nur mit ein paar weiblichen Vampiren zu tun, sondern …*

Jagun stockte in seinen Überlegungen, die einen neuen Gedanken in ihm geweckt hatten. Also folgte er diesem neuen Gedanken.

… sondern auch mit männlichen Vampiren; dann werden sich die Vampire untereinander nicht mehr kennen. Und dann kann ich mich vielleicht unerkannt unter sie mischen und so an Andieu und Jadwéj herankommen. Nur wie soll ich mit ihnen entkommen?… Das muss sich ergeben.

Das war sein Plan? Es musste sich ergeben? Wenn er jetzt gleich in die Höhle gestürzt wäre, mich befreit hätte und mit mir ins Tageslicht geflohen wäre, hätten wir vielleicht entkommen können. Aber nein: Mich war er ja bereit, zu opfern, nur damit dieses hässliche Kind nicht zum Vampir wurde. Mal ganz ehrlich: Was wäre denn schlimmer daran gewesen, von Jadwéj als Vampir gebissen zu werden, als ihren verdammten Schnapper am Schwanz hängen zu haben? Und wenn dieses Monster wirklich glaubte, Königin spielen zu müssen, dann hätte er sie doch lassen können. Wenn man mir angeboten hätte, König zu werden, dann hätte ich mir vielleicht auch überlegt, ob ich einem Leben als Vampir nicht etwas hätte abgewinnen können. In meinem Beruf als Dieb hätte es durchaus einige Vorteile mit sich gebracht, Vampir zu sein. Ich hätte jederzeit schnell wegfliegen können, wenn man mich erwischt hätte, ich wäre stärker gewesen, als gewöhnliche Menschen und so gut wie unverwundbar. Ich hätte durchaus das Zeug dazu gehabt, als Vampir eine Berühmtheit zu werden. Ich kann die Schlagzeilen direkt vor mir sehen: *Der geheimnisvolle Vampirdieb hat wieder zugeschlagen!*

Aber als König hätte ich dieses Gewerbe ja gar nicht mehr ausüben brauchen. Ich hätte mich den ganzen Tag über von jungen, nackten Jungfrauen bedienen und verwöhnen lassen. Ich hätte sie …

Na ja, egal: Mich hat niemand gefragt, ob ich König werden will. Ich war nur als Opfer für die Krönungszeremonie vorgesehen. Und nicht einmal deswegen war ich gefragt worden. Nein: Ich, Andieu de la Moraine, letzter Spross der stolzen de la Moraines vom Moraine Felsen war einfach nur gekidnappt worden und sollte als Opfer geopfert werden, während Jadwéj, gemeingefährliches und schnapperbewaffnetes Straßenmonster aus Hradotéj, Königin werden sollte! Da lag doch einiges im Argen. Und ich kann dazu eigentlich nur eines sagen. Und zwar: Die spinnen, die Vampire!

Doch zurück zu Jagun: Er nahm sich tatsächlich vor, bis zum Abend und zum Eintreffen der erwarteten Vampire zu warten, bevor er wieder in die große Höhle hinaufsteigen und einen verzweifelten Befreiungsversuch unternehmen wollte. Das bot ihm die Gelegenheit, sich noch eine Weile auszustrecken und im Schlaf Erholung zu suchen. Doch bevor er sich selbst hinlegte, untersuchte er noch einmal Siwa. Und als sie erwachte, träufelte er ihr etwas Wasser aus dem feuchten Moos in den Mund. Sie war durch die Strapazen und den Blutverlust so schwach, dass Jagun noch immer auch um ihr Leben fürchtete.

58. DIE BEFREIUNG

Als der Abend dämmerte und die Sonne im Westen hinter dem grünen Gebirge versank, war Jagun bereits wieder hellwach. Er fühlte sich ausgeruht und traute seinen Muskeln zu, den Aufstieg zur großen Höhle schräg über sich noch einmal schaffen zu können. Gebannt spähte er durch den Vorhang aus Moos über das weite Land. Und schließlich sah er sie; zuerst nur einzelne schwarze Punkte am Horizont und dann mehr und mehr, bis der ganze Himmel schwarz war und die Luft erfüllt vom Rauschen der großen Schwingen. Überall klammerten sich die Vampire an die Felswand und einige, vermutlich die Führer der Clans flogen in die großen Höhlen hinein.

Jagun wandte sich zu Siwa um, die ihn mit angsterfüllten Augen ansah, und sagte: „Es ist Zeit, Mädchen. Ich muss aufbrechen."

„Mein Name ist Siwa, Freund von Andieu!"

Jagun ging nicht auf den Vorwurf in Siwas Stimme ein, sondern erklärte: „Dieser Gang führt immer weiter bergab. Ich weiß nicht, wo er endet. Aber von unten weht kühle Luft herauf. Es muss also irgendeinen Ausgang dort unten geben. Ich möchte, dass Du Dich jetzt sofort auf den Weg machst."

„Nein!"

„Ich weiß nicht, was dort oben bei den Vampiren geschehen wird. Ich weiß nicht, ob ich verhindern kann, dass meine Dämonen erscheinen. Falls ich es nicht schaffe, Jadwéj und Andieu zu retten, dann werde ich versuchen, sie selbst zu töten, damit sie weder zu Vampiren werden, noch in die Schar meiner Dämonen aufgenommen werden können. Dann darfst Du nicht mehr in der Nähe sein. Dann musst Du so weit wie möglich von hier entfernt sein."

„Nein!"

„Verstehst Du nicht, was ich sage, Mädchen?"

„Mein Name ist Siwa!"

„Du musst verschwinden. Ich …"

„Sag meinen Namen, Jagun!"

„Warum?"

„Weil ich Angst habe, dass wir diese Nacht nicht überleben."

„Du wirst überleben, wenn Du tust, was ich Dir sage."

„Ich gehe nirgendwo hin ohne Dich."

„Bitte mach es mir nicht so schwer … Siwa."

„Danke Jagun! Aber ich kann trotzdem nicht ohne Dich gehen. Selbst wenn ich es wollte, würde ich ohne Medizin, ohne den Phallus, den N'jara mir aus dem Schwamm geschnitzt hat oder ohne dass die Vampire mir mit meinem Blut auch den Warssaft aussaugen, nicht lange überleben."

„Warum hast Du das nicht gleich erzählt?" fragte Jagun verzweifelt, da Siwa diesen Umstand bei ihrem vorherigen Bericht nicht erwähnt hatte.

„Ich bin nicht wichtig, Jagun. Du musst Jadwéj und Andieu retten."

Jagun verschwieg, wie wichtig Siwa für ihn war. Das, was sie ihm eben mitgeteilt hatte, bereitete ihm allen Grund zur Sorge. Er hatte keine Ahnung, wie er Jadwéj und mich befreien sollte. Und selbst, wenn es ihm irgendwie gelingen würde, dann gäbe es in ganz Gryn-Fjell keine Medizin, die Siwa retten konnte. Kurz verbarg er sein Gesicht in seinen Händen.

„Weinst Du?" fragte Siwa ihn traurig. Aber Jagun erwiderte nur zornig: „Nein!"

Dann kletterte er schnell aus dem Loch und stieg, ohne Siwa noch einmal angesehen zu haben, in die große Höhle der Vampire hinauf.

Überall an der Felswand hingen Vampire, die mit ihren riesigen, schwarzen Flügeln schlugen. Sie fauchten sich gegenseitig an. Und Jagun beeilte sich, den Eingang zur großen Höhle zu erreichen, bevor diese wilden und blutrünstigen Kreaturen bemerkten, dass er selbst sich ganz ohne Flügel an der senkrechten Wand bewegte. Jetzt, da er ausgeruht war und seine Muskeln sich erholt hatten, erreichte er die Vampirhöhle ohne Probleme. Er beobachtete, wie die Vampire, die in die Höhle hineinflogen, sich verwandelten. Nicht alle von ihnen waren schwarz. Einige waren auch in ihrer geflügelten Erscheinungsform so hell wie Marmor. Doch in der Höhle bildeten sich von allen die Flügel zurück, bis nur noch nackte Menschen übrig waren. Und von diesen waren nicht alle so jung und schön, wie die Bewohnerinnen dieser Höhlen.

Jagun hatte keine Zeit, um zu zögern. Um nicht aufzufallen, entledigte er sich so schnell und unauffällig, wie es ihm möglich war, seiner Kleidung. Und dann folgte er dem Strom der Vampire in die Höhle hinein, bis er in dem riesigen Gewölbe ankam, in dem ich unter dem Deckengemälde auf dem harten Bett aus Stein lag und wie in Trance die Vampire beobachtete, die langsam in den Saal drängten und ihn füllten. Zwei der weiblichen, hier lebenden Vampire, die nicht nur mein Blut, sondern auch das Dessert gekostet hatten, hatten alle Hände voll zu tun, die Vampire, die gierig an mir rochen, davon abzuhalten, ihre Zähne in meinen Hals zu schlagen. Jagun nutzte die Gelegenheit, als die beiden schönen, nackten Wesen, ein paar andere, weniger schöne männliche Vampire fauchend zurückdrängten. Plötzlich stand er neben meinem Lager, packte das Eisen, das um meine rechte Hand geschmiedet war und zog es auseinander, bis es zerbarst. Da wurde eine der Vampirinnen, die mich während der letzten Tage oder Wochen so sehr verwöhnt hatte, auf Jagun aufmerksam, sprang fauchend auf ihn zu schob ihn von mir weg. Doch Jagun fauchte wie ein Panther zurück, so dass das Mädchen ängstlich vor ihm zurückwich. Auch ich erschrak vor Jaguns Fauchen und sagte oder fragte überrascht „Jagun?"

Im selben Moment stand Saskoméh, die schöne, hochgewachsene Vampirin und Hüterin dieser Schar weiblicher Vampire neben mir. Sie trug die Krallenspuren, die sich als tiefe Risse über ihren nackten Körper zogen, als deutliche Zeichen eines schweren, erst kurz zurückliegenden Kampfes und schien geschwächt zu sein. Doch sie packte meinen Kopf mit beiden Händen und soviel Kraft, als wollte sie ihn mir abreißen und fragte mich: „Jagun? Wo ist er?"

So, wie Saskoméh in meinen Kopf eindrang, wäre es mir nicht möglich gewesen, ihr etwas vorzumachen, selbst wenn ich nicht noch so benommen gewesen wäre. Deshalb antwortete ich ganz unbefangen und mit der größten Selbstverständlichkeit: „Ich weiß es nicht."

Da Jagun sofort wieder in der Masse der Vampire untergetaucht war und ich ihn nicht mehr sah, war das wirklich die Wahrheit gewesen. Und Saskoméh versuchte gar nicht erst, meine Antwort zu hinterfragen. Sie wusste, dass ich ihrem Willen nichts entgegensetzen konnte. Also ließ sie meinen Kopf zornig wieder auf den Fels zurückfallen.

„Aua!"

Wo war sie jetzt auf einmal, diese wunderschöne, zärtliche Verführerin, die mich in ihren Bann gezogen hatte? Benommen und voller Bedauern fragte ich mich, ob ich sie irgendwie verärgert hatte.

So schnell, wie sie bei mir aufgetaucht war, so schnell war sie auch wieder verschwunden. Und gleich darauf stand wieder Jagun neben mir, um meine zweite Hand von der Kette zu befreien. Aber mir klang noch immer Saskoméhs Frage in den Ohren, deshalb rief ich sofort: „Hie …"

Eigentlich hatte ich rufen wollen: „Hier ist er!"

Aber Jagun legte mir blitzschnell eine Hand auf den Mund. Und in der zweiten muss er einen Amboss gehalten und mir auf den Kopf geschlagen haben. Denn mir wurde im selben Moment schwarz vor Augen.

Als Jagun gemerkt hatte, dass meine Unvorsichtigkeit, seinen Namen zu rufen, ihn in Gefahr bringen und seinen ganzen, nicht einmal existierenden Plan zu Jadwéjs und meiner Rettung, gefährdete, hatte er sich sofort wieder in der Masse der sich gegenseitig fremden Vampire verborgen; und das keinen Augenblick zu früh, wie ihm das plötzliche Auftauchen Saskoméhs und deren an mich gerichtete Frage zeigten. Jagun fühlte sich alles andere als wohl in seiner Haut. Da die Vampire an mir gerochen hatten, befürchtete er, dass sie in ihm durch seinen Geruch ebenfalls einen lebendigen Menschen, in dessen Adern warmes Blut floss, erkennen würden. Deswegen blieb er in ständiger Bewegung und hielt sich in der Nähe keines Vampirs länger auf. Und er versuchte auch, keine unnötige Zeit zu vergeuden. Er passte den Moment, in dem Saskoméh wieder verschwand, ab und war danach sofort wieder bei mir. Er hatte noch vorgehabt, mich zu warnen, ihn durch keine Unvorsichtigkeit noch einmal zu verraten. Aber da setzte ich schon dazu an, genau das zu tun. Also hielt er mir mit einer Hand schnell den Mund zu und schlug mir, angeblich nur mit der Faust der anderen Hand, an die Schläfe. Doch seine Dämonen grollten und dadurch wurden die beiden für mich verantwortlichen Vampirmädchen auf das Gerangel aufmerksam und sprangen Jagun sofort wieder an, bevor es ihm möglich war, meine zweite Hand zu befreien. Wieder musste Jagun sich in der Menge verbergen. Er beobachtete, wie meine beiden Wächterinnen feststellten, dass ich mein Bewusstsein verloren hatte und sofort nach Saskoméh schickten. Als Saskoméh wieder bei mir erschien und dabei entdeckte, dass meine rechte Hand befreit war, ließ sie ihren Blick misstrauisch über die Menge gleiten. Dann gab sie den beiden Mädchen einen leisen Befehl, den Jagun aber nicht verstehen konnte, und verschwand wieder. Im Schutz der Menge folgte ihr Jagun, bis sie in einem anderen, von mehreren Vampirfrauen bewachten Höhlenraum verschwand. Jagun erinnerte sich daran, dass Siwa erzählt hatte, dass Saskoméh, Aleera und alle anderen Vampire, die sie hier gesehen hatte, weiße Gewänder tragen würden. Jetzt waren aber ausnahmslos alle Vampire nackt und Jagun dachte sich, dass das mit der bevorstehenden Zeremonie zusammenhängen musste.

Sich noch einmal bei mir blicken zu lassen, wagte Jagun nicht, denn er war sich sicher, dass meine beiden Wächterinnen jetzt aufmerksamer sein würden. Jagun hielt sich noch in der Nähe des Eingangs zu dem bewachten Höhlenraum auf, als Saskoméh mit einer Schar von über einem Dutzend ihrer schönen, nackten Vampirmädchen wieder herauskam. Schnell verbarg er sich hinter einer Felssäule und beobachtete, wie diese Vampire in dem großen Saal ausschwärmten und alle Ausgänge besetzten.

Sie wissen, dass ich da bin.

Da die Wächterinnen an der Pforte zu dem angrenzenden Höhlenraum ihre Aufmerksamkeit einen Moment lang auf Saskomeh und ihre Truppe richteten, gelang es Jagun, unbemerkt hinter ihnen vorbei in diesen Raum zu schlüpfen. Er hatte gehofft, dort Jadwéj zu finden. Doch was er in der riesigen Höhle vorfand, ließ ihm fast das Blut in den Adern gefrieren. Dieser Raum war bearbeitet. Er hatte senkrechte Wände. Und an diese Wände waren gefangene Menschen gekettet; Männer, Frauen und Kinder. Sie standen aufrecht und über ihren Köpfen waren eiserne Ringe in den Fels geschlagen, durch die eine Kette um den ganzen Saal gezogen war. Und an diese Kette waren die Handeisen der armen, bedauernswerten Kreaturen geschmiedet.

Es müssen Hunderte sein, dachte sich Jagun voller Entsetzen. *Hunderte Menschen als lebendige Blutvorräte der Vampire.*

Um von den im Saal anwesenden Vampiren nicht bemerkt zu werden, stellte sich Jagun schnell zwischen zwei der Gefangenen und hielt sich mit beiden Händen an der Kette fest. Das gab ihm die Möglichkeit, sich unbemerkt umzusehen. Die Gefangenen machten alles nur noch schlimmer. Jagun hatte schon nicht gewusst, wie er Jadwéj und mich befreien sollte. Wie sollte er da noch all diese Menschen, die zum Großteil völlig apathisch waren, befreien? Er sah in die ausdruckslosen Gesichter der Gefangenen, an deren Hälsen, Handgelenken und sonstigen Körperstellen deutlich die geröteten Bissspuren der Vampire zu erkennen waren. Sie hatten sich mit ihrem Schicksal abgefunden. Soweit Jagun sie überblicken konnte, regte sich in den Augen keines einzigen von ihnen auch nur der kleinste Widerstand, nicht einmal in den Stärksten von ihnen. Unter den Männern waren einige, die zweifellos Soldaten und vielleicht sogar Gladiatoren gewesen waren. Sie waren groß und stark, mit sehnigen Muskeln. Überhaupt war unter den Männern alles vertreten, Knaben und Greise, Kräftige und Schmächtige, Schöne und Hässliche. Unter den Frauen gab es jedoch keine jungen hübschen. Jagun begriff sofort, dass diese das zweifelhafte Privileg hatten, in die Reihen der hier ansässigen, weiblichen Vampire aufgenommen zu werden und er hatte Mitleid mit diesen Mädchen, die nicht gefragt worden waren, als ihnen ihre Menschlichkeit genommen worden war.

Wenn Jagun gegen die Vampire gekämpft hätte, dann wären seine Dämonen nicht nur über die Vampire, sondern auch über die gefangenen Menschen hergefallen. Und da die Dämonen gegen untote Kreaturen kaum etwas ausrichten konnten, hätten die Gefangenen als erste ihren Zorn zu spüren bekommen. Wenn Jagun entdeckt und gefangen genommen worden wäre, dann wären seine Dämonen nach zwei Tagen, von denen der erste fast verstrichen war, ebenfalls erschienen; wenn er getötet worden wäre, wären sie erschienen. Fast dachte Jagun schon, dass es ein Fehler gewesen war, mir zu folgen, um mich befreien zu wollen, denn egal, was er tat: Es konnte fast nur in einem Gemetzel enden, das zuerst die gefangenen Menschen treffen musste.

Doch Jagun hatte gar nicht viel Zeit, um sich darüber Gedanken zu machen, denn aus dem Gewölbe, in dem ich noch immer friedlich schlief, ertönte plötzlich die laute, klare Stimme Saskoméhs.

„Meine Freunde", rief sie in den Raum und gewann dadurch die Aufmerksamkeit aller anwesenden Vampire. Jagun hörte, dass es mucksmäuschenstill wurde und lauschte aufmerksam der mit Spannung erwarteten Ansprache.

„Zuerst möchte ich mich bei den Führern aller Clans für ihr zahlreiches Erscheinen bedanken!"

„Ist die Königin wirklich da?" meldete sich da ein Zwischenrufer mit einer uralten Stimme.

„Ja", erwiderte Saskoméh. „Doch alles zu seiner Zeit. Zuerst möchte ich meine Gäste darauf aufmerksam machen, dass sich ein Mensch unter ihnen befindet. Ein Freund Andieus und unserer zukünftigen Königin hat sich hier eingeschlichen."

„Ich dachte, es wäre Menschen unmöglich, in Eure Höhlen zu gelangen", warf diesmal eine jüngere Stimme vorwurfsvoll und abschätzig ein.

„Dieser Mann ist kein gewöhnlicher Mann. Und darum wäre er auch viel besser als Andieu geeignet, unsere Königin aus seinem Blut auferstehen zu lassen. Seht euch um, betrachtet jeden, der neben euch steht. Und dann bringt ihn mir."

Ein paar Minuten lang herrschte unruhiges Treiben in dem Saal. Die Vampire musterten sich misstrauisch und fauchten sich gereizt an, wenn sie sich zu nahe kamen. Zu dieser Zeit kam auch ich wieder zu mir. Mein Kopf tat weh, doch wenigstens konnte ich klar denken und war mir meiner Lage plötzlich nur zu deutlich bewusst. Ich spürte die Spannung und das Vibrieren im Raum und wagte nicht, meine Augen zu öffnen.

„Was ist?" fragte Saskoméh ungeduldig. „Seid ihr Vampire oder seid ihr Würmer, die nur noch Leichen fressen? Wo ist er?"

„Hier ist kein Mensch außer dem auf dem Altar!" rief eine Stimme ganz in meiner Nähe und ich fühlte den Atem des Rufers an meinem Hals, als er an mir schnüffelte."

„Er muss da sein", erwiderte Saskoméh zornig. Seid ihr nicht mehr in der Lage, das warme Blut eines Menschen zu riechen?"

„Und Ihr?" erwiderte der zweite Zwischenrufer ebenso zornig. „Ihr verspracht uns, dass eure Höhle vollkommen sicher wäre. Jetzt sagt Ihr uns, dass sich ein menschlicher Eindringling hier befindet. Könnt ihr überhaupt für unsere Sicherheit garantieren? Wer sagt, dass dieser eine Mann, der sich hier anscheinend so frei unter euch bewegen kann, nicht der Anführer einer Armee von Vampirjägern ist? In Jarka-Moreh wurde vor zwei Monaten ein ganzer Clan von fanatischen Menschen ausgelöscht."

„Ich habe davon gehört. Der Clan Sladomirs war alt und schwach. Sein Geschlecht war schwach. Sein Blut hat sich seit Jahrhunderten nicht erneuert. Doch heute ist alles anders. Heute Nacht vereinen sich alle Clans von hier bis zur Blutsee im Westen und bis zum Drachenmeer im Süden unter der Königin, die uns prophezeit wurde."

„Wann sehen wir sie?"

„Sobald ihr mir ihren Freund Jagun bringt."

„Dann sucht in eurem Schlafgemach, denn hier ist er nicht."

Plötzlich ertönten Kampfgeräusche und ich blinzelte vorsichtig, um zu erkennen, was da vor sich ging. Saskoméh hatte einen anderen, schneeweißen und sie um über einen Kopf überragenden Vampir wie ein wildes Tier angesprungen. Doch dieser Vampir hielt ihr stand. Er packte Saskoméh am Hals, hielt sie mit einer Hand in der Luft und zischte: „Ich könnte Dir Deine Kehle herausreißen und Deinen Kadaver an meinen Clan verfüttern. Doch ich bin nicht zum Kämpfen hier. Wir alle sind bereit, uns unserer Königin zu unterwerfen, wenn sie die Königin ist. Und da Du durch die Anwesenheit eines sich frei in euren Höhlen bewegenden Menschen selbst eingestanden hast, dass Deinem Wort nicht zu trauen ist, verlange ich jetzt augenblicklich, die Königin zu sehen!"

Da öffnete sich eine mir bisher verborgene Pforte und Jadwéj trat so stolz und erhaben in den Saal, dass ich sie fast nicht erkannt hätte. Alle Augen waren gebannt auf sie gerichtet; auch meine. Mir war bisher nicht bekannt gewesen, dass Jadwéj die Königin der Vampire werden sollte. Und ich begriff es auch jetzt noch nicht. Als ich mich davon überzeugt hatte, dass das kleine, in weiße Tücher gehüllte Mädchen wirklich das kleine Monster war, das ich kannte, rief ich ihr in einem unerklärlichen Anfall von Fürsorge und Verantwortungsbewusstsein panisch zu: „Jadwéj, wie kommst Du denn hier her? Du musst hier verschwinden. Schnell, lauf … so lauf doch! Siehst Du nicht, dass hier lauter Vampire sind? Jadwéééj!"

Mein Ruf hatte sich zu einem panischen Schrei gesteigert, denn Jadwéj reagierte nicht auf mich. Sie schien mich weder zu erkennen noch überhaupt wahrzunehmen, sondern ging wie in Trance immer weiter, bis sie an meinem steinernen Bett ankam. Erhaben, als wenn sie wirklich eine Königin wäre, stieg sie auf die Felsplatte hoch und blieb über mir stehen. Aber noch immer beachtete sie mich nicht. Sie breitete ihre Arme aus. Und dabei glitten die Tücher von ihrem Körper. Ein Raunen der Bewunderung setzte ein, in dem aber auch Furcht mitschwang. Warum das so war, konnte ich nicht sehen, denn Jadwéjs Tücher lagen auf meinem Gesicht. Instinktiv wollte ich mit meiner befreiten Hand die Tücher von mir herunterziehen. Doch in diesem Moment wurde mein Handgelenk mit eisernem Griff gepackt, während mir irgendetwas zornig ins Ohr fauchte.

Da die Vampire aus dem angrenzenden Saal mit den gefangenen Menschen ebenfalls zu uns herübergedrängt waren, hatte Jagun seinen Platz zwischen den Gefangenen unbemerkt verlassen können. Er beobachtete das Geschehen vom Durchgang der beiden Räume aus, seit Saskoméh den großen, weißen Vampir angesprungen hatte. Als jetzt Jadwéj aufgetaucht war, erschrak er nicht weniger, als ich. Ich hatte seit ich weiß nicht wie langer Zeit nur noch Vampire gesehen, Ihre Blässe fiel mir nicht mehr auf. Doch Jagun hatte sofort gesehen, wie blutleer Jadwéj wirkte, obwohl er keine frischen Bissspuren an ihr entdecken konnte. Als Jadwéj über mir stand, ihre Arme öffnete und die Tücher, die ihren Körper bedeckt hatten, auf mich herunterfielen, hielt sie plötzlich einen Holzpflock, den sie aus den Falten ihrer Tücher gezogen hatte, in der Hand. Sie drehte sich einmal, damit alle sich im Raum befindlichen Vampire sie sehen konnten. Und so sah auch Jagun, dass die blutroten Narben auf ihrer Brust wie die seltsam verzerrte Zeichnung einer blutenden Rose wirkte. Die Bewunderung der Vampire galt diesem Zeichen, das sie alle zu erkennen schienen. Doch vor dem Holzpflock wichen sie furchtsam zurück.

Mit einer Stimme, die so hohl und fremd klang, dass es mich unter den Tüchern vor ihr fröstelte, sagte Jadwéj ganz leise, aber so deutlich, dass selbst im letzten Winkel jeder Vampir sie hören konnte: „Ich bin die Königin, die euch verheißen wurde. Ich bin die Heilung, denn durch meine Adern fließt das Blut von Holz. Kein Mensch kann mich mit einem Holzpflock töten und kein Mensch wird die töten können, die mir folgen und die mein Blut trinken. Seht her!"

Und mit diesen Worten rammte sie sich selbst den Holzpflock, den sie in der Hand hielt in ihr kleines, unschuldiges Herz. In diesem Moment erkannte Jagun, dass es zu spät war. Jadwéj war bereits zum Vampir geworden. Er konnte sie nicht mehr retten. Jetzt konnte er nur noch versuchen, mich und die übrigen Gefangenen zu retten. Doch er hatte noch immer keinen Plan, wie er das anfangen sollte.

Jadwéj stand mit durchbohrtem Herzen vor den Anführern, den Fürsten der Vampirclans. Und als sie ihre Arme wieder öffnete, um alle dieses Wunder sehen zu lassen, fielen diese Fürsten der Finsternis vor dem kleinen Straßenmädchen Hradotéjs auf die Knie.

Die Zeit der Zeremonie war noch nicht gekommen. Jagun wusste von Siwa, dass diese erst stattfinden würde, wenn der Mond an einer bestimmten Stelle am Himmel stand. Und er brauchte den Mond nicht zu sehen, um zu wissen, dass dieser Moment noch nicht gekommen war. Also hatte er noch ein wenig Zeit, um einen Entschluss zu fassen. Da er glaubte, dass ich aus diesem Grund vorläufig noch in Sicherheit war, kehrte er in die Halle zu den Gefangenen zurück, um zu versuchen, die schwere Eisenkette zu lösen, an der die Gefangenen hingen. Doch selbst seine Kraft reichte nicht aus, um diese Kette zu zerreißen. Und noch während er es verzweifelt versuchte, hörte er von nebenan Jadwéj wieder ihre Stimme erheben.

„Erhebt euch", forderte sie die Vampire auf. „Noch bin ich nicht die Königin. Noch muss niemand vor mir knien. Erst durch das Blut dieses Mannes …" und bei diesen Worten hob sie die Tücher von meinem Gesicht hoch und blickte mit blutunterlaufenen Augen auf mich herab, „Erst durch das Blut dieses Mannes, den ich kannte, als ich selbst noch ein schwacher Mensch war, wird der Pakt besiegelt."

Mich fröstelte vor Jadwéjs Anblick. Was war nur mit ihr geschehen? Wie war sie hierher gekommen? Sie sah so furchteinflößend aus, dass ich wirklich Angst vor ihr bekam. Ich sah ihre spitzen Zähne blitzen und Blut spritzte auf mich herab, als sie sich den Holzpflock wieder aus dem Herzen zog. In diesem Moment machte Jagun einen Fehler, wie er selbst meinte, was ich aber gar nicht so sehe, denn er verriet sich, um mich zu retten. Als Jadwéjs Blut spritzte und mich benetzte, schrie er vom Durchgang zu dem anderen Saal: „Mach den Mund zu, Andieu. Du darfst ihr Blut nicht trinken!"

Eines hatte Jagun inzwischen begriffen; man wird nicht zum Vampir, nur weil man selbst von einem gebissen wird. Man wird zum Vampir, wenn man von einem Vampir gebissen wurde und dann selbst das Blut des Vampirs trinkt. Durch Jaguns Warnruf kniff ich sofort jede nur mögliche Körperöffnung zu. Doch möglicherweise war Jaguns Warnung völlig unnötig. Denn ich habe inzwischen eine Theorie gehört, nach der man nur zum Vampir wird, wenn man das Blut eines Vampirs trinkt, der einen selbst gebissen hat. Ich kann mich verschwommen an viele schöne Vampirmädchen erinnern, die mein Blut und anderes von mir getrunken haben. Aber Jadwéj war niemals unter diesen Vampiren gewesen. Möglicherweise wäre ihr Blut also völlig ungefährlich für mich gewesen. Doch ich hätte keinen Wert darauf gelegt, die Wahrheit dieser Theorie herauszufinden.

Noch eine andere Theorie besagt, dass man erst vollständig von einem Vampir leergetrunken werden und daran sterben muss, bevor man durch das Blut des Vampirs dann selbst in einen verwandelt wird. Aber das halte ich für Quatsch; denn wenn man erst tot ist, kann man das Blut des Vampirs ja gar nicht mehr trinken!

Jagun hatte sich, wie schon erwähnt, durch seinen Warnruf selbst verraten. Alle Blicke richteten sich auf ihn und Saskoméh rief eifrig: „Das ist er. Das ist Jagun. Fasst ihn. Bringt ihn mir!"

Im selben Moment brach im wahrsten Sinne des Wortes die Hölle los, denn Vampire sind wie Teufel. Und alle diese Teufel stürzten sich auf Jagun. Jetzt hatte er keine Zeit mehr, um sich einen Plan zur Rettung der Gefangenen, zu denen ja auch ich gehörte, zu überlegen. Jetzt musste er handeln. Doch was konnte er schon tun? Kämpfen, um damit den Tod aller Gefangenen herbeizuführen? Oder sich ergeben und das selbe Ergebnis damit erzielen? An Flucht war im Moment nicht zu denken, denn die Vampire brachen wie eine Lawine über ihn herein und versperrten ihm alle Fluchtwege, während Jadwéj von Saskoméh wieder durch die Pforte geleitet wurde, durch die sie erschienen war.

Jagun ergab sich und ich verlor den letzten Rest mir verbliebener Hoffnung und schrie, da ich in dieser Situation an seine Dämonen überhaupt nicht dachte, angeblich hysterisch: „Was tust du denn? Kämpfe doch. Schlag sie alle tot, Jagun!"

Doch Jagun stand nur reglos da und ließ zu, dass die zornigen, fauchenden und Zähne fletschenden Vampire über ihn kamen und ihn packten. Saskoméh drehte sich gerade noch rechtzeitig um, um den blutrünstigen Vampiren Einhalt zu gebieten.

„Niemand trinkt sein Blut", rief sie gebieterisch durch den Saal. „Es gehört allein der Königin!"

Typisch, dachte ich mir, während ich bitterlich weinte, *mit meinem Blut war sie nicht so geizig.*

Und ich ging sogar noch weiter in meiner stillen Anklage der Ungerechtigkeit, die ich zu erdulden hatte, denn ich dachte mir: *Ich, Andieu de la Moraine, würde mich nicht so einfach ergeben. Ich würde einen Freund nicht einfach kampflos aufgegeben, sondern bis zum Ende kämpfen. Ich würde diese Vampire in die Hölle zurückschicken, aus der sie gekrochen sind.*

Der einzige Grund, warum ich das nicht konnte, war doch, dass ich durch den Blutverlust so geschwächt war.

Einmal, wenn man einen Freund braucht; ein einziges Mal nur: Wo ist dann dieser Freund? Immer muss ich alle retten, immer fragen mich alle um meinen Rat, immer suchen alle nach meinem Schutz. Und wer schützt MICH?

„Hör auf, so zu heulen, Andieu. Das ist ja peinlich!"

Es war Jagun, der das sagte, als er an meine Steinplatte geführt wurde. Ich wollte ihm schon all meine Verachtung entgegenschleudern, doch da sank er vor Erschöpfung auf die Knie, hielt sich an der Platte fest und schob mir dabei aus Versehen eines von Jadwéjs Tüchern unter den Rücken.

„Aua", schrie ich, denn irgendetwas Hartes befand sich in dem Stoff. Jagun sah mich durchdringend an und schüttelte kaum merklich den Kopf. Ich dachte, das sollte eine Art von Entschuldigung sein, war aber nicht bereit, diese anzunehmen. Ich war sauer auf ihn, weil er mich einfach im Stich ließ. Wenn er sich selbst aufgeben wollte: Bitte, das war seine Entscheidung. Es war sein Leben. Damit konnte er tun, was er wollte. Aber ich war noch jung, ich hatte mein ganzes Leben doch noch vor mir. Das konnte er doch verdammt noch mal nicht einfach ignorieren. Da hätte er mich auch gleich selbst umbringen können.

Vermutlich hatte er das sogar vor, als er mir den Amboss auf den Kopf geworfen hat, dachte ich mir plötzlich. *Natürlich: Er gehört zu ihnen. Er hat ihnen Jadwéj gebracht.*

Furchtsam wich ich vor Jagun soweit zurück, wie das mit der noch angeketteten Hand möglich war. Doch einige von Saskoméhs Vampirmädchen drückten mich auf die Steinplatte zurück und Saskoméh befahl streng: „Bringt Andieu zu den anderen Gefangenen und legt Jagun hier auf den Altar."

Meine Ketten wurden gelöst und ich wurde von der Steinplatte gezerrt. Noch einmal schob mir Jagun unauffällig das Tuch Jadwéjs zu. Da schrie ich ihn zornig an: „Was soll ich mit dem scheiß Lappen?"

Und gleichzeitig schleuderte ich das Tuch von der Platte herunter. Doch mit dem Tuch flog auch der Holzpflock davon, den Jadwéj sich ins Herz gerammt hatte, und der jetzt unter dem Tuch verborgen gelegen hatte. Sie musste ihn fallengelassen haben, nachdem sie ihn sich wieder heraus gezogen hatte. Das hatte ich nicht sehen können, weil ich auf Jaguns Zuruf hin meine Augen geschlossen hatte. Und jetzt hatte ich die einzige Waffe, die wir im Kampf gegen die Vampire hätten einsetzen können, mitten unter diese geschleudert. Die Vampire fauchten zornig und wichen vor dem Holz zurück, während Jagun seine Augen schloss und mit einem Seufzer den Kopf auf seine Brust sinken ließ. Nur Saskoméh bückte sich und hob triumphierend das Holz auf.

Jaguns Niedergeschlagenheit wirkte wie ein Vorwurf gegen mich. Deshalb fragte ich ihn ebenfalls vorwurfsvoll: „Was denn? Woher hätte ich das denn wissen sollen, hä? Du brauchst jetzt gar nicht so zu gucken."

Jagun öffnete seine Augen wieder, sah mich an und flüsterte: „Noch ist nicht alles verloren, Andieu."

Ich glaube, erst in diesem Augenblick erkannte ich, wie ungerecht ich in meinen stillen Vorwürfen und Verdächtigungen gewesen war. Jagun war mein Freund; der einzige, den ich jemals hatte. Doch woher er jetzt noch Hoffnung schöpfte, wusste ich nicht.

Vielleicht, oder wahrscheinlich will er mir nur Mut machen, dachte ich mir traurig. Und da wurde ich auch schon abgeführt und sah jetzt selbst zum ersten Mal all die gefangenen Menschen, zwischen denen ich jetzt angekettet wurde. Keiner dieser Gefangenen reagierte. Keiner sah mich an. Keiner schien auch nur zu begreifen, dass ich ihr Schicksal jetzt teilen sollte.

Saskoméh überwachte höchstpersönlich, wie Jagun auf der Steinplatte angekettet wurde, die bisher mir vorbehalten geblieben war. Sie strich mit ihren krallenhaften Fingern gierig und erregt über die Muskeln seines Körpers. Und es war der große, weiße Vampir, der ihr ins Gedächtnis zurückrufen musste: „Sein Blut gehört der Königin. Vergiss das nicht."

Jagun schloss seine Augen und wartete still auf den Zeitpunkt, zu dem die Zeremonie stattfinden sollte. Und dann war es soweit: Jadwéj betrat wieder den Saal und schritt majestätisch auf die Opferplatte zu. Als Jagun ihren Blick suchte, glaubte er, darin ein Aufflackern des Erkennens und Erinnerns zu sehen.

„Jadwéj", sagte er sanft, „erkennst Du mich, meine kleine Rose?"

Jadwéj blickte ihn verwundert an, fasste sich an die Stirn und schien sich an Jaguns Stimme oder Gesicht erinnern zu wollen. Doch da erschien schon Saskoméh an Jadwéjs Seite, reichte ihr eine Hand und half ihr, auf die Platte zu steigen.

„Es ist soweit", rief Saskoméh durch den Saal. „Der volle Mond steht über dem Ellenbogen des Ork."

Die anwesenden Vampire antworteten auf diese Einleitung, indem sie wie Wölfe den Mond anheulten, den sie in der Höhle gar nicht sehen konnten. Selbst Jagun erschauerte bei diesem Konzert. Seine Nerven waren zum Zerreißen gespannt und alle seine Sinne waren hellwach, während sein Körper noch vollkommen ruhig da lag.

„Unsere Königin drottnari blóðrás wird aus dem Blut dieses Mannes neu geboren werden, auf dass unsere Rasse über die Erde herrsche!"

Wieder setzte das fanatische Heulen ein. Eines der Vampirmädchen übergab Saskoméh einen langen, gebogenen Dolch. Diese kniete sich zu Jadwéjs Füßen und hob mit gesenktem Kopf den Doch hoch über ihren Kopf, um ihn Jadwéj zu reichen. Jadwéj schien noch immer wie in Gedanken. Sie zögerte, nahm den Dolch dann aber doch aus Saskoméhs Händen. Dann stieg Saskoméh von der Steinplatte herunter. Jadwéj kniete sich neben Jagun. Sie hielt den Dolch in beiden Händen und legte seine Spitze auf Jaguns Herz.

„Versuche Dich zu erinnern, Jadwéj", flüsterte Jagun leise, aber eindringlich, während er seinen Blick in Jadwéjs Augen bohrte. Einen kurzen Moment lang schien Jadwéj sich erinnern zu wollen. Sie kannte Jagun; sie wusste, wer er war. Doch sie konnte sich nicht mehr an das Gefühl erinnern, das sie im Leben an ihn gebunden hatte. Sie war zum Vampir geworden. Sie hatte Hunger und sie wollte den Thron besteigen, den das Schicksal oder eine Prophezeiung für sie verwahrt hatte. Jagun erkannte, dass er Jadwéj verloren hatte. Sein Herz blutete, aber er wollte es sich trotzdem nicht von Jadwéj aus der Brust schneiden lassen. In dem Moment, in dem sie ihre Hände fester um den Dolchgriff schloss und sich mit ihrem ganzen Gewicht darauf werfen wollte, sprengte Jagun seine Ketten, packte Jadwéj bei den Schultern und warf sie herum, so dass er seine Arme von hinten um sie schlingen konnte. Jadwéj kreischte auf, Saskoméh kreischte und alle anwesenden Vampire kreischten ebenfalls. Dieser Schrei aus den Kehlen all dieser erzürnten Vampire, deren zukünftige Königin sich plötzlich in der Gewalt des Menschen befand, aus dessen Blut sie hätte auferstehen sollen, ging durch Mark und Bein. Selbst die apathischen Gefangenen, unter denen ich mich jetzt befand, wanden sich vor Schmerzen.

Saskoméh stürzte sich mit weit aufgerissenem Mund und blitzenden Zähnen von hinten auf Jagun. Doch Jagun durfte sich nicht wehren. Er hielt nur Jadwéj mit seinen Armen umschlossen und wollte eben von der Steinplatte springen, als Saskoméhs Klauen ihn an den Armen packten und mit übermenschlicher Kraft festhielten. Im selben Moment wollte sie schon ihre Zähne in seinen Hals schlagen. Doch dann geschah etwas, was niemand vorhergesehen hatte und womit niemand gerechnet hatte. Saskoméh taumelte plötzlich zurück. Ungläubig und verwirrt blickte sie an sich hinunter und sah das gefiederte Ende eines Pfeils in ihrer weißen Brust stecken.

Jagun wirbelte herum und sah in einem der Gänge N'jara stehen. Zu ihren Füßen lagen bereits die reglosen Körper mehrerer Vampire, in deren Leibern ihre Pfeile steckten.

Lauf Jagun. Rette Jadwéj!

N'jara wusste, dass Jagun sie jetzt hören konnte. Sie musste ihn nicht rufen. Sie musste die Vampire nicht wissen lassen, dass sie auch ohne Worte zu Jagun sprechen konnte. Doch was sie nicht wusste, war, dass

Jadwéj nicht mehr zu retten war. Und Jagun hatte auch keine Zeit, um es ihr zu erklären. Für ihn bedeutete N'jaras Anwesenheit nur noch das Leben eines geliebten Menschen mehr, das er auf dem Gewissen haben würde, bevor diese Nacht vorüber war, denn was konnten N'jara und er schon gegen die Übermacht der Vampire ausrichten? Es waren Hunderte. Jagun durfte nicht kämpfen und musste froh sein, solange seine Dämonen es nicht als Kampf werten würden, dass er Jadwéj in seinen Armen gefangen hielt. Allein die Tatsache, dass N'jara einen Weg durch Gryn-Fjell in diese Höhlen gefunden hatte und unbemerkt bis in diesen Raum vorgedrungen war, gab Jagun einen Funken Hoffnung. Wenn N'jara hier herein gekommen war, dann konnte sie auf diesem Weg vielleicht auch wieder entkommen. Und da sie in ihrem Köcher und in mehreren Bündeln nicht nur jede Menge Pfeile bei sich hatte, deren Spitzen nur aus den zugespitzten Enden der Holzschäfte bestanden, sondern auch ein Schwert auf dem Rücken trug, traute Jagun ihr als einzigem lebenden Wesen zu, wozu er selbst nicht in der Lage gewesen war. Darum antwortete er N'jara auf die gleiche, stumme Weise und nur mit einem schnellen Blick in die Richtung des riesengroßen Raumes, in dem auch ich angekettet war:

Befreie die Gefangenen. Ich versuche, sie wegzulocken.

Das alles war im Bruchteil einer Sekunde geschehen. Noch während Saskoméh von ihm zurücktaumelte und nicht begriff, dass sie im Moment ihres Triumphes, in dem sie die zukünftige Königin der Vampire auf ihren Thron erheben wollte, um sie im Geheimen zu lenken, sterben musste, sprang Jagun mit Jadwéj in seinen Armen über die Köpfe der nächststehenden Vampire hinweg in die Richtung auf den Gang zu, in dem die große Höhle in der Felswand lag. Schnell wie ein Blitz und glitschig wie ein Aal glitt Jagun durch die Reihen der Vampire, die in den hinteren Reihen noch nicht einmal wussten, was geschehen war. Doch immer dichter wurde die Wand der Vampire. Und hinter ihm erscholl der hundertfach wiederholte Ruf: „Haltet ihn! Er hat unsere Königin!"

Auch Jadwéj, die als Mädchen noch so klein und schwach gewesen war, entwickelte in ihrer neuen Existenz als Vampir wahrhaft übermenschliche Kräfte, so dass Jagun sie kaum noch halten konnte. Immer wieder packten krallenhafte Hände Jagun an den Armen und Schultern, immer wieder schlugen die Vampire ihre Zähne in seinen Körper; doch immer wieder gelang es Jagun, sich ihnen zu entwinden, ohne sie selbst anzugreifen. Und dann erreichte er die Höhle und blickte in den Nachthimmel, an dem die Sterne schon zu verblassen begannen.

Die grüne Decke Gryn-Fjells lag über tausend Meter in der Tiefe. Und Jagun dachte sich: *Wenn ich dort unten sterbe, dann können meine Dämonen meinen Freunden hier oben nichts anhaben.*

Und so rannte er mit Jadwéj bis an die Kante der Höhle und sprang in die unendliche Tiefe.

„Bitte verzeih mir, Jadwéj", flüsterte er dem sich wie wild in seinen Armen gebärdenden Mädchen mit Tränen in den Augen zu, während seine Schatten die beiden auf ihrem Sturz in die Tiefe drohend umtanzten.

Siwa sah die beiden durch den Vorhang aus Moos an ihrer verborgenen Höhle vorbeistürzen und brach mit einem Schrei der Verzweiflung zusammen.

Während des Sturzes spürte Jagun, wie sich etwas zwischen seinem und Jadwéjs Körper auszubreiten begann. Und da schoben sich plötzlich lederartige Flügel, die aus Jadwéjs Rücken zu wachsen begannen, zwischen ihnen hervor, entfalteten sich und begannen verzweifelt zu schlagen. Jagun hielt noch immer Jadwéjs Körper mit seinen Armen umschlossen. Doch er tat nichts, was seine Dämonen als offensiven Kampf hätten auslegen können. Vielleicht war es das erste Mal, dass Jadwéj sich in einen geflügelten Vampir verwandelte. Ihre Haut blieb so hell und zart, wie sie war. Obwohl Jadwéj wie wild mit den Flügeln schlug, konnte sie doch nicht verhindern, dass sie taumelnd immer tiefer sanken. Ein paar Mal prallten sie während dieses verzweifelten Kampfes gegen die Felswand. Einige andere Vampire umkreisten sie und versuchten, Jadwéi von dem sich an ihr festklammernden Menschen zu befreien. Doch der anbrechende Morgen ließ sie diesen Versuch sehr schnell wieder aufgeben, um sich in den Schutz der Höhlen zu flüchten. Und so sanken Jadwéj und Jagun immer tiefer, bis sie auf dem grünen Teppich Gryn-Fjells landeten. Ein paar Mal versuchte Jadwéj noch, sich wieder in die Luft zu erheben. Doch mit dem sich eisern an sie klammernden Jagun in ihrem Rücken, gelang es ihr nicht. Und als die Schatten der Nacht dann dem Licht des Tages zu weichen begannen, bildeten sich Jadwéjs Flügel wieder zurück, bis sie vollkommen verschwunden waren. Doch noch immer kämpfte Jadwéj mit übermenschlicher Kraft, um sich aus Jaguns eiserner Umklammerung zu befreien.

N'jara wusste nicht, wohin Jagun geflohen war, doch sie hoffte, dass er ebenso wie sie einen Zugang zu den Höhlen gefunden hatte, durch den es ihm möglich sein würde, mit Jadwéj zu entkommen. Da die Vampire, die um den Opferaltar herumstanden, wohl eher vermuteten, dass Jagun Saskoméh überrumpelt und getötet hatte, war die Bogenschützin von den Vampiren im Saal noch nicht entdeckt worden, außer von Saskoméh. Und die konnte sie nicht mehr verraten. Also wartete N'jara, bis Jagun die Masse der Vampire hinter sich her in den einen Gang gezogen hatte und sprang dann schnell in den angrenzenden, ihr von Jagun bedeuteten Raum, in dem die Gefangenen sein sollten. Zwei Vampire, die hier wachten, wurden von N'jara vollkommen überrumpelt und sackten mit Pfeilen in ihren toten Herzen zusammen. N'jara zog das Schwert, das sie bei sich trug und zerschlug die schwere Eisenkette, an der alle Gefangenen hingen, als ob sie aus Stroh geflochten wäre,

„N'jara!" rief ich ihr in einer Mischung aus Euphorie, Hoffnung, Liebe und Furcht sofort zu, als ich sie erblickte. Ich konnte überhaupt nicht begreifen, wie auch sie noch hierher gekommen war. Ihre Augen suchten mich sofort, als sie meine Stimme hörte. Sie kam zu mir gelaufen, befreite mich mit einem gezielten Schlag von den Handeisen und forderte mich ohne Begrüßung und ohne Kuss auf: „Hilf mir, die anderen los zu machen."

Die Gefangenen, die durch das durchdringende Kreischen der Vampire schon aus ihrer Lethargie gerissen worden waren, blickten sich verwirrt um und wussten überhaupt nicht, was geschah, bis N'jara, die mir das Schwert gab, sie aufforderte: „Folgt mir. Ich bringe euch hier raus."

„Na los doch", spornte ich die träge Masse an, die anscheinend nicht glaubte, dass sie wirklich befreit werden sollte oder konnte. Doch als N'jara losrannte und ich die ersten mit Gewalt hinterher zu schieben versuchte, fingen auch die anderen an, sich in Bewegung zu setzen. Und schließlich rannten alle auf einmal los, so dass die Schwächsten niedergetrampelt wurden und der in Panik geratene Pulk nicht mehr durch den schmalen Zugang hinauskam, weil alle auf einmal hinaus wollten und jeder zuerst. Dummerweise war ich einer der Schwächsten, da während der letzten Wochen wohl von meinem Blut am ausgiebigsten getrunken worden war. Ich wurde als einer der ersten zu Boden gestoßen und dann trampelte der ganze in Bewegung geratene Mob über mich drüber und ich verlor das Bewusstsein.

Ich kam wieder zu mir, weil etwas an mir zerrte. Sofort war ich hellwach, schrie in angemessener Panik und strampelte, schlug und trat nach dem Vampir, der mich meiner Meinung nach bei lebendigem Leibe auffressen wollte. Doch eine Stimme versuchte mich mit den Worten zu beruhigen: „Ich bin's, Andieu!"

In meiner Panikattacke konnte ich die Stimme keiner mir bekannten Person zuordnen, obwohl ich davon ausgehen musste, diese Person zu kennen; sonst hätte ihr ,ich bin's Andieu' ja überhaupt keinen Sinn gemacht. Also blinzelte ich furchtsam und erkannte im selben Augenblick, dass es N'jara war, die mich auf die Füße zu ziehen versuchte.

„Ich weiß", erwiderte ich halb gekränkt, weil sie gedacht hatte, dass ich sie nicht erkannt hätte, und halb erfreut, weil der Anblick dieser wunderschönen, kleinen, fast nackten, bronzefarbenen Kämpferin, die ihr Leben riskierte, um mich zu retten, eine Wohltat für meine Sinne und meine Fantasie war. Die leidenschaftlichen Liebesbisse der nach mir verrückten, aber ansonsten ziemlich blutleeren Vampirmädchen waren ja ganz schön gewesen. Aber N'jara war ein echtes, lebendiges Mädchen, dessen Geruch mir jetzt, wo ich sie deutlich vor mir sah, sofort zu Kopf stieg. Es war eine Wohltat, der Bewegung ihrer kleinen, festen Brüste zuzusehen, während sie einen Pfeil nach dem anderen an mir vorbeischoss.

Nur der blutgetränkte Verband, der sich unter ihrer linken Brust durchzog und ihre rechte bedeckte, störte dieses Bild perfekter Anmut. Jetzt fiel mir auch auf, dass N'jaras Schmuck, den sie an ihrer linken Brust getragen hatte, nicht da war. Und instinktiv fasste ich an die kleine, dunkle Knospe, so als ob das Band mit den Perlen und der Falkenfeder sich darunter verbergen könnte, und fragte besorgt: „Wo ist denn Dein Schmuck?"

N'jara schob meine Hand sofort wieder von sich, warf einen entsetzten Blick auf meine Körpermitte und sagte ihr empörtes und mir so vertrautes: „Andieu!"

Oh, wie hatte ich das vermisst. Und ich konnte schließlich auch gar nichts dafür, dass mein Körper so heftig auf sie reagierte. Immerhin hatte sie mich zuerst berührt, als sie versucht hatte, mich vom Boden hochzuziehen. Aber jetzt stand ich ja schon; und wie! Doch ich konnte mich selbst an meiner Erregung nicht erfreuen, denn N'jara schoss ihre Pfeile nicht zum Vergnügen an mir vorbei. Ein kleiner Rest der gefangenen Menschen war von wilden, kreischenden Vampiren eingekesselt und in den Thronsaal gedrängt worden. Es war Zeit, einzugreifen, und die Situation zu retten. Nur wie?

„Wo ist Siwa?" fragte N'jara sofort nach ihrem Ausruf der Empörung. Ich hatte aber bisher noch gar nicht mitbekommen, dass auch Siwa in die Höhlen der Vampire gelangt war, und fragte deshalb nur verwundert zurück: „Wieso, wo ist sie denn?"

„Wo ist das Schwert?"

Da ich es nicht mehr hatte, musste es weg sein. Irgendeiner der flüchtenden Menschen oder ein Vampir hatte es mir anscheinend gestohlen, während ich ohnmächtig gewesen war. Da ich das aber nicht so ausführlich erzählen wollte, antwortete ich nur schulterzuckend: „Weg!"

„Wir müssen hier raus. Ich habe fast keine Pfeile mehr."

„Na wenn es weiter nichts ist", dachte ich mir und sagte es auch. Wir waren umringt von toten Vampiren, aus deren Leibern N'jaras Pfeile ragten. Und da lag auch Saskoméh, die schöne, hochgewachsene Vampirin, die mir Liebe geheuchelt hatte, um mich an Jadwéj zu verfüttern. Ich zog den Pfeil aus ihrem Herzen, um ihn N'jara zurückzugeben. Doch da schrie N'jara schon: „Nicht, Andieu!"

Ich wendete mich ihr zu und wollte eben fragen, warum nicht, da spürte ich eine Bewegung und einen eiskalten Lufthauch in meinem Rücken. Sofort drehte ich mich wieder zurück und sah, dass Saskoméh sich vom Boden erhob. Und sie sah nicht erfreut aus.

„Zur Seite, Andieu", rief N'jara, die genau hinter mir stand. Doch ich war einem Moment zu lange wie gelähmt vom Anblick der wieder zum Leben erwachenden Saskoméh. Das abscheuliche Vampirweib packte mich beim Hals und hob mich mit nur einer Hand hoch in die Luft, so dass meine hoch aufgerichtete, aber für N'jara bestimmte Erektion, von ganz alleine zwischen Saskoméhs blitzende Zähne stieß.

Ich versuchte zu schreien, weil ich nicht wollte, dass N'jara den Eindruck bekäme, dass mir das Spaß machen könnte oder mich sogar erregen würde. Aber wie soll man schreien, wenn man am Hals gepackt in der Luft gehalten wird und kurz vor einem Orgasmus steht? Eben, geht gar nicht.

N'jara wirbelte um Saskoméh und mich herum, um ein freies Schussfeld auf Saskoméhs nackte Brust zu bekommen. Doch Saskoméh drehte sich und versuchte dem Pfeil auszuweichen, wodurch dieser zuerst meinen Oberschenkel streifte und dann komplett durch Saskoméhs rechte Brust drang und in der Brust eines hinter ihr auf uns einstürmenden Vampirs stecken blieb. Saskoméh kreischte so schrill auf, dass ich glaubte, mein Kopf würde von diesem in den Ohren schmerzenden Schrei zerplatzen. Immerhin hatte sie dabei meinen Penis wieder freigeben müssen. Und noch während sie ihren Schmerz so herauskreischte, schleuderte sie mich in hohem Bogen auf N'jara. Wir stürzten beide und rollten über den Boden.

„Raus hier", schrie N'jara und zog mich gleichzeitig schon hinter sich her in die Richtung, in die sie zuvor schon die anderen Gefangenen geführt hatte. Überall lagen Leichen von Menschen und Vampiren; überwiegend aber von Menschen. Auf der einen Seite zerfleischte ein Vampir die Kehle eines jungen Mannes, bis ihm N'jaras Pfeil von hinten ins Herz drang, und auf der anderen Seite sah ich, wie zwei Männer einen Vampir festzuhalten versuchten, während eine alte Frau diesem mit einem Dolch den Kopf abzuschneiden versuchte.

„Ihr müsst ihnen die Köpfe abtrennen", kreischte die Alte hysterisch. "Nur das tötet Vampire wirklich!"

„Und Sonnenlicht!" ergänzte einer der Männer.

„Kommt mit", rief N'jara ihnen zu. „Wir müssen fliehen. Es sind zu viele."

Doch da überrollte schon eine Welle von Vampiren die so tapfer Kämpfenden. Und N'jara und ich liefen ganz allein den Gang entlang, der immer dunkler wurde, je weiter wir kamen. Immer tiefer führte der Weg in den Berg. Und immer weiter ging es bergab.

„Wie weit ist es denn noch?" keuchte ich außer Puste. Meine unvergleichliche Ausdauer hatte anscheinend etwas darunter gelitten, dass ich so lange nur gelegen hatte. Und ich hielt nur deshalb noch mit N'jara Schritt, weil sie mich an der Hand hielt und hinter sich her zog.

„Wenn wir uns beeilen, holen wir die anderen in ein paar Stunden ein."

„In ein paar Stunden?" klagte ich, stolperte und fiel auf mein Gesicht. Diese schmerzhafte Unterbrechung unserer Flucht veranlasste N'jara immerhin dazu, sich nach mir umzudrehen. Und da sah sie einige Vampire im Gang hinter uns. Sie holten schnell auf, besonders seit ich auf meinem Gesicht lag und keuchend „Aua" schrie.

„Still", ermahnte mich N'jara und schoss ihre letzten beiden Pfeile über mich hinweg den Gang entlang. Dann zog sie mich wieder auf die Füße und ermahnte mich: „Wenn Dir Dein Leben lieb ist, dann lauf!"

Und wie mir mein Leben lieb war. Nachdem ich mich einmal kurz umgeblickt und gesehen hatte, dass noch etliche Vampire über die Körper der beiden hinweghasteten, aus denen N'jaras Pfeile ragten, lief ich so schnell, wie noch niemals in meinem Leben, ohne dass N'jara mich ziehen musste. Trotzdem holten die Vampire immer mehr auf, bis mich einer packte. In meiner Panik schrie ich. N'jara wirbelte herum, zückte ihren Dolch und schnitt dem Vampir die Kehle durch. Das brachte ihn nicht um, veranlasste ihn doch aber immerhin, mich loszulassen, um erst einmal überrascht röcheln zu können.

„Weiter, Andieu!" forderte N'jara mich auf und zog mich schon wieder vorwärts. Und dann sprang sie plötzlich in ein von dem Gang abzweigendes Loch, aus dem uns ein kalter Luftzug und lautes Rauschen entgegen drang. Wir stürzten schreiend und übereinanderpurzelnd in die Tiefe, bis wir am Ufer eines unterirdischen Flusses liegen blieben. Die Vampire bewegten sich in diesem Loch etwas geschickter, als wir, denn kaum lagen wir auf dem harten Fels, als auch sie schon kreischend und fauchend aus dem Loch sprangen. Mit letzter Kraft krochen N'jara, die von diesem Sturz ebenso angeschlagen war wie ich, und ich in den Fluss und kämpften uns durch die Strömung an das andere Ufer. Und eigenartigerweise folgten uns die Vampire diesmal nicht. Einer der von N'jara befreiten Männer kam von stromaufwärts aus der Dunkelheit angelaufen und erklärte uns: „Sie können kein fließendes Gewässer überqueren."

„Wo sind die anderen?" fragte N'jara sofort. Und der Mann antwortete: „Noch ein Stück weiter oben."

„Folgt immer nur dem Fluss", erklärte ihm N'jara. „Er tritt an der Grenze zu Wolan in einem Wasserfall aus der Erde."

„Und ihr?" fragte der Mann verwundert.

„Wir warten noch auf Freunde."

„Wer bis jetzt nicht rausgekommen ist, der wird es nicht mehr schaffen", erwiderte der Mann kopfschüttelnd und legte tröstend seine Hand auf N'jaras Schulter. Ich mochte diese Vertraulichkeit nicht und fragte mich, warum N'jara sich das gefallen ließ. Doch ich musste dem Mann Recht geben und sagte deshalb traurig zu N'jara: „Er hat Recht, N'jara."

Und dabei legte ich meine Hand auf N'jaras zweite Schulter. Da sah sie mich zornig und vorwurfsvoll an und ich zog meine Hand schnell wieder zurück.

Auf der anderen Seite standen noch immer die wütenden Vampire, die den Fluss nicht überqueren konnten. N'jara sah von mir zu ihnen und wendete sich dann noch einmal an den Mann.

„Was wisst Ihr über Vampire?" fragte sie ihn.

„Das, was alle wissen."

„Ich bin nicht von hier. Bitte erzählt es mir."

„Sie jagen nachts und meiden das Sonnenlicht. Einige Leute behaupten sogar, dass die Sonne sie tötet. Knoblauch schreckt sie ..."

„Wie kann man sie noch töten?"

„Indem man ihnen einen hölzernen Pflock ins Herz treibt."

„Eine Vampirin dort oben ist wieder aufgestanden, obwohl ich ihr einen Pfeil ins Herz geschossen hatte."

„Was für eine Spitze hatte der Pfeil?"

„Holz!"

„Hm, dann hätte sie eigentlich tot sein müssen, ... es sei denn ..."

„Es sei denn?"

„Es sei denn, jemand hat den Pfeil wieder aus ihr herausgezogen."

„Was wäre dann?"

„In dem Fall kann ein Vampir wieder ins Leben zurückkehren."

„Eine Frau hat gemeint, man müsste Vampiren den Kopf abschlagen."

„Das ist auch nur sicher, wenn man den Kopf getrennt vom Körper vergräbt. Aber am besten verbrennt man sowohl den Kopf als auch den Körper eines Vampirs."

Von weiter oben kamen jetzt die restlichen befreiten Gefangenen an. Sie waren schwach und schleppten sich nur mühsam vorwärts. Vorneweg ging einer der muskulösen Soldaten oder Gladiatoren. Und er trug das Schwert, das N'jara mir in der Höhle der Vampire gegeben hatte. N'jara machte mich darauf aufmerksam. Aber ich blickte sie nur fragend an, denn der Mann war viel größer und stärker als ich. Wie hätte ich das Schwert von ihm zurückverlangen sollen. Ich hatte an diesem Tag schon genug Schmerzen ertragen müssen.

Während der Zug der befreiten Gefangenen wegen der auf der anderen Flussseite kreischenden Vampire ins Stocken geriet, ging N'jara schnurstracks auf den Schwertträger zu, streckte ihm die Hand entgegen und verlangte: „Gib mir das Schwert zurück!"

Der Mann, der mich von seiner Statur her an Borka, den Vollstrecker erinnerte, und dem N'jara nicht einmal bis zur Brust reichte, sah sie mit grausamen Augen von oben herab abschätzig an und erwiderte kalt: „Verschwinde, Mädchen."

„Gib es ihr", mischte sich jetzt der Mann ein, der die Vorhut der Flüchtenden gebildet hatte. Der Gladiator schob N'jara wie einen Grashalm zur Seite, ging auf den Mann zu und sagte kalt: „Dieses Schwert ist unsere einzige Waffe. Ihr habt gesehen, dass ich es zu führen verstehe, denn ohne mich wäre keiner von euch bis hierher gekommen."

„Und ohne das Mädchen wären wir alle noch angekettete Gefangene und würden weiter unser Blut für die Vampire geben."

„Genau", bekräftigte ich energisch, denn ich hielt es inzwischen doch für angebracht, N'jaras Forderung zu unterstützen, damit nicht wieder der andere Mann sie begrapschen durfte. Doch der Gladiator beachtete mich gar nicht, sondern erwiderte auf das Argument des anderen Mannes: „Ich vertraue mein Leben keinem Kind an. Wer mir folgen will, der kommt; wer nicht, der bleibt hier. Mir ist es gleich. Aber das Schwert behalte ich!"

Und damit ging er an dem Mann vorbei weiter am Ufer entlang. Doch dieser rief ihm schnell hinterher: „Du weißt doch nicht einmal, wo der Weg zurück nach Wolan ist."

„Irgendwo wird der Fluss an die Oberfläche kommen. Das ist der Weg!"

Der Gladiator war sich seiner Sache sehr sicher. Er strotzte vor Selbstbewusstsein und marschierte unbeirrt weiter. Und die übrigen Befreiten folgten ihm wie Schafe. Der Mann, der für N'jara gesprochen hatte, sah sie entschuldigend an und sagte bedauernd: „Es tut mir leid, Mädchen. Ich schäme mich für diesen Mann. Aber ich kann ihn nicht aufhalten."

N'jara rannte dem Gladiator hinterher, stellte sich ihm schnell in den Weg und sagte eindringlich: „Ich brauche dieses Schwert!"

„Verschwinde, oder ich spalte Dich mit einem anderen Schwert."

„Das war keine Bitte."

Da packte der Riese N'jara blitzschnell beim Hals. Genauso schnell zückte N'jara ihren Dolch und stieß zu. Doch der Mann war wirklich ein Kämpfer und nicht so leicht zu überrumpeln, denn er schleuderte N'jara brutal zurück, bevor die Dolchklinge ihn berührte. N'jara stürzte schwer auf die Steine und verlor dabei ihren Dolch. Und der Riese richtete die Schwertklinge auf ihre ungeschützte Brust. Instinktiv griff ich nach einem faustgroßen Stein und rannte damit auf den Gladiator zu, bevor er N'jara ernsthaft verletzen oder sogar töten konnte. Er hörte meine Schritte und wollte sich mir zuwenden. Doch auch N'jara hatte ihren Kampfgeist noch nicht verloren. Als der Riese seine Aufmerksamkeit von ihr auf mich richtete, trat sie ihm mit aller Wucht zwischen die Beine, so dass er in die Knie ging. So war er auf einer guten Höhe. Ich schlug ihm den Stein mit aller Wucht auf den Kopf. Der riesige Gladiator taumelte und das Schwert fiel klirrend auf die Steine. Doch er wendete sich benommen zu mir um. Ich rechnete noch immer damit, dass er jeden Moment das Bewusstsein verlieren und umkippen würde. Das tat er aber nicht. Blut lief über sein Gesicht und ließ dieses noch grausamer und wütender wirken, als es ohnehin schon war. Unschlüssig stand ich mit dem Stein in meiner Hand da, lächelte verlegen und ließ den Stein fallen. Als der Mann sich wieder zu seiner vollen Größe aufrichtete, dachte ich mir noch, dass es jetzt an der Zeit wäre, die Füße in die Hand zu nehmen und zu laufen. Doch bevor ich mich aus meiner Starre gelöst hatte, hatte N'jara sich das Schwert gegriffen und hielt es dem Riesen an den Hals. Ein Blutstropfen quoll unter der

Klinge hervor. N'jara sagte kein Wort, doch ihre Augen sagten dafür umso deutlicher, dass sie nicht spaßte.

„Kein Blutvergießen", rief da der Mann, der für N'jara eingetreten war und zog den Gladiator aus der Reichweite von N'jaras Schwert.

„Es ist besser, wir trennen uns hier", sagte der besonnene Mann zu N'jara und mir. „Viel Glück bei der Suche nach Euren Freunden."

Damit wollte er den Gladiator weiter ziehen. Doch dieser schob den Mann zur Seite, funkelte N'jara so wild an, dass ich befürchtete, er würde sich trotz der auf ihn gerichteten Klinge auf sie stürzen und sagte drohend: „Wir sehen uns wieder, Mädchen!"

Schnell stellte ich mich an N'jaras Seite und sah ihn herausfordernd an. Und als er dann mit den anderen abzog, sagte ich stolz zu N'jara: „Dem haben wir es aber gezeigt."

N'jara lächelte mich dankbar an, umarmte mich und sagte leise: „Du hast Dein Leben für mich gewagt, Andieu. Danke!"

Damit hatte ich jetzt gar nicht gerechnet. Doch es fühlte sich gut an und so legte auch ich meine Arme um N'jara, zog sie an mich und versuchte, sie zu küssen. Doch da wehrte sie sich schon wieder und befreite sich sofort aus meiner Umarmung.

„Was denn?" fragte ich verwirrt, da ich angenommen hatte, dass sie es auch wollte. Doch N'jara erwiderte nur mit einem seltsam vorwurfsvollen Unterton: „Du wirst Dich wohl nie ändern, Andieu."

„Warum sollte ich auch?"

N'jara beantwortete die Frage nicht. Sie presste sich mit einem leisen Stöhnen die linke Hand auf die rechte Brust und ich sah, dass frisches Blut durch den Verband sickerte, den sie darüber trug.

„Was …", setzte ich an, um zu fragen, geschehen war und woher sie diese Wunde hatte. Doch sie schnitt mir das Wort ab, indem sie sagte: „Später. Die Vampire sind weg. Sie werden Verstärkung holen oder einen anderen Weg auf diese Seite des Flusses suchen. Komm mit."

Schnell steckte sie ihren Dolch wieder in die Scheide an der Hüfte und das Schwert in die auf ihrem Rücken. Und dann führte sie mich in einen vom Fluss abzweigenden Gang, der uns zurück an die Erdoberfläche in ein meterhohes Geflecht aus Moos brachte, durch das wir uns erst an die Sonne kämpfen mussten.

59. JADWÉJS ENDE

„Hier sind wir erst einmal in Sicherheit", meinte N'jara. Da inzwischen der Tag angebrochen war, stimmte das, zumindest, was die Vampire betraf. Doch in diesem Land sollte es ja angeblich noch mehr Wesen geben, auf deren Bekanntschaft ich gerne verzichten wollte. Deswegen fühlte ich mich trotz der am Himmel stehenden Sonne nicht sicher. Und außerdem bemerkte ich dunkle Schatten, die nicht weit von uns drohend am Fuß der in den Himmel ragenden, bemoosten Felswand kreisten. N'jara bemerkte die Schatten ebenfalls und rief im selben Augenblick aufgeregt: „Jagun!"

Dann wendete sie sich mit besorgtem Blick an mich und fragte mich verwundert: „Wie kommt er hierher?"

Ich konnte es nur vermuten. Die Richtung, in der Jagun mit Jadwéj geflohen war, endete in einer der großen Höhlen weit dort oben über dem Dunst, der aus dem Moos aufstieg. Und so lenkte ich als Antwort nur meinen bedeutungsschweren Blick nach oben. N'jara verstand sofort was ich meinte. Sie sank benommen auf die Knie und schrie oder schluchzte „Nein!"

Der unsagbare Schmerz, der in diesem einen Wort lag, tat mir im Herzen weh. Am liebsten hätte ich N'jara tröstend in meine Arme geschlossen. Doch diesmal hatte ich genug Taktgefühl, es nicht zu tun, denn jetzt wurde auch ich mir des Verlustes bewusst.

Jagun hatte sein Leben für uns gegeben! Entweder war er bis in die große Höhle geflohen und dort von den Vampiren überwältigt, ausgesaugt und in die Tiefe geworfen worden, oder er hatte ganz bewusst diesen Weg gewählt, um mit Jadwéj in die Tiefe zu springen und damit zu verhindern, dass sie den ihr vorhergesagten Platz als Königin der Vampire einnehmen konnte. Damit hätte er nicht nur uns, sondern die gesamte Menschheit gerettet. Doch nach allem, was ich wusste, müssten seine Dämonen damit freigesetzt worden sein. Deshalb schrie ich plötzlich in Panik: „Wir müssen weg!"

Wenn wir Jaguns Dämonen jetzt in die Hände gefallen wären, dann wäre alles umsonst gewesen. Dann wäre er umsonst gestorben. Das durfte nicht sein. Sterben wäre schon schlimm genug gewesen. Aber von einem Dämon getötet zu werden, um dann bis zum Ende aller Tage selbst einer zu sein und an diesem trostlosen Ort bleiben zu müssen …? Nein, da wäre ich doch lieber weiter bei den lüsternen Vampirmädchen geblieben!

N'jara sprang auch sofort wieder auf. ich dachte, dass sie die

Notwendigkeit einer Flucht ebenso eingesehen hätte wie ich, und gemeinsam mit mir wieder an den unterirdischen Fluss zurückkehren wollte, um den flüchtigen Menschen auf ihrem Weg in die Freiheit zu folgen. Doch N'jara kämpfte sich durch das weiche Geflecht aus Moos auf die dunkle Wolke von Jaguns zornigen Schatten zu.

„Wo willst Du hin?" fragte ich sie entsetzt, da sie mir nicht nach unten folgte.

N'jara antwortete nicht. Wozu auch? Ich wusste, wohin sie wollte. Und sie wusste, dass ich es wusste.

Einen Moment lang zögerte ich unentschlossen. Doch dann folgte ich N'jara. Irgendjemand musste schließlich auf sie aufpassen.

Obwohl es so ausgesehen hatte, als wären Jaguns Schatten ganz nah, dauerte es Stunden, bis wir an den Ursprung ihres Zornes gelangten. Da N'jara viel leichter war, als ich, kam sie viel schneller auf dem dicken Moosteppich voran, als ich, der ich fast ständig bis zur Brust in dem feuchten, grünen Geflecht feststeckte und darum guten Grund hatte, lauthals zu fluchen. Doch irgendwann wendete sich N'jara zu mir um und legte warnend ihren Zeigefinger auf die Lippen. Und als ich sie fragend anblickte, deutete sie nach unten. Aufmerksam lauschte ich, konnte jedoch nichts hören. N'jara hatte sich schon wieder umgewandt und eilte weiter voraus, während ich noch immer im Moos steckte und den Versuch, mich daraus zu befreien mit einem neuen Fluch unterstreichen wollte. Doch genau in dem Moment nahm auch ich etwas unter mir wahr. Irgendetwas Großes bewegte sich dort durch das Moos. Und es verharrte genau unter mir. Augenblicklich erstarrte ich und formte mit meinen Lippen einen lautlosen Hilfeschrei. Doch N'jara schien ihn trotzdem gehört zu haben. Sie wendete sich mir wieder zu und ich hörte ihre Stimme in meinem Kopf sagen: *Beweg Dich nicht, Andieu.*

Ich beobachtete, wie N'jara nach dem Schwert griff, das sie auf dem Rücken trug. Sie beobachtete mich genauso aufmerksam, wie sich mein Blick an ihr festsaugte. N'jara war bereit, sofort zu mir zurück zu eilen, wenn ich in ernsthafte Bedrängnis geraten sollte. Doch solange alles ruhig blieb, rührte auch sie sich nicht. Sie wirkte wie ein Panther, der sprungbereit auf seine Beute lauert. Und so verharrten wir alle drei regungslos; N'jara, ich und das Wesen, was auch immer es sein mochte, im Moos unter mir. Ein paar Minuten lang blieb dieser unerträgliche Zustand des Wartens, Verharrens und Fürchtens. Dann endlich setzte sich das Wesen unter mir wieder in Bewegung und glitt lautlos weiter. Erst als ich sicher war, dass es wirklich verschwunden war, wagte ich wieder zu atmen. Ich befreite mich so schnell und so leise, wie es mir möglich war, aus dem Moos und kroch auf allen Vieren schnell N'jara hinterher, die sich auch wieder entspannt hatte und in ihrer Ungeduld schon wieder weiter vorauseilte. Am liebsten hätte ich ihr hinterher gerufen, dass sie auf mich warten sollte, denn wie sollte ich sie beschützen, wenn sie mir davonlief? Aber ich wagte nicht, noch einmal die unter dem Moos Gryn-Fjells lebenden Monster durch laute Rufe auf mich aufmerksam zu machen und fluchte deshalb nur noch still in mich hinein.

N'jara war meinen Blicken schon fast entschwunden, als ich wieder eine Bewegung wahrnahm. Diesmal war sie aber nicht im oder unter dem Moos, sondern folgte mir lautlos auf seiner Oberfläche. Erschrocken fuhr ich herum und erschrak noch mehr, als ich im Ursprung der Bewegung eine riesige goldbraune Schlange erkannte, die ein Pferd mit einem Bissen hätte verschlingen können. Sie glitt und schlängelte so leicht und schnell über das Moos, dass sie mich in wenigen Augenblicken eingeholt haben musste. Jetzt war es an der Zeit, meine Taktik zu ändern, denn lautlos zu verharren, hätte jetzt nur bedeutet, widerstandslos auf mein Ende zu warten. Und das hatte ich ganz gewiss nicht vor. Also kroch ich laut schreiend und so schnell es mir möglich war, hinter N'jara her. Die wendete sich um und erkannte sofort mein Problem. Um rechtzeitig bei mir zu sein und sich unter meinen Schutz zu stellen, war sie zu weit voraus. Das erkannte nicht nur sie, sondern auch ich; und mit Sicherheit erkannte es auch die Schlange, die mir züngelnd immer näher kam.

Warum bei allen Teufeln wollte mich in diesem verfluchten Land alles und jeder nur aussaugen oder auffressen? Altersschwäche! Ich wollte an Altersschwäche sterben, zwischen den Schenkeln einer zwölfjährigen Jungfrau, und nicht als Reptilienfutter; schon gar nicht jetzt, in der Blüte meiner Jugend.

Aufrecht konnte ich auf dem weichen Moosgeflecht gar nicht laufen. Das hatte ich ja schon festgestellt. Aber als ich jetzt auf allen Vieren wie eine Schildkröte vor der Schlange hergaloppierte, griff ich plötzlich mit meinen Händen ins Leere und fiel kopfüber in ein Loch, aus dem nur noch meine strampelnden Beine herausragten.

Oh, wie gedemütigt ich mich fühlte. Wenn ich schon sterben musste, dann wollte ich das aufrecht und kämpfend hinter mich bringen und nicht wie ein hilfloses, nacktes und strampelndes Baby, das kopfüber bis zur Hüfte im Moos steckte. Doch genauso steckte ich im Moos. Ich war hilflos und nackt und strampelte und schrie. Doch als ich schon glaubte, dass mein Ende gekommen wäre, geriet ich ins Rutschen. Immer weiter sank ich in dem Moos nach unten, bis ich plötzlich in einen tunnelartigen Gang plumpste, der sich durch das Moos zog.

Aha, dachte ich mir. *Hier ist also die Schlange zuhause.*

Doch ich hatte nicht viel Zeit, um mich meinen serpentologischen Studien hinzugeben und mich an den aufschlussreichen Ergebnissen meiner Forschung zu erfreuen, denn die Schlange zwängte sich ebenfalls durch das Loch, durch das ich herunter gefallen war. Auf dem Moos hatte ich nicht laufen können, weil ich eingesunken war. Hier unten konnte ich nicht aufrecht stehen, weil der Gang nicht hoch genug war. Also rannte ich in gebückter Haltung den Gang entlang. Aber die Schlange holte wieder sehr schnell auf. Und als ich dann stolperte und mich nach ihr umdrehte, da riss sie bereits ihr riesiges Maul auf. Angewidert vom Gestank, den sie verströmte und außerdem halb ohnmächtig vor Erschöpfung und Furcht, schloss ich meine Augen. Diesmal konnte ich ihr nicht mehr entkommen. Ich war tot und dachte mir in meiner Resignation sogar noch, dass es besser war, von einer Schlange gefressen zu werden, als in einen Dämon oder Vampir verwandelt zu werden. Wenn doch nur der Tod nicht so endgültig gewesen wäre. Ich wollte einen letzten, verzweifelten Versuch unternehmen, der Schlange zu entkommen, indem ich rückwärts vor ihr weg kroch. Da stieß ich an etwas Warmes, Weiches, Lebendiges. Mein Herz setzte einen Schlag lang aus. Doch dann hörte ich N'jaras Stimme ganz leise in mein Ohr flüstern: „Nicht bewegen!"

Mit gezogenem Schwert, kroch sie an mir vorbei und stellte sich zwischen mich und die Schlange. Als diese zischend und drohend züngelte, stieß N'jara das seltsam singende Schwert blitzschnell nach vorne und die dünne, gespaltene Zunge der Schlange, die mindestens einen halben Meter lang war, fiel vor N'jara auf den Boden. Aus dem Maul der Schlange schoss ein dunkler Blutschwall heraus und traf N'jara. Gleichzeitig bäumte die Schlange sich fauchend auf, wodurch das ganze Moosgeflecht in Bewegung geriet.

„Schnell", ermahnte mich N'jara, während sie sich schon an mir vorbeizwängte und mich hinter sich her durch den schwankenden Gang zog. Je weiter wir uns von der Schlange entfernten, umso ruhiger wurde das Moos wieder. Und schließlich standen wir an einem Punkt, an dem wieder ein Loch an die Oberfläche des Mooses führte. N'jara kletterte vor und ich folgte ihr. Und ohne, dass sie mir die Gelegenheit gab, mich bei ihr zu bedanken, eilte sie schon wieder weiter auf die immer bedrohlicher werdenden Schatten von Jaguns Dämonen zu.

„Beeil Dich", sagte sie ungeduldig. „Wir sind fast da."

Und das waren wir auch. In weniger als einer viertel Stunde sahen wir Jagun und Jadwéj, deren Aufenthaltsort uns so deutlich von Jaguns Schatten gezeigt worden waren. Die beiden boten einen eigenartigen und irgendwie unwirklichen Anblick, wie sie da, eng umschlungen zusammen im Moos lagen. Ich wusste nicht, ob sie schliefen oder tot waren. Aber eines war mir klar: Sie waren nicht aus der Höhe der Höhle hier heruntergestürzt, denn abgesehen von den Kratz- und Bissspuren, die Jagun hatte, waren die Körper der beiden unversehrt.

Ohne sich von den Schatten einschüchtern zu lassen, eilte N'jara sofort zu den beiden und kniete sich neben ihnen ins Moos. Ich folgte ihr, so schnell ich konnte, ließ dabei aber die drohenden Schatten nicht aus den Augen und wendete mich vorsichtshalber auch immer wieder um, um mich davon zu überzeugen, dass die riesige Schlange uns nicht trotz der Wunde, die N'jara ihr zugefügt hatte, verfolgte.

Sowohl Jadwéj, als auch Jagun waren nackt. Sie lagen auf der Seite und Jagun hatte von hinten seine Arme um Jadwéj geschlossen und hielt die Handgelenke ihrer über der Brust gekreuzten Arme mit seinen Händen umschlossen. Für mich wirkte dieses Bild sehr friedlich und innig. Und wenn ich nicht gewusst hätte, dass Jagun nicht lieben kann und darf, hätte ich vermutlich gedacht, dass er Jadwéj, seine kleine Rose, so geliebt hat, wie ich Siwa oder N'jara gerne geliebt hätte. Beide hatten sie die Augen geschlossen. Ich fragte mich noch immer, ob sie schliefen oder tot waren, bis ein leises Stöhnen Jadwéjs N'jara und mir anzeigte, dass zumindest sie noch am Leben war.

N'jara fühlte am Hals von Jagun und Jadwéj und sagte dann mehr zu sich selbst als zu mir: „Ich kann Jadwéjs Puls nicht spüren."

„Sie ist ein Vampir!" antwortete ich betrübt und kniete mich neben N'jara. N'jara blickte mich entsetzt an und ich schlug schwermütig die Augen nieder. Sofort wandte sich N'jara wieder Jadwéj und Jagun zu. Sie schob Jadwéjs Oberlippe nach oben und sah die langen spitzen Zähne.

„Wir müssen doch etwas tun können!" meinte sie sofort, doch gleichzeitig schossen ihr schon Tränen aus den Augen, weil sie genauso gut wie ich wusste, dass man Vampire nicht heilen kann. Sie sind Untote, Menschen, die erst sterben mussten, um zu dem zu werden, was sie waren. Leise schluchzend wollte N'jara auch Jagun in den Mund sehen. Doch als sie seine Lippe berührte, sagte er leise und ohne die Augen dabei zu öffnen: „Ich bin noch ich."

Da riss Jadwéj die Augen auf, blickte N'jara hilfesuchend an und flehte: „Bitte sag ihm, dass er mich loslassen soll, N'jara. Jagun tut mir weh."

N'jara blickte unschlüssig zwischen Jadwéj und Jagun hin und her. Jetzt öffnete auch Jagun die Augen. Der Schreck, als er N'jara erblickte, die von Kopf bis Fuß mit dem Blut der Schlange bedeckt war, war ihm deutlich anzusehen. Doch er sagte nichts. Trotzdem versuchte N'jara ihn zu beruhigen, indem sie schnell erklärte: „Es ist nicht mein Blut."

Ohne etwas darauf zu erwidern, oder auch nur zu erkennen zu geben, wie beruhigend diese Nachricht für ihn war, nickte er mir als Gruß kaum merklich zu und forderte N'jara dann auf: „Du musst das andere Mädchen retten."

„Siwa?" fragte N'jara. „Wo ist sie?"

Jagun lenkte seinen Blick an der hohen Wand nach oben und antwortete: „Dort oben."

N'jara erschrak über diese Antwort ebenso wie ich. Von dort oben waren wir gekommen. Dorthin wollten wir ganz sicher nicht wieder zurück. Ich sah, wie N'jara erbleichte. Trotzdem fragte sie sofort: „Wie finde ich sie?"

„Schräg unterhalb der größten Höhle ist unter dem Moos verborgen ein Loch in der Felswand."

„Was ist mit Jadwéj?"

„Sie hat es hoffentlich bald überstanden."

N'jara und ich sahen uns fragend an. Wir wussten nicht, was Jagun damit meinte. Doch Jadwéj bäumte sich in seinen Armen auf und versuchte sich mit fast übermenschlicher Kraft aus Jaguns Griff zu befreien, was seine Dämonen nur noch zorniger machte.

„Hab keine Angst, kleine Rose", versuchte Jagun sie sanft zu beruhigen. Dann wendete er sich wieder an N'jara und drängte sie: „Du musst los, wenn Du das andere Mädchen noch retten willst."

„Ihr Name ist Siwa!" erwiderte N'jara halb zornig, halb verzweifelt. Sie wollte weder Jagun, noch Jadwéj so verlassen. Aber sie wollte und konnte auch Siwa nicht im Stich lassen. Jetzt war es schon fast Mittag. Bis sie wieder beim unterirdischen Fluss angelangt und von dort zurück in die Höhlen der Vampire hochgestiegen wäre, würde es bestimmt Abend sein. Und dann würden auch die Vampire wieder aktiv werden. Die Chancen, dass N'jara lebendig bis zu Siwa kommen würde, waren also gleich null, selbst wenn sie sich in den Höhlen ausgekannt und gewusst hätte, wie sie Siwa finden sollte, ohne sich zu verirren.

„Geht!" forderte Jagun N'jara und mich auf. Und ich fragte verwundert: „Was denn, auch ich?"

Ich war erschöpft. Ich war müde. Ich wollte mich auf das weiche Moos legen und endlich ausruhen.

Doch Jagun antwortete auf meine Frage: „Du bist hier nicht sicher."

„Wir sind hier so sicher, wie überall", widersprach N'jara, sagte zu mir „Bleib hier, Andieu", und entfernte sich dann ein Stück von uns. Sie wendete sich der hohen Wand zu, hob ihren Kopf und schloss die Augen. Gebannt und voller Bewunderung sah ich sie an und sagte leise zu Jagun: „Sie ruft Siwa."

„Es wäre besser, das Mädchen würde verschwinden. Und Du mit ihr."

„Warum?"

Jagun antwortete nicht. Bisher lag er mit Jadwéj noch im Schatten der Felswand. Doch die Sonne wanderte immer höher. Und da blitzte der erste Strahl über die Kante der hohen Wand. Ich schloss die Augen, um den ersten Sonnenstrahl seit Wochen auf meinem Gesicht zu genießen. Doch im selben Moment ließ mich ein markerschütternder, kreischender Schrei Jadwéjs zusammenzucken und innerlich erschauern. Voller Panik riss ich meine Augen wieder auf und sah zu, wie sie sich in Jaguns Armen aufbäumte und wand. Und selbst Jaguns unglaubliche Kraft schien dem kleinen Mädchen kaum gewachsen zu sein. Immer wieder gelang es ihr, ihre Arme vom Körper zu lösen, doch jedes Mal presste Jagun sie wieder zurück auf ihre Brust. Zuerst verstand ich nicht, was er damit überhaupt bezweckte. Aber dann bemerkte ich, dass Jadwéj anfing, zu rauchen. Das Tageslicht allein hatte sie nicht getötet. Aber die Sonnenstrahlen verbrannten sie und mit ihr Jagun. Ich wusste nicht, was ich tun sollte und rief verzweifelt nach N'jara. Doch sie kam schon von alleine angelaufen. Voller Entsetzen betrachtete sie einen kurzen Moment lang das grauenvolle Schauspiel, dann löste sie so schnell, wie sie es vermochte, den Verband, den sie um die Brust trug, zerriss ihn, reichte mir eine Hälfte davon und sagte: „Wir müssen Jadwéj festhalten. Schnell!"

Ich bemerkte die quer über N'jaras rechte Brust verlaufende Narbe, die durch die Kämpfe gegen die Vampire und den Gladiator wieder zu bluten begonnen hatte, hatte aber keine Zeit, um in irgendeiner Weise darauf zu reagieren. Jeder von uns packte ein Handgelenk Jadwéjs, wobei wir unsere Hände mit dem Verband schützten. Dann versuchten wir, die sich wie wild gebärdende von Jagun wegzuziehen. Doch Jagun hielt ihre Handgelenke selbst noch immer mit eisernem Griff umklammert.

„Du musst sie loslassen, Jagun", schrie N'jara mit sich vor Sorge um ihn überschlagender Stimme. „Lass sie los!"

Doch erst, als N'jara mit Gewalt versuchte, Jaguns Finger zu lösen, schien er sie überhaupt wahrzunehmen. Endlich ließ er los und sank ins Moos zurück. Wir wussten nicht, ob er noch lebte oder tot war und konnten uns auch nicht darum kümmern, denn Jadwéj entwickelte wahrhaft übermenschliche Kräfte. Sie schleuderte N'jara und mich herum, als wenn wir Puppen wären, die an ihren Handgelenken hingen. Immer wieder gelang es ihr, einen von uns abzuschütteln und von sich zu schleudern. Aber immer wieder erhoben wir uns und hielten sie von neuem fest. Am Schlimmsten an diesem Kampf waren nicht, die Anstrengung und auch nicht die Angst, die wir ausstanden. Am Schlimmsten war, dass Jadwéj zu uns gehört hatte. Sie war ein Teil unserer kleinen Gemeinschaft gewesen und wir hatten uns für sie verantwortlich gefühlt. Und jetzt hielten wir sie fest, damit sie bei lebendigem Leib verbrannte. Wir fühlten uns wie Verräter und Mörder. Sogar mir zerriss es das Herz, dieses kleine Monster, das ich mehr ins Herz geschlossen hatte, als ich selbst mir eingestehen wollte, auf so grausame Weise sterben zu sehen. Und wenn ich mir nicht immer wieder gesagt hätte, dass die Jadwéj, die wir gekannt hatten, bereits tot war und dass dieser in der Sonne verbrennende Körper jetzt einem seelenlosen Vampir gehörte, der nicht nur uns gefährlich werden würde, sondern das Symbol für die Vernichtung der Menschheit darstellte, dann hätte ich diesen Kampf nicht bis zum Ende kämpfen können.

N'jaras und mein Kampf gegen das, was einmal Jadwéj gewesen war, dauerte nur wenige Minuten. Irgendwann gegen Ende, als Jadwéj schon die Kräfte verließen und das Feuer ihren kleinen Mädchenkörper schon fast völlig verzehrt hatte, bemerkte ich, dass Jagun bei Bewusstsein war und uns gebannt zusah. Und ich sah auch, dass Tränen über seine Wangen liefen.

Endlich hörte Jadwéj auf, sich zu wehren und zu kämpfen. Und obwohl in ihrem verbrannten Körper schon kaum noch ein menschliches Wesen zu erkennen war, öffnete sie ein letztes Mal die Augen und bat uns mit letzter Kraft und mit flehendem Blick: „Bitte verzeiht mir. Ich ... ich ..."

Mehr brachte sie nicht mehr heraus. Nur ihr Blick wanderte noch verzweifelt umher. Sofort war Jagun bei uns. Er lächelte Jadwéj sanft an, obwohl noch immer seine Tränen flossen. Und Jadwéj lächelte schwach zurück. Ihre verbrannten Lippen versuchten noch etwas zu sagen. Doch es kam kein Ton mehr heraus. Sie sank zurück ins Moos und zerfiel kurz darauf zu Asche.

Lange sprach keiner von uns ein Wort, bis N'jara Jagun die Hand auf die Schulter legte und fragte: „Hast Du verstanden, was sie Dir noch sagen wollte?"

Jagun schüttelte nur stumm den Kopf. N'jara strich ihm zärtlich durch die Haare und erklärte: „Sie sagte Danke!"

„Wofür?" fragte Jagun heiser. Und N'jara erklärte ihm: „Dass Du sie befreit und ihre Seele gerettet hast!"

Jagun sah N'jara mit so viel Schmerz in seinen Augen an, wie ich es noch niemals bei ihm gesehen hatte. Noch immer flossen seine Tränen. Und er ließ es sogar zu, dass N'jara ihn zärtlich in die Arme nahm, sein Gesicht an ihre Brüste zog und ihm beruhigend durch die Haare streichelte. Mehrere Minuten lang spendete sie ihm auf diese Weise Trost.

Mir geht es auch ganz schlecht, dachte ich mir eifersüchtig. Und mir ging es wirklich schlecht. Ich litt unter dem Verlust genauso wie N'jara und Jagun.

Ich weiß nicht, ob es an der deutlichen Abkühlung der Luft lag. Jedenfalls befreite sich Jagun ganz plötzlich wieder aus N'jaras Armen und senkte dabei auch sofort seinen Blick, um nur ja nicht ihre Brüste anzusehen, die sich gerade noch so zärtlich an seine Wange geschmiegt hatten.

60. SIWAS RETTUNG

Energisch richtete Jagun sich auf und sagte: „Ich muss das Mädchen retten."

Jetzt, wo Jadwéj oder das, was aus ihr geworden war, tot war, musste er nicht mehr N'jara oder mich darum bitten, Siwa zu retten. Jetzt konnte er selbst wieder handeln. Doch N'jara erwiderte sofort: „Warte!"

Jagun wendete sich noch einmal zu ihr um und N'jara setzte an, etwas zu sagen. Doch sie schaffte es nicht mehr. Wir sahen, dass sie schwankte. Und dann verlor sie das Bewusstsein und brach zusammen. Eigenartigerweise empfand ich diesen Schwächeanfall trotz der Sorge, die ich um sie hatte, als sehr beruhigend. Ich hatte mich schon übergeben, während N'jara Jagun in ihre Arme genommen hatte. Und selbst Jagun hatte Schwäche gezeigt; selbst er hatte geweint und sich trotz seiner zürnenden Dämonen einen Moment lang dem Trost N'jaras überlassen. Jetzt war auch N'jara am Ende ihrer Kräfte angelangt. Sie war nur ein Mensch und sie war verletzlich. Der Schmerz, den sie durch Jadwéjs Tod erlitt, überstieg ihre Kräfte.

Ich glaube, N'jara hatte gehofft, an Jadwéj gutmachen zu können, dass sie bei Itomai versagt hatte. Sie hatte den Sohn ihrer Schwester nicht retten können. Doch jetzt war auch Jadwéj von uns gegangen. Ihr Körper war verbrannt, weil wir sie in der Sonne festgehalten hatten. Und obwohl wir uns sagten, dass Jadwéjs Körper nur noch eine leere Hülle gewesen war, hatten wir doch im Moment ihres Todes erkannt, dass noch ein Rest des kleinen, uns bekannten Mädchens in diesem Körper gesteckt hatte. Wir fühlten uns alle drei wie Mörder. Und das machte den Schmerz über Jadwéjs Tod noch um so vieles schlimmer. Irgendwie tat es mir gut, zu spüren, dass ich diesen Schmerz nicht allein tragen und ertragen musste. Es tat mir gut, zu spüren, dass auch Jagun und N'jara verletzlich waren und litten.

Jagun war bei N'jara, bevor ich überhaupt reagieren konnte. Er fing ihren kleinen, blutüberströmten Körper auf und bettete ihn behutsam ins weiche Moos. Doch er vergewisserte sich nur ganz schnell, dass sie noch atmete und wendete sich dann sofort mit der Bitte an mich: „Kümmere Dich um sie, Andieu. Ich muss das andere Mädchen finden, bevor es zu spät ist."

„Warte", erwiderte diesmal ich. Und ich blieb bei Bewusstsein, als ich fortfuhr: „N'jara hat vorhin versucht, Siwa mit ihren Gedanken zu erreichen. Vielleicht …"

„In dem Mädchen wirkt noch immer das Warssekret. Und …"

Jagun stockte und schien verzweifelt nachzudenken. Daher fragte ich besorgt: „Und was?"

„Und ich weiß nicht, ob ich ihm noch helfen kann."

Jagun war so nackt wie ich. Er hatte nichts bei sich. Und in diesem Land, in dem nichts wuchs, als Moos, gab es auch nichts, woraus er eine Medizin für Siwa hätte herstellen können, die ihr Linderung hätte verschaffen können. Das erklärte seine Verzweiflung.

„Ich weiß nicht einmal, ob Siwa noch lebt", gestand Jagun heiser und merkte dabei anscheinend nicht einmal, dass er ihren Namen aussprach. Doch als er sich schon wieder abwenden wollte, um keine weitere Zeit zu verlieren, meldete sich N'jara, die in meinem Armen wieder zu sich gekommen war, schwach zu Wort.

„Aber ich weiß es", sagte sie und hielt Jagun damit wieder auf. Und als Jagun sich wieder zu uns umwandte und N'jara fragend anblickte, erklärte sie weiter: „Und ich kann ihr helfen, wenn wir rechtzeitig bei ihr sind."

Mit diesen Worten zog sie den Baumschwamm-Phallus aus einem Lederbeutel, der an ihrem Gürtel baumelte. Doch Jagun schüttelte enttäuscht den Kopf und erwiderte: „Ich fürchte, dafür wird es schon zu spät sein."

N'jara ließ sich von mir aufhelfen und sagte mit einiger Verwunderung zu Jagun: „Nicht dafür, Jagun."

Und als Jagun sie nur verständnislos anblickte, erklärte sie ihm: „Ich glaube, der Schwamm saugt das Sekret aus ihr heraus."

Jagun nickte überrascht und gestand: „Das wusste ich nicht."

Seine Mutter war eine Heilerin gewesen. Sie hatte alles über die Heilkräfte der Natur gewusst; egal, ob pflanzlich, tierisch oder mineralisch. Jagun hatte nie ein Heiler sein wollen, auch wenn er viel vom Wissen seiner Mutter aufgeschnappt hatte. Doch seit er um Siwas Leben kämpfte, wünschte er sich, er wäre ein aufmerksamerer und eifrigerer Schüler gewesen.

„Worauf warten wir dann noch?" fragte ich. „Retten wir Siwa."

Es fühlte sich gut an, auch einmal die treibende Kraft zu sein. Doch Jagun erwiderte auf meine Worte sofort: „Ich geh allein."

Er nahm den Phallus aus N'jaras Händen und wendete sich wieder in die Richtung der Felswand. Doch N'jara fragte ihn sofort: „Wo willst Du hin?"

Jagun antwortete nur mit einem Nicken nach oben. Ich konnte mir beim besten Willen nicht vorstellen, dass irgendjemand in der Lage sein könnte, an dieser Wand hinauf zu klettern. Aber Jagun war dort oben gewesen. Und das schien der Weg zu sein, den er kannte. Doch bevor er sich wieder abwenden und weiterlaufen konnte, sagte N'jara bereits: „Es gibt einen schnelleren Weg. Komm mit!"

Und damit nahm sie Jagun den Phallus wieder ab, verstaute ihn in ihrem Lederbeutel und übernahm die Führung zurück zu dem unterirdischen Fluss.

Da ich mit den beiden nicht Schritt halten konnte und sie nur aufgehalten hätte, blieb ich am Eingang des Tunnels zum Fluss zurück. N'jara ließ mir ihren Dolch zurück. In der Sonne konnte mir zumindest nichts von den Vampiren geschehen. Ich fürchtete mich nur vor den Riesenschlangen. Trotzdem war es mir lieber, im Licht zu bleiben, solange die Sonne schien. Sobald sie unterging, vereinbarten wir, dass ich an den Fluss zurückkehren und dort auf die Rückkehr Jaguns, N'jaras und hoffentlich auch Siwas warten sollte. Doch bevor N'jara und Jagun weiter eilten, zog Jagun mich auf die Seite und sagte so leise, dass N'jara es nicht hören konnte: „Falls ich nicht zurückkehre …"

„Warum solltest Du nicht zurückkommen?"

„Hör mir zu, Andieu: Falls ich nicht zurückkomme, musst Du Dich um die beiden Mädchen kümmern."

„A…"

„Lass mich ausreden. Begleite sie nach Orkland und beschütze sie."

„Und was ist mit Dir?"

„Mach Dir um mich keine Sorgen, Andieu. Und jetzt lebe wohl."

Ich wollte noch etwas auf Jaguns Worte erwidern. Doch er legte mir schnell die Hand auf die Schulter und nickte mir zu. Dann wendete er sich ab und folgte N'jara, die bereits in den zum Fluss führenden Tunnel gekrochen war.

Ich begriff nur langsam, dass Jagun sich von mir verabschiedet hatte. Er hatte gesagt, *falls er nicht zurückkommt*, doch je länger ich über seine Worte nachdachte, umso sicherer wurde ich mir, dass er nicht vorhatte, zurückzukommen. Als ich diese Gewissheit erlangt hatte, wollte ich Jagun schon folgen, um ihn davon zu überzeugen, dass er mit uns zurückkehren musste. Aber ich wusste, dass ich weder die Schnelligkeit, noch die Ausdauer besaß, um ihn und N'jara noch einholen zu können. Jagun hatte sich von mir verabschiedet. Doch er hatte mir die Sicherheit und das Leben von N'jara und Siwa anvertraut. Auch wenn er es niemals zugegeben hätte, weil er es nicht zugeben durfte und weil er dieses Gefühl vor sich selbst leugnen musste, wusste ich doch, dass er diese beiden Mädchen tief in seinem Innersten liebte; vielleicht nicht so sehr, wie ich sie liebte, doch er liebte sie! Dass er mir die Verantwortung für die beiden auf der langen und gefahrvollen Reise nach Orkland anvertraute; dass er überhaupt so viel Vertrauen in mich setzte, war der wahrscheinlich größte Freundschaftsbeweis, den ich jemals von einem Menschen bekommen hatte. Ich war stolz darauf, Jaguns Freund zu sein. Und aus welchen Gründen auch immer er vorhatte, sich mitten in diesem unwirtlichen Land, umgeben von durstigen und zu Recht verärgerten Vampiren, von uns zu trennen: Ich wollte ihn nicht enttäuschen. Ich wollte mich seiner Freundschaft würdig erweisen. Und natürlich sah ich auch den positiven Aspekt an dieser Verantwortung. Ich würde ganz allein mit Siwa und N'jara eine sehr lange Reise machen. Kein anderer Mann würde da sein, an den sie sich mit ihren Wünschen und Bedürfnissen wenden könnten. Ich würde sie beschützen und für sie sorgen. Und sie würden mich dafür mit der Liebe ihrer Herzen und ihrer Körper beschenken. Vor allem der Gedanke an ihre Körper ließ mich die mir übertragene Verantwortung mit Ungeduld herbeisehnen. Doch als ich meine sich bei diesen Gedanken aufbäumende Körpermitte liebevoll betrachtete und dabei wieder all die meine Pracht verunstaltenden Bissspuren der schönen Vampirmädchen sah, kamen mir doch Zweifel daran, ob Siwa und N'jara Gefallen an meinem Schwert finden würden, solange es noch in diesem desolaten und unappetitlichen Zustand war; und ich dachte mir, dass ich Jagun hätte fragen sollen, ob er mir nicht das Rezept für eine Salbe hätte verraten können, mit der die Spuren solcher Liebesbeweise von Vampiren möglichst schnell wieder verheilten. Aber noch waren N'jara und Siwa nicht da; noch war Siwa nicht gerettet und in Sicherheit; noch konnten die beiden Mädchen sich nicht in meinen Schutz flüchten. Und so verbrachte ich die nächsten Stunden mit bangem Warten und Hoffen.

Selbst für Jagun und N'jara war der steile Aufstieg in dem schmalen Gang ein kräftezehrender Akt, der es ihnen nicht erlaubte, sich zu unterhalten. Über tausend Meter Höhenunterschied im Laufschritt zurückzulegen, ließ selbst die Lungen und die Muskeln dieser beiden brennen. Doch sie gönnten sich keinen Augenblick Ruhe, denn Siwas Sicherheit und Leben hing einzig und allein von ihnen ab.

Die Vampire bewohnten ein weit verzweigtes Höhlensystem. Aber so wie es schien, mieden sie den Weg zum Fluss. Doch je höher N'jara und Jagun stiegen, umso größer wurde die Gefahr, dass sie entdeckt wurden. Immer öfter zweigten Gänge in andere Richtungen ab und Jagun dachte sich, dass einer dieser Gänge direkt zu Siwa führen konnte. Doch das war nur eine Vermutung. Und Jagun wusste, dass sie nicht mehr genug Zeit hatten, um jedem Gang nach oben zu folgen. Jagun lief hinter N'jara, da sie diesen Weg bis zu den Behausungen der Vampire entdeckt hatte und daher bereits kannte. Zuerst waren sie durch vollkommene Dunkelheit gelaufen. Doch je höher sie stiegen, umso mehr setzte wieder das phosphoreszierende Leuchten ein, das sie ihren Weg leichter finden und erkennen ließ. Immer wieder fiel Jaguns Blick auf N'jaras schlanken Rücken, über den ihre langen, schwarzen Haare bis über ihren kleinen, festen und nur spärlich bedeckten Hintern fielen und im Takt ihrer Schritte wie ein seidiger Schleier tanzten. Er konnte sich nur schwer der Faszination entziehen, die der Anblick ihrer Schönheit und der kraftvollen

Geschmeidigkeit ihrer Bewegungen auf ihn ausübten. Doch er zwang sich immer wieder dazu, seinen Blick abzuwenden. Er wollte nicht riskieren, dass die Vampire durch seine erzürnten Dämonen zu früh auf N'jara und ihn aufmerksam wurden, denn das hätte seinen ohnehin kaum durchführbaren Plan zur Rettung Siwas wahrscheinlich vollkommen zunichte gemacht.

Als N'jara Jagun bis zum Zugang zu der Höhle geführt hatte, in der ich so lange unter dem unheimlichen Deckengemälde als leckeres Futter für die Vampirinnen gelegen hatte, hielt er sie durch einen leisen Ruf auf. Und als N'jara sich zu Jagun umwandte, sagte er flüsternd zu ihr: „Ab hier gehe ich allein weiter, Mädchen."

„Mein Name ist N'jara!"

„Kehre zu Andieu zurück. Ich folge mit dem anderen Mädchen so schnell ich kann."

„Ihr Name ist Siwa!"

„Wenn wir bis Sonnenaufgang nicht bei Euch sind, brecht ohne uns auf."

„Ich kann Dir helfen, Jagun!"

„Nein. Du weißt, dass ich mich auf keinen Kampf einlassen kann. Die einzige Waffe, die ich zur Verfügung habe, ist die Überraschung und Schnelligkeit. Noch ist es Tag. Ich muss es nur bis zur großen Höhle in der Felswand schaffen, dann bin ich in Sicherheit und kann dem Mädchen helfen, wenn es dafür noch nicht zu spät ist."

„Ich könnte Dir den Rücken freihalten, Jagun!"

„Zu wissen, dass Du hinter mir kämpfst und dass Dein Leben in Gefahr ist, würde mich mehr behindern, als es mir helfen könnte."

Jagun befürchtete, mit diesen Worten bereits mehr eingestanden zu haben, als es gut für ihn war, und senkte verlegen seinen Blick, um sich aus dem Bann von N'jaras dunklen, geheimnisvollen und ihn nachdenklich und besorgt anblickenden Augen zu befreien.

„Bitte kehre um", bat er sie eindringlich. Und da erkannte N'jara, dass Jagun Angst um sie hatte und dass diese Angst sein Scheitern bedeuten konnte. N'jara hatte um Jagun ebenso viel Angst, wie er um sie. Doch N'jara sah ein, dass die Ängste, die sie gegenseitig um sich hatten, sie nicht darin behindern durften, das zu tun, was notwendig war, um Siwa zu retten. Darum nickte sie zustimmend, wenn auch nicht gerne, reichte Jagun den Phallus für Siwa und erwiderte: „Ich werde mit Andieu auf Siwa und Dich warten, Jagun. Doch wenn wir dann nach Wolan zurückkehren und gemeinsam nach Orkland reisen, wirst Du Dich daran gewöhnen müssen, dass ich an Deiner Seite kämpfe."

Jagun nickte, ohne aber etwas zu erwidern, hängte sich den Baumschwamm-Phallus mit dem daran befestigten Lederband um den Hals und lief ohne ein weiteres Wort los.

N'jara blickte ihm mit Tränen in den Augen hinterher, bis er um die nächste Ecke verschwunden war und ein lautes Kreischen anzeigte, dass die Vampire ihn entdeckt hatten. Sofort zuckte ihre Hand nach dem Griff des singenden Schwertes. Doch dann erinnerte sie sich an Jaguns Worte. Sie wusste, dass er die Wahrheit gesagt hatte. Wenn sie sich jetzt in Gefahr begeben hätte, dann hätte sie Jagun nur dazu gezwungen, sich zu entscheiden, ob er ihr beistand oder ob er versuchte, Siwa zu retten.

Wenn einer es schaffen kann, durch die Reihen der Vampire zu kommen, dann Jagun, dachte sich N'jara, wandte sich schweren Herzens um und lief den Gang zurück in die Tiefe, bevor die Vampire sich vielleicht dachten, dass der Eindringling möglicherweise nicht allein gekommen war, und ausschwärmten. Doch ihr Herz wurde immer schwerer, je weiter sie lief, bis sie schließlich stehen blieb.

Was, wenn Jagun es aber nicht schafft? fragte sie sich besorgt. *Er ist allein und sie sind so viele.*

N'jara hätte es sich niemals verziehen, wenn Siwa und Jagun gestorben wären, obwohl sie ihnen noch hätte helfen können.

Ich kann sie nicht im Stich lassen. Ich muss zurück!

Also machte sie wieder kehrt und lief mit dem Schwert in der Hand den Gang wieder nach oben. Aber wie sie schon befürchtet hatte, hatten die Vampire nach Jaguns plötzlichem Auftauchen Späher in die nach unten führenden Gänge ausgesandt, denn plötzlich stand sie einer schönen, nackten Frau gegenüber, deren Haut so weiß und durchscheinend wie Pergament wirkte. Als die schöne, blasse Vampirin, die N'jara um fast einen Kopf überragte, N'jara auf sich zueilen sah, fauchte sie sie wie ein gereizter Panther an. N'jara wünschte sich, sie hätte noch Pfeile für ihren Bogen besessen. Aber das hatte sie nicht. Sie hatte nur ein singendes Schwert, das Eisen wie Butter zerschnitt. Aber N'jara war keine Schwertkämpferin. Sie fürchtete kaum einen Menschen, doch sie wusste, dass die meisten Vampire Menschen an Schnelligkeit und Kraft bei Weitem überlegen waren. Und das bereitete ihr jetzt doch ein flaues Gefühl im Magen. Ihre kleine Faust schloss sich fester um den Schwertgriff. Der steil ansteigende Gang war viel zu schmal, um ein Schwert wirkungsvoll schwingen zu können. Darum hielt sie es vor sich und war bereit, beim kleinsten Anzeichen eines Angriffs der Vampirin zuzustoßen. Doch die Vampirin wich langsam vor ihr zurück. Und es erschien N'jara, als wollte sie, dass sie ihr folgte.

Bisher war es N'jara nur möglich gewesen, die Gedanken von Menschen zu hören, die ihr nahe standen. Und sie hatte dieses Talent, das sich meistens einstellte, ohne dass sie es bewusst herbeiführte, eher als Fluch denn als Gabe betrachtet. Doch als sie jetzt mit dem eigenartigen Gefühl, in eine Falle gelockt zu werden, der Vampirin folgte, versuchte sie sich darauf zu konzentrieren, was in deren Kopf vor sich ging, da es ihr viel sinnvoller und gerechtfertigter erschien, die Gedanken von Feinden zu lesen, als die von Freunden. Die verführerischen Blicke der Vampirin schienen sagen zu wollen: *Komm, folge mir. Ich werde Dich glücklich machen.*

Doch hinter dem einladenden Lächeln sah N'jara noch etwas anderes, etwas Gefährliches und Heimtückisches, das eher ausdrückte: *Komm in mein Netz, komm schon, nur noch ein Stück weiter, dann gehörst Du mir.*

Aber soviel N'jara auch in den Augen der Vampirin lesen konnte; die Gedanken dahinter blieben ihr verschlossen. Vielleicht lag es daran, dass Vampire eigentlich tot sind, dass es N'jara nicht möglich war die Gedanken der Vampirin zu lesen. Sie wusste es nicht. Und sie hatte auch keine Zeit, um sich darüber Gedanken zu machen, da sie ihre ganze Aufmerksamkeit und Konzentration auf die vor ihr zurückweichende und sie fast hypnotisch hinter sich her lockende Vampirin richtete, bis sie sich selbst fragte: *Was tue ich hier eigentlich?*

Sie spürte, dass die Vampirin sie in ihren Bann zog und in eine Falle lockte. Und dennoch folgte sie ihr. N'jara blieb stehen, senkte das Schwert und sagte ganz zärtlich zu der blassen, nackten und vor ihr zurückweichenden Gestalt: „Warte."

Mit diesem einen Wort durchbrach sie den Bann. Die Vampirin blieb ebenfalls stehen und sah N'jara verwundert an. Sie spürte, dass N'jara sich aus ihrem Zauber befreit hatte. Dennoch hatte N'jara das Schwert gesenkt und zeigte keine Furcht. N'jara nutzte die Verwirrung der Vampirin, streckte ihr die linke Hand entgegen und sagte ganz sanft: „Komm."

Die Vampirin stutzte noch immer. Da wiederholte N'jara in dem selben einschmeichelnden Ton noch einmal: „Komm mit."

Und damit wandte sie sich um und lief den schmalen Gang wieder nach unten. Es dauerte keine Sekunde, da sprang die nackte Vampirin mit gefletschten Zähnen blitzschnell hinter N'jara her. Doch die warf sich genauso schnell auf den Boden und hob die Klinge des Schwertes in ihrer Hand. Die Klinge bohrte sich von unten zwischen die Schenkel der Vampirin und durchdrang ihren Körper bis durch den Hals und den Mund. Die Vampirin stand röchelnd und mit einem ungläubigen Blick aus weit aufgerissenen Augen über N'jara. Kaltes Blut rann auf N'jara herunter. Mit einem schnellen Schnitt öffnete sie den Körper der Vampirin. Sie schnitt sie von der Scheide bis zum Kiefer auf und durchtrennte dabei selbst das Becken, die Rippen und den Unterkiefer der Vampirin wie Butter.

„Das ist für das, was ihr Andieu angetan habt", sagte N'jara so kalt, wie das Blut, das aus der Vampirin herausströmte, während sie sich erhob.

„Und das", fuhr sie noch eine Spur kälter fort, „ist für Jadwéj!"

Und mit diesen Worten trennte sie der sie fassungslos Anstarrenden mit einem gezielten Hieb den Kopf ab. Doch dann begann sie wieder zu überlegen, was sie tun sollte. Und weil sie sich einfach nicht entscheiden konnte, ob sie vor oder zurückgehen sollte, richtete sie ihre Gedanken auf Jagun.

Jagun, rief sie ihn verzweifelt. *Kannst Du mich hören? Wo bist Du?*

Als Jagun N'jara zurückgelassen hatte, um allein weiter zu laufen, da hatte er gewusst, wie gefährlich sein Vorhaben war. Als er sich vor der Zeremonie zwischen all die Vampire der verschiedenen Clans gemischt hatte, da war seine Hoffnung gewesen, dass er als Fremder unter Fremden nicht erkannt werden würde. Doch jetzt wussten die Vampire, wer er war. Er war der Mann, der die zukünftige Königin all dieser Vampire entführt und getötet hatte. Jeder würde ihn jetzt erkennen und keiner würde zögern, ihn zu töten. Wenn es nur um ihn selbst gegangen wäre, dann wäre es ihm egal gewesen; dann wäre es sogar noch eine Genugtuung für ihn gewesen, dass sich seine Dämonen mit den Vampiren eine gnadenlose Schlacht geliefert hätten, aus der vermutlich beide Parteien zumindest geschwächt hervorgegangen wären. Aber es ging nicht nur um ihn. Siwa und N'jara waren noch in der Nähe. N'jara war zwar seiner Meinung nach bereits auf dem Weg zurück zu mir, doch ob sie aus dem Bereich heraus gewesen wäre, den seine Dämonen heimgesucht hätten, wenn er ihr Erscheinen heraufbeschworen hätte, das wusste er nicht. Siwa befand sich auf jeden Fall noch in diesem Bereich. Und sie würde den Ort, an dem sie sich befand, wahrscheinlich nicht mehr lebend verlassen, wenn Jagun versagte.

Die meisten Vampire schliefen am Tag. Das war Jaguns einziger Hoffnungsschimmer und seine einzige Chance. Aber genauso gut konnte ihm dieser Umstand zum Verhängnis werden. Als er während der Nacht mit Jadwéj geflohen war, hatten sich die Vampire, die sich in den Gängen und Räumen dieses Höhlensystems gedrängt hatten, gegenseitig behindert. Die meisten von ihnen hatten gar nicht gewusst, was überhaupt los war. Ein paar wenige Wächter, die sich in diesen Höhlen auskannten und ihn als Feind betrachteten, konnten ihm unter Umständen weitaus gefährlicher werden. Deshalb musste er in Bewegung bleiben und durfte sich auf keinen Fall in eine Ecke drängen lassen. Den Weg von dem großen Raum mit dem Deckengemälde bis zu dem großen Höhleneingang in der Felswand war Jagun schon gegangen. Er hätte ihn blind gefunden. Und nachdem er sich von N'jara getrennt hatte, rannte er so schnell er konnte, auf diesen Ein- oder Ausgang zu. Doch er dachte sich bereits nach den ersten Schritten, dass er sich nach dem anstrengenden Aufstieg vom unterirdischen Fluss eine kurze Rast hätte gönnen sollen. Die Muskeln in seinen Beinen schmerzten und diese fühlten sich unheimlich schwer an. Obwohl N'jara noch die Schnelligkeit bewundert hatte, mit der er ohne sie weiter gelaufen war, fühlte er sich selbst langsam und schwerfällig. Bereits hinter der ersten Ecke stieß Jagun auf zwei hübsche, weibliche Vampire in weißen Kleidern, deren Stoffe so zart und durchscheinend waren, dass Jagun die fast ebenso weißen Körper dieser Geschöpfe deutlich darunter erkennen konnte. Doch im Gegensatz zu mir, wusste Jagun diesen Anblick überhaupt nicht zu schätzen, was aber wohl nur daran lag, dass seine Dämonen ihm das verübelt hätten und dass er auch gar keine Zeit hatte, um sich an diesem Anblick zu erfreuen. Vampire auf seinem Weg bedeuteten Hindernisse; Hindernisse, die er umgehen oder überwinden musste, ohne sich dabei aber auf einen Kampf einzulassen. Gelang ihm das nicht, war Siwa verloren.

Die beiden Vampire fauchten und kreischten, als sie Jagun erblickten. Und Jagun wusste, dass dieses Kreischen andere Vampire anlocken würde. Ohne auch nur einen einzigen Moment in seinem Lauf innezuhalten, rannte er auf die beiden in seinem Weg stehenden Geschöpfe der Nacht zu. Und als er ihnen so nahe war, dass sie schon ihre Klauen nach ihm ausstreckten und gierig die Zähne fletschten, da sprang er auf den Boden, rutschte auf dem feuchten, grün schimmernden Moos zwischen den Beinen der beiden überraschten Vampirmädchen durch und rannte ohne anzuhalten hinter ihnen weiter. Doch die beiden folgten ihm sofort. Und auch vor ihm und aus seitlich einmündenden Gängen hörte Jagun das Nahen weiterer Vampire. Plötzlich tauchte wie aus dem Nichts Saskoméh vor ihm auf. Auch sie trug jetzt ein durchscheinendes, weißes Kleid, durch das man deutlich erkennen konnte, dass die Spuren des Kampfes, die Saskoméhs Körper noch in der vergangenen Nacht geziert hatten, vollkommen verschwunden waren. Und auch von den Wunden, die N'jaras Pfeile ihr zugefügt hatten, war nichts mehr zu sehen.

Saskoméh tauchte so plötzlich auf, dass Jagun bei dem Versuch, ihr auszuweichen, auf dem feuchten und glatten Moosteppich ausglitt. Und noch ehe er sich wieder erheben konnte, kniete Saskoméh über ihm. Obwohl sie die Gestalt einer schlanken, jungen Frau hatte, fühlte Jagun sich vom Gewicht eines ganzen Gebirges niedergedrückt. Er versuchte gar nicht erst, sich zu befreien, ließ sich durch das Fauchen und den Anblick der langen, spitzen Zähne der schönen Vampiren aber auch nicht einschüchtern, sondern blickte ihr nur herausfordernd in die Augen.

„Du bist ein mutiger Mann, Jagun", sagte Saskoméh, nachdem sie festgestellt hatte, dass Jagun keine Furcht vor ihr hatte. Gleichzeitig registrierte Jagun aber, dass sie von weiteren Vampiren umringt wurden. Das machte ein Entkommen so gut wie unmöglich. Doch Jagun verriet durch nichts, dass ihm die Ausweglosigkeit seiner Lage durchaus bewusst war. Und genauso wenig reagierte er auf Saskoméhs Worte, so dass diese nach einer kurzen Pause fortfuhr: „Doch Du bist auch ein sehr dummer Mann."

„Immerhin bin ich ein lebendiger Mann, während Du nur ein totes Weib bist!"

Saskoméh fauchte Jagun zornig an. Doch der gab sich weiterhin unbeeindruckt. Und als Saskoméh sich wieder beruhigt hatte, fragte sie Jagun kalt lächelnd: „Was glaubst Du, wie lange Du noch leben wirst?"

„Das kommt darauf an, was Du von mir haben möchtest?"

Saskoméh blickte Jagun überrascht an und erwiderte anerkennend: „Vielleicht bist Du doch nicht so dumm."

Und während ihre langen, spitzen Fingernägel über Jaguns Brust glitten und rote Linien hinterließen, aus denen winzige Blutstropfen hervorquollen, fragte sie ihn: „Wo ist drottnari blóðrás? Wo ist unsere Königin?"

„Tot!" erwiderte Jagun und bemühte sich dabei, sich den Schmerz, den er über Jadwéjs Verlust fühlte, nicht anmerken zu lassen.

Saskoméh und die umstehenden Vampire kreischten bei dieser Antwort so ohrenbetäubend und schrill, dass es Jagun in den Ohren schmerzte. Doch als das Kreischen wieder nachließ, fuhr er mit unverhohlener Verachtung fort: „Aber sie war nicht eure Königin, egal wie Du sie hierher gelockt und was Du mit ihr gemacht hast. Sie war …"

„Schweig!" fiel ihm Saskoméh ins Wort. „Sie war das Mädchen aus der Prophezeiung. Sie war das Mädchen, auf das wir seit Jahrhunderten gewartet haben. Ich habe sie in den Gedanken Deines Freundes Andieu gefunden. Doch sie hat mich ebenso gefunden. Ich musste sie nicht rufen. Sie fand den Weg hierher von ganz allein. Und als sie hier war, flehte sie mich an, sie zu verwandeln. Die Prophezeiung war tief in ihrem Innersten verwurzelt. Und ich weiß, dass Du sie erst möglich gemacht hast. Du hast verhindert, dass sie sich in einen der Sträucher Hradotéjs verwandelte. Du hast das in ihr wachsende Holz aus ihrer Brust gerissen und …"

„Nein", unterbrach Jagun die Vampirin. „Das war Andieu de la Moraine. Er hat Jadwéjs Leben gerettet."

„Der?" fragte Saskoméh abschätzig. „Er mochte das Mädchen nicht; nicht einmal, als sie noch zu euch gehörte."

„Du täuscht Dich sehr in diesem Mann!"

Saskoméh ignorierte das Loblied, das Jagun auf mich sang. Ihre Augen fielen auf den Phallus, den Jagun an dem Lederband um den Hals hängen hatte. Blitzschnell griff sie danach und betrachtete ihn nachdenklich. Sie wusste mit Sicherheit, was sie da in Händen hielt. Aber Jagun wusste nicht, ob sie seinen Zweck erraten konnte, bis sie ihm die Frage stellte: „Ist das für Siwa?"

„Wer ist Siwa?"

„Versuche nicht, mich für dumm zu verkaufen, Jagun."

Saskoméh stand so schnell auf, dass es Jagun kaum möglich war, ihren Bewegungen zu folgen. Sie packte ihn mit einer Hand am Hals und zog auch ihn brutal auf die Beine. Dann wendete sie sich an die anderen, sie umringenden Vampire und befahl mit einer herrischen Geste: „Lasst mich allein mit diesem schwachen Menschen."

Die Vampire zögerten. Aber Saskoméh befahl noch einmal: „Geht!"

Und da zogen die Vampire sich langsam zurück, fauchten Jagun dabei aber zornig und hungrig an. Saskoméh ließ Jagun los und sah ihm tief in die Augen. Jagun spürte, dass sie in seinen Kopf einzudringen versuchte. Und er spürte die Macht, die von ihr ausging. Dennoch gelang es ihm, sich ihrem Willen zu widersetzen und seine Gedanken vor ihr zu verschließen, obwohl er ihre Stimme in seinem Kopf fragen hörte: *Wo ist Siwa, Jagun? Wo versteckst Du sie vor mir?*

Jagun wusste nicht, wie lange er dem Zwang, Saskoméhs Fragen zu beantworten, widerstehen konnte. Doch er spürte, dass ihr Versuch, seinen Willen zu brechen, sie ebenfalls schwächte und versuchte daher, ihr so lange, wie möglich Widerstand zu leisten. Und als er bemerkte, dass sie ganz leicht zu schwanken begann, wandte er sich blitzschnell um und rannte so schnell er konnte, dem rettenden Höhleneingang zu, der mit dem Licht der schon tief im Westen stehenden Sonne durchflutet war. Doch er hatte ihn noch nicht erreicht, als Saskoméh schon wieder vor ihm stand und ihm den Weg versperrte. Ihre Augen waren blutunterlaufen und ihr Blick verhieß nichts Gutes. Sie stürzte sich wie eine Furie auf Jagun. Doch der tauchte unter ihren Armen hindurch, packte den Saum von Saskoméhs Kleid und zerrte sie in die Richtung des goldenen Lichtschimmers. Damit hatte Saskoméh anscheinend nicht gerechnet. Als sie erkannte, was Jagun vorhatte, schrie sie in Panik auf. Ihre ganzen übermenschlichen Kräfte schienen sie in diesem Moment zu verlassen, denn sie konnte Jaguns Stärke nichts entgegensetzen und wurde wie ein Kind von ihm hinter sich her gezogen, bis Jagun in das Licht der Sonne eintauchte. Saskoméh schrie und kreischte und wand sich wie ein Aal. Doch Jagun hielt sie mit eisernem Griff fest, während er schon in der Sonne stand und Saskoméh noch im Schatten. Noch schwiegen Jaguns Dämonen, denn er kämpfte nicht, sondern hielt nur den Saum von Saskoméhs Kleid fest. Doch Jagun war sich sicher, dass Saskoméh sich auf ihn gestürzt hätte, um in mit ins Verderben zu reißen, wenn er sie ins Licht der Sonne gezwungen hätte. Dann hätte er kämpfen müssen, um sich wieder von ihr zu befreien. Und dann wären seine Dämonen sofort erschienen. Also ließ er Saskoméhs Kleid los. Saskoméh starrte ihn atemlos und verwundert an, während sie sich nur langsam wieder beruhigte. Jagun nickte ihr zum Abschied zu, wendete sich ab und verschwand aus ihrem Blickfeld, indem er bis an den Rand der Höhle in der hohen Wand lief, sich über die Kante schwang und den gefährlichen Abstieg zu der kleinen, moosüberwucherten Öffnung wagte, hinter der Siwa durch das in ihr wirkende Warssekret einen Orgasmus durchlitt, der sich, wenn sie keine Hilfe bekam, so weit steigern würde, bis ihr Körper es nicht mehr ertragen könnte und sie daran sterben würde. Doch nicht nur deshalb musste Jagun sich beeilen, sondern auch, weil die Sonne bereits den Horizont berührte und in wenigen Minuten untergehen würde. Und dann würden wahrscheinlich Saskoméh und ihre Vampirmädchen, sowie auch alle noch anwesenden Vampire der anderen Clans nach ihm suchen.

Obwohl es nur wenige Meter bis zu diesem Loch waren und Jagun inzwischen genau wusste, wo er Halt für seine Finger und Zehen finden konnte, kam es ihm wie eine Ewigkeit vor, bis er es erreichte. Er durfte nicht leichtsinnig werden, denn ein falscher Griff konnte seinen und damit auch Siwas Tod bedeuten. Deswegen durfte er auch wieder nicht den geraden Weg nehmen, sondern musste einen großen Bogen klettern. Und bei aller Eile und Vorsicht musste er auch noch darauf achten, keine verräterischen Spuren im Moos zu hinterlassen, das die senkrechte Wand bedeckte, denn Spuren hätten den Vampiren verraten, wohin er sich gewandt hatte. Sollten sie ruhig denken, dass er sich in die Tiefe gestürzt hätte und am Fuß der hohen Wand zerschellt wäre.

Jagun kroch gerade noch rechtzeitig hinter den Schleier aus Moos, bevor der letzte Strahl der Sonne hinter dem Horizont verschwand. Siwa lag ein Stück tiefer in dem schmalen Tunnel, da es im vorderen Teil am Nachmittag unerträglich heiß geworden war. Sie war ohne Bewusstsein. Trotzdem wurde ihr zierlicher Körper von einer so heftigen Ekstase geschüttelt, dass Jagun schon fürchtete, zu spät gekommen zu sein. Mit einem Satz war er bei ihr und hielt ihr den Mund zu, da sie so laut stöhnte, dass man sie außerhalb der Höhle, dort, wo der Himmel sich jetzt durch die ausschwärmenden Vampire verdunkelte, gehört hätte. Er musste ihren Körper mit Gewalt festhalten, um zu verhindern, dass sie sich losriss und ihre Lust durch die anbrechende Nacht schrie.

„Siwa", bat er sie leise flehend, „Mädchen! Du musst still sein und Dir den Schwamm einführen. Hörst Du mich?"

Er wusste ganz genau, dass sie ihn nicht hören konnte. Trotzdem klammerte er sich an die Hoffnung, dass sie aufwachen und seinen Rat befolgen würde. Doch Siwa wachte nicht auf. Und draußen, ganz dicht vor der Öffnung dieser kleinen, verborgenen Höhle, hörte er das laute Rauschen der Vampirschwingen.

Jagun riss sich den Phallus vom Hals und öffnete gewaltsam Siwas zuckende Schenkel. Er spürte, wie die Luft merklich abkühlte. Aber in der dämmrigen Finsternis des engen Tunnels blieben seine Schatten wenigstens fast unsichtbar. Obwohl Jagun wusste, dass Siwa mit dem Tod rang, musste er sich doch dazu zwingen, sich von ihrer Lust, die ihre Wangen glühen ließ und ihre Brüste in erregende Schwingungen versetzte, nicht anstecken zu lassen. Er brauchte Hände und Füße, um sie festzuhalten, ihr den Mund zuzuhalten und gleichzeitig ihre Schenkel zu öffnen. Ihren jugendlich-straffen Körper, der nach purer Lust roch, dabei so intensiv an seinem Körper zu spüren, war auch für Jaguns Selbstbeherrschung fast zuviel. Als er dann mit seinen Fingern ihre winzigen, rosigen, von der Erregung geschwollenen Schamlippen behutsam zu öffnen versuchte, konnte nicht einmal er verhindern, dass sich in seinem Schoß etwas regte. Seine Dämonen brausten auf und drohten dadurch, seinen Aufenthaltsort den Vampiren zu verraten, die den Nachthimmel bevölkerten. Jaguns

Anspannung und Verzweiflung waren ebenso groß, wie seine Sorge um Siwa. Trotzdem musste er sich dazu zwingen, ganz ruhig weiterzumachen. Ganz vorsichtig führte er den Phallus in Siwas Scheide ein. Dieser Anblick war erregend! Das konnte er weder vor sich selbst, noch vor seinen Dämonen leugnen oder verbergen. Trotzdem schienen seine Dämonen zu erkennen, dass Jagun Siwa nicht ‚liebte', und dass er das, was er tat, nicht tat, um Siwa oder sich selbst zu erregen oder zu befriedigen, sondern im Gegenteil, um Siwas Zustand zu beenden. Aber es erregte ihn! Und das machte sie zornig.

Noch während Jagun diesen Kampf austrug und seine ganze Konzentration und Selbstbeherrschung darauf verwenden musste, seine beginnende Erektion nicht weiter anwachsen zu lassen, hörte er N'jaras Stimme besorgt in seinem Kopf fragen: *Jagun, kannst Du mich hören? Wo bist Du?*

Jagun war es unmöglich, sich jetzt auch noch auf N'jara zu konzentrieren. Doch er wusste, dass das Mädchen imstande gewesen wäre, Siwas oder seinetwillen wieder in die Höhlen der Vampire zurückzukehren und sich damit in Gefahr zu bringen. Und das durfte auf keinen Fall geschehen. Deshalb antwortete er in seiner Verzweiflung nur stumm: *Nicht jetzt!*

Was ist los? fragte N'jara sofort mit spürbarer Besorgnis. *Bist Du in Gefahr? Ich komme!*

Nein!

Endlich war der Phallus vollständig in Siwa. Ihn einzuführen hatte ihre Erregung, die schon so stark geworden war, dass Siwa ihr Bewusstsein verloren hatte, noch weiter angefacht. Es war Jagun kaum noch möglich, sie fest- und ihr gleichzeitig den Mund zuzuhalten. Er befürchtete, dass ihr zarter Körper jetzt wirklich den Kampf gegen die Lust verlieren würde. Diese Sorge ließ zumindest seine eigene Erregung wieder abklingen, obwohl er Siwas dampfenden Körper umklammert hielt und an seinen eigenen Körper presste. Dieses verzweifelte Ringen erforderte seine ganze Konzentration. Doch wieder meldete sich N'jara in seinem Kopf.

Ich spüre Deine Furcht, Jagun. Bitte sag mir, was ich tun soll.

Verschwinde endlich aus meinem Kopf, Mädchen.

Ein paar Sekunden blieb es still und Jagun hoffte, dass er N'jara endlich davon überzeugt hätte, dass er keine Zeit hatte, um sich mit ihr zu unterhalten. Doch da meldete sich N'jaras Stimme wieder in seinem Kopf.

Mein Name ist N'jara! Und ich komme jetzt und hole Dich da raus, wo auch immer Du bist!

Ich bin bei dem Mädchen und kämpfe um sein Leben. Und jetzt lauf endlich zu Andieu und warte dort.

Endlich blieb es still und Jagun konnte seine ganze Aufmerksamkeit wieder auf Siwa konzentrieren. Ganz langsam wurde sie ruhiger in seinen

Armen. Das Beben und Zittern ihres Körpers ließ allmählich nach. Nach einiger Zeit wagte Jagun sogar, seine Hand von ihrem Mund zu nehmen. Und als Siwa dann ganz ruhig schlief, zog er sich sofort von ihr zurück. Er hatte vorgehabt, Siwa allein den Weg nach unten zum Fluss zu schicken. Doch da sie noch ohne Bewusstsein war und nach ihrem Orgasmus, von dem Jagun nicht wusste, wie lange er schon angedauert hatte, als er sie in diesem Zustand vorgefunden hatte, so sehr geschwächt war, dass sie wahrscheinlich gar nicht in der Lage gewesen wäre, diesen Weg allein zu gehen, durfte er sie nicht sich selbst überlassen. Als erstes ließ er Siwa etwas Wasser aus dem feuchten Moos in den Mund tropfen. Das war das einzige, das er im Moment für sie tun konnte.

Um aufrecht stehen zu können, war das Loch, in dem Siwa und Jagun steckten, viel zu niedrig. Also begann Jagun wieder auf allen Vieren kriechend den Abstieg und zog Siwa dabei vorsichtig hinter sich her. Erst als er auf diese Weise ein großes Stück zurückgelegt hatte, erweiterte sich das Loch soweit, dass Jagun aufrecht gehen konnte. In dem sich immer tiefer in den Fels windenden Loch war es aber stockdunkel. Und es war steil und glatt. Jagun konnte Siwa deshalb nicht auf seine Arme nehmen und tragen. Er brauchte seine Hände, um tastend den Weg durch die Finsternis zu finden und sich festzuhalten und abzustützen. Darum legte er sich Siwa über die Schulter. Das war die einzige Möglichkeit, wie er sich in dem immer steileren und glatteren Loch mit ihr noch vorwärts bewegen konnte, ohne sie oder sich selbst dabei zu verletzen. Aus Ritzen im Fels drangen kleine Rinnsale Wasser. Aber je weiter und tiefer Jagun stieg, umso hinderlicher wurde das herunterstürzende Wasser. Irgendwann begriff Jagun, dass dieses Loch, in das das Wasser vom Plateau oberhalb der hohen Wand sickerte, der Ursprung des unterirdischen Flusses sein musste.

Jagun war schon seit Stunden unterwegs und musste schon fast am Fuß der Felswand angelangt sein, als Siwa endlich zu sich kam. Sie war schon seit einer ganzen Weile unruhig gewesen, erwachte dann aber wahrscheinlich durch das eiskalte Wasser, das Jaguns und ihren Körper in immer reißenderen Strömen überspülte und mitzureißen drohte.

„Ganz ruhig", versuchte Jagun Siwa zu beruhigen, als sie beim Erwachen zu strampeln und um sich zu schlagen begann, weil sie glaubte, ertrinken zu müssen. Es dauerte eine ganze Weile, bis sie sich soweit orientiert hatte, dass sie begriff, über der Schulter eines Mannes zu liegen. Und da die Stimme, die in absoluter Dunkelheit das Brausen des tosenden und an ihr zerrenden Wassers zu übertönen versucht hatte, Jaguns Stimme gewesen war, erkannte sie auch, dass die Schulter, über der sie lag, Jaguns Schulter war und dass die Hand, die auf ihrem Po lag, um sie mit festem Griff sicher zu halten, Jaguns Hand war. Und da sie das erkannte, fühlte sie sich mit einem Schlag vollkommen sicher und behütet. Wenn Jagun sie durch diesen finsteren Wasserfall trug, dann war es gut. Ihre Position auf

Jaguns Schulter war nicht gerade bequem. Aber seine Hand auf ihrem Po ließ ihre durch den Baumschwamm-Phallus unterdrückte Erregung auf angenehme Weise aufflackern.

Um sich zu unterhalten, war es durch das Rauschen des Wassers viel zu laut. Also vertraute Siwa darauf, dass Jagun wusste, was er tat und wohin er sie brachte und genoss dabei die Berührung seines Körpers. Sie dachte an die erlittene Vergewaltigung und daran, dass sie in diesem schlimmen Moment geglaubt hatte, dass die Berührung eines Mannes in Zukunft und für immer unerträglich für sie sein würde. Aber bei Jagun war alles anders. Siwa liebte Jagun. Und sie wurde sehr traurig bei dem Gedanken daran, dass sie sich nicht mit ihm vereinen durfte, weil das Warssekret in ihr Jagun getötet hätte und weil Jaguns Dämonen sie getötet hätten.

Todsicher eine tödliche Liebe, dachte sie sich schwermütig, klammerte sich unwillkürlich aber trotzdem ein bisschen fester an Jagun, dessen sehnige Muskulatur sich so gut unter ihren Händen anfühlte.

Der Strom des Wassers wurde immer reißender. Aber langsam wurde der Tunnel breiter und das Gefälle nahm merklich ab, bis Jagun schließlich wagte, Siwa neben sich auf die Steine abzusetzen. Weit vor sich erkannte Jagun einen ganz schwachen, grünlichen Schimmer. Er hatte den Abstieg geschafft und befand sich an dem unterirdischen Fluss, dessen Gewölbe immer wieder durchbrochen war. Da es aber Nacht war, drang nur das schwache Mond- und Sternenlicht durch den Teppich aus Moos, der diese Löcher bedeckte.

„Wie geht es Dir?" fragte Jagun. Und seine Augen versuchten die Finsternis zu durchdringen, um Siwas Gesicht erkennen zu können.

„Ich lebe!" antwortete Siwa und tastete nach Jaguns Hand. „Und das verdanke ich Dir."

„Nein, das verdankst Du dem anderen Mädchen."

„Ihr Name ist N'jara!"

„Folge dem Fluss. Dann triffst Du auf sie und Andieu."

„N'jara ist hier? Und Andieu ist frei?"

„Ja."

Siwa küsste vor Freude und Glück über diese Nachricht Jaguns Hand, die sie noch in ihren Händen hielt. Doch dann fragte sie besorgt: „Und was ist mit Jadwéj?"

Jagun schwieg betroffen einige Sekunden und entzog Siwa seine Hand. Der Schmerz über Jadwéjs Tod saß tief und die Schuld, die er sich selbst daran gab, zermarterte sein Herz und seine Seele. Obwohl er hoffte, das richtige und obwohl er glaubte, das einzig mögliche getan zu haben, um Jadwéj zu erlösen und ihre Seele zu retten, fühlte er sich schuldig und schlecht. Er wagte nicht, diese Schuld vor Siwa einzugestehen; nicht jetzt, nicht im Augenblick ihres Abschieds. Darum antwortete er auf ihre Frage: „Andieu und das Mädchen werden Dir alles erzählen. Folge dem Fluss."

Siwa konnte Jaguns Befangenheit und Schmerz ganz deutlich spüren und fragte deshalb sofort: „Ist sie tot?"

„Ja", gestand Jagun nach kurzem Zögern. Und er glaubte, Siwas Herz brechen zu hören. Siwa schwieg eine lange Weile, dann erhob sie sich auf schwachen Beinen. Ihre Augen hatten sich inzwischen an das schwache Dämmerlicht gewöhnt, so dass sie Jaguns Silhouette vor sich erkennen konnte. Und ohne auf seine Dämonen zu achten, die die Luft um sie herum zum Gefrieren brachten, schlang sie ihre Arme um Jagun und bat ihn ganz leise: „Bitte halte mich, Jagun."

Jagun versuchte sofort, sich aus Siwas Armen zu befreien und vor ihr zurückzuweichen. Doch sie bat ihn mit Tränen in den Augen noch einmal: „Bitte, nur ganz kurz."

Jagun gab nach, legte seine Arme um Siwas Schultern und zog sie für einen kurzen Moment sanft an sich. Es fühlte sich gut an, ihren Körper so bewusst und intensiv zu spüren. Und im Moment ihrer gemeinsamen Trauer hätte dieses Gefühl und das Bewusstsein ihrer Liebe Halt und Trost für ihn sein können, wenn da nicht seine Dämonen gewesen wären. Er küsste Siwa zärtlich auf die Stirn und flüsterte: „Ich muss Dich wieder loslassen, Mädchen."

„Ja", erwiderte Siwa traurig und ohne Jagun daran zu erinnern, dass ihr Name Siwa war, da die Kälte deutlich zunahm und die durch die Dunkelheit tanzenden Schatten immer bedrohlicher wurden. Doch selbst, als die Körper der beiden sich voneinander gelöst hatten, und nur noch ihre Augen in der Dunkelheit nacheinander suchten, beruhigten sich Jaguns Schatten nicht, bis Jagun schließlich seine Augen senkte. Dann wiederholte er noch einmal: „Du musst jetzt gehen! Andieu und das andere Mädchen warten auf Dich."

„Und was ist mit Dir?"

Diese Frage hatte Jagun gefürchtet. Es war ihm gelungen, sich von mir und N'jara zu verabschieden, ohne dass ihm diese Frage gestellt worden war. Doch jetzt musste er offenbaren, dass er nicht mit uns zurückkehren und uns auch nicht auf unserer Reise nach Orkland begleiten wollte. Es hätte vieles gegeben, was er Siwa hätte sagen wollen und es hätte auch vieles gegeben, was er hätte versuchen können, zu erklären. Doch er sagte nur: „Ich komme nicht mit."

Tausend Fragen schossen Siwa durch den Kopf. Und alle begannen sie mit ‚warum'. Aber sie spürte, wie schwer Jagun der Abschied schon ohne ihre Fragen war und stellte deshalb nur die zwei Fragen, die nicht mit warum begannen: „Wohin gehst Du?"

„Weiter nach Osten."

Weiter nach Osten? Allein diese Antwort hätte tausend neue Fragen aufgeworfen. Was war im Osten? Wie wollte Jagun die hohe Wand überwinden? Und was war überhaupt jenseits dieser Felswand? Gryn-Fjell war unendlich. Niemand wusste, wie weit es sich nach Osten zog oder was dahinter lag. Aber da es niemand wusste, weil noch nicht einmal ein Mensch bis an die hohe Wand gelangt war, außer als Beute der Vampire, hätte auch Jagun diese Fragen nicht beantworten können. Siwa hätte ihn nur fragen können, warum er nach Osten wollte oder was er dort zu finden hoffte. Doch die zweite Frage, die sie ihm stellte, war weitaus wichtiger für sie: „Sehen wir uns wieder?"

Jagun wollte nach Osten, weil sein Fluch alle Menschen in seiner Nähe in Gefahr brachte. Seit er in Hradotéj für das Recht eingetreten war und mit meiner Hilfe Siwa befreit hatte, war zu vieles passiert, was seine Dämonen erzürnt hatte. Er hatte über sich selbst erfahren, dass er empfänglich für Liebe und Freundschaft war, seit er Siwa, N'jara und mich kennengelernt hatte. Und durch Jadwéj hatte er sogar erfahren, was es bedeutet, wie ein Vater zu empfinden. Er hatte geglaubt, Jadwéj ungestraft lieben zu dürfen, weil es eine reine Liebe aus seinem Herzen gewesen war und nicht die Liebe zu einer Frau. Doch jetzt war Jadwéj tot. Und es gab viele Gründe, warum Jagun sich die Schuld daran gab: Er hatte sie an die Grenze von Gryn-Fjell geführt, er hatte sie allein gelassen, er hatte nicht verhindert, dass sie in Saskoméhs Bann geraten und von ihr zum Vampir gemacht worden war. Und letztendlich war auch er es gewesen, der sie dem Licht der Sonne ausgesetzt hatte, um das, was aus ihr geworden war, zu töten.

Jagun wollte allein sein. Und vor allem wollte er keinen Menschen, der ihm etwas bedeutete, in seiner Nähe haben, weil er sich davor fürchtete, dass seine Dämonen diese Menschen töten würden, wenn er seine Gefühle nicht unter Kontrolle behielt. Ein toter Freund auf seinem Gewissen war schon mehr, als er zu verkraften vermochte. Daher antwortete er auf Siwas Frage leise und heiser: „Nein!"

Siwa spürte den Kloß in Jaguns Hals, als er sich zu dieser Antwort zwang. Aber mehr noch spürte sie ihren eigenen Schmerz darüber und sie hoffte, dass Jagun ihre Tränen in der Dunkelheit nicht sehen würde. Doch auch Jagun konnte Siwas Gefühle deutlich wahrnehmen. Er hasste das Gefühl, einem geliebten Menschen Schmerzen zuzufügen. Doch er wusste, dass seine Entscheidung richtig war. Siwa, N'jara und auch ich waren ohne ihn besser dran. Ohne ein weiteres Wort wandte er sich um und lief den Tunnel zurück nach oben. Siwa blickte ihm noch hinterher, als seine Silhouette schon lange mit der Dunkelheit verschmolzen war.

Jagun war gegangen. Er hatte uns verlassen und wollte uns nicht wieder sehen. Dieser Abschied tat fast ebenso weh, wie die Nachricht von Jadwéjs Tod. Siwa fühlte sich schwach und benommen und musste sich wieder setzen. Sie wusste, dass sie zu N'jara und mir kommen musste. Aber sie schaffte es lange nicht, sich wieder zu erheben und auf ihren Füßen zu stehen. Doch schließlich zwang sie sich dazu aufzustehen und weiterzugehen. Auf wackligen Beinen stolperte sie über die glatten Steine vorwärts. Mehrmals rutschte sie aus und stürzte. Aber jedes Mal erhob sie sich wieder und kämpfte sich weiter vorwärts, bis sie in der Ferne endlich die Umrisse von zwei Menschen entdeckte, in denen sie N'jara und mich gefunden zu haben hoffte.

61. RÜCKKEHR AN DIE GRENZE WOLANS

Es war N'jara, die das Nahen einer Person zuerst wahrnahm.

„Da kommt jemand", sagte sie leise warnend, griff nach dem Schwert und spähte aufmerksam in die Dunkelheit des Tunnels, bis sie Siwa erkannte. Hören konnten wir Siwa nicht, bis sie fast bei uns war, weil das Rauschen des Flusses alle anderen Geräusche übertönte. Schnell schob N'jara das Schwert zurück in die Scheide und eilte der auf uns zu Stolpernden entgegen. Ich folgte ihr so schnell ich konnte, erreichte Siwa aber erst eine ganze Weile nach N'jara, so dass Siwa sich in N'jaras Arme stürzte und nicht in meine. Verlegen stand ich daneben und musste zusehen, wie die beiden sich weinend in den Armen lagen, während ihre Brüste sich sanft aneinanderschmiegten. Der Anblick war sehr erregend. Trotzdem hätte ich es vorgezogen, wenn Siwa ihren Körper an mich gepresst hätte und nicht an N'jara. Ich hätte sie genauso gut halten und trösten können und empfand es daher als sehr unfair von N'jara, ihre Fähigkeit, schneller laufen zu können als ich, so schamlos auszunutzen. Ungeduldig räusperte ich mich einige Male, bis die beiden meine Anwesenheit endlich registrierten. Siwa sah mich aus verweinten Augen an, öffnete einen Arm und nahm mich so in die Umarmung mit auf.

So war es gut! Zu dritt standen wir beieinander und hielten uns gegenseitig. Alles hätte perfekt sein können, wenn N'jara nicht plötzlich wieder ihr vorwurfsvolles „Andieu!" in die Runde geworfen und sich gleichzeitig aus meinem Arm befreit hätte.

„Was denn?" fragte ich verärgert über den vorwurfsvollen Ton und die abrupte Beendigung dieser für mich so angenehmen Situation. Ich hatte doch nur meine Hand auf ihren Po gelegt. Zugegeben: Ich hatte auch versucht, die Hand unter ihren Lendenschurz zu schieben, was mir aber nur ansatzweise gelungen war. Und dass ich in den Armen von N'jara und Siwa, die bis auf N'jaras Lendenschurz vollkommen nackt waren, eine Erektion bekommen hatte, konnte man mir ja wirklich nicht zum Vorwurf machen. Ich bin doch schließlich auch nur ein Mann. N'jara antwortete nicht, sondern wandte sich an Siwa mit der Frage: „Wo ist Jagun?"

„Gegangen."

„Gegangen?"

„Er kommt nicht mit uns zurück", beeilte jetzt ich mich, mein Wissen mitzuteilen.

N'jara starrte mich aus großen Augen halb zornig und halb ungläubig an und fragte mich unter einem neuen Strom von Tränen: „Das wusstest Du?"

„Na ja", stotterte ich verlegen, während ich mir wünschte, mein Wissen nicht ganz so vorschnell mitgeteilt zu haben. „Er hat so was angedeutet. Ich hab es nur vermutet."

„Und Du hast mir nichts gesagt?"

„Ich ... äh ..."

N'jara war schon einige Stunden vor Siwa zurückgekommen. Ich hätte es ihr wirklich sagen können. Aber ich hatte gar nicht daran gedacht. Trotzdem fühlte ich mich jetzt schuldig und empfand den Vorwurf in ihrer Frage gerechtfertiger, als den von zuvor.

N'jara ballte ihre Fäuste und schlug mir lauthals schluchzend auf die Brust. Ich hatte sie noch niemals so verletzlich erlebt und hätte mir bis zu diesem Moment auch nicht vorstellen können, dass sie ihre Gefühle und ihren Schmerz so offen zeigen könnte. Ihr Schluchzen tat mir mehr weh, als das Trommeln ihrer kleinen Fäuste auf meiner Brust.

„Es tut mir leid" sagte ich entschuldigend und versuchte N'jara in meine Arme zu ziehen, um das Trommeln ihrer Fäuste zu unterbinden und sie zu trösten.

Ich gebe mein Ehrenwort als Ehrenmann, dass ich in diesem Moment keinerlei Hintergedanken hatte und dass es mir wirklich nur darum ging, N'jara Trost zu spenden. Doch sie dachte wohl noch an meine Hand in ihrem Lendenschurz und fühlte sich vielleicht auch von meiner Erektion abgeschreckt, die sich noch provozierend zwischen unseren Körpern erhob. Jedenfalls wehrte sich N'jara gegen meinen Versuch, sie zu trösten und flüchtete sich in Siwas Arme.

Ich fühlte mich unendlich mies und sagte noch einmal: „Es tut mir wirklich leid, N'jara."

N'jara reagierte nicht. Sie schluchzte so herzzerreißend in Siwas Armen, dass ich ihren Schmerz fast körperlich fühlen konnte, während ich hilflos zusah, wie ihre Tränen über ihre Wangen liefen und zwischen den Brüsten der beiden Mädchen verschwanden.

Schuldbewusst wandte ich mich ab und ließ die beiden allein. In einiger Entfernung setzte ich mich grübelnd auf die Steine. Das war kein guter Start gewesen, um mit Siwa und N'jara nach Orkland zu reisen. Ich hatte Jagun versprochen, auf die beiden zu achten. Aber an ihre Gefühle hatte ich dabei nicht gedacht. Auf die hatte ich keinen Einfluss.

Es dauerte eine Weile, bis N'jara sich wieder beruhigt hatte. Siwa winkte mich zu sich und N'jara heran und erzählte uns, wie Jagun sie bis an den unterirdischen Fluss gebracht und sich von ihr verabschiedet hatte. Lange Zeit schwiegen wir alle drei, dann sagte N'jara ganz leise und mehr zu sich selbst, als zu Siwa und mir: „Er hat sich nur von mir nicht verabschiedet."

„Von mir hat er sich auch nicht wirklich verabschiedet", erwiderte ich tröstend. N'jara sah mich etwas versöhnlicher an, als zuvor und ich erzählte den beiden Mädchen, was Jagun zu mir gesagt hatte, bevor er mit N'jara aufgebrochen war, um Siwa zu retten. Als ich geendet hatte, legte N'jara ihre Hand auf meinen Arm und bat mich: „Bitte verzeih mir Andieu. Ich wollte Dich nicht verletzen."

Ich nahm N'jaras Hand in meine, führte sie an meine Lippen und küsste sie so zaghaft, dass N'jara es geschehen ließ. Und dann bat ich sie meinerseits: „Bitte verzeih Du mir."

Da Siwa noch sehr schwach war, beschlossen wir, uns noch bis zum Morgen Ruhe zu gönnen und erst dann den Rückweg nach Wolan anzutreten, von wo aus wir weiter nach Orkland reisen wollten, wo es die Zutaten für eine Medizin gab, die Siwa dauerhaft von den Nachwirkungen ihres Kontaktes mit dem Wars heilen konnte. Und außerdem hatte N'jara die traurige Pflicht, ihrer Schwester vom Tod Itomais zu berichten. Wir nutzten die Zeit unserer Rast, um uns gegenseitig zu erzählen, was jeder von uns erlebt hatte, seit wir getrennt worden waren. Und so erfuhren Siwa und ich am Ende auch, wie N'jara es geschafft hatte, gerade noch zur rechten Zeit in der Höhle der Vampire aufzutauchen, um die gefangenen Menschen, einschließlich mir, zu befreien und maßgeblich zur Rettung Siwas beizutragen.

„Als Du mit mir bei den Bäumen unterhalb des Wasserfalls angekommen bist", begann N'jara an Siwa gewandt ihren Bericht, „war ich durch die Verletzung und den Blutverlust sehr schwach und schläfrig. Trotzdem habe ich mitbekommen, dass Du zum Baden ans Wasser gegangen bist. Doch dann bin ich wieder eingedämmert. Ich wusste nicht, wie lange ich geschlafen hatte, als ich plötzlich mit dem Gefühl einer drohenden Gefahr hochgeschreckt bin. Ich konnte Dich nicht mehr bei der Wasserstelle sehen. Aber einige Vampire kreisten über der Stelle. Und dann sah ich plötzlich, wie ein anderer Vampir sich ein Stück weiter weg vom Boden in die Lüfte erhob. Und er hatte Dich in seinen Klauen. Bevor ich irgendetwas unternehmen konnte, wart ihr schon zu hoch und zu weit weg. Das einzige, das ich in diesem Moment tun konnte, war euch so lange wie möglich hinterher zu schauen, um eine möglichst genaue Vorstellung davon zu bekommen, in welcher Richtung ich nach Dir suchen musste. Aber dann habe ich mich daran erinnert, wie aussichtslos mein Versuch gewesen ist, Jagun durch Gryn-Fjell zu folgen. Ich habe aber auch wieder an diesen unterirdischen Fluss gedacht, der aus ungefähr der Richtung gekommen ist, in die die Vampire geflogen sind, und ich habe mir gedacht, es ist besser, einem Weg zu folgen, dem ich folgen kann, als einem, auf dem ich nicht vorwärts komme, auch wenn ich nicht wusste, wie nah mich der Fluss an mein Ziel bringen würde.

Ich habe Dein Pferd laufen lassen, die Eisen- und Knochenspitzen meiner Pfeile abgeschnitten und mir einen behelfsmäßigen Bogen gebaut. Dann bin ich mit Deinem Schwert, einem starken Ast und dem Seil, das am

Sattel Deines Pferdes hing, zu der Stelle aufgebrochen, an der ich durch das Moos gebrochen und in den Seitenarm des Tunnels gestürzt bin, durch den der Fluss durch Gryn-Fjell fließt. Ich hab das Seil an den Ast gebunden und den Ast über das Loch gelegt. Dann bin ich an dem Seil nach unten geklettert und dem Fluss bis an diese Stelle gefolgt.

Vom Fluss zweigen viele Tunnel seitlich ab. Aus einigen kommt Wasser, das sich mit diesem Fluss vereint; in anderen hausen mit Sicherheit irgendwelche Kreaturen, denn manchmal habe ich Geräusche gehört und Knochenreste gefunden. Außerdem haben sie gestunken. Ab und zu führen auch Tunnel an die Oberfläche. Ich habe jede Möglichkeit genutzt, einen Blick über das Land zu werfen und so auch die hohe Wand und die Höhlen der Vampire schon aus der Ferne gesehen. Als ich dann endlich hier war, habe ich den Ausgang gefunden, durch den wir gekrochen sind, als wir vor den Vampiren ans Tageslicht geflohen sind. Und ich habe auch die nach oben führenden Gänge durch den Fels entdeckt und bin ihnen so lange gefolgt, bis ich endlich die Höhlen der Vampire gefunden habe. Den Rest wisst ihr."

Es hatte gut getan, N'jaras warmer, weicher Stimme zuzuhören. Und ich hatte dabei festgestellt, wie vertraut sie mir inzwischen war. Ich bemerkte kaum noch ihren harten Orkland-Akzent. So wie sie es erzählt hatte, hatte alles ganz einfach geklungen. Doch Siwa und mir war nur zu deutlich bewusst, dass N'jara beinahe Übermenschliches geleistet hatte, um uns zu finden und zu retten. Allein mit ihrer tiefen Wunde in der Brust, die von Siwa gerade erst genäht worden war, an einem Seil in die Höhle hinunterzuklettern, hätte sie ihr Leben kosten können, wenn die Naht gerissen und N'jara daran verblutet wäre. Auch der Weg durch den Tunnel des unterirdischen Flusses, war alles andere, als ein Spaziergang, wie Siwa und ich noch erfuhren. Ihr Kampf gegen die Vampire und die Befreiung der Gefangenen war legendär und würde sicher in die Annalen der Vampire eingehen.

Während Siwa und ich noch am Fluss saßen, wagte N'jara einen Blick aus dem Loch, das an die Oberfläche führte. Und als sie zu uns zurückkehrte, berichtete sie, dass der Himmel schwarz von Vampiren war. All die Vampire der Clans, die nur gekommen waren, um der ihnen prophezeiten Königin zu huldigen, kehrten heim. Zurück blieben nur die schönen Vampirmädchen und die Schande, die ein paar Menschen über sie gebracht hatten, indem sie ihre Königin getötet und ihre Gefangenen befreit hatten. Es wäre nicht gut gewesen, den Vampiren jetzt noch einmal in die Hände zu fallen, darin waren wir alle drei uns einig. Und so brachen wir früher auf, als wir vorgehabt hatten.

N'jara übergab das Schwert, das sie trug, an Siwa. Und Siwa gab N'jara ihren Schmuck zurück, den N'jara wieder an der kleinen Knospe ihrer linken Brust befestigte.

Wir waren alle noch zu sehr mitgenommen von den überstandenen Strapazen und mussten deshalb bereits nach wenigen Stunden die erste Pause einlegen. Und während wir rasteten, fragte Siwa N'jara: „Willst Du mir jetzt erzählen, welche Bedeutung Dein Schmuck hat?"

N'jara dachte eine Weile nach, so als müsste sie sich erst besinnen, wie sie diese Frage beantworten sollte. Dann erzählte sie: „In meiner Heimat gab es früher den Brauch, dass jeder Knabe bei Erreichen der Geschlechtsreife nackt in die Wildnis geschickt wurde, um zu fasten und zu meditieren; zu fasten, um den Körper zu reinigen und zu meditieren, um eine Vision zu bekommen, die ihm sagen sollte, wer er war. Das, was er in dieser Vision sah, wurde zu einem Teil von ihm, oder er wurde zu einem Teil dessen, was er gesehen hatte. Es war das, was nach damaligem Glauben, das Wesen des Knaben ausmachte und sein weiteres Leben bestimmen sollte. Wenn der Knabe dann wieder zurück in sein Dorf kam, deutete der Älteste oder ein Schamane die Vision und der Knabe musste das, was er gesehen hatte oder ein Symbol dafür suchen und fortan bei sich tragen. Es gibt nur zwei überlieferte Fälle, dass Mädchen an diesem Ritual teilgenommen hatten. Eines davon kam niemals aus der Wildnis zurück. Das andere kam zurück, doch sein Geist kam nicht mit ihm. Es blieb für immer verrückt, soll im Laufe der Jahre aber die Gabe des Sehens bekommen haben. Aber auch von den Knaben kehrten viele nicht zurück. Viele hatten keine Visionen und viele konnten sich nicht an sie erinnern. Da die Verluste sehr hoch waren, wurde dieser Brauch irgendwann abgeschafft. Nur noch wenn ein Knabe aus freiem Willen darauf besteht, dieses Ritual zu vollziehen, wird dieser Brauch noch ausgeübt."

„Was ist denn so gefährlich daran, zu fasten und zu meditieren?" fragte ich an dieser Stelle. Und N'jara antwortete darauf nur: „Orkland!"

Ich war mir nicht ganz sicher, was genau das bedeutete. Aber die Antwort ließ mich die bevorstehende Reise nach Orkland doch etwas misstrauischer betrachten, als ich es bisher getan hatte.

N'jara fuhr in ihrer Erzählung fort: „Ich bin zwar kein Knabe, aber ich habe darauf bestanden, das Ritual zu vollziehen."

„Warum?" fragte Siwa.

„Weil ich niemals wusste, wer ich bin und wo ich hingehöre. Ich habe gehofft, Antworten zu finden."

„Und, hast Du?"

„Ja und nein. Ich hatte Visionen. Aber die Alten sind nicht mehr in der Lage, sie zu deuten. Und Schamanen gibt es in unserem Kraal nicht mehr. Deswegen musste ich versuchen, den Sinn meiner Visionen selbst zu verstehen oder herauszufinden."

N'jara wurde sehr nachdenklich und sagte dann: „Ich suche noch immer."

„Was hast Du denn gesehen?" fragte Siwa, die sichtlich neugierig geworden war. N'jara blickte Siwa lange und nachdenklich in die Augen. Dann fragte sie sie: „Was siehst, wenn Du mich anschaust?"

„Dich!"

„Aber wer oder was bin ich?"

„Du bist wunderschön", beantwortete ich die an Siwa gerichtete Frage. Trotz des schwachen Lichtes in dem Tunnel glaubte ich zu erkennen, dass N'jara errötete. Doch sie erwiderte abwehrend: „Nein!"

Und bevor ich darauf pochen konnte, Recht zu haben, meinte Siwa nachdenklich und halb fragend: „Du bist eine Bogenschützin!?"

„Ja. Und weiter?"

Siwa zuckte unschlüssig mit den Schultern. Aber N'jara ermutigte sie, indem sie sagte: „Du kennst mich besser, Siwa."

„Du bist treu, Du besitzt Ehre!"

„Und Du kannst Gedanken lesen und so denken, dass ich Deine Gedanken höre", ergänzte ich Siwas Aufzählung.

„Darauf wollte ich hinaus", erklärte N'jara. „In der Vision, die ich hatte, war ich ein Falke."

„Deshalb die Falkenfeder?" fragte Siwa.

„Ja."

„Und deshalb hast Du Dich auch als Falkenmädchen bezeichnet?"

„Ja. Wenn jemand in seiner Vision ein bestimmtes Tier sieht, dann ist dieses Tier so etwas wie ein Schutzgeist für ihn. Wenn man aber in seiner Vision selbst zu einem Tier wird, dann ist es mehr; dann besteht so etwas wie eine Seelenverwandtschaft zu diesem Tier. Vielleicht war man in einem früheren Leben selbst dieses Tier. Vielleicht bedeutet es aber auch etwas anderes. Wie gesagt: Es gibt niemanden mehr, der es für mich deuten könnte."

„Und wofür stehen die Perlen?" fragte Siwa weiter.

N'jara zögerte einen Moment. Und als sie begann, Siwas Frage zu beantworten, war ihr deutlich anzumerken, wie schwer ihr das Sprechen wurde.

„Als Falke bin ich in meiner Vision durch den Himmel geflogen, dann tauchte ich ein in den Geist eines Menschen, den ich nicht kannte. Aber ich konnte seine Gedanken hören und wurde Eins mit ihm."

N'jara unterbrach sich einen Moment lang und blickte versonnen ins Leere, bevor sie fortfuhr: „Am Ende bin ich wieder in meinen eigenen Körper zurückgekehrt und habe das Blut so deutlich durch meine Adern fließen gefühlt, wie noch niemals zuvor.

Die blaue Perle steht für den Himmel und die Erde, für all das, was um mich herum ist; die weiße für den Geist oder die Seele und die Kraft der Gedanken; und die rote für mich selbst, für meinen Körper und das Blut, das in mir fließt."

Wieder versank N'jara in tiefes Grübeln. Doch plötzlich straffte sie sich, zwang sich zu einem Lächeln und sagte ironisch: „Also eigentlich nur ein paar Perlen ohne Bedeutung!"

„Sag das nicht", bat Siwa traurig. „Ich glaube daran, dass es eine Bedeutung hat."

N'jara lächelte Siwa dankbar an. Dann meinte sie: „Wir sollten weiter gehen."

Also erhoben wir uns und marschierten weiter. Wir waren aber noch nicht weit gekommen, das fragte Siwa N'jara plötzlich: „Wer war der Mann?"

„Welcher Mann?"

„In Deiner Vision!"

„Ich sagte nicht, dass es ein Mann war."

„War es aber … oder?"

N'jara blieb stehen und blickte Siwa lange und nachdenklich an. Dann antwortete sie: „Es war Jagun."

Ich sah N'jara überrascht an und fragte mich warum sie niemals etwas davon erzählt hatte, dass sie Jagun aus einer Vision kannte. Und was ich mich nur selbst fragte, versuchte Siwa in Worten auszudrücken.

„Warum …", begann sie. Doch N'jara beantwortete die Frage, bevor sie ganz gestellt war.

„Ich habe ihn nicht gesehen, weil ich in ihm und in seinen Gedanken war. Und bis jetzt war ich mir nicht sicher, dass er es war."

„Und jetzt bist Du sicher?"

„Ich kann die Gedanken von Menschen erst seit dieser Zeremonie hören. Aber ich höre sie nicht immer und nicht von jedem. Es fällt mir leichter, Andieus Gedanken zu empfangen, als Jaguns."

Vielleicht bin ja ich der Mann ihrer Träume? dachte ich mir sofort hoffnungsvoll. Doch N'jara schürzte ihre Lippen und erwiderte: „Mir wäre es lieber, Du würdest nicht ganz so laut denken, Andieu. Glaube mir: Du bist nicht der Mann aus meiner Vision. Ich konnte seinen Schmerz fühlen und seine Einsamkeit. Es ist die selbe Einsamkeit, die ich jetzt von Jagun empfange. Wir haben noch uns. Doch er ist allein. Und das wird er bleiben, solange sein Fluch auf ihm lastet."

N'jara hatte Recht. Und man musste keine Gedanken lesen können, um zu begreifen, wie groß Jaguns Einsamkeit war.

Selbst durch den Tunnel des unterirdischen Flusses war der Weg zurück zur Grenze Wolans ein Marsch von über einer Woche. Wasser hatten wir genug. Und neben einigen Krebstieren gab es auch kleine Fische, die N'jara geschickt mit den Händen aus dem reißenden Strom fischte. Trotz der Strapazen des Marsches erholten wir uns also recht gut und mussten keine Not leiden, auch wenn ich ein starkes Verlangen nach dem starken Gewürzwein der Vampire verspürte.

Unterwegs fanden wir die Überreste einiger der von N'jara befreiten

Menschen. Es musste ein Gemetzel gewesen sein, da wir nur einige Fleischfetzen und Knochensplitter vorfanden. Und auf die wurden wir auch nur aufmerksam, weil die Wände des Tunnels an dieser Stelle meterhoch mit Blut bespritzt waren.

„Ich sagte doch, dass etwas in diesen Höhlen haust", flüsterte N'jara furchtsam. Ab diesem Moment nahm ich das Schwert an mich und war in ständiger Bereitschaft den Angriff irgendeines schrecklichen Monsters abzuwehren. Doch N'jara, Siwa und ich gelangten unbehelligt bis zu der Stelle, an der N'jara das Seil in die Höhle gehängt hatte. Und zum Glück hing dieses Seil noch dort. So gelangten wir glücklich zurück an die Oberfläche. Und am nächsten Tag hatten wir die Stelle erreicht, an der der Fluss in einem Wasserfall aus der Erde schoss. Unsere Flucht vor den Vampiren und aus Gryn-Fjell war geglückt.

Jetzt konnten wir nach Orkland aufbrechen. Doch das ist ein anderes Abenteuer.

62. JAGUNS AUFBRUCH IN DIE UNBEKANNTE WELT IM OSTEN

Während ich Siwa und N'jara in Sicherheit brachte, arbeitete sich Jagun gegen den Strom des durch den Fels herabstürzenden Wassers wieder bis an die Stelle hinauf, an der Siwa hinter dem Vorhang aus Moos versteckt gewesen war. Und als der Morgen anbrach und er nicht mehr befürchten musste, von ausschwärmenden Vampiren entdeckt zu werden, wagte er den gefährlichen weiteren Aufstieg bis ganz nach oben an der hohen Wand. Es waren nur noch etwa drei- bis vierhundert Meter, die er überwinden musste. Doch in dieser Höhe, wo das Moos so dünn war, dass es keinen Halt mehr bot und sich so leicht löste, wie die Haut eines Leprakranken, war es kaum noch möglich, einen sicheren Halt für Hände und Füße zu finden. Außerdem wurde die hohe Wand immer glatter und hing nach oben hin immer weiter über, so dass sogar Jagun an die Grenzen seiner Kräfte gelangte. Er brauchte den ganzen Tag, um die Höhe der Wand zu erklimmen und hatte bei Sonnenuntergang noch immer fast zehn Meter vor sich, so dass er befürchtete, die ausschwärmenden Vampire würden ihn jetzt doch noch entdecken. Und da er Siwa, N'jara und mich in Sicherheit glaubte, nahm er sich vor, sein Leben teuer zu verkaufen und seine Dämonen in die Schlacht gegen die Vampire zu schicken, auf dass diese sich gegenseitig vernichten sollten. Doch eigenartigerweise entdeckten die Vampire ihn nicht. Sie stiegen nicht höher, als bis zu den Höhlen, die sie bewohnten und blieben deshalb weit unter ihm, so dass er auch die letzten paar Meter unbeschadet überwinden konnte. Und endlich kroch er über die Kante der hohen Wand und fühlte sich, als wenn er am Dach der Welt stehen würde.

Jagun warf einen langen, wehmütigen Blick über das tief unter sich in der Dunkelheit der Nacht liegende Gryn-Fjell im Westen. In diese Richtung waren seine Freunde gezogen; zumindest die, die noch lebten. Doch für Jagun waren sie, also N'jara, Siwa und ich, ebenso verloren, wie Jadwéj. Er atmete tief durch. Und dann wendete er sich nach Osten, in die Richtung, in der noch nie ein Mensch vor ihm je gewesen war. In dieser Richtung hoffte er Frieden zu finden. Und wenn er in diesem unzugänglichen Land sterben sollte, dann könnten seine Dämonen zumindest niemandem etwas antun.

Doch Jagun starb nicht in Gryn-Fjell. Er erlebte viele unglaubliche

Abenteuer auf seiner Wanderung, bis wir uns schließlich wieder trafen. Doch auch das ist eine andere Geschichte.

ENDE